台灣新文學史論叢刊 12

台灣文學創作思潮簡史

朱雙一◎著

人間出版社

目　錄

序

呂正惠

目前市面上找不到一本適用的臺灣文學史教科書，這大概是教這門課的人共同的感受。人間出版社出版過《臺灣新文學思潮史綱》和《簡明臺灣文學史》，但也並不合乎理想。前者篇幅偏大，文風又不夠簡明，難以閱讀；後者確實較為簡明，因此有人採用作教科書，但其中一些章節寫得並不盡如人意。我們現在再推出朱雙一教授這本新作，我敢負責任的說，現在兩岸綜述臺灣文學的書，就以這本書最具水準。

朱教授採用的書名是《臺灣文學創作思潮簡史》，很多人也許會以為這只是一本「思潮史」，其實不是。朱教授在導言裡特別說明，他所謂的「創作思潮」，是「某一時期作家、文學創作者乃至讀者、評論者共同參與而形成的集體思維，是具有廣泛影響的文學思想和文學創作的潮流」，這個定義已經把這本書的特質說得非常清楚。

一般文學史大都先分期，每一期有個背景綜述，再來就是一個個作家的討論。這種寫法其實很機械，很難表現文學和社會之間的密切關係，很難說明這些文學作品的歷史特質。一般所以這樣寫，是因為很好寫，又可以眾人一起合作，而不是因為這是一種理想的模式。

朱教授這種寫法是非常艱難的，因為必須廣泛閱讀許多資

料，對他所討論的對象已經成竹在胸，才能著筆的。如果我自己寫，大概也會考慮這種方式。但我對各種資料的熟悉程度遠遠不如朱教授，朱教授可以說是寫這種書的不二人選。

朱教授有兩大長處，大概很難在臺灣文學這一行的專家中同時找到。第一，他為人謙和，善於吸收別的專家的各種觀點，但他也不是和稀泥的調和派，他有自己的觀點，他是以自己的觀點來統合別人的觀點，所以還是一家之言。其次，朱教授非常勤勉，很少人能像他那樣長期的搜集、累積資料。他在後記裡說，他是根據長期授課累積的教案為基礎修改而成的。按我個人的經驗，文學史或文學思潮史這類課程最難教，大部分人都想教專業課而推掉這類課程。文學史一類的課程一定要長期不斷的閱讀作品，還要長期不斷的關注別人的研究成果，才能推陳出新，並且引發學生興趣。大部分學生都覺得文學史枯燥，那是因為教的人太懶，不想準備、草草應付。朱教授決不是這種人，他願意寫這本書真是讓人高興。

記得高中時候讀過本間久雄《歐洲近代文藝思潮概論》的譯本，印象非常深刻。我是以這本書為基礎再去讀西方文學的。我現在的西方文學知識雖然已經超越這本書，但這本書卻是我的起點。沒有這個起點，走起路來就會艱難得多。勃蘭兌斯的《十九世紀文學之主潮》已經出版了一百多年了，到現在還有人讀，前幾年大陸人民文學出版社又把全譯本重印一次，因為實在太有用了。我相信，在臺灣文學這個範圍內，朱教授這本書也能發揮這個作用。在細節上我們也許可以提出這樣或那樣的批評，但在整體上要去超越，恐怕不容易，因為這種書實在太難寫了。

最後，閱讀或使用這本書的人，如果發現書中有什麼錯誤（在這麼大的一本書中，這是很難避免的），請告訴出版社。人間出版社和朱教授都希望讓這本書更加完美，所以我們會在重印時修正，請本書的讀者多幫忙。

導言

　　文學思潮是某一時期作家、文學創作者乃至讀者、評論家共同參與而形成的集體思維，是具有廣泛影響的文學思想和文學創作的潮流。之所以會形成「集體思維」，則與時代變遷、社會環境、當時人們普遍的精神指向和關注，以及文學自身的新舊遞嬗等，有密切的關係。無可否認，文學思潮的研究具有重要的意義。因為文學創作本為個體性的精神活動，如果分別考察，未免只是一些孤立、零散的點，其實各個體之間以及他們與讀者之間，往往通過某種紐帶而相互聯繫著。這種聯繫如果形成某種集體性的思維，即是文學思潮，而文學思潮也成為文學史的貫串線索和骨架，個體的創作只要是優秀的，遲早都會與「思潮」發生某種關聯。因此本書試圖以文學思潮為考察焦點，以近代以來為重心，提綱挈領勾勒數百年來臺灣文學的發展歷程。

　　我國學界在20世紀二三十年代就有一波文學、文藝思潮史論的編著熱潮，如先後出現黃懺華《近代文學思潮》、余祥森《現代德國文學思潮》、呂天石《歐洲近代文藝思潮》、高滔《近代歐洲文藝思潮史綱》、孫席珍《近代文藝思潮》、徐懋庸《文藝思潮小史》、朱維之《中國文藝思潮史略》、李何林《近二十年中國文藝思潮論》等書以及本間久雄《歐洲近代文藝思潮概論》、廚川白村《文藝思潮論》、勃蘭兌斯《十九世紀文學之主潮》等外國學者著作。不過新中國建立後的前30年，「文學思

潮」似乎並未成為學界關注和撰述的焦點，直到改革開放後的
「新時期」，「文學思潮」這一概念才又頻繁出現在文學研究著
作的書名中。也許由於新的創作潮流層出不窮、轉換快速，80 年
代的文學思潮研究專著多以新時期文學為研究對象。90 年代後，
文學思潮研究在量上有了可觀的增長，進入新世紀，更有了爆發
式的猛增，甚至有了對「文學思潮」概念的內涵和外延、研究的
對象和方法等問題的專門理論探討。「文學思潮」受到學界的高
度重視，自然是其本身的重要性所致。只是「文學思潮」其實包
含著「理論思潮」和「創作思潮」兩方面既有聯繫又有區別的內
容。有些學者側重於從文學運動、思想論爭、理論宣導等來定義
「文學思潮」，這也是較普遍、常見的用法，如朱寨於 1987 年編
著出版的《中國當代文學思潮史》。近年來有些學者則改以「創
作思潮」為主的角度來立論並得到學界同行的肯定，如許志英、
鄒恬主編的《中國現代文學主潮》。筆者很同意這樣的觀點：文
學思潮之為「文學」的思潮，並不僅僅是文學理論的思潮，它固
然有一定的社會思潮、哲學思潮作基礎，有一定的文學理論批評
思想在起指導作用，但這些最終必須是經過一大批創作方法、藝
術風格、美學追求相近的文學作品來加以體現；一部文學史主要
是作品的歷史，而一個時代的思潮也是更生動更豐富地體現在作
家的創作中。[1] 因此，本書書名即以「文學創作思潮」這一概念
來涵蓋書中將理論思潮和創作思潮緊密結合在一起的論述內容。

　　筆者力圖依靠詳實的資料客觀呈現數百年來臺灣文學創作的
發展、演變的歷程，寫作過程中，發現呈現兩岸文學相互關聯、
影響的資料頗多，它們自然成為書中的重要內容之一，而這也是
本書區別於此前同類著作的一個特點。不過，這一特點的形成未

---

[1]　朱曉進：《獨特視角觀照下的文學創作思潮—評〈中國現代文學主
　　潮〉》，北京《文學評論》2002 年第 1 期，第 159 頁。

必純然是「自然」、「客觀」的，它與近年來出現的一個「問題」有關，這就是有人不承認甚至有意抹殺兩岸文學之間的密切淵源關係。由於有了這麼一個「問題意識」，筆者無法睜眼不見大量的提供了上述論調之反論的資料，並對其加以梳理和思考，最終反映於本書中。這也許是孜孜於證明「兩岸文學無關」者始料未及的。如一種頗為流行的論調稱：50 年的日本統治帶給臺灣「現代化」，臺灣政治、經濟和文化上的現代文明因素都是從日本輸入的。筆者在資料的梳理中卻發現：即使在日本殖民統治時期，祖國大陸也仍是臺灣的主要的文明輸入來源之一，一來臺灣民眾的祖先大多從閩粵移民而來，移民從故土帶來政經制度、農耕技術等文明成分，他們與家鄉仍有千絲萬縷的聯繫，這種歷史的慣性並非一時即可剎止和斬斷；二來殖民者向殖民地輸入「文明」是為其殖民掠奪服務的，殖民地子民在享受文明的「恩惠」時，同時也得吞下被壓迫、被掠奪的苦果，認識或感覺到此，臺灣人民寧願向祖國尋求「現代」和「文明」，而不必僅局限於日本，這就是從 20 世紀 20 年代起，不少臺灣青年選擇來祖國大陸留學，並帶回「五四」火種，點燃了臺灣新文學熊熊烈火的原因。

筆者在研究中還發現，在兩岸的文學關係中，臺灣並非總是處於被影響的下階，有時呈現出雙向互動、互為影響的關係。如五四新文學的一些思潮流派，像「三民主義文藝」、「自由派」、現代主義乃至批判現實主義等，在 1949 年後的中國大陸其勢不彰，或斷續不整，卻在臺灣文壇延續下來，甚至有較大的發展。當改革開放後祖國大陸文壇重新接續起現代文學脈絡時，臺灣文學就有可能反過來提供有益的經驗或教訓。在五六十年代臺灣文壇發展得較為充分的現代主義文學是一例子，而尚未獲得人們足夠重視的陳映真對以魯迅為代表的現實主義批判傳統的承續，是另一典型例子。

近年來，後殖民主義等西方理論思潮引入我國學界，其新穎

獨特的視角也對筆者多所啟發。比如，文藝復興以來西方文藝思潮經歷了古典主義、浪漫主義、現實主義、自然主義、現代主義、後現代主義等發展階段，但在臺灣，我們卻反覆看到了從「現代」向「本土」（本土又含「傳統」和「鄉土」二端）、從現代主義向現實主義的逆向發展過程。這曾讓我頗感不解，直至有了後殖民主義的視角，才恍然大悟：我們無形中將西方文藝思潮的發展過程當作了「標準」的模式，殊不知，西方文藝思潮的發展對應於西方資本主義從產生、發展到趨於爛熟，從蓬勃向上到弊端叢生的現代性展開過程，但在東方殖民地、半殖民地和發展中地區，其社會發展並非遵循同樣的路徑，其文學思潮的演變也就未必呈現同樣的過程。20世紀的臺灣與「殖民」如影隨形，1945年之前直接受日本殖民統治，五六十年代後又有美、日新殖民主義的荼毒，出於追求幸福生活的天性，被殖民者往往會受殖民者所標榜的「現代」、「文明」所吸引，但很快地，他們會發現這種「現代」、「文明」未必能給他們帶來真正的幸福，反而可能是有害的，於是就反覆上演了由「現代」回歸「本土」的一幕幕。這是筆者的一個新發現，它將在本書中得到印證和體現。

　　讓我們帶著上述「問題意識」和新視角、新觀點、新發現，一同翻開數百年來臺灣文學創作思潮演變發展的一頁頁歷史。

第一章　古代臺灣的鄉土描繪和抗敵抒寫

第一節　古代臺灣文學的鄉土描繪

一、中華故事圈中的臺灣原住民口傳文學

　　臺灣是凸起於中國東部大陸架淺海地帶上的島嶼，與福建咫尺相望。在漫長的地質變化中，臺灣與大陸時而相連，時而為一道淺淺的海峽隔開。遠古人類不難通過陸橋或借助簡易工具，從大陸來到臺灣。考古發掘證明，臺灣各史前文化層大多與中國大陸有著直接的關聯。

　　在漢族大規模移居之前，臺灣就生活著現在稱為「高山族」的少數民族同胞。關於臺灣少數民族的來源，有所謂本土說、南來說、西來說、北來說、多源說等等。其中「西來說」和「多源說」有著考古發掘和民族文化研究的科學根據。比如，從中國志籍最早記述臺灣土著文化的文獻《臨海水土志》（三國時東吳丹陽太守沈瑩所撰）中有關夷州民和安家民的棧格、崖葬、獵首、缺齒、木鼓、犬祭等文化特徵及其與當今中國南方少數民族的相似性，可得出二者都與中國大陸古代的百越、百濮民族有深厚淵

源的推論。有學者認為，早在新石器時代中期或晚期，就有一支越族自中國大陸東南沿海分數批渡海到了臺灣，成為泰雅、賽夏、布農、鄒族等的祖先；而在古代，又有幾支越人和濮人經過中南半島到達南洋群島，在途中分別與其他民族、人種有過接觸和融合，其中一支經由菲律賓群島進入臺灣，成為現在魯凱、排灣、達悟、阿美、卑南等族人的祖先。[2] 這是較晚近的文化層可見一些菲律賓文化成分的原因。

　　神話、傳說、故事、歌謠等，往往是某一民族早期生產生活和歷史文化的真實記錄。通過世代相傳的民間口傳文學，可以進一步證明臺灣少數民族與祖國深厚的歷史淵源和文化聯繫。無論是「人用杵把天撐高」的開天闢地神話或是石生、樹生、竹生、蛇生、卵生、糞生、蟲生等人類始祖神話，以及感風而生或觸沉木而孕的神話感生母題，都可在西南少數民族那裡找到類似或相近的說法。創世神話中的洪水傳說本為全世界人類所共有，但在古代越、濮民族裔傳區域的中國東南、西南以及東南亞地區，卻廣泛流傳著兄妹（或姐弟）結婚的同胞配偶型洪水傳說，為區別於其他地區的特殊型式。這種類型的洪水傳說幾乎遍布所有臺灣少數民族。從同胞配偶延伸的相似母題還有鯨面紋身、隔著中間挖洞的羊皮（或其他物品）交媾等等。值得指出的，日本也有負載於「記紀神話」兄妹二神創世過程中的同胞配偶的母題，但中國神話的含蓄不露、有所掩飾和日本神話的宣洩情感、自然摹仿截然有別[3]，從中也顯露了臺灣少數民族洪水神話的中國屬性。

　　臺灣少數民族各族大多有射日神話。泰雅人的射日神話甚至

2　參見凌純聲《中國邊疆民族》、〈中國邊疆文化〉等文，收入《中國邊疆民族與環太平洋文化》，臺北：聯經出版事業公司 1979 年版。

3　參見嚴紹璗：《中日古代文學關係史稿》，長沙：湖南文藝出版社 1987 年版，第 25 頁。

有著幾代人愚公移山式接續努力的情節——壯士背著嬰孩出發射日，沿途種下密柑作為回程之糧，其間壯士老去，其子長大繼續完成其使命，而最後返回部落時也已成駝背老人。中國大陸除了古代的夸父追日、羿射九日以及嫦娥奔月等傳說外，西南的少數民族也大都有其射日神話。印度、菲律賓的對等神話為太陽用陷機或擲灰等手段殺月，非洲至澳洲、南美洲則可見以罝捕日神話。臺灣少數民族射日神話的表現形態不同於外國的對等神話，卻和中國古代和西南少數民族的射日神話一致，其民族淵源的親疏歸屬和來龍去脈，一目了然。

除了神話外，臺灣少數民族和大陸各民族的民間傳說和故事，同樣有著千絲萬縷的聯繫。如女人國、人誤以鯨背為小島、人變鳥的故事等等。最值得注意的是蛇郎故事。臺灣少數民族的蛇郎故事屬於 AT 分類法中 433D、433F 等亞型。特別是 433D，講一老漢摘了蛇郎的花，蛇要求老漢嫁一女予他。此要求為大姐二姐所拒，唯三妹為保父命，願嫁與蛇。三妹所嫁之蛇卻變形為人，建立了美滿幸福的家庭。大姐悔恨嫉妒，害死了三妹，並冒充三妹為蛇妻。三妹靈魂不滅，不斷揭露真相。最終大姐醜行敗露，而三妹復活，夫妻團聚。該故事類同於我國其他兄弟民族，卻和日本或印度的蛇郎故事有較大的差別。印度的蛇王子是好人受詛咒或惡人遭報應變成的，有著佛教哲學的鮮明烙印。不同於中國的蛇郎是「神」，往往與常人女子締結美滿婚姻，日本的蛇郎卻是「妖」，是邪神，為女主人公所殺。[4]在情節差別的下面，有著民族文化心態差異的根源。

神話傳說和民間故事的雷同或相似，有助於印證臺灣少數民族族源上的「西來說」，也顯示了漢族和臺灣少數民族文化上的

4　劉守華：〈蛇郎故事在亞洲〉，盧蔚秋編《東方比較文學論文集》，長沙：湖南文藝出版社 1987 年版，第 19 頁。

交融、涵化關係。經過這種交融，臺灣少數民族文化與以漢族文化為核心的整個中華文化，就有了極為密切的關係，成為後者不可分割而又富有特色的一個組成部分。

臺灣少數民族口傳文學不僅能證明其族源，而且具有作為臺灣文學之文化「基因」的意義。臺灣少數民族的先祖本屬「夷」、「越」，作為海洋民族，其性格特徵最明顯的是驍勇強悍、尚武好鬥，具有敢於冒險犯難的精神和作風，特別是當外敵侵迫而危及族群的生存時，他們往往表現出格外的頑強和勇敢，堪稱魯迅先生所讚頌的「中國的脊樑」。然而，臺灣少數民族並非一味地「剽悍」，他們也有柔軟、温情的一面，在面對鄰人、友人、同胞和朝夕相處的其他事物時，表現出淳樸的「自然世界觀」，與人為善、和諧相處的謙和姿態，強烈的自我反省意識，一種四海一家，對兄弟民族「願意去融合的堅持」[5]。這種性格不僅在口傳文學中有突出體現，在當代作品中也有鮮明的投影。如「驍勇強悍」在抗日題材作品中表現得格外明顯，而田雅各等人筆下與大自然相依相契、和諧共存的情境，最能體現出少數民族文化的「原」汁「原」味。

二、古代臺灣相關詩文和鄉愁文學的濫觴

唐朝元和年間進士施肩吾的《澎湖嶼》，以中土文人之眼，觀看海島民俗風情，勾勒了澎湖的古代住民「以海為田」、在海上生產勞動的情景，詩云：「腥臊海邊多鬼市，島夷居處無鄉里；黑皮少年學採珠，手把生犀照鹹水。」宋代大詩人陸游兩次宦閩，使他有機會親炙大海。後來在四川華陽所寫《步出萬里橋門至江上》詩云：「久坐意不懌，掩卷聊出遊。一筇吾事足，安

5　曾建次：〈卑南族神話傳説中的人與自然──兼及原住民之文化調適〉，臺灣《山海文化》第 6 期，1994 年 9 月。

用車與驢。浮生了無根，兩踵躅百州。常憶航巨海，銀山卷濤頭。一日新雨霽，微茫見流求……」說明當日在大海中乘風破浪，極目遠眺臺島的經歷，在這些平時局促於內陸的古代中國文人內心，引起了極大的震盪並留下深刻的印痕。

明代東南沿海抗倭鬥爭以及南明、明鄭時期漢人大規模移居臺灣，使得有關臺灣的書寫日漸多了起來。明鄭時期的詩文，除了表達抗清復明的心志外，另一部分則著筆於臺灣的鄉土（有時包括閩南、澎湖等地），如「海外幾社六子」之一的盧若騰的《島噫詩》。隨著許多不願降清者齊集鄭成功麾下，或淹留於金、廈，或漂洋過海、來到臺灣，成為離鄉背井、有家歸不得的征人羈客，難免湧起思鄉之情。在臺滯留數十年終未能返鄉的「臺灣文獻初祖」沈光文，其鄉愁詩寫得蒼楚淒惻。《感憶》詩曰：「暫將一葦向東溟，來往隨波總未寧。忽見遊雲歸別塢，又看飛雁落前汀。夢中尚有嬌兒女，燈下惟餘瘦影形。苦趣不堪重記憶，臨晨獨眺遠山青。」

不過，由於故鄉已為清軍所佔，歸鄉既不現實，也為堅守忠義氣節的文人們所不為。於是，他們從「鄉愁」轉向對於所立足「鄉土」的認同，從「歸鄉」的切盼轉向「紮根」的自覺。徐孚遠的《桃花》中，身居異鄉的窮愁潦倒、淒涼心境，轉化為桃源避秦的坦蕩和怡然自得：「海山春色等閒來，朵朵還如人面開；千載避秦真此地，問君何必武陵回？」類似的還有漳州人李茂春，在臺灣築草廬隱居，陳永華為之取名「夢蝶」，並作〈夢蝶園記〉，讚揚李茂春之曠達、超脫，且對這種翛然自得的隱士生活表示了極大的羨慕。又有佚名之〈古橘岡詩序〉，借用〈桃花源記〉的構思，表達作者對於安定美好、免於戰亂生活的渴望。

作為離鄉背井的羈客，必然會有鄉愁和歸鄉的願望；但在一片新的土地上求生存，篳路藍縷，灑下血汗，也會對這片土地產生感情，希望在此紮根。數百年來的臺灣文學，始終存在著回歸

原鄉和紮根本土這樣兩種似乎對立的衝動和糾葛。其實，它們乃
一體之兩面，都是中華文化「重視鄉土情誼」特質的表現[6]。

三、發現臺灣：清初風土雜詠詩風

　　1683 年施琅引兵入臺，臺灣正式歸入清朝管轄。這時大量進
入臺灣的，除了普通百姓外，還有許多當官遊幕，或從事文教、
編纂地方誌乘等工作的文人。他們深受經典文化薰陶，身心老
成，一旦遇接臺灣荒莽的自然景物和粗獷的移民世界，驚動之
餘，形之詩文，往往塑造出另一種氣格。[7]當然，獲得這種「新
鮮」的參照系仍是故土的印象，採用的藝術形式也是傳統固有
的。正如陳夢林的《樣圃》所寫：「小圃花齋曲徑通，參天老樹
鬱青蔥。地高不怕秋來雨，暑極偏饒午後風。海外雲山新畫本，
窗間花草舊詩筒。莫愁紙盡無揮灑，纔種芭蕉綠滿叢。」陳夢林
還寫有《望玉山記》、《玉山歌》等，為後來眾多的同類題材詩
文作品開了先河。王克捷所撰《臺灣賦》、《澎湖賦》等，則利
用「賦」擅長鋪陳的文體特點，將臺灣的新奇風景、珍稀事物盡
情地呈現。「臺灣賦」成為當時風行一時的作品類型。

　　朱仕玠《小琉球漫誌》乃作者調任臺灣，往其職守時沿途所
見，「自山川風土人物，上至國家建置制度，下而及於方言野
語，綜要備錄，靡有所遺。其間道途所經、勝跡所至，與夫珍禽
異獸中土所不經見者，則以詩歌寫之。」[8]加上作者文采熠熠，
成就富有文學質地的記載文字。另有孫元衡所撰《赤嵌集》，選

6　有關中華文化「重視鄉土情誼」特徵，參見李中華《中國文化概論》，
　　北京：華文出版社 1994 年 4 月版，第 197-205 頁。

7　參見江寶釵：《嘉義地區古典文學發展史》，嘉義：嘉義市文化中心
　　1998 年版，第 112 頁。

8　魯仕驥：〈小琉球漫誌‧魯序〉，朱仕玠《小琉球漫誌》，臺北：臺灣
　　銀行 1957 年版，第 1 頁。

材險異，下筆奇詭，於「山川、人物、飲食、方隅、以及草木、禽魚，無不吐其靈異而發其光華」，論者常將他與韓、柳、蘇相比擬[9]。此外，阮蔡文、吳玉麟、盧觀源、蔡廷蘭等等，也都有各自的精彩。

從清代初期就開始的以風土雜詠和各種「臺灣賦」為代表的觀察、感受和描繪臺灣的文學潮流，與中土內地特別是福建有著十分密切的關係。某種意義上說，臺灣的這股風氣主要是由閩地文人帶到臺灣的。如當時福建的風土雜詠詩有個特點，即詩人往往在詩中加夾注釋文字，對特有的民俗風物、歷史掌故等加以說明。臺灣的風土雜詠詩也多有這種自注。此外，這類作品顯露出的民間性、草根性等特點，也反映出閩臺文化的密切關聯。

四、儒學教化對粗陋民風的糾正

鄭成功收復臺灣並將華夏的一整套政經文教制度帶到臺灣。入清後，當政者同樣十分重視文教事業，很快建立起包括文廟、儒學、書院、社學、義學、民學等在內的教育體系，取得了土著兒童亦能講漢語、習經書、頌古詩的成效。

臺灣的書院大多祀朱子。楊廷理《仰山書院新成志喜》詩中有云：「龜山海上望巍然，追溯高風仰宋賢；行媲四知敦榘範，道延一線合真傳」，說明臺灣儒學教育與閩學的深厚淵源關係。臺灣文人中，不少承續了以「經世濟民」為職志，為學務實致用，注重收徒講學，重學問輕功名的閩學考亭學派的特點。如謝金鑾以興學、教化為己任，其「位卑而道高，故其節不撓；學苦而心慆，故其教不勞」[10]的境界，遙接宋儒之風。章甫熟讀中國

9　見孫元衡《赤嵌集》之「蔣序」、「張序」、「孫序」等，臺北：臺灣銀行 1958 年版。

10　錢儀吉等撰：《碑傳選集》，臺北：臺灣銀行 1966 年版，第 571 頁。

經書子史百家，一生淡泊，只求設教授徒，具有理教和詩教並重
的特點。

　　主要由閩粵移民組成的臺灣底層社會充滿開拓進取、「要拼
才會贏」的精神，但同時也帶有流氓無產者的習氣，包括好強爭
勝，動輒聚族械鬥等。深受朱子學薰染的文人們，在臺灣推行儒
學教化，通過其詩文作品反映和反省此粗陋民風，並試圖加以疏
導和勸戒。劉家謀的百首《海音詩》涵蓋婚姻喪葬、求醫卜神、
普度賭博⋯⋯等社會百態，堪稱興利除弊的黃鐘大呂之聲。陳肇
興的《陶村詩稿》則有「詩史」之譽，使人讀之「歷歷如現，可
藉以知臺灣往昔之史跡」[11]，主題是對於當時嚴重的分類械鬥現
象及其原因和後果的反映和思考。

　　儒學教化在臺灣的另一重要作用，是糾正鬼神巫覡之風。臺
灣傳統文人秉持儒家「不語怪力亂神」的文化精神，質疑和反省
閩臺民間信仰的種種弊端。其中批評最為激烈的，是中元節及其
前後的祭鬼活動（俗稱「普度」或盂蘭會），揭露其鋪張浪費、
勞民傷財以及「媚鬼棄人」的可笑行徑，希望人們能夠幡然醒
悟，蠲除這種陋習，如黃贊鈞的《普度竹枝詞》、彭廷選的《盂
蘭盆會竹枝詞》等等。直到日據時期賴和仍有《普度》詩。顯然
比起清初，清代中後期的文人采風詩更有了觀風俗以知得失、正
民風的含義，顯示了儒家正統思想與地方文化陋習的糾葛和鬥
爭。這是隨著儒學教化在臺灣的發展而產生的變化。

五、家族文學的興起和意義

　　清代以來臺灣文學的另一個重要現象，是出現了「家族文
學」──以某一家族為中心的文學創作群體。比較典型有竹塹

11　林耀亭：〈重刊陶村詩稿序〉，陳肇興《陶村詩稿》，臺北：龍文出版
　　公司 1992 年重印出版。

（新竹）的鄭用錫家族、林占梅家族，大龍峒的陳維英家族，板橋的林維源家族，嘉義的賴時輝家族等等。某種意義上說，「家族文學」是清朝嚴禁民間社團的存在，而臺灣又發展了以大家族為地方首領和人際關係樞紐的社會形態下的一種「準詩社」的文學組織形式。直到晚清，「家族文學」才為「社團文學」所取代。

臺灣竹塹的鄭、林兩家，其家族性文學的特點，首先就在於以「家族」為觀照焦點和描寫重心之一，表現出對家族的興旺衰敗，家人的生老病死、團聚離散，以及家族內外關係、家庭倫理道德等的格外關心和重視。如鄭用錫曾因聽說家中有婦人為求近利而提議析產分家，頗感傷心，作《余一家男婦和睦因間有不識大義迫成分爨余心滋愧感此賦作》一詩。又如，林占梅雖富，卻常有家室之哀，連遭失子、喪妻、亡母等家庭變故，因此他的詩中充滿家親、族親和鄉梓之情，既有因親屬過世的悲痛和感傷，也有在難得的家族團圓、親人相聚時刻的珍惜和欣慰，甚至將家族觀念擴大到鄉梓觀念。其《乙丑除夕團圓歌》描寫了全家從德高望重的長者到活潑聰慧的小孩乃至男僕女婢，一起歡笑圍爐的和樂景象。顯然，作者格外渴望和珍惜家庭天倫之樂，才能將此詩寫得如此生動。

鄭、林二氏家族文學更主要的共同特點，是都建立了自家的庭院園林——林家的「潛園」和鄭家的「北郭園」，不僅族內親戚相互帶動影響，而且通過此名園招徠本地或外地（包括從大陸流寓臺灣）的文人雅士，會集於園內交遊酬唱，以詩會友，促進了更多、更好的作品產生。還有長居園內的客人，如楊浚之於北郭園，林豪、林維丞之於潛園。園內的環境極適合於寫詩，能使詩人的靈感泉湧，詩思飛翔，其創作的「園林文學」被視為在中國文學史上都有其特殊價值。清代臺灣家族文學在當時起了代替詩社、集合文人雅士相互切磋砥礪，促進文學創作興盛的作用。

第二節　古代臺灣的抗敵詩文

一、明代東南沿海抗倭詩文

　　從明代起，倭寇屢犯中國東南沿海，中國軍隊多了一項抗倭靖海的重任。在當時閩浙粵沿海軍民的抗倭鬥爭中，出現了幾位抗倭詩人，如張經、俞大猷、陳第等。素有「俞龍戚虎」之稱的俞大猷，擅長於海戰，其《舟師》一首寫水師海戰及勝利歸來的盛況和豪邁氣概：「倚劍東溟勢獨雄，扶桑今在指揮中。島頭雲霧須臾淨，天外旌旗上下沖。隊火光搖河漢影，歌聲氣壓蚪龍宮。夕陽景裡歸篷近，背水陣奇戰士功。」這樣的格調、氣勢為後來的抗倭「海戰詩」廣為延續。

　　隨著15世紀末的「地理大發現」，西方列強東來，中國東南海疆的局勢更為複雜化。17世紀初年，荷蘭人韋麻郎等進據臺澎。寧海將軍沈有容運籌幃幄，或引兵攻之，或曉喻退之，連奏凱歌。當時有屠隆《平東番記》、陳學伊《題東番記後》等，記載其事甚詳。沈有容凱旋後，閩、浙政要及士紳感其靖海之功，多作詩酬贈頌揚，沈有容輯其詩為《閩海贈言》。與沈有容同舟往臺灣剿倭的陳第所作《泛海歌》二首，其一云：「水亦陸兮，舟亦屋兮。與其死而棄之，何擇於山之足、海之腹兮！」表現其保家衛國、視死如歸的堅定信念。征倭歸來陳第所作《東番記》，被視為「明際親臨本島目擊本島情形者所遺之最早文獻」[12]。

　　撰寫了大量的抗倭詩篇，其中包括不少「海戰詩」的，還有平日駐守福建海防，長期擔負抗倭使命的將士。1597年任南路參

12　方豪語，轉引自中國社科院文學所編《臺灣愛國文鑒》，北京出版社
　　2000年版，第10頁。

將、駐中左所（今廈門）的施德政，有題於廈門醉仙岩壁上的
《征倭詩》，寫道：「偏師春盡渡澎湖，聖主初分海外符；鼙鼓
數聲雷乍發，舳艫百尺浪平鋪。爭傳日下妖氛惡，哪管天邊逆旅
孤；為道凱歌宜早唱，江南五月有蓴鱸。」九年後擔任同樣職務
的李楷，有《和前韻（征倭詩——醉仙岩題壁）》；第二年又有
同一職務的繼任者徐為斌的同題詩。這三首出自三位先後擔任同
一官職者之手，前後跨越 10 年之久的唱和之詩，寫出了當時中國
舟師出征時千船齊發，旌旗蔽空、鼙鼓雷發、魚龍吞氣的雄壯景
觀，同時也寫出了廈門和臺澎在抗倭鬥爭中互成犄角的戰略關
係，以及一撥接一撥的戍邊將士以驅除倭患為己任的勇氣和決心。

二、鄭成功《復臺》詩及明鄭時期抗清詩文

　　西元 1644 年崇禎皇帝縊死煤山，清朝建立，但以南明政權為
代表的明朝殘餘勢力和以大順起義軍為代表的農民武裝，仍頑強
地與清政權周旋。由於廈、金彈丸二島迴旋餘地太小，同時也出
於驅逐據臺之荷蘭人、恢復先人故土、維護海商集團利益等需
要，鄭成功於 1661 年率部進軍並收復臺灣。其間，鄭成功致信荷
蘭總督揆一勸其投降，明確指出：「臺灣者，中國之土地也」，
寫得義正詞嚴，鏗鏘有聲。曾拜錢謙益為師的鄭成功，詩歌造詣
頗高。他最膾炙人口的《復臺——即東都》詩云：「開闢荊棘逐
荷夷，十年始克復先基。田橫尚有三千客，茹苦間關不忍離。」
此詩的文學史意義在於：使用了「田橫」這一典故，用它代表一
種忠於舊朝，寧死不肯降敵的「遺民」氣節，為此後數百年的臺
灣傳統詩文廣為沿用。特別是在像乙未割臺、異族入侵這樣的時
刻，有著極高的採用頻率，臺灣文人們用它來表達寧願為國死
節，也不願生而向異族稱臣的愛國精神。

　　鄭成功之子鄭經承續了父親的事業，也像父親一樣，頻頻在
詩文作品中表達其遺民忠義精神。世傳《滿酋使來有不登岸不易

服之說憤而賦之》詩云：「王氣中原盡，衣冠海外留；雄圖終未已，日夕整戈矛。」表明他抗清復明的願望和企圖。20 世紀 90年代學術界發現了一部更可靠的完整原始資料——鄭經詩集《東壁樓集》，其中多首詩作充滿了悲明抗清，待時恢復的志概。如《悲中原未復》詩云：「胡虜腥塵遍九州，忠臣義士懷悲愁。既無博浪子房擊，須效中流祖逖舟。故國山河盡變色，舊京宮闕化成丘。復仇雪恥知何日，不斬樓蘭誓不休。」其中「祖逖」等典故和「田橫」一樣，為後來包括連雅堂等在日據初期的作品在內的臺灣傳統詩文多所採用。

明鄭時期可歌可泣的遺民事蹟，還有寧靖王朱術桂及其五妃死節事。在鄭氏歸清時，寧靖王與其妃皆自盡，流傳很廣的一首朱術桂《絕命詩》寫道：「艱辛避海外，總為數莖髮。於今事畢矣，祖宗應容納。」最後一句有的版本為「不復采薇蕨」，用的是伯夷、叔齊的典故。寧靖王和五妃的殉節，後來成為臺灣文學史上永久的題材，不同類型的詩人幾乎皆有詩篇歌詠其人其事，是詠史詩中僅次於鄭成功者。

三、有關臺灣戰略地位的思考

鄭成功從荷蘭人手裡收復臺灣，並以臺灣為基地，與清朝形成了抗衡、對峙的局面。這是特定歷史原因所造成的，但終非長久之計，因為它對國計民生、兩岸人民的生產生活，造成了極大的影響和損害。在大陸，清政府同樣橫徵暴斂，特別是施行海禁、「遷界」政策，致使沿海數十里的居民棄田毀屋，顛沛流離。其間，兩岸政權時而談判，時而征戰，人民飽受戰亂之苦。因此，分久思合，結束這種帶給人民巨大苦難的分割、戰爭狀態，成為歷史發展的必然要求。

此時康熙皇帝在穩定大陸局勢後，下了渡海征臺的決心。康熙二十二年，施琅克澎湖，迫使鄭克塽投降，臺灣島遂歸清朝版

圖，實現了全國的統一。施琅次子施世綸從軍出征，寫下《克澎湖》詩，承續明代以來福建軍民抗倭鬥爭中形成的「海戰詩」傳統，描寫施琅水師船艦齊發，乘風破浪，席捲澎湖的雄偉場面，歌頌了江山一統的光耀業績。

　　施琅克復臺灣的捷報傳到北京，正值中秋，康熙皇帝喜甚，脫下身上龍袍，並賦一詩，派人馳賜軍前，以示褒獎。詩序中言明其意義，一是「紓南顧之憂」，完成了國家統一；二是使「瀛壖赤子」即海邊際地人民「獲登衽席」，免除戰亂之苦，過上平和安寧的生活。

　　當時一些昏庸朝臣認為，臺灣不過是孤懸海外的荒壤僻地，主張棄而勿守，並將臺灣民眾遷徙回大陸。施琅上《恭陳臺灣棄留疏》，力陳臺灣萬萬不可棄，終為康熙所採納，臺灣從此納入國家行政建置正軌。施琅指出臺灣對於中國之地理戰略意義：「臺灣地方，北連吳會、南接粵嶠，延袤數千里；山川峻峭、港道迂迴，乃江、浙、閩、粵四省之左護。」而臺灣一地，物產富饒，其民本為中國之人，只要善加撫恤，使之歸服，即能杜絕邊海禍患，成為國家東南屏障。施琅特別指出了外國殖民者正虎視眈眈，欲吞併臺灣，以此作為進攻中國沿海各省之基地的危險性，最後得出「棄之必釀成大禍，留之誠永固邊圉」的結論。此疏條分縷析，有理有據，且言詞懇切，當作文學作品來讀亦無不可。

　　在臺灣棄留問題上，施琅等主「留」派占了上風，但相關的爭議和不同看法，並沒有結束。一些有機會親履臺灣者，在其相關詩文和遊記中，寫下了他們的觀感和思考，較重要的有郁永河的《裨海紀遊》，藍鼎元的詩文，陳炯倫的《海國聞見錄》等。這些人視野較開闊，往往對海外各國、各民族有更多的瞭解，對於正處於工業革命和殖民擴張中的世界大勢有一定的認識，因此對潛在的異族入侵有所警惕，成為中國較早具備海防意識的人。

如《裨海紀遊》中對那種認為臺灣為「海外丸泥，不足為中國加廣」、「日費天府金錢於無益，不若徙其人而空其地」的説法加以批駁：「不知我棄之，人必取之；我能徙之，彼不難移民以實之」，並以此作為入侵中土的立足點。在當時即有此慮，是頗有遠見的。

康熙六十年臺灣朱一貴起事，作為南澳總兵藍廷珍的幕僚渡臺的藍鼎元有《臺灣近詠十首呈巡使黃玉圃先生》（後又續寫了五首），考察了臺灣的地理、人口、農耕、教育、民生、民俗等諸多情況，其中最重要的，是作者對於臺灣的戰略地位的認識。他寫道：「臺灣雖絕島，半壁為藩籬。沿海六七省，口岸密相依。」接著針對臺灣孤懸海外而要放棄的論調，指出臺灣實為中國東南沿海的屏障，有著「臺安一方樂，臺動天下疑」的重要意義，何況「荷蘭與日本，眈眈共朵頤」；只要對臺灣民眾施予教化，使其滋養生息、繁榮發展，必將起到「千年拱京師」的作用。這種對於臺灣在抵禦外來入侵中的戰略地位的認知，在陳炯倫的《海國聞見錄》中也有明確的表述。

第三節　乙未割臺前後的詩文創作

一、近代反侵略的「主戰」文學

清朝道咸年間，臺灣的移民社會已逐漸轉化為定居的文治社會；另一方面，整個中國卻面臨著一個巨大而深刻的轉折。這就是西方列強企圖用堅船利炮打開閉關鎖國的古老帝國的大門。1840 年的鴉片戰爭是一劃時代的重要事件。在這事件中，閩、臺由於其地理位置首當其衝，一起成為鴉片毒害的重災區。劉家謀《鴉片鬼》、張維垣《乞煙灰》等詩對於鴉片的禍害，有頗為生動的描寫。

朝廷內部對於危機的處理，形成了「主戰」和「主和」兩大派。然而從林則徐開始，閩臺的官民多為「主戰派」，出現了許多抗戰英雄，與此有關的文學作品，也始終以「主戰」為主旋律。如林則徐、張際亮、陳慶鏞、梁章鉅、陳化成、林樹梅等都是堅決反對投降，主張徹底禁煙的著名人物。林昌彝所著《射鷹樓詩話》被視為記錄鴉片戰爭時期詩歌創作的最重要文獻。在海峽的對岸，英軍數次犯臺，均為達阿洪、姚瑩所率臺灣軍民擊退。但由於清政府轉欲求和，姚、達二人因功反遭革職陷獄。對此，閩臺官員和民眾頗多不服，一時「兵民洶洶罷市」，「海峽兩岸作詩著論，力辯其誣者甚眾」[13]。1850 年前後，臺灣人民倡「攘夷之論」，並立《全臺紳民公約》二則，表明「如我百姓為夷人所用，是逆犯也，是犬羊之奴也，餓死亦不肯為」的決心。

1870 年代初期，臺灣爆發「牡丹社事件」，日本藉機派兵在琅嶠社寮登陸。時任船政大臣的沈葆楨奉派前往處理相關事宜。他親自起草了一份外柔內剛、義正詞嚴，已具有現代國家主權觀念的照會，斷然聲明：「無論中國版圖尺寸不敢以與人！」被《申報》稱許為「理直氣壯，言言中肯」，「中國之直，日本之曲，一覽而愈昭」[14]。沈葆楨又有詩曰：「既為封服貢王城，突起狼心欲恣行。魚游釜中忘自吊，唉來談笑說延平。」「東方保障鎮海間，大海為池城本山。蠢爾東洋小日本，紛紛鳥語一弓彎。」[15] 詩中充滿了對日本侵略行徑的蔑視以及對臺灣作為中國東南屏障的戰略地位的認知。

1884 年的中法戰爭中，劉銘傳率領中國軍民在臺灣大挫法

---

13 陳昭瑛：《臺灣詩選注》，臺北：正中書局 1986 年版，第 93 頁。

14 轉引自林慶元、羅肇前：《沈葆楨》，福州：福建教育出版社 1992 年版，第 104 頁。

15 屠繼善：《恆春縣誌·卷十四·藝文》，臺北：臺灣銀行 1960 年版，第 237 頁。

軍。1885 年 3 月，中國取得鎮南關大捷，中、法兩國隨即簽訂停
戰協定，中國「不敗而敗」。臺灣詩人施士潔有詩揭露西方列強
的相互勾結：「蠢茲法國夷，到處滋蔓草，蜂目而豺聲，惡態堪
絕倒」，而「狡然英與俄，佯為念舊好，袖手坐旁觀，唇齒隱自
保。滇疆羨煤坑，粵地窺樟腦」；詩人並表達了驅逐入侵者的願
望和決心：「志士攘臂呼，剪除苦不早」，「誓將食其肉，投之
畀有昊」。[16] 同時期也出現了許多抨擊或不滿清廷與敵簽約的詩
篇，如楊浚《聞津門和議成感作》中有「誓斬樓蘭看舊劍，請從
南粵擊長纓；千年銅柱無慚色，一夜金牌有哭聲」等詩句，既寫
出了抗法將帥的雄姿和威風，又悲慟於清廷卑躬屈膝、喪權辱國
的行徑。

　　然而，臺灣最大的劫難發生於甲午、乙未之年。甲午海戰中
方落敗，使臺灣人民最為悲憤的，是清廷為求一時之安，割地議
和，使得國家從此金甌殘缺。臺灣民眾願為中國人，不甘為亡國
奴，所以激起極大矛盾。在這事變中，臺灣軍民幾無例外都是
「主戰派」。時任臺灣兵備道的陳文騄（字仲英）有引來眾多和
者的《示諸將》四首，譴責筆鋒直指喪權辱國的權臣。陳季同有
《弔臺灣》四律，第二首云：「金錢卅兆買遼回，一島如何付劫
灰！強謂彈丸等甌脫，卻教鎖鑰委塵埃。傷心地竟和戎割，太息
門因揖盜開。聚鐵可憐真鑄錯，天時人事兩難猜。」指出了臺灣
對於整個中國的重要屏障意義。此外，更有詩作從正面表達了
「主戰」的意願和決心。許南英《和祁陽陳仲英觀察感時示諸將
原韻》直接表達了與朝廷「主和」大相徑庭的民間意願和決心，
詩云：「潛移兵禍海之東，炮火澎瀛殺氣紅。大帥易旗能禦敵，
平民制梃願從戎。岳家軍信山難撼，宋室金輸庫已窮。有詔班師

16　施士洁：《疊前韻（越南聞捷，與祁華垓同年夜談聊句）》，《後蘇龕
　　合集》，臺北：龍文出版公司 1992 年重印出版，第 320-321 頁。

臣不奉，聖明亦諒此愚衷。」

　　這種抵制朝廷，誓死禦敵的宣示還大量地出現在各種文告書函中。就在《馬關條約》簽訂次日，丘逢甲以「工部主事、統領全臺義勇」的身分上書臺灣巡撫唐景崧，其文曰：「和議割臺，全臺震駭……臣等桑梓之地，義與存亡；願與撫臣誓死守禦。設戰而不勝，請俟臣等死後，再言割地……如日酋來收臺灣，臺民惟有開仗。」[17] 又有在京的臺灣進士、舉人汪春源、羅秀惠、黃宗鼎、葉題雁、李清琦等 5 人，向都察院上書，其中寫道：「夫以全臺之地使之戰而陷，全臺之民使之戰而亡，為皇上赤子，雖肝腦塗地而無所悔。今一旦委而棄之，是驅忠義之士以事寇讎，臺民終不免一死，然死有隱痛矣……與其生為降虜，不如死為義民」[18]。這些文字中充溢的滿腔悲憤和抗敵激情，至今讀來都還令人感動。

二、歌詠鄭成功和兩岸相互眺望

　　割臺之後，臺灣紳民面臨困難抉擇。其中部分人士「恥為異族之奴」，舉家內渡，但更多的人由於家庭生計、田園及祖宗墳塋等原因，仍留在臺灣，也有的頻繁往來於兩岸之間。這時臺灣文學出現了一些在特定時空中才會產生的特殊現象：一是有關鄭成功的詠史抒懷作品蔚為大觀，文人們藉鄭成功事蹟，以澆心中塊壘。二是海峽兩岸的相互眺望。留在臺灣的詩文作者，因生活於異族統治之下，痛苦萬分，大陸是他們的寄望所在。他們站在臺灣的西海岸眺望大陸，抒發他們對於祖國的嚮往和期待。而內

17　見王彥威：《清季外交史料選輯》，臺北：臺灣銀行 1964 年版，第 255 頁。

18　〈戶部主事葉題雁等呈文〉，中國史學會編《中日戰爭（四）》，上海：神州國光社 1954 年版，第 27-28 頁。

渡的臺灣文人，也須臾無法忘懷他們的故鄉臺灣，他們站在福建
的東海岸眺望臺灣，有時在夢中也回到了鹿耳鯤身。三是隨著日
本在臺統治的日漸穩固以及20世紀前期中國大陸自身的戰亂，臺
灣回歸一時似乎遙遙無期。臺灣文人在不得不面對現實之後，
「有的人頹唐，沉迷於詩酒，有的人隱逸，蒔花自遣，有的人壯
心不死，寄情於文化的傳承，有待於來茲」[19]，但大多採不履仕
途，不與日人合作的消極抵抗姿態。

　　詠頌鄭成功及相關史實詩歌的盛行，與外國特別是日本侵佔
臺灣的企圖和行徑有著密切的關係。這些詩既涉及了臺灣的延平
郡王祠、赤嵌、七鯤島、鹿耳門、鐵砧山等具有歷史意涵的名勝
要地，也涉及了福建的石井、鼓浪嶼、萬石岩、太平岩等鄭成功
的故地遺蹟。詩中反覆使用的典故有長鯨、草雞、田橫、騎鯨
人、牛皮借地等。林維朝的《安平懷古》、連雅堂的《遊鼓浪
嶼》歌詠鄭成功驅逐荷蘭人的豐功偉績，充滿歷史的興亡感，且
都使用了跋浪鯨魚的典故。同類作品中以沈葆楨等上奏請求重建
的臺南延平郡王祠為背景的最多，其中又有不少作品提到祠中相
傳為鄭成功手植的古梅。連雅堂的《延平王祠古梅歌》將鄭成功
與諸葛亮、岳飛等相提並論，期待著再次出現像他們這樣有雄才
大略、能為民族起衰振頹的人物，可說是氣勢磅礡、感人至深的
優秀之作。

　　兩岸互眺作品的出現，則緣於臺灣人民當時一種進退兩難的
複雜處境和心境。留在臺灣的鹿港施性湍《沖西晚眺》詩中有
「西望蒼茫愁極目，中原只在夕陽邊」之句，林獻堂《滬尾》詩
則寫道：「觀音山上白雲飛，潮打長堤帶夕暉。江海茫茫何處
好？神州吾欲御風歸。」然而到大陸後，臺灣文人的內心卻又有

19　江寶釵：《臺灣古典詩面面觀》，臺北：巨流圖書公司1999年版，第
　　225頁。

著濃得化不開的鄉愁。林維朝內渡後懷鄉心切，登高遠眺大海深處渺不可見的臺灣，寫下《東山旅次》，有云：「歎我無方能縮地，未能瞬息到東瀛。」林癡仙由於多次來往於海峽兩岸，其詩作中這種在臺灣時想到大陸，到了大陸又想念家鄉臺灣的情緒，有特別的表現。

19 世紀末 20 世紀初，中國內憂外患，軍閥混戰，臺灣民眾的復土之夢一時難以實現。內渡的臺灣文人因此消沉、沮喪，鬱鬱寡歡。他們有的躲入酒鄉，借酒澆愁，有的隱遁山林，自甘窮愁潦倒。如新竹貢士陳濬芝歸籍福建安溪後過著隱居生活。施士洁在《輓陳紉石貢士》詩中有「南唐無奈家山破」、「沉憂刻骨真難療」、「歸來閒擁皋比坐，佛火一龕僧一箇」等句，正是部分內渡文人心情和行為的典型寫照。許南英《清明日，聞鄰人祭掃有感》詩云：「浮家泛宅寄漳城，時有鄉心觸處生。聞道隔鄰忙祭掃，一年難過是清明。」顯然清明節成為內渡文人最容易觸發其思鄉感傷的關口。有的內渡者就為著一片濃郁的鄉情，有意地將臺灣的景物「搬」到海峽的這邊來。1912 年，林爾嘉在鼓浪嶼仿臺北板橋林家園林興築「菽莊花園」；稍後又仿臺灣結社聯吟的風氣創立「菽莊吟社」。這裡有著鄭成功活動的諸多遺蹟，又有家鄉園林景物的影子，使得詩人們難免觸景生情，家國破碎之恨、故園眷念之情和身世飄零之歎，常繫於筆端。許南英《菽莊四詠·聽潮樓》詩云：「一輩舊人嘗往返，十年豪氣已除刪。倚欄顧盼兼天浪，舉手招呼隔岸山。澎湃潮聲都入耳，參差黛色盡開顏。客來莫話滄桑事，容我浮生片刻閒。」。然而，作者愈言「閒」，愈稱莫談「滄桑事」，愈顯出其內心其實一刻也無法「閒靜」下來，他們在「聽潮樓」上頻頻東望，聽到的是鹿耳鯤身的波濤聲，似乎看到了對岸的山嶺，心中無法忘懷的還是那晴天霹靂、滄桑巨變的事情，透露出當時內渡文人的普遍心態。當然，也有部分內渡文人採取更積極的態度，從事各種文化活動，

甚至不同程度地融入祖國的民主革命洪流中。著有《劍花室詩
集》、《臺灣詩乘》、《臺灣通史》等眾多著作的連橫，即一明
顯例子。

三、延斯文一線於不墜的傳統詩文

由於處在異族直接統治下，留在臺灣文人的處境更為險惡。
彰化詩人陳錫金的《漫題二首》有云：「種菜門常閉，誅茅屋未
成；野無梁與稻，路有棘兼荆。苦賦哀鴻什，悲歌《猛虎行》。
側身天地窄，何處寄餘生！」又有《家瑞陔進士寄詩問近況，次
韻奉答》，其中有「莫問輞川近消息，半龕燈火病維摩」之句，
與前述內渡回安溪的陳紉石（瑞陔）的「佛火一龕僧一箇」，如
出一轍，説明乙未後無論內渡或留臺的文人，其處境和應對方式
其實是十分相似的。

臺灣詩人的這種消極隱逸，是時勢所迫、無可奈何之舉。他
們寄憤懣情緒於詩，詩風轉為悽楚蒼涼。洪棄生本有濟世長才和
宏大懷抱，不幸遭遇日本的殖民統治，又不願賣身求榮，因此
「抑阨難申，牢愁感憤，每寓諸詩文，沉痛蒼涼，不能自已」。
他留居臺灣，覺得猶如生活於荆棘之中，在評説施梅樵的創作時
稱：「余與君淵源共派，滄海同經，以為龍、為鼠之人，處呼
馬、呼牛之世。滿腔礧硊，無從澆阮籍之胸；觸處悲哀，何地擊
漸離之筑！既朝鳳之莫鳴，繄寒蟬之長噤；而君乃一集編成，千
章煥發，當天荒地老之餘，作石破天驚之語……傳諸他日，將在
鄭所南之間；擬於本朝，豈居趙甌北之下？」[20]這何嘗不是洪棄
生的夫子自道！如果聯繫到《感懷十二首》中又有「世途若有回
機日，老大還須學請纓」的句子，可知作者聊作出世之人，內心

20　洪棄生：〈施梅樵詩序〉，《寄鶴齋選集》，臺北：臺灣銀行 1972 年
　　版，第 138 頁。

卻盼望著時機的好轉，有朝一日事有可為，他必從沉潛中呼嘯而出，再為國家、民族貢獻心力，即使上戰場，也在所不惜。

由於種種原因，日據時期臺灣文壇出現了一個特殊的現象，即詩人相互酬唱聯吟的詩社大量湧現，達數百個之多，並帶動了擊缽吟的風行一時。擊缽吟是一種帶有競技性的詩歌創作活動，其詩題的擇定帶有很大的隨機性（有時靠翻字典來決定），像觀魚、病酒、秋扇、遺妾、撲犬之類詩題，可說迂腐無聊；而各種格式的限定，更使其淪為文字遊戲，因此連雅堂也稱它為「變態之詩學」[21]。儘管如此，擊缽吟的盛行有著特定的時代背景和原因，對其作品、作者以及相關的詩社，不能一概而論。首先，對許多傳統文人而言，創建詩社是他們被殖民者視如糞土的情況下的一種自我尊嚴的肯定。其次，創建詩社的目的之一是同胞之間的交流切磋，溝通感情，可說是日人統治下漢人加強自我團結的一種變相組織形式。其三，臺灣文人結社聯吟，是「恐漢詩、漢文將絕於本島」的危機感下，力圖「保存國粹以延一線斯文於不墜」的舉動。此外，臺灣文人結社聯吟，也是其逃避惡劣環境，疏解鬱悶心情的途徑之一。儘管有脫離現實、淪為無聊消遣的傾向，但一般而言，文人們不可能只沉溺於「擊缽吟」，由於參加了詩社，平時他們不廢吟哦，大量具有社會意義的作品，就產生於平時不間斷的創作中。許然在為《臥雲吟草》作序時稱：「吾臺沉淪於異族統治下，垂五十年，然能維持道德文化，保存民族正氣於不墮者，實賴詩學之力也……宜發揚光大，以作振聾之木鐸，啟聵之洪鐘，是乃合乎詩學之本旨，詩人之使命也。」[22]

21　連雅堂：〈餘墨〉，《臺灣詩薈》第 1 號，1924 年 2 月，第 49 頁。
22　許然：〈臥雲吟草·序〉，林玉書《臥雲吟草》，臺北：龍文出版社1992 年重印初版，第 3 頁。

第二章　臺灣新文學的產生和發展

第一節　臺灣文學現代性的起源

一、臺灣文學現代性起源語境及多源性特徵

　　歸根結底，文學「現代性」是伴隨著社會的「現代化」進程而產生的。從 20 世紀 80 年代開始，一些大陸學者試圖將中國新舊文學轉換的上限向前推進至清末民初，認為中國文學現代性並非到了「五四」才發生，而是在更早的時候就已萌芽。這種情況的產生顯然與甲午戰敗有很大的關係。如果說中國的近代化進程因受鴉片戰爭以來西方列強入侵的刺激而啟動，那甲午戰爭更是一個重要的關節點，它喚起了中國人民救亡圖存的現實急迫感，從而開啟了政治、經濟和文化各方面的現代化追求的新階段。甲午戰爭給予臺灣的影響和刺激更為直接和巨大，而明治維新後的日本也確能帶給臺灣一些現代文明的因素。因此，將對臺灣文學現代性起源的考察向前推進至日據初期，是很合理和必要的。

　　所謂「現代性」是一個與「現代化」有所聯繫但又有很大區別的概念。「現代化」指的是一個社會在物質、制度以及精神層面從「前現代」走向「現代」的歷史過程和結果；而「現代性」卻是指對這一「現代化」過程及其結果的追求和思考。後者包

括：對「現代化」的體驗（經歷、觀摩、感動、羨慕等等）；
「現代化」的接受（在本土的模仿、實驗等）；「現代化」的反
思（對「現代化」的優點和弊端的全面考察和思索），並追求在
本土建立符合自身情況的存優去劣的「現代化」。從這個意義上
說，「現代化」是產生「現代性」的客觀基礎，而「現代性」更
多的是對「現代化」的一種主觀反應（包括正面的或反面的）。
甲午戰爭中，中國在原本崇拜中國卻因「現代化」而驕橫起來的
日本面前鎩羽，使國人深感「現代化」（維新）的重要性。儘管
「維新」在政治上一敗塗地，但在思想文化界卻沒有消失，甚且
因失敗了的政治革新者的轉入而更為發展起來。嚴復帶著啟蒙目
的翻譯《天演論》出版，以及近代意義的民族主義思潮的應運而
生、急遽興起等，都是「現代性」的表現，亦即國人追求或反思
「現代化」的產物。

　　一種頗流行的觀念認為日本為臺灣帶來了現代化。考諸事
實，這種說法並不準確，至少是並不全面。首先，在日本據臺之
前，臺灣作為中國的一個府或省，與整個中國一道，早已啟動了
近代化的進程。如1858年天津條約簽訂後，臺灣著手開埠通商；
1874年沈葆楨奉派處理「牡丹社事件」時即有開山撫番、興建煤
礦之舉；1884年中法戰爭及其後，劉銘傳在臺灣進行了卓有成效
的近代化建設，包括修鐵路、設電纜等。其次，臺灣與世界上一
般的殖民地有著一個重要的區別，即它不是整個國家、民族的被
殖民，而是一個國家的局部被割讓於外國，因此它還存在著一個
「祖國」，儘管祖國當時也處於半殖民地狀態下，但在一批仁人
志士的努力下，或許有點蹣跚，但畢竟已開始了邁向「現代」的
步伐。後殖民理論稱，一個殖民地被佔領後，其固有的歷史和文
化頓時化為空白，這種情況在臺灣表現得並不典型，其原因或許
就在臺灣還有「祖國」的存在。而這「祖國」正是臺灣固有的文
明輸入來源。臺灣人作為主要從閩、粵等地前來開發海島的移

民，中國大陸歷來是其心目中的「文明中心」，他們從祖國大陸攜來文明，其後代也仍不斷地從父祖之鄉接收文明成分，包括農耕技術、儒家觀念制度等。因此除了殖民宗主國日本之外，中國大陸是臺灣的另一個歷史更長久，且由於語言相通、血脈相連、民族同一而更為方便、更為主要的文明輸入來源，而且這種「習慣」並不會那麼快就消失和轉變。進一步言，從日本輸入的是「殖民現代性」，殖民者從事「現代」建設的目的是獲取殖民利益，因此殖民地人民在「享受」殖民者帶來的某些文明成果時，同時須吞下一些被殖民的苦果。而從祖國接收現代文明成分，一方面能滿足臺灣民眾固有的民族情感，另一方面，還能避免殖民現代性的負面影響和為害。當臺灣人意識到此，必然會加以權衡和選擇。20 世紀 20 年代臺灣新文學運動的興起，就是臺灣主要從祖國而不是日本接收現代性的明顯例子——張我軍批評的焦點之一，正是一些舊詩人接受日本殖民者的籠絡而沉迷於文字遊戲甚至極盡阿諛奉承之能事的行徑。或者說，除了西洋外，臺灣有著日本和祖國兩個現代文明的主要接收源，在許多情況下，選擇從「祖國」接收「現代」更為有利而無害。這正是臺灣在接受現代性問題上的特殊性之所在。

二、臺灣文人從祖國接受「現代」觀念

　　臺灣由於其特殊地理位置，較早受到歐風美雨的吹襲，它和福建以及其他沿海省份一起，在中國「近代化」進程中走在前列。臺灣進士施瓊芳《戰艦》一詩，歌詠中國自己發展船政，制船造艦，建立水師的事蹟，並稱頌了水師的靖海功用，指出建立「海上長城」的必要性：「乘戰者艦用者人，水虎馳驅若有神。用艦者人宜者地，竹龍部署皆得勢。莫因炮臺守岸謀，便弛戈船衝波制。中原物力饒外夷，船政振刷需平時」，「如知防海賢長城，即是救時真寶筏。」又如，洪棄生對鐵路、火車、電燈等新

事物也有過生動的描寫。

在制度層面乃至思想觀念層面，內渡文人施士洁的《法蘭西國大革命歌》寫了閱讀世界歷史所產生的開闊視野的作用：「老民蛛隱心太平，未讀西史猶孩嬰」；讀了之後則對西方政治經濟等各種學術思想和社會制度多所瞭解，並可以史為鑒。他甚至從嚴復所譯《天演論》中「合群」之說中獲得啟發，促使其晉江施氏宗族由分裂爭鬥轉化為整合認同 23。另一內渡詩人許南英亦頗受新思潮影響，傾向於學習西洋新法，改革圖強。其《秋懷八首和邱仙根工部原韻》中有「黃種近編新憲法，青年待起自強軍。暮笳曉角何悲壯，愛國歌聲動地聞」的詩句。後來許地山稱其父親許南英「對於新學追求甚力，凡當時報章雜誌，都用心去讀；凡關於政治和世界大勢底論文，先生尤有體會底能力……他底詩中用了很多當時底新名詞，並且時時流露他對於國家前途底憂慮……」24。許南英曾數次返回臺灣，必然將其在大陸接受現代新事物的心得與其南社詩友相交流。

自乙未割臺之後，「雅堂渡海旅居廈門，十年間凡四次。」25 其《劍花室詩集》所收詩作，說明從乙未至辛亥這段期間內，作者接受了西方新思潮的深刻影響。如《讀西史有感》中，有「登天早信非難事，縮地於今亦有方。一自殺蛙生電後，上天下地任翱翔」詩句，表現了對世界科學技術進步的關注；而《讀盧梭民約論》詩云：「平生最愛盧梭子，民約思潮湧大球。革命已成專制死，文人筆戰勝王侯」，則顯示他對於西洋學術思想和理

23 參見汪毅夫《近代臺灣文人在福建》，臺北：幼獅文化事業公司 1998
    年版，第 118 頁。

24 許贊堃：《窺園先生詩傳》，許南英《窺園留草》，臺北：龍文出版社
    1992 年重印初版，第 246 頁。

25 曾迺碩：《連橫傳》，南投：臺灣省文獻委員會 1997 年版，第 44 頁。

論的吸收。此時對連雅堂觸動最大的，是嚴復所譯《天演論》中
所傳達的進化論和自強保種思想。《丙午除夕書感》一詩表明他
「六載混淟握筆權，又從鷺島築文壇」的活動中，包括了「漫談
天演論成敗」；作於廈門的《留別林景商》有云：「合群作氣挽
洪鈞，保種興王起劫塵。我輩頭顱原不惜，共磨熱力事維新」，
表白為了走在時代前列而率先接受新思潮、新觀念的意願。

　　1904 年 4 月，連橫於廈門《鷺江報》旬刊第 61 冊上發表了
寫於鼓浪嶼的《惜別吟詩集序》，表達他對女權運動的看法。文
中寫道：「臺南連橫歸自三山，留滯鷺門，訪林景商觀察於怡
園，縱談人權新說，尤以實行男女平等為義。酒酣氣壯，景商出
詩稿一卷，云為榕東女士蘇寶玉所著……連橫讀竟而歎曰：中國
女權不振，一至於此歟！……寶玉生於寒門，明詩習禮，因父醉
語，誤適非人，時年猶未笄也……余不為寶玉責，而特罪夫創
『父為子綱，夫為妻綱』者之流毒至此也……近者中原志女，大
興婦風，設女學、開女會、演女報者接踵而起，寶玉丁此時勢，
埋沒於荒陬僻壤，不獲與吳擷芬、張竹君、薛素琴輩把臂其間，
寶玉誠不幸矣！猶幸其能以詩傳也。嗚呼！中原板蕩，國權廢
失，欲求國國之平等，先求君民之平等；欲求君民之平等，先求
男女之平等。」文中指出近來中原有女子為爭女權而起，而所謂
「晚近士夫倡言保種，推原於女學不昌」中的「士夫」，林紓或
為其一，因林紓在早些年出版的《閩中新樂府》中《興女學（美
盛舉也）》一首便詠歎「興女學，興女學，群賢海上真先覺」，
「兒成便蓄報國志，四萬萬人同作氣」，並有文言小說《謝蘭
言》寫來自臺灣和廣東的男女青年留學生自由戀愛的故事。連雅
堂有關女性解放的觀念，顯然來自當時中國大陸正蓬勃興起的女
權運動。

三、赴臺祖國文人帶入「現代」思想

由大陸輸入臺灣之「文明」的具體內涵，是多方面的：它可
以是物質層面的（如日本人到對岸的廈門開辦臺灣銀行之廈門分
行以吸納中國人的存款），也可以是制度層面的（如歷史上中原
政經體制的播遷），還可以是精神、觀念層面上的（如儒家觀
念），而從近代以來，新興思潮可說是臺灣吸收來自大陸「文
明」的最重要內容之一。有「清季臺灣第一洋務思想家」（吳文
星語）之稱的李春生，即是由廈門將「現代」因素帶入臺灣的一
個顯著例子。鴉片戰爭後，廈門開放為通商口岸，基督教英國長
老教會在廈傳教，李春生 14 歲受洗成為基督徒，此後熱心於研習
英語，並自學四書五經、中外史地和哲學等。18 歲時曾遊歷上
海、寧波、福州、潮州、高雄、臺南等地，後任職廈門英商怡記
洋行。1865 年 28 歲時，成為臺灣寶順洋行買辦。1869 年與蘇格
蘭商人杜特於淡水試種烏龍茶成功，並銷售北美紐約。1874 年牡
丹社事件爆發，春生首論營臺策略，撰〈臺事〉七篇，投稿香港
《中外新報》，建議與日議和後，加強臺灣防務，移民墾臺。
1875 後，他曾於清廷洋藥厘金局、臺北城建築、大稻程港岸堤防
修築工程、臺北府土地清丈、蠶桑局、臺灣鐵路道敷設等工作崗
位上任職。1896 年，匯集 1873 至 1895 年他投刊於《中外新
報》、《萬國公報》之各篇而成的《主津新集》，於日本橫濱出
版。[26] 吳文星歸納該書主要內容時指出：「李氏二十年間反復申
論者，在於籲請當局因時變法，根本地仿習西方的政教制度和科
學技藝」，強調富強首務為修天道、革吏治、興西學、置日報諸
端；儘管其將基督教信仰視為實施西方政法之前提有待商榷，

---

26 張季琳編纂：《李春生相關大事年表》，李明輝、黃俊傑、黎漢基編
    《李春生著作集》附集，臺北：南天書局 2004 年版。

「惟不可否認的，當西教仍為大多數時人視為異端時，李氏竟獨排眾議，指稱其為中國變法圖強之大本，足見其膽識非凡；同時，其改造國民性格以應變法之需之主張，的確極為高明正確而無所爭議。」[27] 日本據臺後，李春生與殖民當局有所互動，並繼續撰著多種出版。李春生顯然屬於較早接受「現代」洗禮的人物，而這得益於他作為廈、臺之人而具有的較早接觸西方文明的條件和視野。這一事例也可說明，由於較早成為通商口岸等原因，廈門的「現代化」進程走在臺灣前面，而在日據之前，臺灣的「現代」因素主要由中國大陸輸入。

　　章太炎提供了中國名士赴臺短期任職於媒體而向臺灣輸入「現代」觀念的另一實例。1898 年戊戌政變發生後，在維新變法時擔任《昌言報》主筆的章太炎遭通緝，由日本詩人山根虎雄介紹，於 1898 年 12 月 6 日至 1899 年 6 月 10 日來到臺北擔任《臺灣日日新報》記者、撰述人，其間在該報上發表詩文作品 55 篇（含為他人詩作而寫的「詩後批語」及連載的《東方格致》13 篇）。在政論性文章中，除了批評慈禧太后、袁世凱、張之洞等的文字外，另有一些是分析國內外形勢以及對臺灣文化事業的建言。如〈論亞東三十年中之形勢〉對包括俄、德等在內的西方列強瓜分中國的野心深加洞察。〈臺灣設書藏議〉論說在臺灣建立圖書館的必要性，並對其藏書類型、數量，編設目錄等具體事項提出設想。〈臺灣祀鄭延平議〉寫道：「延平當永曆之亡，猶奉其年號，握璽勿墜，未嘗以島國之主自與，嗚呼！其賢於吳（三桂）也遠矣……愚以政府宜為建祠……以章志節雄略之士」。〈論學校不宜專教語言文字〉針對殖民當局只讓「公學校」裡的臺灣人子弟學日語而無其他課程，將來學生只「習其文」而「勿

27　吳文星：《清季李春生的自強思想──以變革圖強議論為中心》，《李春生著作集》第 2 冊，第 291、302 頁。

能譯其義」，「徒從事於口耳觚牘之間而勿覃思」，可説一針見血地指出殖民教育的要害。[28] 然而更多的卻是介紹一些西學新知。從 1899 年 4 月 6 日至 4 月 25 日，《臺灣日日新報》上接續刊載了〈東方格致〉13 篇，其實是章氏從寫於 1891 至 1893 年間的《膏蘭室劄記》中，挑選談及西學的部分劄記的重刊。作者在對《管子》《莊子》《淮南子》《漢書》《樂記》等諸多古籍中的詞句文義加以考釋時，徵引近代西方自然科學著作相對照，等於向讀者介紹了天體演化、生物進化、物質結構學説以及地圓説等近代科學知識。其中對惠施「至大無外，謂之大一；至小無內，謂之小一」的理解，與現今的科技史研究如出一轍；地圓説則有助於破除中國中心論的傳統偏見，具有超出地理學的特殊人文意義。作者將其冠以「東方格致」的總名，旨在説明許多西方科學成果，其實中國古人早已有所認知。這種「古已有之」的論述模式，似乎影響了連雅堂、洪棄生等，在其著述中也反覆出現。

除《東方格致》外，章氏作品涉及西學新知的還有〈人定論〉、〈摘〈楞嚴經〉不合物理學兩條〉（一、二）以及署名「莉漢閣主」的〈平礦論〉、〈視天論〉等。像〈人定論〉稱：「吾先師荀子有言曰：日月之有食，風雨之不時，怪星之黨見，是無世而不有之」，並針對人們以彗星為災禍先兆的觀念加以辯駁。當時臺中地震，「道路傳言，又以為震于冬者，不崇朝而有兵禍」，章太炎試圖科學解釋火山地震發生的原因，消除人們的擔憂。[29] 這些作品同樣有普及科學知識乃至破除迷信的作用。

28　章太炎上述各文刊登於《臺灣日日新報》1899 年 1 月 29 日、1898 年 12 月 18 日、1899 年 2 月 16 日和 2 月 3 日，載王仲犖主編《歷史論叢》第四輯，濟南：齊魯書社 1983 年版。

29　章炳麟：〈人定論〉，《臺灣日日新報》1899 年 1 月 24 日；又載《歷史論叢》第四輯，第 22-23 頁。

四、晚清文學改良運動的波及

近代以來特別是甲午戰敗之後，西方新學對中國思想文化界產生巨大的衝擊，晚清文學改良運動也如火如荼地展開。這一運動主要代表人物有梁啟超、黃遵憲等，具體包括提倡「我手寫我口」，以通俗語言創造新的詩境的「詩界革命」，重視小說的地位和社會作用的「小說界革命」，創造了新文體（「報章體」）的「文界革命」，以及提倡「崇白話而廢文言」的白話文運動等，某種意義上可說是五四新文學運動的先聲。此時臺灣卻已淪為日本殖民地，自然減少了與祖國內地的聯繫。然而，種種跡象表明，晚清文學改良運動仍波及了臺灣，甚且產生了較為深遠的影響和作用。

晚清中國思想文化界的一個突出現象，是依靠報紙、書局（出版社）等近代媒體，大量翻譯西方各類書籍或文章加以刊發和出版，以向國人宣揚和灌輸新的知識與觀念。無獨有偶，臺灣也有相似的情形。早在 1906 年，李漢如就與日人伊藤政重創立「新學會」，同人中尚有洪以南、王慶忠、羅秀惠、謝雪漁……等，以促進開化為目的，特別「搜羅東西學者之演著，擇其精華，譯其原意，分科立派，作一紹介物」，其逐月刊行的《新學叢誌》，內容包括新學界（法學、經濟、格致、宗教、地理、政治）、國聞界（內外大事記）、新史界（即環球古今偉人史傳）、評論界（即學術新刊諸短評）、小說界（最新譯本短篇箚記）、國文界（和漢對譯）以及詞學界、新智界等專欄。[30] 除了自己譯介外，有些臺灣文人還直接從中國內地購買介紹各種新知的圖書。如櫟社詩人林癡仙在 1906 年 3 月 30 日的日記中有一詳

30　黃美娥：《重層現代性鏡像——日治時代臺灣傳統文人的文化視域與文學想像》，臺北：麥田 2004 年版，第 288 頁。

細購書記錄，在一長串的購書單中包括晚清時事、報紙、小說，如吳研人著《廿年目睹怪現狀》、梁啟超與程斗合譯的《血史》、梁啟超著《戊戌政變記》、第三年的《新民叢報》等；世界史地方面的《漢譯西洋通史》、《世界近世史》、《漢文日俄戰記》、《中西偉人傳》、梁啟超《新大陸遊記》、康有為《歐洲十一國遊記》，此外還有《漢譯酒井物理學教科書》、《日清對譯算數教科書》等科學讀物。[31] 甚至出現了專門進口大陸圖書的書局，如 1916 年嘉義黃茂盛開設的「蘭記圖書部」（後改為「蘭記書局」），以及稍後的臺北雅堂書局、臺北文化書局、臺中中央書局、臺南興文齋，等等。

晚清中國內地的「詩界革命」、「小說界革命」等，在臺灣也有明顯投影。20 世紀初的 10 年間數度往來於閩臺之間的連雅堂，後來曾在《詩薈餘墨》中述及他在 1906 年時，針對臺灣詩人沉迷於擊鉢吟的風氣，撰寫〈臺灣詩界革新論〉刊登於《臺南新報》，此舉或受大陸「詩界革命」的啟發。小說方面似有更多關聯。小說的盛行以近代報刊的興起為前提。臺灣最早的報刊有 1885 年 7 月由基督教傳教士創辦的《臺灣府城教會報》等。日本據臺後，先後創辦了《臺灣新報》（1896）、《臺灣日報》（1897），後又合併為《臺灣日日新報》（1898）。據臺灣學者考究，在《臺灣新報》發刊後三個月，就有明確標為「小說」的作品出現，但要在更長時間後，才有較大量的漢文作品出現。當時在報刊上發表的小說，在題目之外，往往根據其題材或性質，另冠以諸如「滑稽小說」、「艷情小說」、「寓言小說」、「詼諧小說」、「紀事小說」、「傳記小說」、「史傳小說」、「理想小說」、「寫情小說」、「哀情小說」、「偵探小說」、「歐

31 廖振富：《櫟社三家詩研究——林癡仙、林幼春、林獻堂》，臺北：臺灣師範大學博士論文，1996，第 43 頁。

戰小說」、「諷刺小說」等等,「上述各類名稱用法頗與晚清以
來的中國小說相仿,因此可能是廣泛閱讀中國小說所致,或受到
梁啟超等人大力宣導小說類型說的影響」[32]。不僅《新小說》、
《月月小說》等中國近代著名雜誌是如此,1914 年商務印書館為
林譯小說出版叢書,也分別給各書標上「言情小說」「倫理小
說」「冒險小說」、「偵探小說」、「神怪小說」「哀情小說」
「歷史小說」「實業小說」「社會小說」、「軍事小說」「義俠
小說」、「諷世小說」、「滑稽小說」、「政治小說」「國民小
說」、「寓言小說」等名目。兩地的情況如出一轍。

　　與大陸的情形相似,當時臺灣發表的小說中,譯作佔有相當
比重,而其翻譯方式,又多沿用中國近代文人(如林紓等)對文
本加以選擇、刪減、改動乃至添油加醋地加上自己的觀念和語句
的意譯法——即嚴復所謂「譯文取明深義,故詞句之間,時有所
顛倒附益,不斤斤計較於字比句次,而意義則不倍本文」[33],或
梁啟超所謂「凡譯書者,將使人深知其意,苟其意靡失,雖取其
文而刪增之,顛倒之,未為害也」[34]——甚至僅取原作大致情節
而多出於己意加以融鑄的摹寫法。與林紓略為不同的是,臺灣的
翻譯或摹寫經常未標出原作者之名。如 1905 年 7 月 1 日《漢文臺
灣日日新報》甫出刊即開始連載數百日的標注「最新小說」、由
謝雪漁署名的《陣中奇緣》,以法國大革命後共和軍與保皇軍的
對戰為題材,明顯是篇翻譯作品,但其主人公的名字分別為「松
如龍」、「鐵花」、「熊大猛」等,顯然是譯者為之新取之名。
這種情況甚至延續到 20 年代初。如魏清德的《獅子獄》中,竟有

32　黃美娥:《重層現代性鏡像》,第 313 頁。

33　嚴復:〈譯例言〉,赫胥黎著、嚴復譯《天演論》,北京:商務印書館
　　1981 年版,第 xi 頁。

34　梁啟超:〈論譯書〉,《翻譯通訊》編輯部編《翻譯研究論文集(1894
　　——1948》,北京:外語教學與研究出版社 1984 年版,第 18 頁。

小説人物屈里克（法國偵探）在遊園觀景時聯想起「等閒識得春
風面，萬紫千紅總是春」的朱熹《春日》詩句；魏氏另一小説
《齒痕》明顯取材自莫里斯‧盧布郎《虎牙》，卻對其情節大加
逆寫，選擇了一副更適合本地文化色彩的面貌，使「傳統道德」
的框架「隱約被挪移到異國的偵探文本之中了」。[35] 又如刊於
《臺灣文藝叢志》上的明道的「哀情小説」《看護婦》[36]，實為
一反戰小説，寫義大利少年納恩與少女意娟相愛，卻遭欺貧愛富
的女方父親反對，未料納恩忽得巨額遺產，婚姻乃成。未幾歐戰
爆發，納恩應徵入伍並殞命沙場，意娟悲慟不已，決意效法丈夫
為國效勞，成為紅十字會的一名護士。初時納恩向意娟求愛時有
「在天為比翼之鳥，在地為連理之枝」的誓言；當接到夫君傷重
不治的消息後，「意娟大慟，曰：休矣，上窮碧落下黃泉，兩處
茫茫皆不見」。顯然，這些七言詩句都為譯者添加，而非原文所
有。而老父反對女兒婚事時宣稱要「物色動爵子弟，為吾門楣爭
光」，這似乎也是中國才會有的説法。可見臺灣文人的翻譯摹
寫，也頗多取法於大陸文人之處。

五、文學社會功能的認知和強調

　　晚清「小説界革命」的要旨在於強調小説的社會功能，即梁
啟超所謂「欲新一國之民，不可不先新一國之小説」。與此相
似，臺灣文人對文藝的社會功能也有明確認知，甚至要讓文藝承
擔改造國民性的啟蒙任務。在彰化崇文社每月一次的課題徵文
中，於 1920 年 5 月曾有「戲劇改良論」一題，陳錫如、東山處
士、許氏美玉等都有文章入選。後來成為新文化運動幹將的楊肇

35　黃美娥：《重層現代性鏡像》，第 326-327 頁。

36　明道〈看護婦〉：《臺灣文藝叢志》第三年第三號，1921 年 3 月 12
　　日，第 29-32 頁。

嘉寫了兩篇應徵。其一寫道:「文明之利器有三,演戲亦居其一。蓋開化之道,與新聞同功也。聞之歐西各國,多有利用演戲,喚醒愚人之迷夢,以作社會之木鐸」,故國家之舉動,官僚之行為,苟有一二劣跡,今日事未行,明日戲已演,「我臺而欲改良戲劇,捨此奚法」?[37] 為此,革除舊小說戲劇中與此任務不合的諸多弊端,如充斥著的迷信、淫穢等因素,為當務之急。許氏美玉在同題文章中則寫道:「若《長生樂》,不以仙丹為寶,而盡力於衛生;若《百歲坊》,不以顯者為貴,而成功於勞動;若《買胭脂》、《賣火炭》,猥褻之處,削而除之,戀愛之情,神而化之;若《誅仙陣》,易以當代理化之實驗;若《打擂臺》,改以我邦角力之實習;若《青竹絲》、《朱雀關》,則專注乎偵探之術;若《打嚴嵩》、《斬延壽》,則直發其浩然之氣;若拜斗祭江,極寫忠臣節婦之苦衷;若托孤去位,極言愛國忘家之氣概。以感發善心,懲創逸志,中人生喜怒悲慘之節,而得天地春夏秋冬之序也。豈不懿哉,豈不懿哉!」[38] 儘管仍未脫離以傳統道德為主軸的軌道,但其追求現代文明、改良舊文學的趨向,是很明顯的。稍早的 1915 年 4 月,魏清德在一篇題為《詩及國民性》的演講中說道:「漢詩數千年作者不少,可惜無國民性表現之詩,此後所宜改良者,為排去陳腐,應時勢之要求。詩之本領,不獨為精神界之慰安,將以高尚國民之品性,改造國民之精神,不然則作詩不如耕田……」[39]。而稍後的 1924 年 2 月,林石崖〈臺灣詩報序〉中寫道:詩三百篇後,「王風委頓,大雅

37　楊筆嘉:〈戲劇改良論〉,黃茂盛編《崇文社文集》卷三,臺灣崇文社 1927 年版,蘭記圖書部印刷,第 53-54 頁。

38　許氏美玉:〈戲劇改良論〉,同上,第 54-55 頁。

39　見《臺灣日日新報》第 5405 號,1915 年 7 月 8 日,轉引自黃美娥《重層現代性鏡像》,第 44 頁。

不作」，主要原因在於「詩人所見不大之故」，而近世歐美詩人則相反，「其文藝之醇者，一本於哲學，凡所賦詩，不寫國家之政象，則描民族之心理，如俄之托爾斯泰、印之泰古俞者，使人誦其詩，讀其說，可以察其社會千變萬幻之情狀矣，蓋其學不離乎社會，而措辭命意，又務以指導人心，改造時勢，此詩人之偉大，所以能後杜少陵，而為詩聖也。」[40] 顯然，與梁啟超的要以新小說來「新國民」相似，臺灣文人也開始認識並強調文藝的社會功能，甚至要讓文藝承擔改造國民性的啟蒙任務，將它們視為新文學運動的先聲，並不為過。

　　《崇文社文集》卷三末頁有一上海中西書局的「告白」（廣告），推銷《福爾摩斯自殺》一書。該書將當時兩大偵探小說系列的主角福爾摩斯和亞森羅頻炒於一爐，使英國最有計謀的偵探與法國最為奸詐的惡徒「兩雄」鬥法，廣告上稱其「內容曲折離奇」，「閱之可以增進智謀，開發心思」。這是晚清民初中國大陸翻譯外國文學以啟發民智的風氣波及臺灣的又一例證。曾有論者指出，中文的偵探小說譯介進入臺灣，與晚清以降的傳統相似，以現代智性啟蒙為主；而與日本明治後期西方偵探小說的翻譯（包含大批改寫的作品）則有所不同，後者更重視的是以異國情調講述情節曲折的故事以招徠讀者，較諸晚清譯介者的憂國憂民，毋寧更將偵探小說視為一種通俗娛樂文類看待。[41]

　　其實不僅是翻譯小說，就創作小說而言，清末民初的中國作者，再如何「通俗」、「鴛鴦蝴蝶」，其實也與「憂國憂民」脫不了干係，而對臺灣文人產生較大影響的，也往往是此類作品。當時尚屬傳統文人之列的賴和，曾寫過《讀瘦鵑小說寄蔡說劍

40　林石崖：〈臺灣詩報序〉，《臺灣詩報》創刊號，1924 年 2 月 6 日。

41　呂淳鈺：《日治時期臺灣偵探敘事的發生與形成——一個通俗文學新文類的考察》，臺北：政治大學碩士論文，2004 年 7 月，第 71 頁。

子》一詩，刊於 1922 年 10 月 10 日出版的《臺灣文藝旬報》第十
號上，詩云：

> 悲來獨唱懊儂歌，眼底華嚴幻影多。今日鈞天猶醉
> 夢，何堪重問舊山河。
> 千古傷心國破亡，呼天欲訴恨偏長。卻憐故國沉淪
> 日，論罪由來究孰當。（亡國奴日記及誰之罪）
> 世間階級太分明，處處風波起不平。無數貧民膏血
> 盡，憑誰霖雨寄蒼生。（貧民血一篇）

　　「禮拜六派」作家周瘦鵑的愛國小說《亡國奴之日記》，寫
於袁世凱接受「二十一條」，激起全國人民反袁反日浪潮之時，
向世人訴說國家將亡的痛苦心情，以喚起民眾的愛國熱情，曾在
社會上產生很大的反響。後來成為「臺灣新文學之父」的賴和，
在臺灣閱讀了周瘦鵑的小說，並接受其愛國民族精神乃至關懷民
生疾苦的人道精神。這些都是中外文學以中文書寫形式進入臺灣，
並對日據初期臺灣文學由傳統向現代的轉變發生影響的例子。

六、五四新思潮的薰染和影響

　　五四新思潮的薰染和影響，成為催生臺灣新文學的「臨門一
腳」。1920 年前後前往大陸就學的臺灣青年驟增，時值五四新文
化運動蓬勃展開，臺灣青年得以大量接受祖國新興思潮的薰染。
賴和於 1918 年初赴廈門任職於博愛醫院。從《歸去來（由廈門博
愛醫院掛冠時作）》一詩中的「吾生仍墜忉利宮」，「冥蒙穢毒
神所棄，復為擯之東亞東」，「四顧茫茫孤島嶼，昂頭無際見蒼
穹」，「歐風美雨號文明，此身骯髒未由沐」，「雄心鬱勃日無
聊，坐羨交交鶯出谷」等詩句中，或可推測賴和不願拘囿、困守
於臺灣孤島上，希望通過大陸之行，開闊眼界，接受更多現代文

明的洗禮。後來賴和鼓勵其五弟賢穎入集美學校，應是出於相同
目的。賴和離開廈門前，正值五四運動爆發，他顯然已感受到五
四追求科學的精神，此後作品中時常出現的反迷信主題，在《仙
洞》一詩中已露端倪。在廈期間，賴和的視線還流連於周遭社會
現象和民眾生活，祖國貧弱戰亂、民不聊生的狀況，給予他深刻
印象，對他後來救國救民志向和反帝反封建文學主題的確立，應
有深刻的影響。《同七律八首》之四寫道：「茫茫大陸遍瘡痍，
蠱病方深正待醫。蠢豕直成真現象，睡獅猶是好名詞。未嘗世味
心先醉，聽慣民聲耳亦疲。如此亂離歸不得，排愁無計強吟
詩。」《于同安見有結帳幕於市上為人注射瑪琲者趨之者更不
斷》一詩，開頭更明確地寫道：「人病猶可醫，國病不可醫。國
病資仁人，施濟起垂危。今無醫國手，坐視罹瘡痍。」[42] 詩人似
乎已認識到還有比醫治個人的肉體病痛更為重要的，這就是醫治
國家政治、經濟制度之病，國民精神之病。這一點也正是魯迅
「棄醫從文」的原因。這或許是賴和的廈門之行對他後來的文學
創作產生最深遠影響之所在。

　　與賴和相比，張我軍的廈門經驗更有著開闊視野的直接意
義。刊載於 1926 年 2-3 月間《臺灣民報》的〈南遊印象記〉描寫
作者出行到臺灣南部，看到海而有無限的感慨：「我每次看了
海，似回到故鄉，遇見愛人似的。實在，海是我的故鄉，是我的
愛人。」接著說明其原因，竟是兩年的廈門生活所致：「自今五
年前，我從基隆搭船到廈門，這是與海接近的第一次。自是，在
廈門、鼓浪嶼輾轉過了兩年。這兩年之間，我受了海的感化和暗
示不少」；自此以後，「我就不想回到如在葫蘆底的故鄉了」，
現在「不得已在狹的籠內過狹窄的生活，還時時想要乘長風破萬

42　本小節所引賴和的漢詩作品見林瑞明編《賴和全集（五）·漢詩卷》，
　　臺北：前衛出版社 2000 年版，第 376-393 頁。

里浪，跳出臺灣，到海的彼方去！」由此可知，在廈門的兩年生活，堪稱張我軍「一生的轉捩點」（張光直、張光正語），使他跳出了比較保守、陳舊觀念的拘囿，走向了海洋，在海洋精神的洗禮和激盪下，形成了開放、進取的思想觀念，這對他接受五四新文化和新文學，摒棄陳腐的封建舊文化和舊文學，應具有關鍵的意義。

　　賴賢穎求學廈門後，又考上北京大學，因此成為賴和閱讀大陸書刊的重要管道。其小說《女鬼》[43]寫了臺灣青年旅廈後所受新思潮的衝擊和洗禮。林家城醫學院畢業後不願回鄉開醫院，卻往廈門去了，「適逢那四五千年來的老大國」，正「吼叫著新生的大合唱」，一般青年「全都擎起了新的建設的旗幟，直向光明的去處邁進著」，林家城的心難免為之所動。返臺後聽到的又盡是「諸種稅款愈征愈重了」「物價越騰貴了」等等「掙扎著只求一活的呻吟」，加上自己將被迫與無智識的陌生農村女子結婚，於是愈加古怪起來了，說出「老人可以討夥計（小老婆），倒不准許少年人娶個意愛的女子」這樣的話，因此得了「古怪先仔」的稱呼。小說寫出了受到五四新思潮激盪的回鄉臺灣青年與仍相對落後、保守、迷信的社會環境——這與殖民當局的愚民政策有關——的矛盾。林家城被稱為「古怪」，其實真正「古怪」的是當時的臺灣社會。這與魯迅書寫「瘋子」、「狂人」，具有相同的旨趣。

　　除了啟蒙思潮外，祖國還是臺灣接受左翼革命思潮的重要來源地之一。共產黨人翁澤生、蔡孝乾等，都曾來到閩南就學和從事革命活動。20年代前期的集美學校，聚集了一批進步教師（其

43　賴賢穎《女鬼》原刊《臺灣新文學》1卷第2號，1936年2月；收入鐘肇政等編《植有木瓜樹的小鎮》（《光復前臺灣文學全集⑦》），臺北：遠景出版社1979年版。

中不乏作家、詩人），一波又一波進步學生運動迭起，而「臺灣
革命僧」林秋梧、「臺灣話文」宣導者郭秋生，都曾在集美學校
學習或工作過。祖國甚至是在臺島從事抗日革命活動的左翼青年
的「大後方」。臺灣農民運動先驅、曾編閩南語《甘蔗歌》鼓舞
農民鬥志的李偉光（李應章），為抗拒殖民當局的追捕而渡海前
往廈門、上海等地繼續從事革命活動。他嚮往祖國的心情有詩為
證：「十載杏林守一經，依然衫鬢兩青青；側身瀛海豺狼滿，回
首雲山草木腥。潮急風高辭鹿耳，鷄鳴月黑出鯤溟；揚帆且詠歸
來賦，西望神州點點星。」[44]

第二節　「新」與「舊」的折衝和過渡

一、徘徊於「新恩」與「舊義」之間

　　臺灣文學由「舊」向「新」、由「傳統」向「現代」的轉
化，除了來自日本和祖國（特別是後者）的「外因」影響外，也
需通過「內因」才能起作用。因此，在臺灣新文學誕生之前的20
多年間，臺灣文人、作家在「新」與「舊」之間的折衝和選擇，
幾乎成為文學思潮發展的主線。

　　日本據臺之後，臺灣同胞面臨著多層面的兩難選擇。一是政
治上的兩難：從理智上說，順從乃至逢迎日本統治者，也許可以
避免受到傷害，甚且獲得某種利益；但固有的民族情感和認同，
又使他們難以心甘情願地接受異族殖民統治。二是文化上的兩
難：世界在進步，包括百孔千瘡的祖國也正掙扎著邁向「現
代」，日本殖民者更標榜以「現代」、「文明」來改變殖民地的

44　參見李玲虹、龔晉珠主編《臺灣農民運動先驅者——李偉光》（上
　　卷），臺北：海峽學術出版社 2007 年版。

落後狀況；然而傳統觀念根深蒂固，文化的更新將是一個痛苦和曲折的過程。這一雙重的兩難具體轉化為殖民性、現代性和本土性之間的糾葛，並反映於文人、作家筆下，成為經久不衰的文學主題，而在日據前期就有格外明顯的表現。

　　如果說「本土」包括了空間意義上的「本鄉本地」和時間意義上的「民族傳統」兩端，那 20 世紀臺灣文學整體上反覆地呈現了由「現代」向「本土」轉化的過程。首先，凡是人都會有對「現代」、「文明」、「幸福生活」的嚮往和追求，當殖民者以「現代」、「文明」的擁有者自詡，宣稱將使臺灣從「地獄」變成「樂園」（福澤諭吉語），這對殖民地子民無疑具有一定的迷惑性；如果殖民當局採取某些懷柔政策，對士紳階層加以籠絡，給予機會，他們當中某些人也會欣然接受，甚至知恩圖報。然而，人同時也是社會動物，因此就會有民族感情、國家認同等社會意識。大多臺灣民眾其先祖從閩粵移民而來，因長期受儒家思想影響，慎終追遠的情懷和對民族、國家的忠義精神也就格外強烈。日本統治即使真能帶來現代化的幸福生活，也未必能獲得臺灣民眾的完全認同，何況殖民者向殖民地輸入「現代」「文明」，其實帶有強烈的殖民掠奪和奴役的目的，當殖民地子民被迫吞下被殖民苦果時，「本土化」也就是必然的趨向了。如果說西方的現代性從追求理性、科學等發展到對資本主義弊端加以反思是符合其社會發展的自身邏輯的，在文學上也呈現了相應的從古典主義、浪漫主義、現實主義、自然主義、現代主義到「後現代」的依次展開，那東方殖民地卻往往呈現了迥異的現代性發展軌跡，文學上經常循環往復地出現從現代主義向本土（現實）主義轉化的逆向過程。這種情況甚至在日據前期就已見端倪。

　　日本統治臺灣後，日本人和臺灣人之間的關係，呈現十分複雜的情形，其間既有對立和對抗（武裝的或文化的），也有籠絡和諂媚，在一般民眾之間，有的還建立了親密的友情，甚至基於

共同的階級立場和革命目標而成為休戚與共的「同志」，如日本進步人士麻生久就曾搭救過因發起蔗農運動而入獄的李應章。施士洁在內渡閩南時也與日本人有頗多往來，相互唱和，但其詩作中仍充滿了「棄民」、「遺民」的感吟，多次出現「吾華」、「吾國」等詞語，昭示其民族意識情感的堅持和守護。其《贈日本醫士貴島旭園健，時將由廈渡臺》肯定了日本醫士來廈行醫為傳播文明之舉，但更多是對貴島氏傳承中醫的稱譽，其第二首詩云：「吾華千載岐黃術，傳者如今有幾人？盧扁支流承二聖，海山初日照三神。能醫俗骨方醫病，先活良心次活民。獨我知君醒世旨，白雲來去了無塵。」[45]。如果聯繫到當時鼓吹新思潮、新文化者，大多對中醫嗤之以鼻，而施氏卻對中華醫學飽含著崇敬之情，令人感受其於中華傳統的特殊情懷；至於「能醫俗骨方醫病，先活良心次活民」，更與後來賴和的醫「國病」之說，有異曲同工之妙。

在祖國和殖民宗主國之間，李春生的態度也頗為複雜曲折。如前述，他年輕在廈門受洗，後為外商買辦，到臺灣發展而成大實業家，又是關心時政、經常在報刊上發表意見的思想家。他所經歷的正是經明治維新而崛起的日本覬覦臺灣並最終佔據臺灣、進而將閩臺作為南進基地，圖謀華南和南洋的時期，作為一個基督徒，他具有普遍主義的觀點，只要是現代、進步、好的東西，不管是中、西或日本，都可接收。因此他對於日本的態度，顯得較為微妙。當明治維新之初，一般人還對日本持輕視態度時，他就指出：「日本者，俗輕其夜郎自大，余獨謂其後生之可畏者。」牡丹社事件發生時，日本的侵略企圖使他感到憤怒，不過，他總的態度傾向主和，因「吾國」歷來「因循成法，疏荒武

備」，不妨「暫作緩兵，以維持大局」[46]。同時，他認識到臺灣「為東南七省咽喉重地」，極力呼籲重視和加強臺灣的開發[47]。乙未割臺，臺北陷入混亂，他往迎日軍入城，協助臺灣總督府維持治安和處理公共事務，因此頗受殖民當局的籠絡和優遇。1896年曾應邀訪日，並撰〈東遊六十四日隨筆〉。隨筆中透露作者在日參觀了議會、學校、工廠、交通設施、股票市場、博物館和美術院、動物園乃至製造大炮魚雷的軍工廠等，獲得極強烈的「現代」體驗和感動乃至震懾之感。他深切感受到故國在各方面與日本的巨大差距。然而此時的他仍處於矛盾之中——既感懷日人給予的優厚待遇，卻仍難忘懷作為中國人固有的民族情感和認同，有所謂「新恩雖厚，舊義難忘」之言：當日人排演「日清水陸戰鬥之戲」，「在他人（指日人）興高采烈，務期爭先快睹；獨予則任恣恩，終是不忍躬親一視」，以免目睹「此等削弱潰敗之恥」，「重興賈子之歎」。[48]在參觀造幣場時，發現此處不必戒備森嚴卻不像中國的同一場所經常偷盜嚴重，儘管對中國的落後和滯重難改有所批評，但其實仍飽含著「哀其不幸，怒其不爭」式的關懷之情。

　　返臺後的李春生仍勤於著述。當時中國知識界「進化論」思想風靡一時，普遍將其視為中國救亡圖存、富國強兵的強心針，連橫、施士洁、許南英等的詩中，也有接受進化論影響的明顯表露。惟獨李春生對進化論持懷疑和批評的態度。這固然與他的基督教信仰有關，但同時與他對於殖民現代性的深刻認識不無關

46　李春生：《主津新集·臺事其一》，《李春生著作集2》，臺北：南天書局2004年版，第13頁。

47　李春生：《主津新集·臺事其一》，《李春生著作集2》，第9頁。

48　李春生：〈東遊六十四日隨筆〉，陳俊宏編著《李春生的思想與日本觀感》，臺北：南天書局2002年版，第260頁。

聯。他指出進化論有可能成為列強侵略弱小國家民族的口實：
「（《天演論》等）自其馴者讀之，堪資鼓勵民志，誠可佳也。
若在黠者行之，正以激其生心劫奪，小者狡謀不義，大者若列強
之攫取殖民土地者，何一而不循此物競方針，以掠奪他人之邦
國？讀者宜其必援此為鑒，庶乎可焉者矣！」[49] 他還指出歐洲黃
禍之說「並非耶穌敬天愛人之教」，而進化之說，鼓吹生存競
爭、優勝劣敗，是導致亞洲陷入西方列強瓜分的導火線。[50] 他試
圖將基督教與中國的傳統儒學相融合，在《聖經闡要講義》中援
用傳統儒學經典來解釋基督教教義；又錄《天演論》全書並嚴復
先生所案勘語，按篇分段加以評說，而成《天演論書後》一書，
其批判進化論採用的「武器」即傳統儒家思想和價值觀念。論者
指出：李春生「雖是站在基督教護教的立場，但不失儒家格致、
誠意、正心、修身、齊家、治平的宏旨。」[51] 這可說是臺灣文人
研討西學認知殖民現代性而呈露本土化傾向的顯著例子。

二、瀛社：從「現代」到「本土」的演化軌跡

　　有清一代臺灣的古典詩社並不繁盛，至乙未割臺前的二百多
年間，僅十餘社，且不少是光緒年間才建立的，如臺灣巡撫唐景
崧創立的斐亭吟會、牡丹吟社等。日本據臺以後，並未禁止漢詩
創作，反倒出現官紳同宴、相互唱酬的現象。據許俊雅《日治時
期臺灣詩社繫年表》[52]，除成立時間不詳者外，1895 至 1910 年間

49　李春生：《天演論書後》，《李春生著作集 4》，臺北：南天書局 2004
　　年版，第 26 頁。

50　王嘉弘：〈從李春生對進化主義的反駁看其在近代思想史的定位〉，臺
　　中《東海中文學報》第 19 期，2007 年 7 月。

51　王國璠、邱勝安：《三百年來臺灣作家與作品》，臺灣時報社 1977 年版。

52　許俊雅：《臺灣寫實詩作之抗日精神研究》，臺北：「國立編譯館」
　　1997 年版，第 355-371 頁。

新成立的詩社有 9 個，從 1911 年起詩社數量有較快速增長，從
1920 年起，則呈爆發式遽增態勢。然而在 20 世紀的最初 10 年
間，臺中的櫟社、臺南的南社、臺北的瀛社等日據時期臺灣三大
古典詩社均已告誕生。一般認為，在三大詩社中，櫟社的民族意
識和抗日精神最為強烈，而瀛社則較具親日的色彩。這種區別，
與北臺詩人和日人有較多接觸和互動，而日本殖民當局也有意對
臺灣文人士紳加以籠絡的政策有關。不過，即使是瀛社也不能一
概而論，其詩人中不乏具有較強民族意識者，僅從成立之初的兩
三年看，其創作也呈現了由「現代」到「本土」的演變軌跡。

　　瀛社成立於 1909 年，也許因其重要成員謝雪漁、李逸濤等任
職於《臺灣日日新報》以及因報社設在臺北而與當局有較良好關
係，甫成立即在《漢文臺灣日日新報》上開闢「瀛社詩壇」專
欄，刊載詩社課題作品。從 1909 年 5 月 1 日刊出首個詩題《閨花
朝》的數首詩，至 1911 年 11 月 21 日《串珠》詩作刊畢，其間共
有近 60 題詩作刊出，每題少則數首，多則數十首。該報還提供了
一些較小詩社的發表園地，包括桃園吟社、瀛東小社、羅山吟
社、蘭社、澎瀛吟社等。這樣，數年間該報共發表上述詩社的近
百個課題的數千首漢詩 53，可概括為「現代（殖民）」、「鄉
土」和「傳統」等三大主題，提示了此時的臺灣社會存在著現代
性、殖民性、鄉土性、傳統性等因素之間的複雜糾葛。

　　瀛社成立之初就有《櫻花》、《恭讀戊申詔勅》、《弔伊藤
公》等與日本直接關聯的詩題。櫻花號稱日本國花並得到日本人
喜愛，因為它體現了武士道精神和日本文化以清、雅、貞、潔為
尚的特點以及某種淒美哀怨之感。瀛社詩人的 88 首《櫻花》詩，
有的著重詠誦櫻花的清雅和貞潔，將櫻花與日本的文化精神（所

53　不包括該報的「藝苑」、「詩話」等欄目中出現的數量同樣十分龐大的
　　詩作。

謂」大和魂」）相比附，有的詠誦櫻花與日本天皇的密切關係，乃至直接對天皇表忠心、呼萬歲，表達接受恩寵而忠忱服從的心跡。這一現象說明了日本文化精神通過「櫻花」這一特殊的象徵物已傳達給了一些臺灣詩人，進而使後者產生某種程度的認同感。不過，其中也有一些「不和諧音」，體現了臺灣傳統文人對於日本文化的不能理解、無法欣賞乃至抵觸和抗拒。黃純青的「竹湖吉野雖同種，一樣花開有淺深」，或許寓有臺灣人和日本人雖同是黃種或「日本國民」，卻又有那麼多的不同！羅秀惠一方面承認櫻花與日本文化的密切關係：「其大和魂孕，是真武士襟」；另一方面也看到中國人對於櫻花並無多大熱情，有詩道：「亞雨歐風孰淺深，花花世界費評林；牡丹王外薔薇主，香國三分不許侵。」詩人認為中國的牡丹、日本的櫻花和西洋的薔薇可以平起平坐，三分天下，互不侵犯。在當時的情勢下，作者沒有「一邊倒」地頌揚「櫻花」，而是顯出與眾不同的認同傾向，亦屬難能可貴。

殖民當局知道要長久、有效地統治臺灣，「籠絡」可說是達成其目標的重要手段之一。1898 年兒玉源太郎任臺灣總督、後藤新平任民政長官後，調整日據之初強力鎮壓臺灣人反抗的單一做法，對部分臺灣人改採懷柔政策，創設揚文會，頒發紳章於地方士紳，對臺灣民間風俗習慣給予一定程度的容忍和保留，這都緩和了與臺灣人之間的激烈矛盾，甚至通過與臺灣文人之間的詩文往來酬唱，建立起較為良好的關係，從而有助於馴服被殖民者。如每逢節慶、政要蒞臨或日本在戰爭中獲勝，一些傳統文人就會寫一些慶賀頌揚、歌功頌德的詩。1909 年 6 月間，「瀛社詩壇」刊出《恭讀戊申詔勅》的同題詩作共 47 首，有些詩中不無阿諛奉承日本天皇之詞，說明日本文化中的精勤、敬業精神也許對中國人的某些弱點有所衝擊和糾正，但也使他們的認同發生變化。1909 年 10 月 26 日，伊藤博文在哈爾濱被朝鮮人安重根刺殺身

亡，「瀛社詩壇」連續刊出《弔伊藤公》同題詩作共43首，大多
認為伊藤博文（當然也代表著日本）推動亞洲走向現代文明，對
他表達了崇仰、哀悼之情；認為伊藤博文是為了幫助「親鄰」而
來，對於朝鮮人忘恩負義、以怨報德地刺殺伊藤，表達了強烈不
滿乃至譴責之意。由此可知，在日本殖民當局的宣傳和籠絡政策
下，部分臺灣人表現出認同殖民宗主國的傾向。

　　然而，除了奉日題材外，「瀛社詩壇」從一開始，也就有了
切近鄉土的課題，且成為該欄目貫串始終而在中期格外興盛的重
要主題之一。瀛東小社、澎瀛吟社等也有較多的「鄉土」詩作。
首先是春夏秋冬四季到來之際，瀛社會擇一與季節、節氣相關的
題目，讓詩人們以山川田園、花草樹木、風雨霜雪等自然景物以
及人們相關活動為描寫對象。其次，它注目於仍在臺灣鄉村廣泛
保存著的民間習俗，而諸如「劍潭」、「太古巢」、「稻江」、
「板橋別墅」等富有人文蘊含的歷史地標和遺蹟，也成為關注的
對象。《七夕》著筆於廣布中華大地的「乞巧」民俗，不過有詩
作卻對「乞巧」表示了懷疑。陳醉癡詩云：「人巧奪天廿紀誇，
年年乞巧惟中華；列強智巧多新出，曾否今宵乞得耶？」意謂延
續著中華傳統習俗的臺灣民眾希望通過「乞巧」滿足自己的美好
願望，卻未能如西方人致力於發明創造，難免美願成空。該詩提
示了破除迷信的觀念在臺灣的增長。《桃符》中臺灣詩人們對此
民間習俗的評價頗為多元。歐陽鈞指出其來源和作用：「借除魑
魅驅民害，荊楚遺風有足徵」；但不少詩人異口同聲認定「桃
符」習俗為迷信落後。其實不論是桃符或是春聯，都是中華民間
習俗，王毓卿所謂「因循舊俗翻新樣，吉語祥書尺幅增」，即是
對書寫、張貼春聯這一既承舊俗，又呈新貌的過年風俗的肯定。
一些較小詩社對於民俗的興趣並不亞於瀛社。彭瀛吟社《端陽競
渡》詩作都有同一指向：憑弔屈原並彰揚其愛國精神。這說明它
本身是一個民族意識十分強烈的詩社；反過來說，在民俗描寫的

過程中，詩人們的民族意識也會得到增強。

　　在鄉土主題中，數量最多、沉吟最深的還是以某一特定的市鎮、建築、歷史遺蹟等為書寫對象的作品。如「瀛社詩壇」中就有《板橋別墅即事》、《稻江懷古》、《劍潭寺》、《太古巢懷古》等，而「彭瀛吟社詩壇」中也有《紅毛城懷古》等。《板橋別墅即事》中，詩人們一邊感慨著世事滄桑，一邊敘寫如今詩友再聚此地，既歡樂亦傷感的情形，王毓卿詩中有「滄桑劫後名園在，雞黍筵中雅句聯」之句，使他成為少數敢以「滄桑劫難」來定義日本據臺的瀛社詩人之一。稻江本為淡江邊一處小村鎮，日本據臺後，因城市擴張，面貌有了較大改變。《稻江懷古》詩作中，瀛社詩人們注視著此地的「現代化」變遷，但也擔心著民族傳統的淪喪。歐陽朝煌詩中不忘故國舊恩的表白，令人動容：「聞道稻江本隰原，滄桑變幻馬車喧。綠樓翠閣皆新制，衣稅食租憶舊恩。鐘鼓管弦聲未泯，冠裳俎豆渺奚存。十年一覺渾噩夢，世上波瀾歎覆翻。」倪炳煌的同題詩作則寫道：「不須撥瑟與調箏，韻事殊堪適我情；吟得新詩星斗落，幽懷自覺氣橫行。」作者表白：寫詩最適合自己的性情，寫詩能使自己豪氣滿懷。這正說明，傳統文人通過寫詩，不僅能延斯文一線於不墜，而且能增強作者自身的民族意識。這是對詩歌創作和詩社活動功能的切身感受和經驗之談。

　　《劍潭寺》和《紅毛城懷古》都以地標性鄉土古蹟為題材。《紅毛城懷古》諸詩感慨的是版圖更迭、河山變色，懷想的是驅逐荷蘭殖民者的鄭成功。《劍潭寺》一題最為特別。編者在 1909 年 3 月 6 日已聲明該題詩作已刊完，但 3 月 13 日的報上又有標明「補刊」或「社外」的詩作出現，至 3 月 29 日共補刊了 30 首左右。可見該詩題引起了空前的興趣，也印證了民族意識在臺灣民眾內心的廣泛的潛存。蘇世昌的短短四句，卻不減其氣勢：「圓山有寺劍潭名，誰惜當年業不成；幸得夜光留八景，至今猶自說

延平。」其他寫得較為含蓄內斂，但同樣力透紙背的如王少濤之
作：「舊事僧家說不清，繫舟題壁憶延平；當年擲劍今何在，潮
去潮來自送迎。」倪炳煌詩云：「紅塵隔斷淡江城，啼鳥聲隨念
佛聲。香火結緣來士女，許他心事訴分明。鄭家霸氣已消沉，寶
劍深潭自古今。神物化龍當有日，漫天風雨起雄音。」作者先寫
如今的消沉靜寂，最後兩句卻突兀而起，寄託著詩人相信振衰起
頹的民族英雄必將再次出現的信念和期待。這頗讓人想起連雅堂
的《延平王祠古梅歌》。

　　《漢文臺灣日日新報》上詩社詩作的鄉土主題，從一般的描
景抒懷到敘寫人事，從刻畫描寫民間習俗到感懷詠唱歷史古蹟以
增強民族意識，說明當時的詩社聯吟創作活動，絕非單純的「遊
戲」，而是有著厚重的社會意義。

　　如果說瀛社成立之初，其詩作主題曾一度與殖民統治及其帶
來的「現代」轉變有所呼應，但很快地轉而更多地關注臺灣本鄉
本土的事物，那它的第三大主題，卻是指向中國古典傳統。20世
紀臺灣文學中始終縈繞不去的「現代」、「鄉土」和「傳統」相
互糾葛的整體格局，竟然在《漢文臺灣日日新報》的詩社創作
中，即已見端倪。

　　瀛社內外詩人之間相互賀祝、贈答或集會酬唱之作，無形中
呈現了臺灣詩人們對中國古典詩歌傳統的傳承。如《騷林逸唱》
中有蔡桂村的「韻葉柏梁敲字字，源尋蘇李應聲聲」之句；朱四
海的「滄桑變換驚，逸唱寄衷情；縱有蘭亭樂，猶多感慨聲」，
更是承續「詩言志，歌永言」（《尚書·堯典》）傳統的明證。
《祝瀛社一周年》中又有「契洽扶桑來李杜，榮邀櫟社到蘇歐」
（蔡石奇）；「主賓合會滕王閣」，「齊上雍容雅頌篇」（王少
濤）；「雅風揚扢此升平」（許梓桑），「詩風不愧六朝時」
（賴拱辰），「人盡韓蘇侶，吟多唐宋詩」「瀛社千秋在，蘭亭
莫過之」（洪以南）……都明言與中國古代詩風的接續，以及肩

承延斯文一線於不墜重任的使命感。至於曾省三的「瀛社開來春
又春，文明印腦更翻新；揮毫到處皆珠玉，李杜詩章不讓人」，
說明瀛社詩人是在接受現代新思想的情況下仍保持著承續古典傳
統的自覺。可以看出，通過詩社內部和詩社之間的聯吟酬唱活
動，詩人們同聲相應，同氣相求，提高了民族意識和認同感。瀛
社從最早的不無媚日的傾向，到後來越向鄉土和傳統靠近，應與
在詩社活動和古典詩創作中，民族意識得到增強有極大的關係。

　　屬於中國古典詩歌「公共象徵系統」的一些象徵基型的採
用，是瀛社詩壇創作與「傳統」關係的最明顯體現。這種「公共
象徵系統」源自比擬聯想的古今套用及思維結構、價值判斷的民
族特性，可說是民族文學的內在傳統。借助這一系統，詩人們就
可用極為精簡的語言，表達較為豐富的內涵；但也可能產生蹈常
襲故、陳陳相因之弊，端賴高明的詩人用新鮮的詩思突破陳腐的
「固定反應」，如加入現代的和本地的特殊經驗，以翻出新意。

　　在這一「公共象徵系統」中，「蓮乃花中君子，海棠花內神
仙。國色天香，乃牡丹之富貴；冰肌玉骨，乃梅萼之清奇。蘭為
王者之香，菊同隱逸之士。竹稱君子，松號大夫。」[54] 瀛社詩壇
中，與菊和梅相關的詩題最為多見。如《愛菊》、《簪菊》、
《供菊》、《白菊》、《殘菊》、《褒菊》以及《訪梅》、《墨
梅》、《早梅》、《踏雪尋梅》、《寒梅》等等。不過最早出現
的卻是《松濤》一題。「大夫料有不平事，故作怒號訴彼蒼」
（黃純青）、「大夫勁節足凌霜，豈慣迎風受抑揚；砥柱中流原
有操，堅貞力挽倒瀾狂」（顏笏山）等詩句，不僅彰揚著古代知
識份子正氣凜然的堅貞氣節，應也有作者自我情感的投射，或者
說作者在寫作過程中也會受其所寫內容的感染，無形中增強了自

54　明・程登吉：《幼學瓊林》，曹日升等譯注，長沙：嶽麓書社 2006 年
　　版，第 432 頁。

身的凜然正氣。這或許是瀛社詩人的詩，越寫越脫離了奉承當權者，而轉向剛正氣度的原因之一。

　　除了「公共象徵系統」之外，還時常直接採用中國歷史人物、典故作為詩題，如在「瀛社詩壇」上有《庾亮登樓》、《琵琶怨》、《伍員吹簫》、《禰衡搥鼓》、《文君》、《班超投筆》、《潯陽琵琶》等；在「瀛東小社月課」上有《桃花扇傳奇書後》，在「澎瀛吟社詩壇」上有《昭君出塞》，在「桃園吟社」上有《孫叔敖》，在「東興小社詩壇」上有《曹操》，在「瀛東小社課題」上有《明妃村》等。其中《桃花扇傳奇書後》是一組有力張揚民族意識和忠義精神的詩，所有作者幾乎異口同聲地對桃花扇主人那種「寧可墜樓死，羞同負義生」的氣節加以讚揚。

　　人們常說日據時期的漢詩創作具有「延斯文一線於不墜」的作用，《漢文臺灣日日新報》上的漢詩社創作呈現了這種作用發生的機制和過程。一方面，當時殖民當局大力推行日語教育，使漢語面臨衰頹消亡危機，由於寫作漢詩有押韻、音節等方面的格律限制，非得用漢語（包括其方言）來吟誦不可。因此，只要有漢詩的存在，就必然有漢語的存在，漢詩創作也就成為維繫漢語的重要手段之一。另一方面，也是更為重要的，瞭解、熟悉中國傳統文化是寫作漢詩的必要條件之一。無論是「公共象徵系統」的採用，或是典故的化用，都要求作者必須熟知中國歷史文化的諸多知識，甚至要求熟讀、背誦中國古典詩歌。漢詩社還經常採用詩鐘、擊鉢吟等具有競賽性質的方式，這往往更激勵作者為了寫好詩而在瞭解、鑽研中國傳統文化方面下一番功夫。進一步言，由於中國傳統文化（包括中國古典詩文）中浸漬著儒家倫理價值觀念（如忠義精神等）以及道家、禪佛等多種中國傳統文化精神，這必然使臺灣文人在此過程中得到薰染和影響，從而增強了中國傳統文化和民族認同感。這就是漢詩創作能「延斯文一線

於不墜」的原因之所在。

　　《漢文臺灣日日新報》上以瀛社為代表的漢詩社詩作，從最
早的較多奉承日本殖民者，到稍後更多地注目於「鄉土」，最後
一年更集中於「傳統」題材的書寫，顯示的是一條由「現代」向
「本土」轉化的清晰軌跡。不過此後30多年時間裡，並非總是如
此，而是多所起伏變化。由於日據下的臺灣並非僅有「殖民／抵
抗」的對立兩極，而是存在著廣大的「灰色地帶」，而像瀛社這
樣人數眾多的詩社，其成員的立場和姿態呈現光譜式不同色彩的
分布，且隨著種種客觀因素──包括時勢、環境、日人對臺人的
態度、詩人個人生存境遇等等──的變化而發生改變，其創作主
題乃至認同傾向的種種輪迴變化，也就無足為奇了。

三、梁啟超與櫟社詩人對殖民現代性的認知

　　與瀛社在認同等問題上的猶疑徘徊相比，櫟社具有更強烈和
堅定的民族意識和抗日傾向。梁啟超於1911年三四月間受櫟社林
獻堂之邀而有十多天的臺灣之旅，其間並創作了89首詩和12首
詞。梁氏與臺灣的因緣，起於甲午戰敗、康梁發起「公車上書」
時。此後梁啟超創辦的《清議報》，曾刊登丘逢甲、鄭鵬雲等臺
灣文人作品；章太炎在《臺灣日日新報》上發表的文章，也使梁
啟超之名為臺灣民眾所熟知。櫟社林癡仙所購書籍中有不少梁氏
著作；林幼春則很早就極為欽佩梁啟超，引起族叔林獻堂的留
意，於1907年6月遊日時，特意探訪，終得與梁啟超邂逅於日本
奈良，而有一段對臺灣社會文化運動的興起意義重大的談話。梁
氏提出祖國在未來30年內尚無法顧及臺灣，最好採取非武力反抗
策略以爭取臺胞權益，減少臺胞痛苦。1910年秋他們再次相會於
日本，促成幾年前即已定下的梁啟超訪臺之約得以在翌年春實現。
　　梁啟超遊臺詩作的一個基調是表達民族意識和情感，撫慰臺
灣父老鄉親。梁啟超從日本出發，途經馬關條約簽訂之地，即賦

詩一首：「明知此是傷心地，亦到維舟首重回。十七年中多少事，春帆樓下晚濤哀。」緊接著「舟中有臺灣遺民，談亡臺時事頗詳」，梁啟超又為此賦詩勸慰道：「漢家故是負珠崖，覆水東流豈復西？我遇龜年無可訴，聽談天寶只傷淒。」1911 年 3 月 28 日梁啟超一行抵達基隆，受到林獻堂、連橫等的親往迎接；又於舊曆三月三日與臺灣詩文界百餘人聚宴於薈芳樓並發表演講，由於日本偵探密布，言不盡意，梁啟超於是賦詩四首，以委婉方式表達自己的真實情感。曾擔任林獻堂主要助手的葉榮鐘後來回憶道：「在這十七年間，受異族的欺凌壓迫，悶在胸中的一股惡氣無處宣洩，一顆孺慕祖國、熱愛民族的丹心無處寄託，那種悲愴無奈的心情是不難想像的。莫怪任公……席上所發表的四首律詩，曾轟動一時，不脛而走，傳遍全臺各個角落。連我這個當時只有十一二歲的小孩子也能夠朗朗上口，至今猶一字不忘。」詩中有「萬死一詢諸父老，豈緣漢節始沾衣」、「破碎山河誰料得，艱難兄弟自相親」之句，「都是抓到父老內心的癢處，而且是極有分量的文字」。本省一代大詩人林癡仙贈任公的詩中有「披雲見青天，慰我饑渴腸」，正是道破一般父老的心情，「總而言之，任公此行對於臺灣這一窪止水，投下一個石頭，使它發生漣漪，對臺人的民族意識予以鼓勵，加強其向心力，對於思想學問方面則有開通風氣、振聾發聵的效果。」[55]

　　不過梁啟超此行，民族感情的撫慰絕非惟一目的。當時梁啟超念茲在茲的是通過中國政治的改良和民眾現代意識的喚起，最終達到救國於危亡的目標。梁氏逃亡日本多年，耳濡目染日本的「現代化」，難免想借鑒其經驗用於中國，稱：「吾茲行之動機，實緣頻年居此，讀其新聞雜誌，盛稱其治臺成績，未嘗不愀

55　葉榮鐘：〈林獻堂與梁啟超〉，《臺灣人物群像》，臺北：時報文化出版公司 1995 年版，第 182-186 頁。

然有所動於中……而數年以來，又往往獲交彼中一二遺老，則所
聞又有以大異乎前，非親見又烏乎辨之？此茲行所以益不容已
也。」56

這裡所說與日人說法大相徑庭的「彼中一二遺老」即櫟社詩
人林獻堂、林癡仙、林幼春和鹿港詩人洪棄生等。早在1907年林
獻堂與梁氏見面返臺後，林幼春迅即「冒瀆」致信梁氏，表達了
「淪胥」於日本統治13年來的憤恨痛苦和寄望於祖國的心情，並
揭露當時臺灣法律控制極嚴、學校教育程度甚低、民生極為窘
迫、主要產業掌控於殖民當局和外商之手、稅賦很高等問題。
1910年10月8日，梁啟超致信林獻堂，並附有《奉贈獻堂逸民
先生兼簡賢從幼春》一詩。詩中透露：林獻堂「窮秋訪我雙濤園，
自陳所歷淚如沘」，具體包括殖民當局修鐵路強佔良田，修市街
拆毀民居，開辦製糖會社奪走臺人生計，建立嚴苛的保甲連坐制
度，教育與日本內地有如天壤之別，讓部分臺灣兒童上學只是為
了學日語將來當翻譯供驅使，為防備臺灣人而禁止其涉足政治軍
事，等等。梁啟超表示：「我聞懵愴不能終，相對瀉淚如鉛水」，
並以「丈夫未死未可料，萬一還能振物恥」等語勉勵撫慰。57

林獻堂收到此信後，特地托人將這首詩帶給鹿港「遺民詩
人」洪棄生，以徵和作。洪棄生即作《次韻梁任甫與林家詩》，
並在附寄的信中寫道：「讀來詩，於吾臺痛楚，如睹目前，雖所
及止千百之一……」他進一步揭開了殖民者標榜的現代化法制社
會的真實面紗：「……箝余蟹足汝戲嬉，攘我牛田彼疆理。警吏

56　梁啟超：《遊臺灣書牘》第一信，吳松、盧雲昆、王文光、段炳昌等點
　　校《飲冰室文集點校》第四集，昆明：雲南教育出版社2001年版，第
　　2200-2201頁。

57　梁啟超：《奉贈獻堂逸民先生兼簡賢從幼春》，許俊雅編注《梁啟超與
　　林獻堂往來書箚》，臺北：萬卷樓圖書有限公司2007年版，第9-12頁。

穿房長肆威，催科闕戶且攘臂。籍没田園不可堪，擾傷市獄更已矣。保甲橫施何足言，毆撻亂加尤莫比。法律神明中外同，獨至臺灣法妄抵。此間言論不自由，口尚須緘況敢指！……偶陳一二足心酸，欲説萬千難口使。」[58] 出於相濡以沫的民族情感和對臺灣同胞的尊重與信任，梁啟超相信這些控訴不會是無的放矢。因此他列出「茲行所亟欲調查之事項」，含括政治、經濟、法律、社會等各方面，其中包括日人和臺灣同胞之間不同説法的實地辨證。

　　踏上臺灣土地後的所見所聞，讓懷抱取經意圖的梁啟超大失所望。他發現了殖民當局所吹噓的為臺灣帶來了文明進步等諸多説法的不實，反而是臺灣同胞向他講述的大多確有其事。他以詩歌的形式將所見所聞記錄下來。如《斗六吏》叙寫龐大的製糖會社以帶給農民富裕生活為説辭，出動員警低價強行徵購農民世代相傳、賴以為生的土地，如不允諾便要受到鞭笞懲罰，失去土地的農民陷入饑餓之中，造成了「餓殍闐路歧」的慘狀。《墾田令》同樣寫殖民當局強行剥奪農民的土地。對此梁啟超曾解釋道：「臺灣自有所謂土地收用規則者，與日本現行之土地收用法迴別：凡官吏認為公益事業所必要者，得任意強取人民之所有，而所謂行政訴訟行政訴願者，絶無其途。」這説明，日本政府在內地和在殖民地執行的是完全不同的土地政策，在殖民地帶有很強的掠奪性；且這種掠奪行徑往往冠以某種「公益」的名目，並以中國之「落後」來對照。又有《拆屋行》揭示殖民當局所大肆誇耀的市政建設成就，其實是以貧苦民衆被趕出祖屋、流落街頭為代價。短短的篇幅，就將所謂現代化建設對民衆造成的困擾和損害，官吏員警的兇神惡煞的形狀，「朱門酒肉臭，路有凍死

58　洪棄生：《次韻梁任甫與林家詩》，許俊雅編注《梁啟超與林獻堂往來書箚》，校釋重排部分第 16-18 頁。

骨」的貧富懸殊等等，呈露無遺。《公學校》一詩説明作者親眼
目睹、親口詢問了臺灣當時典型的差別教育狀況：臺灣人子弟只
能進「公學校」，以學日語為主，其他自然、社會課程均告闕
如，結果往往漢語失教，而日語也僅學皮毛。後來梁啟超在其信
中寫道：「至於教育事業，則更如兒戲。詩中所言，乃其學制
耳。若夫學校教授管理之內容，乃更有意想所萬不及者……要
之，臺灣識字之人本少，更十年後則非惟無識中國字者，亦將並
無識日本字者矣。」59

　　離開臺灣時，梁啟超反覆強調「吾茲行乃大失望」，「歸舟
所滿載者哀憤也」，「右詩不過舉其一、二事，即一事亦不過舉
其內容之百一」；並由臺灣而聯想到面臨列強瓜分危機的祖國，
反覆告誡：「實則中國若亡，則吾儕將來之苦況，又豈止如臺灣
人哉」60。可以看出，臺灣之行不僅使梁啟超具有了對殖民現代
性之實質的深刻認識，同時更增強了他的憂患意識乃至民族危亡
感。曾有學者認為，梁啟超的情感始終動搖於「親日」和「反
日」之間，其日本觀經歷了由「崇拜」到「期待」，又由「期
待」到「失望」的演變過程。61梁啟超的臺灣經驗，或許在這轉
變中也發揮了一定的作用。

　　梁啟超臺灣之行的意義之一，就在於他與臺灣「遺老」之間
產生了廣泛的相互激盪和影響，不僅增強了雙方的民族意識，而
且達到了對於殖民當局以「現代化」為名，行加強殖民掠奪和壓

59　梁啟超：《遊臺灣書牘》第四信，吳松等點校《飲冰室文集點校》第四
　　集，第 2203 頁。

60　梁啟超：《遊臺灣書牘》第六信，吳松等點校《飲冰室文集點校》第四
　　集，第 2206 頁。

61　[日]班瑋：〈試論梁啟超的日本觀與其思想轉變的相互關係〉，李喜所
　　主編《梁啟超與近代中國社會文化》，天津古籍出版社 2005 年版，第
　　702 頁。

迫之實的深刻認知。這一點，在由梁啟超啟其端緒的歌詠劉銘傳之風中，表現得最為明顯。劉銘傳早在日據之前就已開啟臺灣現代化建設進程，且其與後來殖民者的根本區別，在於他並非以殖民掠奪為標的。歌詠劉銘傳，既可滿足詩人們的民族情感，又可寄託他們對「現代」、「文明」的嚮往，且這種「現代」並不帶有「殖民」的成分，甚且可藉此戳破日本殖民者自我吹噓的謊言。這也許是梁啟超格外鍾情於劉銘傳的原因。在臺北、臺中，梁啟超對劉銘傳相關遺蹟頗多感慨，曾在多首詩中加以詠歎，並高度讚揚劉銘傳的遠見卓識和成就。在櫟社於臺中舉辦的歡迎晚宴上應邀命題時，他更提出以劉銘傳為詩題。此舉成為他對臺灣文學產生延綿不絕影響的一個關節點。1912 年櫟社為慶祝成立十周年而舉行大型詩會，會前公開徵詩的兩個詩題之一，即《追懷劉壯肅》。《櫟社十周年大會詩稿》中的該題詩作，從書寫立場上看，可分為「站在漢族的立場，以漢族意識為根本，藉懷念劉銘傳，暗中寄託亡臺之悲痛」和「接納日本統治臺灣的事實，在讚美劉銘傳的同時，也肯定日本對臺灣的建設成果」以及矛盾、遊移於上述二者之間，為避免觸犯禁忌而不表態等三種。[62] 其中部分詩作凸顯了櫟社和瀛社在抗日或親日傾向上的區別。10 年之後，臺灣新文化運動的啟蒙刊物《臺灣》第三年第一號上，由林獻堂為詞宗，刊出啟事公開徵詩，其詩題為《劉銘傳（七律，限一東韻）》，並在同年第三號上發表了前 20 名的作品。臺灣文人、作家對「劉銘傳」經久不衰的興趣，說明了梁啟超的深遠影響，這種影響甚至及於新文學作家，如賴和、王敏川等，都有詩作獲得名次，且其特點在於努力將臺灣的現代化建設和現代文明的成果歸功於劉銘傳，而非日本殖民者。這充分說明了臺灣同胞

62　廖振富：《櫟社研究新論》，臺北：「國立編譯館」2006 年版，第 203 頁。

對於日本殖民者自我標榜帶給臺灣「現代」、「文明」的論調，並不認同。

　　此外，櫟社的衍生社團臺灣文社的《臺灣文藝叢誌》、連雅堂等編輯出版的《臺灣詩薈》以及臺灣古典詩刊《詩報》、戰爭期臺灣僅存的漢文通俗雜誌《風月報》等，也都刊載過梁啟超的遊臺作品，可見其持續不衰的影響力。與梁啟超《斗六吏》中製糖會社圈地式強佔民田幾乎相同的一幕，在 1932 年楊逵小說《送報伕》中再次出現。也許很難斷定楊逵曾受到梁啟超的啟發，然而梁啟超抱著到臺灣來吸取「現代化」經驗的目的，結果卻大失所望，並將這種失望以及對於「現代化」與「殖民」關係的感知和思索，寫在他的詩中，且提出「劉銘傳」詩題，成為延續了十多年的詩壇興趣點和「保留」題目，無疑開啟了臺灣作家們的一個關注、思考的重要角度。日據時期臺灣文學對於日本殖民者標榜「現代」、「文明」卻帶給臺灣民眾深重的苦難，有相當深入而全面的觀察和描寫，某種意義上可說是梁啟超遊臺作品的一個重要主題的繼續和拓展。

四、日據初期臺灣的文化民族主義

　　甲午戰後，文化民族主義即在中國興起。它和政治、經濟民族主義等一道，是中國近代民族主義運動的一個組成部分。值得注意的，它在剛遭受乙未割臺之厄的臺灣，也同樣有許多表現。這是因為，臺灣的被殖民遭遇，乃是近代中國半殖民地化歷史進程中的一環，海峽兩岸的中國人，在當時有著共同的屈辱和悲憤，也有著共同的民族救亡的訴求和目標，因此海峽兩岸的「文化民族主義」，有著相同或相近的主題、表現形態和話語形式，乃至顯露直接影響的明顯痕跡。

　　近代中國的文化民族主義，以有關中國的人種、地理環境、語言文字等三方面的論述最為顯眼。西方人將西方的強盛和中國

的衰敗，歸結於白、黃人種的優劣。按此邏輯，中國的落後衰敗
是天然注定，無可更改的。對此中國的仁人志士力斥其謬，並接
受進化論思想，形成「自強保種」的自覺。無獨有偶，「自強保
種」思想也深深地影響了日據初期的臺灣文人們。如連橫《作客
鷺江，次莊仲漁旅次題壁》一詩中，有「塵塵世界無公理，民族
生存日競爭」[63] 一句，表明不憚於加入弱肉強食的世界競爭中，
以獲取中華民族在世界上生存權利的意願。乙未後內渡歸籍廣東
的丘逢甲認為中國的積弱，問題出在教育，而絕非中國的人種問
題。他為德國報紙上所謂「華人之種甚賤，惟當以數點鐘傾盡轟
沉海底，別遣人傳種其地，始為善法者」的謬論而「心驚肉顫、
撫膺太息泣血，為我四萬萬同胞齊聲一哭也」；並分析了西方列
強瓜分中國的迫在眉睫的危險，「深慨中國之弱，由於不學
也」，「以我中國人之聰穎秀異，豈真僅能為無用之學，而不能
為有用之學者？毋亦為科舉所累耳。」「今日之禍，不特滅國，
抑且滅種。種何以不滅？則以教存故；教何以存？則恃學在。」
「思強中國，必以興起人才為先」，因此將創辦新式學校當作要
務之一。[64]

　　20 世紀初，來自西方的「地理環境決定論」風行一時，有人
斷言中國文化不如西方，乃是西方「海洋性文明」和中國「內陸
性文明」的差異造成的。中國的民族主義者對此加以反駁。臺灣
文人們則以另一種方式表達了對祖國山川地理的不同尋常的熱
愛。如連雅堂把遊歷祖國大陸與撰寫《臺灣通史》當作其平生兩
件大事，並從民國元年起，以三年的時間遊遍大江南北、長城內

63　連雅堂：《劍花室詩集》，《臺灣先賢集（八）》，臺灣中華書局 1971
　　年版，第 4703 頁。

64　丘逢甲：〈創設嶺東同文學堂序〉，廣東丘逢甲研究會編《丘逢甲
　　集》，長沙：嶽麓書社 2001 年版，第 781-785 頁。

外，並寫成《大陸遊記》和《大陸詩草》。而洪棄生更步踵其
後。早年他在〈瓦窯村讀書記〉中就寫道：「予處海外，而中原
之山水，無日不往來於予之胸中、目中也，大之若五嶽、五湖，
無論矣；其遠之小者，若湘衡之九面、武夷之九曲，予既不得而
至……則此村中之樂，亦一時一隅之樂，而非予山水之樂也。」
65 經過多年的周密計畫，他於 1922 年登舟西渡，以半年時間，遊
遍大陸十個省份，不僅遊津門，入故宮，瞭解祖國人文風物的宏
麗壯觀，還登上居庸關、八達嶺，放眼體驗故國版圖的遼遠廣
大，並將此種種經歷和感懷寫入《八州遊記》和《八州詩草》。
66 臺灣文人對祖國河山的孺慕，卻又與其對臺灣家鄉的愛戀聯繫
在一起。張光岳在為洪棄生所撰〈寄鶴齋詩序〉中寫道：「天下
之名山大川……日發見而不可止。其在中原，山川搜索未盡，而
地脈之蜿蜒又馳而之海外，經萬千年而始顯而峙之於海上，如臺
灣是已。臺灣山川之秀，奧窔之奇，孕毓之富媲，地產之繁殊，
人物之炳靈，經創造日闢三百餘年而猶未之盡，任舉天下之名州
鉅郡而莫之與京，故中原來遊者與外國窺覦者，咸嘖嘖稱羨而謂
之小中華。」67 這種自豪、讚歎於臺灣山川之秀美奇麗、人傑地
靈，並將之歸於祖國大陸之山川地理之延綿的認知，在臺灣民眾
中普遍存在，並根深蒂固地延展於日據時代。

　　西方殖民者稱中國人有「缺乏嚴密性、易於誤解和樂於自我
封閉」三大特性，而這又與其落後的語言結構有關。中國的文化
民族主義者則認為：當今世界通過滅人文字以滅人國，是歐美列

65　洪棄生：〈瓦窯村讀書記〉，《寄鶴齋選集》，臺北：臺灣銀行 1972
　　年版，第 4 頁。

66　程玉鳳：《洪棄生傳》，南投：臺灣省文獻委員會 1998 年版，第
　　187-190 頁。

67　張光岳：`〈寄鶴齋詩序〉，《臺灣先賢集（七）》，第 4335 頁。

強「滅國之新法」，其實「東西文字，各有短長」，甚且中國文字比西方文字更富有表現力 68。在臺灣，也有人認為中國文字較之西方文字更具優越性。洪棄生的《留聲器》一詩，認為類似的奇巧之器中國古已有之，而由 20 多個字母構成的表音的西洋語言文字，粗疏鄙拙，難以表達精義，且時移地易，語音改變，古代文獻就難以識讀，不似中國文字，數千年後仍能繪聲繪影，將其音容笑貌流傳、保存下來。陳季同在其《中國人自畫像》中，也有類似的看法。

　　一個民族的興衰，很大程度取決於其民族精神之強弱，而民族精神植根於該民族的歷史文化之中。20 世紀初中國民族主義者將民族精神稱為「國魂」、「民族魂」或「國民特性」，其內涵包括團結愛國精神，變革進取精神，民主自由精神，尚武精神等等。章太炎、嚴復等將「復陽之望」寄託於中國歷史文化的堅強生命力，堅信「但使國性長存，則雖被他種之制服，其國其天下尚非真亡」69 的思想，對於淪於日本鐵蹄之下的臺灣同胞來說，是最為感同身受、能夠強烈共鳴的。這或可解釋為何臺灣文人將歷史的書寫、中華文化的存續，看得如此的重要！連橫在〈臺灣通史·序〉中以「追懷先德」、「發揚種性」為編撰該通史之宗旨，宣稱「夫史者，民族之精神，而人群之高抬貴手也」，又在〈臺語考釋序二〉中引用龔自珍「滅人之國，必先去其史」之警句，顯示了臺灣文人與祖國大陸社會思潮之深厚淵源關係。

　　文化民族主義還認為，中國文明在根本上優於西方文明，即使目前中國文明呈現某些弊病和頹象，只要去除其原因，中國文

68　轉引自鄭師渠：〈近代中國的文化民族主義〉，北京《歷史研究》1995
　　年第 5 期。

69　嚴復：〈讀經當積極提倡〉，王栻主編：《嚴復集》第二冊，北京：中
　　華書局 1986 年版，第 330 頁。

明就能發揮其固有的優點；西方的某些法律、制度如果拿到中國來實行，照樣行不通，因為中、西的環境、條件並不一樣，而中國早已有更好的古制存在著。連雅堂寫了〈印版考〉、〈自來水考〉、〈留聲器考〉等文，旨在考證、說明這些近年來從西洋傳入的技術和產品，其實中國「古已有之」。在〈東西科學考證〉中，連雅堂舉例說明：中國並非無科學，只是中國學術以孔子為宗，多談性理，重文章，遂相率而趨於無用；因此認為應「采彼之長，補我之短」，「精神、物質兩方面，如車兩輪，不可偏廢」。[70]

　　洪棄生〈歐折入亞說〉一文針對著當時日本鼓吹的「脫亞入歐」的論調，反其道而行之，認定「歐洲將折入於亞」，其理由即在中國文化強大的同化力[71]，其論說雖不免迂闊，但字裡行間流貫著的愛國民族精神，以及作者的民族文化身分認同，昭然若揭。

　　可以發現，上述臺灣文人與嚴復、林紓等祖國大陸的文化名人有個共同特點，即早期往往屬於積極接受西方新事物的革新派，但到後來，卻又都趨向保守，甚至成為革新的阻力。究其原因，乃國家、民族面臨的嚴重危機，使這些傳統文人萌生和滋長了強烈的民族主義思想，轉而對本國的歷史和文化傳統，持極力堅守和維護的立場，對國內發生的一些革新舉動，由於它們往往取法於歐美等西方國家，出於民族主義的情緒，他們常加以抗拒和反對。他們折衝於「新」與「舊」之間，有些似乎「保守」的舉動，其實與在那特定時代而產生的民族主義的意識和感情，有很大關係。對此，應用歷史的、辯證的觀點來看待。臺灣的文化

70　連橫：〈東西科學考證〉，《雅堂文集》，臺北：臺灣銀行 1964 年
　　版，第 23 頁。

71　洪棄生：〈歐折入亞說〉，《寄鶴齋選集》第 70-72 頁。

民族主義，是整個中國近代民族主義運動的一環，並因臺灣淪為殖民地的特殊境遇，而有其歷史的必然性和重要性。

五、臺灣文社：折衝於「現代」與「傳統」之間

　　1910 年代後，臺灣詩社遽增，但未有文社之設，直至 1917 年 10 月，彰化成立了一個文人結社「崇文社」，一年後，又有櫟社詩人創立「臺灣文社」於臺中。崇文社從 1918 年 1 月起每月課題徵文，臺灣文社則從 1919 年 1 月起發行《臺灣文藝叢誌》月刊（第四年時曾一度改為《臺灣文藝旬報》），為臺灣文藝性期刊之始 [72]。創刊號上的《臺灣文社設立之旨趣》寫道：「邇來二十有餘年，其間中南北部諸君子同聲相應，同氣相求，結詩社以切磋風雅道義者幾如雨後新筍，櫛比而出，海隅風騷於斯為盛。然而猶有憾者，以未有文社之設立」。當時有人宣稱「識時務者為俊傑」，舉畢生之力「以究國文（指日語）」猶未能窺其堂奧，何暇而顧及於漢文？但文社創立者卻認為值此歐亞「交通」之際，「夫以歐洲之語言文字因時制宜且不可不學，而況於漢文乎？」又稱：「漢文者數千年來發其光華，燦若雲霞，昭如日月，極高尚之文章，最優美之文學也」，如果平時之學者更加努力研求，未學者從此問津，「入國黌而肄業」者業餘兼修，則漢文學之興隆可指日而待，「我櫟社諸同人……恐斯文之將喪，作砥柱於中流」，設立臺灣文社並刊行文藝叢誌，「庶幾海隅文社之盛與詩社並駕齊驅，是亦維持漢學之一道也」[73]。由此可知，此舉針對著殖民當局的禁壓漢文的政策，是擔心「斯文之將喪」

72　據文訊雜誌社編《臺灣文學雜誌展覽目錄》，更早有 1915 年 6 月起刊行的《臺灣少年》，但內容主要為教本島少年學習日語，類似教學輔導材料，並非文學刊物。

73　林幼春、蔡惠如等 12 人：〈臺灣文社設立之旨趣〉，《臺灣文藝叢誌》第 1 號，1919 年 1 月 1 日，頁碼不詳。

的產物，字裡行間充滿了對漢文作為民族語言的濃郁情感。

從另一方面講，時當新文化、新文學運動前夕，文社之設其實也是順應了時代的要求，因古典詩歌創作畢竟難以滿足現代文明迅速發展而呼喚更具紀事表意、傳播新知功能的文體的需求；同時原有的詩社局限於同仁的小圈子，創辦刊物後，廣邀全臺各地文友投稿參與，無形中促進了文壇由傳統向現代形態的轉變。這一點，在由枕山撰寫的〈文藝叢志發刊序〉中也可看出：「夫經史者，文學之源泉也，自遭秦火而後，載籍蕩然，一時文學幾廢，此始皇之暴戾所以為千古罪人。後世鑒於始皇之被唾罵也，雖欲愚其黔首而亦不敢明目張膽而為之，於是出其陰柔狡黠之計，以窒學者之心，思錮文人之才智，且以科舉之虛榮為釣餌，而使天下奇傑之士盡入其網羅之中，則所謂應試八比之文是也」。作者貶「八比之文」而未及經史，甚且對經史多加青睞，說明其革新企圖主要著眼於形式，顯示了這批文人在新與舊、現代與傳統之間的猶疑和徘徊。

崇文社主要採定期向社內外文人課題徵文的方式，並在 1926 年 12 月第 108 期之後，出版「百期匯刊」的《崇文社文集》。而臺灣文社的《臺灣文藝叢誌》刊載作品類型頗為多樣，如第一號上除了《發刊序》及祝文祝詩外，有介紹外國歷史的《德國史略》（連載），作家傳記《夏目漱石傳》，節烈小說《築前正娘》，知識小品《說羊》，以《孔教論》為題的徵文 22 篇[74]，以《倉頡》、《曹植》為題的徵詩各 40 首，並刊登邱仙根（逢甲）《嶺雲海日樓詩鈔》和林癡仙《無悶草堂詩鈔》（均分期連載）。此外，又發出新的徵文題目《漢文帝》和徵詩題目《蒙恬》和《李斯》。在目錄頁所附《社告》中，告示「凡字句中涉

---

[74] 除「文宗」吳立軒不計名次的兩篇外，由吳氏從應徵來稿中評選錄取 20 名按名次順序刊出。

及政治時事者雖屬佳作亦不得不割愛」，說明當時在日人統治下言論仍有所禁忌，或也為了防範、杜絕諂媚之作。此後《臺灣文藝叢誌》大致延續此基本格局。

　　綜觀兩社作品，無論內容或形式都呈現了新、舊雜陳的過渡特徵。兩社文人一方面繼續做著〈讀〈過秦論〉書後〉、〈漢高祖光武帝合論〉這樣的課題文章外，另一方面開始通過旅行或其他管道，大量接受西方的新事物、新觀念。如《臺灣文藝叢誌》第三年第三號上，有雲林詩人黃紹謨所撰《東遊雜詠》，包括《東洋紡績會社（在名古屋）》、《題淺野合板製造所手帖》、《南陽村福田排水組合（愛知縣下）》等詩，書寫見到大型紡織廠、抽水機、建築用膠合版等現代工業產物後的驚奇和羨慕。[75]了鬢的〈西方養由基〉短文，寫發生於瑞士的一個不屈服於外來權勢者的奴役，而以「百步穿楊」式射技折服對手的傳奇故事，作者得出的結論是「因瑞士有人也」[76]，這裡顯示的對「人」的重視，為中國固有傳統中所沒有的新因素。又有林一的〈橫濱看美人〉，作者從旅行中，看到西方人與「我臺人」在公德心方面的巨大差距（美國人路見雜物，恐傷行人之足而撿拾移去，而臺灣人常以藥粕或草人置諸路中，使他人無意中踐之以代其病），並深刻反省之。[77]「旅行」的根本意義還在於使傳統文人也逐漸建立起「開拓思想上四通五達之路」的觀念。如署名「一六生」者所撰〈大食主義論〉一文寫道：「倘是文明之最大忌物，交通不便是也，此不啻物質上之大忌者也，精神上思想上亦是最大之

75　黃紹謨：《東遊雜詠》，《臺灣文藝叢誌》第 3 年第 3 號，1921 年 3月，第 33 頁。

76　了鬢的〈西方養由基〉，《臺灣文藝叢誌》第 3 年第 1 號，1921 年 1月，第 4 頁。

77　林一：〈橫濱看美人〉，《臺灣文藝叢誌》第 3 年第 1 號，第 23 頁。

忌物也。」作者深自警醒:「過去吾人之思想卑劣,精神萎縮,
未知世界,未見大勢……終至於大受病毒而鬼脈陰陰,暮色沉
沉」,而「回春之惟一手段,猛然醒,翻然悟,大開中門,天下
料理,排列於眼前,而後揮吾大手,開吾大口,無如取其大食之
主義,願同胞兄弟姊妹,為大欲之人,為大食之人」。作者最終
又能保有「取其精華,棄其糟粕」的理性、周延立場:「今立於
大食主義途頭之吾人,率先解放意志,自由選擇善惡是非,而後
取其可者而大食,取其非者而排泄」[78],難能可貴。

　　這種大膽與外界交通,廣收博取以充實自己的開放觀念,甚
至落實於對作家的創作準備的要求上。1921 年,《臺灣文藝叢
誌》刊載大陸作者中州逸民的〈論小說家宜注重遊歷〉,指出:
「他人而不能盡知天下事,猶可無妨,若小說家則斷乎不可不
知,蓋既已稱為小說家,不可不深悉社會情狀,而吾國之社會情
狀,則各地不同,不深歷其境,則烏從而深知乎?小說為通俗教
育之一端……當然有移風易俗之責,而移風易俗之最有功效者,
莫社會小說若。社會小說在小說界中,實占第一重要位置,試問
不知社會情狀者,能撰社會小說乎?……其次,小說之作法,求
文勝不如求意勝,文勝猶易,意勝則難乎其難……再次,小說家
之心胸,宜開拓而不宜鬱結;小說家之頭腦,宜清新而不宜陳
舊,……不可不借遊歷之力,以開拓其心胸,清新其頭腦也。」
[79]《臺灣文藝叢誌》刊載此文,「當是期望借此有助於革新臺灣
之小說界」[80],本文可說是臺灣文壇接受梁啟超「小說界革命」
觀念影響的又一例證。

78　一六生:〈大食主義論〉,《臺灣文藝叢志》第 3 年第 2 號,第 3 頁。

79　中州逸民:〈論小說家宜注重遊歷〉,《臺灣文藝叢志》第 3 年第 7
　　號,1921 年 7 月。轉引自黃美娥《重層現代性鏡像》第 52 頁。

80　黃美娥:《重層現代性鏡像》,第 53 頁。

六、崇文社：猶疑於「迎新」與「守舊」之際

　　崇文社同樣呈現了在新與舊之間拉扯、衝撞的特點。在創辦伊始的半年內，其「課題」就包括〈戒奢侈說〉、〈賭博弊害論〉、〈破除迷信論〉等，帶有強烈的「啟蒙」意向。如〈破除迷信論〉就有許子文、王文德、王則修、紉史、王茂、黃尚本、尤養齋、守拙生等八人撰文發表議論。臺南許子文針對至今尚存的「媽祖城隍，居然通衢環繞；男覡女覡，依然暗室作祟。普渡公之致祭雖少，而有應公尚朋比為奸」、「廢墓之地，給人開墾，而風水之說，猶未止。宗教之旨，日唱改良，而僧道之弊，仍如故」、「算命擇日，開卜抽籤，吾人之深惡也，而迷信者乃趨之若鶩矣」……等諸多迷信現象，提出破除之十策，包括崇聖教、通經義、重教育、興科學、創工業、嚴保甲、制僧道、查廟宇、禁小說、定演劇等。此十策中可說良莠並陳，但大體而言，已包含諸多現代思想而具有鮮明的啟蒙意味。翰堂在讀此文後評說道：「迷信之弊，習俗相沿，牢不可破，所冀者官廳及地方有志人士，協力禁革，方得漸以破除。不謂當此文明進步之秋，有志者及官廳不特不提倡禁革之，反從而慫恿之，頓使迷信澆風於今為烈，是誠有心人之憂也……」[81] 這裡指出了殖民當局出於「愚民」目的對迷信活動加以慫恿和鼓勵，是十分深刻的。

　　又如〈婚禮改良議〉一題，澎湖陳梅峰寫道：「處二十世紀之潮流，天演競爭，優勝劣敗，凡百宜改良，以求日進文明者甚多。況婚禮尤為夫婦造端之要素」，而改良要從西、從中或從內地（日本），為難解決之問題，「今世之徒事媚外者，凡禮出歐美，不問得失，雖臭腐亦神奇之；凡禮出華夏，不審美惡，雖前聖亦屏棄之……然吾以為中禮非盡可棄，而西禮亦非不可從，惟

81　許子文：〈破除迷信論〉，《崇文社文集》卷一，第 14-17 頁。

折衷於中西之間，行之而無弊，且舍短取長，及去繁就簡，而藉
以移習俗之侈靡……而又最當亟改者，更莫如人身買賣，及婚姻
自由兩事……」雖然對「婚姻自由」的抨擊未免偏頗，但指出
「人身買賣」之弊，並將其當作急需改革之首要任務，是頗有見
地的。特別是反對「徒事媚外」的「舍短取長」之論，更可見作
者的見識在時人之上。

此外像〈臺灣青年自覺論〉，則直接呼喚青年的警醒和奮
起。新竹郭涵光以海峽對岸為參照系而反省道：「夫以支那之民
族，非與吾臺同其系統乎？其政府雖腐敗，而其人民猶能以孤身
之旅客，涉萬里之重洋，兢兢業業，辛苦備嘗，卒能開海外貿易
之先機……較諸我臺人之株守故鄉，不能越雷池一步者……相去
奚啻天壤也！」當前臺灣處境，「外而農工商科學經濟之學術，
不能與他人爭勝負，內而國會之議席，尚無臺灣人之位置……六
三問題，至今尚無解決之望……蓋尚在低氣壓之中心，疑雲密
布，前途尚未有一線之光明也。我而自暴自棄，又何怪人之以野
蠻目我也。」[82] 作者對於臺灣人在日本嚴苛的殖民統治下的險惡
處境，政治經濟等方面的不平等，臺灣人的沉迷頹喪，有深刻的
體會，為之深感焦慮，而求能有所改變。在臺灣正如在中國大陸
一樣，「啟蒙」很容易與「救亡」（反抗殖民者）聯繫在一起，
這是因殖民者為求其統治的穩定而採取愚民政策，「啟蒙」常會
與殖民政策產生矛盾所致。當時《臺灣文藝叢誌》上署名「鯤海
一鱗」的〈擬祭中國魂文〉[83]，堪稱將「啟蒙」和「救亡」緊緊
聯繫在一起的又一個典型例子。作者明言該文乃受梁啟超的〈中
國魂〉激勵而寫，由此可知兩岸思潮的相互激盪的密切關係。

82　郭涵光：〈臺灣青年自覺論〉，《崇文社文集》卷二，第25頁。

83　鯤海一鱗：〈擬祭中國魂文〉，《臺灣文藝叢誌》第3年第1號，1921
　　年1月。

　　從「百期匯刊」的《崇文社文集》中可以看出其「新」與「舊」、「現代」與「傳統」並存的現象，且愈後來愈趨於保守，包括諸多文人為「文集」所作序文，也是發出守舊之聲的居多。如早期提出了不少具有現代、革新氣息的課題，包括〈國民性涵養論〉、〈驅疫鬼檄〉、〈開拓實業策〉、〈孤兒院建設議〉、〈鴉片弊害論〉、〈真自治促進論〉、〈文學興國論〉、〈寵妾弊害論〉、〈民聲論〉、〈世界大同論〉等等，但到了《崇文社文集》最後一卷（即卷八）中的「課題」則有：〈論非孝之可否〉、〈說倫常〉、〈勸孝文〉、《風紀肅正並嚴重社會制裁議》、〈孔孟學說比較論〉、〈良臣論〉、〈君子亦有惡乎論〉等等。究其原因，或可視為對當時已在臺灣興起的新文化和新文學運動的反彈。這與中國大陸「五四」新文化運動之後，反而出現了保守主義思潮頗為相似。

　　在為《崇文社文集》所作序文中，王學潛於回顧孔教的二千多年歷史後，寫道：「降及滿清，科學不興，專用文藝取士，又逢基督新舊教勢力彌漫東洋，宗教多而孔教少實行，滿清遂以文弱亡國。革命後之中華，武人割據，政黨爭權，四億蒼生，傷心塗炭，於是憤世文人大倡勞工革命，其他種種革命，凡達爾文、馬克斯、黑格爾、柏格森及托爾斯泰、克魯泡特金、尼采，禮仁以外，多數革命哲學家鴻篇大文，無不搜羅翻譯，在中華大鼓大播，如進化論，唯物史觀，唯心史觀，其他革命理學家種種學說，震動華人。破除國界，破除家族界，破除種族界，破除夫婦界，文雄且偉，刺人骨髓，針人腦血，凡宇宙過去之存在，不論有形無形，任我推翻，任吾破壞，有而無，無而有，虛而實，實而虛，文義怪怪奇奇，虛無黨人，由倒君權而進民權，由進民權而求人權，公產之文，均產之文，共產之文，雖海滋山阪，宣傳幾遍，今一部新人，聞風興奮，讀其文句得其皮毛，遂唱非孝，遂唱戀愛自由，聚蚊成雷，喪心弗恤，不知主張非孝與主張絕種

無殊。蓋子唱非孝則為父唱非慈，人之不欲生兒則絕種矣。若夫
自由戀愛能到實行，一定在無政府共產之社會，屆時女子既悟生
產之卑鄙沒趣且很痛苦，必多斷妊，避生育保美貌，以達戀愛之
自由，是絕其血統而人類幾希矣……」作者還寫道：「夫西洋革
命哲學家之文義，我輩合當參考精微，凡有益於我者取之，有損
於我者棄之，勿喜新，勿好奇，勿盲從，須以鎮靜態度觀察之，
懷疑之，評判之，比較東洋文化，比較東洋民族，比較東洋地
理，比較東洋時勢，或借助他山，或認真排斥，一髮千鈞，毋畏
其難，不特斯文，有關興廢，即漢族亦有關存亡也。至若中華白
話文即是官話，經滿清名士出版多年，非首創於文學革命家也。
古文亦好，白話文亦好，毋相攻擊，總以不離聖道為依歸……」
[84] 文中描述了近年來各種新思潮湧入中國大陸的情形，並做了較
為全面的觀察和思考，所指出的以理性態度對待西方文化，仔細
辨別其優劣，而後擇其善者為我所用，其不善者擯棄之的「拿來
主義」態度，有其可取之處；但總的說，作者對於新思潮的興
起，是持懷疑、抵觸、不滿乃至反對態度的，包括對「戀愛自
由」等的攻擊，顯出保守迂腐的傾向。而這在崇文社文人中，是
頗具代表性的。

　　總的說，臺灣文社和崇文社以新學和舊學、現代和傳統相容
並包為基調。這其實是傳統文人面對新思潮衝擊的一種希圖照顧
周全、兩全其美的反應。早在 20 世紀初，羅秀惠就曾寫道：「孔
子所言溫故而知新一語，實為千古教育學之準繩。所謂故者，非
陳腐頑固之謂也，蓋西學之才智技能，日新不已，而漢學之文字
經史，萬古不磨，新故相資，方為萬全無弊。」[85]1918 年，黃爾

84　王學潛：〈崇文社文集序〉，《崇文社文集》卷一，第 8 頁。

85　羅秀惠：〈漢學保存會小集叙書後〉，《臺灣日日新報》第 2150 號，
　　1905 年 7 月 4 日，轉引自黃美娥：《重層現代性鏡像》第 42 頁。

璿在祝賀臺灣文社成立時也呼籲：「萬里歐風捲地來，自由聲裡
轟如雷……取長補短仗賢能，新學舊學兩無間。」[86] 這種在接受
「西方」、「現代」時卻頻頻回顧「傳統」，甚至最終走向保守
主義的情況，與嚴復、林紓等頗為相似，但在臺灣表現得更為強
烈、普遍。這種現象的產生有著臺灣特定的社會歷史文化的背景
和原因。其一，臺灣在此過渡時期的文學改良運動，基本乃植根
於舊文學之上，改革者仍脫離不了以舊文學為思考中心，視新文
學為一種外來的、與西洋文化有密切關係而非臺灣原生態的事
物，而西洋文化正影響著人們固有的人倫道德，動搖著傳統文化
的根基，致使這些傳統文人即使有改革的傾向，也對漢學的前途
憂心忡忡，對新文學心存憂慮，甚至與之產生對抗。其二，早期
殖民當局出於治理政策的考量，將漢文、漢詩視為籠絡臺灣文人
的手段，並未立即加以剷除和取代（如有所謂「揚文會」的組織
和活動），對於臺灣人而言，維持舊文學的地位於不墜，也就可
能隱含了文學傳統的維護、文化命脈的延續、國族認同的堅持、
社會地位的確立等多重意義。正如臺灣學者所指出的：「在臺人
心中，漢詩不廢，則文化傳統得以延續，且又能與日本大和文化
／文學產生區隔而不被同化，對於臺人而言自是最為期待的美
事」。「臺灣傳統文人在過渡時代所進行的文學改良與革新活
動，既有其承接轉化新文學的可能軌跡，但卻也同時存在著不得
不捍衛舊文學本位的必然機制，在『迎新』與『守舊』兩股力量
的拉扯、衝撞下，這種緊張關係，影響了臺灣新文學萌生、茁壯
的時機」[87]。這樣，創建臺灣新文學的歷史任務，必然要靠另一
支力量來完成了。當然，臺灣傳統文人在 20 世紀前 20 多年的文

86　黃爾璿：〈祝臺灣文社成立〉，《臺灣文藝叢誌》第 1 號，1919 年 1
　　月，第 5 頁。
87　黃美娥：《重層現代性鏡像》，臺北：麥田 2004 年版，第 73 頁。

學活動，某種意義上為新文學的誕生做了準備，這一點是不容否
認的。

第三節　新舊文學之爭與臺灣新文學的誕生

一、五四火種與臺灣新文學運動的前奏

臺灣新文學的發生與臺灣自身的抗日民族運動以及大陸五四
新文學的影響有密不可分的關係。1915 年西來庵事件後，臺灣的
抗日運動從武裝鬥爭轉入政治、文化鬥爭的新階段。第一次世界
大戰和俄國「十月革命」，更在世界範圍內掀起了民族解放的潮
流。在此背景下，留學東京的一批臺灣知識青年聯絡來自大陸的
「中華青年會」成員，於 1918 年 10 月成立了「聲應會」；同年
底，東京青年學生一百餘人又組織了「啟發會」，但都未開展積
極的活動。1919 年「五四」運動爆發，1920 年 1 月，蔡惠如等發
起成立「新民會」，稍後公推林獻堂擔任會長，議決展開政治改
革運動，其機關雜誌《臺灣青年》於同年 7 月創刊[88]，扉頁上《社
告》表明其宗旨為「期應世界之時勢，順現代之潮流，以促進我
臺民智，傳播東西文明」。1921 年 10 月，蔣渭水等在本島創立
「臺灣文化協會」，開啟島內反殖反封建社會文化運動的序幕，
「六三法撤廢運動」、「臺灣議會設置請願運動」等相繼展開。
1922 年 4 月《臺灣青年》改名《臺灣》；為了擴大影響力，1923
年 4 月 15 日於東京創辦《臺灣民報》，改用白話文，1927 年 7
月 22 日出刊第 166 號後，遷回臺灣繼續出版發行。

與此同時，臺灣青年因島內教育落後而往日本留學的風氣，

---

[88] 説《臺灣青年》之名乃仿中國大陸《青年雜誌》、《新青年》而設，也
許並不過分。

從 1920 年代起部分轉向中國大陸。這些學生大多集中於廈門、廣州、上海、北京等地，也就將當時大陸如火如荼展開的新文學、新文化思潮，傳遞回臺灣。

　　臺灣新文學運動以提倡白話文為其開端，最值得注意之處，一是它的啟蒙目的——使用淺顯易曉之文字，以便於本民族廣大民眾接受新學，啟發智慧；二是這一運動本身是受祖國大陸白話文運動的啟發和引導而發生、發展的。1920 年 7 月《臺灣青年》創刊號上刊出陳炘的〈文學與職務〉，一年多後，同一刊物又發表了甘文芳的〈實社會と文學〉。但它們都未引起足夠的重視。1922 年 1 月，《臺灣青年》重刊被禁的上一期陳端明〈日用文鼓吹論〉一文，常被視為臺灣白話文運動之始。真正產生較大影響的是 1923 年 1 月出版的《臺灣》第四年第一號上黃呈聰的〈論普及白話文的新使命〉和黃朝琴的〈漢文改革論〉。兩篇文章均用尚屬拙澀，但畢竟已見雛形的白話文寫出，而前一年暑期兩位作者到中國大陸考察的經歷，是他們撰寫此二文的觸發點和依據。

　　上述文章首先指出文學本應承擔的啟蒙任務，以及漢語文言文和傳統詩文產生方式的一些積弊及其重大危害性。如最早的陳炘就指出民族的興衰與文學的盛衰有密切關係，「我族不振」之原因，就在於科舉制度之流弊，「言文學者，矯揉造作，不求學理，抱殘守缺，只務其末」，「辭貴古奧，字貴難澀」，致使思想受縛，文化停滯，「有文章而無作用，有學術而無思想」。作者三復斯言地強調文學的「啟蒙」社會功用：「處今日之臺灣，按今日之形勢，當使文學自覺，勵行其職務，以打破陋習，擊醒惰眠，以就今日之文明思想，以為百般革新之先導，為急務也。」[89]

89　陳炘：〈文學與職務〉，《臺灣青年》創刊號，1920 年 7 月 16 日，第
　　41-43 頁。

　　陳端明則將一般文章分為「日用文」和「文藝文」兩種，而「日用文之目的在乎互相交換思想，以明白簡易為要」。他指陳臺灣當前「文體尚株守舊套，依然不改，徒尚浮華故典，表意不誠，非只多費時間，而用意深沉，人多不解，致阻大眾之文化。」蓋刻畫於美文麗句，非專門家不可，「若以不陳諺列典，即謂之不文，致學之者，過用腦力，未免有礙他科學之進步。」具體而言有三大弊害，「第一、不得十分發表自己之思想。第二、至今數千年間，古人所遺雜言巧語者不可勝數，學之既難，又不得普及，是文化停滯之原因。第三、善守古事没卻進取之氣象，為國民元氣喪沮之本。」常見書信中「屢用暮雲春樹或用陽關之典」，寫信者「恐無雅句，貽笑大方，於是胡思亂想，或剽竊他人文句，或抄寫故事典語，以為假面，大抵無真意在內，雙方都等閒視之，成幾無意味之書」，因此改革實屬必要。對於如何改革，陳端明寫道：「在鄙人之見，即廢累代積弊，新用一種白文，使得表露真情，諒可除此弊。」而白文之利，「第一可以速普及文化，啟發智慧，同達文明之域。第二意義簡易，又省時間，稚童亦能道信，自幼可養國民團結之觀念，其影響於國家不少。」[90] 此段話的要點在於指陳文言文深奧難學，阻礙了大眾之文化和科學之進步，且多套用典故，造成虛假不誠；改革之道在於以白話文取代文言文，以利於國民精神的培養。

　　黃呈聰以在中國大陸的親眼所見，說明白話文的「便利」以及普及的必要。他反觀臺灣的情況：「我們的社會上沒有一種普遍的文，使民眾容易看書、看報、寫信、著書，所以世界的事情不曉得，社會的裡面黑暗，民眾變成愚昧，故社會不能活動，這

90　陳端明：〈日用文鼓吹論〉，《臺灣青年》3 卷 6 號（刊物被禁），1921 年 12 月；4 卷 1 期再刊出，1922 年 1 月。

就是不進步的原因了。」[91] 他比較了白話文和古文的難易，指出：學「古典的文」要費十年的工夫，換成學白話文只要五年就夠了；現在社會是貧苦大眾佔據了十分之七八，大多數人不能費了「長久之年數」來學古文，總要「年短容易學」的才能算是「民眾的文」。作者還進一步將臺灣同胞作為一個「人」的覺醒與反抗殖民統治聯繫起來。他以蜜蜂為例，抨擊日本殖民者對臺灣同胞的奴役，指出人民若是缺乏教育，統治者便要「愚弄民眾，作出許多的怪事」；相反，「若是文化普及民眾自覺起來的時候，就不願做他的奴隸像那個蜜蜂了」，「所以我們普及這個民眾的白話文是最要緊的」。[92]

可以看出，上述作者著重於文學的形式特別是語言的問題，認為應用白話文取代文言文，才能讓廣大民眾易學易懂，以便通過文字接受新知，擺脫愚昧和遭人奴役的悲慘處境。另有部分文字更涉及文學的內容問題，主要是反對舊文學的空有形式而無思想，強調文學應擔負起必要的社會功用。如陳端明認為：「夫情感者文學之靈，思想者文學之精。言文學者首當有真摯之感情，高遠之思想，離此二者，而言文學，則如富加裝飾之木偶，雖有濃麗之外觀，而無靈魂腦筋，是為死文學，不能行其職務者也。」進一步，文學「不可僅以使人生有自然之興趣，純潔之情操，為責任已完，又當以傳播文明思想，警醒愚蒙，鼓吹人道之感情，促社會之革新為己任，始可謂有自覺之文學也。」由此可知，臺灣的白話文宣導者起點頗高，不僅反對舊文學的形式雕琢，同時也反對脫離社會功用的純藝術觀，甚至不以「使人生有自然之興趣，純潔之情操」為滿足。甘文芳也宣稱：現在已不需

91　黃呈聰：〈論普及白話文的新使命〉，《臺灣》第 4 年第 1 號，1923年 1 月，漢文第 12 頁。

92　黃呈聰：〈論普及白話文的新使命〉，《臺灣》第 4 年第 1 號。

要那種有閒的文學，風流韻事、茶前酒後的玩弄物了。[93] 但總的說，直接談及文學的內容問題的尚不多見。

除了強調改用白話文以利完成文學的啟蒙任務外，早期提倡者論述的另一重點，在於說明白話文在中國大陸已普遍實行，而臺灣人本屬中國之民族，學習白話文有其必要性和可行性。陳炘最早就指出：應取法民國新學的「白話文」以成「言文一致體」。[94] 陳端明也寫道：儘管當今臺灣因承教於中華之後，致使言文各異，「然今之中國，豁然覺醒，久用白話文，以期言文一致。而我臺之文人墨士，豈可袖手停觀，使萬衆有意難伸乎？」[95] 黃呈聰在其長文中首先作「白話文之歷史的考察」，指出白話文當前在中國通行最廣最遠，被公認為「中國的國語」，而「我們是中國民族的系統，讀過了這種的白話文也是久了」，所以並不難學。接著他又論說了「白話文與臺灣文化和日常生活的關係」，指出「中國就是我們的祖國」，臺灣文化由中國文化而來，「若就文化而論，中國是母我們是子」，其風俗人情、社會的制度都一樣，言語的發音雖多少有些差異，卻也極接近，語根和語法的排列大概都是一樣，因此「比學日本的話更是容易了」，臺灣人到中國不論什麼地方，住了兩個多月，大概就可以會意。黃呈聰並認為，儘管當前臺灣日常用品都是由日本而來，

93　甘文芳：〈實社會と文學〉，《臺灣青年》3 卷 3 號，1921 年 9 月，日文第 35 頁。

94　陳炘：〈文學與職務〉。該文文末有「嘗聞我臺有文社之設，已經年餘有光彩之歷史矣，想對此方面，必大有貢獻」之語，所謂「文社」，當指霧峰林家及其櫟社新設之「臺灣文社」，由此可知臺灣新文學運動其實與傳統文學陣營仍有千絲萬縷的關係，臺灣文社某種意義上也堪稱臺灣新文學運動的先聲。如從更遠些說，陳炘強調文學的重要地位及其社會功用，又似乎是梁啟超思想的延續。

95　陳端明：〈日用文鼓吹論〉。

但「日本向來沒有文化，所有的文化都由中國移入」，經過改造形成日本「固有的文化」，只是明治維新以後轉而吸收歐美文明，所以造成包括臺灣在內的新舊交接的複雜現象；而在中國，一些「志士政客」看中國這樣守舊不合現代的生活，遂起了社會上各種思想的革命，「其中文學的革命如白話文這一種是最顯著的，也最打動人心」，報章雜誌新書，無不使用白話文，「大多數的人不論男女老幼都喜歡讀這個容易的文，所以現時中國文化的進行有一日千里之勢。」英國大思想家羅素研究中國社會後曾有預感：中國不上三十年就會成為一個「最強的國」，而這都應歸於白話文普及之功效。[96] 文章末尾可說將中國大陸作為臺灣的主要文明輸入源的情況分析得淋漓盡致：

　　這個文現在北京大學做中心，諸教授也很熱心鼓舞宣傳，到如今已經收了絕大的效果，沒有人再敢議論是非了。看這個狀況也可以打動我們的覺醒，使我們步他的後塵，快一點來學這個文了！我們的同胞若是曉得白話文，便可以向中國買得現代的新書和報紙雜誌來啟發我們鬱積沉迷的社會，喚醒我們同胞的大夢，這就是改造臺灣新的使命了！因為中國的社會和我們的社會是一樣，中國要革新的事，我們也是一樣，所以中國的新人對中國希望革新的事，無異也是對我們一樣的希望了！[97]

　　此外，黃呈聰、黃朝琴等還通過與日語和本地漢語方言的比較，或者說通過對當時臺灣應採用何種語言來進行教育和創作進行權衡和選擇，進一步說明白話文的優點和採用它的必要性。殖民當局強制臺灣同胞學習和運用「日本話」，但並非要讓臺灣同胞進入「文明」之境，而是出於同化的目的，而這正是臺灣社會不發達的原因。黃呈聰指摘當時臺灣公學校只教日語不教科學和

96　黃呈聰：〈論普及白話文的新使命〉，《臺灣》第 4 年第 1 號。

97　黃呈聰：〈論普及白話文的新使命〉。

一般常識，致使畢業生淪於無「器用」的弊端。黃朝琴更認為：
世上所有民族都有其固有的族性，況且漢民族曾創造世界的文
化，「我們臺灣的同胞，亦是漢民族的子孫，我們有我們的民族
性，漢文若廢，我們的個性我們的習慣我們的言語從此消滅了！
……臺灣是臺灣人的臺灣，萬不可以少數的內地（指日本）兒童
做標準，來犧牲大多數的臺灣兒童。」[98] 從上下文來看，這裡所
謂「臺灣是臺灣人的臺灣」所針對的是「日本」而非「中國」，
字裡行間表露出強烈的漢民族意識。這一點，或許是臺灣的白話
文運動與祖國略有不同之處。

　　另一選擇則是用漢字來寫出臺灣民眾日常所說的漢語方言
（即後來所謂「臺灣話文」）。黃呈聰曾從臺灣在地理上與廈
門、福州很接近，卻與日本相距頗遠的角度，說明從中國大陸吸
收文化以及為此需要而學習白話文的必要性。同時他也指出，方
言的使用區域太少，即如廈漳泉，也將使用白話文，只留臺灣一
個小島，就不可能有獨立的語言文字，「我們臺灣不是一個獨立
的國家，背後沒有一個大勢力的文字來幫助保存我們的文字，不
久便就受他方面有勢力的文字來打消我們的文字了」，所以不如
研究中國的白話文，將來如到中國，將會很方便。黃呈聰的話講
得非常實際，從臺灣的現實境況出發，進行認真仔細的比較分
析，權衡利弊及可行性，強調臺灣不是一個獨立的國家，背後沒
有一個大勢力加以保護，不久便將被強權所打消，實際上說出了
「臺灣話文」在政治上的困境。

　　日語和「臺灣話文」既然都不可行，剩下的最好的選擇就是
白話文了。數月後，《臺灣民報》創刊，蔡鐵生在〈祝臺灣民報
創刊〉一文中，逕指《臺灣民報》乃黃呈聰、黃朝琴兩君所「倡

98　黃朝琴：〈續漢文改革論〉，《臺灣》第 4 年第 2 號，1923 年 2 月 1
　　日，第 26-27 頁。

設」，「專用白話文，以普及我們臺灣同胞的智識」，並對其意義加以深刻地闡述。作者飽含感情地寫道：「因為臺灣的兄弟不懂漢文，我所以滾下珠淚兒來咧。這個原故，是很容易明白的，我們臺灣的人種，豈不是四千年來黃帝的子孫嗎？堂堂皇皇的漢民族為怎麼樣不懂自家的文字呢？……因為臺灣當局的政策，學堂裡不肯教學生的漢文，他們用意很是深遠……噫！我們最親愛的臺灣兄弟，快快醒來！漢文的種子既然要斷絕了，我們數千年來的固有文化，自然亦就無從研究了。連我們自己的民族觀念都消滅了，將來世界上的人類若比較起來，我們就可以排在最劣等的裡面了。但是劣等的人類，究竟叫做甚麼東西？有人說叫做奴隸。這個奴隸的名詞，我們臺灣的兄弟到底承認不承認？若是承認，我就沒有話說，若是不承認呢，趕緊想個法子，去補救漢文的一線生機。使這風燈上頭的種子，永久不滅，就是保存我們的固有文化，振興我們漢民族的觀念。」[99] 這裡將「啟蒙」和「救亡」，將保存和學習「漢文」（即白話文）與反抗殖民當局、爭取民族生存如此緊密地聯繫在一起，正是臺灣遭受日本殖民統治的特殊境遇所致。

　　上述白話文提倡雖然角度各異，但有幾點是「異口同聲」的。其一，都是為了喚醒民眾，讓民眾也能接受現代文明和文化的啟迪而提倡用白話文；其二，強調文學的社會功用比五四新文學宣導者有過之而無不及，而這是因臺灣受到直接的殖民統治，發揮文學的社會功用更有其急迫性和必要性；其三，都看到了中國大陸正蓬勃興起的新文化運動，特別是推廣白話文的情況，強調要以中國大陸為榜樣；其四，都指出臺灣人屬漢民族，與大陸民眾同宗同祖，有著緊密的固有文化聯繫，進而強調延續和發展

99　蔡鐵生：〈祝臺灣民報創刊〉，《臺灣民報》第 1 號，1923 年 4 月 15 日，第 2 頁。

這種文化聯繫、抵制殖民者的同化企圖的必要性。

　　不過，這些聲音還不足以產生一個強大的文學革新運動，究其原因，所發表的刊物僅在旅日臺灣知識份子中流傳，且經常被殖民當局所查禁，因此其影響範圍有限；其次，它們都以正面提倡白話文為主調，沒有直接針對舊文學陣營的批評和論辯，只有「立」而沒有「破」，所以未引起較大激盪。真正展開臺灣新文學運動的任務，就要由採用白話文並以廣大民衆為讀者對象的《臺灣民報》以及勇敢向舊文學陣營發起挑戰的張我軍等來承擔和完成了。

二、從形式到內容：文學革命的臺灣演繹

　　1923 年 4 月，《臺灣民報》以白話文刊行，成為白話文理論建設和實際創作的主要園地。慈舟（林呈祿）在〈臺灣民報創刊詞〉中寫道：「最親愛的三百六十萬父老兄姊！我們處在今日的臺灣社會，欲望平等，要求生存，實在非趕緊創設民衆的言論機關，以助社會教育，並喚醒民心不可了……這回新刊本報，專用平易的漢文，滿載民衆的智識，宗旨不外欲啓發我島的文化，振起同胞的元氣，以謀臺灣的幸福……」該報創刊號上倡設的「白話文研究會」，明確表示改文言為白話的目的之一在於「普及三百六十萬同胞的智識」[100]。據臺灣學者翁聖峰的説法，《臺灣民報》的文體使用有兩種路線，一是強調專用白話文，另一則是「平易的漢文」，除白話文外，淺白的文言也包含在內。[101] 這些動向與前述陳端明、黃呈聰等人的白話文宣導，都為臺灣新文學

100　〈偶設白話文研究會〉，《臺灣民報》第 1 號，1923 年 4 月 15 日，第
　　　29 頁。

101　翁聖峰：《日據時期臺灣新舊文學論爭新探》，臺北：五南圖書出版公
　　　司 2007 年版，第 89 頁。

的正式誕生做了舖墊和準備。

　　真正對舊文學造成巨大衝擊，並樹立新文學之地位的，是張我軍的發難。1924 年 4 月，正在北京上學的張我軍痛感臺灣的社會運動遭受阻礙，而島內自稱「詩翁」、「詩伯」的文人，「不讀些有用的書，來應用於社會」，而是甘心「做詩韻合解的奴隸」，每日做些似是而非、沒有真正文學價值、「替先人保持臭味」的詩文，因此寫了〈致臺灣青年的一封信〉[102]，刊於《臺灣民報》上，但未引起大的反響。此後文學的新舊之爭似乎微波蕩漾，蓄勢待發。如 6 月 11 日蘇維霖於《臺灣民報》2 卷 10 號上發表〈二十年來的中國古文學及文學革命的略述〉，以近世歷史進化的眼光，斷言白話文學為中國文學之正宗，又為將來文學必用之利器；從《臺灣民報》2 卷 17 號開始連載的張梗的〈討論舊小說的改革問題〉，指「微言大意」春秋筆法或「聊齋流」舊小說為陳腐落後。9 月 28 日《臺灣日日新報》上有「無腔笛」專欄短文批判未讀唐詩三百篇，目僅能睹羅馬字母而徒倡革新者。[103]11 月 1 日《臺灣民報》2 卷 22 號上前非〈臺灣民報怎麼樣不用文言文呢？〉一文則以中國的文學革命為榜樣，說明白話文的好處和作用。

　　直至 11 月中旬之後，雙方的音調忽然提升起來。連雅堂在其所編《臺灣詩薈》第 10 期上，利用為從廈門返臺的林小眉的《臺灣詠史》作跋的機會，表達了他對新文學和傳統文學的看法，其中寫道：「林君小眉久寓鷺門，豪遊南北，昨秋歸里……林君獨湛深國故，兼善英文，顧不為時潮所靡。嘗謂文學一途，中國最美，且治之不厭，此誠有得之言。今之學子，口未讀六藝之書，

---

102 張我軍：〈致臺灣青年的一封信〉，《臺灣民報》2 卷 7 號，1924 年 4 月 21 日，第 10 頁。

103 轉引自翁聖峰：《日據時期臺灣新舊文學論爭新探》，第 351 頁。

目未接百家之論，耳未聆離騷樂府之音，而囂囂然曰：漢文可
廢，漢文可廢！甚而提倡新文學，鼓吹新體詩，秕糠故籍，自命
時髦，吾不知其所謂新者何在？其所謂新者，特西人小說戲劇之
餘，丐其一滴沾沾自喜，誠陷井之蛙，不足以語汪洋之海也！」
[104]

　　差不多同時，張我軍在《臺灣民報》上又發表了〈糟糕的臺
灣文學界〉，由於筆鋒犀利，被稱為在臺灣文壇投下的第一顆
「炸彈」。作者針對當時臺灣各地詩會、「詩翁」、「詩伯」比
比皆是，甚至召開全島詩人聯吟會的詩壇「盛況」，指出：「臺
灣一班文士都戀著壟中的骷髏，情願做個守墓之犬，在那裡守著
幾百年前的古典主義之墓」，「幾年之間，弄不出一句半句的好
文字，卻滿腹牢騷，滿口書臭，出言不是『王粲蹉跎』，便是
『書劍漂零』」，「不但沒有產出差強人意的作品，甚至造出一
種臭不可聞的惡空氣來」，「埋沒了許多有為的天才，陷害了不
少活潑潑的青年」。[105]針對連雅堂指提倡新文學的人都主張「漢
文可廢」，張我軍在 12 月 11 日的《臺灣民報》上發表〈為臺灣
的文學界一哭〉加以反駁。新舊雙方激烈的論戰發生於 1925 年，
據翁聖峰的統計，這一年內新文人批判舊文學的文章有 28 篇，舊
文人批判新文學的也有 43 篇。舊文人中如連雅堂、鄭軍我、艋舺
黃衫客等 [106]，一方面不滿新文人稱舊文人為「孽種」、「妖
魔」、「守墓犬」等情緒化詞語，另一方面也表達自己對新、舊
文學的不同見解。如悶葫蘆生的〈新文學之商榷〉指張我軍「將

---

104 見《臺灣詩薈》第 10 號，1924 年 11 月 15 日。《臺灣詩薈》合訂本上
　　冊，臺北：臺北市文獻委員會 1977 年版，第 627 頁。

105 一郎：〈糟糕的臺灣文學界〉，《臺灣民報》2 卷 24 號，1924 年 11 月
　　21 日。

106 此處所謂「舊文人」乃為行文方便而採用的權宜指稱，指仍堅持傳統詩
　　文創作的文人，不包含認為該文人陳腐、守舊、落後等貶義。

島內之漢文家，罵得宛然若殺父之仇者」，又批評新文學「加添幾個的字，及口邊加馬、加勞、加尼、加矣諸字典所無活字，此等不用亦可之文字。」[107] 鄭軍我〈致張我軍一郎書〉除批評張我軍的情緒化語言有失文人資格外，又反對「拘泥官音，強易『我等』為『我們』，『最好』為『很好』」，並延續其對民間俗文學的興趣，提出在臺灣何不採用如《三國志》、《西遊記》、《粉妝樓》之類的「平易文」。[108] 艋舺黃衫客〈駁張一郎隨感錄〉站在維護孔教立場上反對文學進化論。連雅堂則稱「今之所謂新體詩者，誠不如古之打油詩」。[109] 新竹陳福全〈白話文適用於臺灣否〉批評新文學「薄孔孟遵楊墨蔑視聖訓排斥人道」。[110] 然而舊文人對張我軍的反擊，更多的流於情緒化。如《臺灣日日新報》的「是是非非」欄中有署名「講新話」、「讀報生」、「張太郎」、「半新長老」、「半舊先生」、「壞東西」、「老張」、「新體詩」、「一讀者」的投書，以及吳爾蔽、張三、咄咄生及未署名者撰寫的文章，或以打油詩，或虛擬故事，行人身中傷之實，或以污穢文詞諷刺新文學者。如「講新話」以「野合」、「私通」等語抨擊新文學中有關自由戀愛的描寫；「讀報生」的打油詩中以「性太狂」、「逆父母」、「背祖宗」、「無墨水」、「無廉恥」、「令人大笑一場」等語攻擊「張一郎」。[111]

---

107 悶葫蘆生：〈新文學之商榷〉，《臺灣日日新報》1925 年 1 月 5 日，第 4 版。

108 鄭軍我：〈致張我軍一郎書〉，《臺南新報》，1925 年 1 月 29 日，第 5 版。

109 連雅堂：〈餘墨〉，《臺灣詩薈》第 17 號，1925 年 5 月 15 日，第 297 頁。

110 陳福全：〈白話文適用於臺灣否〉，《臺南新報》1925 年 8 月 15 日，第 5 版

111 本段中引文轉引自翁聖峰《日據時期臺灣新舊文學論爭新探》。

　　新文人批評舊文學，以張我軍的強力批判為主體，其他如蔡
孝乾、南江、張紹賢、楊雲萍，以及署名「半新舊」、「自我
生」者，乃至吸收了新思想又有舊學基礎的笑儂、雪峰、守愚、
虛谷、懶雲等，則從旁助攻，讓白話文在臺灣文壇迅速佔有一席
之地，並得到不容忽視的地位。[112]1925 年元旦出刊的《臺灣民
報》3 卷 1 號上，張我軍發表〈請合力拆下這座敗草叢中的破舊
殿堂〉，開篇就提出了影響深遠的著名論斷：「臺灣的文學乃中
國文學的一支流。本流發生了甚麼影響、變遷，則支流也自然而
然的隨之而影響、變遷，這是必然的道理」，並說明自己只不過
是引領祖國的「文學革命軍」到臺灣來的「導路小卒」。[113]該文
的主要內容則是介紹胡適的「八不主義」並加以適合臺灣實際情
況的詮解。作者的著力點在於強調文學的好壞標準並不在於文字
形式，而在於「情感」和「思想」的有無和真假。他著重闡述
「藝術最重要的是誠實」這一命題，批評有些人「明明是在得意
的境遇」，但一下筆便是滿紙「蹉跎」、「飄零」、「落魄」；
有的人則「自負過大」，作為詩文，滿口哀怨，「這都是無病呻
吟之例」；還有人只會用「套語爛調」，不知道雪或柳絮之為何
物，卻要作雪或柳絮的詩，「一味的在字紙堆裡專攻抄襲的工
夫」。至於「用典」，只是「文人詞窮，不能自己鑄詞造句以寫
眼前之景、胸中之意，所以借用或不全切，或全不切的故事、陳
言以代之」，「所以不會產生好詩，也是必然的事理」。張我軍
還強調「創造力」的重要性，指出「文學之好壞，不是在字句之
間，是在創造力之強弱」，因此「我們作詩作文，要緊是能將自

112　翁聖峰：《日據時期臺灣新舊文學論爭新探》，第 89 頁。

113　蔡孝乾撰〈中國新文學概觀〉刊於《臺灣民報》3 卷 12-17 號，詳細介
　　紹祖國新文學運動，其中所謂臺灣和中國大陸的文學是「同雲落來的
　　雨」，與張我軍的「一支流」說，有異曲同工之妙。

己的耳目所親聞親見所親身閱歷之事物，個個自己鑄詞來形容、描寫以求不失真，而求能達狀物寫意的目的，文學上的技巧這就夠了。」[114] 該文最後以陳獨秀的「三大主義」作為結論，而這「三大主義」對於當時臺灣某些雕琢、艱澀、陳腐，具有貴族傾向的傳統詩文創作，正是對症下藥的針砭。

該文刊出僅隔十天，張我軍又發表了〈絕無僅有的擊缽吟的意義〉，進一步分析了文學作品中內容和技巧孰輕孰重的問題。他寫道：「詩——和其他一切文學作品——的好壞，不是在字句聲調之間，乃是在有沒有徹底的人生觀和真摯的感情」，但是「歷來我臺灣的文人把技巧看得太重，所以一味的在技巧上弄工夫，甚至做出許多的形式來束縛說話的自由……於是流弊所至，寫出來的詩文，都是些有形無骨，似是而非的。」他引用歌德所謂「是詩來做我的，不是我去做詩的」以及《詩序》、朱熹的說法，說明詩是「有所感於心，而不能自己，所以自然而然的寫出來的」。張我軍之所以特別反對擊缽吟，其中一個原因就在它是作者「故意去找詩來做的」，且有太多的限制，違背了「不受任何束縛」、「自由奔放」的文學境地，成為作者玩弄技巧的遊戲之作。何況有的詩人還抱有其他的目的。

在對舊文人的批評進行再反駁的〈揭破悶葫蘆〉中，張我軍再次強調：「新文學不一定是語體文（白話文）……新舊文學的分別不是僅在白話與文言，是在內容和形式兩方面的。」[115] 中國新文學運動從「文學改良」演變到「文學革命」，其關鍵即在從局限於語言文字這一「形式」因素，向更強調思想內容的革新的轉變。張我軍也反覆強調建立新文學的關鍵還在於內容的革新，

---

114 張我軍：〈請合力拆下這座敗草叢中的破舊殿堂〉，《臺灣民報》3卷1號，1925年1月1日。

115 張我軍：〈揭破悶葫蘆〉，《臺灣民報》3卷3號，1925年1月21日。

目的在於改變原有的以為文學僅在遣詞造句、聲韻節奏等的雕琢的傳統觀念，樹立起衡量文學的根本標準在於是否與時代、社會、民眾息息相關，是否表達了作者的真情實感等等的觀念。這本身也是現代文學觀念的一次啟蒙。1925 年 8 月 26 日《臺灣民報》「創立五周年紀念號」上，張我軍發表了他在這場論爭中最後的理論文章〈新文學運動的意義〉，實際上總結了他所設想的臺灣新文學運動的目標，這就是：一、建設白話文學，以代替文言文學；二、改造臺灣語言，以統一於中國國語[116]。

臺灣新文學的確立，還需要創作的實績。除了最早的追風《她要往何處去》、無知《神秘的自製島》、翁澤生《誰誤汝》、柳裳君《犬羊禍》、施文杞《臺娘悲史》、鷺江TS《家庭怨》等小説以及追風《詩的模仿》、施文杞《送林耕餘君隨江校長渡南洋》、《假面具》等新詩外，被稱為開創期臺灣新文學三傑的楊雲萍、賴和、張我軍等，有著突出的貢獻。如張我軍1925年底在臺北出版的《亂都之戀》，為臺灣第一本白話文詩集。顯示新文學運動實效的，還有不少傳統詩文創作造詣頗高的原「舊文人」，經過新舊文學論爭後，成為新文學的重要作家，而他們最終也沒有完全放棄傳統詩文的寫作，大多還參加了當時遍布臺灣的漢詩社並在其中扮演重要角色，如賴和、陳虛谷、楊守愚等。這種情況在祖國大陸並不多見，是具有臺灣特點的文壇現象。

三、臺灣「舊文學」陣營的延續壯大及其原因

經過新舊文學論爭並催生了臺灣新文學之後，臺灣的舊文學陣營並沒有消失，在新文學如火如荼展開之時，舊詩社和傳統詩文創作也節節高漲，新舊文學之爭甚至此起彼伏延續到日據末

---

116 張我軍：〈新文學運動的意義〉，《臺灣民報》第 67 號，1925 年 8 月 26 日。

期。其原因，在於日本殖民統治下，傳統漢詩文創作具有「延斯文一線於不墜」，乃至堅持和保存漢民族精神的特殊功用。因此，新、舊文學之間，並非水火不相容。這一點，在張我軍與連雅堂展開新舊文學論爭時，就已表現出來。如《臺灣民報》和《臺灣詩薈》都曾在自己的刊物上為對方作推介的「廣告」。[117]日本據臺後，雖然對舊文人採取籠絡政策，甚至官紳唱和，但對臺灣文人的漢詩文創作，其實仍存戒心，因其與漢民族精神的堅守不無關係，如 1901 年後藤新平在《揚文會演說辭》中就反對拘泥於詞章訓詁之末技，而要求臺灣人學習更實用的日文。[118]連雅堂原本並非一味守舊的文人，在 1906 年曾倡詩界革新論，1924年 2 月創辦傳統詩文刊物《臺灣詩薈》後，他利用撰寫「餘墨」或與讀者互動等機會，表達其新舊並存共進的文學觀念。其「新」指各種新思潮、新觀念的洗禮；其「舊」則緣於民族精神的堅守。如在論爭大規模爆發前的 1924 年，他在《臺灣詩薈》各期的「餘墨」中就呈現出新舊雜糅的特點。如表明創辦《臺灣詩薈》「一以振興現代之文學，一以保存舊時之遺書」，表白：「讀古書，輒以最新學理釋之；而握筆為文，則不敢妄摭時語。」[119]他一方面為莘莘學子「僅以詩人自命，歌舞湖山，潤色升平」而感哀戚[120]；稱擊鉢吟為一種遊戲筆墨，「可偶為之，而

---

117 如《臺灣民報》2 卷 4 號的〈編輯餘話〉中有「連雅棠所計畫的臺灣詩薈已經發刊了，內容頗有可觀」之語；而《臺灣詩薈》第 3、第 4 號上的〈新刊紹介〉都有對《臺灣民報》的推介。

118 轉引自翁聖峰：《日據時期臺灣新舊文學論爭新探》，第 345 頁。

119 連雅堂：〈餘墨〉，《臺灣詩薈》第 5 號、第 4 號，1924 年 6 月、5月，見連橫著《雅堂筆記》，南寧：廣西人民出版社 2005 年 7 月版，第 60 頁。

120 連雅棠：《臺灣詩薈發刊序》，《臺灣詩薈》第 1 號，1924 年 2 月，第 2 頁。

不可數」;「今之臺灣,無小説家,無戲劇家,雖有講演而不能
周,雖有報紙而不能達,則文化之遲遲不進,毋怪其然」[121];但
更多的卻是論説保持漢文的必要性,而這又緣於殖民統治下民族
語言和文化瀕於消亡的危機感。如他寫道:「臺灣今日之漢文廢
墜已極,非藉高尚之文字鼓舞活潑之精神,民族前途何堪設想」
[122];「臺灣文化今消沉矣」,「發皇詩教、鼓吹詩風,以造成完
全之人格,則詩薈之責任」[123];「梁任公謂余……詩為國粹,非
如制度物采可以隨時改易」,「今之妄人乃欲舉固有之精美而悉
棄之,且言漢文為亡國之具。嗚呼!中國而果無漢文,則五胡之
能存者,則漢文之功也」[124],等等。最值得注意的是他批評某些
詩人諂媚權貴行為的文字,如「以詩人而諂權貴,人笑其卑。以
詩人而來私欲,人訕其鄙」;詩人「談利祿者不足以言詩」,
「歌功誦德者尤不足以言詩」[125],等等。聯繫到張我軍的文章中
也有類似的批評,如〈糟糕的臺灣文學界〉寫道:做詩易於得
名,又不費力,「時又有總督大人的賜茶,請做詩,時又有詩社
來請吃酒做詩。既能印名於報上,又時或有賞贈之品,於是不顧
死活,只管鬧做詩」。〈絕無僅有的擊缽吟的意義〉又認為舊文
人之所以要召開擊缽吟會,「總括説一句:也有想得賞品的,也
有想顯其技巧的,也有想學做詩(技巧的詩)的,也有想結識勢

---

121 連雅堂:〈餘墨〉,《臺灣詩薈》第 1、12 號,1924 年 2、12 月,連
　　橫《雅堂筆記》第 51、69 頁

122 連雅堂:〈讀者諸君惠鑒〉,《臺灣詩薈》第 3 號,1924 年 4 月,第
　　203 頁。

123 連雅堂:〈餘墨〉,《臺灣詩薈》第 12 號,1924 年 12 月,第 794 頁。

124 連雅堂:〈餘墨〉,《臺灣詩薈》第 2、3 號,1924 年 3、4 月,見連
　　橫《雅堂筆記》第 55、58 頁。

125 連雅堂:〈餘墨〉,《臺灣詩薈》第 5、8 號,1924 年 6、9 月;見連
　　橫《雅堂筆記》第 60、62 頁。

力家的，也有想得賞品兼顯揚技巧的，也有想得賞品兼顯揚技巧兼結識勢力家的。」[126] 由此可見，兩人在堅持民族主義，反對諂媚、投靠日本殖民者這一點上，是高度一致的。目睹部分舊詩人的喪失民族氣節，爭相獻媚於殖民者的醜態，是張我軍對其冷嘲熱諷、大加撻伐的重要原因，但絕非針對著櫟社詩人連雅堂。當時的情況是，臺北的瀛社、臺中的櫟社和臺南的南社同為臺灣三大詩社，瀛社與日人交往較多，因此總體而言較具親日傾向，而櫟社和南社則更具抗日精神，張我軍更多地是針對北臺傳統詩人的情況而大加撻伐的，而北臺詩人的反應也特別激烈和情緒化，因此才會出現舊文人的情緒化的批判只見於《臺灣日日新報》，另一個舊文人重要發表園地的《臺南新報》，雖然就事論事批判新文學，但並未見惡意人身攻擊，甚且還出現若干支持白話文運動的文章。[127] 也許正因為連雅堂並無媚日目的，反倒是想通過保存漢文來堅持民族精神，所以難以接受張我軍的指責，也對在他看來可能損害漢文保存和發揚的事物持審慎的態度。[128]

　　1926 年冬陳虛谷駁北報「無腔笛」的論爭，再次證明了抨擊媚日行為可說是新舊文學論爭的一條揮之不去的重要主線。陳虛谷因一些傳統詩人做詩和韻於臺灣總督上山滿之進並自詡為「賡揚風雅」，於《臺灣民報》發表了〈駁北報的無腔笛〉等文加以抨擊，寫道：「他來臺灣做總督，自有他的抱負，他離別他的美麗河山、知心親友，自有他的感情，他要抒他的抱負……只是你

126　李南衡主編：《文獻資料選集（日據下臺灣新文學‧明集 5）》，臺北：明譚出版社 1979 年版，第 65、92 頁。

127　翁聖峰：《日據時期臺灣新舊文學論爭新探》，第 116 頁。

128　現在回頭來看，張我軍主要是針對具有親日傾向的北臺詩人發難的，連雅堂不無代人受過的意味。有臺灣學者認為，如果當時張我軍接觸較多的不是臺北詩人的作品而是櫟社詩作，也許就不會發動這場論爭了。此說可供參考。

們要曉得，他的詩不是寄給你們的，並且也和你們素不識面，他
是為著自己做詩，不是為你們做詩，誰要你們巴結？你們真不要
臉呀！」虛谷指出這些詩人們的動機太不單純，對當權者「無天
無地的歌功頌德」，「盲目的磕響頭，是何等醜態呀」！虛谷並
藉此機會對詩的本質加以闡述，寫道：「詩就是我們的心裡，有
熱烈的感情的時候，將這感情把有音節的文字表現出來的……」
[129] 顯然，陳虛谷認為詩是情感、個性、人格、人性和自由心靈的
體現，他尊崇個性解放而反對將詩作為狐媚權勢者的工具，頗得
五四新文學之旨。值得指出的，虛谷本身漢詩造詣頗高且長期不
廢吟哦，可見他抨擊的是將詩作為諂媚工具和無真情實感而寫詩
的行徑，而非漢詩創作本身。

　　1932 年初的《南音》上，陳逢源〈對於臺灣舊詩壇投下一巨
大的炸彈〉[130] 一文對「舊詩人」加以抨擊：現在臺灣的詩社，大
多像鴉片窟一樣影響於臺灣的社會，它們「不是開擊鉢吟，便是
課題徵詩而已。他們平生所課的題，概以詠物為主，況且其所選
的詩，無非是矯揉造作，與無病呻吟這類的死文字。」又特別指
出：「他們近來益見拿詩為應酬，以及頌揚的工具，概失了其先
輩所具有的遺民風格。」在回答「新時代是要求什麼詩」的問題
時，認為：首先要力排慣用那些難解的文字與典故的貴族詩，而
要作最平易而且最率真的平民詩；其二要描寫具有時代性和社會
性的詩；其三要做會鼓舞民氣的詩。如鄭板橋的《貧士》、梁啟
超的《斗六吏》、「中國革命詩人」劉一聲的《奴隸的宣言》等
等。

---

129 陳虛谷：〈駁北報的無腔笛〉，《臺灣民報》第 132 號，1926 年 11 月
　　21 日。
130 陳逢源：〈對於臺灣舊詩壇投下一巨大的炸彈〉，臺灣《南音》1 卷 2
　　號、3 號，1932 年 1 月 17 日、2 月 1 日。

　　從文中提到的當時臺灣「詩社林立」、「詩人輩出」,「文運的興隆」「空前絕後」等情況,可知臺灣的「舊文學」並沒有被「新文學」所衝垮,反而有了長足的進展。在 1937 年 6 月臺灣報紙漢文欄全面廢止之後,仍有碩果僅存的《風月報》(後改名《南方》、《南方詩壇》)、《詩報》、《孔教報》、《崇聖道德報》等,以全部或部分篇幅作為傳統詩文的發表園地。1941 年6 月 1 日出版的第 131 期《風月報》上刊出了「元圍客」(黃晁傳)的〈臺灣詩人的毛病〉,列舉的「毛病」有七,包括:作者多如牛毛,作品多「合掌重迭意」;「摹仿古人不已」,而失卻自己「天真浪漫的性靈」;「移用成句不斟」,有「詩不厭偷」之誤;「不到其地,偏有采勝之作」等等。黃晁傳當年曾以「黃衫客」筆名加入與張我軍論戰,此舉也可說是傳統文人的倒戈一擊、自我修正,卻如巨石入水激起千層浪,引發一場大論戰。應戰一方主將乃當年以「鄭軍我」筆名也參與了新舊文學論戰的臺南詩人鄭坤五。論爭一方強調文學要有社會性、時代性以及表現真情實感,反對摹仿、做作,另一方則更注重於藝術形式的完美和文學的消遣娛樂功能,反對承擔社會使命,因此可視為 20 年代「新舊文學之爭」的延續。

　　這場所謂「臺灣詩人七大毛病」的論爭延綿年餘,刊文百數十篇,為臺灣新文學史上規模最大的文學論爭之一。它再次說明,在臺灣新文學運動發生將近 20 年後,新、舊文學雙方仍勢均力敵,新文學並沒有將舊文學(或稱「傳統詩文」)打垮。這與大陸的情況有很大區別。大陸「五四」之後,「舊文學」基本上不是「新文學」的對手而迅速退出主流地位;而在臺灣,致力於傳統詩文創作,甚至沉溺於詩鐘擊缽的數以百計的傳統詩社,卻仍如雨後春筍般不斷湧現。其原因之一,即日本殖民統治者為了改變臺灣民眾固有的漢民族認同,在臺灣肆行壓禁漢語,推廣日語的政策;而大多數臺灣同胞採取積極或消極的對抗姿態,在極

端困難的處境下，往往寄情於文化的傳承，通過結社聯吟，創作
漢詩，力圖「保存國粹以延一線斯文於不墜」。張我軍等引入
「五四」文學革命的理念和創作，使得 20 年代臺灣的新文學運動
有如五四新文學運動的臺灣版，然而其後新、舊文學的頡頏格局
卻有很大不同，堪稱臺灣文學在特定時代環境下為中國文學整體
提供的特殊經驗。

四、《臺灣民報》對五四新文學的介紹及其影響

　　除了張我軍等引進五四新文學運動的模式和理論，展開「新
舊文學論爭」，衝擊了舊文學殿堂之外，臺灣新文學得以誕生的
另一關鍵，在於胡適、魯迅、郭沫若、冰心、蔣光慈、劉大杰、
胡也頻、潘漢年等數十位中國大陸新文學作家的上百篇作品在臺
灣轉載傳播，對臺灣新文學創作產生了示範和推動的作用。

　　《臺灣民報》對於五四新文學作品的介紹，可分為若干階
段。從 1923 年 4 月 15 日創刊至 1924 年 12 月為第一階段。這時
的介紹主要集中於祖國新文化運動的開拓者胡適身上。此外，到
上海就讀南方大學的鹿港人施文杞，不僅自己多所創作寄回《臺
灣民報》發表，而且招攬了多位大陸同學，在張我軍之前，佔據
了這時期該報新詩創作的大半江山。施文杞顯然在上海受了五四
新文學的影響，而在臺灣新詩的崛起中扮演了一個重要的角色。

　　1924 年 10 月底張我軍從北京回到臺灣，隨即進入《臺灣民
報》擔任編輯。1925 年元旦出版的第 3 卷第 1 號上，刊載了魯迅
短篇小說《鴨的喜劇》，標誌著《臺灣民報》對於五四新文學的
介紹進入了一個新的階段。這時的張我軍一方面發動「新舊文學
論爭」，一方面在報上大量轉載大陸新文學作品，並常在文末附
言，介紹該作家作品的相關情況。與第一階段相比，此時的介紹
面大大拓寬了，且介紹的作家作品多具代表性，顯得更為「準
確」。這些作家主要有：魯迅、馮沅君、倪貽德、冰心、郭沫

若、落華生、滕固、陳宏、梁宗岱、徐蔚南、焦菊隱、鄭振鐸、徐志摩、楊振聲等。此外還有周作人、周建人、胡愈之等的譯作。張我軍〈詩體的解放〉（3 卷 9 號）、蔡孝乾〈中國新文學概觀〉（3 卷 12-17 號）等文提及或援引了大量五四新文學作品。張我軍的〈研究新文學應讀什麼書〉（3 卷 7 號）推薦若干中國新文學佳作以及《創造週報》、《創造季刊》、《小說月報》等刊物給臺灣讀者。這一階段臺灣作家的創作也有長足的進展，但《臺灣民報》上的文學篇幅仍以大陸作品為大宗，它們成為臺灣作家學習、借鑒的對象，這對他們迅速地提高水準和走向成熟，具有重要的意義。

　　《臺灣民報》於 1927 年 8 月由東京遷回臺灣繼續出版，其對祖國新文學的介紹也進入第三階段。在因張我軍離開而休停一年多後，《臺灣民報》又開始轉載大陸新文學作品。此後幾年裡，大陸和臺灣的作品在比例上經歷了一個演變過程：最初的一兩年，即 1927 年至 1928 年，還是大陸作品較多；稍後的兩年，即 1929 年至 1930 年，大陸和臺灣的作品大致相當，時常出現同一版面上二者平分秋色的現象，選稿上也較能對準著名作家和作品；1931 年以後，大陸的作品明顯減少，幾成寥寥，臺灣作家的作品急遽增加，幾乎充盈了該報的整個文學版面。這與臺灣新文學在 30 年代前期進入了繁榮期，臺灣作家大都已能得心應手地進行創作有關。可以看出，《臺灣民報》對於五四新文學的引介和對臺灣本地新文學的推進，經歷了一個此消彼長的過程。當臺灣新文學尚在襁褓之中時，該報大量轉載五四新文學作品，一方面對於臺灣民眾具有思想啟蒙等作用，另一方面也可作為臺灣新文學之樣板。但臺灣本地新文學作家作品逐漸成熟之時，它們也就逐步取代前者，成為該報文學版面的主角。這種情況毋寧是十分正常的。儘管如此，臺灣社會畢竟是從中國社會整體中成長和剝落出來的，有著共同的民族歸屬和文化傳統，特別是從更寬廣的

現代東亞視角而言，它們同受日本殖民主義和軍國主義的威脅和奴役，同樣面臨著處理殖民現代性等棘手的問題。於是臺灣新文學就與五四新文學有了某種主題上的同構性。「啟蒙」、「救亡（反帝）」、「革命」是中國現代新文學的三大主題，而臺灣新文學也有這三大主題的明顯表現。説臺灣新文學受五四新文學的影響而產生，根本的理由即在此。

　　如果説《臺灣民報》在創刊號上就轉載了胡適的《終身大事》代表著「啟蒙」主題的濫觴，那胡適所翻譯的法國作家都德《最後一課》（1卷3號）和莫泊桑《二漁夫》（2卷3號）的受到青睞，編者們看重的顯然是小説中所表達的民族救亡思想。

　　近代中國的民族主義發源於甲午戰敗和乙未割臺的慘痛經歷，並為此後接踵而至的事件（如八國聯軍、「二十一條」等）所加強，由此激發了五四運動的產生。雖然稍後「啟蒙」、「革命」主題凸顯，但「七七」事變後，「救亡」又成為中國社會的主旋律。胡適在「五四」之前即翻譯了這兩篇小説，顯然包含著彰揚民族救亡意識的深意。《二漁夫》寫法國國土為普魯士軍隊所佔，兩位法國人儘管對挑起戰爭的本國政府不無怨言，卻寧死不肯向敵人説出本國軍隊的暗號，最後被沉屍河底，僅存其民族氣節供後人回味。《最後一課》更是流傳甚廣的名篇，而它激動國人之心的仍是那種在民族危亡時刻的愛國之情。戰敗的法國不僅賠款割地，被割土地人民還被迫改學德文，這種情況與臺灣人民的經歷和處境極為相似，而最後一堂法文課上老師哽咽演講中「現在我們總算是為人奴隸了，如果不忘祖國的語言文字，必還有翻身之日」一句，必然會讓臺灣民眾感同身受，深深扣動心扉。連雅堂秉持「國可滅而史不可滅」的信念撰寫《臺灣通史》和整理臺語，曾在《臺灣日日新報》任職的章太炎嘗言：「以謂國不幸衰亡，學術不絕，民猶有所觀感，庶幾收碩果之效，有復

陽之望」[131]，與之都有異曲同工之妙。也許正是這一共鳴，使
《臺灣民報》的編者在創刊之初就選擇了這篇小說加以刊發。郭
沫若以在同樣淪日的朝鮮聽到的一個故事為題材的《牧羊哀話》
（第 76-78 號），則是另一篇頌揚民族氣節的作品。

　　早期的《臺灣民報》還刊載了魯迅翻譯的俄國盲詩人愛羅先
珂的《魚的悲哀》（3 卷 17 號）、《狹的籠》（第 69-73 號）等
作品。後者是魯迅依著自己的「主見」選譯的：一隻印度虎被關
在「狹的籠」子裡，舉目所見是「接到世界的盡頭」的牢籠，卻
夢見自己奔馳於森林荒野中，先後想救羊出圍圈，救金絲雀出鳥
籠，救金魚出水缸，但被救者都因生活的習慣和安定而不願離
開。虎還目睹了一位殉葬的女子，雖為相愛的白人所救，但在婆
羅門及其隨從的詛咒下，最終仍自戕於神像前。虎悟到：「人類
是被裝在一個看不見的、雖是強有力的足也不能破壞的狹的籠
中。」魯迅在譯者附言中抨擊那些「即使並無敵人，也仍然是籠
中的『下流的奴隸』」者。愛羅先珂的這些作品名為「童話」，
其實具有深刻的涵意。

　　臺灣新文學從一開始就確立了反抗異族統治的基調，這一基
調的確立，既與臺灣社會文化運動的主要訴求和軌跡相吻合，同
時也對五四新文學多所借鑒，如發表於《臺灣民報》第 103 號上
的天游生《黃鶯》，其描寫為求苟活而甘願當籠中鳥的構思與寓
意，與《狹的籠》不無相似之處。

　　《臺灣民報》創刊號上轉載了胡適的《終身大事》，可說一
開始就展現了五四新文學衝擊封建禮教和迷信、啟發新思想的一
面。該報 3 卷 18 號上夬庵的《一個貞烈的女孩子》（原刊《新青
年》）更為觸目驚心：王舉人為了祖宗和自己的「面子」上能夠
「添許多光采」，硬要 14 歲的女兒「絕粒」（餓死）為其夭亡的

---

131 湯志鈞編：《章太炎年譜長編》，北京：中華書局 1979 年版，第 295 頁。

未婚「丈夫」殉節，以成就女兒「一生名節」、「百世流芳」，
換來縣太爺「貞烈可風」的匾牌。張我軍在文末識語中指出：對
於貞女節婦的表彰，二千年來不知道剝奪了她們多少的自由，受
舊禮教毒害的父母「其心之殘忍誠令人不忍聽見」，呼籲大家盡
力打破這「惡道德」。此前《臺灣民報》剛刊載魯迅《狂人日
記》（3 卷 15-16 號），揭示了千年封建禮教的「吃人」本質，夬
庵之作正可為佐證。旅居上海的玉鵑女士寄回的《猛醒吧！黑甜
鄉裡的女青年！》一稿（刊於《臺灣民報》第 92 號），透露了夬
庵小說給予臺灣青年的心靈震動。

　　《臺灣民報》較早就轉載了魯迅的《阿 Q 正傳》（第 81-91
號）、《犧牲謨》（3 卷 13 號）等作品，它們的格外深刻之處，
在於對「國民性」問題的反映和思索。除了揭示「國民性」弱點
外，正面提倡個性主義，呼喚自尊自強、不與世俗同流、具有抗
爭社會不懈鬥志的「精神界之戰士」（魯迅語），則是「立人」
工作的另一方面。《臺灣民報》引介的五四新文學作家作品中，
不乏以宣揚個性主義為其主旨者。如淦女士《隔絕》（3 卷 5-7
號）中的女主人公宣稱：「人們要不知道爭戀愛自由，則所有的
一切都不必提了」，「身命可以犧牲，意志自由不可以犧牲！不
得自由我寧死！」

　　《臺灣民報》的新文學作品對婦女命運的關注、對封建禮教
的批判不遺餘力，其目標對準父母專擅、嫁女索聘、男人蓄妾等
買賣婚姻習俗，揭露婚嫁全靠父母之命、媒妁之言，或把養女兒
當作囤積商品，企望到時還本牟利，使婚姻完全淪為買賣交易。
對於封建迷信的批評，主要集中於具有迷信性質的民間宗教信
仰，有病不延醫而求神問佛的愚昧行為等。臺灣與大陸有所不同
的是，臺灣的封建迷信在這時得到了殖民當局的默許乃至鼓勵和
支持，其實質乃是「愚民」——避免民眾的覺醒和反抗，以利於
其殖民統治。這些都遭到《臺灣民報》的揭露和批判。

　　個性主義在具體創作中，主要表現於男女青年爭取婚姻自由、生活自主等主題上。雲萍生《到異鄉》（第 101 號）寫一個懦弱男子的故事：女郎不屑許多翩翩佳公子的戀想，將愛情投於「我」的身上；而「我」卻因社會和家族制度的阻礙而退卻，不辭而別到日本去了。小說採男子愧疚的口吻，與魯迅《傷逝》相類。《臺灣民報》還轉載了葉靈鳳《愛的講座》、章衣萍《第一個戀人》等，這類率性真誠、「愛情至上」的創作，在臺灣新文學中可找到翁鬧、巫永福等相似者。

　　20 世紀二三十年代世界性左翼文學思潮興起，中國大陸文壇一度是「革命文學」的天下。在臺灣，也同步或準同步地出現向「左」轉的趨向。《臺灣民報》上轉載的大陸作品，不少出自創造社、太陽社的刊物和成員之手。像雪江《時代的落伍者》原刊於《泰東月刊》；而胡也頻、蔣光慈、潘漢年等左翼作家，也頻頻在《臺灣民報》上亮相。

　　左翼文學的重心之一是揭露社會黑暗和不公，關注、同情和描寫貧苦階級和弱小族群。這一主題，在早期《臺灣民報》上已見端倪。1926 年夏，張我軍推薦楊振聲《李松的罪》在《臺灣民報》第 117 號上發表。小說寫的是一個肩承贍養寡嫂和侄兒重負的「病賊」的未遂搶案。張我軍在「識語」中稱：「做賊或做強盜，並非有所謂根性者，我們的作者的意思是說，賊或強盜是現在的社會制度的產物。」1928 年底，該報又刊出潘漢年《法律與麵包》（第 243-244 號），寫麵包公司職工馬德生因參與工人運動被開除，為了生存擊破公司的玻璃櫥門搶麵包，被判刑 3 個月，刑滿出獄後陷入饑寒交迫中，想到只有再次犯罪才可獲得獄中每日兩頓粗飯的供養。這可說是對不公平社會的黑色幽默式的控訴。兩篇小說都涉及法律問題，而「法律」正是殖民當局壓制臺灣民眾的主要手段，臺灣民眾深受其苦，無論是《臺灣民報》上的「社說」、言論，或是臺灣新文學作品，都曾對此加以揭露。

這兩篇小說的轉載，對於後來這一主題作品的大量出現，應具有
啟發作用。

　　楊守愚是最為集中地描寫這一主題的臺灣作家之一。《決
裂》（第 396-399 號）是一篇直接描寫「農民組合」反抗殖民統
治和封建地主剝削的革命活動的作品，可說是比較典型的以「革
命與戀愛的衝突」為題材的小說。此類作品在大陸盛行一時，
《臺灣（新）民報》轉載的劉大杰《妹妹！你瞎了》、左幹臣
《刺的玫瑰》等即屬此列。但《決裂》並沒有此類作品常有的浪
漫色彩，籠罩於全篇的是激烈的階級對抗的氛圍，小說以主人公
的家宅被搜查開始，以妻子的地主叔父向官廳提出告訴而使朱榮
和女同志雙雙入獄為結束，其間並有農民組合對於地主的「攻
家」等事情的發生。這不能不說是因為在臺灣，階級矛盾和民族
矛盾相互糾結和疊加而顯得格外激烈所致。

　　由此可知，《臺灣民報》轉載的數十位祖國大陸新文學作家
的上百篇作品，對臺灣新文學創作產生了示範和推動的作用。海
峽兩岸新文學創作在「救亡」、「啟蒙」、「革命」等三大主題
上的契合，在深層次上證明了這種影響關係。

第三章　日據時期臺灣文學運動和創作主題

第一節　日據時期臺灣鄉土文學運動

一、鄉土文學的提倡和「臺灣話文」論爭

傳播新知、啟迪民眾是發起新文化運動的知識份子的目標之一，然而他們極不願意用日語來作傳播工具，採用艱澀難懂的漢語文言文也不行。於是便發生了一連串的文字改革運動，包括提倡「羅馬字」、「世界語」，其中最重要的，卻是提倡「白話文」和提倡「臺灣話文」二端。這些主張有殊，但想使文學能深入民間，發揮啟迪民智的作用，則是一致的。

日本佔據臺灣後，強迫臺灣人學日語，但民眾日常使用漢語方言的習慣並無法很快改變。五四以後新興起的「白話文」，廣大臺灣民眾未必能順暢地使用。這是「臺灣話文」提出的最主要原因。1924 年 10 月 1 日起連溫卿在《臺灣民報》連續發表〈言語之社會的性質〉和〈將來之臺灣話〉二文，從民族主義出發，表達對殖民當局的言語壓制政策的不滿，強調設法保存、整理並改造「我們的臺灣話」，以應社會生活的要求。1929 年 11 月 24

日和 12 月 1 日的《臺灣民報》刊出連橫的〈臺語整理之頭緒〉和
〈臺語整理之責任〉，文中寫道：「今之學童，七歲受書，天真
未漓，咿唔初誦，而鄉校已禁其臺語矣。今之青年，負笈東土，
期求學問，十載勤勞，而歸來已忘其臺語矣。今之縉紳上士，乃
至里胥小史，遨遊官府，附勢趨權，趾高氣揚，自命時彥，而交
際之間已不屑復語臺語矣。」「余既整理臺語，復懼其日就消滅
也」，因為先哲有言，「滅人之國，必先去其史」，而中國歷史
上少數民族政權衰敗，「其祀忽亡，其言自絕……吾思之，吾重
思之，吾能不懼其消滅哉？」「曩者余懼文獻之亡，撰述臺灣通
史，今復刻此書，雖不足以資貢獻，苟從此而整齊之，演繹之，
發揚之，民族精神賴以不墜，則此書也，其猶玉山之一雲、甲溪
之一水也歟！」作者為自己「能操臺灣之語，而不能書臺語之
字，且不能明臺語之義」而深感自愧，經過研究發現：「臺灣之
語傳自漳泉，而漳泉之語傳自中國（按：指中原）」，源遠流
長，高尚優雅，並有出於周秦之際者，為此痛感保存臺語之必要
而撰著《臺灣語典》四卷。顯然，他們都是出於堅持民族文化的
目的而主張整理、保存「臺灣話文」的。對此，臺灣學界稱之為
「臺灣話文保存運動」。[132]

　　繼之而來的，是「鄉土文學」的提倡和「臺灣話文建設運
動」。在黃石輝正式揭起「鄉土文學」旗幟之前，鄭坤五於 1927
年 4 月起編輯出版了《臺灣藝苑》月刊，在「臺灣國風」標題下，
刊出他輯錄的 30 多首臺灣民間歌謠，並加以注音、釋義和評析，
開了此後鄉土文學運動中民間文學搜集和整理的先河，某種意義
上也可說是「臺灣話文」的一次實踐。鄭坤五在為這些歌謠注音
時，仍舊用漢字來記錄這些「臺語」的聲音；評析時，則常用一

---

132 梁明雄：《日據時期臺灣新文學運動研究》，臺北：文史哲出版社 1996
　　年版，第 217-218 頁。

般人耳熟能詳的古典詩詞來印證這些「臺灣國風」的語辭之美，有時更「刻意點出若干歌謠常能機杼獨運，唱出傳統詩人未及推敲的詩境」。[133]顯然，這一切都以中國古典詩詞作為參照系，說明了作者與中國詩文傳統的關係，而對於讀者而言，也起了介紹中國古典文學的作用。鄭坤五是在整個日據時期臺灣文壇中十分活躍的傳統文人，曾作為「主將」之一參與新舊文學論爭，日據後期又創作了章回體臺灣歷史小說《鯤島逸史》。他此舉說明傳統文人在堅持「漢文」創作（即傳統詩文創作）的同時，也開始試圖使之更具鄉土味、更民間化一些。

　　積極參與普羅運動的黃石輝於 1930 年 8 月 16 日起在左翼刊物《伍人報》上發表〈怎樣不提倡鄉土文學〉一文，寫道：「你是要寫會感動激發廣大群眾的文藝嗎……如果要的，那末……你總須以勞苦群眾為對象去做文藝，便應該起來提唱鄉土文學，應該起來建設鄉土文學。」又提出：「用臺灣話做文、用臺灣話做詩、用臺灣話做小說、用臺灣話做歌謠，描寫臺灣的事物。」而這些，又都是「為要普及大眾文藝起見」。繼黃石輝之後，郭秋生也於 1931 年七八月間在《臺灣新聞》上連載宏篇大論〈建設臺灣話文一提案〉，慨歎現代的臺灣人是「智識的絕緣者」，為醫治臺灣的文盲症，便須使用言文一致的臺灣話文。稍後在《南音》創刊號上他又闡明其臺灣話文字化的主張：一方面考據語言，找出適用的文字，一方面利用六書中形聲、會意、假借等法則來創造新字，以建設出一種言文一致的臺灣話文來。

　　反對「臺灣話文」者主要也是一些新文學作家。如林克夫認為：臺灣話粗澀而不清雅，而且訛音又多，學習中國白話文比創造特殊的臺灣字還來得容易，因此不如採用中國白話文較為經濟

133　呂興昌：〈論鄭坤五的「臺灣國風」〉，新竹：清華大學中文系「臺灣民間文學學術研討會」宣讀論文，1998 年 3 月 7-8 日。

方便，「若能夠把中國白話文來普及於臺灣社會，使大衆也能懂得中國話，中國人也能理解臺灣文學，豈不是兩全其美！」[134]

　　參與這次論戰的人相當多，「臺灣話文」陣營除了黃石輝、郭秋生外，還有鄭坤五、莊遂性、黃純青、黃春成、李獻璋、賴和、張聘三、葉榮鐘、周定山、陳虛谷、楊守愚……等人，主張「屈文就話」。持反對意見的有廖毓文、林克夫、朱點人、賴明弘、林越峰、王詩琅、張我軍、楊雲萍……等人，認為福佬話有各地不同的口音，加上客家話、山地話，容易造成混亂，因此主張「屈話就文」，直接採用中國的白話文。

　　1932 年元月《南音》創刊後，論戰的園地即轉移到《南音》上面，話題大多是新字、標音符號等問題。該刊並開闢了《臺灣話文討論欄》和《臺灣話文嘗試欄》，可見這一運動已邁向實踐的階段。鄉土文學運動的實績主要表現在民間文學的整理和臺灣話的研究上。如 1936 年 6 月，李獻璋將歷來收集到的民間歌謠和故事結集成《臺灣民間文學集》出版，對保存民間文學居功厥偉。

　　無論是「臺灣話文」的宣導者或是它的反對者，其目的都是為了文藝的大衆化，而「文藝大衆化」在當時是一種世界性的左翼文學潮流，中國大陸的左翼文學陣營也同樣推行「大衆化」，同樣有關於白話文和文言文、普通話和方言之間的爭論。相關的提倡和爭論甚至貫穿整個現代文學的發展過程。如 20 年代初就有「民衆文學」、「方言文學」的討論以及「到民間去」的號召。1929 年至 1934 年間先後爆發了三次較大規模的論爭，其中第二次討論還著重提到文學語言問題。瞿秋白針對新文學作品的語言嚴重脫離群衆，主張推行「俗語文學革命運動」。他詳細說明了在五方雜處的大城市和工廠裡，正天天創造著普通話，它一方面

---

134 克夫：〈「鄉土文學」的檢討──讀黃石輝君的高論〉，《臺灣新民
　　報》第 377 號，1931 年 8 月 15 日。

「容納許多地方的土話」，另一方面又是「各地方土話的互相讓步」，「消磨各種土話的偏僻性質」。論爭中人們認為：從前是為了補救文言的許多缺陷，不能不提倡白話；現在為了糾正白話文學的許多缺點，不能不提倡大眾語。雖然臺灣的「臺灣話文」運動未必和大陸的「文藝大眾化」運動有直接的聯繫，但至少是共同的時代背景，相同的新文學發展階段，相似的文學任務所致。在今天如果將「臺灣話文」運動解釋為對於中國文學的有意區隔和背離，顯然並不符合歷史的事實。

正確看待和評價「臺灣話文」運動，一方面如上述它是海峽兩岸新文學的內在需求和共同趨向；另一方面，則是緣於臺灣新文學作家面臨的一種深刻的客觀困境以及他們主觀的心理傾向。黃石輝的一句被廣為引用和各自解釋的話或可為其寫照：

> 臺灣是一個別有天地，政治上的關係不能用中國的普通話來支配；在民族上的關係（歷史上的經驗）不能用日本的普通話（國語）來支配，這是顯然的事實……135

對此「統」、「獨」不同立場的人常各自強調前半句或後半句。還有另一種頗為精闢的說法試圖以「不願」和「不能」概括之。「不能」是指在日本人的統治下，臺灣同胞在政治上無法成為「中國人」，不被允許採用漢語；「不願」是指臺灣民眾對於被迫學習和使用日語，又心有不甘，很不情願，他們在文化上始終不能認同於日本。在使用中國的普通話「不能」，而使用日語又「不願」的情況下，轉而試圖採用臺灣本地固有的漢語方言來

---

135 黃石輝：〈我的幾句答辯〉，原刊《昭和新報》142-144 期，1931 年 8 月 15 日-29 日。引自中島利郎編：《1930 年代臺灣鄉土文學論戰資料彙編》，高雄：春暉出版社 2003 年 3 月版，第 70 頁。

進行創作。[136] 當時臺灣新文學陣營中有所謂「臺灣話文派」和「中國白話文派」之分。它們之間的差別，只在前者認為要採用普通話，在當時臺灣的環境下，是不可能的，而後者卻認為直接使用普通話是可行的、有益的而極力加以提倡。後者固然是指向「中國」的，前者也並未背離「中國」。當今有人將之視為80年代後「臺語」運動乃至「臺獨」意識之源頭，無疑是對歷史的扭曲。

二、臺灣文學雜誌與臺灣文藝聯盟

對於日據時期臺灣新文學，各種史論著作常有萌芽期、繁榮期、挫折期的劃分。雖然具體年份不盡相同，但30年代前中期屬繁榮期，卻是不爭的事實，其標誌即全島性「臺灣文藝聯盟」的創建以及若干較大型文學刊物的發行。

20年代臺灣新文學的理論和創作主要寄託於《臺灣民報》等報刊上，早期臺灣新文學雜誌僅有1924年5月創刊的臺北赤陽社的《文藝》、1925年10月發刊的臺灣藝術研究會的《七音聯彈》，以及1925年3月由楊雲萍、江夢筆創辦的僅出兩期的《人人》雜誌等。然而進入30年代後，卻有很大的改觀。僅1930年就有《伍人報》、《臺灣戰線》、《洪水報》、《明日》、《現代生活》、《赤道》、《新臺灣戰線》等綜合性雜誌出現。1931年起，更有專門的文學刊物接踵而至。如1931年12月創刊的北港曉鐘社的《曉鐘》月刊，1933年7月起發行的東京「臺灣藝術研究會」的《福爾摩沙》半年刊，1934年7月和1935年1月接續出版的臺北「臺灣文藝協會」的《先發部隊》和《第一線》。

---

136 參見呂正惠〈三十年代「臺灣話文」運動平議〉，《殖民地的傷痕──臺灣文學問題》，臺北：人間出版社2002年版；施淑《臺灣話文論戰與中華文化意識》，臺灣《人間思想與創作叢刊》2005秋季號。

這些刊物僅出一期或三兩期，延續時間較長的較大型刊物則有：南音雜誌社於 1932 年 1 月創辦、先後於臺北和臺中印行的《南音》半月刊（共出 12 期）；臺灣文藝聯盟於 1934 年 11 月在臺中創辦的《臺灣文藝》（共出 19 期）；臺灣新文學社 1935 年 12 月於臺中創辦的《臺灣新文學》月刊（共出 19 期）。

　　文學雜誌一般依託於文學社團組織。如「南音社」由黃春成、郭秋生，葉榮鐘、莊垂勝、張煥珪、張聘三、許文逵、周定山、陳逢源、吳春霖、洪炎秋、賴和等 12 位文友所組成。「臺灣文藝協會」的會員則包括廖毓文、郭秋生、黃得時、陳君玉、林克夫、朱點人、王詩琅、蔡德音、徐瓊二、吳逸生等人。此外還有鬆散的或自然形成的文學群體，如「鹽分地帶詩人群」。其中最重要的事件，莫過於標誌著全島性文藝作家大聯合的「臺灣文藝聯盟」的成立。在賴明弘、張深切等人的籌畫和推動下，第一次臺灣全島文藝大會於 1934 年 5 月 6 日在臺中市召開，來自臺灣北、中、南部的 82 位作家共聚一堂，在大批日警的環伺戒備下，宣告「臺灣文藝聯盟」成立，並選舉出文藝聯盟委員，包括北部的黃純青、黃得時、林克夫、廖毓文、吳逸生、趙櫪馬、吳希聖、徐瓊二；南部的郭水潭、蔡秋桐；中部的賴慶、賴明弘、賴和、何集璧、張深切。中部的五位並為常務委員，張深切為常務委員長。後來張深切曾說明了聯盟成立的背景和原因：「我看左翼組織已經被摧毀，自治聯盟也陷於生死浮沉的田地，生怕臺灣民眾意氣消沉」，遂決意發起「這個帶有政治性的文藝運動」。消息一傳出，得到全島各地的熱烈回應。137

　　聯盟成立後，經過半年的奔忙、籌備，創辦機關刊物《臺灣文藝》月刊。在〈《臺灣文藝》的使命〉一文中，張深切表達了

137 張深切：〈里程碑（下）〉（張深切全集·卷2），臺北：文經社 1998 年版，第 609-610 頁。

他對創作路線的選擇——一是擯棄日本文學纏綿的描寫主義，二
是提倡以大眾為對象的文學：

> 處在現階段的臺灣民眾（指識字階級）大多數是喜歡
> 離奇而富有曲折的怪譚，描寫的好壞由他們看來，似乎別
> 成一個問題的。所以咱們現在最緊要的，是要把新文學來
> 加以多少改造，切不可模仿日本文學的偏重描寫主義，倒
> 是要參考中國的舊文學形式而配以蘇俄的新文學形式——
> 描寫與情節併衡致重——才行。因為從來的日文異常纏
> 綿，其作品也跟之而纏綿。苟非中毒成癮的實覺非常討
> 厭，他們的文學如若除去了美文麗句外，內容帶無甚物，
> 尤其是創作方面更有許多附贅懸疣，假使咱們一味模仿他
> 們的形式，臺灣文學終於會患成變態文學的。咱們應該要
> 時時刻刻拿大眾為對象，建設咱們的文學成為臺灣民眾的
> 文學，咱們的藝術才不碰壁，所謂臺灣文學才能躍進，才
> 能發展，才能收好的效果。[138]

　　該刊發表的作品包括文藝批評、小說、詩歌、隨筆、戲曲、
學術論文等六大類。小說分為中文和日文兩種。前者包括朱點人
《無花果》、林越峰《到城市去》、張深切《鴨母》、賴和《善
訟的人的故事》、繪聲（吳慶堂）《秋兒》、楊守愚《難兄難
弟》、楊華《一個勞動者的死》、王錦江《青春》、蔡愁洞《理
想鄉》、蔡德音《補運》、廖毓文《玉兒的悲哀》、張慶堂《鮮
血》、雷石榆《和一個異國婦人的對話及其他》等共34篇。日文
小說則包括張碧淵《羅曼史》、吳希聖《乞食夫妻》、楊逵《難

---

138 張深切：〈《臺灣文藝》的使命〉，《臺灣文藝》2卷5號，1935年4
　　月，第20頁。

產》、巫永福《河邊的太太們》、呂赫若《暴風雨的故事》、張
文環《哭泣的女人》、翁鬧《音樂鐘》、劉捷《藝妲》、陳垂映
《麗秋的結婚》、王登山《山的黃昏和他》、黃寶桃《感情》等
亦有 34 篇。其中楊華的中文小說《薄命》被收錄於胡風編譯的
《山靈——朝鮮臺灣短篇小說集》，與楊逵《送報伕》、呂赫若
《牛車》等一起介紹到中國大陸。在新詩方面，以中文寫作的有
楊華、夢湘、陳君玉、守真、賴和、楊守愚等十數人。以日文寫
作的有陳梅溪、吳坤成、董佑峰、吳坤煌、陳垂映、雷石榆、翁
鬧、巫永福、吳天賞等等。在戲劇作品方面，有楊守愚《兩對摩
登夫婦》、蔡德音的《天鵝肉》、邱春榮《結婚的理想》、曙人
《虛榮誤》、張深切《落陰》以及董祐峰《森林的彼方》（一幕
詩劇）等。此外還有隨筆散文以及學術性文章。

　　具有強烈左翼思想的原《臺灣文藝》日文編輯楊逵與張深切
在認識上有所歧異，即張深切更強調民族主義，認為異族統治是
臺灣苦難之源，主張全體臺灣人聯合反抗殖民者；而楊逵更認同
於社會主義，在抗日的同時也看到臺灣人內部的階級壓迫，支持
工農運動。加上《臺灣文藝》為避免日本當局的干預而取穩健路
線，有時刊登一些軟性遊戲文章，為楊逵難以接受，於是他另外
創辦了《臺灣新文學》月刊，並得到了文聯臺北支部、佳里支部
及彰化地區作家的支持。該刊成為「七七」事件爆發前臺灣新文
學的又一較大型刊物。

　　30 年代臺灣文壇還產生了「鹽分地帶詩人群」這樣鄉土地域
性的文學群體。所謂「鹽分地帶」係指日據時代的臺南州北門郡
一帶的幾個鄉鎮，大多位於海濱、溪步，素以產鹽聞名，而當時
以佳里鎮為中心的幾位詩人的作品具有濃厚的鄉土色彩和鹽分氣
息，因此被各地文友稱為「鹽分地帶派」。它開始形成於 1932
年，主要詩人有郭水潭、吳新榮、徐清吉、王登山、莊培初、林
精鏐等，其創作多著筆於家鄉的田園風光、鹽村景色，以及這塊

土地上的風土人情。鹽分地帶派這種區域性的文學組合，促成局部地區文人群集、文風鼎盛的局面，有助於文學傳統的建立和接續。

1937 年後，殖民當局加緊推行皇民化運動，臺灣新文學社團和刊物絕大多數失去生存的空間，取而代之的是日人作家或總督府官方主導的社團和刊物，如臺灣詩人協會的《華麗島》詩刊，臺灣文藝家協會的《文藝臺灣》（雙）月刊，臺灣文學奉公會的《臺灣文藝》等。唯有張文環等不滿《文藝臺灣》路線的作家，利用大政翼贊運動振興地方文化的間隙和機會，於 1941 年 5 月起以「啟文社」名義創辦了《臺灣文學》，成為日據時期由臺灣新文學作家主導的最後一個文學刊物。40 年代臺灣文學的重要作品多發表於此，如呂赫若的《財子壽》、張文環《夜猿》，楊逵的《無醫村》，王昶雄的《奔流》，吳新榮的《亡妻記》，黃得時《臺灣文學史序說》等等。至於《風月報》（其前身為《風月》，其後續為《南方》），因為多登載通俗作品而成為日據後期殖民當局容許存在的極少數漢文文學刊物之一。

可以看出，早期的臺灣新文化、新文學雜誌往往以「啟蒙」為宗旨，如《臺灣青年》、《人人》、《曉鐘》、《明日》、《現代生活》、《先發部隊》、《第一線》等刊名，就已帶有「啟蒙」意味；而後期則轉向強調「臺灣」，更具本土色彩，如《南音》、《福爾摩沙》、《臺灣文藝》、《臺灣新文學》、《臺灣文學》等等。不過，「啟蒙」仍是貫穿日據時期臺灣新文學的重要主題。而在向廣大民眾傳輸現代文明知識和理念的同時，必然面臨如何處理「現代性」、「殖民性」和「本土性」的矛盾和糾葛的問題。可貴的是，當時的臺灣文藝作家已能透過現象看本質。如蘇維熊、王白淵、吳坤煌等創辦的《福爾摩沙》，其發刊宣言就寫道：「我們應該知道現在的臺灣，不過是表面上的美觀，其實十室九空，可比是埋藏著朽骨爛肉的『白塚』。」

[139]而當臺灣作家在「皇民化」威脅下產生日益嚴重的危機感並具備抵抗「殖民現代性」的認知和自覺的時候，必然會有民族意識、本土意識的增長，必然會以固有的民族傳統作為抵制「殖民現代性」的利器。因此日據時期臺灣作家如果宣揚「本土」，這是針對「內地」（即日本本土）而言的；如果強調「臺灣」，這是針對著「日本」而非針對「中國」，相反，「中國」、漢民族傳統是臺灣同胞用於對抗「日本化」（往往以「現代化」為名）的依靠。如果臺灣作家試圖將臺灣文學直接與世界文學接軌，努力要登上世界的舞臺（如《臺灣文藝》創刊號上的《熱語》中的「把臺灣的一切路線築向到全世界的心臟去！」「看我們的藝術之花在世界心臟上開放吧！」等豪言壯語），其實都潛藏著一種跨越日本、「去日本化」的意圖。

三、日據時期臺灣文學的鄉土民俗主題

民俗描寫是日據時期臺灣鄉土文學的重要內容和主要特色之一。這是因為「民俗」乃民眾價值觀念的具體表現「儀式」，承載著平民百姓的感情、願望和倫理道德準則，是他們日常生活的重要環節，具有豐厚的文化內涵。

日據時期臺灣鄉土文學的民俗描寫，可以約略分成兩個階段。前一階段和五四新文學相似，以「啟蒙」為重要主題，主要對封建迷信、奢靡好鬥、欺壓婦女等醜陋習俗加以揭露和批判。這一方面是清代以來傳統文人以儒學教化疏導粗陋民風之遺風留存，更主要的是五四「民主」、「科學」思潮影響所致。臺灣新文學的早期作品對於違背「民主」、「科學」精神的民間習俗採取了強烈的批判姿態。如賴和的第一篇白話小說《鬥鬧熱》，即

---

139 轉引自施學習〈臺灣藝術研究會成立與福爾摩沙創刊〉，《臺北文物》
3 卷 2 期，1954 年 8 月。

以迎神賽會等民俗活動引發同胞爭鬥事件為題材。有病不求醫而求神的習俗由來已久。吳希聖的《豚》、楊逵的《無醫村》、朱點人的《蟬》、龍瑛宗的《黃家》、邱福《大妗婆》等小說對此有細緻生動的描寫。民間信仰走火入魔，演化成奢靡浪費、勞民傷財的封建迷信活動，是臺灣新文學早期作者奮起批判的另一焦點。1924 年冬，稻江建醮一事鬧得沸沸揚揚。《臺灣民報》刊發多篇文章加以批評，指出「鬼神之事，極屬渺茫」，「醮禳之舉，乃未開化野蠻人之習耳，在乎科學昌明之今日，此種迷信劣風，必無存在之餘地」[140]。張我軍更指出殖民當局縱容、支持迷信活動隱藏著坐看臺灣人「吞毒藥自殺」的險惡用心[141]。朱點人的《島都》則以小說形式叙寫了建醮帶給貧民的巨大傷害。

　　臺灣新文學早期小說之所以對民間習俗採取批判的姿態，除了受五四啟蒙主義思潮影響外，另外一個重要原因，是作者們認識到日本殖民當局縱容、支持這些落後、迷信的東西，其目的是利用封建桎梏來愚弄殖民地人民，以利於其直接有效的統治。為此，他們反其道而行之，使民俗描寫具有反對封建陋習和反對日本殖民統治的雙重意義。

　　然而「七七」事變後，殖民當局在臺灣加緊推行「皇民化」，禁止或改造落後民俗使其「現代化」即其幌子之一。當局一改以往的籠絡政策，對於包括臺灣民間習俗在內的中華文化施行全盤的打壓。這時臺灣作家對於「民俗」的態度發生微妙變化，民俗描寫成為保存漢民族文化的曲折手段。例如，1934 年賴和發表《善訟人的故事》時，對「風水」、「洗骨」等仍持批評

---

140 前非：〈對於建醮之感言〉，《臺灣民報》2 卷 24 號，1924 年 11 月
　　21 日，第 13 頁。

141 一郎：〈駁稻江建醮與政府和三新聞的態度〉，《臺灣民報》2 卷 25
　　號，1924 年 12 月 1 日，第 5 頁。

態度。然而到了 1942 年，呂赫若小說《風水》中，已不再一味地斥之為「迷信」，反倒視「洗骨」為一種良善習俗，寄託著慎終追遠的心情和孝道。另一位重要作家龍瑛宗的作品亦不乏臺灣民俗風情的描寫。1937 年創作的《植有木瓜樹的小鎮》，描寫殖民地知識青年在黑暗現實中迷惘、掙扎、追求、努力上進及其理想願望的最終幻滅，另一方面，也深感同胞習俗的陳舊、觀念的落後、精神的愚昧——同事戴秋湖本是包辦婚俗的受害者，在舊習面前鎩羽後，反過來想要存錢買妾，演出了出賣親妹妹的醜劇——從而對父母包辦、買賣婚姻等封建習俗持強烈批判的態度；到了 1942 年發表《一個女人的記錄》，刻畫的卻是當童養媳的臺灣女性對命運之逆來順受的忍從精神，頗有「開倒車」之嫌。然而，作者這時所極力要捕捉和描寫的是一種具有深厚歷史淵源的傳統，其中透露了作者對於臺灣民俗態度的微妙變化。

這一時期描寫臺灣民俗最多的另一位重要作家是張文環，其作品甚至被稱為「人道關懷的風俗畫」。閩臺地方的風俗民情就像一層或濃或淡的底色，舖滿了小說所呈現的生活畫面上。如《論語與雞》、《藝旦之家》都是如此。曾由「厚生演劇研究會」改編為話劇於 1943 年在臺北永樂座首演的《閹雞》，除了描寫臺灣「福佬人」（閩南人）繁文縟節的婚葬習俗等外，其卓越之處，更在於寫出了福佬村落鄉鎮的文化特點：這是一個靠著人情、人際關係維持的社會，傳統的倫理道德觀念，蜚短流長的輿論，編織成一張密不透風的網，籠罩整個村子。為了商業利益，某些人勾心鬥角，相互傾軋，甚至連親情也拋諸腦後。《夜猿》則有意無意地以中國農家一年的傳統節日為線索串起全文，在一種淡淡的散文化筆觸中，寫出了日據時代臺灣人仍保存著中華傳統文化的寧靜溫情的山村生活實境。

日據時期臺灣文學的鄉土民俗描寫從前期的偏重於批判、否定封建陋習的「啟蒙」主題，到後期的更偏重於對民間習俗所體

現的中國傳統文化因素和特徵的發掘和描寫，將其當作「皇民化」壓力下保存漢民族文化的曲折手段，這一演變，和整個新文學思潮的發展趨向是一致的。

四、旅行文學：從小鄉土到大鄉土

臺灣地處西太平洋要衝，大部分居民乃歷史上不同時期從閩粵兩省遷移而來，其經濟的命脈在於與海外的交通。乙未割臺後，臺灣民眾一方面無法與父祖之地割斷聯繫，甚至有些人內渡回到原鄉，另一方面，也不可避免地與殖民宗主國有了較多往來。時值歐美「工業革命」之風吹向全球，現代科技日新月異，賦予人們出行以交通上的便利。除了少數前往歐美者外，臺灣文人、作家的主要旅遊目的地為日本和中國大陸。他們短期前往旅行乃至較長期旅居——留學、經商、參軍以至從事政治社會活動，由此接受了現代性，回饋於臺灣，使臺灣能夠跟上時代的腳步；而其固有的因日本人佔據臺灣而面臨考驗的民族認同也重新獲得強化，愛鄉愛土之情更轉化為一種大鄉土情懷。

臺灣作家來到日本，他們欣賞日本的美麗風景，或者也為都市繁華所吸引，但心情並不愉快，因他們無法認同統治臺灣的殖民者。如葉榮鐘早年二度留學日本，其詩作充滿悲淒落寞之感，身世飄零之歎。1940 年春至 1941 年冬，他受任《臺灣新民報》東京支局長，舉家遷駐東京，但心情仍是抑鬱寡歡，愁緒滿懷。這時的悲愁很多是與家鄉境況聯繫在一起的。《玉斗玉廉兩兄入京虛谷兄招飲松喜樓有懷負人》寫道：

> 都門來故友，海外賡詩盟。梅雨潤街樹，旗亭酒同傾。牛鍋沸聲響，精肉香盈盈。米飯十分搗，醇醪胥正銘。白管大蔥斤，焦皮豆腐丁。侍女嬌且美，勸飲殊叮嚀……停杯忽遐想，故人繫吾情……故鄉傳消息，令我愁緒

縈。家家強節米，市上少肉腥。一飯難求飽，餵狗無殘羹。餓死縱能免，菜色自然成。富者已如此，貧者苦莫名。我心匪木石，羞對杯盤盛。安得挾席橫滄海，一杯潤爾枯腸鳴。[142]

作者身在日本，並沒有對日本的富足、「現代」產生認同和嚮往，卻從臺灣「一飯難求飽，餵狗無殘羹」和日本的「精肉香盈盈」、「侍女嬌且美」的鮮明對比中，為被殖民者與殖民者的差別深感不平和悲哀。最後詩人突發「安得挾席橫滄海」的奇想，表達了深厚的人道情懷和同胞情誼，也使這首詩堪與杜甫詩相媲美。

陳虛谷是另一位較多次、較長時間旅居日本的臺灣作家，但比起葉榮鐘，其日本經驗略為明朗、愉快一些，這與兩人的家境、性格、詩學興趣和淵源以及旅日時從事工作的差異有關。虛谷早年詩作具有較強烈的社會意識。《將之東京述懷》有感於漢民族在世界上的處境，而願發憤努力，以為國為民奮鬥終身為自己的人生道路。1923 年年底他前往大陸旅行，為其江河湖山風光所吸引，引發強烈的歷史感懷，有「萬里長城依舊在，可憐外寇遍中原」（《萬里長城》）之歎。翌年初返臺時，《由日歸臺車過鶯歌》一詩或許為他早年旅行所獲得的深刻體會做了總結：「海外歸來感更新，衣冠猶是古遺民；漢家飛將今何在，如此江山付與人！」

1940 年前後陳虛谷又有兩年多的時間旅居日本。此時詩的風格有了明顯的變化，大多清新脫俗，有王維詩風。詩人「頗愛焚香參佛理，更思求道學莊生」（《步秋逢贈句》），這與其固有

---

142 葉榮鐘撰、葉芸芸編、莊幼嶽校《少奇吟草》，1979 年臺中著者家屬排印本，臺北：龍文出版社 2001 版，第 43 頁。

的謙沖淡泊的生命情調結合起來，而能達到超然物外、無欲無
求、自由自在的境界，這就是詩味雋永綿長的《偶成》所寫的：
「春來人歡樂，春去人寂寞；來去無人知，但見花開落。」虛谷
詩歌風格變化的原因，家庭拖累和自身病恙是其一，但更重要的
卻是時代環境的變遷。日據後期局勢嚴峻以及日本殖民統治的強
化，使得當年從事文化運動僅存的一點空隙和可能也已消失殆
盡。這迫使虛谷進入韜光養晦的隱忍階段，因此才會有《呈肇
嘉》中的「平生心願未曾完，輕薄人情每慨歎；熱血滿腔無處
灑，卻來沉醉酒杯間。」然而即使在此時，虛谷也並未完全與現
實隔離，仍有《相命師》等控訴殖民當局發動的戰爭帶給民眾的
苦難。其《嶺雲》詩寫道：「霖雨蒼生願未完，亂峰出沒現奇
觀；知他尚有飛騰意，正待長風起翠巒。」可知詩人僅是暫時隱
忍，正等待時機呼嘯而出，實現其救濟蒼生的心願。[143]

　　由於臺灣幅員狹小，並處於嚴苛殖民統治下，人們缺乏行動
的自由和發展的條件，臺灣文人們普遍將出外旅行當作避開殖民
苛政，擴大視野和胸懷的機會。如吳蘅秋《送虛谷再東渡》中有
「踽踽何堪此彈丸，知君傲骨早思寬」之句。1935 年前往廈門就
學的吳慶堂（繪聲），其新詩作品《回憶》以遭受獵人威脅而飛
往彼岸的小鳥作為人生經歷的隱喻，寫出了臺灣環境的險惡乃人
們紛紛離開臺灣、旅居異域的原因之一。楊樹德在臺灣寂寞寡
歡，其詩曰：「如此江山漫愴情，猙獰百怪正縱橫；索居海嶠甘
寧寂，絕跡名場懶送迎。」（《答石友詢近況》）；但他的日本
之旅也不愜意。進一步，詩人表現出他的家國之恨，民族之情，
《石華將渡華有詩留別次韻勖之》有云：「今汝賦長征，輕楂浮
萬里。逐鹿指中原，棄繻誠壯矣。別酒置樓頭，前途為欣喜。世

---

143 此處引用的陳虛谷的詩見於陳逸雄編《陳虛谷作品集》上、下冊，彰
　　化：彰化縣立文化中心 1997 年版。

途多險巇，立身慎舉止。」144

　　鹿港詩人施梅樵早年到過大陸，後來更多居住於臺灣，他有詩述說在臺灣的處境和因應之道：「著述在名山，風雨居老屋；偶然入市鎮，路逢虎肆毒。此畜性本凶，見人身便伏；眈眈欲噬人，填滿此枵腹。有時弄狡獪，示威設詐局；我早防未然，胸中有成竹。思欲寢其皮，豈但食其肉；為我命健兒，荷戈且追逐。」（《與陳基六述近況》）他對於祖國的關切和嚮往則大多從為親友赴大陸賦詩壯行的作品中表現出來，幾乎每位外出的親友，施梅樵都鼓勵他寫下所遊覽的故國山川勝景，回來與親友分享。《端輝族侄將遊大陸賦詩壯行》詩云：「丈夫遠大期，宜有千里志；伏處負韶光，終為人所棄；中原佳山水，把筆不勝記；我昔遊是邦，百未及一二；每思續前遊，奈為內顧累；阿咸年方富，舟車任所至；通都大邑間，觀覽無猜忌；眼界得一新，亦可慰夢寐；拭目看歸帆，且談故鄉事。」

　　莊太嶽的旅行經驗橫跨中、日。乙未割臺時，年方十六的他就回到福建原鄉——晉江，家鄉風情給他留下清新美好的印象，他將此當作躲避戰亂的桃源仙境。返臺執教鞭多年後，有機會赴日旅行，儘管他認為通過日本接收現代文明是必要和可能的，但這並沒有改變詩人對臺灣淪日、河山破碎的感傷情懷，返程時，《舟中遙望臺島》詩云：「眼底山河依舊在，胸中磊塊幾曾消？斜陽一片鳩居地，歷歷巢痕認葦苕。」莊太嶽還有不少送別親友往大陸旅行或歸鄉的詩作。1907 年《送何作舟歸揚州》詩中有「中原此日方多事，莫步商郊采蕨薇」，鼓勵友人要為國家、民族積極進取。更有《感懷呈何作舟即送其西歸揚州》寫道：「赤崁城郭委埃塵，欲說鄭家倍愴神」「此後若懷攜手處，延平祠外

---

144 吳蘅秋、楊樹德的詩見於應社同仁撰、楊樹德編《應社詩薈》，彰化刊本，1970 年。

草花春」，希望友人永遠保持從鄭成功那裡吸取的民族精神。[145]

　　傳統文人中連雅堂、洪棄生等長久懷抱到大陸旅行的熱望，最終得以如願，並寫下大量相關詩文作品。周定山與賴和、陳虛谷、葉榮鐘等相似，身跨新、舊文學，其漢詩創作有相當高的造詣。他到大陸次數多，範圍廣，而且不單是觀光旅遊，還曾當過報社編輯，也有過軍旅生活，所以其詩作有較多現實生活的觀察和記錄，其感時憂國、孤憤激昂、悲天憫人、血淚交織，又為他人詩作中所罕見。現存紀遊詩有《大陸吟草》和《倥傯吟草》二種，前者為 1925 年作者因家貧往大陸任職報社，遊歷華南諸省及上海的記錄，後者則為 1938 年被日軍徵召前往上海歷時兩月的書寫。《大陸吟草・題首》寫道：「以羈縻之身，入雄勃之國，宛如初脫幽囚，畏見天日，是以雲情水意，都感光怪陸離。」當時大陸正陷入軍閥內戰之中，《東江慘戰》、《白骨墩》等寫戰亂造成百姓流離失所的慘景，充滿同胞悲憫之情。1925 年上海「五卅」事件，周定山目睹工人被殺，深感「弱族悲哀，誓雪前恥，民心未死，良用昭欽。身臨慘境，未忍卒觀，忍淚書痛」，而成《五卅慘劫書愴》。又見英國人經營的兆豐公園前掛有「中國人與犬不可入」的牌子，寫詩痛斥「辱國辱族，莫此為甚！」1938 年秋月重圓之宵，詩人孤燈難寐，「對嬋娟而增悲，望河山以殞涕」，遣愁無方，苦吟驅病，「臥聽鼓角聲，細吟興亡兆」，直至曙色侵窗，詩成方止（《睡難成》）[146]。

　　周定山大陸之旅的最大收穫之一，是受到了魯迅文學的薰陶。他的《也是隨筆》等雜文具有魯迅式嬉笑怒罵皆成文章的特

---

145 此處引用莊太嶽的詩見於莊嵩撰、莊幼嶽編校《太嶽詩草》上、下冊，臺北：龍文出版社 1992 版。

146 此處所引周定山作品均見於施懿琳編《周定山作品選集》，彰化：彰化縣立文化中心 1996 年版。

點，甚至直接引用了魯迅的名言：「真的猛士，敢於直面慘澹的人生，敢於正視淋漓的鮮血」，「世上如果還有想要活下去的人們，就先該敢說、敢笑、敢哭、敢怒、敢罵、敢打，在這可詛咒的地方擊退了可詛咒的時代」等等。他的小說主題與中國現代新文學的「啟蒙」、「革命」、「救亡」等三大主題有緊密的契合，《乳母》、《旋風》等小說甚至還可看到魯迅《祝福》、《狂人日記》等影響的明顯痕跡。

　　謝春木（即謝南光）是較長期居住中國大陸並影響其好友王白淵也前來大陸的作家兼社會活動家。他曾以「追風」筆名發表了臺灣第一組日文新詩《詩的模仿》和第一篇日文新小說《她要往何處去》而在臺灣新文學史上留名。1929 年，他作為臺灣民眾黨和殖民地臺灣同胞的代表，取道日本前往中國大陸，在南京參加了孫中山的奉安大典，順道訪問了江浙上海、東北諸省和青島、廈門等地，撰寫了〈新興中國見聞記〉147，為其親身經歷的即時記錄。「盡情地觀看中國」是此行主要目的。在上海，他確實看到一些「現代化」現象，然而上海這種「繁榮」、「現代」卻是畸形的：它主要依附於租界，而「租界是列強侵略中國的策源地」；上海的「海運實權握在外國人手裡」，大筆錢流入外國人腰包。第二站是到南京及其周邊，此地歷史上曾上演不少改朝換代或抵抗異族的歷史活劇，不斷喚起作者的歷史幽情和民族情感；而代替租界烏煙瘴氣的是一派欣欣向榮的建設景象，作者的心情豁然開朗起來。此後作者又遊覽了青島、東北、廈門等地。這些地方都有日本勢力較大侵染，與臺灣頗多相似之處，因此作者也較多涉及了「殖民現代性」的問題。如在瀋陽，謝春木最為

---

147 謝南光（春木）撰〈新興中國見聞記〉為氏著《臺灣人如是觀》的第二編，見郭平坦校訂《謝南光著作選》，臺北：海峽學術出版社 1999 年版。

關注「滿鐵」的情況，因「滿鐵」是日本在東北的主要經濟機構，也是殖民現代性表現得最明顯的例子。通過「滿鐵」，日本掠奪走了大量的煤礦、重油等資源。「滿鐵」固然給東北帶來了工業文明，但並沒有給東北人帶來幸福，「滿鐵」工人的窮困生活就是最好說明。

返臺路上，謝春木也遊覽了廈門。廈門給謝春木以親切感，但與賴和、翁澤生等相似，他發現部分在廈臺灣人反覆造下的罪惡，使得其他臺灣同胞到大陸不得不隱瞞身分，以防遭受報復。作者因此寫道：「我在中國各地轉了一圈後，深感痛切的是，居住在對岸的臺灣同胞，有必要調整一下心態，最好為推進新中國的建設事業出一份力量。這對臺灣人來說，難道不也是發展上的大事？」這充分展現了作者的某種自省態度。

因著大陸旅行（旅居）經驗而使其創作路線發生重大調整和改變的，王白淵也是一個突出的例子。王白淵生性天真熱情，從小立下了要當「臺灣的密列」的志向，嚮往著「站在象牙塔裡，過著我的一生」，於是前往日本就讀美術學校。但是不久之後，「周圍的環境，世界的潮流，特別是中國革命和印度的獨立運動」，使其民族意識「猛烈地高漲起來」。在1931年出版《荊棘的道路》之前，他已來過大陸，1933年受謝春木鼓勵再次前往上海，直至1937年抗戰爆發後被日軍逮捕回臺，關入監獄。《荊棘的道路》中的詩作大多浪漫抒情，具有美的構圖，表達詩人的苦悶和對自由、理想的追求，但全書後半部的作品卻具有較強的政治意識，無形中顯現了作者從「藝術」向「政治」的轉向。如寫於1927年的《詩聖泰戈爾》是作者心儀泰戈爾的產物；作於1930年1月的〈甘地與印度的獨立運動〉一文則轉而對泰戈爾有所懷疑：「站在永恆的角度，泰戈爾是正確的」，然而正如甘地對泰戈爾提出的批評：「我四周的人都快要餓死的時候，我唯一能夠做的是給他們糧食。」這兩篇文章或許提示了作者從「藝術」走

向「革命」的根本原因。王白淵曾寫道：「象牙塔裡的美夢，當然是人生的理想，又是多情多感的我所好。但是一個民族屈在異族之下，而過著馬牛生活的時候，無論任何人都不能因自己的幸福和利害，而逃避這個歷史的悲劇。」148 於是在「藝術」與「革命」兩條似乎難以並立的道路中，王白淵最終選擇了後者。這其實也是許多中國現代文學作家走過的道路，甚至可說是 20 世紀中國現代文學的一種「宿命」。這從另一角度證明了王白淵文學道路的形成與中國現代文學思潮的緊密關係。總之，在那民族面臨危亡的特定時刻，旅行有助於臺灣作家從「小鄉土」走向「大鄉土」，將個人「小我」的命運服從於民族「大我」的需要，更深刻認識殖民者侵略的本質，建立起更堅強的民族認同。

第二節　抗議與隱忍：殊途同歸的文學主題

一、日據下臺灣現代化的文學證偽

近代以來，隨著明治維新的成功及本國的迅速現代化，日本對其國際關係的處理和自身發展道路的定位做了很大的調整，對待亞洲鄰邦特別是中國的態度也隨之有了很大的改變。日本國內產生了「脫亞入歐論」和「大亞細亞主義」兩種既相聯繫又有區別的論調。日本啟蒙思想家福澤諭吉是「脫亞入歐」論的主要代表，他將西方文明視為「標準」的文明形態，並據此把世界劃分為野蠻──半開化──文明等不同的部分。中國先後被劃入半開化乃至野蠻國家的行列中。福澤認為日本應掃除儒教及其觀念的影響，斷絕與中國文化的固有聯繫，走全盤西化之路，並積極鼓

---

148 王白淵：《我的回憶錄》，收入陳才昆譯《王白淵‧荊棘的道路》，彰化：彰化縣立文化中心 1995 年版。

吹出兵朝鮮和中國，稱甲午戰爭「實際是文明與野蠻、光明與黑暗的戰鬥」，是「為人類的進步和文明的幸福而履行至當的天職」。[149]這樣，福澤將日本的殖民擴張美化為「文明的義戰」，為日本對中國等亞洲國家的入侵和殖民披上一件合理性外衣。

所謂「大亞細亞主義」是日本與西方老牌殖民主義矛盾的產物。它將亞洲視為日本的領地和禁臠，把歐美白種人說成是亞洲各國人民的共同敵人，提出要帶領亞洲抵禦西方的侵略，將其從歐美的殖民奴役中「解放」出來，建立「大東亞共榮圈」。宣揚此論調的，包括著名日本「中國學」學者內藤湖南。在內藤看來，中國曾經是東亞文化的中心，現在卻輪到了日本；現今中國文化呈現出「中毒」症狀，需要外來文化作為「浸潤劑」，而這「浸潤劑」就是日本文化。[150]此外，中國所實行的政治、經濟方法是沒有前途的，應依靠其他國家國民來進行改造和管理，所以，中國人不應把日本視為「侵略主義」。上述兩種論調，其侵略擴張的基本目標並無二致。時至今日，仍有人鼓吹這種侵略擴張「有功」的論調。

所謂日本帶給臺灣「現代化」通常有幾方面的說法。一是政治法律層面，宣稱殖民當局通過其法律、政令的實施，使臺灣從一個「無政府」混亂社會變成一個秩序良好的法制社會，使臺灣人民猶如從「地獄」來到了「樂園」[151]；二是經濟建設層面，宣稱日本殖民者在臺灣進行大規模基礎設施和工農業建設，使得臺灣經濟急遽發展，走上了經濟現代化之途；三是民俗文化方

---

149 吳懷中：〈「文明史觀」在近代日本對華認識及關係中的影響〉，北京《日本學刊》1998 年第 5 期。

150 龔詠梅：〈試論近現代日本中國學與日本侵華政策的關係〉，長沙《湖南社會科學》2001 年第 1 期。

151 陳逸雄譯：〈福澤諭吉的臺灣論說（三）〉，《臺灣風物》42 卷 1 期，1992 年 3 月。

面，殖民當局推行「皇民化」運動，要求臺灣人說「國語」、改
姓氏，以新式的茶話會、電影會等取代演劇、祭祀等臺灣人固有
的民俗活動，使落後的臺灣人脫胎換骨，轉換為先進、文明的
「日本人」。日據時期臺灣文學揭示這些不過是騙人的謊言。

　　日本原就是「員警國家」，在臺灣，其員警的密度更高於其
本土幾倍。臺灣作家筆下呈現了這樣的情景：當時臺灣惡法叢
生，苛例遍布，眾多的政令法規不合情理，臺灣民眾連基本的營
生覓食，娛樂交往，乃至雞鴨放養、溝埤溪邊洗浣，都動輒得
咎，被羅織成罪。員警打罵、驅趕、抓捕、取締小攤販，堪稱日
本惡法苛政的又一典型表現。賴和的《一杆「稱仔」》、《新樂
府》，楊守愚《顛倒死》，自滔《失敗》等對此都有揭示。賴和
《蛇先生》中的主人公，在捉「水雞」（青蛙）為生的勞動中找
到醫治蛇傷的辦法。未料卻觸犯了「神聖的法律」：未經認定
「醫生資格」而妄為人治病，非同小可，警方即時「行使職
權」，對蛇先生施行拘押和拷打懲戒。

　　除了以「眾多的權力運作點」（福柯語）全方位地控制臺灣
民眾的一舉一動外，給臺灣人民造成巨大痛苦的，還在於「法
律」、「政令」實施者的貪贓枉法。他們有的不惜對民眾使用
「重典」，為的是自己的「政績」。如楊逵《模範村》中，粟本
巡查召集村人修築道路、整潔村容，村民的勞苦換來他升任部長
的機會；蔡秋桐《奪錦標》中的Ａ大人為了奪得滅瘧錦標，動輒
手打腳踢，逼迫村民剎竹刺、填窟仔……「大人」因獲得「文化
村落」稱號而高升，代價卻是農田的荒蕪。此外，那些利用職權
索要賄賂、謀取錢財的行徑，更粉碎了殖民當局的法律公正、執
法清明的神話。楊守愚《斷水之後》、陳虛谷《放炮》、賴和
《不如意的過年》等小說對此都有描寫。陳虛谷《無處申冤》中
的「巡警大人」岡平欺負臺灣少女時，竟然帶上員警的佩劍，以
自己是「優秀民族」和日臺「民族融合」為由行事。事實證明，

殖民當局的所謂「法律」，絕非為了保護臺灣人民的利益，而是
日本殖民者鎮壓臺灣民族運動、實施法西斯統治的工具和手段而
已。

在殖民經濟形態下，臺灣的經濟容或有所發展，但這種發展
是以臺灣農民的破產為代價的，臺灣一般民眾不僅沒有從這種發
展中獲利，反而墮入了基本生存都難以維持的悲慘深淵中。楊逵
《送報伕》描寫日本會社在通過「圈地」式掠奪使臺灣從小農經
濟迅速地走向「工業化」的同時，臺灣農民卻被剝奪了最基本的
生產資料，從溫飽走向了破產。呂赫若的《牛車》更詳盡地描述
了農民在經濟「現代化」中破產的細節和過程──再怎麼遲鈍的
楊添丁，原先坐在牛車上迷迷糊糊走著保甲道，口袋裡隨時都有
錢，人們爭著請他運米、運甘蔗。等到道路拓寬、路上跑汽車的
時候，即使親自上門攬活也沒活可幹。最後因將牛車趕上公路而
觸犯法律規定，被抓入獄。對於臺灣人楊添丁而言，無論是產業
進步、交通發達，或是標榜改善現代生活秩序的法規條例，都可
能是將他逼向絕路的揮不去的夢魘。

1935 年臺灣總督府舉行「始政四十年」盛大博覽會，目的無
非誇示臺灣取得的「現代化」重大成就以及臺灣人民所過的「幸
福」生活，以此證明殖民統治的合法性。然而事實並非如此，朱
點人的小說《秋信》中表面迂腐的斗文先生對此卻有清醒的認
識：所謂臺灣的「繁榮」、「產業的躍進」及其帶來的利益，只
屬於日本殖民者，與臺灣人無涉──臺灣人恐怕連「寸進」也不
可得。蔡秋桐的《理想鄉》，其題目也只是一種反諷。勞民傷財
的「理想鄉」實際上僅是表面文章，目的還是當政者的政績：新
廁所反常地建在大路旁，為的是「大人來才有看見咯」。抓衛生
只顧「厝外」而不顧「厝內」，貧民們只好將破舊雜物收藏到屋
子裡，整個家就變成了雜碎間。這些作品都解構了福澤諭吉所謂
日本的統治將使臺灣變成「樂園」的神話，將其「地獄」般的苦

難現實真切地呈現。

　　在文化方面，日本自視為「東洋文明之魁」，將其對外擴張殖民視為撒播「文明」的舉動。按此邏輯，日本據臺後應著力提升臺灣人的教育，以「現代」、「文明」理念改造臺灣民眾愚昧、落後的思想觀念，才有可能將臺灣建設成日本式的現代化「樂園」。然而事實並非如此。戰前殖民當局對封建迷信等放任、鼓勵，但在文化教育上，卻已勒緊繩索，其目的在於更改臺灣民眾固有的國族身分認同。其重要手段，是通過「公學校」等壟斷教育，迫使臺灣民眾學習和使用日語，並在課堂上灌輸「支那」代表衰老破敗，「支那人」是卑鄙骯髒的人種等論調。[152] 到了戰爭期，殖民當局為了直接策應戰爭，在「東亞共榮」旗號下，一方面全面打壓、禁錮臺灣固有的中華傳統文化；另一方面則大力推行「皇民化運動」，將改變臺灣民眾的身分認同當作首要目標。儘管這樣將導致臺灣人獲得同等日本國民待遇，但很大程度上這是出於徵調臺灣人上戰場的需要，殖民者自始至終將臺灣人與自己做了根本區隔。1936 年 9 月，小林躋造繼任臺灣總督後揭櫫的三大政策之首即是「臺灣人民皇民化」，並美其名曰培養「帝國臣民的忠良素質」，使臺灣人成為真正的「日本人」。殖民當局推行「皇民化」借用的仍是「現代化」的幌子。於是，臺灣民間原有的祭祀舊俗被勸導、約制；傳統的臺灣戲劇被廢除，改演「打破迷信」的新劇。為了達「皇民煉成」之效，強制臺灣人民日常生活日本化，包括說「國語」、改姓氏、摒棄舊有習俗，尤其是帶有民族色彩的民間信仰、戲曲表演。在宗教方面，展開寺廟整理運動，燒毀神像，家庭改奉天照大神的日式神主牌，民間傳統節日如中元節、春節皆被禁止。1941 年 4 月「皇民奉公會」成立，其「指定演劇挺身隊」排演的多是露骨宣傳帝

---

152 對此可參閱鍾理和的《原鄉人》等作品。

國精神的皇民劇。[153] 隨著外部環境的變化，臺灣新文學作家的描寫重心，也從直接的反帝反封建的主題，轉向更多地呈現具有臺灣地方特色的世俗風情畫，實際上是以一種較隱蔽的方式，表達臺灣同胞延續漢民族文化於不絕的決心和努力。這在呂赫若、龍瑛宗、張文環等的小説中，都有明顯的體現。

顯然，殖民地臺灣存在著「現代性」、「殖民性」和「本土性」三者之間的複雜糾葛和矛盾。毫無疑問，人人都有追求幸福生活的權利，都會被「現代」、「文明」所吸引，這本無可厚非；然而在臺灣，「現代性」卻是和「殖民性」重疊、糾結在一起的，日本殖民者表面看來的一些「現代化」的措施，其實都包含強烈的殖民目的（如掠奪、奴役）。因此臺灣人民在「享受」現代文明的恩惠時，卻同時也不得不吞下被殖民苦果。臺灣人民也許可用「本土性」（即固有的包含了地方文化的漢民族傳統文化）來對抗殖民性，但本土文化中也確實有些落後的因素，是和「現代」、「文明」的社會趨向相背離的，也是許多以「啟蒙」為己任的臺灣新文學作家所要加以改造的。這必然使臺灣作家陷入深深的矛盾和困惑之中。而正是在處理這種矛盾的過程中，臺灣文學呈現其複雜性、深刻性和豐富的內涵。這一點，在一些涉及民族認同問題（如所謂「皇民意識」、「孤兒意識」等）的作品中，還有進一步的表現。

二、臺灣詩人的抗議與隱忍

林載爵在比較楊逵和鍾理和時，曾概括出臺灣新文學的兩種主要精神——「抗議」和「隱忍」。[154] 這一概括是頗為精到的，

---

153 參見邱坤良：《日治時期臺灣戲劇之研究：舊劇與新劇（一八九五-一九四五）》，臺北：自立晚報社文化出版部1992年版，第327-333頁。

154 林載爵：《臺灣文學的兩種精神》，臺南：臺南市立文化中心1996版。

在日據時期臺灣新詩創作中也可得到印證。

　　賴和的新詩創作即是抗議精神的代表之一。他的部分詩作，是直接為臺灣同胞遭受和反抗日本殖民壓迫的政治事件而作的，如《覺悟下的犧牲》之於「二林事件」，《南國哀歌》之於「霧社事件」。詩人極力頌揚弱者的不屈服意志和鬥爭精神──「這一舉動會使種族滅亡／在他們當然早就看明」，但「覺悟的犧牲／本無須什麼報酬／失掉了不值錢的生命／還有什麼憂愁？」終於「覺悟地走向滅亡」。這種明知山有虎，偏向虎山行的壯舉，這種明知不可為而為之的獻身精神，正集中體現了殖民地人民彌足珍貴的反抗性格，也是賴和詩歌中反覆彈奏的主旋律，並衍為日據時期臺灣新詩的重要母題之一。

　　陳虛谷、楊守愚、吳坤煌和賴和一樣，都是反帝反封建旗幟下勇敢的戰士。虛谷《敵人》一詩，發出誓與敵人血戰到底的最強音：「止！止！止！／止住我們的哭聲／敵人來了！　不要使他們聽見／使他們聽見／他們就要誤會我們是在求憐憫同情／⋯⋯我們便是死屍遍野／也不願在敵人之前表示失意／表示失意／是我們比死以上的羞恥。」這樣的詩與大陸詩人田間的《假如我們不去打仗》遙相輝映，堪稱抗戰詩的雙璧。楊守愚的創作具有明顯的普羅文學傾向，揭露階級剝削，為勞苦大眾鳴不平，是他詩歌最主要的內容，其中自然包含著對於殖民統治的抗議。「鹽分地帶」詩人群雖以描寫鹽村風情為其鮮明特色，但作為異族統治下的現實主義詩人，他們對民族的痛苦、社會的不平、統治者的醜惡行徑，也必然要加以揭露，並表達出反抗的心聲。如郭水潭《故鄉的書簡──致獄中的 S 君》、《世紀之歌》，吳新榮《故鄉的挽歌》、《疾馳的別墅》、《煙囪》等。

　　這類直接表達「抗議」精神的詩創作，在 1937 年抗戰爆發前幾年達到高峰，可謂俯拾皆是，不可悉數。描寫民生疾苦和社會不平，反抗階級剝削和民族壓迫，喚醒民眾改造社會，推翻殖

民統治，追求自由和光明，成為許多詩作共同彈奏的主旋律。這類發為直接吶喊的詩作固然略顯淺白直露，但其出現並不奇怪。在那階級矛盾和民族矛盾異常尖銳的年代，詩人們無暇對其作品細加雕琢修飾，而是以對現實鬥爭的直接、快速反應，使詩歌成為打擊敵人、鼓舞人民的有力武器。這和當時大陸詩壇的情況極為相似。

　　抗日戰爭爆發的 1937 年前後，殖民當局變本加厲地強化了對臺灣人民的控制和壓迫，明令禁止報刊雜誌使用中文，致使臺灣新文學創作步入了相對低落狀態。特別是直接抗議的作品，更難免遭受被扼殺的命運。然而，殖民者無論如何無法砍盡殺絕抗議的詩魂。巫永福《遺忘語言的鳥》中對喪失民族立場者的諷刺，《祖國》中對民族尊嚴、祖國強盛的呼喚，無疑包含著對殖民統治者的強烈抗議。張冬芳《美麗的新世界》告誡下一代要勇敢地跟「黑夜猛獸」、「白晝暗鬼」搏鬥，守護這塊祖父的土地，「不要讓不講道理的多毛的腿踏進來」。當直接的抗議難以實施時，憧憬於理想，告誡和冀望於下一代的繼續奮鬥，顯然也是一種抗議的方式。

　　「隱忍」精神可說貫穿於日據時期的臺灣新詩創作中，楊華即是這種「隱忍」精神的代表。這位最具個人風格的臺灣詩人喜寫由三五行的小詩連綴而成的組曲式詩作，藝術上以簡潔明快的筆觸，清新自然的意境見長，而最能扣動讀者心弦的，是其詩歌的主旋律，那哀惋淒絕的深沉悲吟——「和熙的春天／花兒鮮艷地開著／草兒蒼蘢地長著／何方突然飛來一陣風雹／將她們新生的生命／摧殘得披靡零亂」，「流泉在山谷中悲鳴／似訴它不見天日之苦」，「可憐無告的小羊／悲慘斷續的叫著／無歸路般的站在歧途上」……一支支悲淒的歌，無一不是臺灣同胞備受欺凌的形象寫照。然而臺灣人民並非任人宰割的羔羊，因此楊華又寫道：「日光戰不過黑暗勢力／馴伏在地平線下，靜待他再生的時

機」、「河岸雖然擋住河水的泛流／它的巨身軀卻一片片的葬送在急流裡」[155]，充分表達了臺灣人民臥薪嚐膽、隱忍堅毅、誓必反嗜殖民者的意念和信心。像《黑潮集》這樣的作品，不僅在臺灣，甚至在整個中國現代文學史上，也是罕見的。它的小詩形式，也許能找到泰戈爾、冰心等的影子，但所表達的悲劇意識，那如潛流、地火在作品中貫穿、運行的悲憤情調，卻是別人所無法寫出，也無法替代的。它是作者身陷囹圄、貧病交加特殊經歷所凝聚的心血結晶，更是臺灣人民在特殊境遇下特殊心態的呈現。

　　1937 年後，不少詩人被迫封筆，餘者也不得不折斂鋒芒，走上韜光養晦之路。在這種背景下，「隱忍」甚至超過「抗議」而成為詩壇主旋律。這時期的重要詩人邱淳洸、邱炳南、陳遜仁等，都著重於「浪漫的個人抒情」[156]——相對於張冬芳等的「理性的大我抒情」——即說明了這一點。他們多抒發愁悶、孤寂、落寞、思鄉、情愛等個人的心境和意緒。邱淳洸描寫的愁緒包括鄉愁、秋愁、失戀之哀愁等等，而在最後往往又透露出一點歡愉和希望。邱炳南多抒寫少年多愁善感的情懷，充滿著感傷的情調。陳遜仁也常抒發一種鄉愁和戀情糾結在一起的心緒。詩人流露愁緒，其實正暗寓著對黑暗現實的不滿，成為臺灣同胞備受壓抑心境的折射。小說家王昶雄、龍瑛宗這時的詩創作也都從不同角度表現出「隱忍」的精神。王昶雄酬和日本詩人三好達治的《當心吧，老友》即充滿辛酸和苦悶的悲吟：「寫不盡苦難的人生」，「心情日益沉重而蒼老」，「孤獨、苦悶和逐日失落的幻想／無一不是我們的詩材」，「提筆的右手麻得早已僵硬／只好

---

155 楊華：《黑潮集》，《臺灣新文學》2 卷 2 號、3 號，1937 年 1 月、3月。

156 羊子喬：《蓬萊文章臺灣詩》，臺北：遠景出版社 1983 年版，第 89頁。

將滿腔的烈火壓在心裡」。龍瑛宗《印度之歌》首先描寫次大陸的深重苦難，接著筆鋒一轉，描寫歷史在半夜刮起了颱風，人們揭起了灼熱的旗子，一個解放、獨立的次大陸就要出現！詩中所描寫的，其實也是臺灣人民正在遭受的苦難，詩中所謳歌的爭自由、爭解放的偉大精神，也正是臺灣人民隱藏著的強烈心聲。只是詩人借他人之酒杯，以澆自己心中之塊壘，將詩歌的背景移到了異域。

　　楊雲萍的早期詩作《這是甚麼聲》等曾以激憤和反諷的筆觸控訴社會的不公，到 1943 年出版《山河》詩集時，迫於日本殖民者的嚴酷言論鉗制，已無法像以往那樣直接宣洩憤怒，因此只能把胸中鬱積的憤慨凝鑄在生活情景的抒寫之中。《鱷魚》以象徵手段表達了對四周環境的陰寒感受，同時流露出戰鬥的決心：「『這裡的水是多麼冷呵／再稍微地溫暖一些吧。』／然而寒冷，寒冷，／啊，寒冷，／唯有我尾巴上的劍，／卻永遠鋒利，決不黝暗。」其《月夜》寫的是一個講古談天的民俗之夜：「於是，開講嫦娥的故事，／然後再講到荊軻的故事。／講著那樣的故事，驀然間，也許嫦娥真的從月裡出來，／奏起了霓裳羽衣曲。／而那荊軻，也許真的來到了大地上，／舞動寶劍、笑聲頻傳。」[157] 這首詩的重要意義就在於它揭示了當時臺灣一種特殊的文化現象：當殖民當局推行「皇民化」時，臺灣民眾反而更努力地要保存漢民族傳統文化。顯然，當直接的抗議越來越困難時，唯有對祖國歷史的緬懷才能給受傷的心靈一點慰安，只有將民族文化代代相傳才不會忘記自己是一個中國人。因此，保存和傳播漢民族文化就成為特定環境下對於外來殖民者的一種特殊的抗爭手段。

---

157 本目中的引詩未注明者，可見羊子喬、陳千武主編《光復前臺灣文學全集》第 9、10、11、12 冊，臺北：遠景出版公司 1982 年版。

　　由此可知，「抗議」和「隱忍」實為一體之兩面，其本質都是「抗議」，只是手段和策略有所不同而已。就具體效果言，直接表達「抗議」的詩作固然具有較大的攻擊力和鼓動作用，「隱忍」而後發的詩作有時也會產生深沉的感染力和特殊的戰鬥性。從藝術角度講，「抗議」的作品往往因「戰鬥」的需要而來不及細加修飾，而「隱忍」的作品由於其意識本身需稍加掩飾，因此常有更多的藝術經營。但無論是「抗議」或是「隱忍」，都是臺灣人民不屈於外來殖民統治的主體性的表現，是臺灣受日本侵佔的特殊時代背景下的產物。它們的並存，使得日據時期臺灣新詩顯得更為豐富，也更有特色。

三、左翼文學：民族觀點和階級觀點的結合

　　20 世紀二三十年代，左翼文學形成世界性潮流，在中國文壇，也是「革命文學」盛行。30 年代初，蘇聯文學界提出的「社會主義的現實主義」波及中國。周揚在《現代》4 卷 1 期上發表了〈關於社會主義的現實主義與革命的浪漫主義〉[158] 一文，介紹這種創作方法的主要特徵乃「在發展中、運動中去認識和反映現實」，注重闡明「社會主義革命的勝利的本質，把為人類的更好的將來而鬥爭的精神，灌輸給讀者」，而著眼於表現「英雄主義」和「現實的夢想的實現」的「革命的浪漫主義」，也就成為社會主義現實主義的一個「必要的要素」。雖然這種浪漫主義理想的提倡在當時極容易引發作品中的「人為的光明尾巴」，但也使左翼文學認識到，不僅要揭露現實的黑暗和醜惡，同時也要揭示革命必勝的光明前景，使文學發揮鼓舞人民投入推翻黑暗統治的鬥爭中的作用，於是，「光明的憧憬」成為左翼革命文學區別

158　周揚：〈關於社會主義的現實主義與革命的浪漫主義〉，《周揚文集》
　　　第 1 卷，北京：人民文學出版社 1984 年版。

於舊式「批判現實主義」的一個標誌性特徵。

在日據時期臺灣，民族矛盾是社會主要矛盾，抗日文學成為臺灣文學的主流，但受外部思潮影響和內部社會結構所決定，具有階級觀和國際觀的左翼文學思潮同樣存在著，有時甚至十分強盛。左翼文學與抗日文學並不矛盾，因日本殖民者同時也是臺灣的統治階級，而臺灣固有的地主士紳階級中有一部分也與殖民者形成共犯結構，因此「抗日」和爭取階級的解放經常是緊密結合在一起的，只是二者的側重點略有不同。左翼文學以揭露和反抗封建地主和資本家的壓迫剝削，給予被侮辱與被損害者以人道主義關懷，建立國際無產階級聯合陣線，乃至爭取階級解放的革命活動等為主要訴求和描寫主題。圍繞這些主題，日據時期臺灣形成了左翼文學系譜，其主要作家包括楊逵、朱點人、楊守愚、吳新榮等等。

楊守愚、郭秋生、蔡秋桐、朱點人、陳虛谷等，在揭示底層民眾受階級壓迫和剝削而陷入極度貧窮方面，用力頗著。秋生的《死麼？》寫一女子從 12 歲開始，先後六次被販賣轉售，或當家奴，或淪為娼，四周儘是黑暗的地獄，鐵索鋼網，於是想起「死麼？」。被稱為唱著「無產者的挽歌」的楊守愚，是最為集中地描寫這一主題的作家之一。如先後發表於《臺灣民報》上的短篇小說《誰害了她》、《凶年不免於死亡》、《一群失業的人》，或寫工廠工人腿腳被機器軋斷，其女兒頂替上班卻遭工頭調戲，在逃跑時溺水而亡；或寫赤貧如洗的農民遇上災年，請求地主減租不允，甚至引來日本人抄封，被逼賣掉兒子納稅，妻子悲傷過度而死；或寫資本家轉嫁經濟危機的損失，陷勞苦大眾於饑餓之中，一群失業工人四處漂泊尋找工作，風雨交加的寒夜，瑟瑟躲在破廟裡忍饑歎息。楊守愚堪稱描寫寒冷淒涼景象的好手，通過這種描寫，映現出殖民統治下蕭瑟破敗的整體時代景觀和氛圍。

在臺灣，階級剝削往往與民族壓迫糾結在一起。楊守愚《凶

年不免於死亡》、《決裂》等小說中的地主就與日本員警、查封官、鄉公所的「書記大人」等狼狽為奸。臺灣人與內地人（日本人）之間的差別待遇，也加劇了臺灣民眾的苦難。鄭登山《恭喜》寫了郵局中日本人的工資比臺灣人多了六成，且後者時刻面臨失業的境遇。臺灣人民受到階級的和民族的雙重暴力的侵害，其遭受的苦難比大陸同胞有過之而無不及。臺灣「左翼文學」如實描寫了這種情況，與抗日文學一起，成為對日本殖民統治之罪惡的揭露和控訴。

在描寫被壓迫者的覺醒和反抗方面，守愚的《醉》中，三個農民因田租一再提高，到了耕田比乞丐還苦的地步，於是有了「把一切破壞！把一切毀滅！」的想法。鹽分地帶詩人吳新榮的詩著重揭露階級剝削和民族壓迫的事實，充滿反抗強音，其《農民之歌》等則歌頌代代相傳的光榮傳統和奮鬥精神。另一位鹽分地帶詩人徐清吉的《桅上的旗》甚至公開亮出「要替那些被欺壓的人告狀、呼冤」的旗號。朱點人《島都》中史明在父親死後，到工廠當學徒，飽嘗人間苦味，加上世界思潮波及島上，於是認識到世界上有一種寄生蟲的存在，並明白了父親之所以愈勤愈窮的原因。他率先組織團體站立於鬥爭第一線，雖遭遇失敗，但所信甚堅，策畫重整旗鼓，組織唱歌隊訴說下層階級的痛苦和不平。最後「行踪不明」，暗示著他已成為一個從事地下抗日鬥爭的革命者。

楊逵堪稱日據時期臺灣左翼文學的代表性作家。他的小說具有左翼文學特有的階級觀點和國際主義觀點。如代表作《送報伕》的主角楊君到日本後，遭受資本家盤剝而陷入困境時，是一位日本工友伸出援手，最後他加入日本工友行列中一起與資本家展開鬥爭並取得勝利，頗有「全世界無產者聯合起來」的意味。另一方面，楊君的哥哥在臺灣卻充當了日本的員警，可見楊逵筆下的「好人」和「壞人」之分，是以「階級」而非以「民族」

（國別）為標準。

　　楊逵作品中有兩個主題格外突出，這就是頌揚「勞動」和憧憬「光明」，而這明顯受到「社會主義的現實主義」和中國大陸左翼革命文學的影響。在其較早期的作品中，勝利的希望、光明的前景往往來自於階級的團結和鬥爭。《送報伕》是如此，在《公學校──臺灣情景》中，飽受「臭狗」（臺灣同胞對日本殖民者的稱呼）歧視和欺凌的學生們聯合起來反抗，當老師趕來驅散學生時，大家公然說著被禁用的臺語，好像都忘了將會遭到處罰似地，40多人一起喊著「打倒臭狗學校」的口號。在這裡，維護民族尊嚴，爭取正當權益靠的是「鬥爭」。楊逵還將他的希望寄託於祖國身上。《模範村》中，村民們雖然因日本的統治而飽受苦難，但認識到「我們還有祖國存在，這是在隔海那邊」。時值盧溝橋事件爆發，人們聽到日本要吞吃整個中國，免不了感觸良深。背叛其階級而轉向勞苦大眾立場的阮少爺派人送來一箱書，包括《三民主義》、《中國革命史》等，青年們便覺得好像得到一把瞭解真相的鑰匙，非常關切起來了。這段描寫說明，臺灣同胞始終關心著祖國的興衰存亡，因為祖國是他們在黑暗中的一線光明和寄望之所在。又有《紅鼻子》一篇中的主人公看見一棵千年大榕樹，心想在這千年之間，它應該遭逢過無數的暴風雨與乾旱，但仍堅忍卓絕勇敢地存活了下來，這種堅忍剛毅正象徵著祖國。對此楊逵深表尊崇。到了戰爭期，由於處境更為艱難，楊逵如要繼續描寫革命鬥爭，將為當局所禁絕。這時楊逵採取隱忍的方式，退居田園。即使在這種時候，楊逵也仍保持著對未來的堅定信念。這時的楊逵對「勞動」情有獨鍾，而「勞動」也確是他始終保持著光明憧憬和未來信念的關鍵所在。

　　首先，「勞動」是窮人們的謀生之道，使他們獲得了基本生存所必須的物質資料，也能使知識份子免於像滿州國的「謝大人」那樣，賣身投靠以換取一杯羹。楊逵不願毫無意義地死亡而

讓統治者摧殘人民的目的得逞，「為避免餓死，只好認真地種菜澆花」[159]，這是創建「首陽農園」的首要目的。在小說《萌芽》中，社會運動者的妻子因丈夫的陷獄，落入生活無著的「漆黑」境地中，為免於餓死，她學會了勞動——在一位賣花婆婆的鼓勵和幫助下，借來二百坪的園子，終於能靠種花賣花為生。

其次，「勞動」能給人帶來強健的體魄，有了健康的身體，才能更好地生存和鬥爭。《萌芽》中那位陷獄者的妻子，希望下一代（建兒）像「大力士」一樣的強健，以便將來「在自由的日子裡可以晝夜不斷地工作」；同時也希望自己的丈夫以「臥薪嚐膽」的精神，安心保養好身體，當「理想的書齋」建成時，「在那裡你就可把內心所想到的一切事情，用小說或戲劇表達出來」。這位原本纖弱的女性還為勞動中穿上了黑衫，皮膚也曬黑了感到自豪。楊逵則在首陽園中，悲悼著楊華、黃朝棟等朋友的英年早逝，決心加緊鍛煉身體，使之變成「耐得住大颱風吹打般的強壯」。

最後，也是最重要的，是「勞動」能夠改變人的精神面貌，使他們增長智慧，領悟深刻的人生道理，從頹靡不振中走出，獲得勇氣和信心。在首陽園中，楊逵找到了詩情，陶冶了情操，體會到一些新的人生哲理。這使作家的心境由煩躁憤激轉化為達觀和冷靜，形成了對殖民者的一種更為深沉的對抗姿態。最典型的例子還是《萌芽》中的那位女子。勞動使她發生了脫胎換骨的變化，改變了以前當侍女時養成的懶惰貪睡等諸多不良習慣。她現在從栽花種菜到洗衣煮飯，都是很愉快的勞動，並因此克服了失眠的毛病：「我實在無法說出這時的內心的爽快，好像使我重新又變為一個學生時代的小姐。」

---

[159] 楊逵：〈首陽園雜記〉，《楊逵作品選集》，北京：人民文學出版社1985年版，第160頁。

　　對「勞動」的傾心和描述使楊逵為臺灣左翼文學開闢了一個
獨特、重要的主題，也顯示了楊逵所受馬克思主義的影響。楊逵
曾翻譯了《馬克司主義經濟學》一書，其中就有專門章節論述
「勞動是價值的源泉」的道理[160]。由於楊逵將光明的憧憬、未來
的信念建立在「勞動」、「團結」、「鬥爭」等堅實的基礎之
上，因此並非概念化的演繹和虛無飄渺的幻想。它猶如後來楊逵
所刻畫的巨石下長出的小草和玫瑰，看似卑微低賤，卻具有無比
的生命力；又如《萌芽》結尾那萌長出來的滿園花和蔬菜的新
芽，象徵著新生命的誕生和充滿希望的前景。

四、另一種隱忍：現代主義的一線延綿

　　日據時期臺灣新文學（特別是 1937 年之前）以「抗日」和
「啟蒙」為最主要的主題範域，創作方法上也以現實主義為主
流。但與中國新文學中 20 年代出現李金髮象徵派詩，30 年代出
現穆時英等的新感覺派小說和戴望舒等的現代派詩，40 年代有九
葉詩派等相似，臺灣文壇也出現了現代主義一脈延綿、不絕如縷
的情況。1933 年楊熾昌等創辦「風車詩社」並出版《風車詩
志》，提倡超現實主義；1933 年至 1939 年，巫永福、翁鬧、王
白淵的小說可見日本「私小說」和新感覺派的影響；1943 年張彥
勳、林亨泰、朱實等組成「銀鈴會」，其活動延續至戰後，先後
出版《緣草》和《潮流》詩刊 20 期，提倡超越「日常性次元」的
現代詩創作。

　　所謂「新感覺派」是 20 世紀 20 年代經濟危機和關東大地震
使日本社會上蔓延著虛無和絕望的思想以及及時行樂風氣的背景
下，以橫光利一為代表的日本第一個現代主義文學流派。其題材
著重表現都市男女熱狂迷亂的感性欲望，展現都市生活的畸形與

---

160 見彭小妍主編：《楊逵全集》第 14 卷（資料卷），臺南：文化資產保
　　存研究中心籌備處 2001 年版。

病態；藝術上則強調主觀感覺在創作中的重要作用，刻意捕捉那些新奇的印象，並把主體感覺投諸客體，使感覺外化，或進行感覺的複合，使「通感」現象每每出現在小說中。此外，還經常借鑒西方意識流手法來結構作品。在廣泛吸收各西方現代流派的創作技巧時，每位作家各有其側重和特點。

　　翁鬧等創作的最主要特徵，在於呈現了一種矛盾、困惑、精神分裂、價值混亂的狀態，而這又與殖民地及其子民的特殊境遇密切相關。正如施淑所說的：翁鬧作品中「所隱含的自我消費的世紀末情調，他的價值混亂，他的偏執和焦灼，以至於渴望回到人類文化的零點的瘋狂，在在顯示著殖民地特殊的斷裂的歷史所形成的自我歷史的斷裂。」[161] 巫永福《首與體》中的臺灣留學生一直陷入「首」與「體」問題的煩惱中：「首」想留在東京，而家裡父母卻要他趕快回家結婚。進一步言之，日據下臺灣人的頭是「日本」，其體為「臺灣」，體抗爭著頭，並試圖擺脫頭的駕馭而不可得，這煩惱也正是眾多臺灣人的苦惱。翁鬧《殘雪》則寫林春山到東京後遇到活潑可愛的北海道女孩喜美子而有一段精神之戀，對留在臺北仍癡情於他的初戀情人陳玉枝卻起了斷交之想，內心充滿猶疑和困惑：「北海道和臺灣，究竟哪個地方遠……但他發覺在內心這兩個地方都同樣遠。」論者指出：「小說描寫了完全不同類型的兩個女孩，一個是鄉土女孩，一個是都市女孩，這其實就是純樸而落後的臺灣與現代而摩登的日本的比照，就道義而言，林春生眷戀家鄉，就情感而言，林春生嚮往都市，最終選取了全部放棄，這其實也隱含著翁鬧對給予自己太多傷痛也給予自己太多新奇的都市，去與留選擇的困惑。」[162] 矛盾

---

161 施淑：〈日據時代小說中的知識份子〉，《兩岸文學論集》，臺北：新地文學出版社 1997 年 6 月版，第 45 頁。

162 張羽：〈臺灣文學的多種表情〉，廈門：鷺江出版社 2008 年版，第 124 頁。

和困惑甚至在巫永福稍後創作而流傳久遠的《祖國》中仍有所流露：詩人一邊深情地詠歎祖國「流過幾千年在我血液裡」，呼喚「祖國喲，站起來」，一邊卻又怨歎道：「戰敗了就送我們去寄養／要我們負起這一罪惡／有祖國不能喚祖國的罪惡／祖國不覺得差恥嗎」？最後又因殖民統治下的巨大痛苦──「風俗習慣語言都不同／異族統治下的一視同仁／顯然就是虛偽的語言／虛偽多了便會有苦悶」──而「向海叫喊還我們祖國呀！」[163] 這種困惑當然還是體現了殖民地子民特有的情感認同的難題。

　　翁鬧等創作的另一特點在於對人性描寫的強調。這一點正是他們與當時批判性強烈的現實主義主流的區別之所在。翁鬧稱：「我期待能直視人性真實之姿的作品。只要論到支配階級、布爾喬亞就當成敵人一樣深惡痛嫉，已經是太幼稚也太陳腐的論調了……世上確實有不少令人深惡痛嫉的支配階級和布爾喬亞……但這並不表示所有的支配階級和布爾喬亞都令人憎惡的概念是可以成立的。憎惡也可儘管憎惡，儘管挑出它最醜惡最卑劣的一面，但那其中若缺乏必然性和具體性，也只是低俗的反動，在文學上是不值一顧的。」[164] 就是說，文學不必局限於批判、攻擊統治者、資本家；即使對統治者和資產階級加以抨擊，也要儘量挖掘人性之深度，才能創作優秀的作品。翁鬧自己的創作確是注重於展現「人性真實之姿」，特別是自我體現出的人性本真。如《音樂鐘》摹寫了少男情欲初動的情景，在欲想、退卻的掙扎下，他的手「始終不曾摸到女孩」。《天亮前的戀愛故事》以第一人稱「我」的傾訴體，「瘋瘋癲癲」、「偏執狂」式地傾吐某種「戀

---

163 巫永福：《祖國》，陳千武譯，臺灣《笠》詩刊第 52 期，1972 年 12 月，第 8-9 頁。

164 翁鬧：〈新文學三月號讀後感〉，《臺灣新文學》1 卷 3 號，1936 年 2 月；轉引自張羽《臺灣文學的多種表情》第 127 頁。

愛至上」的人生觀和戀愛觀，表達了「我」對愛情的熾熱渴望和
對異性的強烈思慕：只想把自己唯一喜歡的女孩，緊緊摟抱在懷
裡；渴望著「我的肉體可以完全跟愛人的肉體融合」；甚至因對
嘈雜敗德城市的「毛骨悚然」的反感而希望「再一次回到野獸的
狀態」。

　　在文學表現上，翁鬧主張「形式上與日本文學相同，內容上
屬於臺灣」，在語言上「尋求日語和臺灣話的折衷」[165]。有學者
指出：他們這批臺灣作家正是面對種種文化認同的困惑，從而帶
來了文本中消解宏大敘事，缺乏明確的政治導向，不特設鮮明的
批判客體和意識形態，缺少淑世的理想主義傾向，埋頭致力於文
字技巧的試練，遁入感覺的世界裡，卻帶來了文學轉型的契機，
不僅給小說帶來表現手法上的革命，也帶來了主題的拓展，將讀
者「帶進都市生活的每一個細節中，同時深入人類異化的心靈世
界」[166]。

　　與「新感覺書寫」主要出現於小說領域不同，象徵主義、超
現實主義等更多在現代詩領域出現。風車詩社以楊熾昌為首，集
結了林永修、李張瑞、張良典以及日本人戶田房子、岸麗子、島
元鐵平等。他們公開打出「超現實主義」的旗幟，在《風車詩
志》發行宗旨中標明：「主張主知的『現代詩』的敘情，以及詩
必須超越時間、空間，思想是大地的飛躍」，並奉法國超現實主
義的宣言為創作的圭臬[167]。這樣做的原因，一是對當時臺灣新文
學中一般的寫實作品不甚滿意，認其思想陳腐、思考通俗，亟待

---

165 翁鬧在 1936 年臺灣文藝聯盟東京支部舉辦的「臺灣文學當前諸問題」
　　座談會上的發言，見《臺灣文藝》第 3 卷第 7、8 號合刊，1936 年 8 月。
166 鄭明娳、林燿德：〈中國現代主義的曙光──與新感覺派大師施蟄存先
　　生對談〉，臺灣《聯合文學》第 6 卷第 9 期，1990 年 7 月。
167 羊子喬：《蓬萊文章臺灣詩》，臺北：遠景出版公司 1983 年版，第 44
　　頁。

加強，而他們自己又深受日本昭和初年現代派詩歌運動的影響，因此想移植超現實主義於臺灣詩壇上，以期開創新的局面，另一方面，他們也想用這種較為隱晦的創作，掩藏自己的真正意識，以稍避日人兇焰，作為對抗異族統治的權宜策略。後來楊熾昌曾表白道：當年投身文藝界，為的是以人道情懷，擁抱全人類病苦，「時值『普羅』文學大行其道，可是卻觸怒了日本當局，弄得臺籍作家雞飛狗跳……筆者以為此種正面對抗終非良策……文學應該是反映人生的，可是也可美化人生，透過隱喻的手法來導出對未來遠景的憧憬，應該不失為一條可行途徑，於是引進法國超現實主義，總想結合志同道合之士，扭轉形勢，為臺灣文學注入新血……」[168] 而法國的超現實主義經過日本——臺灣的二度折射，必然產生較大的變異，因此「風車」詩人們的創作，既帶有超現實主義的若干明顯特徵，又可看到日本昭和詩壇現代派的一些影響，同時，它還帶有濃厚的臺灣本土特色，反映出殖民地人民的特有心態，呈現出某些現實主義的素質。

「風車」詩人的超現實主義特徵主要表現在自由聯想式的意象經營和對內心世界、特別是潛意識的挖掘。這種意象經營突破一般正常聯想以事物的相似屬性為基礎，遵循一般的邏輯關係的常規，摒棄慣用的陳舊套語和比喻，使大量意象隨著詩人跳動無羈的思緒、直覺和幻覺隨意並置和靈活轉換，以獲紛繁新奇、震懾人心的藝術效果。如張良典的散文詩《鄉愁之冬》以「在被剝皮的枯木枝椏上結個草庵，躺著病屙老人歎息」、「聆聽流著滾滾顫慄哀情奏出淒絕的送葬曲」、「抽著絕望的人生煙管，看著瘦括括的月亮」等新奇意象表達孤獨和寂寥的心緒。超現實主義又認定潛意識才代表生命的最真實部分，因此常有如夢似幻的描寫，如楊熾昌《祭典歌》、《尼姑》，李張瑞《女王的夢》等都

---

168 楊熾昌：〈序一〉，羊子喬《蓬萊文章臺灣詩》，第 1 頁。

是明顯例子。林永修的《黃昏》以黑潮和静寂的海底象徵著環境
的惡劣，以珍珠貝象徵詩人追求的理想，以海藻的紅翅暗喻阻礙
前進的勢力，最後以發亮的瞳光暗示著追求的迫切和執著，堪稱
巧妙結合超現實手法和象徵手法的作品。

　　值得注意的，幾乎每位「風車」詩人多多少少都有取材於現
實之作，如楊熾昌的《尼姑》、《茉莉花》，林永修的《赤城遊
紀》等。其中李張瑞是現實色彩最為濃厚的一位。他的詩涉及了
多方面的現實題材，有的描寫乾旱對農夫的威脅、被賣為娼的少
女的悲苦等（《虎頭埤》）；有的涉及月蝕時擊鼓被災的迷信活
動（《傳統》）。《這個家》則將遭受異族統治的痛苦，對本民
族傳統的眷戀若隱若現然而十分強烈地表現出來：「即是傳下數
代的磚的顏色／嚙著入秋的斜陽／在院子的柚樹下追憶已死了／
這個家的傳統疊積著／枝椏綠色的疲倦。不久／從內也要粘上新
的門聯，但／深入睡眠無言的重荷／血卻不用文字凝結／／——
在柚樹下埋藏著什麼……／長衫的姑娘就連／明朗的額也暗淡下
來／（那種事、不知道麼）／馬上説祖先不懂的語言／泛在塗上
口紅的嘴唇」。詩的基調雖徐緩沉鬱，但蘊積的悲憤卻力透紙
背。

　　「風車」詩社引進超現實主義包含有「隱蔽意識的表露」以
「稍避日人兇焰」的目的[169]，因此實際上是以較隱晦的形式表現
他們的悲憤意識，是殖民地人民備受壓抑心境的曲折反映。他們
在臺灣詩壇首先提出「現代詩」這個概念，注重「知性的叙情」
和意象的經營，以含蓄隱晦的手法，將主旨掩埋於五彩繽紛的意
象群之中，在臺灣詩壇上開闢了新詩創作的另一種可能。他們借
鑒西方現代派的技巧來表現某些現實的內容，這在大陸的現代派

169　羊子喬：〈超現實主義的提倡者——楊熾昌〉，《臺灣文藝》第 102
　　期，1986 年 9 月。

詩創作中也可看到。這或許是殖民地或半殖民地詩人的共同宿命。

在臺灣文學史上，銀鈴會堪稱具有承前啟後意義的一個詩人團體。在日據後期殖民統治最為殘酷、黑暗的時刻，在此前湧現的文學社團早已漸趨停頓或消失，唯獨銀鈴會的出現填補了詩壇的一段空白。對此陳千武曾有如下說法：「在戰前跨越戰後之間，是詩的沙漠。幸好有一稱為『銀鈴會』的詩社組織，自從 1943 年起有如小溪流，陸陸續續活動到 1949 年……成為詩壇的重要根莖。」[170] 同仁有張彥勳、林亨泰、詹冰、錦連、蕭金堆、朱實等。

銀鈴會的最大特點，是具有現代詩創作的自覺。按照陳千武的說法，日據時期臺灣新詩創作者大多秉承寫實傳統，致力於現代詩創作的並不多見。一般新詩「表現的內容、主題大都停滯在日常性的次元」，拘囿於生活表面現象的描繪或某種情感的淺露抒發；而現代詩創作者則力圖以現代藝術手法加以操作，「著重究明本質的展現」[171]。這種現代詩常是偏重知性，即注重對生活本質的概括，常表現出某種抽象的追求或對某個形上問題的詮釋興趣。錦連的《挖掘》表現的是一種明知不可為而為之的悲劇命運，彰揚的是一種世世代代不畏艱險、不屈不撓，朝著既定目標勇往直前的精神。它並非描寫某一現實事件，抒情主人公的行為目標也是抽象的。但這並不減弱、反而擴增了詩歌所涵括的生活內容。

銀鈴會最年輕詩人蕭金堆的詩歌常表達一種極為特殊的個人感受，實際上包含著對自我的探尋和審視。在《鳳凰木的花》中，年輕詩人的心緒，正如鳳凰花一樣，搖盪不定、猶豫躊躇。

---

170 陳千武：〈臺灣現代詩的性格〉，美國芝加哥大學臺灣研究研討會，
　　 1987 年 8 月 1-3 日；《自立晚報》1987 年 8 月 28 日。
171 同上。

他既嚮往成熟，同時也留戀著青春。這種矛盾複雜的自我，顯然具有現代性格。這種探尋自我、批判自我的傾向，也是整個銀鈴會現代詩的創作目的和特徵之一。林亨泰後來回顧說：「如何建立『現代自我』，是銀鈴會同仁的共同課題，沒有『現代自我』，一切對社會、現實的批判都不可能有準確的立足點，也無從發揮文學固有的力量。」因此，他們「即使針對社會、現實的描寫，也不斷將懷疑的眼神投向自我，批判自我」[172]。

　　注重意象的經營，善於用形象的語言表現抽象的事物或情感，是銀鈴會在藝術技巧方面的顯著特徵。陳千武在界定新詩與現代詩時，不僅說明其內容方面的區別，還指出，新詩常「未至追求藝術性的意象展現或複眼重疊的效果」，而現代詩則能注意到以知性手法創作，多採用輻射、複眼、透視等技巧。[173]詹冰堪稱典型的視覺性詩人。如他的成名作《五月》一詩，清明亮麗。詩中將「五月」擬為生物，加以動態的刻畫，賦予生機蓬勃、清純活跳的形象。光復後，詹冰繼續詩歌創作，特別在圖像詩和童詩方面頗有成就，而他獨特的藝術風格，在早期創作中就已露端倪。

　　具有濃厚的鄉土色彩和現實內容是銀鈴會創作的又一突出特徵。它與該時期詩人們在惡劣的環境中轉向鄉土民俗描寫以求生存和寄託民族情感的趨向是相吻合的。張彥勳《葬列》描寫閩南、臺灣一帶民間送葬的傳統習俗；《蟋蟀》寫因蟋蟀的叫喚，勾起對童年母愛的回憶以及對故鄉山河、家庭和親人的懷念。整首詩配以蟋蟀「可露可露」的叫聲，流轉反覆，富有音樂的節奏感和鄉土氣息。

172　林亨泰：〈張彥勳與銀鈴會〉，臺灣《笠》詩刊第 132 期，1986 年 4 月，第 11 頁。

173　陳千武：〈臺灣現代詩的性格〉。

　　銀鈴會的創作活動正處於由光復前跨越到光復後的時期，無形中為一個時代作了總結。他們的詩作也確實具有某種過渡的性質。例如，它們有著較濃厚的鄉土色彩和豐富的現實內容，但又和日據時期一般的寫實派詩歌有所不同，更注重於意象的經營和生活本質的探究；它們繼承和開拓了現代詩精神，但與風車詩社的超現實主義也有很大區別，減少了後者的舶來色彩和潛意識的意象跳躍。由於銀鈴會處於詩壇承前啟後的特殊位置，其同仁後來大多又成為笠詩社的重要成員，林亨泰、錦連等更曾直接加入現代派。從這個意義上說，它也是臺灣現代詩歌運動的根莖之一。在後來的臺灣詩壇上，特別是笠詩人的創作中，不時可以看到他們現代詩特徵的影子和刻痕。例如，他們較濃厚的本土色彩，遙開 20 年後笠詩社的先河。他們對於「現代自我」的追尋和以某些現代藝術手法表現鄉土、現實內容的藝術導向，在笠詩社的創作中得到承續和光大。

第三節　皇民化和「中國性」的衝突和糾葛

一、殖民侵略的自供、掩飾和美化：在臺日人創作

　　乙未割臺之後，赴臺日本人中不乏具有深厚漢學素養者，他們到臺灣後，不僅自己從事漢詩文創作，也與臺灣本地士紳文人相互交往酬唱。如日本漢詩人籾山衣洲於 1898 年應聘來臺擔任《臺灣日日新報》主編，並於翌年與兒玉藤園、後藤棲霞、內藤湖南等多名在臺日人共組「穆如吟社」，時常邀請臺灣漢詩人於總督別邸「南菜園」吟哦唱酬，且召集全臺詩人聯吟大會，將官紳酬唱之作編成《南菜園唱和集》，任內並提攜了謝雪漁、魏清德等臺灣文人，直至 1904 年才離開臺灣。[174] 又如，對中國文學史有深厚造詣的久保天隨於 1929 年 4 月到臺北帝國大學任教，

1934 年 6 月 1 日因腦溢血病逝於臺北寓所，其間曾與詩友共組南雅詩社，著有與臺灣相關作品《澎湖遊草》等。[175] 這些創作會對臺灣文壇產生一定的影響，因此亦屬臺灣文學範疇。此外，也有一些在臺日人創作新文學作品。特別是到了日據後期，殖民當局益發將文學納入其決戰體制，在禁止報刊漢文欄的同時，由西川滿領銜創辦臺灣文藝家協會和《文藝臺灣》等刊物，為在臺日本作家提供創作園地。

西川滿有「在臺日人文藝總管」之稱。褒揚者常以其羅曼蒂克的異國情調和唯美的抒情表現等為理由，說明西川滿與殖民統治無涉的「純文學」品格。然而，將知識活動加以非政治化的超功利偽裝，掩蓋知識生產與殖民霸權之間的相互鞏固關係正是統治者的常用伎倆，因此西川滿的文學其實並不那麼「純」，貌似唯美的外表無法掩蓋其作品內含的強烈的政治意識形態。他的作品中有意無意地流溢著自以為「高等」、「文明」民族的自傲，以及對於異民族被殖民者的卑視。其筆下日本女子總是貌美溫柔守德，日本男子總是扮演「英雄救美」的角色；而臺灣男女則多為帶有重大缺陷的反面人物。《赤嵌記》刻意渲染鄭成功的部分日本血統，編造鄭成功及其子孫以此「優越」血統為榮的謊言。在以早年臺灣鐵路建設為題材的小說《龍脈記》中，作者在矮小、齷齪、懶惰、貪婪、愚蠢、頑劣的中國人的對比下，塑造了高大健壯、認真負責，掌握著先進的科學技術，正在與臺灣固有的愚昧和落後搏鬥，為臺灣構造著近代文明的德國工程師的形象。如果聯繫到所謂「日爾曼民族優越論」正是當時希特勒為霸

---

174 參見薛建蓉：〈日本漢詩人籾山衣洲在臺經驗、交遊及其對臺灣文壇的影響〉，「異時空下的同文詩寫──臺灣古典詩與東亞各國的交錯」國際學術研討會論文集，臺南：成功大學，2008 年 11 月 29-30 日。

175 參見周虎林：《久保天隨及其〈澎湖遊草〉研究》，高雄師範大學碩士論文，2002 年。

佔世界而炮製的謬論之一，那小説所包含的殖民主義意味，就不言而喻了。

西川滿一些致力於呈現臺灣之異域情調的作品有著唯美、神秘、浪漫、抒情的質地，它們打著觀察、研究和瞭解臺灣民間習俗的旗號，乃至披著慕戀、熱愛臺灣的外裝。然而根據艾勒克·博埃默的説法，殖民者一直自視為公正、理智的知識採集者，他們對「他者」進行細察的興趣永遠無法窮盡，而這些知識有助於殖民統治的鞏固 176。無獨有偶，日本據臺後也表現出對臺灣地理、歷史、民族、社會等加以細密調查和研究的濃厚興趣，相關考察報告、文獻記錄汗牛充棟。西川滿關注和描寫臺灣民俗，即屬於這種風氣的一個表現，而他小説中的日本人（有時即是敍述者「我」），不少正是以調查歷史、民俗等的學者身分出現的。西川滿的這種創作傾向，即使在他當紅的時刻，也未必能獲得臺灣作家的認同。曾因某些特殊原因而成為《文藝臺灣》同仁的臺灣作家龍瑛宗，對此追求異國情趣的「外地文學」創作十分不滿，撰文寫道：

異國情趣並非住在異國情趣中的人的欲求，不過是那些在異國情趣圈外人的好奇罷了……我們絕非為了異國情趣而創作……是故，所謂外地文學，並非以本土（按：指日本）的文壇為進出之志的文學。應該是就當地而作的文學，既非模仿本土的文學，也非對外地作皮相式描寫的異國情趣文學。外地文學的氣性，不是鄉愁、頹廢，而該是生長於該地，埋骨於該地者，熱愛該地，為提高該地文學而作的文學。這種文學並不是消費者的文學，而是生產者的文學。177

---

176 艾勒克·博埃默：《殖民與後殖民文學》，盛寧等譯，遼寧教育出版社、牛津大學出版社 1998 年版，第 82-83 頁。

177 轉引自羅成純《龍瑛宗研究》，《龍瑛宗集》，臺北：前衛出版社 1994 年初版三刷，第 262 頁。

　　西川滿另有《臺灣縱貫鐵道》，與濱田隼雄的《南方移民村》、莊司總一的《陳夫人》同為日據末期在臺日人作家的長篇小說代表作。《臺灣縱貫鐵道》屬於島田謹二所謂伴隨軍事、政治上的征服而出現的戰記、紀行文獻，描寫日本北白川宮親王率軍攻佔全臺灣的經過。在日軍方面，作者著力渲染日軍官兵的神勇、忠誠、敬業，將日軍打扮成紀律嚴明、親民愛民的「王者之師」，北白川宮本人則集忠孝大義和勤政愛民於一身。日軍的屠城式燒殺行徑被淡化或合理化，或以「不得已」之詞加以辯解和開脫，但小說中無法完全抹去的死傷遍野、火光沖天的情景，仍使日軍的所謂「仁慈」、「德性」顯露原形。在中國軍民方面，作者將迎合日本統治的臺灣人寫成良民；而將唐景崧、劉永福以及其他抗日份子一律寫成只為了私利罔顧人民的匪徒，並極力掩蓋其民族意識，「這不難看出，作者企圖徹底斷絕臺灣與對岸的民族情結，灌輸臺灣人身為日本國民的意識。」[178] 他極力渲染臺灣（人）的落後、不文明等諸多缺陷，目的在於證明日本殖民佔領的合理性和正當性，可說與福澤諭吉所謂日本對清作戰為「文明的義戰」之論調遙相呼應。

　　在三部長篇小說中，濱田隼雄的《南方移民村》最受殖民當局重視，這無疑是因為小說的題材和主題正符合於它的某種需要。小說描寫來自日本的一群窮苦農民，移民到臺灣東部荒僻山地墾荒建村，但由於自然環境十分惡劣，生活艱辛困苦。村民懷抱堅強毅力，經過幾代人數十年的頑強奮鬥，最終仍無法征服自然，但他們並未氣餒，力圖往南洋開闢新的天地。日本政府歷來把向外移民當作其一項「基本國策」，隨著日本向中國東北的大規模移民而出現的「大陸開拓文學」曾受到鼓勵和褒獎。而當時

178　井手勇：《決戰時期臺灣的日人作家與皇民文學》，臺南市立圖書館
　　　2001 年版，第 212 頁。

的臺灣，殖民當局舉行以「確立本島文學決戰態勢」和「文學者的戰爭協力」為中心議題的「臺灣決戰文學會議」，「文學奉公會」應日本總督府情報課要求，以「如實的描寫要塞臺灣戰鬥之姿，以資啟發島民，培養明朗豐潤之情操，振起對明日之活力，並作為對產業戰士鼓舞激勵之糧」為目標，選派了中、日作家13人到各生產工廠或工作場所，實地採訪並撰寫相關題材的文學作品。這說明，到了戰爭末期，無論是加強生產以彌補日益枯竭的戰爭物質支撐，或鼓動在困境下的堅毅、頑強精神，都成了日本軍國主義最需要的東西。而《南方移民村》正好就表現了這方面的主題。

莊司總一《陳夫人》曾被搬上舞臺和得獎，再版多次，擁有廣大的讀者，「成為在政治上被利用為從旁支持臺灣的皇民化運動的文學作品」[179]。小說寫的是名為安子的日本女子因共同的基督教信仰而萌生愛情，不顧家庭阻擾，嫁給了留學東京的臺灣青年陳清文，並隨他來到臺灣，在異族文化環境中生活了數十年的故事。小說追求「異國情調」的描寫，但其興趣點往往是僅及於表面的甚至是刻板的印象，如纏腳、抽鴉片、賭博等。這些描寫的目的在於說明臺灣是多麼的落後、不思改革、沉溺於舊傳統難以自拔，而日本代表著先進、文明、進步，日本人到臺灣來，將使臺灣擺脫落後和愚昧，走向現代文明之途。小說甚至通過人物之口直接稱讚日本為臺灣帶來了現代化文明。儘管它具有人性的深度開掘和對臺灣庶民生活細節的細膩描寫，甚至寫出了現代性、本土性和殖民性的複雜糾葛，但仍帶有殖民文學的明顯印痕。前述「縱貫鐵」和「移民村」分別被視為狹義和廣義的「皇

---

179 河原功：〈《陳夫人》：認識臺灣的巨著〉，莊司總一《嫁臺灣郎的日本女子》（原名《陳夫人》），臺北：九歌出版社2002年版，第11頁。

民文學」作品，而「陳夫人」卻因涉及臺灣人受到不平等待遇的所謂「暴露性描寫」而遭受指責，但它們在某些方面卻是相同的，這就是：宣揚日本的進步、文明和現代化，渲染臺灣的髒亂、愚昧和落後，從而證明日本對臺灣的殖民侵略的合理性和正當性。它們同時描寫日本男子的堅毅、勤奮、勇敢、敬業、日本女子的賢淑、優雅、謙謹、孝順，日本軍人的仁德溫和，親民愛民，富有正義感，從而為「日臺融合」做了輿論上的推動。此外，還宣揚了日本的「大東亞共榮圈」的理念和南進戰略。因此，這三部作品不同程度地成為日本殖民侵略的自供、掩飾和美化，而它們所代表的正是日據後期在臺日人創作的主流。

二、「皇民」和「孤兒」：皇民化壓力下的民族認同

殖民當局不僅有日人作家組成的「筆部隊」，而且在日據後期，加緊了促使「臺灣人民皇民化」的工作，將改變臺灣民眾的身分認同當作首要目標，並美其名曰培養「帝國臣民的忠良素質」，使臺灣人成為真正的「日本人」。殖民當局推行「皇民化」並宣稱給予臺灣人國民待遇，其真正目的固然是策應戰爭，並產生了將數十萬臺灣青年送到太平洋戰場，為戰場上日感難支的日軍補充兵員的直接效用，但在當時的具體歷史條件下——包括青年已是從小學日語的一代——仍使部分臺灣人產生了認同的偏移，所謂「皇民文學」，正是在此背景下產生的。

廣義的「皇民文學」可分為在臺日人創作和臺灣作家創作兩大類。相比之下，臺灣作家創作的「皇民文學」具有較複雜的情況——可說是一種光譜式呈現。用陳映真的話說，要分清是「面從腹背」或是真正淪為「皇民」：「在暴力強權下，表面屈從，但腹心中堅持反背，是一種可敬的抵抗。日本皇民化暴政下，有像楊逵那樣絕不放棄可以利用的機會和題材，寫包藏反抗意志的作品者；有不理會戰爭教條，自顧寫臺灣的中國生活風俗傳統的

葛藤的呂赫若、張文環，有寫殖民地知識份子的苦惱與頹廢的龍瑛宗，也有停筆不寫，以緘默抵抗，或偶爾虛應故事，虛與委蛇的。」[180]

　　以戰後參加共產黨的地下活動、最後死於白色恐怖中的呂赫若為例。他固然有在日本統治者「文學奉公」強制下寫出的《清秋》、《山川草木》等小說（後者作為殖民當局組織的採訪活動的「產品」而被收入《決戰臺灣小說集》），但他的作品，其實具有最鮮明的「中國性」（即文化性格的中國特徵）。首先，他飽含強烈的政治使命感、矢志不移地以民族和階級的解放為目標的生活和創作道路，是中國式的，與日本人視「政治」為人類行為的露骨表現，盡可能把它隱蔽起來並將之與文學完全分離，而其文學的根在於「感觸」，乃是「對所看到，聽到的，接觸到的，由內心感覺到而發出的歎息聲」[181]，耽美的或歸隱的藝術流派始終佔有一席之地，有根本的不同。其二，呂赫若作品所描寫的社會組織結構和文化習俗等，特別是家族、家庭內部關係，封建大家庭的崩潰過程等，更多屬於中國的。如《女人的命運》與日本作家森鷗外的名篇《舞姬》，都屬「癡心女子負心郎」的故事，但森鷗外筆下人物受「義理」的拘絆，而呂赫若小說中的人物更像中國明代白話小說中的李益和怒沉百寶箱的杜十娘。描寫舊封建大家庭的腐爛、崩潰過程的作品《闔家平安》、《財子壽》等，也與從《紅樓夢》到巴金的《家》等封建大家庭衰敗主題的作品有更多的契合。其三，即使在「皇民化運動」的嚴峻年代，作家被迫遷就殖民當局規定的題材，呂赫若仍以曲折的文

---

180 石家駒：〈葉石濤：「面從腹背」還是機會主義？〉，《告別革命文　　學》（人間思想與創作叢刊 2003 年冬季號），第 141 頁。

181 陳舜臣：《日本人和中國人──「同文同種」觀的危險》，李道榮等　　譯，福州：福建人民出版社 1989 年版，第 47-51、131 頁。

筆，透露出臺灣人民在日本統治下的深沉悲憤，並寫出了臺灣人和日本人各自不同的文化性格特徵和行為方式。這些描寫包含著區別日本人和中國人的深刻含義。因此，他屬於「偶爾虛應故事，虛與委蛇」，但「腹心中堅持反背」的可敬的抵抗者之列。

　　對於王昶雄的《奔流》、陳火泉的《道》，則有程度不等的爭論。《奔流》中的臺灣人朱春生，把自己改名為伊東春生，娶日本女人為妻，生活完全日本化。他瞧不起臺灣原有的一切，認為臺灣民間禮節儀式都是愚昧、落後的表現。他穿和服，唱日本民謠，稱頌日本古典文學，並按日本方式過節。更嚴重的，他和日本岳母住在一起，卻棄自己的生身父母於不顧。這種「忘本」行為受到作品中另一人物林柏年的反對，然而，伊東又暗中出錢資助林柏年到日本深造，似乎要透過培養林柏年來盡到他想為臺灣求取進步的責任。這樣伊東的「忘本」似乎情有可原，作者難免有為這位「皇民」開脫之嫌。

　　在「皇民文學」的光譜上，陳火泉的自傳性小說《道》向更深色的一端靠近。小說寫陳青楠一直致力於灶體的改良以提高樟腦產量。幾年前就有傳言他要升職了，但一直未能如願。於是他常常「冥想」：為什麼本島人不是人？後來，他想明白了：要經過「歷史錘煉」的人民才算是日本人。於是他寫成一篇《步向皇民之道》，不料，反倒叫股長說了一句「不要忘了血緣的問題」，自己的想法又被震碎了。1942 年 6 月，陳青楠看到「志願兵制度實施」的報導，連夜提筆，流著淚寫下了一首「臺灣陸軍特別志願兵之歌」。然而幾天後，廣田股長不但告訴他「升官」無望，而且對他說「本島人不是人啊！」陳青楠幾乎崩潰了。有一天他忽然發現，問題出在自己一直都用臺語思考，如果要做真正的日本人，除了用「國語」（日語）思想、說話、寫作之外，別無他法。不久，「太平洋戰爭」爆發，陳青楠自告奮勇從軍，期望能與日本人共同作戰，以達成「皇民之道」。這時候的陳青

楠，確信自己必能成為第一個高喊天皇陛下萬歲而死的人。他對
紅粉知己稚月女表明心志：本島人若不和內地人面對共同目標、
共同的敵人，一起流血、流汗，就不能成為皇民；還囑咐稚月
女，當他戰死之時，要為他寫下這樣的墓碑銘：「青楠居士在臺
灣出生在臺灣成長成為日本國民而死」。

　　戰後陳火泉似乎頗有懺悔之意，否認自己為「皇民文學」作
家。周金波則數十年後仍以「皇民文學」作家頭銜為榮，他的
《水癌》、《志願兵》等小說，也堪稱最典型的「皇民文學」作
品。《水癌》描寫一位留日返臺的牙科醫生，嚮往、認同日本式
生活，在治病之餘，仍不忘宣傳「皇民煉成」的必要性。有一次
一個臺灣婦女帶著罹患口腔壞疽病的 8 歲女孩來看病，卻吝於花
錢而坐視女孩病死，並且在女孩死後不久，因嗜賭而被送警局，
此後又來診所補金牙以炫耀財富。牙科醫生對此頗感憤懣，更堅
定他要改造臺灣人心靈的決心，甚至說：「在那種女人身上所流
的血，也是流在我身體中的血。不應該坐視，我的血也要洗乾
淨。」顯然，這位人物為自己血管裡無法改變地流著臺灣人的
「低賤」、「骯髒」的血而感到羞愧，急於洗刷和更換，堪稱道
道地地的「皇民」。

　　殖民者總是打著「現代文明」的旗號進入殖民地，日本殖民
者推行的「皇民化」運動，即是企圖以「現代化」為餌，誘使臺
灣同胞放棄他們固有的文化和傳統，泯滅他們的「本來自我」。
「現代文明」確實對大多數人具有吸引力，問題在於受到吸引之
後如何應對。有的臺灣作家「中了日本的圈套」，努力使自己成
為忠誠的「皇民」，有的作家卻能認識到被殖民者和殖民者之間
的不可消弭的隔閡和差距，從而自覺地與之相區隔，堅持自己的
民族身分和認同，這也許是「皇民文學」和非皇民文學乃至反抗
文學的區別之所在。

　　吳濁流《亞細亞的孤兒》寫於艱難的日據末期，發表於光復

初期，小說中表現的「孤兒意識」，使它成為臺灣文學的重要代
表作之一。小說人物胡太明起先難免也為日本的「現代」、「文
明」所吸引，最終卻能與「皇民」們分道揚鑣。他初入國民學校
時，「眼界為之豁然開朗」，在師範部四年，「成長為一個新時
代的文化人」。日本之行，京都那靜謐、安定、具有良好品格的
居民、街道、景物的對比，更使他對故鄉「極度失望」。鍾情於
日籍女教師久子和厭煩臺籍女教師瑞娥，實際上代表著此時胡太
明對於殖民宗主國「現代文明」的傾心和嚮往。然而，殖民者和
被殖民者之間的鴻溝橫互其間，甚至使胡太明產生「自己的血液
是污濁的……這種罪孽必須由自己設法去洗刷」的自卑感。在殖
民地臺灣沒有出路的胡太明來到祖國，祖國的壯麗河山讓他折
服，融合現代美和傳統美的上海女性吸引了他。胡太明為大陸轟
轟烈烈的民眾愛國抗日運動所感動，卻不願捲入這狂飆般的政治
旋渦中，又被中方當作日本「間諜」一度入獄，在深感「無枝可
依」的鬱悶和知識份子志向破滅的情況下回到臺灣。不久抗戰爆
發，胡太明的兄長成為御用紳士和「皇民」，而胡太明自己則被
徵調廣東，親眼目睹祖國青年英勇不屈、為國捐軀的行為，深受
感動，自我良心受到譴責。因病被遣散回臺後，他發現「皇民化
運動」固然使部分臺灣人遭受閹割，但絕大多數的臺灣同胞卻依
然保存著健全的民族精神。他開始精神「突圍」，那便是重新發
現民眾：「要論中國人……要看看他的筋骨和脊樑。」他像瘋子
般在牆壁上留下「反詩」，重返祖國參加抗日工作。小說通過主
人公作為殖民地子民嚮往現代文明和人生幸福而不可得的坎坷經
歷，以及既受日本人的歧視和排斥，一時又得不到祖國同胞信任
的尷尬處境，廣泛而深刻地揭露了日本殖民統治帶給臺灣人民肉
體和精神上的巨大傷害。書中濃郁的漢民族文化氛圍以及人物最
終的作為，說明其固有的民族身分和文化認同難以改變。小說中
呈現的「現代性」、「殖民性」和「本土性」三者之間的複雜糾

葛和臺灣同胞的應對，令人動容

　　日據時期還有不少臺灣青年來到祖國，或謀職求生，或開辦事業，乃至投身抗日鬥爭中，如曾旅居北京的臺灣作家就有張我軍、鍾理和、張深切、洪炎秋等等。直至戰後，仍有臺灣作家以其大陸經驗撰寫文學作品。如李榮春的長篇《祖國與同胞》，王詩琅的短篇《沙基路上的永別》，以及張深切的自傳性作品《里程碑》等。這些作品對於人們瞭解臺灣人民的特殊歷史際遇和心態，特別是與祖國相關的情感波紋和認同掙扎，是珍貴的資料。

三、日據時期通俗文學的演變和發展

　　根據目前掌握的資料，清代臺灣並無真正的小說創作。日據之後，隨著報刊雜誌等大眾傳媒的興起，出於吸引讀者的需要，開始刊登通俗小說。據臺灣學者黃美娥考察，剛開始時主要是日人創作的日文作品，至1905年《漢文臺灣日日新報》出刊後，才有臺灣作家從事漢文通俗小說的創作，其作者包括謝雪漁、李逸濤、李漢如、霞鑒生、佩雁……等舊文人。1911年底該報又與《臺灣日日新報》合併後，漢文園地縮小，導致此類創作隨之減少；直至1930年代以娛樂性為重的《三六九小報》、《風月報》等出現後，漢文通俗小說才重新獲得了寬廣的創作園地，再造另一階段的榮景。[182] 不完全的粗略統計，《漢文臺灣日日新報》上的小說作品超過兩百篇，短者一次刊完，中者分數日刊出，長者則連載數月之久，最長的佩雁所作《金魁星》，竟連載290多次，歷時將近兩年才刊畢。較長的小說還有署名「南瀛雪漁」的《陣中奇緣》，佩雁的《靈珠傳》和《黃鶴樓奇遇》，異史譯《赤穗義士菅谷半之丞》，署名「雲」的《羅馬王國》，松林伯癡撰、雲林生譯的《塚原左門》，署名「雲」的《寶藏院名槍》，署名

---

182 黃美娥：《重層現代性鏡像》，臺北：麥田2004年版，第242頁。

「逸」的《黑心符》等等。這些小說就其題材而言，涉及古今中
外，主要為中國、日本和歐洲各國情事。就其體式而言，短篇仍
多類如古代筆記小說，長篇則多為章回體，此外也有標為「短篇
小說」、「傳記小說」「詼諧小說」、「短篇寓言」、「史傳小
說」的。就其主題而言，既有尋仇報恩、談鬼說怪、勸孝勸善、
因果報應、轉世再生等較為陳舊迂腐的，也有像逸濤山人《革命
奇緣》直寫革命黨人的。其中不少小說似乎介於新與舊、傳統與
維新之間——既描寫了一些新事物，但表達的觀念仍是陳腐不
堪。如遁天女士的《自由花》寫一對青年男女經自由戀愛結婚，
但男青年不久即移情別戀，女青年為自己的選擇懊悔不已，終至
自殺身亡，作者議論道：「夫自由結婚之說，囂囂然遍於女界，
變本加厲，漫無制裁……今之愛自由者，既不能自繩於道德法
律，又無明察之識力，以善自為謀，則直自取殺身之道而已
噫。」[183] 佩雁《歡喜冤家》中有夫妻各有外遇而上法院請判離婚
的新鮮事，作者卻有「夫婦為五倫之首，離緣為背倫之事」之
歎。[184]《臙脂虎傳補遺》寫名為「男傳」的近世毒婦巨擘，罪大
惡極，被刑之時，帝國醫科大學請求解剖其屍，因認定如此奸惡
之人，其體格生理之組織必有不同於尋常婦人者，結果發現其
「後腦之組織及陰部之發育等，遙越常人」[185]，可說將現代醫學
與荒誕無稽之談混在一起。類似的還有雪漁的《虎變》，寫留法
學生趙嘉在中法戰爭後，利用與法人關係殘害人民，被冥曹冥差
變為虎。小說中有真實歷史事件，人物也有名有姓，又有留學、
建炮廠等新事物，但人變為老虎，貶為「畜生道」，後又悔改而
變為人，則荒誕不經。這種矛盾，或許正是新舊過渡中的一種必

183　遁天女士：《自由花》，《漢文臺灣日日新報》，1911 年 2 月 21 日。
184　佩雁：《歡喜冤家》，《漢文臺灣日日新報》，1906 年 9 月 7-8 日，
185　一記者：《臙脂虎傳補遺》，《漢文臺灣日日新報》，1906 年 6 月 3 日。

然現象。

　　頗值得注意的是一些以異域為題材的作品。如雪漁的《陣中奇緣》以法國大革命後保皇和共和兩軍對戰為背景。小說中女扮男裝、從懸崖吊下越獄、家族遺產繼承、敵對兩軍中的將領萌生愛情等情事，卻使它成為情節曲折生動的浪漫小說。不過據推測，該作應為外國小說的譯述，因未親歷其境的中國作者無法憑空想像出那麼多生動的細節和情境。文字雖仍屬文言，但已趨向淺顯易懂的白話，其中也有一些中國傳統意象、語句的化用，應屬於林紓式的意譯。因此這同樣可視為舊文學向新文學過渡的一個環節。

　　李逸濤是漢文通俗小說創作的多產作家，據黃美娥統計，在《漢文臺灣日日新報》上共發表了 46 篇，且視野開闊，題材廣泛。初期作品幾乎都以中國為故事發生背景，而後才擴及臺灣與世界各國的情形，創作類型包括公案、俠義、言情、社會小說等，與晚清通俗小說常見體類並無二致，主角人物也以籍屬中國者為多。語言上大抵使用淺近文言文寫作，且多採章回體。他較早進行偵探小說的寫作試驗，似已能洞悉「新」通俗文學典律的發生，而且嘗試引介此一新文學典律加以摹寫，只是其小說暗寓教化之旨，行文中出現偵探辦案卻與俠女報恩之類的敘事相縫合的情形，其筆下的「新女性」總在情欲與倫理之間挪移和開展，既有其活潑開放的一面，卻也有著小心翼翼的部分。作品中傳統與維新思想並存的現象呈顯了過渡時代通俗小說的典型特色。[186]

　　30 年代及其前後通俗文學迎來第二波高潮。1930 年 9 月 9 日《三六九小報》創刊，《風月》則始刊於 1935 年，它們都成為通俗文學的重要集結地。不過這時期的通俗文學或可分為兩脈。一是出於文藝大眾化的啟蒙目的，延續「鄉土文學」、「臺灣話

---

186 黃美娥：《重層現代性鏡像》，第 244、249、250、252 頁。

文」的提倡而來的創作。另一則是在都市興起背景下，適應市民閱讀、娛樂需求而創作的更嚴格意義上的「通俗文學」，對此有人以「大眾文學」稱之。

民間文學的發掘和整理堪稱1930年代「臺灣話文」運動的實績，無論是《南音》或《臺灣新民報》，都不吝版面地為「臺灣話文」提供實踐園地。臺南的許丙丁從 1931 年 3 月 26 日起至 1932 年 7 月 26 日止，在《三六九小報》斷續連載了歸類為「滑稽童話」的小說《小封神》，採用的是混雜著白話（如「的」字的運用）以及「臺語」（如「阮」、「曖」等辭彙）的淺白的文言文，整部小說分為 24 段，上下兩段冠以兩兩相對的標題，如第一、二段分別題為「上帝爺赴任受虧」、「真糊塗魁星被吊」，可說是一部類章回小說 [187]，在當時即膾炙人口，風行一時，有「雅俗共賞」之譽。連橫曾寫道：「臺灣山川之奇，物產之富，民族盛衰之起伏，千變萬化，莫可端倪，皆小說之絕好材料也。三百年間，作者尚少……比年以來，臺人士亦有作者，惜取材未豐，用筆尚澀，唯臺南《三六九小報》有《小封神》……雖遊戲筆墨，而能將臺南零碎故事，貫串其中，以寓諷刺，亦佳構也。」[188] 給予較高的評價。

由於臺灣迷信拜拜之風頗盛，有些人即以此為業，靠神過活，「《小封神》係針對此中癥結，以夢攻夢，冀沉於迷夢的人能夠清醒」。作者對臺南每個角落每個廟宇所供奉各色各樣的神，均有詳細的查考與參證，故寫來繪聲繪影，原形畢露。[189] 作

---

187 該小說於 1956 年改定中文普通話出版時，每段冠上第幾回字樣，也就成為章回小說了，如第一回《小上帝調任臺南城》，第二回《文魁星遭受飛來禍》，等等。

188 連雅堂：〈雅言〉，《三六九小報》第 159 期，1932 年 3 月 3 日。

189 京衣：〈評《小封神》〉，呂興昌編校《許丙丁作品集》，臺南市立文化中心 1996 年 5 月版，第 587 頁。

者指出：「近代的社會，已進達原子能的時代」，而「我們的古都」，「仍然守著尚鬼的陋習……一些所謂社會士紳賢達們……甚至領導愚夫蠢婦，求神治病，求財，求子，結婚，選舉，利用神權萬能，一切靠求神佛保佑，如此勞民傷財，孰不知其用心安在！」[190] 由此可知，作者試圖「舊瓶裝新酒」，以具有時代氣息的新內容，起到宣傳文明觀念的作用。

在日據時期試圖創作臺灣歷史章回小說的還有鄭坤五。他曾為捍衛傳統文學而與張我軍等論戰，於傳統詩、文、繪畫均頗有造詣，並創作有《活地獄》、《大陸英雄》、《愛情的犧牲》等長篇小說。曾於 1927 年搜集歌謠等民間文學作品在《臺灣藝苑》發表，為臺灣鄉土文學運動之嚆矢，又於日據末期採用民間喜聞樂見的傳統形式，創作了歷史章回小說《鯤島逸史》，在當時臺灣民眾中廣為流傳。

通俗文學的另一脈，與日本文壇的「大眾文學」相當，即「主要是應多數讀者的興趣而寫的一種娛樂讀物。」「包括有推理小說、武俠小說、家庭小說、幽默小說等，它是與純文學作品對立的，是一種大眾文藝。」[191] 鄭坤五在〈鯤島逸史・著者序〉中對於「言情」和「冒險」小說痛加非議，可知「大眾文學」與許丙丁、鄭坤五等的作品是有區別的。「大眾文學」的重要作品有阿 Q 之弟（徐坤泉）的《可愛的仇人》、《靈肉之道》，吳漫沙《韭菜花》、《大地之春》、《黎明之歌》，林煇焜《命運難違》，建勳《京夜》，林萬生《命運》等。如刊載於《臺灣新民報》上，作者自豪地稱之為「臺灣第一部新聞長篇連載小說」的

190　許丙丁：〈寫在〈小封神〉的前頭〉，呂興昌編校《許丙丁作品集》第　　　251-252 頁。

191　下村作次郎、黃英哲：〈臺灣大眾文學緒論〉，林煇焜《命運難違》，　　　臺北：前衛出版社 1998 年版，第 1-2 頁。

《命運難違》，寫無緣的男女主角各自婚嫁，生活卻坎坷多變，外遇的陰影使婚姻瀕臨破滅邊緣。多年後，婚姻失敗的男主角散步至一橋上，發現有一女子正欲投河自盡，於是奮力搭救，發現正是年輕時相親對象的女主角，兩人互訴別後苦情，感歎命運難違。堪稱當日「大眾文學」扛鼎之作的阿Ｑ之弟的《可愛的仇人》更有兩代人三條線的跌宕起伏、境遇翻轉易位的戀愛糾葛。第一代的志中和秋琴因家庭女富男貧而被迫各自嫁娶，後來男方經商成功，成為富人，女方卻遇人不淑，陷入困頓之境。兩人舊情難忘，寄望下一代能完成彼此心願。下一代的兩條線，一是秋琴之子阿國與慧英之戀。阿國家貧，慧英父母欲將女兒另嫁一紈綺子弟，慧英奮起抗爭，為人勤勉、有志氣的阿國在職場上得到志中的幫助，最後更接替志中掌管會社工作，得與慧英結為連理。另一條線則是志中之子萍兒與秋琴長女麗茹肩負父母未竟之心願，且從小青梅竹馬，但因萍兒到日本留學時與一日本舞女的關係以及麗茹到日本尋找情人的曲折遭遇，使得故事一波三折，最終有情人終成眷屬，小說以「大團圓」收局。

　　這些「大眾文學」雖然是都市市民茶餘飯後消遣乃至特定時代情欲消費需求的產物，但仍有一些問題值得探討。首先，作者未必都是寄情風花雪月，有的其實不無社會關懷。如徐坤泉曾表白：「無論如何，人是脫不了社會生活的範圍的⋯⋯《靈肉之道》這部小說，是筆者年來所受社會暗示的反響，以粗野的筆法，描寫臺灣現社會的苦悶。」[192] 林輝焜則在《命運難違》的〈後記〉中為小說連載期間，竟未接到任何「批判性的投書」而深感遺憾，寫道：「我特意在小說中吹捧城隍爺和藝妓，大罵臺灣人缺乏自覺，但卻沒有人為此憤慨，詰問我的淺陋，照這樣下

192　阿Ｑ之弟：《靈肉之道·自序》，臺北：前衛出版社1998年版，第13
　　頁。

去，臺灣的文化永遠也無法發展。」[193] 這可能因當時的社會環境
和氛圍下，讀者只能將其當言情小説而不是當社會小説來讀。其
次，是此類作品與「皇民文學」的關係問題。相關作家作品都與
《風月報》有所關聯，而《風月報》作為在 1937 年後仍被允許存
在的漢文刊物，免不了至少在表面上與「皇民化運動」有某種程
度的呼應。因此下村作次郎和黄英哲在推出前衛版「臺灣大眾文
學」叢書時，就曾對 1935 年才從福建晉江隨父來臺經商的吳漫沙
的情況發出疑問：「一位不會寫日文的中文作家，竟然能夠編輯
當時唯一的中文雜誌《風月報》並出版一系列如《韭菜花》的中
文小説，為什麼會有這種可能？」吳氏作品內容固然接受了當局
的嚴格限制，表現了迎合時局的一面，但在日據末期，特別是
1941 年以後「大東亞戰爭」時期，連日本本土的日本作家，也有
一些言不由衷的寫起歌頌這場戰爭的文章，更何況皇民化運動如
火如荼推進中的殖民地臺灣文人的處境，只有更加艱難，「所謂
『皇民文學』的底層真的是一味歌頌殖民母國，高高興興的當
『天皇赤子』嗎？與其隨便丟一頂『皇民作家』的帽子給人戴，
倒不如仔細吟味作品裡層的意涵後，再作論斷。」[194] 無論如何，
這都是值得進一步思考的問題。

四、東亞視野中的臺灣文學

近年來不少學者試圖開闢臺灣文學研究的東亞視角，他們將
臺灣文學與東北、華北淪陷時期文學聯繫在一起作一通盤考察的
努力，已延續數年並卓有成效。採取這一視角的原因在於：臺灣

---

193 林煇焜著，邱振瑞譯：〈命運難違・後記〉，臺北：前衛出版社 1998
　　　年版，第 594 頁。
194 下村作次郎、黄英哲：〈臺灣大眾文學緒論〉，建勳、林萬生著《京
　　　夜・運命》，臺北：前衛出版社 1998 年版，第 6 頁。

問題從來就不是單純的臺灣問題，而是整個中國歷史進程的組成部分。乙未割臺的直接原因，並不在臺灣自身，而是清廷在甲午中日戰爭中的落敗；日本從此一改歷史上對於中國的敬服、友善態度，開始了對於中國的步步進逼、成片吞食的侵略行動——先是臺灣，接著是東北，然後是華北，最終目標則是全中國。臺灣在某種意義上和東北、華北一樣，也是中國的「淪陷區」，只是它乃此後一系列「淪陷」的起點，其「淪陷」的時間更長，殖民地化的程度更高而已。在日據時代，「祖國」曾是臺灣同胞擺脫殖民統治的寄望所在，即使他們被噤聲消音，「祖國」也是他們默默注目的對象。國土的一片片「淪陷」，無異於「希望」的層層剝離和掉落，對臺灣同胞是極大刺激，特別是當「九一八」、「七七」這樣的重大事變發生時。一般民眾也許只是情不自禁地噓吁感歎，作家則有可能用手中的筆，將他們的心情化為白紙黑字，發出空谷足音。於是我們看到了楊逵在「七七事變」過後不久的 1937 年 7 月 31 日夜，援筆寫下了《〈第三代〉及其他》一文，表達他「最近」閱讀東北淪陷區作家蕭軍的《第三代》之後，那種「難以言喻的愉快」。《第三代》「沒有一點點想要欺騙、討好人的通俗性」，令楊逵「讀完之後印象深刻」；而「故事描寫被凌虐的人接二連三地淪為馬賊……可是所謂『馬賊』，也並不是我們常聽說的那種可怕的強盜，而是逐漸成長為一股和欺凌者敵對的勢力」，也許才是楊逵喜歡這部作品的最主要原因。文中楊逵並對日本殖民當局設定「文化界限」，使得「（臺灣人）不但不能去大陸，而且書籍、雜誌和報紙也都進不來」，因此難以瞭解大陸情況表示極大不滿，斥之為不是「賢明的政策」，「說什麼也不能叫人苟同」。[195] 從這篇文章可以知道，楊

---

195 楊逵：〈《第三代》及其他〉，彭小妍主編《楊逵全集》第九卷·詩文卷上，臺南：文化資產保存研究中心籌備處 2001 年版，第 557-561 頁。

逵對大陸淪陷區文學頗為關注，迫切希望能知道那些同樣是中國人，同樣遭受日本奴役的作家是怎樣生活，怎樣思想，怎樣鬥爭的。

如果我們將視野擴大到整個東亞的廣闊背景上，就會發現其實存在著日本帝國文學與連成一體的東亞廣大被殖民被侵略地區文學相對抗的格局。這是因為，日本的侵略鐵蹄踏遍整個東亞後，在各殖民地和佔領區實施了相同或相似的文化政策，全都是為了使文化服務於其殖民擴張的目的。同樣的，各殖民地和佔領區的人民，處於相同或相似的境遇中，也有著相同或相似的歷史任務和目標，因此其文學也必然有很多相似之處。日據時期臺灣文學與東北、華北淪陷時期的文學的相似點在於：它們共同見證了日本殖民侵略者的種種罪行和被殖民者整體的不屈的抵抗。臺灣文學和大陸文學（特別是其淪陷區文學）在整個東亞反侵略文學格局中連成一體。胡風將楊逵《送報伕》、呂赫若《牛車》、楊華《薄命》等與一些朝鮮的短篇小説一起翻譯、收入《弱小民族小説選》在中國大陸出版，或者就是這種格局的一個縮影。

楊逵等的結合了浪漫因素的現實主義文藝觀與東北、華北淪陷區作家有相當的契合。1943年臺灣文壇發生的一場有關「狗屎現實主義」（或譯為「糞現實主義」）的論爭，使楊逵得到一次將其現實主義文藝觀加以清晰、形象、通俗地表達的機會。針對在臺日人「文藝總管」西川滿斥責臺灣作家的作品為「狗屎現實主義」（只關心描寫「虐待繼子」、「家族葛藤」等低俗的臺灣生活，其文筆「粗糙」、「簡直比原始叢林還混亂」等等），楊逵描繪了農民們極端珍惜糞便的情景，並明確指出：儘管糞便令人背臉捂鼻，但如果沒有糞便，稻米就無法結實，青菜也長不出來了，「這正是現實主義」，「是完完全全的『狗屎現實主義』」。

然而楊逵看事物並不只看其一面和表面。西川滿一貫自詡唯

美浪漫，而楊逵的文藝觀也並不排斥「浪漫」，甚且一再強調「浪漫」因素的重要性，因此對於那種只描寫黑暗面而看不到黑暗中洋溢著的希望的「自然主義式的虛無主義」，楊逵也並不贊成。楊逵和西川滿的根本差別在於：西川滿的「浪漫」是脫離現實的「沙灘樓閣」、「海市蜃樓」，而楊逵的「浪漫」卻是立足於現實的。楊逵精闢地指出：「自然主義式的虛無主義」者們只會攪弄發臭的東西而悲歎不已，而西川正好相反，他從一開始便把發臭的東西捂蓋起來，什麼也不願意看，以背臉捂鼻來逃避現實，「然而，現實還是現實」。因此，西川滿等實際上並不是什麼浪漫主義者，「充其量，只是現實的逃避主義者罷了」，他們筆下那些到西方淨土去遊玩，與媽祖戀愛的故事等，只不過是「癡人說夢」而已。楊逵據此為浪漫主義下了這樣的定義：真正的浪漫主義是從現實出發，對現實懷抱希望的。如果現實是臭的就除去其惡臭；是黑暗的，即使只有一丁點光，也非盡力使其放出光明不可。[196] 由此可知，楊逵秉持的是以現實主義為基礎，並納入浪漫主義因素的文藝觀。這種文藝觀，與注重表現社會歷史發展方向的社會主義現實主義十分接近。而楊逵自身的創作，也正是這種文藝觀的貫徹。

　　無獨有偶，當時同處於日本帝國主義侵略鐵蹄下的東北、華北淪陷區提倡「鄉土文學」的作家們，也秉持著頗為類似的現實主義文藝觀。早在東北淪陷初期，蕭軍就在〈一九三四年後滿州文學的進路〉一文中，提出了「先從暴露鄉土現實做起」的文學主張，並得到了梁山丁等的認同和呼應。山丁在《斯民》上發表〈鄉土與鄉土文學〉，主張創作具有地方特色和鄉土風情的作

---

196 楊逵：〈擁護「狗屎現實主義」〉，曾健民譯，載《噤啞的論爭》，臺北：人間出版社 1999 年版，第 136-139 頁。

品，並要求把著眼點放在「暴露鄉土現實」上[197]。在稍後有關鄉
土文藝的論爭中，其焦點仍集中在是否要「描寫真實」、「暴露
真實」上。東北作家提倡的「暴露真實」與楊逵的反對將「惡
臭」的東西捂蓋起來，「如果現實是臭的就除去其惡臭」的觀
點，是完全吻合的，卻和日本殖民者的觀點南轅北轍。臺灣的西
川滿、濱田隼雄等斥責臺灣作家的作品為「低俗不堪」、「無法
從暴露趣味的深淵跳脫出來的自然主義的末流」[198]，而東北的大
谷健夫則稱「滿州的文化是很低的」，鄉土文學「以維持比較低
級的藝術創作階段為原則」，「很難擺脫那種樸素，幼稚而笨拙
的藝術構思」[199]。大谷健夫要求脫離「鄉土氣味」而進入「國民
文學」乃至「世界文學」，西川滿則強調創作「浪漫」的、符合
「喜愛櫻花的我們日本人」的審美趣味和「日本傳統精神」的作
品。[200] 由此可知，堅持暴露現實的現實主義或反對暴露現實，是
當時中國作家與日本殖民作家的一個對立的焦點。這在日據下的
臺灣和中國大陸淪陷區，是完全一致的。這種情況其實有更廣泛
的涵蓋，由此構成整個東亞的殖民者與被殖民者相對抗的格局。

　　除了堅持暴露黑暗現實，對於光明前景的追求也是東北淪陷
時期作家梁山丁、華北淪陷區作家關永吉（上官箏）等與楊逵的
共同點之一。如關永吉稱：「對於題材的把握是『鄉土文學』，
對於主題的處理是『新英雄主義‧新浪漫主義』，而此兩個要
求，又都是基於『現實主義』的」；而強調「新英雄」、「新浪

---

197 馮為群、李春燕：《東北淪陷時期文學新論》，長春：吉林大學出版社
　　1991 年版，第 33-34 頁。

198 濱田隼雄：〈非文學的感想〉，轉引自曾健民〈評介「狗屎現實主義」
　　論爭〉，《噤啞的論爭》第 112 頁。

199 大谷健夫：《地區與文學》，黑龍江社科院文學所、遼寧社科院文學所
　　編《東北現代文學史料》第 5 輯，遼寧社會科學院 1982 版。

200 西川滿：〈文藝時評〉，曾健民譯，《噤啞的論爭》第 124 頁。

漫」主題，主要是為了克服墮落傾向，注意發掘充滿浪漫的鬥爭精神即「反抗的意味」的新的「英雄類型」。[201]這種以現實為根基的浪漫主義傾向，與楊逵也有異曲同工之妙。

　　落實了上述文藝觀的臺灣、東北、華北等地區作家的實際創作，自然有許多相似之處。曾有臺灣學者認為，在人物故事中「往往以死亡或瘋狂做為悲劇敘事架構」[202]，是日據時期臺灣小說的一個顯著特點。楊逵小說中就不乏「死亡」和「瘋狂」的情節。《無醫村》中年輕人重病無錢醫治，演出了白髮人送黑髮人的悲慘一幕。《送報伕》中楊君的父親遭受毒打，傷重不治死亡，兄弟姐妹也大多相繼死去，母親最後「用自己的手送終」。此外，村裡還有一大批人非正常死亡，包括上吊、跳池淹死、全家被大火燒死等等。《模範村》中阮新民出外留學，回到家鄉「就像走進了神經病院一般，被成群的瘋子包圍了」。應該說，瘋狂是苦難所致，而死亡更是苦難的極致。作家筆下「死亡」、「瘋狂」形象的高密度出現，是臺灣人民在日本殖民統治下遭受深重災難的真實反映。相似的一幕出現在東北作家筆下。如梁山丁出版於 1940 年 6 月的《山風》中 7 篇小說，其中就有 4 篇以死亡為「悲劇敘事架構」，而且多是全家死於非命。[203]另一方面，楊逵的《萌芽》、《泥娃娃》乃至《送報伕》等小說中，都有「光明」、「理想」追求的演繹。大陸學者張毓茂也曾論述了東北淪陷區文學中體現出的難以泯滅的追求光明的信念：恐怕一般人是永遠無法真正體會到一個生活在東北淪陷期的正直的作家的

201　上官箏：〈新英雄主義・新浪漫主義與新文學之健康的要求〉，北京《中國公論》8 卷 5 期，1943 年 2 月。

202　許俊雅：《日據時期臺灣小說研究》，臺北：文史哲出版社 1995 年 2 月初版，第 590 頁。

203　[日]岡田英樹：《偽滿洲國文學》，靳叢林譯，長春：吉林大學出版社 2001 年版，第 91-94 頁。

真實內心感受——面對著同胞們痛苦的呻吟，想傾吐心中的真實感情卻迫於現實壓力不能暢吐，但是無法泯滅的民族感情，又無時無刻不在衝擊著他們，使得他們不能沉默下去。於是，表現在他們的創作上，就出現了一個特殊時期的特殊藝術表現「情結」：在黑暗中艱難地抒寫光明。這就是淪陷區作家共同具有的「追求光明意識」。[204]

臺灣和東北、華北淪陷區作家具有如此相似的文學觀念和創作傾向，乃因日本殖民統治的黑暗和人民的深重苦難，要求作家們用現實主義的筆觸加以真實反映和「暴露」；而黑暗過於濃稠、氣氛過於壓抑，卻使作家們深覺如果一味消沉、退縮，也將永無翻身之日。因此他們不甘沉淪，渴望奮起，期待有朝一日能掃除一切妖孽；黑暗中即使是一線微弱的光芒，也是他們活下去甚至起來反抗殖民統治的理由、動力和希望所在。因此憧憬光明、追求理想的浪漫主義，也必然為他們所傾心。而這種文學觀念和創作傾向的相似，則是兩岸文學同聲相應，同氣相求的又一例證。

1945 年 8 月 15 日日本宣布無條件投降，臺灣也結束了 50 年的被殖民境地，回歸祖國的懷抱。臺灣作家告別黑暗，含淚祭告祖先，臺灣文學也從此進入一個新階段。

---

204 張毓茂：《東北現代文學史論》，瀋陽：瀋陽出版社 1996 年版，第 50-51 頁。

第四章　左翼文學的仆倒和「反共文學」的泛起

第一節　光復初期兩岸文化匯流

一、文化振興和兩岸文化匯流

　　1945 年臺灣光復，國民政府接收，臺灣民眾歡天喜地，慶祝回到祖國懷抱。原本備受壓抑的臺灣作家都有一種重獲自由的解放感，自覺將文化重建當作自己的首要工作。如楊逵出版其文集《鵝媽媽出嫁》、《送報伕》等，先後擔任《和平日報》、《力行報》等副刊編輯並創辦《臺灣文學叢刊》等刊物，編印包括魯迅《阿 Q 正傳》、郁達夫《微雪的早晨》、茅盾《大鼻子的故事》等在內的中、日文對照的《中國文藝叢書》。吳濁流出版小說《亞細亞的孤兒》、散文集《黎明前的臺灣》和漢詩集《藍園集》。龍瑛宗作為光復初期最為活躍的臺灣作家之一，主持了《中華日報》日文版文藝欄。楊雲萍也成為《臺灣文化》的主要編輯者。

　　除了本省作家的活躍外，為臺灣文學輸入新血的，是大批赴臺的大陸文化人。他們為寶島回歸祖國而歡欣振奮，肩負著協助

重建和振興臺灣新文學，使祖國文化在寶島發揚光大的使命來到
臺灣，其中不少是中國現代文學史上知名的作家、藝術家，如許
壽裳、李何林、臺靜農、黎烈文、李霽野、袁珂、錢歌川、雷石
榆、黃榮燦等，此外還有一批主要來自閩粵浙等東南沿海省份的
文化工作者和寫作人。他們或任教於高校，或編輯出版報刊雜
誌，或親自撰文著書。魯迅摯友許壽裳於 1946 年渡海組建臺灣省
編譯館，後又任臺灣大學國文系主任。他積極向臺灣同胞介紹魯
迅，出版了《魯迅的思想和生活》一書，並撰寫了《亡友魯迅印
象記》等重要文章。雖為歹徒所害，但他在臺灣文化重建上的突
出貢獻卻永留史冊。大陸的文學作品也通過他們之手源源不斷地
介紹到臺灣，如劉白羽中篇小説《成長》，就由黃榮燦創辦的新
創造出版社列入「新創造文藝叢書」，於 1946 年 4 月在台北出
版。張天翼的《華威先生》也由何欣等加以注音解析，列入「國
語文學名著選」。著名劇作家歐陽予倩率「新中國劇社」於 1946
年底至 1947 年初在臺灣演出《鄭成功》、《日出》、《桃花扇》
等劇碼，受到民衆熱烈歡迎。

為了使臺灣同胞儘快掌握本國語言而開展的國語運動，也是
當時臺灣文化界的一大盛事。1946 年 1 月，由魏建功、何容領銜
的國語推行委員會在台北成立，並於 1948 年 10 月 25 日創刊了當
時全國唯一的專業性注音報紙《國語日報》。

報刊雜誌蜂起是這時期文化振興的重要標誌。據統計，從
1945 年 9 月至 1949 年底，臺灣至少有 220 多種雜誌和近 40 種報
刊 [205]。其中不少刊物極力介紹大陸的歷史、人文景觀以及經濟、
教育、社會等的一般概況；同時，也對臺灣新文學創作給予極大

---

205 參見何義麟：〈戰後初期臺灣出版事業發展之傳承與移植（1945-1950）
　　——雜誌目錄初編後之考察〉，《臺灣史料研究》第 10 號，1997 年 12
　　月。

的關注和扶植。1946 年 10 月光復一周年時廢止報刊日文版之前，影響較大的日文報刊有《新新》月刊和《中華日報》日文版文藝欄。《新新》共發行 8 期，採中、日文並刊的方式，但在創刊號的《卷頭語》中就表示：「使用別國的語文去讀文章、寫文章實在是很悲哀的。我們希望迅速地縮短這種日子，期望我們的雜誌完全用國文去書寫的一天到來」。該刊重要的活動有「談臺灣文化的前途」座談會，其記錄刊登於第 7 期。台南《中華日報》的日文版文藝欄始於 1946 年 3 月 15 日，終於同年 10 月 24 日。它以大眾傳媒的較大篇幅，在龍瑛宗的主持下，成為光復後頭一年臺灣文壇最具規模的創作園地之一。它主要供諳熟日文的臺灣同胞特別是南部作家馳騁，但同時也十分注重大陸文學、文化的介紹，甚至將大陸文學理論、作品日譯刊載。張冬芳即對此用力較著者。如 1946 年 10 月 3 日該報刊登了以群的論文〈新民主運動與文藝〉。從中可見當時大陸和臺灣文化、文學匯流的文壇總趨向。

廢止日文版後，中文報刊仍十分興盛。如基隆有《自強報》，高雄有《國聲報》，台北有《臺灣新生報》，台中有《和平日報》、台南有《中華日報》等。《臺灣新生報》因其「橋」副刊上爆發的一場延綿 20 個月的有關臺灣新文學的論議而格外引人注目。「橋」副刊創刊於 1947 年 8 月 1 日，主編歌雷（原名史習枚），以兩三日一期的頻率，共出刊 223 期，1949 年 4 月 11 日後停刊。4 月 7 日報載史習枚被捕。歌雷作為一個頗有見地的外省籍文學工作者，在創刊號的〈刊前序語〉中就寫道：「橋象徵著新舊交替，橋象徵從陌生到友誼，橋象徵一個新天地，橋象徵一個展開的新世紀。」通過與楊逵等臺灣作家的接觸，他很快瞭解到臺灣早就有堅實的新文學傳統和可觀的成就，因此開放「橋」作為本省和外省作家共同耕耘的園地，主動約請臺灣作家寫稿，將之翻譯成中文發表，舉辦茶會邀集各地臺灣作家進行當

面的交流溝通。在日文版被取消的情況下，「橋」成為兩岸文
學、文化匯流的主要場所之一。

《臺灣文化》月刊於 1946 年 10 月在台北創刊，1950 年 5 月
停刊，主要編輯者為楊雲萍以及許乃昌、蘇新、王白淵、陳紹馨
等。主要作者還有許壽裳、黃榮燦、雷石榆、黎烈文、許世瑛、
黃得時、洪炎秋、田漢、吳新榮、臺靜農、楊守愚、李何林、劉
捷、呂赫若、張冬芳、林荊南、毓文、呂訴上、杜容之、天華、
昧橄（錢歌川）等。該刊為主要由臺灣本省文化界知名人士組成
的「臺灣文化協進會」的機關刊物，屬「綜合文化雜誌」，從一
開始就顯露其鮮明的特徵：以介紹整個中國文學、文化為重心，
同時也不忽視對臺灣本省文學、文化的挖掘和扶植。如創刊號上
編者〈後記〉中寫道：「……內地文化介紹，確是很重要的工
作，從本省和內地文化的交流上計，我們想再多登載這種文字。
編者的〈臺灣新文學運動的回顧〉一文……是 6 年前寫的舊文……
我們希望這些本省過去的文學上的成果，得重新刊行，得重新介
紹於我國的文學界。」[206] 此後，評介中國古代、現代文學的論著
不絕如縷，佔據了刊物的極大篇幅，其重心則在中國現代文學的
介紹。如「文協」在 1947 年底曾舉辦系列的《中國現代文學講
座》，邀請李竹年、臺靜農、李霽野、錢歌川、雷石榆、冼群、
黃得時等主講，以「使青年瞭解我國現代文學之思想傾向，並介
紹我國主要作家及其代表作品」。[207]

在本省文學、文化方面，《臺灣文化》努力彰揚大陸赴臺人
士還不很瞭解的臺灣新文學傳統，發表了回顧文章和楊守愚等日
據時期著名作家的舊作，以及今後臺灣文學、文化發展的展望和

---

206 —編者：〈後記〉，《臺灣文化》1 卷 1 期，1946 年 9 月，第 32 頁。
207 〈本會舉行中國現代文學講座〉，《臺灣文化》3 卷 1 期，1948 年 1
　　月，第 31 頁。

建言。當然，當時本省文學、文化相對沉落。該刊 2 卷 2 期的《編輯後記》曾寫道：常聽到對於《臺灣文化》的寄稿者外省同胞居多的指責，「這話未必是然。我們素來並沒有省界觀念，只希望能在本省文化界開闢一條新路，提高本省文化水準。文化是沒有國境的，何況省界呢？……但覺得本省創作尚在『微乎其微』，我們期望本省文人，對於創作方面，更加努力！」[208] 由此提示了引入祖國大陸文學，實現兩岸文化匯流必要性。

　　當然，由於種種原因，省內外作家之間確實存在一些分歧和摩擦，但都僅局限於文學論爭的範疇內，絲毫未曾動搖臺灣作家的祖國認同。相反，臺灣本省作家對於祖國文化、文學懷有深深的崇敬和嚮慕。如甦甡寫道：「事實上本地文化人，尤其是文人……對於國內有價值的文人都很尊敬。我們尊敬胡適、魯迅、林語堂、田漢、茅盾、陶知行、聞一多等，而且很欲讀他們的著作……光復後，來自外省的文化人中，對本地人沒有抱著優越感，不歧視本地人，真實地要為本地文化工作的人，我們也都很尊敬他們。例如，編譯館長許壽裳，新創造社的黃榮燦先生、前國聲報總編輯雷石榆先生等……」[209] 對於個別本省作家的某些不當言論，臺灣作家自己加以反駁。如楊雲萍在〈近事雜憶（六）〉中寫道：「對說臺灣過去未曾接受『五四』時代新文藝運動云云的胡說，王錦江先生的〈臺灣新文學運動史料〉一文（見《新生報》七月二日附刊），確是一個回答。雖在日本統治者的摧殘下，臺灣和臺灣的文化，老是保持著和祖國的『關連』性；熱烈一時的新文學運動，就是這個明證的一例。」[210] 吳濁流更正面提出省

208　〈編輯後記〉，《臺灣文化》2 卷 2 期，1947 年 2 月，第 20 頁。

209　甦甡：〈也漫談臺灣藝文壇〉，《臺灣文化》2 卷 1 期，1947 年 1 月，第 14 頁。

210　楊雲萍：〈近事雜憶（六）〉，《臺灣文化》2 卷 5 期，1947 年 8 月，第 12 頁。

內外同胞攜手共建理想樂園的願望。在二二八事件剛發生後所作的〈黎明前的臺灣〉一文的末尾寫道:「說什麼外省人啦,本省人啦,做愚蠢的爭吵時,世界文化一點兒也不等我們,照原來的快速度前進著……努力建設身心寬裕而自由的臺灣就是住在臺灣的人的任務,從這一點說來,是不分外省人或本省人的。」[211]

二、大陸文化人和臺灣地方文化菁英的合作

台中《和平日報》及其副產品《新知識》月刊、《文化交流》輯刊可說是光復初期兩岸文化匯流的又一個顯著例證。抗戰勝利後,國防部機關報《掃蕩報》改稱《和平日報》,總社在南京,各地設有由《掃蕩報》分社或《掃蕩簡報》改組的《和平日報》分社。台中《和平日報》於 1946 年 5 月初創刊,其社長李上根即台中駐軍第七十師《掃蕩簡報》的負責人。想在臺灣辦個上海《大公報》式報紙但缺少人手的李上根聘任樓憲為經理,王思翔為主筆,周夢江為編輯主任。此三人均為因失業或受國民黨地方酷吏迫害而到臺灣求職的浙江青年,並在籌辦報紙時受命廣泛徵求台中文化界人士的支持而和謝雪紅等共產黨人以及楊逵、莊垂勝等知名台中作家、文化人有了密切的聯繫。加上國民黨內派系鬥爭背景,使得具有軍方報紙外殼的台中《和平日報》某種程度上變質和轉向,因抨擊弊政、為民喉舌而廣受讀者歡迎,一躍而為全臺第二大報,招來當局忌恨,1947 年二二八事件後被臺灣警備司令部封閉。該年 7 月底遷至台北復刊,但已面目全非,成為一份四平八穩的普通報紙。

《和平日報》創刊伊始,即開設了綜合性文藝副刊「新世紀」、各類專刊「新青年」、「新婦女」、「新文學」以及趣味

---

211 吳濁流:《黎明前的臺灣》,台北:遠行出版社 1977 年版,第 118-119頁。

性的「週末版」等欄目，此後又陸續增設了「每週畫刊」、「新時代」等。其中「新世紀」每兩三天即出一期，頻率最密，且延續時間最長。不滿時政的編者們有意仿效上海《大公報》「大捧小罵」的策略，新聞電訊全部取自官方「中央通訊社」，以保不出大的「問題」，而在社論欄、地方新聞版和副刊上做文章。因此副刊成為提供廣大民眾言論場地的版面。

　　《新知識》於 1946 年 8 月 15 日創刊，是一份由臺灣文化人出資，大陸文化人出面組稿的綜合性刊物。它緣起於王思翔、周夢江等在報社發現來自大陸報刊的與官方持不同觀點的文章和資料，為一般臺灣人無法看到，因此萌發了辦一份刊物將其摘錄、選載的念頭。這一想法得到謝雪紅、楊克煌等的贊同並變賣首飾以提供資助。該刊三分之一為新發表的文章，其餘為選錄轉載，其內容觸犯當局忌諱頗多，第 1 期剛印好即在印刷廠被沒收和查封。[212] 創刊於 1947 年 1 月 15 日的《文化交流》可視為《新知識》的再生。不過接受前一次的慘痛經驗，創辦者更為小心，將《文化交流》定位為純文化雜誌，儘量不談政治，只是介紹祖國的與臺灣的文化，「以盡交流的作用」。兩主編王思翔和楊逵分別負責組織大陸部分和臺灣部分的稿子。儘管如此，《文化交流》還是僅出第一輯，第二輯在排印中發生了二二八事件，被迫停刊。[213]

　　由上述可知，光復初期《和平日報》和《新知識》、《文化交流》兩刊是關係十分密切的姐妹刊。其特點之一，就在同時容納了外省和本省籍作者，成為他們共同的園地。首先在思想觀念

---

212 秦賢次：〈《新知識》導言〉，臺灣《新知識》（臺灣舊雜誌覆刻系列之 1），台北：傳文文化事業公司復刻。

213 秦賢次：〈《文化交流》第一輯導言〉，臺灣《文化交流》（臺灣舊雜誌覆刻系列③之 2），台北：傳文文化事業公司復刻。

上，試圖通過大力宏揚五四運動所揭櫫的民主、科學思想，掃除
社會上留存的封建思想和文化。其次，為了使臺灣同胞對祖國文
化有更深入的瞭解，《和平日報》參與安排了大陸的劇團或藝術
家到台中演出，並利用報紙篇幅加以宣傳和介紹。如 1946 年 11
月間，由《和平日報》和莊垂勝任館長的台中市圖書館「主
催」，先後在台中推出由外聯會演出的曹禺名劇《雷雨》和著名
小提琴家馬思聰的演奏音樂會。1946 年 10 月魯迅先生逝世十周
年之際，《和平日報》連續幾天刊出紀念魯迅的專輯，平時更源
源不斷地發表（或轉載）中國現代著名作家的各類文章。與此同
時，一報兩刊也注意介紹臺灣本地文化，其中以彰揚臺灣先烈的
民族精神和氣節的作品最為動人，如張深切在《和平日報》上發
表的《范烈士本梁》和楊逵在《文化交流》上主編的《紀念臺灣
新文學二開拓者——林幼春和賴和》專輯。

　　值得指出的，當時有些大陸人士以解救臺灣的功臣自居，並
認為臺灣在經歷 50 年的日本殖民統治後，存留有嚴重的殖民地的
遺毒，當前的首要工作就是清除這種遺毒。這種說法某種意義上
抹殺了臺灣人民也同樣與日本殖民者進行了不屈不撓鬥爭的事
實，無形中造成兩岸同胞的隔閡乃至省籍的矛盾。雖然一報兩刊
的編輯者主要是大陸籍人士，但他們與進步的台中文化界人士有
密切的聯繫，雙方相互理解、尊重和相互支持。這不僅使一報兩
刊在稿件的取得上能更方便地兼及兩岸，而且使編者在觀念上受
到影響，從而知道尊重臺灣歷史、文化的必要，也能更準確地理
解和體諒臺灣民眾的內心情感，由此形成了一報兩刊對海峽兩岸
文化並重的傾向和特色。編撰者們對於如何處理祖國文化和臺灣
本地文化之間的關係，很早就有了頗為深刻的認識。連載於 1946
年 5 月下旬《和平日報》「新世紀」副刊的張禹（王思翔）〈論
中國化〉長文寫道：中國的地方要中國化，這是任何人所不能反
對的，然而「臺灣的中國化，只有在可能助長臺灣同胞的生活上

才有價值」；過去的中國是腐朽了，現在的中國，還在新舊交替中，「只有將來，由於我們全體的努力，才是美滿的」，如果「用急躁的功利主義，以無視一切的盲目政策來加速度的實踐中國化，事實上已使殘破的臺灣遭受再度的破壞……假如臺灣有著某些方面的進步，我們就不必拉平他和現在的中國一樣，而且還得繼續使他進步，在完成中國化的過程中，甚至有承認『臺灣化』（暫時的）的必須；只有在遠大的計畫中，引導他走向中國化。」作為剛到臺灣不久的大陸籍年輕文化工作者，王思翔等能有這樣頗為深刻的，甚至帶有預見性的見識，是遠遠超出時潮之上的，隱約與當時一些左派人士實行地方自治的要求相呼應。而這不能不歸功於與楊逵、謝雪紅等諸多進步的臺灣本地文化人的較緊密的接觸和聯繫，以及他們自己對臺灣的較細密、用心的觀察和思索。

三、光復初期臺灣的「魯迅風潮」

甫光復臺灣文壇即湧動起來的「魯迅風潮」[214]，堪稱光復初期兩岸文化匯流中最具標誌性的現象，也是祖國文化在臺灣傳播的重要內容之一。

1945 年 10 月 25 日臺灣區受降儀式舉行，這一天，甫成立的「臺灣留學國內學友會」於台北印行《前鋒》雜誌，其創刊號上刊登了「木馬」的《學習魯迅先生》一文。木馬本名林金波，為臺灣著名的板橋林家子弟，1933 年考入廈門大學，參加了學生社團「鷺花文藝社」，並以「木馬」筆名在該社《鷺華》月刊上發表具有左翼傾向的小說和詩歌作品。1934 年赴上海報考聖約翰大學，翌年因父去世返臺奔喪，此後常往來於大陸和臺灣之間。林

---

214 下村作次郎：《從文學看臺灣》，台北：前衛出版社 1997 年出版，第 180 頁。

金波和魯迅其實有過一段機緣。當年他往赴上海時，曾受文藝社
之托將《鷺華》送到內山書店請其轉交魯迅。當時魯迅正應美國
友人伊羅生之託選編中國現代短篇小說集《草鞋腳》，茅盾為該
書編寫附錄《中國左翼文藝定期刊編目》，介紹了當時國內 19 種
左翼文藝刊物。魯迅修訂編目並親自補寫了有關廈門《鷺華》月
刊的注條。由於當時《鷺華》只在閩南幾個城鎮發行，因此可推
斷內山書店確實按照林金波的請託將刊物轉交給魯迅，並得到魯
迅高度重視，將該刊與其他全國性左翼刊物並列。

　　在〈學習魯迅先生〉一文中，林金波坦承自己由來已久的
「魯迅情結」：「我愛他的書，愛他的為人，愛他充溢了『民族
魂』的戰鬥精神。在這艱難的人生路上，我能夠得到一點點兒教
養和正義的信念，得一點點兒做人態度，可以說都是從先生的著
作裡受到了無數的啟發、無數的教導。」他回憶了 10 年前因奔父
喪從上海回到臺灣，「第一次嘗著日本帝國主義統治下的淫
威」，不料卻收到了南京朋友寄來的一冊「哀悼魯迅先生專號」
的《中流》雜誌，捧讀「無數作家的一字一字血淚的紀念文
章」，他流下了悲痛而又景仰的熱淚。

　　林金波除了表達對魯迅的深切崇仰和懷念之外，概括了應該
向魯迅學習的幾個方面。一是「愛國愛民族的精神」：永遠堅持
著憂國救亡，「寧願戰死，莫做奴隸」的不屈精神；二是「直視
人生的精神」：他「不架空、不裝作」，憎惡偽君子，最恨浮華
少年、空頭藝術家、鬼鬼祟祟的陰謀者、掛羊頭賣狗肉的投機份
子；第三則是「為學不倦的精神」，不顧健康地努力工作，忘掉
了自己，為民族為被壓迫者求解放。林金波並且指出了學習魯迅
的現實意義：清除掃滅臺灣還充斥著的哈巴狗、奸商、洋場闊少
等，擔負起建設新中國、新臺灣的重任。[215] 該文可說是光復初期
臺灣「魯迅風潮」的先聲，也是光復初期兩岸文化匯流和祖國新
文學對臺灣文壇產生影響的顯著例證。它同時說明，臺灣本省籍

人士也具有認識魯迅、學習魯迅的強烈願望。這一點，稍後從楊
逵、楊雲萍等臺灣作家身上，可以得到進一步的印證。

　　1946 年 10 月魯迅逝世十周年，一年前林金波所期待和預言
的更普遍廣泛的紀念魯迅、學習魯迅的活動，果然在臺灣文化界
熱烈地展開。台中《和平日報》可說是其中一個重要的「據
點」。「新世紀」、「每週畫刊」上連續幾天刊出紀念魯迅的專
輯，集中登載了胡風、許壽裳、楊逵、穎瑾、景宋、楊曼青、秋
葉、柳亞子、樓憲、黃榮燦、吳忠翰等紀念或介紹魯迅的文章，
以及黃榮燦、李樺、野夫、荒煙、羅清楨、陳煙橋、戎戈等創作
的有關魯迅的版畫作品，堪稱「魯迅風潮」高漲的一個標誌。此
後，「每週畫刊」又連續刊出《世界名女版畫家凱綏·珂勒惠支
版畫專輯》，介紹這位深受魯迅推崇的德國版畫家的作品；1947
年 1 月出版的《文化交流》，刊出了楊逵〈阿 Q 畫圓圈〉、於人
〈《抗戰八年木刻選集》評價〉等文，可說是這一高潮的延續。

　　《和平日報》的紀念魯迅專輯，除了許壽裳、景宋等的文章
是較全面介紹魯迅外，其他作品主要集中於對魯迅韌性戰鬥的現
實主義精神的彰揚。如重刊的胡風《關於魯迅精神的二三基點》
（作於 1937 年）一文。值得注意的，本省籍作家也從這一點來認
識魯迅、理解魯迅。楊逵用他剛學的漢文寫下《紀念魯迅》一
詩，即著眼於魯迅直面現實、勇往無前的戰鬥精神。詩歌寫道：
「吶喊又吶喊／真理的叫喚／針對惡勢力／前進的呼聲／／敢罵
又敢打／青年的壯志／敢哭又敢笑／青年的熱腸／／一聲吶喊／
萬聲響應／如雷又如電／閃閃，爍爍／／魯迅未死／我還聽著他
的聲音／魯迅不死／我永遠看到他的至誠與熱情」。[216] 這種戰鬥

215　木馬：〈學習魯迅先生〉，臺灣《前鋒》光復紀念號（第 1 期），1945
　　　年 10 月，第 21-24 頁。

216　楊逵：〈紀念魯迅〉，台中《和平日報》1946 年 10 月 19 日。

精神的強調，當然與當時貪官污吏橫行的惡劣社會環境密切相關，是進步的人們面對社會黑暗的一種勇敢的選擇。當時的臺灣特別需要敢於揭露、反抗各種醜惡現象的戰鬥的精神。楊逵在〈阿Q畫圓圈〉一文中寫道：打倒敵人以來已有年餘，「我們總願結束了一番武劇，來編排一齣建設的新劇」，然而「拖來拖去總難得使這個圈畫得圓圓的」。他明白地指出：「幾個禮義廉恥欠信之士得在此大動亂之下再發其大財，平民凡夫在饑寒交迫之下總會不喜歡他們的。」[217] 這就說明了當時臺灣同胞喜歡魯迅，力求從魯迅那裡吸取戰鬥的現實主義精神的社會原因。

　　緊接著的1946年11月，《臺灣文化》推出了紀念魯迅特輯，將光復初期臺灣文壇的「魯迅風潮」推向高潮。該特輯刊出了楊雲萍、許壽裳、陳煙橋、田漢、黃榮燦、雷石榆、謝似顏等人的文章以及高歌譯〈斯茉特萊記魯迅〉，此外還有魯迅筆跡和有關魯迅的插圖照片等。編者在〈後記〉中自信地寫道：「我們相信，這一本『紀念魯迅特輯』，對於臺灣文化的貢獻一定不少。」[218] 此後《臺灣文化》又陸續刊出了許壽裳〈魯迅的人格和思想〉、黃榮燦〈版畫家凱綏·珂勒惠支〉、李何林〈讀《魯迅書簡》〉、許世瑛的〈魏晉風流與老莊思想〉、黃榮燦《新現實的美術在中國》等文，可說是紀念魯迅特輯的延續。

　　該刊的一些零星記載所反映的編者、讀者對於魯迅的態度，也反映出「魯迅風潮」在臺灣文壇鼓盪的情況。如有關魯迅著作出版和銷售情況，刊物編輯者楊雲萍研讀《魯迅全集》的情況和心得，等等。第2卷第1期的〈編輯後記〉還寫道：「在本省竟然也有人開始攻擊魯迅了。攻擊由他，信仰在我。攻擊也是自由，信仰也是自由。不過要知道是非黑白，不是由一些人的『利

---

217 楊逵：〈阿Q畫圓圈〉，《文化交流》第1輯，1947年1月。
218 〈後記〉，《臺灣文化》1卷2期，1946年11月，第21頁。

害恩怨』，得可以任意顛倒的！」[219] 由此可見《臺灣文化》編者
對魯迅的崇仰，是多麼的堅定！

四、「橋」副刊上的臺灣新文學論議

　　在《臺灣新生報》「橋」副刊上發生的一場歷時一年多的有
關臺灣文學的名稱、性質、特徵和發展方向的論爭，格外引人注
目並具有重要的理論意義。某種意義上說，它是兩岸文學匯流、
撞擊所激起的一個波浪。1947 年 11 月 7 日「橋」副刊第 40 期發
表了歐陽明的〈臺灣新文學的建設〉、揚風的〈請走出象牙塔
來〉等文，正式拉開了這場論爭的帷幕。此後陸續出現的討論文
字有揚風〈新時代、新課題——臺灣新文藝運動應走的路向〉
（1948 年 3 月 26 日）、楊逵〈如何建立臺灣新文學〉（3 月 29
日）、史村子〈論文學的時代使命——藝術的控訴力〉（4 月 2
日）等。1948 年 3 月 28 日「橋」接受外省作者孫達人的提議，
於台北中山堂南星室舉辦了第一次作者茶會，有遠自屏東、台
中、新竹、宜蘭等地的作者趕來參加；緊接著又舉行了第二次茶
會，會議記錄刊登於「橋」上面，並舉行百期擴大茶會論題徵
文。這些活動將論爭推向高潮，先後又有林曙光、葉石濤、朱
實、彭明敏、雷石榆、阿瑞、胡紹鐘、田兵、孫達人、蕭荻、王
澍、姚筠、洪朗、陳大禹、瀨南人、楊逵、姚隼等人在「橋」上
刊文投入論戰。其間還有發表於其他報刊上的相關文章。短短的
三個多月時間，就有數十篇文章投入。1948 年 7 月 30 日至 8 月
22 日，「橋」副刊上駱駝英的〈論「臺灣文學」諸論爭〉對論爭
做了階段性的總結。此後尚有陳百感發表於 8 月 15 日「橋」上的
文章引來駱駝英、何無感（張光直）與之三兩回合的爭論，以及
蔡瑞河、籟亮、吳阿文等的文章，但已漸入尾聲。綜觀這場論

219　〈編輯後記〉，《臺灣文化》2 卷 1 期 1947 年 1 月，第 13 頁。

爭，其焦點主要集中在如下幾個問題上。一是臺灣文學的創作路
線和方向問題；二是臺灣文學的性質和定位，即其與祖國文學的
關係問題；三是臺灣文學的特殊性問題；四是兩岸作者的團結問
題。

　　臺灣文學的創作路線和發展方向問題，可說是這場論爭的導
火索和首要問題之一。揚風的〈請走出象牙塔來〉，針對稚真的
「為文藝而文藝」的主張，強調「真的文學」必然是「反映時代
的文學」，文藝工作者要「大聲的喊出人民的痛苦」，堪當「人
民前驅」。此後揚風反覆重申和強調，將之當作臺灣新文藝創作
的一個「大前提」、「總路向」[220]，並相應地提出文藝大眾化的
要求。在〈文章下鄉〉一文中，他將此明確概括為「現實主義的
大眾文學」。稍遲幾天發表的楊逵的〈如何建立臺灣新文學〉，
則完全是從當時臺灣特定時空背景出發的有感而發，具有更強烈
的現實針對性。他寫道：「然而我們目前瀕於饑餓，特別是精神
上的饑餓，這就因為臺灣文藝界不哭不叫，陷於死樣的靜寂，如
果這樣的狀態再繼續下去，我們除掉死滅之外是沒有第二條路
的」！作者回顧了日據時期臺灣新文學的前輩們勇敢走向「地獄
與監獄」的不屈戰鬥精神，反省道：「我們這些殘留下來的不肖
的後繼者，在光復兩年餘來，卻緘默如金石，恐怕沒有比這更卑
怯與可恥的了」。他認為不要太多的將困難歸於客觀的條件，呼
籲不為權不為利的「傻子」們，「為國，為民，為子孫計」，起
來「當新文學運動再建的頭陣」，用其吶喊聲「把這迷昏若死的
國家叫醒過來」。這些話令人想起一兩年前同一作者在《紀念魯
迅》一詩中對於魯迅的「敢哭又敢笑」的直面現實、勇往無前的
戰鬥精神的崇敬和彰揚。雖然由於當時政治環境和作者處境的限

---

220 揚風：〈新時代、新課題——臺灣新文藝運動應走的路向〉，《臺灣新
　　生報》，1948 年 3 月 26 日。

制，行文中似乎不得不有所掩飾，但從作者最終仍鼓起勇氣大膽講出來的話語中，我們可知楊逵那文藝須具有反映社會現實、表達人民心聲的功用，具備抵抗社會邪惡的戰鬥精神的現實主義文藝觀，並沒有絲毫改變。

楊逵的呼籲在緊接著的「橋」副刊作者茶會中得到廣泛的認同和呼應。如來自閩南的陳大禹針對普遍存在的「過分的恐懼病」，指出「我們根本不應該因噎廢食而自己關了門……我們應該把握住自己的力量……負起突破這死寂風氣的責任，為苦悶的現實樹立說話的水準，這樣，我們才對得起自己的文藝工作，對得起臺灣」[221]。由此可知，「橋」副刊這場論爭，是在二二八事件之後，勇於揭露當局弊政和社會黑暗的現實主義文學的發展空間受到極大的壓縮，不少作家特別是本省籍作家迫於現實環境而趨於消沉的背景下，一些富有社會使命感的作家試圖改變這種文壇現狀，重新彰揚文學的批判社會醜惡的戰鬥精神而發起的，這也決定了它必然得出以戰鬥的現實主義為其創作總路向的共識和結論。

爭論中對於臺灣文學應以戰鬥的、大眾的「現實主義」為其「總路向」殆無疑義，但對其與「浪漫主義」的關係則有不同意見，由此引出了對於「新寫實主義」的爭論。爭論的直接起因是阿瑞在 1948 年 5 月 14 日的「橋」副刊上發表了〈臺灣文學需要一個「狂飆運動」〉一文，主張取法 18 世紀德國浪漫主義的「狂飆運動」，藉此打破臺灣新文學中存在的「歷史重壓」感。阿瑞的說法得到雷石榆的贊同和呼應。不過他認為單靠「狂飆運動」並不夠，而是要以新的寫實主義為依據，即「自然主義的客觀認識面與浪漫主義的個性、感情的積極面之綜合和提高」[222] 雷石榆

---

221 《橋的路》，《臺灣新生報》1948 年 4 月

222 雷石榆《臺灣新文學創作方法問題》，《臺灣新生報》1948 年 5 月 31 日。

的觀點受到了以揚風為代表的諸多作者的反對，被當作張資平式
的浪漫主義者加以否定。不過，駱駝英在其帶有總結性質的〈論
「臺灣文學」諸論爭〉中為其辯解，指出雷石榆只是「用字不
當」而已，其基本觀點乃是「辯證唯物論的見解」；並對「新現
實主義」加以更完整、深入地論述：新現實主義是站在與歷史發
展方面相一致的階級的立場上的藝術思想和表現方法，它「是在
最新的觀點（辯證唯物論和歷史唯物論的觀點）上批判地接受了
革命的浪漫主義和舊現實主義的優良成分的產物」，即革命的浪
漫主義作為新現實主義的有機的、不可缺少的成分而統一於其
中。223

　　值得指出的，雷石榆在臺灣提倡「新現實主義」與當時海峽
對岸的廈門遙相呼應。當時他列名編委的廈門《明日文藝》等刊
物上就有〈再來一次狂飆運動〉、〈關於新現實主義〉等文刊
出。新現實主義（即社會主義現實主義）來自蘇聯，30 年代由
「左聯」引入中國，40 年代實施於延安解放區，並成為新中國初
期基本的文藝路線。因此雷石榆在臺灣宣導「新現實主義」並非
偶然，而是有其淵源脈絡可尋的。後來臺灣作家陳映真等認為：
這其實就是革命現實主義和革命浪漫主義「雙結合」的創作方
法，雷石榆的提倡，可說是馬克思主義文論的具有「體系性」地
首次引入臺灣 224。

---

223 駱駝英：〈論「臺灣文學」諸論爭〉，《臺灣新生報》1948 年 7 月 30
　　日至 8 月 22 日。
224 參見石家駒（陳映真）：〈一場被遮斷的文學論爭〉，陳映真、曾建民
　　編：《1947-1949 臺灣文學問題論議集》，台北：人間出版社 1999 年
　　版，第 16-17 頁。

五、臺灣文學的性質和定位

臺灣文學與祖國文學的關係問題，亦即臺灣文學的性質和定位問題，是這場論爭中的另一個關鍵問題。這一問題的深刻之處在於：論爭者不僅從臺灣已回歸祖國的「現實」得出臺灣文學也必然是中國文學一部分的論斷，而且試圖從「歷史」的角度加以檢視，證明即使在嚴苛的日本殖民統治下，由於相似的處境和共同戰鬥目標，臺灣文學也仍與祖國文學具有無法割斷的緊密淵源關係。歐陽明在其文章中，以較多的篇幅來回顧日據時代臺灣文學的歷史，除了指出魯迅、郭沫若、郁達夫、茅盾等對臺灣新文學的影響外，並從臺灣和祖國相同的殖民地半殖民地的處境以及共同的抗日鬥爭和民族解放使命的角度，更深層次地說明了「臺灣的文化絕不可以與祖國的文化分離」，「臺灣文學始終是中國文學的一個戰鬥的分支」的道理。相關論述和觀點「在整個論爭結束前，受到論者幾乎眾口一辭的支持和強調殆無異說」[225]。而吳坤煌、林曙光等臺灣省籍作家還補充了許多資料，如黃得時、楊逵等致力於翻譯《水滸傳》、《三國志》，以及祖國詩人林煥平、蒲風等在東京與臺灣文藝團體交往的情況，以說明日據時代海峽兩岸作家溝通、連接臺灣文學與祖國文學的努力。

臺灣文學乃中國文學的一個組成部分，這是光復初期不論本省或外省籍作家的共識。但這一命題只說明了海峽兩岸文學的共性，而作為發生於中國的一個特定地域、並在近代有著特殊歷史遭遇的臺灣文學而言，也必然有其個性表現。如何看待這種「特殊性」，實際上關係著臺灣文學的健康發展，因此也成為論爭中的一個重要問題。歌雷頗能把握特殊性與一般性的辯證關係地說道：「並不是我們要強調臺灣文學的地域性，與地域性的獨特保

---

[225] 石家駒：〈一場被遮斷的文學論爭〉。

持，而是說我們必定要通過今日臺灣文學的特殊因素而使之發
展」。他並指出臺灣文學特殊性的幾個表現 [226]。陳大禹也稱：
「我們要從檢討有無特殊性的問題而規範出所謂臺灣新文學的意
義」，「我們現階段的實際工作，是適應這些特殊性而建立臺灣
新文學，使臺灣文化與國內文化早日異途同歸。」[227]

　　在對臺灣新文學的發展歷史和創作成果有所瞭解的基礎上，
外省籍的孫達人認為：「臺灣因身處異族管制之下，所以他們對
於反帝，反侵略，反封建的努力，所表現的，比較國內可以說是
進一步的強烈」。陳大禹對此表示「非常贊同」。[228]雷石榆也指
出：「『臺灣新文學的路』還是由臺灣的進步作家去開拓，我們
外省人既隔著語言，也不若他們熟悉生於斯長於斯的鄉土的歷史
的內容及現實生活的狀態。」[229]蕭荻更明確警示大陸作家應消除
某種「特殊優越感」，堅信要使臺灣的新文學運動生根，「必得
由臺灣作家為主力來努力才行」，因一些內地作家只是走馬觀
花，寫不出真正反映臺灣現實的東西。不過本省作家卻多從另一
角度來看待臺灣文學的「特殊性」。如葉石濤寫道：「無疑的，
在日本帝國主義的彈壓下，臺灣文學走了畸型的，不成熟的一條
路。我們必須打開窗口自祖國文學導入進步的，人民的文學，使
中國文學最弱的一環，能夠充實起來。」[230]林曙光則稱：「臺灣

---

226 歌雷：〈橋的路〉（座談記錄），陳映真等編：《1947-1949 臺灣文學
　　問題論議集》，第 62-63 頁。

227 歌雷：〈橋的路〉，陳映真等編：《1947-1949 臺灣文學問題論議
　　集》，第 64-65 頁。

228 歌雷：〈橋的路〉，陳映真等編：《1947-1949 臺灣文學問題論議
　　集》，第 64 頁。

229 雷石榆〈形式主義的文學觀——評揚風的「五四文藝寫作」〉，《臺灣
　　新生報》1948 年 6 月 16 日。

230 葉石濤在〈一九四一年以後的臺灣文學〉，《臺灣新生報》1948 年 4
　　月 16 日。

文學的過去，在成就方面當然是比不上大陸中國文學」，「所以最好還是打破一切的特殊性質，做中國文學的一翼而發展，今日的『如何建立臺灣新文學』需要放在『如何建立臺灣的文學使其成為中國文學』才對」。[231] 這裡似乎有個有趣的現象，不少外省籍作者認為臺灣文學比大陸的文學更好、更先進；相反，說臺灣文學有缺陷，應好好向祖國文學學習，以期加以提升的，卻往往是一些本省籍的作者。這其實是一個好現象，雙方都反省自己而看到別人的長處，正是團結的前提之一。

與「特殊性」問題相關的「臺灣文學」命名問題的爭論，因中央社的一則通訊而爆發[232]。當時擔任臺灣大學文學院院長的錢歌川認為，所謂「建設臺灣新文學」的論題「略有語病」，因「語文統一與思想感情又復相通之國內……某省文學實難樹立其分離之目標」，又認為「日本控制臺灣半世紀來，此間文學運動早經停頓，吾人固宜戮力耕耘此一荒蕪地帶，以圖重新積極而廣泛展開是項運動。又於推行是項運動時，鼓勵於創作中刻劃地方色彩及運用適當方言無不可，然不可謂即為臺灣新文學，可與中國文學日本文學對立。」

就一般而言，錢歌川的說法有其一定的道理，但他對於當時的論爭以及臺灣文學的歷史和實際情況並不瞭解，此語一出，引來諸多新文學作者的強力反駁。陳大禹在〈「臺灣文學」解題——敬致錢歌川先生〉[233] 一文中列舉「臺灣文學」可以成立的理由，包括：「臺灣文學」自有其「光榮的，值得紀念的歷史衍故」；臺灣淪日 50 餘年造成其異於內地的明顯特殊色彩；說「臺

---

231 林曙光：〈臺灣文學的過去，現在和未來〉，《臺灣新生報》1948 年
    4 月 12 日。
232 1948 年 8 月 15 日的「橋」副刊刊載了這則通訊。
233 陳大禹：〈「臺灣文學」解題——敬致錢歌川先生〉，《臺灣新生報》
    1948 年 6 月 16 日。

灣文學」這名詞就是要與「中國文學」等對立，未免言過其詞，
太汙損臺灣文學的由來意義了；這地域名詞在日據時代「正是我
們用來呼喚內向祖國的切實術語」，造成了發揚民族精神的可貴
作用，永遠值得我們尊重；當前正急迫地需要「特為現實臺灣而
創作的文學」，而這文學正需要這個地域名詞來作範定。作者最
後寫道：臺灣新文學的精神傳統「確是踏實地有利國家、民族
的，我們為什麼不能坦然接受呢？」

　　楊逵在〈臺灣文學問答〉234 中對於錢歌川的「語病」說也給
予堅決地否定。他指出，「臺灣文學」並未「樹立其分離的目
標」，這樣一個概念這在其他省份沒有需要，「而獨在臺灣卻有
需要，是因為臺灣有其特殊性的緣故」。那些想對臺灣的文學運
動以至更廣泛的文化運動做出貢獻的人，「他必需深刻的瞭解臺
灣的歷史，臺灣人的生活、習慣、感情，而與臺灣民眾站在一
起，這就是需要『臺灣文學』這個名字的理由」，楊逵並以上海
《文藝春秋》「邊疆文學特輯」中福州青年歐坦生的小說《沉
醉》為例，稱其為「臺灣文學」的一篇好樣本。

　　「橋」副刊上這場論爭其實有兩個主要動因，都與二二八事
件有一定的關係。一是由於事件的發生以及中國大陸局勢的嚴峻
化，當局加緊了對於帶有左翼批判色彩的臺灣文學的禁限，從而
使文學的外在環境惡化，臺灣作家普遍趨於消沉，而楊逵等冒著
危險，呼籲臺灣作家振起，發揚勇於批判的臺灣新文學光榮傳
統。這是楊逵在論爭之初講得略為隱晦，而後來益發大膽、明
確、反覆表達的意思。二是由於二二八事件的發生，省籍矛盾凸
顯並有所激化，難免折射到文壇上來，為了文壇的正常發展，有
必要使省內外作家之間消除誤會，加強團結。這本就是有識見的
歌雷創設「橋」副刊，並巡迴舉辦作者茶會的理由之一，而在論

---

234 楊逵：〈「臺灣文學」問答〉，《臺灣新生報》，1948 年 6 月 25 日。

爭中，這一問題也必然成為討論的焦點之一。

　　省內外作家的團結必須建立於雙方的相互理解和尊重上，因此當局所謂的「殖民遺毒」、「奴化思想」問題就凸顯出來了。面對記者關於臺灣新文學是否可與中國文學對立，以及相關的「臺灣人民奴化了沒有」的追問，楊逵明確指出：「臺灣是中國的一省，沒有對立。臺灣文學是中國文學的一環，當然不能對立。」如果臺灣的託管派或是日本派、美國派得獨樹其幟，而生產他們的文學的話，這才是對立的，但「這樣的奴才文學，我相信在臺灣沒有它們的立腳點。」楊逵也承認日本殖民者具有「奴化」臺灣人民的企圖，但「奴化了沒有，是另一個問題」。楊逵以「澎湖溝」來比喻兩岸作家之間實際存在的某種隔閡，「為填這條溝最好的機會就是光復初的臺灣人民的熱情」，但這很好的機會卻丟失了，反而被不肖的貪官污吏、奸商以及美國豢養的買辦搞得更深了。楊逵等進步作家正致力於填平這條「澎湖溝」，而其關鍵卻在於「要切切實實的到民間去認識」，而不能輕易以「奴化」罪名加到臺灣人民頭上。所以楊逵明確指出：「輕易就說臺灣人民受日本奴化教育的毒素作祟，這樣的說法沒有根據。」針對「外省人說臺灣人民奴化，本省人說臺灣文化高」的問題，楊逵回答說：「未必外省人通通這樣說，本省人更不是個個都夜郎自大……這裡認識不足是因為澎湖溝隔著，而憲政未得切實保障人民的權利，使臺灣人民未能接到國內的很高的文化所致的。」所以，切實的文化交流是臺灣本省和外省文化工作者「當前的任務」，為達成這任務大家須要通力合作，到民間去瞭解他們的生活、習慣、心情，而給他們一點幫忙，「這正是做哥哥的人可以得到弟弟瞭解、敬愛的工作，進而可以成為通力合作的基礎」，空空洞洞的口號標語，走馬看花的官樣文章，「絕不能得到廣泛人民的愛護與瞭解。」

　　關於「奴化教育」問題，稍早已有雷石榆與彭明敏的爭論，

楊逵在這裡表達了自己比較周延的看法。正如楊逵所説，在日本
殖民統治下，確有部分臺灣人「皇民化」了。對此不加必要的清
理，將對今後臺灣的建設和發展產生深遠的負面影響，因此國民
黨當局提出清除「奴化思想」、「殖民遺毒」，有其必要性。問
題在於對於「殖民遺毒」要有符合實際情況的估量和把握，不能
任意誇大和以偏概全，更不能將此當作蔑視、排擠臺灣人民的工
具。二二八事件後，臺灣當局甚至以此為藉口，掩蓋和轉移自己
因貪污腐敗、施政不當而引發事件的罪責，這當然會引起臺灣人
民的不滿和憤恨。楊逵對此問題的看法，具有正本清源之效。

　　當然，兩岸作家的團結和合作，除了相互的理解和尊重外，
更有賴於雙方在文藝路線和方向上的緊密契合。這種契合既是歷
史傳統的，也是現實存在的。葉石濤後來做了這樣的回憶和分
析：光復後大量30年代左翼文學作品進入臺灣，對於具有被殖民
經驗的臺灣作家而言，「置身於次殖民地環境的大陸作家的憤
怒、控訴和抗議毋寧是極容易引起共鳴的生存現實」[235]。正是這
種同質性和內在的共鳴，使省內外作家的團結，不僅是形式上的
和為時勢所促成的被動現象，而且具有更實質的內涵。在這場論
爭中，儘管在某些問題上存在認識差異，但在臺灣文學應服膺於
追求民主、進步的現實主義文學路線這個問題上，卻顯示了高度
的一致性。而這種創作路線上的共同認知和追求，正是兩岸作家
團結合作，進而是兩岸文學、文化匯流的重要基礎。

---

235 葉石濤：〈日據時代、戰後初期的兩岸文學交流〉，《臺灣文學的悲
　　情》，高雄：派色文化出版社1990年版，第62-63頁。

第二節　反對官僚統治的時代主題

一、光復文學：臺灣民眾心態演變軌跡

　　1945 年 8 月 15 日日本宣布無條件投降，臺灣回歸祖國懷抱。從 8 月中旬至 1946 年初的大約半年時間裡，臺灣民眾沉浸於無比的歡樂之中，這種歡樂來自於擺脫了 50 年日本殖民統治的殘酷壓迫，回到了四萬萬同胞的親情懷抱之中，恢復了作為一個堂堂正正的中國人的歷史性轉折。這一時期的詩文作品如王白淵《光復》、陳保宗《慶雲歌》、陳波《臺灣光復紀念歌》等，都表現了臺灣同胞的這種心情。吳新榮《祖國軍來了》寫道：

　　　　旗風飄城市，鼓聲覆天地，祖國軍來了！來得何遲遲！半世黑暗夜，今始見朝曦。大地歡聲高，同胞義氣昂，祖國軍來了！來得何堂堂！半世為奴隸，今而喜欲狂。自恃黃帝裔，又矜明朝節，祖國軍來了！來得何烈烈！半世破衣冠，今尚染碧血。[236]

　　《民報》社長林茂生在為《前鋒》雜誌創刊而寫的〈祝詞〉中稱：「凡我同胞當此光復共慶之秋，當有三種大發見」，其一即「發見我是人，是自然之人」——

---

[236] 該詩原題為《歡迎祖國軍來》，記於 1945 年 9 月 8 日吳新榮日記中，其後於 11 月 12 日吳新榮作〈光復當初〉一文中，改題為《祖國軍來了》，文字也有改動。這裡引自曾健民編著《1945 光復新聲——臺灣光復詩文集》，台北：印刻出版公司 2005 年 11 月版。

　　從來處於帝國主義之桎梏下，我不是人、不是自然之
人。人有人格，人格是目的，而我輩對於帝國主義之國
家，是一手段而已，非目的也；是一機械而已，無人格
也。彼待我以機械、以手段，故我之人格，為生存起見，
不得不分裂，分裂便不是自然人。欲啼不能，欲啼不得，
此也；不能講老實話亦此也。人有過去現在未來，而彼強
我以忘卻過去，拋卻父祖一切固有文化。言語也，習慣
也，文字也，信教也，彼皆強我拋棄之。甚而至母子不能
通言語，父子不能通音信，祖宗之牌位亦不能立於正廳之
中。父祖之籍貫姓氏亦不得繼承，舉一切過去而拋卻之，
既無過去何有現在。何有於自然人。今我不然，於光復聲
中，舉凡過去所喪失之文化，同時璧返而復我自然人，此
吾輩所宜手舞足蹈而感謝之一。

　　林茂生並回想 30 年前，「祖國名士」梁任公先生在江山樓與
「我臺士人」相見酬詠，有「欲啼不能，欲笑不得」之窘境。
「而今日則不然，地猶是也，樓猶是也」，祖國來的官員「可以
直接向我等被救還之六百萬遺民」傳達祖國的關懷，「而我等亦
可以表示思慕祖國之至誠」，「欲啼則啼，欲笑則笑，無所顧
忌，無所拘束……撫今追昔，能不慨然？任公有知當亦含笑於地
下歟！」[237]
　　林茂生這裡表達的臺灣同胞在光復之後的感恩之情，在當時
的小說中有著曲盡其妙的形象描寫。吳瀛濤《起點》[238]中的臺灣
青年，於光復之後的某日翻閱以前的日記，想起在日本人統治下

---

[237] 林茂生：〈祝詞〉，臺灣《前鋒》光復紀念號（第一期），1945 年 10
　　月 25 日，第 12 頁。
[238] 吳瀛濤：〈起點〉，臺灣《民報》「學林」副刊，1945 年 12 月 27 日。

的困窘遭遇和悲鬱心境，以及光復之時熱淚橫溢，為自己從此成為國家「主人」而激動萬分的心情。更為生動的是龍瑛宗的短篇《青天白日旗》[239]。小說曲盡其妙地寫出了臺灣同胞得知日本投降、臺灣光復的消息後的心理感受和情感波瀾——人們歡欣雀躍、喜氣洋洋的表情，帶著小兒子上街賣龍眼的阿炳懷疑是在做夢的心理，回想起日據下的痛苦生活以及祖先跨海而來的祖國，為小兒子買了一把小國旗，遇到日本員警時從最初的恐慌到後來的挺胸昂首的內心變化，以及告知小孩子「我是中國人」而不是「支那人」時流露的自豪感，都表達了臺灣同胞回歸祖國時由衷的歡欣和喜悅，以及歷經 50 年的異族統治而未曾改變的民族認同。小說還有其深刻之處，即寫到阿炳對於美國人是否會到來的擔心。應該說，臺灣是當時中國社會矛盾和鬥爭的一個縮影。這一時期中國面臨著兩大主題，對內而言，是反抗專制腐敗的國民黨官僚統治，爭取人民民主和解放（簡稱「反蔣」）；對外而言，則是反對美帝國主義覬覦中國主權和領土完整，特別是侵佔或分割臺灣的圖謀，以求建立一個真正民族獨立、主權完整的新中國（簡稱「反美」）。龍瑛宗在 1945 年末即初涉了「反美」這一主題，表現出作家的特有敏感。

　　十分可貴的，在歡欣和感恩之際，臺灣同胞還萌生了反省和承擔之心。早在正式受降之前的 1945 年 10 月 14 日和 22 日，《臺灣新報》就發表了〈新臺灣之建設與「御用紳士」問題〉和〈關於改姓名日籍臺胞問題〉等兩篇社論，警告那些「不能相信自己民族」、「失去民族精神」的人要退場反省，並稱這是「建設新臺灣不能免之過程」。呂赫若也很快地用尚不嫻熟的白話文寫了《改姓名》等小說，嘲諷了日據末期臺灣御用士紳的「皇民化」表現。

---

239 龍瑛宗著/譯：《青天白日旗》，臺灣《新風》創刊號，1945 年 11 月。

　　日據時期曾提倡「臺灣話文」的新文學作家郭秋生撰有《臺灣光復歌——擬民間歌調》告誡臺灣同胞：能得「出頭天」，「也是祖國大犧牲所致」，因此要「守禮節／知廉恥／再建設新臺灣／莫損青天白日旗！」[240] 郭秋生另有〈我們要三大努力〉一文。所謂「三大努力」，一是「努力做得國民」，二是「努力鄉土的復興」，三是「努力做得四大強國之一的國民」。作者與廣大同胞共勉：「我們大要努力，大要勉勵，斷不能有損國民的體面，尤不能有損四大強國之一的國民的威嚴」。[241] 這裡有歡欣，有期待，更有對自身缺陷的反省和對自己應負歷史使命和責任的承擔。這也代表著回歸祖國後廣大臺灣同胞的一種普遍的心聲。

　　曾健民認為，臺灣人內部的自我批判、自我「去殖民」，在光復初期一段不長的時間裡曾經是社會的主要潮流。[242] 這種清理和反省本是對今後臺灣的發展將產生深遠影響的重要工作。它與國民黨當局提出的清除「殖民遺毒」、「奴化思想」口號的區別在於，前者是臺灣民眾和知識菁英的自發的行動，後者卻是以「救世主」自居的官僚在對臺灣的歷史和現實未作充分瞭解的情況下的一種外加的措施，特別是後來更將「殖民遺毒」等當作為自己開脫「二二八事件」罪責的藉口，致使清除遺毒的工作變質。當時不少文章，如林履信的〈不負了祖國的臺灣〉、苻伊〈臺灣同胞到底給日本同化了多少〉等，都強調臺灣民眾堅強的民族意識，即使在嚴苛的日本殖民統治下，仍然沒有大的改變。時任長官公署教育處副處長的宋斐如，在其〈民族主義在臺灣〉一文中指出：「祖國接收臺灣首先須尊重臺灣人此種自尊心」，

---

240 介舟（郭秋生）：《臺灣光復歌——擬民間歌調》，《前鋒》光復紀念號，第 3 頁。
241 郭秋生：〈我們要三大努力〉，《前鋒》光復紀念號，第 7-8 頁。
242 曾健民：〈來到臺灣戰後出發的地方〉，《1945 光復新聲》編者導言。

「任何人不能以歧視眼光治理臺灣，應多尊重其自治精神」，要從「收攬臺胞人心下手」，運用「一視同仁政策」，「爭取臺胞內向」[243]。宋斐如的這番話，恰恰説中臺灣光復後不久，開始出現諸多混亂的本質問題。[244]

　　臺灣光復後臺灣民衆曾欣喜若狂地夾道迎接來自祖國的接收部隊。然而僅過半載，由於經濟衰敝、物價騰升等原因，更由於官僚腐敗以及上述歧視臺民、政策失當等緣故，民衆對當政者的不滿和怨言開始出現並日趨嚴重，直至爆發二二八事件。對這一過程，臺灣小説中有不少的描寫，其中不乏真實、深刻之作。然而小説畢竟允許虛構，且大多是後人「追記」，不能排除某些歷史記憶的變形，甚至出於某種意識形態需要的有意扭曲。相比之下，有些傳統詩文作者，由於創作時即屬抒情言志，自娛自慰，過後藏之篋夾，至多示之親友，因此大多更能真實記錄當時的世態人情和作者心境。臺灣彰化永靖詩醫詹作舟及其詩作即是如此。

　　詹作舟自幼即入名漢學家黃倬其的私塾（號「小逸堂」）就讀，與包括賴和在內的諸多同學結為至交，在醫學校時又與賴和為同屆同學，畢業後懸壺濟世，其醫德與賴和相侔。詹作舟早期作品多詠史抒懷，托物言志，1937 年之後，則多了一些時局的投影和感歎。當賴和獄中染病逝世，詹作舟寫了《哭懶雲同學》、《挽懶雲同學》詩十數首，其中有「憐君未見收殘局，遽赴修文恨可休？」「悲君一死竟非時，未見河山重轉移」等句，説明早在 1944 年，詩人已經敏鋭感覺日本殖民者覆滅，臺灣回歸祖國已經為時不遠，內心充滿期待；並為賴和一生奮鬥不息，卻在黎明前的黑暗中過早地離去而深感惋惜。

243 宋斐如：〈民族主義在臺灣〉，臺灣《政經報》第 1 卷第 4 期，1945年 12 月 10 日，第 4 頁。

244 曾健民編著：《1945 光復新聲》，第 10-11 頁。

　　日本投降後，詹作舟為擺脫了被殖民的屈辱身分而揚眉吐氣、欣喜若狂，並將這種心情訴諸筆墨。這時詹作舟常在同學聚會上，忽然想起賴和而感慨萬千：「忽憶懶雲音容杳，英魂至今何處繞。知君有恨尚未平，同人敢不墓前行。焚香一事堪告慰，臺灣光復又息兵。抗戰艱難經八載，忽得世界大光明……悠悠生死別二載，魂其歸兮會今宵……」頗有陸遊詩的「王師北定中原日，家祭勿忘告乃翁」的味道，只是將「告乃翁」改為「告故友」而已。然而，臺灣民眾的歡樂僅僅維持了數月之久，至1946年初，民眾情緒有了很大的逆轉。這一轉變在詹作舟詩作中有明顯的投影。這時詩作最主要的兩個主題，一是又出現了要脫塵避世，退隱山林的情緒，更多的則是對時政弊端，如官員貪污、搜刮民脂等的抨擊，如《撲揩油》、《防盜》、《汙吏》、《官熱症》、《光復酒家》等。二二八事件發生後，詩人在《二二八事件感賦》、《觀二二八事件善後處置感作》等詩中表達了自己的看法。《哀臺灣同胞》則從較大的歷史的幅度，說明「台民」與祖國的歷史淵源，其墾殖臺灣的功績，不幸的歷史際遇，光復時歡慶回歸的盛況，以及「官逼民變」的二二八事件的經過，最後並指出將事件歸於共產黨「煽動」完全是無稽之談。

　　詹作舟作品中最值得注意的，是他對於日本投降後的整個中國的局勢有著全面的關注和認識，多次表達希望實行憲政，國共能夠協商，從國家、民族的大義出發，拋棄小我黨爭，不要兄弟鬩牆，以免造成國家的戰亂和人民的苦難。可以看到，儘管發生了二二八事件以及大陸內戰可能殃及臺灣，但詩人並無絲毫「臺獨」的念頭，有的只是結束內戰，實現國家真正統一的期盼。《謁蔣主席銅像十一月五日作》（其三）詩云：「是誰妙技得神工，逼肖青銅鑄蔣公。晉謁我偏多默禱，恭參人盡頌高功。中興如願酬先烈，後起應思進大同。國際即今仍蠢動，鬩牆何必決雌雄。」許多人在蔣介石銅像前歌功頌德，而詩人卻與眾不同，只

是默默告禱，因為他覺得在當前局勢下，更主要的是要思考如何
通過政治協商，平息國內的政黨紛爭，將中國帶入「大同」境
界，一味歌功頌德，領袖崇拜，只能助長專制政體，無法達到民
主、和平的願景。

1949 年，內戰大勢底定。詹作舟《政府遷台》詩云：「轉戰
山河逐次移，遷臺變理總堪悲。反攻基地餘孤島，固守干城尚幾
師。不有貪婪何至此，寧知鑄錯竟如斯。天心到底應屬誰，動盪
乾坤繫一絲。」幾年來詩人對於內戰似乎有自己的觀察和判斷，
而現在的時勢又應了以前的預見，「不有貪婪何至此，寧知鑄錯
竟如斯」可說道出了其中的是非和曲折，也反映了詩人見解之獨
到和深刻。[245]

詹作舟只是眾多臺灣文人、知識份子的一員，其心路歷程在
當時的臺灣同胞中無疑具有代表性。應該說，光復初期臺灣同胞
的心態軌跡是比較特別的，因此光復初期臺灣文學中那種擺脫異
族統治，重歸祖國懷抱的喜悅，在大陸文學中未必能見到。然而
當文學主題由歡呼光復轉到批判官僚統治，臺灣文學就與大陸文
學實現了主題的交集和融匯。作為生於那個特殊的年代，經歷了
日本殖民統治以及臺灣光復、國民黨退守臺灣等歷史過程的臺灣
同胞，可說歷盡滄桑，飽經風霜，然而從他光復初期的數百詩作
中，看到的只是對於官僚統治階級的種種弊政劣跡的批評，以及
對於國共和解，在中國實現民主，建設富強國家的期待，而無絲
毫所謂「省籍矛盾」的表露或抱怨。這充分說明，光復初期的臺
灣和當時整個中國一樣，廣大人民與官僚統治階級的「階級矛
盾」是社會的主要矛盾，所謂的「省籍矛盾」只是派生的，次要

---

245 詹作舟詩作引自張瑞和編著《詹作舟全集》，彰化：詹作舟全集出版委
　　員會 2001 年 11 月 6 日出版。並參考張瑞和《潛心養晦期無事，圍菊叢
　　開合有詩——永靖詩醫詹作舟》，2002 年 2 月 28 日修訂二版。

的，時常只不過是階級矛盾的表現形式而已。相應地，反壓迫，
爭民主，抨擊官僚統治，乃至反映人民革命鬥爭，成為文學的時
代主題。這一點，在其他作家的創作中也可得到充分的證明。

二、兩岸社會同構化和反官僚的時代主題

　　1945 年抗戰勝利後，中國大陸文壇實際上存在著「解放區文
學」和「國統區文學」兩大部分。由於在中國新文學 30 年的發展
中，左翼的、進步的、緊密扣動著時代脈搏的現實主義文學始終
佔據著主導的地位，即使是「國統區」文學也是如此，甚至在
「國統區」，揭露社會醜陋和黑暗的批判現實主義文學比起解放
區，更為強盛。創辦於上海、延續時間長、擁有廣泛讀者的《文
藝春秋》，可說是「國統區文學」的一個縮影。雖然《文藝春
秋》的老闆是資本家，主編范泉當時也並非共產黨員，但刊物的
傾向卻是「左傾」的，而「左傾」在當時即是「進步」的代名
詞。正如上海另一份文學刊物《新文學》上一篇題為〈文人與左
傾〉的「文藝時評」中所寫：「時代不斷向前進步，人們在動亂
中教育了自己，尤其是知識份子……更在不斷觀察，不斷分析，
不斷推敲，不斷研究中接近了真理，於是，中國經過了這幾年的
戰難，文人們卻幾乎沒有一個不『左傾』了……在目前，『左
傾』是什麼？是主張『和平、民主、團結』，反對『內戰、專
政、分裂』；是主張經濟民主，反對官僚資本；是主張鞏固國際
友誼，反對挑撥戰爭」；「目前正是每一個人都要『左傾』的時
代，因為只有『左傾』才包含『進步』的意義，這句話真是說得
再中肯亦沒有的了」。[246]《文藝春秋》上范泉〈時代的脈搏〉一
文也寫道：「黃金和美鈔的瘋狂的跳躍，踐踏著中國的經濟機
構；內戰的炮火延燒到『民主』的頭上；舶來品的怒潮湧入了中

---

[246] 耀：〈文人與左傾〉，上海《新文學》第 3 號，1946 年 2 月。

國貧血的市場，淹没了民族工業的煙囪；貪污像一場可怖的黃熱病，到處在社會的角落裡獰笑；官僚資本張大了嘴巴，用瘋狂的貪婪來吞噬著平民的血汗；特務的陰謀和白色恐怖，正在刀光劍影裡找尋他工作的對象……」由此可知，臺灣的情景並不是孤立的，而是全中國到處皆然的普遍現象。所謂「左傾」的創作以揭露社會黑暗、針砭時弊、呼喚民主和光明為主旨，而它們所揭示的種種社會弊端，其實也在作為中國一個省的臺灣蔓延著。於是在「橋」副刊上蕭荻寫道：「不論是什麼地方的文藝工作者，都共通的有一個困苦與苦悶的共感，這卻是大家更應該能夠攜手合作的磁場、導線。」[247]

　　正是在這種對於「困苦和苦悶」的「共感」中，臺灣文學迅速走向與祖國大陸文學的「同構」，即：雖在右傾、反動當局的統治下，卻是左翼的、進步的現實主義文藝佔據文壇的主流。這種文藝繼承五四以來中國新文學反帝反封建的傳統，勇敢揭露社會的黑暗和階級的壓迫，充滿對貧苦階級的關懷和同情。二二八事件的發生並非偶然，它其實是當時全國到處接二連三發生的諸多反抗官僚統治的同類事件之一，而在事件發生之前，就有密切關注現實的敏感作家以其作品揭示了當時臺灣官僚貪污、米糧外溢、走私猖獗、物價飛漲、工人失業、商販破產的民不聊生的情況，實際上預示了事件的發生。如簡國賢、宋非我等組織「聖烽演劇研究會」排演《壁》、《羅漢赴會》等話劇，最真實地反映了當時的社會主要矛盾及民眾面對社會貧富懸殊、民生艱辛困苦狀況的不滿和憤慨。像獨幕劇《壁》用一扇牆將舞台分隔為兩部分，當一邊的許乞食因貧病交加、走投無路而先毒死母親和幼兒然後自戕時，在牆的另一邊，為富不仁的奸商錢金利正為米價暴

---

247 蕭荻：〈瞭解、生根、合作——彰化文藝茶話會報告之一〉，《臺灣新生報》，1948 年 6 月 2 日。

漲而召開慶祝舞會。發表於事件前夕的丘平田（蘇新）的《農村
自衛隊》揭示了當時臺灣治安混亂的情形。呂赫若的短篇《冬
夜》反映了當時臺灣一種頗為普遍的情形：貧困家庭女子有親人
（兄弟或丈夫）在日據後期被強征當兵死在戰場，光復後因物價
飛漲和失業等原因而全家陷入生活困境，為了家庭的生活重擔她
和外省人士戀愛或結婚，卻遇人不淑，遭受被耍弄、拋棄的命
運。寫於 1947 年的吳濁流的《波茨坦科長》描寫了相似的情景，
但揭露來自上海的官僚貪污受賄、投機倒把、大發橫財的醜行更
為詳細和觸目驚心。這些情況有時表面看來似乎是本省人和外省
人的衝突，其實它們反映的是官僚統治階級和廣大民眾的階級矛
盾和鬥爭。

　　事件發生後，隨即就有直接反映事件的作品出現於臺、港及
內地的報刊上，如伯子《臺灣島上血和淚》等小說，臧克家《表
現》、雪牧《一個台胞底話》等詩作，雷石榆《沉默的發聲》等
散文。此外還有通訊報導等廣義的文學創作，如蕭乾的《冷眼看
臺灣》、王思翔的《臺灣二月革命記》等。這些作品真實記錄了
事件發生的背景、原因和經過，異口同聲地揭露和批判作為事件
根本原因的官僚資產階級的黑暗專制統治，對臺灣人民爭取和平
民主自治的鬥爭給予聲援，同時對在事件中同樣遭受巨大傷害卻
又能相互幫助的兩岸民眾給予深厚的同情。事件前後的這些作品
成為光復初期臺灣文學中反抗官僚統治的最強音。

　　1948 年 6 月，楊逵在《「臺灣文學」問答》中曾說道：「去
年十一月號的《文藝春秋》曾有邊疆文學特輯，其中一篇以臺灣
為背景的《沉醉》是『臺灣文學』的一篇好樣本。」《沉醉》的
作者歐坦生是一位在二二八事件當天到達台北的福州青年，早在
高中時代即創作了大量抗日作品，就讀內遷閩北的暨南大學時曾
受到鄉土文學作家許傑的影響，並在上海《文藝春秋》上發表小
說，其中《沉醉》、《鵝仔》兩篇，為作者來到臺灣後直接以臺

灣現實生活為題材的作品。《沉醉》寫的是一位外省來的楊姓年輕公務員，抵臺時正值事件發生，在車站遭毒打，臺灣女傭阿錦無微不至地為他看護療傷，並對他產生了感情，未料楊先生僅是逢場作戲，欺騙、玩弄了臺灣少女的感情。《鵝仔》則寫臺灣貧家子弟阿通養的一隻大鵝仔，不慎跑進處長家，處長太太以弄髒院子為由，扣留了鵝仔，後來更宰鵝請客；阿通憤怒地到處長家要討回他的鵝，卻遭扣留毒打，最後由父親賠禮道歉才得放回。歐坦生作為外省籍作者，並不為外省人護短，而楊逵將《沉醉》定位為「臺灣文學」作品，也主要根據其描寫的生活內容，而非拘泥於作者的省籍。這是因為當時社會的主要矛盾是官僚統治階級和廣大民眾的「階級矛盾」，而「省籍矛盾」是次要的、派生的，是因當時官僚統治集團主要由外省人士充任而呈現的表面現象，因此並沒有成為廣大作者的主要關切。80年代後，臺灣文壇出現了一系列以二二八事件為題材的小說和詩歌作品，其中不少出於製造省籍對立的現實政治目的，將「二二八」描寫為純是臺灣人遭受外省人欺凌傷害的事件，以此渲染所謂「省籍衝突」，這並不符合歷史的事實，也游離了當時社會的主要矛盾和焦點。

　　光復初期的兩岸文化匯流，為人們所熟知的是許壽裳等中國新文學著名作家的活動。然而當時還有一批從福建以及廣東、浙江等東南沿海地區來到臺灣的文學青年，他們也許不如許壽裳等的著名，但同樣為光復初期臺灣文學做出了巨大的貢獻。如果說前一批人基本上在高校或學術文化機構任職，主要致力於中華文化在臺灣的傳播；那後一批人則活躍於當時的報紙雜誌上，甚至成為這些報刊的主要文學作者。他們往往通曉當地方言，與臺灣同胞有密切的接觸和聯繫，對臺灣人民有更深切的同情和理解，對於臺灣當前現實的直接觀察和思考成為他們創作的重心。像雷石榆、吳忠翰、歐坦生、姚勇來（姚隼）、沈嫄璋、陳大禹、陳庭詩（耳氏）、朱鳴岡、畢彥、王思翔、樓憲、周夢江、金堯如

（沈明）等等，都有突出的表現。來自福建晉江的年輕作者楊夢周，可說是頗為典型的代表。

　　楊夢周的反映當時臺灣社會現實的作品，大量地直接在臺灣報刊上發表。刊載於 1947 年 4 月 11 日和 20 日《中華日報》上的散文《難忘的日子》和小說《創傷》，是描寫二二八事件的紀實性作品。前者是一位 20 歲的福州青年被一群衝入宿舍的臺灣人所殺害的真人真事的實錄；後者寫一位攜妻從上海來到寶島度蜜月的男子，正巧碰上「二二八」，不幸受傷昏迷，好在有個貧苦臺胞家庭用人力車將他載回家中療傷，臺灣同胞的正直、淳樸和真誠的關愛，使他們感動流淚，視之為永生難忘的情誼。由此可以知道，當時臺灣人打「阿山」的情況確實存在，但臺灣同胞救助大陸同胞的事情也不少見。楊夢周是在臺灣閱讀《魯迅全集》而走上文學道路的。他喜愛魯迅並深受魯迅的影響，秉持文藝反映現實、為大眾而寫的文藝觀，於 1947 年及其前後的一年多時間裡，在基隆《自強報》、台南《中華日報》、台北《新生報》上發表了百餘篇作品，展現了當時腐敗官僚統治下社會貧富差距巨大、民生困頓不堪的情景。他借鑒魯迅而創作的「故事新編」作品《耒陽縣》，生動地揭示和諷刺「接收大員」貪污腐化，搜刮民財，花天酒地而民眾卻貧困饑餓，生計艱難的情景。他以「外省人」的視角，及時而真切地記錄和描寫二二八事件，思索和反映事件發生的原因，特別是從文化視角揭示和批判當時奢靡的「上海風」在相對淳樸的臺灣社會造成的不良影響，有其深刻性。

　　從楊夢周的事例可以發現，直接活躍於光復初期臺灣報刊上的這批來自閩、粵、浙等地的文學青年，以對現實的緊密關注和及時反映，與許壽裳等著名新文學作家重在傳播中華文化的活動構成互補。他們的價值和意義不應被文學史所忽略和遺忘。

三、「左翼文學」的仆倒

　　光復初期「左傾」的文學潮流以反對國民黨官僚統治為主題，與統治當局形成對抗性矛盾，也必然地引來當局的關注、圍堵乃至禁壓。比較明顯的衝擊始於二二八事件。如突發的事件使「魯迅風潮」受到了一定的阻遏，而 1948 年 2 月 18 日許壽裳先生的被害，更對「魯迅風潮」造成致命的打擊。此後這一風潮基本消退，這在整個臺灣文壇是處處皆然的。例如從 1947 年 1 月至 1948 年 1 月，臺灣出版了楊逵譯《阿Q正傳》，王禹農譯《狂人日記》、《孔乙己頭髮的故事》和《藥》，藍明谷譯《故鄉》等中日文對照的魯迅小說以及許壽裳《魯迅的思想與生活》等書。而從許壽裳被害的 1948 年 2 月起，臺灣就再也見不到有關魯迅著作的出版了。在各類報刊雜誌上也可見類似情況。

　　探討光復初期臺灣文壇「魯迅風潮」的形成和消退的過程及其原因，是很有意義的。光復後，臺灣同胞迫切地希望瞭解和學習祖國的文化，而他們知道，魯迅是現代中國最偉大的作家，是中華民族精神的傑出代表，因此崇敬魯迅，接受魯迅；另一方面，以許壽裳等為代表的一大批祖國進步的作家和文化人，為了協助臺灣的文化重建來到臺灣，他們帶來了祖國新文學的優良傳統，致力於將魯迅等優秀的現代作家作品介紹給臺灣同胞。加上當時臺灣政治腐敗，經濟崩潰，民不聊生，魯迅那種與醜惡勢力作拼死鬥爭的戰鬥精神，正是廣大臺灣同胞十分欽佩，亟欲效法的，「魯迅風潮」因此而不斷高漲。

　　二二八事件使本省和外省籍的進步作家和文化工作者都受到重創。隨著客觀環境的惡化，「魯迅風潮」開始衰減。一年後許壽裳不幸被害，無異於對進步作家和文化人的嚴重警示。李何林、李霽野、雷石榆、袁珂等被迫離開臺灣，未離開的黃榮燦後來死於獄中，臺靜農、黎烈文等轉入純學術研究和著譯，「魯迅風

潮」基本消退。這種消退，顯然是當局一手造成的。1949 年後的
數十年裡，魯迅著作長期被列為禁書，直至 1980 年代解嚴前後才
「決堤」。而在此期間，一些臺灣作家因為「偷」看魯迅著作而
遭迫害和監禁。光復初期的「魯迅風潮」雖然時間並不長，但它
顯示了祖國現代文學優良傳統在臺灣的播遷和賡續，對當時和後
來的臺灣文學、文化的發展，具有不可忽視的重要、深遠的意義。

　　1949 年「四・六」事件後，一大批省內外作者先後被捕下
獄，「橋」副刊上的爭論戛然終止。1949 年底，從基隆中學中共
地下支部遭破壞開始，臺灣展開了數年的「白色恐怖」，這次爭
論中出現的左翼文藝理論體系，自然也為其所摧折，取而代之
的，是極右的「反共文藝」。左翼文學在臺灣的消沉乃至仆倒，
有幾種情況。一是來自大陸的或臺灣本地的進步、左翼作家「逃
離」臺灣，除了上述李何林等人外，還有田野、王思翔、周夢
江、吳忠翰、楊夢周、陳大禹、朱實、鄭鴻溪、周青……他們的
離去，相當於對左翼文學的釜底抽薪。二是本省左翼作家或是未
離開臺灣的外省左翼作家，或被投獄，或被殺害，或在被追捕的
過程中死於非命；而他們經營的報刊雜誌、撰寫的作品遭禁止或
銷毀。這對左翼文學的打擊可說是致命的。如楊逵因《和平宣
言》事件而在監獄裡度過了 50 年代。本省的朱點人、藍明谷和外
省的黃榮燦等都死於白色恐怖的槍聲中。加入地下黨的呂赫若在
深山老林中死於蛇吻。2009 年曾健民為「噤啞在『四・六』的文
藝」撰寫專文，其中提到的在「四・六」事件後被捕（其中有些
人在緊接著的白色恐怖中被殺害）的寫作人有歌雷、董佩璜、鍾
平山、楊逵、張光直、孫達人、蕭翔文、籟亮、施捨以及被勒令
停刊的《力行報》的社長及其同事們。這些人有些是左翼作家，
有些甚至只是傾向進步而已。此外，出於「反映人民的悲苦哀
樂」的宗旨而提倡鄉土藝術、整理民間文學的「臺灣文化協進
會」、「台語戲劇社」、「麥浪歌詠隊」等組織及其活動，也一

概遭到扼殺。曾健民寫道：「台大麥浪所傳播的祖國大地人民的歌聲和廣大民衆的合唱，與楊逵、銀鈴會，甚至於和歌雷『橋』副刊上的無數作家，用文學表現『臺灣人民的生活、感情與思想動向』的精神是相通的……從更大的範圍來看，它們都與當時處於國共內戰煙硝中的全國任何一角落的學生運動、文藝運動也處於同一歷史潮流中；它們都是那個時代的共同吶喊！然而，在國共內戰形勢逆轉、首都南京危在旦夕，且又爆發『四·一慘案』的危急情勢下的陳誠，在他看來，這些都是共匪的『第十縱隊』，必須予以肅清。他在大張旗鼓地逮捕學生的同時，悄聲地撲滅了這些聲音和思想。」[248]

　　左翼文學消沉的第三種情況，雖似悄無聲息，但其遭禁錮湮滅的實質並無二致。臺靜農、黎烈文的轉入純學術領域是一種方式，更多的卻是暫時或永久地與自己的過去告別，從文壇上遁跡或「另起爐灶」。比如，1949 年後歐坦生的小說創作銳減，即使發表作品，也不再署用本名，而是改用筆名「丁樹南」等，從此很少再提起早期的創作以及與《文藝春秋》的那段因緣，其出版的「自選集」中，也似乎有意將《沉醉》、《鵝仔》這樣富有現實批判性的作品排除在外，使得「歐坦生」從此隱姓埋名，在文壇上消失。而後來署名「丁樹南」的創作，風格丕變，不再有強烈的批判性，而是轉向人性的刻畫和親情、友情的描寫，或從事西方創作理論的介紹。這種轉變發生於 1949 年前後那政局劇變的年代，應有某種政治上的原因和考量。因此，從某種意義上說，「歐坦生」已被「消音」、「噤聲」，對於讀者而言，「丁樹南」已屬與「歐坦生」無涉的另一作家。就連陳映真苦苦尋覓「歐坦生」而不得，後來得知「歐坦生」即是自己年輕時就經常

---

248 曾健民：《1949·國共內戰與臺灣——臺灣戰後體制的起源》，台北：聯經出版公司 2009 年 11 月版，第 237-247 頁。

讀其文章的「丁樹南」時也驚詫不已，感觸良深。

　　相似的情況也發生在姚一葦身上。姚一葦在高中時代就曾參加抗日救亡活動，並遭反動當局拘禁，以「姚宇」筆名在共產黨人陳向東主編的《東南日報》「筆壘」副刊以及共產黨創辦的桂林《救亡日報》上發表散文作品。大學時代課餘從事小說、劇本、散文、評論等的創作，其發表於黎烈文主持之抗戰時期東南重要期刊《改進》的小說《輸血者》，描寫貧苦腳夫的生活困境，甚至帶有普羅文學色彩。1946 年攜眷到臺灣謀職，起先還寫點散文（《姚一葦文錄》中收有其赴臺初期作品），但此後則是幾乎長達十年的封筆，直至 1957 年因偶然機會到藝專任教，才重登文壇。這時他不再使用「姚宇」等筆名，而是另取筆名「姚一葦」，也不再寫小說，而是在理論和戲劇領域發展。他很少對人提起大陸時期的早年創作，因此這段創作經歷在臺灣幾乎到了無人知曉的地步[249]。某種意義上說，來自大陸的具有進步傾向的文學青年「姚宇」，也是被「消音」、「噤聲」了。

　　以此推想，像這樣被「消音」、「噤聲」的，未知凡幾。曾有一種說法，光復後由於本省籍作家面臨語言轉換問題，且在政治上受到摧殘，所以他們被消音、噤聲了，直到十多年後的 60 年代中期才再重拾創作之筆，是謂「跨越語言的一代」。然而，從 1949 年及其後的情況看，被「消音」、「噤聲」的，不僅是不諳中文的所謂「跨越語言的一代」，許多大陸籍作家也有相同的遭遇。可見被「噤聲」的原因，並不在於其「籍貫」或「語言」，而在於這些人原來秉持的現實主義的、乃至左傾、進步的創作傾向，在 1949 年以後的臺灣並沒有生存和發展的條件，甚至會因此引來殺身之禍，因此無形中被「噤聲」、「消音」了。顯然，反動當局所要壓制、消音乃至剿滅的，並非單純的臺灣省籍的作家

249　見 1997 年 3 月 22 日姚一葦致本書作者的信。

及其文學，而是所有進步的、敢於揭露社會黑暗的作家及其作品，因此「消音」、「噤聲」現象的實質，並非「本土文學」和「中國文學」的對立，而是進步的、現實主義的文學遭到反動當局的壓制和禁錮。或者說，當時的文壇態勢，和整個中國的政治態勢是一樣的，即國共之爭，反動和進步之爭，而非「中國」與「臺灣」之爭。這才是對歷史的正確理解和解釋。

第三節　極端政治化的「反共文藝」

一、「戡亂文藝」：反共文藝的前身

1949 年國民黨退守臺灣後總結其慘敗的「教訓」，結果主要歸咎於文藝工作上的失策所造成的左翼文學的得勢。蔣介石曾在一次「訓詞」中稱此為「一摑一條痕」的切身教訓。[250] 在此認知下，國民黨遷臺後加強了對文藝工作的管制。其措施主要有二。一是對光復初期臺灣文壇具有左翼傾向的文藝思潮加以遏制、剿滅，甚至對作家施予肉體上的消滅，這就是所謂「50 年代白色恐怖」。另一重大舉措是反共戰鬥文藝的提倡。它試圖以此填補左翼文學被撲滅後的文壇真空，並將文藝納入為其反共政治服務的軌道。

當然，「反共文藝」並非突然從天而降，而是有著中國現代新文學的思潮淵源可尋。換句話說，它是作為官方意識形態和文藝政策的「三民主義文藝」，在 50 年代臺灣這一特殊時代環境下的一種扭曲變形和極端化的產物。

「三民主義文藝」的鼓吹最早見於 1928 年下半年，它是國民

---

250 國民黨中央文工會編《第二次文藝會談實錄》，1977 年 12 月出版，第13 頁。

黨宣傳部門及文藝人士深感文壇上左翼勢力迅速擴張，而國民黨
自身的文藝表現卻疲軟無力而做出的反應，但提出後除了曾引起
「民族主義文學」等幾個波瀾外，並沒有產生多少創作的實績和
影響。[251]1942 年 9 月，張道藩在重慶《文化先鋒》創刊號上發表
了〈我們所需要的文藝政策〉，提出「六不」和「五要」，某種
意義上成為國民黨文藝政策的綱領性檔。「三民主義文藝」提出
後，曾在重慶、江西、湖南、廣東、福建等省報刊上引起一些反
響，也有王集叢《三民主義文學論》等書的出版。它在 40 年代同
樣沒有多少創作實績，但在解放戰爭時期，卻有一個較大的泛起
和爆發，就是賦予了文學、文化以所謂「戡亂」的任務，這實際
上已是 50 年代臺灣「反共文藝」的前奏和先聲。1947 年 8、9 月
間，張道藩在暑期文藝講座和「中國文化界戡亂救國總動員會」
成立大會作了題為《文藝作家對於當前大時代應有的認識和努
力》和《對剿匪戡亂應有的認識》的演講，代表著國民黨高層的
正式表態和鼓吹。演講中用許多嚴重措詞來訾罵共產黨，號召
「貢獻文藝力量來幫助政府」加以「討伐」和「剿滅」。這裡張
道藩不僅不再提「六不」中的「不挑撥階級的仇恨」之類的說
法，而且暴露出將文藝納入「反蘇反共」政治架構中的企圖。一
些國民黨文人也紛紛撰文附和，《文藝先鋒》等刊物上出現了大
量的「反共戡亂」作品，渲染所謂共產黨的「罪行」或「暴
行」，以及對其的「反抗」和剿滅。體裁遍及小說、散文（報
導）、詩歌、戲劇乃至大鼓詞等通俗文學形式。如小說作者就有
數十名之多，且多不著名，這和 50 年代臺灣「反共文藝」的情況
十分相似。

　　這時期「反共戡亂」文藝的發動具有如下幾個特點。一是官
方高層直接出面，將其納入政治需要、政治運動的範疇內加以提

---

251 參見倪偉：《「民族」想像與國家統制》，上海教育出版社 2003 年版。

倡，運用政治力加以推動。二是運用「獎金」等經濟手段加以刺
激，誘使更多作者投入。三是此類作品大多以直接煽動情緒為目
標，呈現了一種歇斯底里的叫罵氣質。大約為了增加「宣傳」作
用，部分作品還採取了「大鼓詞」等通俗形式。總的説，在政治
力的推動下，所謂「反共戡亂」文藝在當時已有一定的規模；不
過，也正因為它們是政治軍事形勢、文藝政策的產物，其虛假、
濫情、概念化等毛病也已普遍暴露出來。

二、「三民主義文藝」的扭曲和變形

在臺灣，被稱為「反共文藝的第一聲」的，是孫陵於 1949 年
11 月 3 日在各大報同時發表的《保衛大臺灣歌》。該歌詞實際上
純為「戰鬥」口號的堆砌，乃將當時臺灣從火車站到啤酒瓶上隨
處可見的反共口號如「殺盡共匪，打倒蘇聯」、「反攻大陸，光
復祖國河山」等加以押韻和分行排列。稍後，受到當局的高度獎
賞而被聘為主編的孫陵，又為《民族報》副刊撰寫〈文藝工作者
底當前任務——展開戰鬥，反擊敵人〉的發刊詞，有「自由中國
的反共文藝的第一篇論文」之稱。[252]

在孫陵的主持下，《民族報》副刊成為「反共文藝」的開路
先鋒，差不多同時，一場有關文藝「戰鬥性」的討論在《新生
報》副刊展開。劉心皇在〈獻身戰鬥〉一文中寫道：「我們的筆
對準這些對象，天天寫它，天天研究它，時時刻刻都在幹它，非
把它幹垮，便不休止」。顯然，這些黨屬文人已顧不了「紳士」
風度，語多暴戾之氣。經過討論，確定了「戰鬥性第一，趣味性
第二」的原則，不少報刊雜誌改變了徵稿範圍，大量發表「反共
文藝」作品和議論，形成一股風氣。

---

252 劉心皇：《現代中國文學史話》，台北：正中書局 1971 年出版，第 818
頁。

　　然而「反共文藝」風潮的真正策劃和鼓動者，實為國民黨當
局，特別是張道藩起了舉足輕重的作用。早在正式遷臺之前，國
民黨就指派其宣傳部代部長任卓宣來臺兼任台北市文化運動委員
會主任，孫陵的《保衛大臺灣歌》即在他約請下所撰寫。1954 年
5 月 4 日，張道藩在《中央日報》發表〈論當前文藝創作三個問
題〉，答覆「為什麼非反共抗俄的作品不鼓勵」等問題，公開鼓
吹反共抗俄的「載道」文學。值得注意的，張道藩在 40 年代初提
出的「六不」中包括「不表現浪漫的情調」，到了 1954 年撰寫
〈三民主義文藝論〉長文時，卻有了很大的修正。作者在《後
記》中寫道：去年蔣介石《民生主義育樂兩篇補述》出版，「其
中對文藝方面的指示，給予我很大的啟發」，於是「慎重的也大
膽的」寫出對「今後中國文藝新發展」的見解和主張。他明確指
出三民主義文藝「從寫實主義出發，絕不可能止於寫實主義」，
宣稱「民族主義的反侵略反極權的各種戰鬥的現實，固須寫實的
方法來作周詳生動的刻畫；而民族大眾反侵略反極權戰鬥的熱
情，常常超越了各種現實，向遙遠的理想境界飛翔，發而為革命
的浪漫主義，放縱而不可羈勒，這便須運用浪漫派的技巧來表現
它……所以描寫民族主義革命諸種事物，描寫一切革命者追求理
想的熱情，都須以寫實主義的創作方法來和浪漫派的技巧相綜
合，也可說是『浪漫的寫實主義』」。[253] 其實，這時張道藩所說
的「寫實」是假，因為當時國民黨的現實處境不堪入目，要「寫
實」也只能將敵手扭曲了來寫；對隨國民黨逃到臺灣的人員來
說，更重要的是要鼓動、打氣，最好能對眼前的現實視而不見，
而「向遙遠的理想境界飛翔」，將希望寄託於「反攻大陸」的未
來。張道藩的這種「浪漫」轉變，是對蔣介石《民生主義育樂兩

---

253 張道藩：《三民主義文藝論》，《張道藩先生文集》，台北：九歌出版
　　社 1999 年版，第 656-657 頁。

篇補述》中提出文藝要能「培養民族的正氣」，「鼓舞戰鬥的精神」，「發揚蹈厲的氣概」等要求的呼應，而其他國民黨主要宣傳幹部也緊緊跟上。

「反共文藝」打響第一炮後，國民黨當局開始了幾方面的工作。一是控制報刊及出版事業。它一反其漠視文藝的態度，以各種方式創辦文藝刊物，使之呈一時之盛。從 1949 年秋冬至 1956 年底，先後出現的文藝雜誌或有文藝篇幅的刊物達數十家之多，其中較知名有張道藩任社長的《文藝創作》，王藍、穆中南等先後擔任主編的《文壇》，鳳兮、劉心皇等主編的《幼獅文藝》，孫陵主編的《火炬》、朱西寧主編的軍隊文藝月刊《新文藝》、王平陵主編的《中國文藝》等等。報紙副刊方面，以《中央日報》、《新生報》、《中華日報》、《民族報》副刊等最具規模。不過這時也出現了《野風》、《現代詩》等同仁雜誌和詩刊，以其民間「在野」姿態，給文壇帶進一股純文學的清新氣息。

國民黨當局對「反共文藝」風潮的直接控制和推動，更突出表現在所謂「文獎會」和「中國文藝協會」等社團的活動上。1950 年 3 月 1 日，張道藩直接受蔣介石之命組建「中華文藝獎金委員會」，並親任主任委員。該會公開向社會徵稿，每年元旦、五四、雙十、孫中山誕辰日發放獎金或高額稿酬。徵稿範圍除小說、詩歌外，還包括文藝理論、曲譜、話劇、平劇、宣傳畫、漫畫木刻、鼓詞小彈等等。七年中，共舉辦 17 次評獎，有 120 餘人次的 73 件作品獲獎，三千多人次的近萬件應徵作品獲得優厚稿酬的獎助。它在徵稿辦法上就寫明「以能應用多方面技巧發揚國家民族意識及蓄有反共抗俄之意義者為原則」，得獎作品不少從題目上看就是赤裸裸的反共叫罵，例如潘人木的《漣漪表妹》、郭嗣汾《大巴山之戀》、上官予《碧血丹心溉自由》、陳紀瀅《荻村傳》、王藍《藍與黑》等名噪一時的作品，都曾先後得獎。文獎會所屬《文藝創作》月刊於 1951 年 5 月 4 日正式問世，宣稱：

「本會所採用之作品，將一律予以刊出」，成為「反共文藝」作品匯聚的核心刊物，並由文藝創作出版社推出《文獎會叢書》。

國民黨控制文壇的又一重要管道是官營文藝社團，主要有「中國文藝協會」、「中國青年寫作協會」、「臺灣省婦女寫作協會」等。從「文獎會」到各種「協會」、「學會」，官方的控制須臾未曾放鬆。召開大會時，常要聆聽國民黨政要的「訓詞」。加上對報刊雜誌、新聞出版的全面接管，當局從上到下，從平常百姓到學生軍人，從文學創作、發表園地到文學教育、傳播環節，層層控制了整個文壇。這就為其隨時發動各種文藝運動奠定了基礎。

「中國文藝協會」於 1954 年夏天發起大規模的所謂「除三害」運動。1953 年 11 月蔣介石《民生主義育樂兩篇補述》中指共產黨所提供的是一種「毒素文藝」，「把階級鬥爭的思想和感情，藉文學、戲劇，灌輸到國民心裡，於是一般國民不是受黃色的害，便是中赤色的毒」，由此發出務須剷除這兩種「毒」、「害」的要求。1954 年 7 月 26 日，陳紀瀅在《中央日報》等報刊上發表談話，指陳「三害」——除了上述二害外，再加上揭人陰私敲詐勒索的「黑色的罪」——的可怕和進行「文化清潔」的必要性。8 月 1 日起，台北各報同時發表《自由中國各界為推行文化清潔運動厲行除三害宣言》，簽名人數號稱百萬。所謂「除三害」中，重點是反「赤」，這就更完全地把五四以來絕大多數留在大陸的作家作品圈禁起來，造成當代臺灣文學發展與五四新文學的隔膜和斷裂，並藉「通匪」的罪名，達到「整肅」思想、禁錮言論、排除異己、控制文壇的目的。

「除三害」一陣風過去後，緊接著的又一波文藝運動，是所謂「戰鬥文藝」的提倡。在《民生主義育樂兩篇補述》中，蔣介石標示了「戰鬥文藝」思想。1955 年春，蔣介石更直接提出「戰鬥文藝」的號召。官營刊物、黨屬文人聞風而動。《文壇》、

《軍中文藝》、《文藝月報》等舉辦「戰鬥文藝」討論會，發表社論，連載筆談或推出專號。包括王集叢《戰鬥文藝論》、葛賢寧《論戰鬥文學》、王藍《咬緊牙根的人》等在內的《戰鬥文藝叢書》10 種先後出版。1956 年 1 月，遵照蔣介石的指示，國民黨中常會通過了《展開反共文藝戰鬥工作實施方案》，使「戰鬥文藝」成為國民黨的有章可循的正式文藝政策。「文化清潔」與「戰鬥文藝」，一則起管制和淨化作用，一則鼓動戰鬥精神，成為國民黨推行「反共文藝」路線的兩翼。

三、反共文藝的虛假性和公式化弊端

1956 年 11 月，文獎會在公佈最後一批得獎名單後悄然消失，《文藝創作》也於 12 月 1 日出版第 68 期後宣告停刊。表面上看，文獎會的停辦是因為經費拮据，但顯然還有其他真正的原因。一方面，臺灣的局勢已有所緩和，花費鉅款收羅用以鼓動反共情緒的文學作品的需要已有所降低。另一方面，用這種方法徵集的「作品」，品質實在過於低劣，並不能發揮預期的效果。連張道藩都承認，反共文學作品「都有點公式化，老是那一種形式，那一種調兒，那一種風格，讀十篇同讀一篇是一樣的感覺」，這樣的作品只能是寫出的越多，「讀者的興趣反而愈淡」[254]。

應該說，「反共文藝」多以 20 世紀上半葉中國外有帝國主義入侵，內有軍閥混戰，戰亂頻仍，民不聊生的時代為背景，其中包含著「上百萬中國人遷徙飄零的血淚，痛定思痛的悲憤」[255] 是毫無疑義的。問題在於它又確實存在著諸多弊端，致使漸漸被人

---

254 張道藩：〈論當前自由中國文藝發展的方向〉，臺灣《文藝創作》第 21 期，1953 年 1 月。

255 王德威：〈五十年代反共小說新論〉，邵玉銘等主編《四十年來中國文學》，台北：聯合文學出版社 1994 年版，第 79 頁。

們所淡忘，至今仍能為人們所記起和談論的可能什不存一。首先，它受到官方意識形態的主導和支配，主動或被迫放棄作家主體地位，淪為政治的附庸和隨從。葛賢寧自述所謂「第一部反共詩集」《常住峰的青春》的創作經過，就充分說明了這一點。葛賢寧早年曾出版過抒情詩集《海》和農村寫實詩集《荒村》，抗日戰爭發生後，他投入實際戰爭的火爐，「發現到自己過去感情上的錯誤，乃作《額菲爾斯的青春》，歌頌總統領導全國軍民抗日的豐功偉績，及全國同胞艱苦奮鬥的不屈不撓精神，化當年的綺靡為剛健之聲。該書在大陸變亂最劇的民國三十七年，印行了兩版。來臺後接受張道藩先生指導，又增加了《魔鬼》一卷約二千行，易名為《常住峰的青春》。」[256] 這裡葛賢寧將早年描寫農村破滅、同情窮人稱為一種「感情上的錯誤」，將歌頌蔣介石和增加反共內容稱為「剛健之聲」，實際上將他如何改變固有的抒發個人情感和表達人道情懷的寫作方向而一步步與反共政治捆綁在一起的經過，和盤托出。

其次，「反共文藝」對共產黨的刻畫和描寫往往缺乏真實性。儘管作者們往往標榜其所寫均為「史實」，如姜貴稱：「我將我整串的回憶，加上剪裁和穿插，便構成了一個完整的故事」[257]，《旋風》的情節、人物皆非臆造，其來有自 [258]；潘人木則稱其《漣漪表妹》中人物「無論外貌與性格都是根據好幾個真人的外貌與性格而加以取捨混合而塑造」，「關鍵事件如學生運動，左傾份子被自己人謀殺，秘密集會，年輕人動不動就上陝北，京承

---

256 葛賢寧、上官予：《五十年來的中國詩歌》，台北：正中書局 1965 年版，第 83 頁。

257 姜貴〈旋風・自序〉台北：九歌出版社 1999 年版，第 10 頁。

258 姜貴〈我怎樣寫《旋風》〉，《無違集》，台北：幼獅文藝 1974 年版，第 207-221 頁。

拆路隊等等都是事實」259；然而問題的關鍵在於這些作家其實都從未有過在共產黨區域的生活經歷，與共產黨人也沒有多少真正的接觸，有關共產黨的內容，大多只不過是道聽塗説的二手資料，如陳紀瀅説其《荻村傳》的主要內容乃從解放區「逃出」來的母親的講述，而姜貴更承認：「《旋風》的種種弱點，千言萬語，歸納起來，都應委咎於『作者對共黨的實際鬥爭和生活的瞭解似乎還不夠』這一點上。」後來寫《重陽》時，他乾脆宣佈小説的故事完全出於虛構，「如果以書中之人之事，證諸當時之實人實事，以求其所以影射，那就完全落空。」260 如此書中所寫只能是作者缺乏真實生活的憑空想像而已。

　　如果再加上作者的內心充滿了對共產黨的深仇大恨，那其想像就有可能將共產黨「妖魔」化，而這樣做又完全符合於當時的「政治正確」，自然大家都如法炮製，於是出現了大量的將共產黨醜化、妖魔化的作品。然而僅從其大量雷同和公式化的情況看，又可知這些作品的不真。這些作者經常出身地主豪門或官宦世家，是共產黨的革命打破了他們原本高高在上的富足生活，「想到今天落魄，都是共產黨害的」261，自然在想像共產黨時，就將其仇恨灌注到人物形象中去。在他們筆下，「革命」、「共產黨」統統成了惡魔，充滿了暴力的行為。如司馬中原《荒原》中的遊擊隊屠殺鄉民，水淹澤地，以至哀鴻遍野，瘟疫縱橫，革命過程被演繹成為施暴過程。姜貴《重陽》中的武漢完全被寫成了柳少樵陽具統治下的一個欲望春宮圖，無論左翼右翼，無論男女老少，興之所至，都是他性侵犯性攻擊的對象。陳紀瀅《荻村

259　潘人木〈我控訴（代自序）〉，《漣漪表妹》，台北：純文學出版社
　　　1985 年版，第 11、12 頁。

260　姜貴〈自序〉，《重陽》，台北：皇冠出版社，第 27 頁。

261　參閱應鳳凰〈姜貴的一生〉，應鳳凰編《姜貴的小説續編》，台北：九
　　　歌出版社 1987 年版。

傳》的「革命」槍殺了張五爺、黑心鬼、大粗腿，利用並處決傻
常順兒，強行分配婚姻，除了逼著大腳蘭兒配嫁傻常順兒以外，
更使一家親兄妹二人成了親，北頭一家父女倆結了婚，親嬸娘嫁
給侄子，外孫女許配給外祖父，以至於「白天，荻村是獸世界；
晚上，荻村是鬼天下。無數的冤鬼，黑影幢幢，在街心蠕動」
[262]。這樣的描寫顯然離事實太遠。這些小說中往往沒有正面人
物，有的只是群魔亂舞，敗德亂倫，乃至種種令人髮指的罪行，
自然無法給讀者以應有的美感和發揮文學引人向上的力量。當時
鍾梅音就說道：「四十年滄桑，畢竟是樂少苦多，為之數度掩
卷，不忍卒讀」[263]。「反共文藝」與白色恐怖一起將共產黨妖魔
化所造成的「紅色恐懼」情結，可能至今還潛藏於臺灣的集體無
意識之中，不時發作一下，讓人無法掉以輕心。

四、「三民主義文藝」的新妝

　　「反共文藝」這種本身難以克服的弊端，注定了它的跌落，
也迫使一手將它扶植起來的當局不得不改變其繼續推行的策略。
這種策略調整至少表現在兩個方面。一是方式上，由直接在全社
會範圍的推行，轉向重點放在軍內的推行，從而促進了「軍中文
藝」的發展。1950 年 6 月，「國防部」總政治部創辦《軍中文
摘》（後改名《軍中文藝》、《革命文藝》），又以《青年戰士
報》和《海訊日報》上的「新文藝」、「長風萬里」等副刊供軍
中官兵及其眷屬發表作品。特別是 1954 年起設置了「軍中文藝獎
金」，1957 年以後取代「文獎會」成為臺灣文壇的主要官方獎
項，60 年代中期後，更擴大頒獎範圍，設立金、銀、銅像獎，各
軍種又設置自己的獎項，並長久延續下來。這樣，「軍中文藝」

---

262 陳紀瀅：《荻村傳》，台北：皇冠出版社 1985 年版，第 213 頁。

263 鍾梅音：〈我看傻常順兒〉，陳紀瀅《荻村傳》，第 262 頁。

自成一個體系，大批本來文化水準並不高的軍人，被培養成「能文能武」的「筆部隊」。這是世界文壇少見的特殊現象，是當代臺灣特殊環境下的產物。顯然，軍隊中具有嚴密的控制系統，當局試圖通過這些在軍中受過嚴密約束和意識形態薰染，又不斷流向社會的作家創作，繼續主導臺灣文壇的發展。

　　二是內涵上的某些修改。1957 年以後，各協會的活動略微抹去了一些赤裸裸的反共政治色彩，開始出現一些屬於真正文學的內容，如請文學大家座談或演講。此外，相繼成立了「中國文藝界聯誼會」、「中國詩人聯誼會」等官方色彩較淡薄的文藝社團。

　　「反共文學」內涵的最明顯修改，發生於 60 年代以後。1965 年 4 月，「國軍第一屆文藝大會」召開，正式發動「新文藝運動」。蔣介石親臨「訓示」，發布 12 項「精神指示」。大會宣言抨擊中國現代新文學從近代西方文藝思潮「引進了各種有害的病態思想，幾乎將中國青年帶進了一種充滿偏激、狂亂、矛盾、苦悶，近乎世紀末的迷霧中，而失去了對國家、對個人前途的信心」。為此，它提倡發揚中國儒家文化的「中和精神」，遵循孫中山融匯中西文化之所長的原則，並宣稱其主張的新文藝「是以倫理、民主、科學為內容，以民族的風格，革命的意識，戰鬥的精神融鑄而成的」，講求「獨立、平等、自由、博愛、和諧、並容的光明正大的三民主義的新文藝」；將它「稱之為『人文主義』也未嘗不可」，但它比 15 世紀的人文主義更積極，比 18 世紀的新人文主義更進步，「因此，新文藝也可以稱之謂『進步的人文主義』」。1967 年 11 月，國民黨九屆五中全會制定並通過《當前文藝政策》，其中仍強調「加強文藝創作的時代精神、國家觀念、與民族意識」、「促進文藝和武藝合一」、「擴大文藝的戰鬥力量」、「堅持文藝的反共立場」、「達成光復大陸、重建中華的任務」、「力挽偏激、淫靡、頹廢的文藝逆流，導向三民主義新文藝的主流」等。1968 年 5 月召開了「第一屆全國文藝

「會談」，蔣介石再次強調以一個「仁」字去開創三民主義新文藝運動。1971 年 2 月國民黨「中央文藝工作研討會」確定了未來文藝工作的三點準則與方針，其中包括「以倫理道德為中心思想，以民族風格為表現方式」、「發揮以『仁』為極致的中國文化精義，宏揚民族的正氣，照耀人性的光輝」等內容。[264]

由此可知，國民黨的文藝路線和政策雖未改變「反共」的基本立場，但從 1957 年起，特別到了 60 年代已有所調整。這就是從強調所謂文藝的時代、社會的使命感、戰鬥性轉向強調仁義平和、掩飾階級鬥爭的文藝觀，從赤裸裸的反共宣傳轉向人性、人生描寫的柔軟包裝。如果說 50 年代前期「反共文藝」的大力提倡乃是國民黨當局鼓動反共情緒，為當時充滿混亂、恐懼、絕望的社會氛圍打入的一針強心劑，那到了 60 年代，當局覺得臺灣的局勢也已漸能控制，為了維持社會的安定及其統治的穩定，它強調「執兩用中，不走極端」[265]，希望更多的歌舞昇平、宣傳仁愛的文藝，而反對描寫階級矛盾、階級鬥爭的作品，因前者更為符合統治者的利益。這一傾向，實際上埋下了 70 年代國民黨文人對反映社會矛盾和下層疾苦的鄉土文學加以圍剿的根苗。國民黨的文藝政策，在經過 50 年代的歇斯底里式極端化扭曲狀態後，回歸到呈露保守主義面相的常態上，即張道藩在 1942 年所撰〈我們所需要的文藝政策〉一文中所提出的「不專寫社會的黑暗」、「不挑撥階級的仇恨」、「不帶悲觀的色彩」等要求。然而，不管是 50 年代的「戰鬥」文學，還是 60 年代的「仁愛」文學，當局以文學為其政治統治服務的根本宗旨並未改變。「三民主義文藝」也因此成為國民黨文藝政策的代名詞。數十年來「三民主義文藝」與

264 轉引自尹雪曼《中國新文學史論》，台北：「中央文物供應社」1983 年版，第 240-241 頁
265 同上，第 248 頁。

政治聯繫過於緊密、意識形態性太強和概念化的缺陷始終存在著，為許多文藝作家所不齒和規避，影響了它的藝術素質和被接受程度。

五、「三民主義文藝」的落幕

　　鄉土文學論戰高潮剛過的 1978 年 4 月，由青溪新文藝學會主辦，尹雪曼擔任發行人，彭品光擔任總編輯，編輯委員囊括了幾乎所有與國民黨關係密切的知名作家 76 人的《文學思潮》創刊。尹雪曼撰寫的〈發刊詞〉首先抨擊了「五四」運動及其新文學，認為 60 多年來「我們不僅在創作上沒有偉大的、卓越的作品產生；在思想上，更一再地陷於紊亂和分歧」，檢討這項失敗，「五四運動的全盤西化思想，要負很大的責任！」接著作者論述了中國傳統中固有的「載道」和「言志」兩大範疇，指出：「傳統的文學載道論——發揚堯舜禹湯文武周公孔子思想的文學作品，仍為今日所需求」；但「任何時候，任何地點，作家們都可以隨意表露他們的喜怒哀樂與愛憎，只要他們堅守本分，不侵害他人的自由與自尊」，絕不因為主張發揚中華文化道統而反對言志，因此載道和言志可以「並行不悖，共存共榮」。最後他期望以「一種結合新舊的、足以鼓勵人性向上的新道統」作為今日文學創作的準繩，「這個新道統絕對是中國的，中華民族的，但卻不失其時代性、共同性與世界性。」[266] 這裡尹雪曼仍強調「道統」，此乃蔣介石以中華文化「道統」承續者自居以彌補其「法統」地位不足心態的投影和延續，但他在「載道」之外，為「言志」開了一個視窗，且有「時代性、共同性與世界性」的提倡，體現了「三民主義文藝」在新的時代條件下的某種微妙變化。

---

[266] 尹雪曼：〈發刊詞——為建立我們的文學理論體系而努力〉，《文學思潮》第 1 集，第 4-5 頁。

　　在《文學思潮》第一集中，部分文章仍有戰鬥的火藥味或意識形態宣導的意味，如「特載」文章有楚崧秋《當前文藝建設的方向和理想》、韓守湜〈對共匪文化統戰陰謀的分析〉；「文學論壇」欄目有吳望堯〈向共匪統戰黑函宣戰〉、華夏子《加強敵情觀念》、呼嘯〈加強文藝戰鬥功能〉；「文學思潮」欄目有董樹藩〈開創三民主義新文藝運動〉；「文學論著」欄目有朱西寧〈鄉土文學的真與偽〉、董保中《談「工農兵」文藝》、洛夫〈請為中國詩壇保留一份純淨〉、王集叢〈當前文藝工作的總目標〉、魏子雲〈號召文藝界大結合〉、澎湃〈當前文學創作的努力方向〉；在「散文雜文」欄目中，有朱炎〈我們正在戰鬥中〉；「文藝史料」欄目中有〈當前文藝政策〉、〈國軍六十七年文藝大會宣言〉等等。彭品光的〈編後記〉更表明了創辦此刊物的緣由和目的：「最近幾年，在我們民族復興基地的文壇上，由於我們的社會過分自由開放，因而使得若干異端份子，有機可乘，有隙可鑽，或明或暗，直接間接，披著言論自由和出版自由的外衣，製造了相當不少的歪風邪說。尤其最近一年來，有人不斷主張開放『三十年代文學』，有人大力提倡扭曲的『鄉土文學』，有人明目張膽的宣導『工農兵文學』，有人圖謀不軌的大談其『社會主義的現實主義文學』。其淆亂視聽，真是莫此為甚！幾乎把我們的整個社會，搞得個一片烏煙瘴氣！」青溪新文藝學會的一班朋友們「基於這次面對這些歪風邪說，展開猛烈奮戰的實際經驗……乃就一致感到：為了維護民族復興基地文壇的聖潔，謀求我國新文藝運動的正常發展，首要之圖，就是要從發揚中華文化道統，建立文學理論體系的根本做起」，於是「說幹就幹，大家有錢出錢，有力出力」，使這本刊物快速問世。

　　雖然彭品光一再宣稱這只是一齣「開鑼戲」，但第一集表現出的「戰鬥」色彩，後來似乎難以為繼。第二集中除了楚崧秋〈民族文藝運動的大開拓〉、尹雪曼〈為我們記憶中的真相而

戰〉外，主要為〈索忍尼辛訪問記〉及將陳若曦《尹縣長》當作
反共小說來評說的專輯。此後的《文學思潮》轉向介紹和評說外
國文學、中國古典文學和一般的文藝理論為主，如第三集上有一
中外文藝理論專輯，一報導文學理論專輯，一郁達夫專輯，以及
〈朱子讀書法〉、〈辛稼軒的壯志和詞心〉、〈話魯迅當年〉等
文。第四期中有猶太作家以撒辛格的專輯、〈艾略特的批評〉、
〈芥川龍之介二三事〉等外國文學評論，也有《唐人愛情小說的
意境》、〈歸有光和他的記敍文抒情文〉等古典文學論文，此外
還有〈長篇小說創作要點〉、〈關於意識流小說〉、〈精神分析
與文學形式〉等文學理論文章（或譯文）。此後《文學思潮》基
本維持這一格局。像第 8 期上尹雪曼〈是我們展開文藝反攻的時
候〉，或第 7 期上總結五十年代文藝的精神和成就，第 11 期上
「大陸反共文學透視」之類具有較強政治性的文章或專輯，反而
成為少數，且作者集中於少數幾個人。這種情況顯示「反共文
學」、「三民主義文藝」後繼乏力，正處於逐漸衰頹、衰亡過程
中。1984 年 4 月 29 日出版的《文學思潮》第 17 期上，刊出尹雪
曼〈八年來的青溪新文藝學會〉，李曉丹等人有關「文學主流座
談會」的實錄，尹雪曼等人有關「中韓作家會談」的回顧，以及
「青溪」在各縣市的活動情況的介紹，又刊登了《青溪新文藝學
會章程》、青溪「第一屆理監事暨職員名錄」以及《文學思潮》
季刊 1-16 期目錄索引。該期的〈編後記〉寫道：「這一期的本刊
為青溪學會八年來的工作總報告」。然而這一期似乎為《文學思
潮》的終刊號，此後未見該刊的再次出版，讓人有理由相信編者
已知刊物即將終結，而有意識地在第 17 期做了全面的總結。

　　第 11 期上的「大陸反共文學透視專輯」把大陸「傷痕文學」
稱為「反共文學」，這種情況在當時相當普遍。如原屬軍中系統
的《新文藝》月刊從 1980 年 4 月第 289 期開始，刊出趙文襄選注
的《大陸小說選》，選刊作品均為編選者心目中所謂「傷痕文

學」，每期一篇，延續數年之久，並在每期刊出同樣的一則「編者按」，按語中不僅「共匪」之稱迂腐不堪，過於情緒化，其對「傷痕文學」的解釋也說明當時臺灣文壇部分人士尚未擺脫「反共」意識形態，對大陸的實際情形十分隔膜，並不瞭解。不過，這似乎是「三民主義文藝」的迴光返照式的「最後一搏」。此後不久，《新文藝》、《文壇》等在 50 年代初創辦，不同程度參與了「反共文藝」的推動並延續到 80 年代的刊物相繼停刊。因此可以說，《文學思潮》等的停刊標誌著作為國民黨文藝政策的「三民主義文藝」的最終落幕。儘管如此，「三民主義文藝」強調民族主義，服膺寫實主義，拒斥現代派文學，反對階級鬥爭，以及後期對於「仁愛」、「人性」、「純真、優美、至善」、「美化人生」的標榜和鼓吹，結合其「官方」的政治地位，仍對當代臺灣文學產生了相當的影響，並形成了自己的作家隊伍，擁有一定的創作實績。雖然隨著國民黨「政治力」的日益消退，「三民主義文藝」趨於無疾而終，但它作為中國新文學思潮之一脈在臺灣的延續演變及其提供的經驗和教訓，仍是文學史上值得談論的一個話題。

六、鄉野傳奇：臺灣文學的多元地域文化色澤

不可否認在 50 年代臺灣文壇上「反共文藝」是一股強勁的潮流，但從題材上講，說是「大陸文化的回顧」[267] 更為準確。這類作品習慣上被稱為「懷鄉文學」，但「懷鄉」也僅是部分作品中彌漫的一種情緒，如梅遜於 1965 年出版的《故鄉與童年》，書名提示了「鄉愁」往往寄託在對故鄉情事和童年往事的追憶描寫中，另有不少作品只是將大陸某一地區的歷史和社會作為追憶和

---

267 聯副三十年文學大系編輯委員會：《風雲三十年》，《抒情傳統》（聯副三十年文學大系・詩卷），台北：聯合報社 1982 年印行，第 3 頁。

描寫的對象，未必包含多少懷想、留戀的成分。如號稱軍中文藝「三劍客」的司馬中原、朱西寧、段彩華等的帶有鄉野傳奇色彩的小說。這些「回顧大陸文化」的作品，往往遭受脫離臺灣鄉土和具有「過客心態」等指責，其實，它們往往將遍布全中國各地的多樣化的地域文化因素帶進臺灣，極大地豐富了臺灣文學的文化內涵，臺灣文學因此成為包含最豐富最完全的多元地域文化色彩的文學板塊。這種情況為全國其他省區所無法相比，在整個中文文學中也是獨一無二的，是臺灣文學最值得驕傲的寶貴資產之一。儘管這些作品未必以臺灣發生的事情為題材，但卻能為廣大臺灣讀者所接受，有的成為經久不衰的暢銷書，有的拍成電影流行一時，除了共同的中文語言外，更主要的是所描寫的思想感情、行為方式，與臺灣同胞是那麼的相似，為他們所熟悉，完全能夠被認同和接受。

中國地域文化和文風具有明顯的南北區分。先以南方為例。中國南方家族制度嚴整，於梨華的長篇小說《夢回青河》圍繞一個大家族展開故事，描寫家族內部及其周邊人事的種種糾葛。小說中「我」的母親面臨丈夫蓄養小妾的變局所採取的應對方式是默默無語但很堅決地不理睬、不接納這位「第三者」，雖然沒有像白先勇筆下金大奶奶演繹一場「女吊」式的復仇，但其剛強不屈、正義凜然的性格中仍可看到魯迅筆下「女吊」的影子。這種女性遭遇及其應對方式，在原籍溫州的琦君筆下也可看到。溫州一帶古稱甌越，琦君的創作既有吳越文化的共性，也有甌越文化的個性。其居住的潘宅莊園模仿蘇州園林格式，琦君從小徜徉其中，接受中國傳統文化藝術的薰陶，特別是與莊園格調相配的古典詞文，使得此後琦君的創作具有濃郁的「詞學境界」。江南可說是水靈靈的世界，雨天時大人們的活動與小孩最為貼近，因此當小孩長大離鄉背井，每當下雨，卻會勾起陣陣的鄉愁親思，琦君對雨的描寫也格外生動。此外，琦君文學流轉著的甌越文化底

蘊。地處偏僻鄉陬的溫州，少了一些文人雅士的貴族情調，多了
一些日常平民的鄉土色澤。與其說琦君多表達飄渺的「鄉愁」，
不如說她著筆更多的是「鄉土」，重筆塗染的是鄉土的人和事；
除了他的父親、老師之外，她寫得更多的是在市井鄉間討營生的
「芸芸眾生」，而溫州一帶「人間佛教」的特點，琦君也生動地
加以表現。

　　同樣是宗族觀念強盛，徽州的表現形態又有不同。「中原士
族在徽州複製的宗族生活，是釀造程朱理學的酵母。反之，程朱
理學又加固了徽州的宗族秩序。」[268] 這裡到處矗立著的宗祠、牌
坊說明禮教在此地的盛行。蘇雪林的《童年瑣憶》等作品，真實
反映了徽州婦女在宗族和禮教的沉重壓力下的生活狀況；在早年
自傳性小說《棘心》和晚年回憶錄《浮生九四》中，那種男子多
外出，婦女留守持家，長輩（婆婆）具有極大的權力，虐待媳
婦，以及後輩女性謹守孝道等徽州宗法社會法規的特點，得到全
面的呈現。聶華苓作為湖北籍作家，少年時就曾頻繁往來於川鄂
交界地帶，作品不少取材於此，並藉以寫出了儒家正統觀念薄弱
地帶的豪強勢力和縱情民風。《桑青和桃紅》第一部分定格於抗
戰勝利之際瞿塘峽的某一處險灘上，《失去的金鈴子》寫的卻是
川鄂交界區域的故事。這一巴蜀文化和荊楚文化交接融合的地
區，相較於江南而言，它淳樸粗野、保守停滯，可見「地方實力
派」的影子，因地處僻遠，正統權威控制比較薄弱，封建禮教並
非密不透風，反而有通融轉圜的餘地。

　　來自湖南的謝冰瑩不僅以她的創作，而且以她的性格、情懷
以及人生歷程和創作道路，成為湖湘文化的演繹。首先是湘人的

---

268 唐力行等著：《蘇州與徽州》，北京：商務印書館 2007 年版，第 18
　　頁。

「霸蠻」之氣並不因她是一位弱女子而有所減弱和消弭。與此同時，湖湘士人重視政治事功，懷抱著以天下為己任的使命感，義無反顧地投身於救國濟民的政治洪流中去，也許是這一性格，成就了謝冰瑩罕見、獨特的「女兵文學」。余秋雨所説的世故的上海人所缺少的「沸沸揚揚的生命熱源」[269]，用來形容謝冰瑩，卻是十分地恰當。她率性真誠任氣，富有理想，敢做敢為，拿得起放得下，具有強烈的愛憎情感和敢為天下先的勇氣，從她的行為和創作中，處處可感受其生命熱源的湧動。

唐朝魏徵所謂「江左宮商發越，貴於清綺；河朔詞義貞剛，重乎氣質」[270]，道出了中國文風的南北差別。山東——古代的齊魯大地——在政治上並未處於國家權力中心，但在文化上卻是「儒家」這一「正統」思想的發源地，因此孕育了諸多「正統化的民間英雄」。他們的是非判斷與官方並不完全一樣，有著自己的一套民間正義標準和價值，但在大的方面卻恪守著儒家忠義觀念。這正是齊魯大地有別於其他地域的突出特點之一。祖籍山東的「外省第二代」小說家張大春的《歡喜賊》、《刺馬》和《大雲遊手》[271] 以及 2003 年出版的《聆聽父親》，其主要人物都帶有「正統化的民間英雄」的本色。儒家士子們的一言一行均發自內心，義務和責任都依賴人的覺悟，而不是外在法令的制約，這一觀念滲透到民間，其結果就是注重輿論監督、道德約束。朱西寧《鎖殼門》在以「復仇」為框架的故事中，暗含的卻是「寬

---

269 余秋雨：〈上海人〉，見《中華散文珍藏本·余秋雨卷》，北京：人民文學出版社 1995 年版。

270 魏徵等：《隋書》「列傳第四十一·文學」，北京：中華書局 1986 年版，第 1730 頁。

271 張大春的《刺馬》、《大雲遊手》等，連載於 1980 年代後期的《中國時報》等報刊。

恕」、「與人為善，與己為善」。小說人物體現出一種堅守某種
理念和準則，永不停息地追求既定目標的執著。影響和延續到第
二代，朱天文、朱天心的早期作品流露少女真性情，骨子裡卻有
一種「正統」的昂揚之氣，這也許與齊魯文化中那種既民間又正
統的氣質不無關係。這種「民間正統」的氣息正是這些山東籍作
家走到天南海北，仍無法抹去的齊魯本色。

　　東北位於中國的最北端，冬長夏短，氣候寒冷，具有多樣的
地形地貌和豐富的動植物資源。它與俄國、朝鮮、蒙古、日本等
國交界或隔海相望，歷史上曾有俄、日等的大舉入侵。這種特定
地理環境和歷史遭遇使東北形成自己的獨特的地域文化。東北籍
臺灣作家將這種地域文化寫進其作品，帶進了當代臺灣文學之
中。東北的許多風俗民情都與冰天雪地的環境有關。如果說梅濟
民的散文叙寫了東北地理所衍生的獨特的歷史文化、民族結構、
宗教信仰和生產生活方式等，那田原的長篇小說《松花江畔》更
刻畫了東北人在特殊環境中所產生的獨特性格：豪爽粗獷、尚武
剽悍、不畏流動漂泊，追求自由自在生活。這種性格在「鬍子」
身上表現得格外醒目。東北「鬍子」是特定歷史條件下的產物，
更接近「替天行道」的「俠義英雄」。這些馳騁於東北廣袤大地
的墾拓者和「綠林好漢」，他們原始自發、粗獷雄強、豪爽剽悍
乃至盲目殘暴，卻是東北強悍野性生命力的代表。

　　司馬中原、段彩華等，其家鄉地處淮河流域，為重要的南北
樞紐和過渡地區，其鹽業關係著國家經濟命脈，特別是歷史上，
它常成為南、北方政權爭奪、拉鋸的戰場，因此田野荒蕪，餓殍
遍地，苛捐重稅，盜匪猖獗，人民漂泊無依，被迫鋌而走險，加
上民風強悍、勇武好鬥，成為該地區鮮明的地域特色。司馬中原
從小目睹而後來多所著筆的是 20 世紀前半葉中國北方大地上兵荒
馬亂、天災人禍、人民流離失所的情景，其「鄉野傳聞」系列作
品著重於人性描寫，經常出現「善心的搶匪」，而這植根於北方

人的那種忠厚秉直、淳樸善良的根性以及豪爽獷悍的性格。其重要代表作《狂風沙》以兩淮地區因軍閥盤踞和混戰所形成的民不聊生的社會狀況為緯，以民間豪俠之士關東山帶領一個貧苦農民組成的響鹽幫為求生存而長途跋涉、販運私鹽，捲入與官軍、土匪幫派、大戶人家的複雜糾葛以及關東山發起淮上民眾抗稅保鹽、抵禦軍閥的鬥爭經過為經，展開 20 世紀 20 年代北伐軍向北挺進，北洋軍閥面臨崩潰背景下，兩淮地區有如「狂風沙」般波瀾壯闊的歷史圖景。作者書寫北方鄉野的草莽傳聞，具有明確的目的，就是彰揚民族的「剛性」的一面。作者有感於我國一般的民間傳說「多是溫婉沉遲，美麗哀悽的……民族中最主要悲劇的根源就埋藏在這裡了」[272]，於是反其道而行之，塑造了關東山這一不為名利，只為蒼生，扶貧濟弱的剛性豪俠之士。小說還以較大筆力描寫了戰亂場面，這與作者的軍人經歷應有一定的關係，同時也是地處南北交接地帶和交通咽喉的兩淮地域文化的體現。淮河流域還是曹操父子為代表的建安文學的發祥地。建安文學是亂世的產物，慷慨悲歌轉化為作品風格，可以「蒼涼」一語概之。司馬中原鄉野傳聞作品對於「建安風骨」的遙承，既體現於戰亂時代的描寫上，更體現於慷慨悲歌的氣度格調上，而淮上常見的「睿智」、「剽疾」、「韜略」等人物類型[273]，也都在《狂風沙》中出現。

　　北京地處古代燕國之地，其底層文化屬燕趙文化範疇。不過到了近世，北京成為中國最後幾個封建皇朝的京城，乃全國各地文化精品的薈萃之地。八旗子弟入京，蛻變為手無縛雞之力，終日品賞古玩的文弱雅士。儘管如此，中國北方地域的那種古樸厚

---

272 司馬中原：〈狂風沙・後記〉，台北：皇冠文學出版公司 1967 年版，後記第 3 頁。

273 陳廣忠：《兩淮文化》，瀋陽：遼寧教育出版社 1995 年版。

重的文化底蘊，仍在北京這個集大成的大都會中流貫著。從小在
北京長大的林海音，一方面寫出了五方雜處，充滿歷史韻味，在
熱鬧繁華中仍保持著古樸淳厚基調的北京民俗風情，同時也刻畫
了北京人的性格特徵，如沒落的旗人謹守傳統道德的底線，維護
其人格尊嚴。《城南舊事》設置了一個小女孩的視角，但揭示了
長期封建精神統治和戕害中，人的心理扭曲和不良習慣等國民性
弱點。繁華熱鬧而又古樸渾厚，民風淳正善良而又帶點「狡
獪」，在一個文化薈萃之地，市民於求生存過程中顯出其聰慧和
人性的光點，這就是林海音筆下的北京。林海音於 30 歲時回到原
籍臺灣，比一些外省籍作家更快地融入臺灣本地社會中。很快
地，其作品也就有了臺灣地域文化色澤。《蟹殼黃》更通過一個
先後有不同地方人士加盟的早餐店，寫出了臺灣融匯多元地域文
化的特徵。

　　此外，河北籍作家羅蘭於 70 歲高齡撰寫的自傳體散文《薊運
河畔》（《歲月沉沙》三部曲第一部），呈現勇武任俠、放蕩冶
游的趙文化特點和慷慨悲歌、在苦寒中奮起的燕文化性格；席慕
蓉以曠遠悠渺的時空感和追求自由的心性，以及有粗獷有細膩、
有野性有和諧的豐富之美，定義草原遊牧文化的精神所在。諸如
此類，都對中國北方文化做了獨到的詮釋。

　　與上述作家相比，白先勇年齡稍小，介於外省第一代和第二
代之間。他的作品幾乎完全沒有「反共」的意味，其代表作《台
北人》的人物大多出身中國大陸，隨國民黨撤退來臺，因著時間
的流逝，從青壯年變成了中老年人。在過去，他們戰功赫赫、榮
耀顯貴，或年輕美貌，受盡嬌寵；到現在，則大多青春不再，沒
落失意，乃至晚景淒涼，窮愁潦倒，只能在思鄉懷舊中打發日
子。正如夏志清所稱：「《台北人》甚至可以說是部民國史」
[274]。小說中流貫著的是在中國文學中反覆出現的一種對於歷史興
亡的感懷。這種情懷的產生，與作者所受古都南京所謂「金陵王

氣」的薰染也許不無關係。而其文學語言色調鮮明濃郁,用詞考究精工,句式長短錯落有致,音調鏗鏘悅耳,堪稱「麗辭」;詩琴書畫、園林戲曲、衣飾擺設等,更是白先勇小說中頻頻出現的重要「道具」,小說中人物侃戲、唱戲,昆曲唱段乃引發人物意識流動的觸媒。這些構成了白先勇小說「藝、文一體」的特色,追溯其淵源,應是白先勇受到吳越文化浸潤和薰染的結果。不過,白先勇從小走過很多地方,其文學包含著不同區域的文化因素,自身呈現某種多元性。如白先勇筆下的桂林女子和沈從文小說中的湘西姑娘,總會有那麼一點相似,因她們都是靈秀山川孕育的多情女兒。《一把青》中的來自重慶的朱青,早年的清純和水秀固然是山川靈秀的故鄉賦予的;而後期朱青的世故和成熟,何嘗沒有家鄉的賜予?四川人富有韌性,從不怨天尤人,能忍受各種磨難而不頹廢,依靠自己的力量開拓前進,只要一息尚存,他們都會堅韌不拔地活下去。他們注重實效,不尚空談,天性幽默達觀,最會享受人生的樂趣[275]。後期朱青的轉變,或許就是四川人的這種固有性格在她身上浮現。

由此可知,五六十年代「大陸文化的回顧」的作品,並不全是「反共文藝」。它們的最大貢獻之一,是將全國各地的地域文化帶入了臺灣文學中,豐富了臺灣文學的文化內涵。這類作品受到臺灣讀者的歡迎,如曾有不少臺灣青年學生表白,他們從小是聽著司馬中原的故事長大的。數十年後,司馬中原的《狂風沙》在大陸的網站上流行,說明對大陸讀者也有一定的吸引力。這一文學現象,以往被評論界特別是文學史類著作有意無意地忽略

---

274 夏志清:〈白先勇論〉,轉引自歐陽子《王謝堂前的燕子》,《白先勇文集》第 2 卷,廣州:花城出版社 2000 年版,第 193 頁。

275 陳金川主編:《地緣中國:區域文化精神與國民地域性格》,北京:中國檔案出版社 1998 年版,第 394-400 頁。

了。其實，這類作品作為當代中國文學創作實績的一部分，應在
文學史家的視野中佔有一席之地。

第五章 「自由派」和現代主義文學的興衰和特點

第一節 自由人文主義的突圍

一、「自由的文學」：對反共八股文藝的反撥

「反共文藝」作為官方文藝政策以及「三民主義文藝」在特定歷史環境下扭曲變形的產物，具有概念化和極端政治意識形態化的弊端，必然引起具有真正文學心靈的作家們的抵制和悖離。當代臺灣文學中出現的鄉土派、現代派和自由派文學，其實是從不同的方向和角度對於「反共文藝」的突圍。

1958 年的「五四」，胡適在「中國文藝協會第八屆會員大會」上發表演說，標舉「自由的文學」和「人的文學」。[276] 它們便成為當代臺灣自由人文主義文學脈流的兩面旗幟。

由聶華苓擔任編輯的《自由中國》文藝欄堪稱這一文學脈流的主要陣地之一。該刊每期留出若干文學創作和理論批評的篇

---

276 胡適：〈中國文藝復興・人的文學・自由的文學〉，臺灣《文壇》1958年第 2 期。

幅，由於刊期密，容量大，持續時間貫穿整個 50 年代，並集合了
一群當時或後來在臺灣文壇具有重要影響的作家如梁實秋、林海
音、吳魯芹、余光中、於梨華、張秀亞、琦君、彭歌以及知名作
家孟瑤、徐訏（東方既白）、思果、司馬桑敦、公孫嬿、郭嗣
汾、歸人等等，特別是其與刊物的政治、思想傾向緊密相連的特
殊的理論、創作風貌，使得該刊在當代臺灣文學發展中具有某種
特殊的影響和意義。

　　《自由中國》半月刊創刊於 1949 年 11 月 20 日，胡適為其精
神領袖，雷震實際主持，因宣揚自由主義思想，不斷對國民黨當
局的專制統治發出「諍言」，終不見容於當局，於 1960 年 9 月出
至第 260 號後關閉。它的被取締說明 50 年代臺灣當局雖然對一般
的西方思想意識、價值觀念採取不設防的態度，但對於自由民主
等政治理念，卻仍忌莫如深。

　　作為一個政論性刊物，《自由中國》主要有兩大方面的內
容。一是時事政論，其中包括對臺灣內部種種政治弊端，特別是
執政當局的專制行徑的揭示和抨擊。另一方面的內容，是對西方
自由民主理念的譯介、闡釋和宣揚。它張揚個人主義以及美國
「自由」的生活方式，嚮往「百家爭鳴」，反對「定於一尊」的
統制主義。其自由民主理念還具有人本主義傾向，明確指出「是
本乎人性、尊重人性和發展人性的思想制度」，反對抹殺個性、
桎梏思想。某種意義上說，它是五四新文化中以胡適為代表的自
由主義一脈在臺灣的延續。

　　在此過程中，《自由中國》不斷引起國民黨當局的不滿和壓
制，而它也不斷以「言論自由」作為反壓制的法寶。第 22 卷第 9
期的社論〈五四是我們的燈塔！〉宣稱：就人而言，並無超人，
任何人都有七情六欲，都不免於有錯誤；就學說思想而言，沒有
任何人的說教，能夠一網打盡所有的道理，「既然如此，於是我
們找不到任何理由來罷黜百家，獨尊一家之言」。

這些政治思想和理念反映於文學上，就有了對當時國民黨將文藝當成宣傳工具的文藝政策以及官辦的公式化、概念化的「反共文藝」的質疑和批評。李經〈詩與詩人〉一文反對以外來因素決定「詩」的價值。他以黃葉楓《萬事沒有救國急》為例，稱作者的情緒固然可成為「偉大詩篇的素材」，可是在這首詩裡，「我們所見到的卻是一串空洞的，枯燥的概念」。[277] 這可說是較早對概念化的反共文藝作品的直接批評。

1954 年 8 月爆發的「除三害」運動，使《自由中國》對於官方文藝政策的批評正式擺上桌面。它發表社論指出掃除「三害」應依照法定程式，此外「沒有其他步驟可採」。此後，批評官方文藝政策使文學淪為政治的工具和失去其應有的多樣性的文字，屢屢出現，成為《自由中國》批評當局的一個重要方面。如李僉〈我們需要一個文藝政策嗎？〉寫道：今日「有一個值得注意的現象，就是以政治的道德的目的，宣導一個文藝政策的呼聲……它使我們預感到與其他學術一樣有其獨立性的藝術，仍將一變而為政治的倫理的派生物，成為達到政治的倫理的目的之工具或方法」，而這「勢必抹殺人性及藝術在他方面之可能性，造成文化的退步或停滯。」[278] 劉復之〈藝術創造與自由〉則對當時官方嚴格控制文藝有更具體的描述，指出當局以「組織」、「運動」、「獎金」、「地盤」、「職位」等為工具，將作家、詩人、畫家、演員、作曲家，甚至「角兒」、票友等一概組織或動員起來，限之於固定的主題（戰鬥！）、硬化的格局，乃至千篇一律的辭彙，「不如此，則『名利雙收』固然無望；就連找一個發表發行的機會也很困難……其結果，就使得我們的文藝作品，一律

---

277 李經：〈詩與詩人〉，臺灣《自由中國》9 卷 6 期，1953 年 9 月。

278 李僉：〈我們需要一個文藝政策嗎？〉，《自由中國》11 卷 8 期，1954 年 10 月。

成為政治性的口號和八股，總之是既單調又無效的宣傳品。」[279]

和政論作者將自由、民主理念根植於「人」及「基本人權」觀念上相呼應，這些文藝作者也以「人」、「人生」、「人性」等概念為其文藝理論建構的基石。如 14 卷 9 期的〈給讀者的報告〉指出：企圖以文藝為宣傳某一切身政治目標的工具，往往誘致作品「思想」或「價值標準」的膚淺化、簡陋化。問題不在「標準」的有無，而在「標準」是從人生全面價值割裂開的呢，還是在人性中具有深厚的基礎。李經〈從文藝的應用性談文藝政策〉也寫道：「我們勢非向人性最基本處尋求作品的『基準』不可。我們可以謳歌，可以詛咒，但我們的謳歌詛咒必須有它人性上的深厚的基礎。」[280]

此外，自由主義的某種漸進、改良、中庸的內在特質，也必然地感染了「自由」的文學。他們認為「民主為中庸之道」，科學與民主「二者都不鼓勵情感主義或『狂熱主義』。二者均以按步的努力，以求逐漸解決問題。」而梁實秋〈五四與文藝〉一文更強調文藝在傳統基礎上的溫和、漸進的改良：就文學而論，自古至今有其延續性，「新詩如有出路，應該是於模擬外國詩之外還要向舊詩學習，至少應該學習那『審音協律敷詞揀藻』的功夫。」[281] 這點非激進亦非保守的認知和素質，或許是此後自由人文主義脈流與「溫和的現代派」相親和的內在原因之一。

二、「人的文學」：文學描寫人性觀念的確立

如果說「自由的文學」是針對當時外在文學環境的一種反

---

279 劉復之：〈藝術創造與自由〉，《自由中國》14 卷 9 期，1956 年 5 月。

280 李經：〈從文藝的應用性談文藝政策〉，《自由中國》10 卷 3 期，1954 年 2 月。

281 梁實秋：〈五四與文藝〉，《自由中國》16 卷 9 期，1957 年 5 月。

應，那「人的文學」則是對文學內涵的一種追求——文學應該寫什麼以及怎麼來寫。

創刊伊始，《自由中國》就開始了對「人」的文學的張揚。如 1950 年末傅斯年逝世時，毛子水撰〈傅孟真先生傳略〉，對傅的「人化」文學主張加以介紹。梁實秋則相繼發表〈杜甫與佛〉等文，宣揚其一以貫之的文學理念：文學的最終目的，是人性的描寫刻畫，文學作品是否偉大，要看它所表現的人性是否深刻真實，而這就要求作者像阿諾德論莎孚克里斯（即索福克勒斯——筆者）時所指出的，能「沉靜的觀察人生，並觀察人生全體」。[282] 這種文學理念，貫串於《自由中國》的文學理論批評和實際創作中。文學是否描寫人生、挖掘人性及其深、廣度，成為其文學作者們的藝術標準和追求目標。如徐訏〈紅樓夢的藝術價值與小說裡的對白〉將《紅樓夢》和《儒林外史》做了對比，認為儒林外史的失敗就在它把握的人性太淺，而紅樓夢中描寫的古代人物能夠讓現代的我們欣賞者，「因為作者深刻地接觸了人性，在人物的個性造作，心理塑型上永遠緊依著人性」。從文學描寫常態人生和普遍人性的立場出發，它有兩個取捨，一是在所謂「人性」和「階級性」之間，它選擇人性而擯棄階級性的描寫；二是在常人和神、英雄之間，它同樣青睞於前者，認為普通人和以前的帝王一樣，可以充當最深刻的悲劇的主角。[283]

《自由中國》上的實際創作可與其理論相互參證。雖然早期不乏像陳紀瀅的《荻村傳》、王平陵《自由中國》這樣的「反共」作品，但後來取而代之的是許多著重於人生和人性描寫，甚

---

[282] 梁實秋：《梁實秋論文學》，臺北：時報文化出版公司 1981 年再版，第 15 頁。

[283] 徐訏：〈紅樓夢的藝術價值與小說裡的對白〉，《自由中國》18 卷 4 期，1958 年 2 月。

而宣揚民主、自由、個人主義理念的作品。

　　《自由中國》的詩歌作者主要有余光中、周策縱、徐訏、夏菁、方思、周夢蝶等等。年輕的余光中一方面聯合何凡、孟瑤、林海音、琦君、彭歌等投書《自由中國》，建議推舉胡適為諾貝爾獎候選人，由此顯示了他的自由主義立場；另一方面，又發表了像《給惠特曼》這樣的詩作，表現其維護人的尊嚴、視「人」為宇宙中心的個人主義理念。

　　在散文方面，吳魯芹、琦君、張秀亞、思果、鍾梅音、徐鐘佩等等，均一時之選。琦君「處理生活中的甘苦，能使人怡然自樂」，「用細膩的筆觸寫下的正是人性摯愛的一部分」[284]。被譽為「梁實秋先生之後第一人」的吳魯芹，其散文確有梁實秋《雅舍小品》之情趣。周棄子在為吳魯芹《雞尾酒會及其它》作序時寫道：「果如大手筆們所昭示，每一篇文章都得達成『偉大的使命』，那就非字字句句憂國憂民不可，依此標準，這一本裡恐怕沒有一篇是通得過的。試想把跟小兒女打電話的情況以及隔壁人家的『竹戰』聲都寫出來，這真無法不認為是『身邊瑣事』之尤，其為渺小殆無疑義。不過這世界上畢竟是渺小的人比偉大的人占多數，各取所需，小文章亦自有其讀者。」周棄子並指出：大概要透過人性的理解，人生的觀照，調和智慧與情感，還得加上一點讀書行路的博聞多識，才會把這種文章寫得好。[285] 應該說，當代臺灣散文有別於大陸散文的一個重要特徵，在吳魯芹創作中已露端倪。

　　在描寫人生和挖掘人性上有其特長的是小說。張秀亞在其小說集《感情的花朵》的前言中寫道：「人生的不平凡處，便在它

---

284 公孫嬿評琦君《琴心》，《自由中國》12 卷 9 期，1955 年 5 月。

285 周棄子：〈《雞尾酒會及其他》序〉，《自由中國》17 卷 10 期，1957
　　年 11 月。

的平凡，人類的故事，便在它那一串沒有故事的平淡無奇」。她
嚮往著一個人獨立蒼茫，以蘆管蘸著心靈之泉，「默默的寫著人
性中永恆的那一點」。[286] 其小說《栗色馬》即通過一個善心的
「搶匪」，印證了人性的複雜性。

除了短篇外，連載小說如孟瑤的《幾番風雨》和《斜暉》、
彭歌《落月》、聶華苓《葛藤》、林海音《城南舊事》、徐訏
《江湖行》等，更以其較長篇幅擔負起描寫人生、挖掘人性的重
任。戰亂的經歷和寫人生的追求使他們甚至形成了此後在臺灣經
久不衰的一種主題模式：「大時代，小兒女」的模式，即以 20 世
紀上半葉中國社會的動盪、戰亂為背景，描寫平凡的人們在此背
景下為求生存和生活，奔波掙扎的種種悲歡離合的故事。在這
裡，「時代」往往僅是小說的背景，「人生」和「人性」才是小
說的重心所在。如孟瑤的《幾番風雨》，描寫名門閨秀的女主角
小薇，在抗戰中流落遷徙，歷經幾番愛情、婚姻的波折，而如鮮
花被風雨摧折了的故事。小說人物小薇的人生哲學是：「在自己
能力所及的範圍內儘量求得舒服，這就是人類生存的目的。」她
對「先天下之憂而憂，後天下之樂而樂」頗不以為然，稱：「人
就是人，餓思食，渴思飲，沒有的會羨慕，失去的想奪回，如是
而已。」這可能代表著作者對人性的觀察和認知。這樣的小說與
當時盛行的政治性、宣傳性的「文學」，其差別是很明顯的。

周棄子在評論徐訏的小說《盲戀》時指出：由於作者多以愛
情為主題，因此早有「輿論」稱其「兒女情多，風雲氣少」，在
這個一切的一切都要「貫徹時代的使命」的年頭，作者的心情，
恐怕是很孤獨的，「我懷疑文藝能『指導』人生，卻相信它對人
生理想的追求能有所『顯示』。凡足以達成這種顯示任務的，無

---

286 張秀亞：〈情感的花朵·前記〉，《自由中國》13 卷 12 期，1955 年
　　12 月。

不可取為題材，不必一定要是水滸而非紅樓夢。」[287] 而「兒女情多，風雲氣少」何嘗不是 80 年代當代臺灣文學（包括相關影視作品）進入大陸時給讀者的第一眼印象。

三、《文學雜誌》：連接「自由派」與現代主義

《文學雜誌》是任教於臺大外文系的夏濟安在劉守宜、吳魯芹等人協助下，於 1956 年 9 月 20 日創辦的。1959 年後由侯健接替實際主編工作，1960 年 8 月停刊，共出版了 48 期。其作者群與《自由中國》有著極高的重疊度，曾在《自由中國》發表文學作品的，約有半數又在《文學雜誌》上出現，達三四十人之多。余光中掌管了《文學雜誌》的現代詩欄目，夏濟安等曾有敦請梁實秋擔任社長之議，吳魯芹承認「我們打拳的路數」和梁實秋比較接近[288]。更重要的，《文學雜誌》也是秉承胡適所謂「人的文學」、「自由的文學」精神所創辦的文學刊物。

在夏濟安主持下的《文學雜誌》形成如下傾向和特點：

其一，《文學雜誌》表現出努力脫離「宣傳文學」時弊的純文學傾向。在其創刊號的《致讀者》短文中，編者開宗明義地賦予刊物以「文學」的定位：「我們希望，讀者讀完本期本刊之後，能夠認為這本雜誌還稱得上是一本『文學雜誌』。」又不無針對性地指出：「宣傳作品中固然可能有好文學，文學可不儘是宣傳，文學有它千古不滅的價值在。」「我們只想腳踏實地，用心寫幾篇好文章」，通過刊物鼓舞起海內外中國人士「寫讀的興趣」。[289] 10 天之後，10 月 1 日出版的《自由中國》第 15 卷第 7

---

287 周棄子評徐訏《盲戀》，《自由中國》10 卷 8 期，1954 年 4 月。

288 吳魯芹：〈瑣憶《文學雜誌》的創刊和停辦〉，臺灣《聯合報》1977 年 6 月 1 日。

289 編者：〈致讀者〉，臺灣《文學雜誌》1 卷 1 期，1956 年 9 月，第 70 頁。

期刊出周棄子〈腳踏實地說老實話──讀《文學雜誌》〉一文，
更將上述〈致讀者〉中的一些隱曲的話加以挑明。4 年裡，《文
學雜誌》共發表了 120 篇小說，50 餘篇散文，120 多首（組、輯）
詩作，80 餘篇有關中國文學的評論，此外，尚有數十種外國文學
譯作和評論。與當時的官辦雜誌不同，其作者群大量的是學院的
師生，作品也罕有受反共政治污染的，實屬當時不可多得的一本
綜合性純文學刊物。

　　其二，《文學雜誌》表現出反對狂熱濫情的古典節制的作
風。從創刊開始，夏濟安就反覆強調「樸實、理智、冷靜」的文
風，赴美前夕更作了明確的總結：「《文學雜誌》不標榜主義，
但綜觀三十幾期雜誌，無形中似乎在提倡一種風格。我們很少登
載辭藻華麗熱情奔放的文章……別人也許喜歡夢想，『憧憬』和
陶醉；《文學雜誌》的文章寧可失之瘦冷乾燥，不願犯浮艷溫情
的病。」[290] 如果把夏濟安的這種「好尚」放到當時盛行的文壇風
氣中看，就可感受其對於煽動性、狂喊式的「戰鬥文學」或浪漫
感傷的庸俗言情文學所隱含的某種針對性。

　　其三，《文學雜誌》既大量引介西方文學，也注重中國古典
文學的研究和文化傳統的承續，從而顯露溫和的現代主義傾向。
該刊每一期上都有若干譯作，其中既有文學作品，如華茲渥斯、
里爾克、密萊、佛洛斯特、韋利夫人、愛倫坡、泰戈爾、海涅、
歌德、傑佛斯等的詩作，亨利‧詹姆士、湯瑪斯‧曼、艾迪斯‧
華頓等的小說，莎士比亞的戲劇，也有理論著作，如張愛玲譯
〈海明威論〉，葉維廉譯〈現代法國詩的特徵〉，朱南度譯〈現
代藝術與存在主義〉、〈現代英國小說與意識流〉、〈傳統和個
人天賦〉，劉紹銘譯〈焦慮的時代〉、〈卡繆論〉，石莊譯〈論
卡繆的小說〉，朱乃長譯〈論亨利‧詹姆士的早期作品〉，侯健

---

290 編者：〈致讀者〉，《文學雜誌》6 卷 1 期，1959 年 3 月，第 88 頁。

譯〈小說的構築〉，立青譯〈談現代小說〉，翁廷樞譯〈孤寂的一代〉，余光中譯〈自由詩〉、〈詩的譬喻〉等。此外，臺灣作家、學者還直接撰文對外國文學加以評論和介紹。上述翻譯和評介雖包容了西方從古典到現代的不同派別，但對現代主義的評介占了相當的比重。這就為現代主義文學思潮的發展提供了可資借鑒的基礎。

《文學雜誌》在創刊時就表示：它要「繼承數千年來中國文學偉大的傳統，從而發揚光大之」，「孔子的道理，在很多地方，將要是我們的南針。」[291] 不過夏濟安期待的是「真正有現代眼光，能融合中西」[292] 的作品。後來確有學者（如陳世驤）運用西方文學理念、術語和批評方法對中國古代文學加以研究，成為《文學雜誌》的一個特色。

當然，《文學雜誌》的西洋文學和中國古典文學推介，其對文壇的影響未必是一樣的。當時的社會思潮正走向「西化」，正如夏濟安當時就指出的：大中學生中，接受儒家思想以孔孟的道德理想為立身楷模的人並不多。學生的家長們，大多也以迎頭趕上時代為榮，守舊落後為恥。在這種情況下，西方現代文學的推介，顯然對於讀者有更大的吸引力，《文學雜誌》也因此對臺灣現代主義文學思潮的發展，起了實質的推動作用。

其四，現代小說理念的引入。彭歌長篇小說《落月》連載於《自由中國》，而夏濟安在《文學雜誌》1 卷 2 期即刊出〈評彭歌的〈落月〉兼論現代小說〉。這篇文章被認為對當代臺灣文學的發展具有重要的意義。夏濟安細讀分析了《落月》寫作上的得失，其要旨則在強調小說可採多樣寫法，而不必定於一尊。從內

---

291 編者：〈致讀者〉，《文學雜誌》1 卷 1 期，1956 年 9 月，第 70 頁。
292 夏濟安 1957 年 10 月 4 日致彭歌的信，彭歌《落月》，臺北：遠景出版公司 1977 年版，第 220 頁。

容上說，不必局限於「反映大時代」，像彭歌這樣「捨大取小」，描寫一個女伶的生活，「忽略好些政治經濟方面的大問題」，同樣可能成為傑作。藝術技巧上，夏濟安一是肯定彭歌著重心理描寫的寫法「替今後的中國心理小說開了路」，指出「外界的事實，固然是現實；內心的情感和印象，也是現實」，「用『主觀的現實』來代替『客觀的現實』，小說仍舊可以寫得很好」，並藉此介紹了比「歷史編排法」更為「藝術」和「真實」的西方「意識流」等新穎技巧；二是從彭歌對於象徵主義手法的局部採用出發，進一步對這種「模仿詩的技巧」的手法詳加介紹，並指出「中國談小說的人，似乎一向對於自然主義有所偏袒」，而象徵主義的這種寫法，「對於《落月》這種題材是很合適的」。這篇含蘊「自由」文學理念的文章，對臺灣小說創作擺脫單一模式、向著多樣化技巧的現代小說方向發展，特別是對他的弟子白先勇、歐陽子、王文興等的小說創作，必然地產生重要的影響。20多年後聶華苓在大陸版《桑青與桃紅》的「前言」中稱：該小說中的「真實」是外在世界的「真實」和人物內心世界的「真實」的溶合，而她嘗試模仿詩的手法來捕捉人物內心世界的「真實」。[293] 這些在夏濟安評《落月》文章中似曾相識的說法，也許提供了其深遠影響的一個實例。

四、描寫人性觀念形塑臺灣文學特殊風貌

《文學雜誌》的另一重要撰稿人、夏濟安的胞弟夏志清，在「人的文學」方面用力頗著。他認為：五四時期的小說，大半寫得太淺薄了，主要的是看人看事不夠深入，沒有對人做深一層的發掘，小說家在描繪一個人間現象時，「沒有提供了比較深刻

---

[293] 聶華苓：〈浪子的悲歌〉，《桑青和桃紅》前言，北京：中國青年出版社 1980 年版，第 1-2 頁。

的、具有道德意味的瞭解」。他還認為應該看一看周作人的〈人
的文學〉這篇文章，而周作人的論點，認為人是有靈肉二重生活
的，靈肉本是一物的兩面，而古人的思想卻以為兩元分立，永遠
衝突。這種靈肉二元的思想，表現於文學上，也就成了兩派：崇
尚理性的文學多為政治和宗教服務，抑壓人的情性；描寫人類本
能的文學，則每每流於色欲、暴力和幻想的淵藪中。它們中的任
何一派，都不能把人性的全面刻畫出來，代之而起的該是一種把
人看作理性動物，維護人類尊嚴的文學。[294]

　　夏志清對臺灣文壇產生經久不衰、世所公認的深遠影響的，
是他對於張愛玲的論評。而這些論評最早發表於《文學雜誌》。
夏志清的批評標準似乎基於兩個要點，一是人生描寫的廣度；一
是人性發掘的深度。他認為：經得起時代考驗的文學作品都和
「人生」切切有關，揭露了人生的真相，至少也表露一個作家自
己對人生的看法；又稱：「人心的真相，最好放在社會風俗的框
子裡來描寫；因為人表示感情的方式，總是受社會習俗決定
的」。他還寫道，如果「人的氣味太薄了，人間的衝突悲苦捕抓
得太少了，人心的秘奧處無意去探窺，也算不上是『人的文
學』」。張愛玲的小說「是這個社會的寫照，同時又是人性愛好
虛榮的寫照：在最令人覺得意外的場合，人忽然露出他的驕傲，
或者生出了惡念」；如七巧，她是「社會環境的產物，可是最重
要的，她是她自己各種巴望、考慮、情感的奴隸。張愛玲兼顧到
七巧的性格和社會，使她的一生，更經得起我們道德性的玩
味」。[295] 顯然，張愛玲同時把握社會環境和人性心理的創作取
徑，正符合於夏志清的文學理念。

---

294 夏志清：《中國現代小說史》，臺北：傳記文學社 1985 年新版，第 50
　　頁。
295 夏志清：《中國現代小說史》第 420、413 頁。

　　總的説，《自由中國》、《文學雜誌》的自由人文主義文學
傾向，表現在他們以理性、健康、道德等為標幟，強調文學應全
面描寫人生，深刻呈示人性，展現靈肉調和的生命情態，在當時
發揮了抗衡早已淪為政治工具的「反共文藝」，沖淡文壇極端政
治化傾向的作用，而在其後，對於當代臺灣文學的發展，具有深
遠的影響。它使文學應以「人」為中心，著重人生、人性描寫的
觀念深入人心，從而形塑了臺灣文學有別於大陸文學的一種特殊
風貌。它們對於「人生」描寫特別是「人性」挖掘的強調，成為
數十年來臺灣文學的一個共同的評價標準，影響所及，無論是嚴
肅作家或是通俗作家，無論是現代派或是鄉土派，都有此傾向，
儘管他們所謂的「人生」、「人性」，其含義未必一致，強調的
輕重也有程度上的差別。對人生、人性描寫的強調，使整個臺灣
文學（甚至延展到與文學緊密相關的電影、電視劇等）的創作，
從總體上說顯得「兒女情多，風雲氣少」，這與一貫偏重於重大
題材、反對描寫抽象「人性」的大陸文學創作，有很大的差異和
區別。

五、臺灣「自由派」文學的中國新文學淵源

　　臺灣的自由人文主義文學，實際上代表著五四新文化中「自
由派」知識份子這一脈絡在當代臺灣思想界和文壇的延續和發
展。夏志清曾分析道：主導中國五四新文化運動的留學生大致以
留日的或是留美、英的為分野，形成「激進派」和「自由派」的
不同兩類。佔據主流的是留日學生，他們格外傾心於俄國文學，
對其表現的社會同情心及擺脫傳統枷鎖、改革社會現狀的傾向產
生強烈共鳴（周作人是一例外）。相對而言，留英、美的中國學
生其興趣多浸淫在浪漫文學和維多利亞文學的氛圍中，雖然他們
也關注到杜威、羅素等的實用思想，易卜生、蕭伯納等的問題
劇，白璧德、摩爾的人文主義思想，但其勢不彰。由於這傳統所

代表的一切與當時中國急待解決的問題無直接的關係，其影響實
在有限。[296]

　　在五四即開始分流的這些中國知識菁英，在其後的發展中，
留日派大多與共產黨有較緊密的關係；而留英美派則與國民黨有
較密切聯繫，或標榜超越二者的自由主義道路。因而到了 1949
年，前者較多地選擇了共產黨而留在大陸，而後者中則有不少追
隨國民黨到了臺灣。《新月》成員梁實秋本身即是自由派知識份
子的重要代表，而夏氏兄弟顯然也是這一派的文學、文化觀念的
承續者。他們將其文學理念帶到臺灣，並促成了當代臺灣文學的
自由人文主義潮流。

　　當然，這一脈流在 50 年代存在並形成一定規模，有著深刻的
時代環境和社會心理的原因。當時隨國民黨來到臺灣的人們，面
對的首要人生課題就是生存，正如聶華苓自稱《桑青和桃紅》第
三部作為一個寓言，既反映了整個臺灣孤島就像一個閣樓這樣一
個社會現實，又反映了被困的「閣樓人」對於生命的基本欲望
[297]，《自由中國》、《文學雜誌》強調對普通人的人生、人性的
描寫，正符合於這種社會心理。

　　不過，隨著《自由中國》、《文學雜誌》的相繼停刊，這一
文學脈流也就為現代主義等文學思潮所取代。雖然這批知識份子
追隨國民黨，其實與國民黨也時常貌合神離，在 50 年代極端政治
化、概念化文學當道的臺灣文壇，更是如此，它的難成大氣候，
並不奇怪。60 年代以後它逐漸為「三民主義文藝」所收編。1977
年彭歌〈不談人性，何有文學〉等文章成為「鄉土文學論戰」的
導火線，同時也陷入與官方黨屬文人共同攻擊較多揭露階級矛盾

---

296 夏志清：《中國現代小說史》第 52 頁。
297 聶華苓：〈浪子的悲歌〉，《桑青和桃紅》前言，北京：中國青年出版
　　社 1980 年版，第 4 頁。

和社會黑暗面的鄉土文學的境地，而這本身即違背了當年所標榜的「自由的文學」的準則，顯示了這些自由派作家其政治上的以及文學理念上的弱點。某種意義上説，它重複了自由派知識份子20世紀前葉在中國政治舞臺上以及現代文壇上的歷史命運。

在50年代的臺灣文壇，自由人文主義文學脈流一方面沖淡了文學的極端政治化氛圍，另一方面則是使文學應以「人」為中心，著重描寫人生、人性的觀念得以深入人心。如果説前一作用是顯見的，那後一作用則是深遠的。特別是夏志清等通過對張愛玲等具體作家的評論表達其文學理念，對一些年輕作家具有重要的啟示意義和持續的影響力。它並且作為當代臺灣文學與「五四」新文學的密切關聯的例證之一，而具有兩岸文學關係史上的重要意義。

第二節　當代臺灣現代主義詩潮

一、臺灣現代主義文學產生的文化背景

臺灣現代主義文學思潮萌發於50年代中期，盛大於整個60年代，衰頹於70年代，形成了中國文學史上規模最大、發展最充分的一次現代主義文學運動。

這一思潮是在臺灣特定的時代、社會背景下產生和發展的，同時也有文學思潮發展和更迭的內部原因。某種意義上説，它的產生也是對於「反共文藝」思潮的一種突圍。

從政治層面看，雖然以1954年所謂美臺《共同防禦條約》簽訂為起點和標誌，國民黨在臺灣的統治進入相對穩定時期，但它仍以保住它在中國國土上的最後一個據點為其中心任務。對外，它益發依賴美國的保護傘；對內，繼續加強威權統治，所謂「戒嚴令」被無限期地延長。不少人已漸覺察所謂「反攻大陸」只不

過是自我幻想，前途迷茫、動輒得咎的普遍感受和處境，釀成十
分壓抑、低沉的社會氛圍和心態。

　　從經濟層面看，臺灣從 1952 年起進入經濟穩定發展階段。隨
著美援的持續進入和相關政策的實施，臺灣經濟由進口替代型向
外向型轉變，並被整編進世界資本主義經濟體系。這種經濟政策
和體制一時帶動了快速的經濟成長，都市中的中產階級迅速壯
大，成為現代主義發展的社會基礎。

　　在這種政治、經濟背景下，這一時期臺灣的社會文化思潮產
生了新的特徵、流向和複雜性。就官方而言，它歷來以中國文化
「道統」的承續者自居，極力打造自己為中華文化傳統維護者的
形象。對於外來的西方文化，其態度極為複雜：對一般的人文社
會科學思想，它一概放任自流，不加設防，但對自覺足以威脅其
威權統治的西方自由主義，則深懷戒心，有時甚至強加鎮壓。在
民間，由於整個社會與西方（特別是美國）的實際聯繫日趨密
切，普遍滋生著崇尚西方的傾向，在嚮往西方物質文明的同時，
多數人們也接受了西方的以「現代」為標榜的價值觀念、思想文
化。這種頗為複雜的態勢，在這一時期臺灣思想文化界發生的三
個重要事件中得到明顯的體現。

　　首先是《自由中國》事件。《自由中國》想當當局的「諍
友」，終未見容。它主要代表一部分傾心於西方自由民主制度的
原國民黨人士、知識份子以及正在崛起的中產階級的聲音，是當
時臺灣民間崇尚西方思潮的一個典型代表，對臺灣社會文化思潮
的發展影響深遠。

　　第二個重要事件是爆發於 1962 年前後的「中西文化論戰」。
這場論戰在《文星》雜誌上拉開帷幕並以它為主戰場之一。直接
起因是 1961 年 11 月 6 日胡適在題為《科學發展所需要的社會改
革》的講演中，對中國文化的「靈性」表示懷疑，並稱：現在正
是我們東方人應當開始承認那些老文明中很少精神價值，或者完

全沒有精神價值的時候了。當時任教於東海大學的徐復觀迅即作出反應，在香港《民主評論》12 卷 24 期上發表了〈中國人的恥辱，東方人的恥辱〉一文加以批駁。1962 年元旦出版的《文星》第 51 期刊登李敖、居浩然肯定胡適成就和貢獻的文章。同期還載有胡秋原的題為〈超越傳統派西化派俄化派前進〉的長信，在批判「全盤西化論」和「中國文化本位論」後提出自己的「超越論」。

一個月後的《文星》第 52 期刊出李敖〈給談中西文化的人看看病〉一文，旗幟鮮明地表明其「全盤西化」的主張，並對中國近三百年來被他視為固守僵死傳統的 40 餘名學者名流進行點名批判，引起軒然大波。李敖後來描述當時論戰白熱化的情景：「數不清的來信，數不清的批評、讚揚、支持、恐嚇，以及數不清的文字上的辯駁討論……」298 臺灣、香港、海外地區數十種報刊雜誌都介入或作了報導，僅表達反面意見的各類文章至少有百餘篇。

論戰中李敖打出了「反傳統」的旗號，抨擊了普遍存在於中國人身上的「不健康的心病」，如盲目排外、自我陶醉及「古已有之病」、「中學為體，西學為用病」等凡 11 種，並分析了病源，稱：「我們該怪祖宗留給我們太多的『東方文明』，那是一個重擔子，壓得我們喘不過氣來，延誤了我們現代化的速度」，為此他提出：「要使自己國家現代化，最快的辦法莫過於乾脆向那些現代化國家來學，直接的學，亦步亦趨的學，唯妙唯肖的學。」299

論戰反方的觀點可用「中西合璧」、取長補短加以總括。其

---

298 李敖：〈文化論戰的一些史料和笑料〉，《李敖全集》第 7 冊，臺北：四季出版公司 1980 年版，第 340 頁。

299 李敖：〈給談中西文化的人看看病〉，《李敖全集》第 4 冊，臺北：四季出版公司 1980 年版，第 52 頁。

意見為：中西方文化各有其優缺點，應立足於選擇，去其渣滓，存其精華，去其缺點，取其優點，讓兩種文化相互流通、參考印證、結合一體、並行不悖。對此，李敖認為只不過是事實上根本行不通的「漂亮的廢話」。他重申了 30 年代陳序經、胡適等早已引述過「文化整體觀」：在文化移植上無法「買珠還櫝」，「我們一方面想要人家的胡瓜、洋蔥、席夢思；另一方面就得忍受梅毒、狐臭、大腿舞」。李敖並認為這是對抗傳統所必需的矯枉過正。[300]

論戰中站在李敖對立面的大多為名流政要，甚至如國民黨中宣部長梁寒操、「副總統」陳誠等，也在正式場合強調中西文化的融合貫通。他們喜歡將問題上綱上線，如稱李敖有「洋奴、漢奸、甚至匪諜思想」，將「給共產黨可乘之機」；甚至將論戰提高到所謂「光復戰爭」一環的地位。與此相反，站在李敖一邊的大多是名不見經傳的年輕學子和普通民眾，他們更多地代表著民間的聲音。連胡秋原也稱：「一般而論，今日『西化』之勢是在上風。而我還願承認，今日許多肯想的青年，也多傾向『西化』。這是無怪其然的……今日臺灣，是生活在美援及美國『大眾文化』之下之中……」[301] 這可說道出當時社會文化思潮「西化」導向的部分原因。

李敖一方的論點反映了相當部分民眾的迫切願望。特別是在國民黨一黨獨大、反共八股盛行及由此引發的民眾普遍壓抑、苦悶的社會氛圍中，李敖等發出了「老年人交棒」等反對專制、爭取民主的強烈呼聲，無疑震動了許多知識份子和社會人士的心

---

300 李敖：〈給談中西文化的人看看病〉，《李敖全集》第 4 冊，第 42-45頁。

301 胡秋原：〈由世界大局談到中國青年〉，臺灣《世界評論》第 10 年第9 期，1962 年 7 月 16 日。

扉，獲得他們的共鳴。某種意義上，這是《自由中國》楬櫫自由
民主精神的再次重演，只是其重心由敏感的政治轉移到更廣闊的
文化問題上。另有新儒家徐復觀，堅定的民族主義者胡秋原等，
固然也反對「全盤西化」論，但與官方主要防備西方自由民主理
念不同，他們反對「西化」是為了堅守中華民族的文化傳統。他
們不僅不反對自由民主理念，甚且努力將中國的儒家傳統與民主
政治加以銜接。胡適逝世時，他們都對胡適一生堅持爭取自由民
主立場表示敬意。1968 年徐復觀曾撰〈遠奠熊師十力〉[302] 一文，
稱：「中國二千多年的專制政體，形成國族一切災禍的總根源。
要從災禍中挽救國命於不墜，必以實現民主為前提條件」，並引
用熊十力兩大弟子之一的牟宗三所言：美國所發生的各種問題，
是文化問題，不是民主政治體制的問題，不應把文化問題轉到民
主政治體制上去而對民主政體輕加責難。顯然，徐復觀對於國民
黨官方人士將西方社會出現的文化問題轉到民主政治體制上，從
而對民主政體加以責難和拒絕的做法深不以為然，這正是中西文
化論戰中雖然二者站在一起共同反對「西化派」，其實之間存在
著深刻區別之所在。國民黨官方人士認為西方文化有優點也有缺
點，自由民主即其不好的一面，反對「全盤西化」主要就是要杜
絕西方自由民主理念的進入；而徐復觀等卻認為自由民主正是西
方文化優良的值得學習的方面，須反對的是諸如以為「科學萬
能」的唯科學主義等傾向。徐復觀堅信儒家精神本來即是反專制
的，只是後來這種精神受到了壓制。[303] 這樣徐復觀就將堅持民族
文化傳統和追求自由民主做了連接。這裡已可看到 70 年代的鄉土

---

302 徐復觀：〈遠奠熊師十力〉，《徐復觀雜文④·憶往事》，臺北：時報
    文化出版公司 1985 年 5 月再版，第 226-230 頁。

303 徐復觀：〈儒家政治思想與民主自由人權〉，臺北：學生書局 1998 年
    版，第 83 頁。

文學論戰中，徐復觀等會對高舉「回歸傳統」旗幟，追求民主政治，反對當時國民黨當局的威權專制統治的鄉土文學作家加以支持的深層原因。

　　1966 年 11 月起國民黨當局因大陸發生「文革」而推動的「中華文化復興運動」，是思想文化界的又一個重要事件。1967 年 7 月 28 日，由蔣介石任會長的「中華文化復興運動推行委員會」正式成立，在總會下設置分門別類的專門性輔導、促進、推行、獎助或研究委員會；並推動大規模的古籍整理、出版工作等。這也成為該運動的實際成果。這一運動的發起，顯然有其背景和目的。除了請出固有文化以挽救因經濟發展而帶來的日益敗壞的社會風氣外，更主要的，乃進一步塑造國民黨是中華文化傳統維護者的形象，用以貶抑中共，同時也抵禦臺灣內部「全盤西化」的風潮，以及對於國民黨自詡的道統乃至法統地位的懷疑之聲。作為這一運動的直接產物，當時臺灣出現一股闡述三民主義與中國文化關係的熱潮，宣揚實踐三民主義就是復興中華文化等論調。這一運動取得了若干實際成果，如大量中國古代歷史文獻典籍的整理、出版、保存；使一代青年學生的國學水準大大超過大陸的同齡人，等等。但顯然也存在一些值得檢討的地方。其一，這一運動的發起具有政治上的動機和目的。它直接針對著當時大陸發生的「文化大革命」，具有「反共」的內核；更主要的，卻是為了建立或鞏固蔣氏所自詡的「中華道統」承續人的地位，用以彌補其實際「法統」地位上的不足。其次，從某種意義上說，它是蔣氏於 1934 年至 1949 年在大陸推行的「新生活運動」的臺灣再版。它雖然也以「守經知常，創新應變」為口號，但重點還在四維八德等傳統倫理道德的提倡，制定或頒行了「青年生活規範」、「國民生活須知」、「國民禮儀範例」，試圖對廣大民眾在食、衣、住、行、育、樂等日常生活方面加以規範，顯得保守而迂腐，容易引起現代青年的反感和抵制。其三，它強調的是儒

家正統經書教育之「大傳統」，卻忽略乃至壓抑了地方文化之「小傳統」。然而「小傳統」與「大傳統」具有個性和共性的辯證關係，臺灣文化乃中華文化的一種具體的、活生生的地方表現形態，是「多元一體」中華文化中的較為特殊的「一元」。如果一味強調較為抽象的、有時被教條化了的中華文化「大傳統」，而漠視、忽略乃至壓制了具體的、與百姓朝夕相處的「小傳統」，就會與廣大民眾的實際生活有所隔膜，難以獲得廣泛、深入的認同，甚至讓有心人士有機可乘。

　　現代主義文學思潮正是在這樣的文化背景下展開，而其萌發、高漲、衰頹以及由西化到回歸的發展曲線，正與上述三大事件所構成的社會文化思潮發展的主要脈絡若合符節。

二、50 年代三大詩社與「現代」文學觀念的確立

　　現代主義文學思潮最早的弄潮兒，是一批現代詩人。1953 年 2 月至 1954 年 10 月，「現代詩」、「藍星」、「創世紀」等詩社先後創立，並顯露若干共同特徵。其一，雖明顯可見「反共文藝」影響的痕跡，但同時也流露了對淪為口號和工具的政治宣傳性文學的反感和背離。其二，顯露了對「現代」的傾心、對藝術技巧的注重和學習西方文學的興趣。如 1953 年 2 月 1 日出版的《現代詩》創刊號上的〈現代詩宣言〉表明，現代詩「非遠離著今日之社會的古代的詩，更不應該是外國的舊詩」，「（我們）要的是現代的……唯有向世界詩壇看齊，學習新的表現手法，急起直追，迎頭趕上，才能使我們的所謂新詩到達現代化。」

　　1956 年 2 月第 13 期的《現代詩》首次印出「現代派詩人群共同雜誌」字樣，並宣佈現代派詩人第一屆年會的召開和「現代派」的正式成立。第一屆年會共有 80 多位詩人加盟，顯示了眾多詩人內心對於「新詩再革命」的嚮往。紀弦起草了〈現代派的信條〉、〈現代派信條釋義〉等文件。現代派的「六大信條」包

括：1. 我們是有所揚棄並發揚光大地包含了自波特賴爾以降一切新興詩派之精神與要素的現代派之一群。2. 我們認為新詩乃橫的移植，而非縱的繼承。3. 詩的新大陸之探險，詩的處女地之開拓，詩的新內容之表現，新的形式之創造，新的工具之發現，新的手法之發明。4. 知性之強調。5. 追求詩的純粹性。6. 愛國反共，追求自由與民主。除了帶有應景意味的第六條外，其他五大信條所表露的對文學本體的追求和菁英式美學觀念，創新精神、反傳統取向以及開放包容觀念，正是現代主義詩精神的主要內核。「現代派」的成立表明，臺灣島上對繆斯懷著真誠熱愛的人正聚集在一起，摒棄官辦的、虛假的「戰鬥文藝」，走上另一條通向自己的藝術理想的路途。

「現代派」的旗幟高張後，圍繞它的論爭也隨之出現。首先是來自外部的非難。寒爵在《反攻》雜誌上發表〈所謂「現代派」〉，其主要攻擊點，在於紀弦引以為師的波特賴爾乃充滿「世紀末」病態呻吟的「頹廢派」[304]，紀弦則辯駁說：我們吸取的是它的健康、進步、向上的部分以及那「革新了的作詩的方法」，對於「那病的、世紀末的傾向」則加以揚棄。1959 年 7 月蘇雪林在《自由青年》發表〈新詩壇象徵創始者李金髮〉一文，認為以李金髮為代表的象徵詩體朦朧晦澀、文白夾雜，使得新詩產生「隨意亂寫、拖逯雜亂，無法念得上口」之病。覃子豪則撰〈論象徵派與中國新詩〉，稱中國新詩自李金髮起「向前大大躍進了一步」，並稱「詩愈進步，詩的欣賞者愈少」，從而引來一篇署名「門外漢」的〈也談目前臺灣新詩〉的文章，呼籲詩人走下「象牙之塔」，做些「老嫗都解」的詩。其他現代詩人紛紛呼應覃子豪。1959 年 11 月 2 日起言曦在《中央日報》上發表〈新

---

304 寒爵：〈所謂「現代派」〉，《寒爵自選集》，臺北：黎明文化事業公司 1978 年版，第 126-127 頁。

詩閒談〉和〈新詩餘談〉等，引發了一場較大規模的論戰。言曦
試圖以「造境」、「琢句」、「協律」等中國傳統的評詩標準來
衡量新詩，認為好詩必是「可歌」的。可以看到，非難現代詩者
往往從批判象徵派入手，指責其內容的頹廢和表達的晦澀，並由
此延伸到現代詩與西方文學、現代詩與大眾的關係等問題。雖然
包括余光中、白萩等在內的現代詩人群起反對言曦之說，但後者
那回歸傳統的思路，無疑對於現代詩人們有所啟發和刺激。因為
不久以後，余光中就開啟了他那走向西方的「浪子」回歸東方之
路 305。

　　現代詩人在有「外敵」時，他們一致對外，而在對外論戰的
間隙，內部也常引發爭論。如覃子豪 1957 年發表的〈新詩向何處
去〉一文，質疑紀弦「橫的移植」論，並針對紀弦的六大信條提
出了中國新詩的「六條正確原則」。306 紀弦則撰文進行辯解。覃
子豪的觀點雖有異於紀弦，但他們之間僅是溫和的和激進的現代
派的區別。現代詩人內部的這些論爭，使他們的理論獲得某些錘
煉和修正，提供了現代主義詩潮在 60 年代走上高潮的基礎，也為
其後部分現代詩人的「回歸」埋下伏筆。

　　從上述文壇事件中已可約略看出，現代主義文學思潮萌發階
段文學理論批評的重心，在於文學外緣關係的釐辯和文學「現
代」觀念的建立。一般地說，這時期的臺灣現代派作家並不否認
文學與時代、社會、人生的密切關係，但又認為文學自有其不假
於社會意義的獨立價值存在。在思想性和藝術性、作品內容和表
現技巧之間，他們毋寧更重視後者。白萩在〈蛾之死·後記〉中

---

305 參見余光中〈再見，虛無〉、〈幼稚的「現代病」〉、〈從古典詩到現
　　代詩〉等文。

306 覃子豪：〈新詩向何處去〉，何欣編選：《當代中國新文學大系·文學
　　論爭集》，臺北：天視出版公司 1979 年版，第 95-97 頁。

稱：現代的人們對生活的體驗日益擴增，「所以此時代也更急切
地需要多方面技巧的實驗，用以承納這龐雜的感受」。這樣，現
代派詩人們就為其偏重藝術技巧的傾向做了較圓滿的解釋。

　　文學與時代、社會關係的聱辯，最集中地體現於詩的「難
懂」和大眾化問題上。余光中說得明白：詩之價值並不取決於欣
賞者的多寡，「至少我們不願降低自己的標準去迎合大眾……相
反地，我們要求大眾藝術化，要求讀者提高自己的水準」[307]。這
正代表了一般現代派詩人的看法，如瘂弦也說：「不必對讀者存
在太多顧慮，你儘量向前跑，他們會追得上你，今天追不上，明
天會追得上。」[308]

　　在與傳統和西方文學的關係上，現代派作家普遍認同的是取
法西方的反傳統觀點。除了紀弦較極端的「橫的移植」說外，余
光中的「孝子」和「浪子」說[309]，瘂弦所稱「我們希望有更多的
現代文學藝術的朝香人，走向西方回歸東方」[310]，已略見周延。
他們還認為某種文學通行即久，必成習套，只有打破這種「固定
反應」，才能使藝術獲得新的生命。白萩以「落葉」、「落日」
成為描寫悲傷、失望的俗濫比喻為例說明了這一點。此外，他們
還認為時代變化、美也時時在變，因此應對「超前性」加以容忍。

　　通過這些文學外緣關係的聱辯，現代派作家們建立起對於文
學「現代」概念的較完整的界定和認識。如白萩撰有〈對「現
代」的看法〉一文，實際上揭示了所謂「現代」本身可包含的幾
層內涵。首先，「現代」作為一個性質的概念，指的是作品所表

307　余光中：〈文化沙漠中多刺的仙人掌〉，《掌上雨》，臺北：時報文化
　　　出版公司 1984 年四版，第 126-127 頁。

308　瘂弦：〈現代詩短箚〉，《中國新詩研究》，臺北：洪範書店 1987 年
　　　三版，第 53 頁。

309　余光中：〈古董店與委託行之間〉，《掌上雨》，第 228 頁。

310　瘂弦：〈現代詩短箚〉，《中國新詩研究》，第 64 頁。

現出的特定的思想內涵或藝術風格，亦即表現現代工業文明環境中人的孤寂、疏離和異化，以及探究生與死、愛與恨等人類生存抽象問題的文學。其次，「現代」作為一個時間性概念，指的是當下、現時，表示不斷追尋「最後五秒鐘」的當代現象在「敏感的心靈上引起的影響」而忠實表達之。此外，「現代」還是一個與「過去」相對的概念，代表著在「過去」的基礎上的變革和創新。[311] 如果說前者（性質概念）相對於當時臺灣尚屬農業社會形態而言不無早熟之嫌，那後二者所包含的創新性要求，正是臺灣現代派作家恪守的準則和追求的目標。

三、臺灣現代派詩的創作實績

「現代詩」、「藍星」、「創世紀」等均為具有現代主義創作傾向的詩社，但在具體的美學追求和創作風格上，仍有所區別。

現代詩社及其《現代詩》季刊由紀弦創辦，以「創導新詩的再革命，推行新詩的現代化」為宗旨，標榜「橫的移植，而非縱的繼承」，強調「知性」和創新。在其旗下的著名詩人有楊喚、鄭愁予、方思、林泠、羊令野，以及後來加入笠詩社的林亨泰、白萩等。

紀弦的詩表現出率性真誠、敢哭敢笑、時而狂傲不羈，時而玩世不恭的自我形象，常用幽默、俳諧的手法表達對現實的憤恨和不滿，用詞平易簡樸，大量加入助詞、連詞和系動詞，顯現一種近於散文的自由詩風格，實踐了現代派將「詩」與「歌」徹底分家的說法。鄭愁予的詩風兼具豪放和婉約，《錯誤》等膾炙人口的詩多以離家外遊之人為抒情主人公，表現情意綿綿而又豪爽積極的「浪子」情懷，雖然著重描寫現代人的感受，但仍堅持中

311　白萩：〈對「現代」的看法〉，《現代詩散論》，臺北：三民書局 1972年版，第 31-33 頁。

國詩歌的抒情傳統，善於化用中國古典詩歌中的詞語和意象，在中國讀者中廣受歡迎。方思的詩多深邃睿智的哲理探索，根據事物矛盾對立、轉化的特點，常在詩中設置鮮明對比，善於用簡練精緻的文字展現色彩鮮明的畫面，用輕快柔和的語調娓娓訴說著人生的哲理。羊令野與中國古典詩歌有密切關係，標榜「拼命追秦漢，抽身即是吾」，注重古詩傳統的現代翻新，顯示了現代派詩人創作的另一種可能。林泠採擷方思的冷肅深刻、鄭愁予的意象圓融，楊喚的音響活潑和童話詩心等眾家之長，輕婉含蓄地訴說著東方女性的矜持和執著。

　　藍星詩社由覃子豪、鍾鼎文、余光中、夏菁、鄧禹平等人發起，後又加入蓉子、羅門、周夢蝶、向明、葉珊（楊牧）、黃用、吳望堯、張健、夐虹等重要詩人。余光中後來說：藍星詩人的結合大致上是對於紀弦的反動──不願像紀弦那樣貿然作所謂「橫的移植」；紀弦強調「主知」，要打倒抒情，「我們的作風則傾向抒情」，等等。[312] 因此有人以「新古典主義」來界說「藍星」。

　　覃子豪原本是詩風明朗雄渾的抒情詩人，1957 年他撰文〈新詩向何處去〉反對紀弦的「橫的移植」論和排斥抒情的說法；但其晚年（1958 年之後）的詩作仍轉向知性的追求，顯出冷靜和抽象之美。余光中是當代臺灣詩壇上藝術成就較高的詩人之一。他幾番來往於臺灣、美國、香港之間，在美國時想念中國，在臺灣時懷念大陸的河山和故鄉，既不想當死守傳統的「孝子」，也不想當回不了家的「浪子」，希望走向西方而又能回歸東方。詩人把情感寄託在歷史、文化的中國上，大量採納中國地理、歷史典故，以喚起一連串與祖國相關的想像，表達其纏繞難解的「中國情意結」，其《鄉愁》、《白玉苦瓜》等詩膾炙人口。余光中在

---

312 余光中：〈第十七個誕辰〉，臺灣《現代文學》第 46 期，1972 年 3 月，第 13 頁。

散文、評論方面也卓有成就，有著「藝術的多妻主義者」的雅號。羅門把詩當作永恆的精神追索和人所創造的「第三自然」——一種灌注詩人之靈視，遠比田園山水的「第一自然」或都市情景的「第二自然」更為無限與更具生命內涵力的美感存在形態，並在開創臺灣的「都市詩」和創作「戰爭詩」等方面做出獨特貢獻。蓉子將宗教詩的音樂氣息融入其創作之中，構築了獨特的「由聖經、自然與存在觀組成的三角塔」，塑造了寧靜、含蓄、自愛而又成熟、超脫的女抒情主人公形象。歷史題材敍事詩的經營是楊牧對臺灣詩壇的重要貢獻之一，不過詩人意不在歷史的真實，而是借助歷史表達其現代感受和思索，在詩藝上具有語言稠密圓熟，意象精緻繁富、氣勢龐大、詩思遼闊等特點。周夢蝶因長期在武昌街擺地攤賣書的特殊行止而成為詩壇傳奇式人物，其詩作創造了臺灣現代詩的一種獨特境界——充滿淒絕悲苦，閃爍著禪理哲思的詩境，其《孤獨國》、《還魂草》成為詩人試圖征服生命悲哀的心靈記錄。

　　早期的「創世紀」提出建立「新民族詩型」，1959 年第 11 期起進行大規模改革，轉而強調詩的世界性、超現實性、獨創性與純粹性，成為 60 年代臺灣現代主義詩創作的主要園地，推動了一場歷時數年的超現實主義詩歌風潮。

　　洛夫、瘂弦、張默被視為「創世紀」的「三駕馬車」。早期的瘂弦書寫著歌謠風的抒情詩，後來則傾向於向人類生存處境和本質的掘進以及對工商社會全體墮落的批判，但仍有一些屬於瘂弦的獨特韻調貫穿始終，這即是張默對他的論斷：「甜是他的語言，苦是他的精神」。[313] 洛夫是臺灣超現實主義詩潮的代表人

313 見張默、張漢良主編：《中國當代十大詩人選集》，臺北：源成文化圖書供應社 1977 年版；轉引自蕭蕭：〈編者導言〉，蕭蕭主編《詩儒的創造》，臺北：文史哲出版社，1994 年 9 月版，第 2 頁。

物，其《石室之死亡》乃著重探討人的存在經驗和悲劇命運的長篇巨製，以陰冷幽暗的石室作為社會現實環境的象徵，描繪在這惡劣環境中人的受難形象，表達人的孤獨、悲傷的哀鳴及祈求救贖的呼聲，並深究生命與死亡、宇宙和個人等人類永恆的問題，倡揚西緒福斯式反抗，以報復人類無法改變的荒誕生存狀況和殘酷命運；意象的稠密、強烈、暴戾和富有張力是其詩藝上的特點。張默集詩人與詩評家的身分於一身，其詩擅長感性抒情，頗能捕捉霎那間的感受，對色彩、聲響等的感覺有過人之處。大量的有關現代詩運動資料的搜集、匯總、編輯修訂工作，則是他對詩壇的又一重要貢獻。葉維廉是詩人兼學者，早期詩作以繁音複旨表達「游疑不定的情緒和刀攪的焦慮」，後期則更多吸取中國、東方式美感意識，寫出清純明朗、渾然天成的作品。此外，他在詩論方面具有較高成就。商禽堪稱臺灣詩壇最典型的超現實主義詩人。稠密意象快速地翻轉、衍生，或呈現詩人凝神觀照下的幻覺直感意象，使他的詩具有超現實主義意象經營的特徵。早期「創世紀」的知名詩人還有管管、辛鬱、羅英等。

四、臺灣現代詩的兩個「根球」

　　現代主義在中國現代文壇不絕如縷，從 20 世紀 20 年代至 40 年代，先後有李金髮的「象徵派」，戴望舒等的「現代派」，穆時英等的「新感覺派」以及「九葉詩派」等，卻一直未成主流。新中國成立後，現代主義被當作資產階級的意識形態而長期受到貶抑，直到 70 年代以後才略見轉機。然而在臺灣，卻於五六十年代成為文壇主流，構成中國文學史上規模最盛大的現代主義文學運動。除了對「反共文藝」藝術突圍的需要外，它的產生還與中國現代新文學中現代主義一脈在臺灣的延續緊密相關。

　　臺灣現代詩運動的擎旗手紀弦在 30 年代就以路易士的筆名為《現代》雜誌寫詩，在 50 年代臺灣詩壇提出的放逐抒情和強調

「知性」、「純粹性」，明顯是李金髮、戴望舒等的「現代詩」精神的承續。與紀弦並稱臺灣詩壇三元老的覃子豪、鐘鼎文，也都在 30 年代就參與了現代詩的創作活動。正如李歐梵所說：「1953 年（紀弦）創辦的《現代詩》雜誌，顯然又使三十年代那點微末的遺緒復活起來。」[314]

此外，在一些到臺灣後才成名的稍晚一輩詩人身上，也間接體現了這種中國現代詩的薪傳關係。如余光中早年詩創作曾受到郭沫若、臧克家、馮至、卞之琳以及新月派諸詩人的影響。瘂弦對《預言》時期的何其芳情有獨鍾，乃至其早期詩作不乏《預言》的痕跡。洛夫自稱他 21 歲隨軍來臺時「行囊中僅軍毯一條，馮至及艾青詩集各一冊」。葉維廉在 1950 年前後的香港曾遍訪書肆，「對五四到三、四十年代的詩及理論曾選抄過四五本」。他多次指出臺灣的現代詩承續了卞之琳、戴望舒等，「洛夫早期的詩吸收了艾青……那種敘述性的句法；卞之琳後期的詩、還有辛笛在意象上的處理，都對我有一定的影響。」[315]

葉維廉還強調了以「九葉派」」代表的 40 年代現代詩人的文學史意義及臺灣現代詩與之的關係。他自稱在 1955 年至 1959 年間所思考的問題中，包括「矯正三四十年代過度説教化、散文化」的問題[316]，而這也正是「九葉」詩派出現的原因之一。顯然，這些 50 年代的臺灣詩人們領略到「五四」以來的詩歌（也包括當時環繞他們四周的「戰鬥詩」）的弊端即「過度的説教化、散文化」，試圖以此作為反叛、創新的突破口。葉維廉指出：艾

---

314 李歐梵：〈中國現代文學的現代主義〉，臺灣《現代文學》復刊第 14 期，1981 年 6 月。

315 梁新怡等：〈與葉維廉談現代詩的傳統和語言〉，《葉維廉自選集》，臺北：黎明文化事業公司 1978 年三版，第 249-250 頁。

316 葉維廉：《葉維廉自選集》，第 3 頁。

略特的「情感的等值」，卞之琳便曾發揮並引伸至「思想感覺化」的要求；而「思想感覺化」正是 40 年代詩人創作的信條之一，而「六十年代的詩人，下意識裡承傳的，實在與此意念很密切。」[317] 這裡葉維廉指出了臺灣現代詩人與卞之琳、九葉詩人等在「思想感覺化」美學方式上一脈相承的關係，是頗為精闢和深刻的。這種傳承關係也說明，臺灣現代詩人對於中國現代新詩傳統的傳承是有所選擇的。他們對於某些「過度說教化、散文化」的創作傾向並不滿意，格外傾心並努力效法的，是那些注重於感覺、意象、象徵等美學經營的詩人們。

不過，陳千武等「笠」詩人提出了「兩個根球」說。他們並不否認 50 年代臺灣現代詩具有「五四」以降中國大陸現代詩的「根球」，但除此之外，臺灣的現代詩還有另一「根球」，就是日據時代受日本詩壇影響所實踐的近代新詩精神：「當時主要的詩人有故王白淵、曾石火、陳遜仁、張冬芳、史民和現仍健在的楊啟東、巫永福、郭水潭、邱淳洸、林精鏐、楊雲萍等，他們所留下的日文詩雖已無法看到，但繼承那些近代新詩精神的少數詩人們吳瀛濤、林亨泰、錦連等，跨越了兩種語言，與紀弦他們從大陸背過來的『現代』派根球融合，而形成了獨特的詩型使其發展。」[318] 陳千武所未提到的應還包括 30 年代提倡超現實主義的「風車」詩社，40 年代的追求現代詩精神的「銀鈴會」等。前者更直接吸收日本昭和詩壇現代派的影響；後者則與 60 年代成立的「笠」詩社有一脈延續的關係

---

317 葉維廉：〈秩序生長的歷程〉，《秩序的生長》新版序，臺北：時報文化出版公司 1986 年版，第 16 頁。

318 陳千武：〈臺灣現代詩的歷史和詩人們——華麗島詩集後記〉，臺灣《笠》第 40 期，1970 年 12 月。

第三節 現代主義文學高潮及其特徵

一、《現代文學》創立和現代主義的高漲

　　50 年代三大詩社畢竟只局限於現代詩領域，真正將現代主義推向高潮的，還要靠小說、戲劇等其他文類的齊頭並進。因此《現代文學》的創辦具有特殊的意義。不過在此之前，《文學雜誌》、《文星》、《筆匯》等，都已開啟了對西方現代主義文藝的介紹和借鑒。美國新聞處及其《今日世界》被認為在傳播歐美現代主義文學乃至美國文化方面發揮了較大作用。陳映真後來曾指出：在文化上，美國在戰後根本改造了臺灣的教育結構，透過教科書、派遣研究人員、到美留學、完成了臺灣教育領域──特別是高等教育領域──的美國化改造，「美國新聞處、好萊塢電影、美國電視節目、美國新聞社的消息，基本上左右著臺灣文化，並且持續、強力地塑造著崇拜美國的意識。」[319] 據臺灣學者研究，美新處以高額稿酬廣邀臺灣學者、作家擔任西方作品的翻譯，於 1956 年出版了林以亮等翻譯的亨利·詹姆斯的《碧廬冤孽》，《文學雜誌》則於第 4 卷第 4 期刊載聶華苓所譯同一作者的《德莫福夫人》，並在次期發表朱乃長、侯健、林以亮等撰寫的三篇介紹亨利·詹姆斯的文章，正是這一系列連續譯介，臺灣才開始注意到這位重要的現代主義作家。此外，美新處也協助出版刊載在《文學雜誌》上的翻譯作品或創作，並在刊物銷路不理想時，以「逐期支援」的方式，幫助《文學雜誌》持續出版。由此可知，「從 1956 年至 1960 年，美國現代主義在臺灣的傳播，

---

319 陳映真：〈美國統治下的臺灣〉，《美國統治下的臺灣（陳映真作品集13）》，臺北：人間出版社 1988 年版，第 11 頁。

正是透過美新處出版的西文譯著和《文學雜誌》系統化且密集性的譯介，一步步影響臺灣文壇⋯⋯現代主義與美援文化的掛鈎，必須在 50 年代的《文學雜誌》發行後，才看得清楚。」[320] 相比之下，《筆匯》（革新版）由尉天驄等一群青年學生主編，初出茅廬的陳映真等為重要撰稿人，雖然也具有鮮明的現代主義傾向和色調，但與美援文化未必有直接關係，因此從一開始就顯露一些異音調，如介紹的外國文學中也包括亞非拉等第三世界作家的作品。也許正是這一點不同，《筆匯》下啟《文季》系列刊物，發展出左翼鄉土文學的一脈。

《現代文學》由白先勇、王文興、歐陽子、陳若曦、劉紹銘、李歐梵、葉維廉等一群臺大外文系學生於 1960 年 3 月 5 日正式創刊，1973 年 9 月出至第 51 期後停刊，1977 年夏復刊，1984 年再次停刊。其間余光中、何欣、姚一葦、柯慶明等均曾實際主持編務，而鄭恒雄、杜國清、王禎和等不同屆次的該系學生以及侯健、黎烈文等教授名流也曾參與或支援過刊物的編輯、出版工作。由劉紹銘執筆的發刊詞，表白了他們的辦刊目的和志向：

> 我們不想在「想當年」的癱瘓心理下過日子。我們得承認落後⋯⋯祖宗豐厚的遺產如不能善用即成進步的阻礙。我們不願意被目為不肖子孫，我們不願意呼號曹雪芹之名來增加中國小說的身價，總之，我們得靠自己的努力。
>
> 我們感於舊有的藝術形式和風格不足於表現我們作為現代人的藝術情感。所以，我們決定實驗，摸索和創造新的藝術形式和風格。⋯⋯我們希望我們的試驗和努力得到歷史的承認。[321]

---

320 朱芳伶：《被壓抑的臺灣現代性：六○年代臺灣現代主義小說對現代性的追求與反思》，臺灣師範大學博士論文，2006 年，第 71-72 頁。

　　這就開宗明義地表露了他們力圖超越傳統的「現代」取向。由於他們認為固有文學與西方現代文學之間存在著差距，因此「依據『他山之石』之進步原則」，打算有系統地翻譯介紹「西方近代藝術學派與潮流」及其代表作品，又針對當前文學批評的薄弱而有意加強之。這是刊物創辦伊始擬採取的兩項具體措施。

　　《現代文學》的實際成績，首先在它比較系統地介紹了西方文學，特別是西方現代主義文學。它先後以「專號」、「專輯」等方式，刊載了卡夫卡、湯瑪斯·沃爾夫、詹姆斯·喬埃斯、勞倫斯、吳爾芙、沙特、福克納、史坦貝克、葉慈、紀德、斯特林堡、凱薩琳·安·波特、尤金·奧尼爾、亨利·詹姆斯等的作品及相關資料、評論。這對於現代主義文學思潮的高漲，無疑有很大的推動作用。

　　發表了大量現代文學創作，培植了一代年輕作家，是《現代文學》的另一更重要的成就。僅第一次休刊前的 51 期中，共刊登了 70 位作者的 206 篇小說，其中不乏「60 年代臺灣短篇小說的優秀典例」[322]。臺灣知名的小說家，絕大多數都曾在《現代文學》發表過小說，且往往又是他們的成名之作或代表性作品。此外，它發表的現代詩也有 200 多首，舉凡臺灣各大詩社的名詩人，幾乎全在《現文》登過場。這樣，《現代文學》成為 60 年代臺灣最有影響的綜合性文學期刊。

　　《現代文學》與《文學雜誌》本有密切的淵源關係，創辦者多為夏濟安的學生，但二者仍有一些差別。一是風潮的鼓動性更強。與他們的學養深厚、穩重持成的老師不同，這一群反叛性強的年輕學子，「有意造成一股新的風氣，標榜一種新的風格」，

---

321 《發刊詞》，《現代文學》第 1 卷第 1 期，第 2 頁。
322 白先勇：〈《現代文學》的回顧與前瞻〉，《第六隻手指（白先勇作品集 4）》，第 23 頁。

如開頭幾期即密集推出外國現代作家的「專號」，對文壇具有較大的衝擊力。二是「現代」取向更為明顯。《文學雜誌》以整個西方文學（包括現代的和傳統的）為介紹對象，而《現代文學》則更側重於西方現代主義文學。如白先勇後來所言：「1950 年代，臺灣在新舊交替中，而我們要丟掉背後的傳統和父輩的包袱……我們看卡夫卡、勞倫斯、喬埃斯等人的作品非常過癮，對於 19 世紀的東西，我們覺得太古老、太保守了。」[323] 在實際創作中，《文學雜誌》仍以傳統的寫實手法為基調，而《現代文學》出現了更多的屬於現代主義的作品。

《現代文學》與《創世紀》等現代派詩刊也有異同。也許出於詩人的「天性」，詩刊常有矯枉過正的偏激宣導，從而引來各類貶責和論爭。而《現代文學》的成員屬於學院派，比較溫和、穩重，既諳熟於西洋文學，也興趣於中國古典文學，具有較大的包容性，更能「和而不同」。在臺灣現代派文學的譜系脈絡中，《現代文學》顯然屬於溫和的一脈。

二、佛洛依德心理學和現代派文學的內向性特徵

西方的現代主義文學以象徵主義為濫觴，到了 20 世紀，則以存在主義、佛洛依德主義的聲勢最浩大，影響最深遠。臺灣的現代主義文學思潮，也主要圍繞著這幾方面加以吸納和展開。

佛洛依德心理學揭示人的精神中還有一個隱密的潛意識領域。這一發現，增加了人們進一步探索自身心靈秘密的興趣。如果說，客觀的社會關係和浮露的主觀情感已為現實主義或浪漫主義作家多所涉及，那偏重深層心理的挖掘，則成為 20 世紀現代主

---

323 白先勇、李歐梵等：〈回顧六十年代──從我們這一班談起〉，臺灣《中央日報》1987 年 8 月 17 日；《第六隻手指（白先勇作品集 4）》，第 518 頁。

義文學的重要特徵。在臺灣，夏濟安等在 50 年代即針對中國文學的弱點提倡「心理小説」。到了 60 年代，這一提倡發展成小説創作的重心之一。

如歐陽子自稱：「對於人類複雜微妙的心理，我一向最感興趣。我喜歡分析探究人類行為的動機。」[324] 其中有相當一部分「心理小説」著重於挖掘人物的被扭曲的變態心理和潛意識世界，而這些作品在當時受到了批評界的重視和肯定。如白先勇在為《秋葉》作序時，稱譽歐陽子為「扎實的心理寫實者」、「人心的原始森林中勇敢的探索者」；指出她的小説人物並不是血肉之軀，而是幾束心力的合成，所描寫有母子亂倫之愛、師生同性之愛……這種對人類潛意識心理活動的忠實暴露，使歐陽子的小説「突破了文化及社會的禁忌」，獲得了「中國小説傳統罕有的特質」[325]。至於施叔青，白先勇指出儘管她的小説世界「是透過她自己特有的折射鏡所投射出來的一個扭曲、怪異、夢魘似的世界」，然而這個混合了死亡、性、瘋癲以及神秘的超自然力量的「患了分裂症的世界」，它的不正常性，正如同鹿港海邊時或發生的颱風、海嘯一般，「有其可怕的真實性」[326]。或者説，施叔青乃因突破了正常社會中的人倫、道德、理性的拘束而描寫了人類心理的另一種真實，因此受到白先勇的肯定。

又如，姚一葦在〈論白先勇的《遊園驚夢》〉中根椐佛洛依德《夢的解釋》中關於性行為折射為某些夢中圖像的理論，指出白先勇對於錢夫人的騎馬、出汗等夢境描寫，乃人物性的願望的顯示和性行為的象徵。而錢夫人在白先勇的人物譜系中，又是一

---

324 歐陽子：〈那長頭髮的女孩・自序〉，臺北：文星書店 1967 年版。

325 白先勇：〈崎嶇的山路──〈秋葉〉序〉，《第六隻手指（白先勇文集4）》，第 184-189 頁。

326 白先勇：〈鹿港神話──〈約伯的末裔〉序〉，《第六隻手指（白先勇文集4）》，第 182 頁。

個表面看來具有傳統貞潔觀念的女子。這樣，白先勇就塑造了一個即是「貞潔」的又是「欲」的複雜人物。姚一葦進一步指出，白先勇所展現的經驗世界「也正像錢夫人一樣，是一個複雜的二重的組合：外表文雅、高貴，而內在則是充滿了虛偽、矯飾、頹廢和墮落」[327]。由此可知，臺灣現代派作家的潛意識挖掘和描寫在當時獲得了普遍的認可——它們被認為不僅具有心理的真實性，同時也是精神錯亂、分裂、充滿矛盾和夢魘的現實世界及現代社會情緒的折射和表徵。

　　佛洛依德心理學的影響還體現於文學的表現方式。意識流、超現實等手法在 60 年代被廣泛採納並受到鼓勵。如叢甦的《盲獵》、王敬羲《海灘上》、泥雨《夏日》、馬健君《瘁》等，都可見「意識流」的較多運用，而水晶就以經常採用各種新穎技巧而受到夏志清的稱譽——《沒有臉的人》被夏志清稱為「臺灣作家中用意識流技巧寫小說最成功的一篇」[328]。

　　以佛洛依德學說為理論基石的超現實主義在現代詩創作中發揮了較大的作用和影響。強調「靈視」以及所謂「大乘的寫法」就是其中的重要方面。這兩個概念涵蓋了從觀察事物、捕捉靈感到完成作品的全過程。早在其重要詩論〈詩人之鏡〉中，洛夫就闡釋了一種創作源於潛意識推動的創作觀：「創造品乃從不自覺之深處誕生」，藝術家「在從事創作之前心中並無一個具體的主體，而只作無邊際的醞釀」，創作時「作者的整個神智便被一件不自覺的東西所統治、所捏塑」，他並不完全了然他要表現什麼，甚至完成後，自己亦不能解釋清楚。[329] 這樣，詩創作就不是

327　姚一葦：〈論白先勇的《遊園驚夢》〉，《欣賞與批評》，臺北：遠景出版社 1979 年版，第 181-182 頁。

328　夏志清：〈五四文學與臺灣當代文學〉，錢穆等《明報‧大家大講堂》，北京：新星出版社 2008 年版，第 133 頁。

對客觀現實的反映，而是心靈深處的一種莫名的產物，神秘幽深而具個人性。洛夫這時的創作可說部分地實踐了這一理論，而當時的批評界也給予肯定，如林亨泰譽之為「大乘的寫法」[330]。林亨泰以創作時精神活動範圍是否受既定題材約束、是否先預設主題來區分「大」和「小」，其間褒貶隱然可見。而這種「大乘的寫法」實為當時不少作家所採用。如葉維廉後來談起其《愁渡》詩集的創作過程時，也指出故事在後或在先正是臺灣現代詩人與三四十年代詩人重要區別之一。[331]

「大乘的寫法」的要點在於不事先設限地讓精神在創作過程中自由地生長，「靈視」則是詩人開始捕捉靈感、把握對象時就須具備的一種觀物的態度和方式。部分詩人賦予「靈視」以極崇高的地位，視之為創作時必不可少的一種能力和環節。如羅門認為：詩人應以「內在之目」、「內在之耳」、「內在之手腳」、去凝視、傾聽、觸及肉眼、肉耳、四肢所「捉摸不到的美的一切」，於是，人類生存的奧境，便因此遼闊、深邃、且繁美了起來。[332] 與此相似，葉維廉強調了詩創作中的一種「出神」狀態和身世兩忘、物我一如的境界，稱自己的詩是略為離開日常生活的觀看方法，而在出神狀態下寫成的[333]。這種頓悟式純粹感應的純詩境界，與中國古代的禪悟相似，同時也與「大乘的寫法」相吻合。

---

329 洛夫：〈詩人之鏡〉，《洛夫自選集》，臺北：黎明文化事業公司1981年再版，第220頁。

330 林亨泰：〈大乘的寫法──論石室之死亡〉，侯吉諒編：《〈石室之死亡〉及相關重要評論》，臺北：漢光文化事業公司1988年版。

331 葉維廉：《葉維廉自選集》，第256頁。

332 參見〈羅門訪問記〉，《羅門自選集》，臺北：黎明文化事業公司1975年版，第242頁。

333 葉維廉：《葉維廉自選集》，第252頁。

三、存在主義與現代派文學的抽象化特徵

作為現代主義文學思潮又一重要支柱的存在主義，固然也有內向性，但它不僅處理內在自我，也處理自我與外在社會環境的關係，它對現代普遍精神狀態的挖掘，乃基於對現代人生存困境的深刻觀照。這樣，就形成了臺灣存在主義文學的兩大主題，一是展現了現代人的生存困境和精神悲劇，二是表達了彰揚自我以實現人的生命價值的存在哲學，二者相輔相成。

臺灣文壇首先從理論上闡述了存在主義的重要主題——現代人的生存困境、精神悲劇及其產生的原因。他們寫道：「二十世紀是一個幻滅的時代，也是一個充滿掙扎和苦痛的時代，人類集體意識中表現出來的是失去了信仰的虛空，是失去了道德的徬徨，是失去了價值的反叛和墮落。」究其原因，一是由於達爾文的進化論，人們認清自己只是猿猴的子孫，而非上帝的神聖創造，從而尊嚴和信心破碎；二是佛洛依德的人類心靈解剖，使人們轉而去追求被傳統視為萬惡之源的自然本能，導致了人類對道德價值的懷疑；三是近代科學文明的發達，人成了集體組織與機械的奴僕，使生命降至科學的物質化和機械化中。特別是歷經兩次大戰，在核子菌狀雲的陰影下，人類無可逃遁地面臨生存的威脅，「戰爭是虛無的播種者，所過之處，遍生恐怖、絕望、瘋狂和死亡」[334]，在此背景下，普遍的精神崩潰在所難免。

以反映現代人的生存實況為標榜的現代作家，以各種方式反映現代人面對生存的種種困境而產生的荒謬感、疏離感、厭倦感、以及孤寂、悲觀、厭世、絕望、虛無、消極等精神狀態。人

---

334 王尚義：〈達達主義與「失落的一代」——紀念海明威逝世一周年〉，
　　《從異鄉人到失落的一代》，臺北：大林書店，出版年缺，第1-2頁。

與人之間無法溝通和瞭解，只能自苦自樂，躲進自我的獨立王國
裡。如水晶《悲憫的笑紋》中的人物「只有為了他們自身利益才
和別人發生牽涉」。他們的內心或許存有理想，卻難以實現。如
叢甦的《盲獵》，其「作者似乎在說，我們的一生如同一場盲目
的狩獵……得在黑暗裡一個個孤獨的摸索……無日無刻不懷著
『生之焦慮』」[335]。於是他們陷入虛無和絕望之中：「人只不過
孤獨地『生存』，在一個上帝已死的世界裡，沒有絲毫價值……
他們所能做的就是活下去，接受最壞的生活。」[336] 或如洛夫《詩
人之鏡》引用海明威短篇小說《一個乾淨、明亮的地方》所描寫
的一個富人無故地感到絕望而自殺，「這種超越了『非常富有』
之外的絕望」，也正是一種典型的「現代病」，存在主義的重要
主題。王文興《最快樂的事》等短篇小說可與之相參證。

　　著名劇作家姚一葦對於現代人的生存困境和精神悲劇顯然也
有深刻的體會。他不僅指出水晶《悲憫的笑紋》等典型現代派小
說通過一個小小世界觀察人類關係的特徵，即如對黃春明《兒子
的大玩偶》、王禎和《嫁妝一牛車》等鄉土文學作品，也力圖挖
掘其涵茹的哲學意蘊，如指出前者觸及了「面具」與「面」關係
的普遍人生問題，後者則有揭示人生中面對巨大的、無可戰勝的
外在勢力而陷入無可奈何之境的抽象意義。[337] 在《紅鼻子》劇作
中，他塑造了一位在富裕環境中長大，卻甘願拋棄家庭、事業當
個賣藝小丑，其實有著清醒頭腦和悲天憫人情懷的知識份子形
象。劇分四幕，各幕主題為降禍、消災、謝神與獻祭。在「降
禍」一幕中，颱風、飛機失事、商場失利、小孩生病等禍事接踵

---

335 白先勇：〈秋霧中的迷惘──〈秋霧〉序〉，《第六隻手指（白先勇文
　　集 4）〉），第 174 頁。

336 瘂弦：〈現代詩短箚〉，《中國新詩研究》，第 49 頁。

337 姚一葦：《欣賞與批評》，臺北：遠景出版社 1979 年版，第 216、
　　158-159 頁。

而至，包括音樂家、生意人，帶著自閉症孩子的父母和雜耍班子
等在內的旅客，被狂風暴雨困於旅店內。正是在這災禍連連卻難
以「突圍」的十幾小時的困境中，表現出人類的種種貪婪、迷
信、自大、自私、懦弱與猶疑。後來靠小丑為眾人排憂解難，而
「紅鼻子」最終為救人而犧牲，卻是自我的實現。該作表面上是
寫實劇，卻具有深刻的象徵涵義：當別人看他戴著「紅鼻子」面
具逗笑時，他何嘗不是從那面具的後面冷眼看著人生？後來成為
著名作家的劉墉曾在該劇首演時扮演「紅鼻子」角色。[338]

　　從小家庭的困頓和親屬的不幸遭遇在七等生小說中有明顯的
投影。他所刻畫人物充滿懷疑、痛苦和受挫的理想的精神狀態，
他頻頻渲染的黑暗、陰森、灰薄幽暗、陰影重重的氛圍，都可說
是那個窒悶、鬱悒時代環境的產物。七等生的筆下人物認定他
人、集體是壓制、束縛自己的牢獄，喜歡逃入個人的孤獨天地，
對社會整體改善顯露出失望和無力感。其人物最典型的表情是臉
色蒼白、缺少歡悅，不時陷入沉思、憂鬱、焦慮之中，這是因為
他們總是處在這樣的境遇下：自我與他人之間存在鴻溝、個人與
集體格格不入，個人處於庸眾的包圍之中而努力加以突破，「但
掙脫束縛後的結果是孤獨——無意義的孤獨」。他懷抱著理想，
但理想即使只差一步也仍舊是那麼的遙不可及（《跳遠選手退休
了》）。他們力圖逃出城市和成人世界，回返（或自我放逐）於
與世隔絕的山林野地或童年時代，在那裡尋找「自然圖像」中的
「自然的精神」。阿達在歷經人世坎坷後，拒絕了「好友」合做
生意的邀請，因為他這時堅信，當你和他做朋友入了夥，你就成
為受他指揮和擺佈的人，那只不過是另一個盜賊集團，充滿了奴
役別人的味道和個人私欲或權力的獲得（《小林阿達》、《隱遁

338 劉墉：〈漂泊的人生〉，《劉墉文集》，延邊：延邊人民出版社 2001
　　年版，第 52-53 頁。

者》等）。在七等生的小說中，「社會環境和人物從頭至尾都是敵對的，互相用仇恨的態度堅決對立著……仿佛生存的現實環境是一種囹圄，人類只是一群被囚禁在這囹圄裡嬉笑、哀哭、戀愛、繁殖、爭食的可憐生物」[339]。

然而，存在主義的要義更在於人的自我的彰揚。蔡源煌後來回顧道：「荒謬、疏離、倦慵這些聳人聽聞的字眼過去似乎不必要地被『放大』，而至於無法看準存在主義風潮的時代意義……存在主義風靡了五○年代國內的年輕讀者，其主題大抵可用『自我』概念兩字囊括，而事實上，『自我』概念的摸索也顯示出當時年輕人的主要關切。」[340] 如果說前一主題容易導致消極的逃避，那後一主題則常標示著積極的介入和進取。

存在主義者面對俗世的圍困、陳規的束縛、生存的壓力、命運的荒謬，認定唯有彰揚自我才能與之對抗，才能超越肉體的困窘獲致精神上的提升，克服現代人悲苦的命運，而其關鍵即在於「自我選擇」。王文興短篇小說《寒流》描寫一位少年以寒夜赤裸的方式貫徹其戰勝「欲我」的決心。七等生在其小說《我愛黑眼珠》中使主人公處身的特殊環境——洪水圍困中的屋脊成為「自我選擇」信條的實踐地：「至於我，我必須選擇，在現況中選擇……我須負起一件使我感到存在榮耀之責任。」這種信念使主人公那「殘缺的人格延伸到這兒被充實、被完成」[341]。即使80年代以後的《我愛黑眼珠續記》等作品中，也仍充斥著此類獨來獨往的自我尊崇者。《垃圾》中出現了一位「眾人皆醉我獨醒」

339 葉石濤：〈論七等生的《僵局》〉，《臺灣鄉土作家論集》，臺北：遠景出版社 1979 年 3 月版，第 230 頁。

340 蔡源煌：〈異鄉人的人我觀〉，《從「藍與黑」到「暗夜」》，臺北：久大文化出版社 1987 年版，第 129 頁。

341 周寧：〈論七等生《我愛黑眼珠》〉，張恒豪編《火獄的自焚——七等生小說論評》，臺北：遠行出版社 1977 年版，第 72 頁。

式勇於自我犧牲的環保先行者形象。應該說，七等生始終如一地
書寫著個人在集體的權力機制鉗制下的痛苦，以及自我掙脫這種
集體性束縛的努力。因為集體要限制人的自由，於是「孤獨」成
為一種必要；而「眾人皆醉我獨醒」作為七等生筆下人物的共同
特徵，「眾人皆醉」是作家對於當時社會環境的一種藝術認識；
而「我獨醒」則提示了保持自我、彰揚自我的必要性。

在存在主義的影響下，臺灣的現代主義文學還呈現了向普遍
人性或人類永恆問題的抽象哲學主題掘進的特徵。瘂弦所言在現
代詩人中頗具代表性：「對於僅僅一首詩，我常常作著它本身原
本無法承載的容量；要說出生存期間的一切，世界終極學，愛與
死，追求與幻滅，生命的全部悸動、焦慮、空洞和悲哀！總之，
要鯨吞一切感覺的錯綜性和複雜性。」342 這種傾向在小說創作中
也十分明顯。如發表於《現代文學》的當時頗受推崇的東方白
《浪淘沙》、奚淞《封神榜裡的哪吒》、施叔青《倒放的天
梯》、林東華《哦！春子》、蔡文甫《裸》等，或傳達靈、肉難
以兩全的人類永恆悲哀，或對生與死、罪與罰、法規與人性等關
係進行哲理性探討，或觸及人類自我辯識、探討「施」與「受」
之間複雜問題。343

臺灣現代主義文學抽象化特徵的形成原因，呂正惠有一段常
被人引用的精闢之論：由於當時政治上仍存在的恐怖陰影，詩人
如以詩反映「外在真實」，難保不會有斷頭之恨或牢獄之災；因
此，詩人不能關懷當前的政治、社會問題，他們雖然生活在這個
社會中，卻不真正屬於這個社會，他們不能作為具體社會的一份
子，而是作為普遍人類的一份子而存在，其思想與創作不是從

---

342 瘂弦：〈現代詩短箚〉，《中國新詩研究》，第 49 頁。

343 參見歐陽子編：《現代文學小說選集》（一）（二），臺北：爾雅出版
社，1977 年版。

「社會環境」的立場去發展，而是從「人間境況」的立場去發展。他們因為被迫從社會中疏離或「異化」出來，就只有面對自己赤裸裸的存在。[344]

四、臺灣現代主義文學的實驗性特徵

除了內向性、抽象化之外，60 年代臺灣現代主義文學的又一個特徵，在於廣泛的藝術形式和技巧的創新實驗。這種創新的基本點，在於超越對現實的機械的「摹擬」甚至不惜扭變一般人對事物的客觀樣貌的認識以求更真切的「表現」。比如在手段技巧方面，舉凡小說中的敍述觀點、時空交錯、意識流，詩中的暗示、歧義、換位、意象的經營以及象徵、暗喻等，均被廣泛的試驗和採用。而語言、結構等形式因素的創新，更成為創作和批評關注的焦點。比如在語言方面，夏濟安即認為：陳腔濫調是思想和創作的敵人，從事藝術創作者的最大樂趣是在和工具的掙扎。而他的學生、小說家王文興也稱：創作是一場「修辭立其誠」的戰爭，「我每日和文字浴血奮戰，拼殺得你死我活」[345]。這場「戰爭」的目標，即在求「精確」——一種甚至超乎語言常規、自創新字新詞以符合表達需要的精確。《家變》就可看出王文興的這種努力。試拈出幾段：

> 「實在一點都不錯。這孩子不孝，實在不孝。別人都說積穀防饑，養兒防老，我看我同你兩個一總沒有指望了。我們白白培養了他。他竟然連新為他選買的上等橡皮

---

344 呂正惠：〈現代主義在臺灣——從文藝社會學的角度來考察〉，《戰後臺灣文學經驗》，臺北：新地文學出版社 1992 年版，第 16 頁。

345 王文興：〈永無休止的戰爭〉，康來新編《王文興的心靈世界》，臺北：雅歌出版社 1990 年版，第 49、51 頁。

鞋都不歡喜要。」

「是啊，他是生來就有反心性根子，同他父母作對
——不聽他父母的話。沒有可指望的嘔——」媽媽她說。

「沒的指望，沒的指望，我和你兩個看看將來獨獨的
路單有一個上和尚廟，一個住尼姑庵哦。」

聽得這些話言他便感及心內如刀戟相刺一樣的難過，
感到有種深重重大罪錯的感想。原端是為了雙新球鞋子，
他爸爸為之買來雙漆黑的，他不樂於穿，他企望穿上一雙
米黃的色澤，或乃交間墨白的。他為此和他父母熒擾了一
霎。他們責酷得他願意去穿了。而父親母親還在繼接歷責
他的不順與反念。他深然為自個兒的罪錯感到異常自疚，
咎罪地勾下了下頦。

於七月末秋季新伊的夜央，從枕上常可聽得遠處黑風
一道道渡來空其空氣的鐵路機車車輪輪響，時響時遙，宛
似秋風吹來一張一張的樂譜。346

　　其中有為求陌生化效果而自創自組的詞語，如「責酷」、
「一總」、「話言」、「原端」、「交間墨白」、「秋季新伊的
夜央」等，也有方言辭彙和語法的借用，如「心內（如刀戟相
刺）」、「媽媽她說」、「都不歡喜要」，還有「空其空氣」等
形象的擬聲詞，讀來確能「品」出別具一格的味道。

　　與此相似，現代詩人提出「扭斷語字的頸項」的口號，追求
「以各種方法去扭曲、錘打、拉長、壓擠、碾碎我們的語言」。
他們認定，語言的力量產生於它的一種「新的關聯」；只要找到
新而適當的關聯使用，便能衝擊人類的精神到一生難忘的境地；
而此乃「詩人能力的指數」347。這種旨在打破藝術創作和欣賞中

346 王文興：《家變》，瀋陽：遼寧大學出版社1988年版，第83-84頁。

的「固定反應」，甚至不惜扭曲語言以求「精確」或「新鮮」的強力效果的語言經營，正是現代派和寫實派的重要區別之一。

圖像詩也是五六十年代現代派詩人熱衷於技巧創新的產物。中國古代詩人早就感悟「詩中有畫」的真諦，卻從未想到詩歌行列組合的外觀形式也可具有視覺美的功用，因此白萩感歎道：「從詩的歷史看，『詩』不是一個『聾子』，卻差不多是『盲子』，直到最近幾十年來他才睜開了眼睛。」[348]19 世紀末以來，外國的阿波里奈爾、康明斯，中國的鷗外鷗等，開始嘗試圖像詩創作。受其啟發，臺灣詩人林亨泰、詹冰、白萩等都有讓人稱道的成功之作。好的圖像詩，往往能將繪畫性和意義性、視覺功能和其他感官功能有機地結合在一起，如白萩《流浪者》的中心位置上是一株絲杉孑然孤立於廣漠的原野和漫無止境的地平線上，旁邊散佈著往復徘徊的零落腳印，配合著詩中囈語般的聲調，讓讀者不難感受一個曠日持久的流浪漢彷徨無奈的心境。詹冰的《水牛圖》除了用直排文字呈現水牛的四肢和尾巴外，並巧妙利用中國文字的象形功能：左右對稱的「黑」字，用來當作牛的頭部，十分傳神；而「角」字造型上向上翹起凸出，正是牛「角」的圖像，其文字的含義和圖像達到完美的統一。另有一些圖像詩主要通過別出心裁的詞句排列和內在節奏，引導讀者某種內摹仿心理反應，從而產生如臨其境、曲折微妙的特殊感受和審美愉悅。如林亨泰寫海岸波浪和防風林的《風景 NO・2》，就獲得評論家好評。當然，「圖像」作為一種服從於詩的深層形象的輔助手段，偶一為之未嘗不可，濫用就必然味同嚼蠟，甚或產生喧賓奪主與嘩眾取寵的弊端。那種純粹以外在的視覺刺激取代內在的

---

347 白萩：〈詩的語言〉，《現代詩散論》，臺北：三民書局 2005 年二版，第 101 頁。

348 白萩：〈由詩的繪畫性談起〉，《現代詩散論》，第 1 頁。

抒情本質，淪為為圖像而圖像的文字遊戲的做法，並不可取。儘管臺灣詩人的嘗試有成功的也有失敗的，但這些作品為詩體的創新提供了新的可能，體現了詩人們的藝術實驗精神。後來羅青就將「圖像詩」與「分行詩」、「分段詩」（即散文詩）並列為詩的三類形式之一。[349]

對於作家們的創新實驗，當時的理論批評界同樣持肯定態度，認之為文學發展的一種必然，也是文學反映變化了的現實的需要。周伯乃稱現代人探入了人類無意識、自我解剖、靈魂探討等前人未曾經驗過的領域，「現代小說家們為了傳真屬於這一代的內在世界的記錄，他不得不運用諸多象徵的、神秘的、意象的符號，以期更確切地抓住這一代的聲音。」[350]對於七等生的打破傳統小說的情節結構方式，苦心孤詣地經營作品的境界和氣氛的「詩化」或「散文化」小說，郭楓指出，它不僅未從現實游離，相反地卻是紮根在現實的東西，因單純而統一的情節發展，在現實中是不存在的，真正的現實乃是雜亂而矛盾的集合，所以「運用獨特的技巧，打破了現實的表層而剖析其底蘊，以整個作品的境界來感染人，從而使讀者得到體會，引起共鳴，這種手法實在是更能抓住現實的本質。」[351]

受弗洛依德心理學的啟發和影響，挖掘現代人的變態心理和潛意識；受存在主義影響探究現代人的生存困境和彰揚自我；超越對現實的機械摹擬或情感的直露表達，追求新穎的「現代」藝

---

349 羅青：〈論白話詩〉，《從徐志摩到余光中》，臺北：爾雅出版社1978年版，第9頁。

350 周伯乃：〈現代小說給這一代的苦悶〉，《現代小說論》，臺北：三民書局1971年版，第179頁。

351 郭楓：〈橫行的異鄉人——序《巨蟹集》並談新小說〉，張恒豪編《火獄的自焚——七等生小說論評》，臺北：遠流出版社1977年版，第25-26頁。

術表現，這正構成 60 年代臺灣現代文學創作的主要特徵。而理論的宣導、創作的實踐以及批評的肯定，匯合成強大的潮流，將帶著上述特徵的現代主義文學思潮推向高峰。

第四節　現代主義的自我調整及其成因和意義

一、現代派的自我調整和延綿

　　也許因夏濟安乃創辦《現代文學》的白先勇、王文興等的老師，所以在臺灣文學流派譜系中，《文學雜誌》常被歸入現代派範疇。但從它的理論、創作傾向及文壇關係看，稱之為學院派、自由派或「自由人文主義」也許更為合適。如它以健康、理性、均衡、道德等為標幟，而典型的現代派卻以唯美、頹廢、虛無、非理性等為特徵。夏志清就對現代派文學持強烈否定的態度。他讚賞文藝復興至 20 世紀初倡揚人道主義或個性主義的文學大師，像但丁、莎士比亞、易卜生、陀思妥耶夫斯基等，並常將著名的現代主義作家如艾略特、喬伊思等與之相比較，指出後者不如前者。至於年輕的所謂「失落的一代」，其趨時髦、商業化的庸俗墮落傾向，更讓夏志清大搖其頭。夏志清甚至認為臺灣的現代派比西方現代派更等而下之，因他們只是濫竽充數、拾人牙慧之輩，以時髦、怪異的文字和意象取代或沖淡人們對生命的熱愛。352
　　然而，夏志清等所否定的，只是臺灣現代派文學中的比較激烈的一翼。對其相對溫和的一翼，即圍繞著《現代文學》雜誌和「藍星詩社」的一批現代詩人和小說家，夏志清不僅不予貶責，反而多加褒揚。所謂「溫和」和「激進」的現代派的區別，首先

352 夏志清：〈余光中：懷國與鄉愁的延續〉，《人的文學》，臺北：純文學出版社 1988 年版，第 155 頁。

在對待「西方」和「傳統」的問題上表現出來。激進現代派強調
「橫的移植」，呈現徹底反傳統的姿態，而溫和現代派在傳統和
現代、中國和西方等關係問題上採取不偏執一端的「中庸」立
場。他們經常表白既要學習西方，但也不能割斷自己民族的傳
統，要當既能走向西方，最終又能回歸東方的「浪子」。如余光
中承認：他從梁實秋那裡得到了「上承傳統旁汲西洋」的提示，
這成為他日後遵循的綜合路線。[353] 夏志清則贊許余光中所採取的
這種「中間路線的現代傳統立場」：在詩壇論爭中，余光中一方
面不斷非議某些現代派詩人的無知、「主義狂」，情感方面的麻
木，漠視人生各種價值等；另一方面，對那些固封自守、堅拒涉
獵西方文化的「傳統派」也不放過攻擊和諷刺。[354] 此外，白先勇
也因著一方面保持著尊重傳統的保守氣質，另一方面敢於吸取西
方文學技巧力創新境而得到夏志清的好評。[355]

　　溫和的和激進的現代派的另一個區別，在於前者具有更濃郁
的人文氣息，更接近於「人的文學」。如覃子豪在與紀弦的論爭
中提出的新詩六大原則就包括對人生意義的強調。夏志清在評論
具體作家創作時，也以作品含容的人文內涵作為評判標準之一。
如對於於梨華的《又見棕櫚，又見棕櫚》，夏志清指出作者所表
達的真實，是「建立於人與人間有情感連繫可能的基礎上」；書
中主角乃當今歐美作家作品中絕少看到的「充滿人情味的人
物」，「還沒有傳染到在歐美流行的現代病，那種人與人隔緣的
絕症」。[356] 小說人物的靈肉調和、重情重義的生命情態為夏志清
所欣賞。某種意義上，「溫和現代派」開啟了現代派的自我調整

---

353 余光中：〈文章與前額並高〉，臺灣《聯合文學》3 卷 7 期，1987 年 5
　　月。

354 夏志清：《人的文學》，第 155-156 頁。

355 夏志清：《文學的前途》，臺北：純文學出版社 1985 年版，第 163 頁。

和修正。

臺灣現代主義文學思潮從 60 年代末開始呈現頹勢，進入了總結、修正並延綿不息的時期。當時，《葡萄園》、《臺灣文藝》、《笠》、《文學季刊》、《純文學》等刊物均已先後問世，並作為一種異質因素，使現代主義文學的發展勢頭受到遏制，於是後者「適度調整了自己對中國傳統和西洋時尚的看法」，亦即由「現代」、「西方」向「傳統」、「中國」的方向滑移。1967 年 12 月《現代文學》第 33 期首次推出《中國古典文學研究專號》，並宣稱這「說明了我們對中國古典文學傳統的重視」。甚至一些最前衛的詩人也體現了這種轉變。70 年代初洛夫、彭邦楨等 30 餘名詩人發起組織「詩宗社」，寓傳統歸宗之意，或者說，他們試圖「把現代詩接上中國詩的正統」，即「用現代詩人的新眼光，去詮釋並重估中國的古典詩，另一方面，用中國古典詩的精神，來做現代詩某些本質的注腳。」[357] 明顯的例子是洛夫等試圖將超現實主義和中國古代的禪、性靈、神韻等接軌。

70 年代後，在新興的鄉土文學思潮的衝擊下，現代主義雖然衰弱了，但並沒有完全消失。實際上，像王文興的《家變》以及七等生的許多作品，都是 70 年代後才創作的。另外，在《現代文學》停刊之際，臺大外文系又創辦了《中外文學》，仍比較重視引進西方文學思潮和理論、批評方法，屬於比較溫和的現代主義。如顏元叔等，在學院內大力提倡「新批評」。他和張漢良等對王文興《家變》的分析，即從語言字質等因素著手，指出儘管《家變》採用了許多不合規範的遣詞造句，但這種苦心創設的怪譎語言，正與對象之間「保持最直接的表徵」，從而獲得一種強

---

356 夏志清：《文學的前途》，第 163 頁。
357 余光中：〈第十七個誕辰〉，《現代文學》第 46 期，1972 年 3 月，第 25 頁。

烈的臨即感。正是在能最精確、真實、直接地反映對象這一點
上，顏元叔力排眾議肯定了王文興的語言創新。[358] 這些都顯示了
現代主義的自我調整及其在 70 年代的延綿。

二、臺灣現代主義文學的成因及意義

　　總的說，臺灣現代主義文學思潮在主題和題材重心上，偏向
於孤絕、焦慮、失落等情緒的表達，現代人類生存困境等抽象問
題的詮釋以及自我的追尋；在藝術表現上，多採用曲折隱晦的方
式，如象徵、超現實等；在與中、外文學傳統的關係上，它乃西
方現代主義文學的一種迴響。

　　這些特徵的形成，既有政治、經濟、社會文化等文學外部的
原因，也有傳統傳承和革新等文學內部的原因。政治環境投射於
作家的集體意識，形成了焦慮、失落和被「放逐」心態。當局仍
對社會實行有形無形的鉗制；廣大民眾則已感受到「反攻」神話
的虛幻。葉維廉曾描述了當時的政治氛圍：「文字的活動與身體
的活動都有某種程度的管制。與家園隔絕、懷鄉、渴求突圍出
去，或打破沉悶與焦躁，卻又時時沉入絕望之中，一種強烈的沉
淵似的低氣壓呼應著冷戰初期的氣象。這種低氣壓彌漫了相當一
段時間，幾乎到臺灣經濟起飛之前，都隱約感染著當時的島住
民。」[359] 顯然，孤絕、焦慮、失落的主題很大程度上乃這種政治
環境的投影，而曲折隱晦以及內向性的表現特徵也與此不無關係。

　　儘管當時在臺灣部分大城市中局部地形成了資本主義形態，
臺灣的現代派文學中，也確實出現了若干反映機械文明異化主題
的作品，如羅門的詩。但總體而言，當時的臺灣尚處於轉型過

358　顏元叔：〈苦讀細品談《家變》〉，臺灣《中外文學》1 卷 11 期，1963
　　年 4 月。

359　葉維廉：〈洛夫論〉，《中外文學》17 卷 8 期，1989 年 1 月，第 15 頁。

程，資本主義的社會性格尚未成熟，並無類似西方現代派文學得以產生的必然社會經濟條件，因此現代主義在臺灣的出現，很大程度上乃源於其他原因所引起的類似的精神狀態。或者說，臺灣與西方的現代主義，其發出的聲音或許是相似的，但引發這種聲音的本源是不同的。臺灣現代派作家乃從西方現代主義文學那裡找到了可以移易借用的觀物態度和方法，從而產生了一種發聲體不同但音調相似的諧振共鳴式的迴響。正如白先勇所指出的：現代主義是對西方19世紀的工業文明以及興起的中產階級庸俗價值觀的一大反動，又因世界大戰動搖了人類的信仰及信心，因此其作品中對人類文明總持著悲觀及懷疑的態度，而事實上20世紀中國人所經歷的戰亂的破壞，比起西方人有過之而無不及，傳統社會和價值更遭到空前的毀滅，「在這個意義上我們的文化危機跟西方人的可謂旗鼓相當。西方現代主義作品中叛逆的聲音、哀傷的調子，是十分能夠打動我們那一群成長於戰後而正在求新望變彷徨摸索的青年學生的……我們能夠感應、瞭解、認同，並且受到相當大的啟示。」[360] 後來詩評家孟樊對此也有類似的精到判斷：中外的現代主義詩人都以「內在現實」的自由對抗「外在現實」的不自由，只不過西方詩人反的是異化的社會，臺灣詩人反的則是異化的政治。[361]

　　臺灣現代派文學由於較少描寫社會重大矛盾和大眾生活，也沒有著意指出社會歷史發展的方向，因此以現實主義的標準看，它們並沒有反映現實或對現實的反映是狹窄的、不完全的。然而從50年代的現實語境看，現代主義的產生是對當時充斥文壇的反

---

360 白先勇：〈《現代文學》創立的時代背景及其精神風貌〉，《第六隻手指》，第98-99頁。

361 孟樊：《當代臺灣新詩理論》，臺北：揚智文化事業公司1998年版，第101頁。

共八股文學的一種抵制和反抗。當局力圖將文學納入為其政治服
務的軌道,而現代文學作家們則以純文學的創作,成為對官方文
藝政策的一種消極抵制。作家們或向內轉,躲入個人的內心世
界;或遁入象牙之塔,沉溺於藝術的實驗;或割斷縱的歷史的關
聯,轉移到西方的時空和語境中;或飛翔於天際,熱衷於宇宙、
人類抽象問題的詮釋,惟獨不敢、不願觸碰的,是當時周遭的客
觀現實。儘管如此,臺灣現代主義文學的內向性、純粹性、抽象
性等特徵的形成,本身就是現實的一種投影。在現代派作家看
來,主觀世界本來就是客觀世界的折射,人的內心世界也是現實
的一部分。葉維廉曾寫道:五六十年代在臺詩人「大都充滿著游
離不定的情緒和刀攪的焦慮……我們並沒有像有些讀者所說的
『脫離現實』。事實上,那些感受才是當時的歷史現實。」他還
闡述了西方現代主義文學的這種藝術觀:「它們在所謂『社會性
的缺乏中反而把社會壓制自然與人性的複雜性真實地反映出
來』」。362 白先勇也曾指出:這些作家看似千篇一律,把人生描
寫得黑暗無希望,其實正是因為他們忠實地反映了本身對社會及
政治情況的失望。進一步言,臺灣現代派文學的似乎逃避現實的
內向性和純粹性,正是環境惡劣的產物,它們的出現本身,即可
視為對壓制性現實的一種不滿或抵制。從這個意義上說,臺灣的
現代主義文學為當時的臺灣現實社會留下了不可多得的影像,特
別是精神的影像。

　　當然,臺灣現代主義文學存在不可否認的弊端和缺陷,其本
身也有良莠之分,比如它過分追求個人性和創新性而未顧及讀者
的接受能力和與讀者的交通,因此常遭晦澀之譏;同時它不同程
度出現盲目模仿西方文學的傾向,從而更加劇了與現實和讀者的

---

362 葉維廉:〈三十年詩:回顧與感想〉,《三十年詩》,臺北:東大圖書
　　公司 1987 年版,第 3-4 頁。

隔膜。儘管如此，如果將它放到特定的歷史環境中看，這種偏頗也就比較容易理解了。後來瘂弦就稱：「我們也許生活在一個偏執的時代，但如果沒有那時候的矯枉過正，可能也不會有今天反省與修正後的恰到好處。」363

由於特定的時代環境和內外機緣，臺灣現代主義文學思潮成為中國文學史上規模最大、發展最充分的一次現代主義文學運動。他們對於西方文學的介紹和移植，令臺灣廣大作家和讀者擴大了視野，從而為正確地借鑒它們打開了大門。儘管它有從不同途徑「逃離」現實之弊，但它以具有深度的內容和新穎多樣的形式，大大提升了臺灣文學的藝術素質，留下了寶貴的經驗和教訓，為此後臺灣文學的發展奠定了較高的新起點。

三、武俠、言情和歷史小說：通俗文學的現代品格

從 1960 年代初期或更早時候起，臺灣文壇出現了一股通俗文學創作潮流，它主要包括武俠小說、言情小說和歷史小說等類型。1960 年古龍的第一部武俠小說問世；1963 年瓊瑤的長篇小說處女作《窗外》出版；1964 年高陽在《聯合報》連載《李娃》而名聲大噪，從此轉入歷史小說創作。通俗文學作為一種特殊文學現象在此時的興起，自然有其時代的背景和原因。一方面，當時的臺灣仍彌漫著窒悶、壓抑的氛圍，「反共文藝」、「除三害」的餘威尚存，對創作仍有所限制，如 1962 年郭良蕙被開除出作家協會及其《心鎖》被禁。在這種抑壓的氣氛下，人們需要一些與嚴峻現實保持一定距離的軟性作品來加以調劑，於是耽於歷史或男女愛情的幻想世界的作品，正可充當緩解抑壓氣氛和緊張心緒的角色。另一方面，隨著臺灣的經濟起飛，市民階層壯大，他們需求輕鬆、消遣的文學消費，而當時充斥文壇的，是充滿「刀攪

---

363 瘂弦：〈中國新詩研究・自序〉，第 2 頁。

的焦慮」或思考著人類生存等抽象問題的晦澀難懂的現代主義作品，於是通俗文學創作潮流應運而生，並迅速獲得了眾多讀者的青睞。

古龍在 20 多年間共創作了一百多部武俠作品，並屢屢被搬上銀幕螢屏，據稱《楚留香》在臺播映期間，創造了電視收視率的新紀錄，幾達顛倒眾生的地步。而這得益於他對武俠小說所作的改弦更張的革新。這種革新最為突出的一點，是他的作品表現出強烈的現代感。與金庸常有一個歷史故事的框架不同，古龍首先抹去小說的歷史背景，由此擺脫了具體時間、本事的束縛，而能更自由地馳騁想像力，並在小說中加入大量的現代事物、現代意識。緊接著，古龍採用了許多符合現代讀者審美趣味變化的新穎藝術技巧。如生活節奏加快了的讀者對傳統小說細說慢道、詳盡舖陳的寫法已感厭倦，他們追求快節奏、多變化、強刺激。為此古龍錘煉了一種極為簡潔俐落的文字模式，杜絕冗長描述，常用短句，甚至一個字即是一段落，寥寥數語勾勒出某一情境，以此適應武俠小說場面緊張、動作快速的特徵。古龍還吸收了一些蒙太奇技巧，採用電影拍攝中推拉鏡頭的描寫程式，由遠而近，由整體而局部，最終呈現其特寫畫面。

巧妙地在武俠小說中融入大量的偵探推理因素，使人讀之如閱東方《福爾摩斯探案》，這是古龍迎合現代讀者心理的又一重要訣竅。古龍筆下武林好手不少是所謂「英雄與智者的混合」。他們不僅武藝超群，而且聰慧過人，有著福爾摩斯洞察幽微的分析推理能力。在《楚留香傳奇》、《武林外史》、《絕代雙驕》等名作中，人物的機智靈變，有時簡直到了出神入化的地步。古龍曾自稱受到 007 電影的啟發，楚留香就是 007 的化身，因為作者覺得苦悶時代的大眾需要這種幻想式的英雄做為生活的調劑。最能引起一部分現代讀者共鳴的，是他在小說中灌注進大量的現代情事、現代意識。如有關男女情愛的描寫，與金庸堅持真正的

感情是一對一的不同，古龍的小說人物不僅突破了男女授受不親的禮教大防，大多數還拋棄了從一而終、死守貞節的傳統信條，建立了新的貞操觀。這樣的描寫顯然更具現代品格。

　　所謂「孤絕感」是現代西方社會的一種「流行病」。在蕭十一郎身上，我們隱約看到一個存在主義者的影子。海明威《老人與海》中桑蒂亞哥那種著名的「打不敗」精神，在蕭十一郎身上得到重現。強調描寫「人性」則帶有佛洛依德心理學的明顯刻痕。古龍將生物性存在視為人性的基本，因此偏重於描寫人的欲望、本能。他筆下不少冠冕堂皇的武林豪強在金銀珠寶、美味佳色面前挫折英氣，顯露原形，而當欲望受到壓抑時，就往往產生變態心理，不少罪惡也因此而誘發。這樣他塑造的人物往往善惡參半，優劣難分，這正是是古龍小說異於傳統小說之處。在生命觀方面，古龍褒生貶死，極力頌揚原始的生命力，對他所喜愛的人物一概賦予「野獸般的活力」。這種生命力迸發所造成的情節突變，又恰好迎合了現代讀者追求刺激、變化的心理。

　　古龍曾明確表白，寫小說的最大目的就是吸引讀者、感動讀者，因此未嘗不可在小說中注入新觀念，以滿足讀者求新求變的要求。[364] 有此努力，再加上適應現代審美情趣變化的各種藝術技巧的大量運用，古龍小說自然能擁有較大的現代讀者群，發揮其大眾娛樂消遣作用。

　　高陽在史學上具有極深造詣，且是著名「紅學」專家，這對他的歷史小說創作有所助益。其作品「寫人情怨而不怒，寫鬥爭則切中權力欲望對人性的腐蝕，寫風俗則絢麗壯闊，氣質非凡。喜歡他的讀者遍布全球華人社會」[365]。他的代表作有《慈禧全

---

364 參閱古龍〈寫在〈天涯・明月・刀〉之前〉、〈風鈴、馬蹄、刀〉、〈新與變〉等文。

365 文訊雜誌社編印：《作家作品目錄》（四），臺灣「文建會」1999 年版，第 1230 頁。

傳》、《胡雪巖》等。高陽以歷史為題材，但小說主旨卻未必與現代社會完全絕緣，如揭示權力欲望對人性的腐蝕，不無現實諷喻和警戒意味。當代「新儒家」致力於揭示東亞社會發展資本主義的獨特模式，由此糾正了韋伯等西方學者所謂儒家文化圈中資本主義無法發展的認知偏頗。高陽在其《胡雪巖》系列中，演繹儒家文化、儒家倫理在工商經營中的作用及其在資本主義發展和現代化過程中的生命活力。如中國商人善於在廣泛的社會聯繫中進行商業經營，這與西方的個人競爭方式有很大不同。事實證明，這種方式也能促進資本的發展，胡雪巖即是完全靠「關係」起家，「關係」是他發家致富的主要法寶。他不僅自己全身心地投入生意場，而且動員、利用了他的一切社會關係，包括家庭、親戚、朋友、上司下屬等等。胡雪巖認定：做生意要有人緣，而廣結人緣靠的是誠信待人，乃至為朋友兩肋插刀的義氣。還是市井布衣時，他不惜丟掉飯碗，資助窮困潦倒的王有齡往京城捐官，此後王有齡官運亨通，反過來成為胡雪巖發跡致富的靠山。開辦阜康錢莊時，他宣佈自己將另闢新路，不會擠占信和錢莊固有的生意。這樣「信和」疑慮盡消，轉而真誠支持阜康。這一事例充分顯示中國的重和合與西方的重競爭之間的區別。另外，在無折存款問題上，也充分表現出其「信義」原則。胡雪巖稱：「我們要做信用，做氣派，信用有了，哪怕連存摺都不給人家，只憑一句話，照樣會有人上門。」這可說是不同於西方的另一種資本積累方式。小說發表的 1970 年前後，正是臺灣經濟起飛，大量私企湧現，工商社會逐漸成型之時，《胡雪巖》某種意義上可作為儒家文化圈中人們從事工商資本經營的「教科書」，其於海內外華人社會中「暢銷」，也就毫不奇怪了。

在臺灣曾寫作言情小說的作家並不少，如華嚴、孟瑤、郭良蕙、徐薏藍、繁露以及稍後的姬小苔、玄小佛等，但她們的讀者群都不如瓊瑤龐大。特別是 70 年代及其前後瓊瑤的數十部作品改

編為電影，風靡臺、港乃至東南亞等地。她的幾十部小説均描寫男女情愛。最早的《窗外》以及《流亡曲》、《六個夢》、《在水一方》、《幸運草》等帶有自傳性，融入了自己的一些不幸遭遇，因此較具真實感，但後來的大量作品常被指出具有模式化傾向。如於梨華曾説：「瓊瑤的每一部小説的內容都差不多，幾乎都是有錢人家的兒子和貧苦人家的女兒，或者有錢人家的小姐跟窮人家當苦工的兒子戀愛，最後是快樂的結局。小説地點出不了客廳、舞廳、飯廳這三廳」[366]。更有網友指出，瓊瑤的小説具有四大模式，一是三角戀愛式：一個女的在兩個男的之間游移，或兩個女的圍著一個男的起膩，男男女女在這兩難的矛盾中，演繹出一幕幕愛恨情仇。二是終成眷屬式：一對青年男女相愛後，會遭到家人的強烈反對，一對戀人幾經風雨、波折，終於走到一起。三是紅杏出牆式：一個家庭主婦過著並不幸福的婚姻生活，後來遇到令她心儀的人，便紅杏出牆，與心上人一起墜入愛河，共度人生。四是貧富搭配式：富家小姐愛上窮家小子，或窮家小子傍上富家小姐。其他還可以歸納出畸形戀愛式，情挽危機式，破鏡重圓式，等等。由於對瓊瑤小説最為著迷的往往是中學女生，因此最多的批評集中於這些作品的某種虛幻性，如指出她編織的是「真空裡面的愛情」，許多故事乃「水中花，夢中月」，根本不能夠實現；瓊瑤的小説是一種廉價的童話，對於少男少女具有誘惑力，讓孩子們去白日做夢，但和殘酷的現實相距甚遠，因此這些內容對中學生是有害的。更有甚者，出現了清除「瓊瑤公害」的呼聲。

平心而論，瓊瑤小説能獲得眾多讀者的垂青，必有其理由。首先，瓊瑤善於「説故事」，注意故事情節離奇巧合的戲劇性，

---

366 於梨華：〈談 30 年來臺灣的文學與作家〉，北京《編譯參考》，1980年第 7、8 期。

跌宕起伏的曲折性和複雜性，使之引人入勝。其次是善於營造意境，貫徹了融情於景、融理於象的藝術法則。三是化入中國古典詩詞歌賦，增加了作品的藝術韻味。但更主要的還有兩點，一是通過抒寫善良純真的人性，構築了和諧溫馨的理想化世界。她曾說：「我一生，都熱衷的追求著美麗的事物和感情……至今我仍然相信人生是美麗的。」367 因此她致力於以美的理念去塑造一個個真誠可愛的人物和營構一個個如歌似夢的情境。二是在古典式的愛情描寫中揉進了現代意識。瓊瑤強調中國女性以理節情，乃至恪守婦道的傳統美德和倫理藩籬，但又非死守「男女授受不親」、「女子從一而終」之類的迂腐禮教，而是以現代女性的自尊，堅忍不拔地追求屬於自己的幸福愛情。這種現代品格，應是其作品能得到現代新青年喜愛的原因。加上現代社會的人們在抑壓環境和激烈競爭中——包括中學生沉重的課業和升學壓力——確實需要一些軟性作品來調劑生活，「瓊瑤熱」應運而生，直至80 年代初社會環境發生巨大變化後才有所降溫。正如著名作家李昂所說：「瓊瑤的小說可以幫助我們緩和情緒，就像希臘悲劇的淨化作用，經過恐懼和憐憫，使人的感情得到昇華。我覺得在瓊瑤的小說裡得到這種感情的昇華。」368

　　可以看到，武俠、言情和歷史小說的創作潮流發生於現代主義文學的高潮期，二者的產生具有相似的時代社會因素，卻以貴族傾向和大眾化的區別，演出了各自的精彩，某種意義上也構成了一種互補。三種通俗文類都有各自的古典傳承，但又都融入了現代因素，而後者往往是它們獲得讀者青睞，得以風行一時的關鍵。它們既是「現代」的，又是「傳統」的，所以在那由「現

---

367 瓊瑤：〈寒煙翠・後記〉，臺北：皇冠雜誌社 1966 年版，第 426 頁。

368 轉引自黃維樑〈香港的「通俗」文學〉，見《臺灣香港文學論文選》，福州：海峽文藝出版社 1985 年版，第 315 頁。

代」向「鄉土」和「傳統」轉變的風潮中，仍不為所動地自然發展著。儘管人們對它褒貶不一，但作為曾經於某一較長時段內風行的文學潮流，在文學史上無疑要留下不容忽略的身影。

第六章　回歸傳統和關切現實：鄉土文學再出發

第一節　臺灣鄉土文學的傳承和當代再出發

一、當代臺灣鄉土文學的四種類型及其淵源

　　日據時期臺灣就已出現鄉土文學的提倡。1945 年臺灣回到祖國懷抱，但抗戰勝利後的中國隨即陷入內戰，作為中國一個省的臺灣，其政治、經濟、社會環境持續惡化，二二八事件以及隨後的 50 年代白色恐怖，使得日據時期大多「左傾」，在光復初期又參與反抗官僚統治的人民革命鬥爭的臺灣本省籍作家受到打擊、壓制和清剿，加上有些臺灣省籍作家處於從日文向中文轉換的過程，因此，主要由本省籍作家操觚的所謂臺灣「鄉土文學」，暫時步入低谷之中。然而，鄉土文學並沒有滅絕，而是如潛流一般流貫於整個 50 年代。稍早就有廖清秀的《恩仇血淚記》、鍾理和的《笠山農場》等長篇小說獲獎；1957 年 4 月至 1958 年 9 月間，又出現了由鍾肇政發起，鍾理和、陳火泉、李榮春、施翠峰、廖清秀、文心、楊紫江、許山木等人參與，文友之間相互交流切磋的《文友通訊》。如果不僅限於本省籍作家的創作，那「鄉土文

學」在50年代臺灣其實具有一定的規模。究其原因，這是因為無論中國大陸還是臺灣的新文學，都存在著強大的鄉土文學傳統，在由本省和外省作家共同組成的50年代臺灣文壇中，二者都必然地承續和傳衍著這一傳統。

　　不少人認為中國現代文學存在著兩種類型的鄉土文學，或可以「批判、啟蒙」型（魯彥、許傑等為代表）和「田園牧歌」型（廢名、沈從文等為代表）稱之。有人認為還存在著另一種描寫東北、華北淪陷時期民眾苦難的鄉土文學。日據時期臺灣以「批判、啟蒙」型和「描寫（殖民地）苦難」型為主，並在戰後持續著。50年代大陸來臺作家的懷戀故鄉、童年生活的「鄉愁文學」，某種意義上可視為「田園牧歌」型鄉土文學。此外，臺灣還存在著由其特定地域文化所孕育的「紮根土地」型鄉土文學。四種類型並存的當代臺灣鄉土文學格局，在50年代臺灣文壇就已見雛形，70年代鄉土文學成為文壇主潮時，它的各種主題，大多能在50年代鄉土文學中找到其源頭。

　　臺灣人民所受日本殖民統治的痛苦刻骨銘心，臺灣光復後，「描寫殖民地苦難」的主題必然地延續下來，如呂赫若《故鄉的戰事》以及吳濁流寫作於光復前而出版於光復後的《亞細亞的孤兒》。特別是後者，通過主人公胡太明作為殖民地子民嚮往現代文明和人生幸福而不可得的坎坷經歷，以及既受日本人的歧視和排斥，一時又得不到祖國同胞信任的尷尬處境，廣泛而深刻地揭露了日本殖民統治帶給臺灣人民的肉體和精神上的巨大傷害。書中濃郁的漢民族文化氛圍和客家鄉土民俗的生動描寫，說明了固有民族身分和文化認同的難以改變。

　　進入50年代，不少本省籍作家繼續書寫著他們難以忘懷的日據時代被壓迫、被剝削、被欺辱以及奮起反抗的經驗。如長篇方面有廖清秀《恩仇血淚記》、鍾肇政《濁流三部曲》、文心《泥路》，短篇有廖清秀《冤獄》、鄭煥《渡邊巡查事件》，等等。

楊逵在綠島監獄中頑強地援筆寫作，《春光關不住》以日據末期被迫服勞役的「學徒兵」為題材，並通過巨石下頑強生長的「壓不扁的玫瑰」，象徵高壓統治下人民的生存意志和必勝信念。其獄中的重要創作還有《赤崁拓荒》、《光復進行曲》、《睜眼的瞎子》、《豐年》、《勝利進行曲》等十來個劇本。四幕劇《牛犁分家》不僅控訴了日本殖民者在所謂無區別「國民身分」問題上的欺騙行徑，同時以兄弟牛犁分家而無法耕種的情節作為對現實的諷諭。

廖清秀繼《恩仇血淚記》後，於60年代初又創作了描寫臺灣知識份子因揭露日警罪惡而慘遭迫害的長篇小說《不屈服者》。張深切在1951年發表電影劇本《霧社櫻花遍地紅》，後易名《遍地紅——霧社事件》於1961年出版。作品彰揚了高山族勇士「明知不可為而為之」的殊死反抗精神，同時又觸及了臺灣的漢族與高山族同胞團結抗敵的問題，以及對於某些臺灣人被「皇民化」而動搖其固有民族立場的反省，這是其深刻處。

當代臺灣「批判、啟蒙」型鄉土文學，既是五四新文學傳統的延續，也是臺灣自身新文學傳統的承接。這一點，在鍾理和、林海音等曾在北京居住，而後回到故鄉臺灣的作家身上表現得格外明顯。鍾理和以自傳性小說批判和反省愚昧落後的封建宗族觀念和傳統習俗。《笠山農場》的背景是質樸守舊，延續著客家人的同姓不能結婚等陳規陋習的農村。這種陳腐習俗的影響，甚至在50年代的臺灣也還存在著。短篇小說《同姓之婚》就描寫了光復返臺之後，這對同姓夫妻及其子女們所遭遇的來自周遭社會的歧視和侮辱。祖籍苗栗的林海音由於從小生長於北京，其作品帶有更濃郁的北京地方文化色彩。其《城南舊事》的小女孩視角並未減少作品深沉的批判、啟蒙的意味，特別是對封建社會中女性遭受摧殘以及貧困農民的一些不良習性，有極生動的揭示。

一些土生土長的臺灣省籍作家也創作著這一類型的鄉土文

學。陳若曦運用現代技巧的早期作品，仍具有濃厚的鄉土色彩，
《收魂》、《灰眼黑貓》涉筆輕視婦女、買賣婚姻、封建迷信等
陋習。值得特別指出的，一些外省籍作家也書寫著各自的鄉土民
俗，從而為臺灣文學增添了來自全國各區域的地方色澤。朱西
寧、司馬中原、段彩華回憶和描寫著山東、蘇北故鄉的風土人
情，其中包括某些愚昧落後，帶有鬼神迷信色彩的風俗。外省和
本省作家都創作著「批判、啟蒙」型的鄉土文學，說明了祖國大
陸和臺灣本地鄉土文學傳統在五六十年代臺灣文壇的共同影響和
延續。

　　在 50 年代臺灣文學中，「鄉愁」是一主題詞。「鄉愁文學」
某種意義上屬於「田園牧歌」型鄉土文學，因為「鄉愁」往往寄
託在對故鄉情事和童年往事的追憶描寫中。梅遜於 1965 年出版的
《故鄉與童年》，其書名恰好提示了這類鄉土文學的兩方面的主
要內容。林海音在臺灣用她的筆抒寫著對「第二故鄉」北京的憶
念情感。童年林海音印象最深刻的，是冬陽下馱著煤炭緩慢行走
著的駱駝隊，而駱駝或許可作為中國北方文化厚重、沉穩的象
徵。無論是「啟蒙」或「憶舊」，都使林海音的這些「北京敘
事」具有鄉土文學的質地。

　　鄉土文學的田園情結不僅是空間上對故土的懷想，也是精神
上對母體的皈依，表現在創作上，則是對母愛父愛、親情友情的
回憶和頌揚。這方面，琦君、張秀亞等女作家有突出的表現。魯
迅在《中國新文學大系・小說二集》導言中曾對「鄉土文學」加
以界定，特別對許欽文回憶「父親的花園」加以評說。以此對照
臺灣的「鄉愁文學」，與魯迅所言「鄉土文學」不無相通之處。
當然，臺灣的作者乃因戰亂而遭「放逐」，不少作品夾雜一些政
治意識，這是有所不同的。

　　「紮根鄉土」是最具臺灣本地特色的鄉土文學類型。臺灣本
是閩粵移民社會。作為「移民」，自然有其勇於開拓進取的一

面；但他們仍帶有中國文化安土重遷、以農為本的根性。每到一地，當能夠安定下來時，他們就想紮根此地，繁衍生息。另一方面，臺灣漢族先民篳路藍縷，以啟山林，又歷經外來殖民者的入侵，每一寸土地上都沾染著祖先的或自己的血汗，對於「土地」也就格外珍惜。這是此類型鄉土文學產生並蔚為大觀的深層原因。

廖清秀從50年代初就開始撰寫的長篇小說《第一代》，以其先祖渡海東進、開墾蘇澳的事蹟為題材。被稱為戰後第一代最具代表性農民文學作家的鄭煥，書寫著客家人對於土地的特有觀念，《毒蛇坑的繼承者》、《長崗嶺的怪石》等作品刻畫了不畏毒蛇、不嫌土地貧瘠，拒絕「平陽」（平地）的誘惑，遵循「祖先的意思」而堅守土地，並最終得到幸福的農民形象。

二、《臺灣文藝》和《笠》：鄉土文學的再出發

1964年《臺灣文藝》雜誌和《笠》詩刊相繼問世，標誌著當代臺灣鄉土文學由潛流萌現地表，面臨重新崛起的轉捩點。一方面，日據時代鄉土文學作家經過多年學習，大多掌握了中文語言工具，紛紛復出，而戰後成長的新一代作家，這時也具備了創作的條件；另一方面，十年來風行一時的現代主義文學，這時日益顯露其某些方面的缺失，文壇迫切需要新的加以矯正的力量。這樣，鄉土文學思潮的高漲，就成為一種必然。

《臺灣文藝》創刊於1964年4月，前53期主要由吳濁流主持，1977年3月起因吳濁流逝世而由巫永福、鍾肇政等接棒。吳濁流時常撰文陳述他辦刊的目的、經過和他對當時各種文壇現象的看法。他一再表白創辦這一刊物首先是為了提升社會的文化風氣，使臺灣免遭「文化沙漠」之譏。針對「反共八股」和「吹捧文學」、「口號文學」等的反現實主義傾向，吳濁流提倡文學勇於面對現實，批判社會弊端，引導人們朝向進步的方向，曾有「拍馬屁的就不是文學」的名言。對於現代派文學，吳濁流批評

其「只注意自我內在的活動」而棄絕了讀者的偏失。吳濁流最為
強調的，是摒棄對西方文學的盲目模仿，努力建立具有中國風格
的文學。他提出中國作家須「自主自立」的口號：「所謂近代化
是要將固有文化的優點及其特質繼承下來，不能拿西日文學來代
替」。369 為此他甚至在《臺灣文藝》上開闢漢詩專欄，並撰文反
駁漠視漢詩的論調。值得指出的，這裡的「自主自立」，顯然是
針對著西方、日本文學而言的，與後來「臺獨」派所謂的「主體
性」、「自主性」，有著根本的區別。

　　除中國古典詩傳統外，吳濁流對五四新詩傳統也深表關注。
他對當局人為隔絕五四傳統卻空喊文化復興提出異議，認為「要
檢討五四運動以後的白話詩，由此發展下去才不致斷脈」，並明
確指出：「要拿固有文化的好處來做經線，採取外國文化的好處
來做緯線，織成合時代的我們中國詩，這才是我們今後的正
路。」370 在吳濁流奠定的基本方向下，早期的《臺灣文藝》成為
以關懷現實和承續傳統為其兩大目標，以提升社會文化風氣為己
任的純文學刊物。它成為鄉土作家，特別是臺灣省籍作家聚集的
主要園地，幾乎所有的鄉土文學作家，都或多或少和它發生過關
係。它還先後創立臺灣文學獎、吳濁流小說獎和新詩獎、吳濁流
漢詩獎以及巫永福評論獎等，對於獎掖、提攜年輕鄉土作家發揮
了較大作用。

　　繼《臺灣文藝》之後兩個月創刊的主要由臺灣省籍詩人組成
的《笠》，同樣是臺灣鄉土文學思潮再度出發的信號。它的成立
仍是針對著現代主義文學思潮的一種糾偏和反撥，如創刊後便對
「擬古典主義」的「藍星」和「超現實主義」的「創世紀」加以

---

369 吳濁流：〈我設文學獎的動機和希望〉，《臺灣文藝與我》，臺北：遠
　　行出版社 1980 年版，第 31-32 頁。
370 吳濁流：《臺灣文藝與我》，第 96 頁。

非難。詩人們深感「新詩的革命」雖已成功，但能聽到的一部分是懷鄉的悲調，大部分乃是「惡性的西化濫調」，聽不到「來自臺灣鄉民的心聲」，這是他們創辦一本「自己的詩刊」的初衷。[371] 初期的「笠」秉持的觀念和宗旨，首先是強調詩的時代性和批判性，其次是注重詩的真摯性，在真善美三者中，「寧取真，次取善，下而取美」，並在此基礎上，「過渡到現實主義來」。[372]「笠」顯然是一個與「鄉土」密切關聯的詩社，這從其命名中就可看出；不過，它也從未絕對地排斥「現代」。它通過40年代的「銀鈴會」，接續了日據時期就萌發了的現代詩精神，而像林亨泰、白萩等重要成員，此前還參加了紀弦的現代詩社。「笠」標榜的「新即物主義」（或譯為「新寫實派」），原為德國的一個美術流派，其特點為：注目於社會現實，但並不滿足於客觀事物的摹寫而是注重展現人的靈魂，常以簡略而又誇張的筆觸突出事物的基本特徵，表現「力」和「激情」，這與表現主義有近似之處。除此之外，「笠」詩人還廣泛擷取象徵派、意象派、立體派等的藝術因素。「笠」在精神論上傾向現實主義，在方法論上博採各現代流派，從而形成了統合現實性和藝術性、鄉土性和現代性的創作特點，李魁賢將其概括為「現實經驗論的藝術功用導向」[373]——它因強調「批判性的現實態度」而不同於「純粹經驗論的藝術功用導向」；同時也不忽視「形象思維的詩性本質」，因此也與「現實經驗論的社會功用導向」判然有別。

　　除了刊物的出版外，1965年10月，鍾肇政主編的《本省籍

371　李篤恭：〈二十五年〉，《笠》詩刊第151期，1989年6月，第27頁。
372　白萩語，見《詩與現實》座談記錄，鄭炯明編《臺灣精神的崛起——「笠」詩論選集》，高雄：文學界雜誌1989版，第300頁。
373　李魁賢：〈詩的選擇〉，《混聲合唱》編後記，高雄：文學臺灣雜誌社1992年版。

作家作品選集》和《臺灣省青年文學叢書》各 10 冊相繼問世。前
者包容了 168 位作家的創作，像這樣專門收集本省籍作家作品的
大套叢書尚為首次，顯示這些 10 多年來由於語言困難等原因而顯
得消沉的鄉土作家已來到了重新崛起的轉捩點，並且受到文壇日
益廣泛的重視。

　　1965 年 11 月，葉石濤在《文星》上發表〈臺灣的鄉土文
學〉，此後幾年內又先後撰寫了〈兩年來的省籍作家及其小
說〉、〈一年來的省籍作家及其作品〉等文，不僅描述了臺灣鄉
土文學近日重現繁榮的景觀，並力圖對鄉土文學的性質、特徵、
淵源和未來的發展加以釐述和闡發，特別是他努力將鄉土文學接
上日據時期臺灣文學的傳統。葉石濤在當代臺灣文壇上首次明確
打出「鄉土文學」的旗號，顯然具有思潮發展史上的重要意義。
葉石濤、鍾肇政等的這些文學活動，無疑更壯大了甫萌發的鄉土
文學思潮的聲勢，並為它的更大發展做了必要的準備。

三、《文季》系列刊物與「左翼鄉土文學」的形成

　　60 年代中後期另有一個重要的鄉土文學刊物，這就是尉天驄
主編的《文學季刊》。就編輯群的淵源看，該刊上接 50 年代末的
《筆匯》，下啟 70 年代初的《文季》季刊乃至 1983 年的《文季》
雙月刊。它於 1966 年 10 月正式創刊，此後受陳映真入獄事件等
的影響，常未能按時出刊，至 1971 年 10 月停刊，共出 10 期。其
間還曾於 1971 年 1 月和 3 月出版《文學》雙月刊。該刊主要參與
創辦者有陳映真、七等生、施叔青、劉大任等，王夢鷗、姚一
葦、何欣等前輩作家也參與策劃，還延攬了黃春明、王禎和、王
拓等構成強大的作家陣容，成為當時一個創作力旺盛、在讀者中
具有較大影響的期刊，是鄉土文學思潮發動並走向高潮的重要關
鍵。該系列刊物的重要意義在於，以它為核心和主線形成了臺灣
「左翼鄉土文學」的陣容，有所區別於《臺灣文藝》和《笠》所

代表的「本土鄉土文學」，並在 80 年代後，因「統」、「獨」分歧而分道揚鑣。其成員雖仍以本省籍為主，卻不像後者那樣強調省籍的集合。這一脈絡的產生具有臺灣社會現實問題（特別是日益嚴重的農村問題）的背景和原因，又受到各種來源的左翼思想（包括楊逵的日據時期左翼文學傳統）的灌溉，具有很強的現實批判性，成為 70 年代臺灣文壇的主流，鄉土文學論戰等的主角，官方壓制的主要對象，雖因高雄事件等而中挫，其內部也發生一些分化，但以陳映真為核心，仍保持左翼傳統一脈延綿不絕，「紅旗不倒」，甚且成為當今思想狂潮中的中流砥柱。

　　陳映真堪稱「左翼鄉土文學」的一面旗幟。年幼時最早感受到的內戰陰影和恐怖氛圍，化成了陳映真早期小說中有形的情節或無形的背景。於是小說中出現了那麼多的非正常死亡，如《我的弟弟康雄》、《第一件差事》中的人物，或空懷淑世理想而在現實中碰壁，在不可排解的內心痛苦中自絕，或失去人生目標，宣稱「活著也未必比死了好過」而自殺；又有那麼多的神經失常，如《文書》、《淒慘的無言的嘴》、《永恆的大地》中那些「品味著死滅和絕望」而有反常舉動的人物。「內戰」給予陳映真的另一個深刻感受，是那麼多來自大陸的因離鄉別親等原因而痛苦著的靈魂。他深切體會了內戰和民族分裂對於大陸農民出身的老士官們的殘酷撥弄，也理解他們在與臺灣同胞遇合時產生了一些難題。陳映真期待著雙方同時克服和揚棄各自的偏頗，在作品中，他便「以社會人而不是畛域人的意義」，一次又一次地觸及大陸來臺人士與臺灣民眾的相遇相處、相互接受和融合的問題。這些作品包括《將軍族》、《文書》、《累累》、《那麼衰老的眼淚》、《某一個日午》、《最後的夏日》、《第一件差事》、《永恆的大地》等等。

　　另一方面，「冷戰」使臺灣成為帝國主義陣營的「反共堡壘」，西方的資本和文化長驅直入，最直接的現象之一就是臺灣

成為「越戰」美軍的度假勝地，陳映真也得以目睹和感受這些成
為戰爭機器的美軍官兵的特殊心靈狀態，以及臺灣人為了豐厚的
物質獲取而付出的精神扭曲和肉體遭辱的代價。《六月裡的玫瑰
花》敏銳地觸及了此，並隱約有了第三世界被壓迫民族的視角。
經歷了 70 年代社會文化思潮的洗禮，於 1980 年前後創作《華盛
頓大樓》系列中，他對於新殖民主義和「第三世界」的認識，達
到了一個新的理性高度。

　　陳映真不諱言自己屬於思想型的作家，他膾炙人口的不僅是
小說作品，也包括數量頗豐的論文、雜感、訪談錄等。他的重要
論述包括現代主義批判、「臺獨」思潮批判、美日新殖民主義批
判、日本軍國主義否認其戰爭責任批判以及第三世界文學論等
等，堪稱批判性知識份子的典範。陳映真的思想和創作源於其對
於「冷戰」和「內戰」交疊架構下臺灣社會狀況和兩岸關係問題
的感性認識和理性認知。早期更多的是一種身處窒悶困局中的親
身體驗，後來更多的是對於臺灣社會和政權性質、美國宰製的世
界體系推行新殖民主義等問題的理性思索。而這必然延伸出民族
性和社會性的追求，並具化為對抗、抨擊外來殖民者和國內統治
階級以及改革社會的動力，而這正是臺灣「左翼鄉土文學」的精
神龍骨。

　　批判現實主義的鄉土文學在 60 年代中後期出現，與臺灣社會
進程中農村問題的嚴重化有直接關係。南方朔曾寫道：臺灣光復
以來，就上層的權力結構言，大致已歷 30 餘年未曾改變，政治流
動性極低，國民黨的整體性格更趨保守。而在經濟事務上，50 年
代初期的土地改革成果，由於資本主義工商經濟的浸潤而逐漸銷
熔。低米價政策富庶了工業，隨之富庶了新興中產階級，其代價
則是農村的凋敝。農民所得已降為非農民所得的二分之一左右。
至 1970 年底，負債農戶已達百分之八十七。此種情況導致農地的
嚴重廢耕。最直接的反映則發生在都市知識份子集結的地區，就

是以農村為母體的青年的激越求變，而因犧牲掉農村而富庶了的新興中產階級，由於經濟條件的優越，隨之刺激了權力欲望的上升。這兩種本質上利益矛盾的人們，由於均對既存權力主體存有不滿，因而成為混沌的聯合群體。[374] 黃春明等鄉土文學作家顯然屬於前者，即以農村為母體的青年知識份子。於是我們看到，《文學季刊》時期的黃春明，脫卻早期略見蒼白的「現代」面容，轉而注目於臺灣由傳統農業社會向工商社會轉型過程中發生的深刻震盪。一方面由於農村的凋敝和破產，迫使大量農村勞動力向城市轉移，然而進城後，面對資本和機械的重壓，唱起懷鄉之曲，最終卻無法擺脫殞命城市或敗逃而出的命運，如《兩個油漆匠》、《看海的日子》等；另一方面，留在農村的人們，也面臨著物質和精神上的雙重困境，這就是《溺死一隻老貓》、《兒子的大玩偶》、《青番公的故事》、《鑼》等小說所描寫的情景。黃春明筆下的鄉村小人物總是既卑微又尊嚴，既原始又真誠，雖然在大環境中無法自主，卻努力在逆境中找尋可以立足、茁長的土壤，堅信「一枝草一點露」，以頑強的毅力與命運抗爭。黃春明一方面注視著城市向鄉村的擴張和後者的淪落，另一方面也寫出了鄉村小人物於逆境下的生命活力。

　　這時期另一位鄉土文學代表作家王禎和，描寫著花蓮這個地方的小老百姓在貧困環境中為求生存的打拼營生。當時臺灣正在經濟起飛，而在偏僻鄉鎮卻還是那麼貧窮落後，也許小說人物會有賭博、酗酒、賣淫、偷漢子等出格的舉動，但這往往是貧窮所致，或者就是他們求生的手段。他們的音容笑貌、言語行為，都那麼活生生地展現在人們的面前，這是因為作家視自己與人物完全等同，「寫他們，正因為我是他們的一份子，寫他們，正因為

---

374 南方朔：《中國自由主義的最後堡壘》，臺北：四季出版事業公司 1980 年版，第 15 頁。

我跟他們過著相同的生活。」「那麼熟悉！他們的樂，也是我的
樂；他們的辛酸，也是我的辛酸；他們的感受，也是我的感受。
他們是我自己、我的親人、我的朋友、我的街鄰……」375 作者以
「嘲弄而親切，蒼涼而體諒，悲哀而豁達的複雜觀點，去刻寫角
色的形象」376，既與黃春明有所區別，更有其相似之處，共同構
成了鄉土文學的早期風格。

　　黃春明等的作品被稱為「純正」、「標準」的鄉土文學。與
七等生小說人物的個人式、避世式的孤獨反抗不同，黃春明的人
物卻是選擇不離開土地和人群。與七等生筆下的耽於思索、遁入
自我的小知識份子不同，王禎和努力將自己融入人群之中成為他
們的一員，與他們同悲共喜。這或許就是「現代派」和「鄉土
派」的重要區別之所在。七等生寫的是知識份子，所以能在困於
窒悶氛圍中難以突破的叛逆大學生中引起強烈共鳴，而黃春明、
王禎和描寫的純然是在城鄉之間孜孜營生的鄉土人物，在作品剛
發表時，讀者反應並不特別熱烈，且多被評論家以人與命運對決
的角度抽象地加以討論377；但到了70年代，卻得到讀者「追認」
式的尊崇，其間的玄機，或者就在社會思潮的丕變。黃春明等的
前期作品只是描寫著鄉村的貧困和社會的變遷，與政治並無直接
關係，而流露出的悲憫和同情，在官方看來尚屬有益而無害，因
此它們甚至在鄉土文學論戰中作為描寫黑暗面作品的對照物而得
到某種程度的肯定。然而就是這些作品，也有著向「左翼」發展
的潛質。70年代後兩位作家雙雙以特有的敏感，較早切入美日對

375 轉引自尉天驄〈讀陳映真、黃春明、王禎和鄉土小說的隨想〉，王禎和
　　《來春姨悲秋》，北京：崑崙出版社2001年1月出版，第10頁。
376 舒凡：〈嫁妝一牛車・序〉，王禎和《嫁妝一牛車》臺北：遠景出版社
　　1975年版。
377 蔣勳：〈寫實文學中新起的「道德力量」〉，仙人掌編輯部編：《民族
　　文學的再出發》，臺北：故鄉出版社1979年版，第90頁。

臺灣的經濟、文化殖民的主題，其作品在某些人眼中，也就不會再是那麼「純正」、「可愛」，而是「變質」了的鄉土文學。

四、臺灣內外環境遽變和社會改革運動的興起

以「回歸傳統、關懷現實」為主要標幟的鄉土文學思潮在 70 年代初的崛起，有其深刻的社會歷史背景。這時連續發生了一系列對臺灣極具震撼和衝擊的重大政治事件，　如 1970 年發生的「釣魚島事件」，翌年 10 月臺灣當局被逐出聯合國，1972 年 2 月尼克森訪華及《上海公報》發表，隨即包括日本在內的大多國家與臺灣「斷交」……。王拓後來在〈是「現實主義」文學，不是「鄉土文學」〉[378]一文中曾詳細回顧了這些事件對臺灣社會及廣大知識份子的重大影響。

首先，「保釣運動」激發了民族意識的高漲。幾十年來難得過問國事的大學生們紛紛舉行「國是座談會」、示威遊行，公開援引了當年「五四運動」的愛國口號。這個運動使廣大同胞「看清了美國與日本相互勾結侵略中國的醜惡面孔」。這種普遍的民族意識的覺醒，扭轉了五六十年代的社會思潮走向，正是文學上「回歸傳統」的重要思想基礎。

其次，一連串政治事件所引起的社會動盪和危機感，使人們不得不張開眼睛來關心現實和社會，也認清要抵抗帝國主義的侵略，首先還在於自己的「政治和社會的徹底革新」。青年學生們大多不再甘為埋首沙中的駝鳥，不僅在校園內政治討論蔚然成風，還「上山下海」從事農村、漁村與工礦問題的調查，發現了政治、經濟、社會各方面的弊端以及原來被隱藏掩蓋著的勞工慘苦生活，提出了「洗滌社會、擁抱人民」的口號。在此潮流的裏

---

378 王拓：〈是「現實主義」文學，不是「鄉土文學」〉，臺灣《仙人掌》雜誌第 2 期，1977 年 4 月。

捲下，「關懷現實」自然也成為文壇的主要取向之一。

再次，新的文學思潮的崛起，還有文學內部發展規律的作用。這主要是現代主義思潮在獲得了創作和理論上的一些成就的同時，也將其弊端放大到了頂點，到了非加以糾正不可的地步。而這時候，鄉土文學思潮以及新一代年輕作家的崛起，正好適時地承擔了這一歷史使命。

在思潮的轉換過程中，1968 年 1 月創立的《大學雜誌》發揮了重要作用。雖然南方朔稱它為繼《自由中國》和《文星》之後「中國自由主義的最後堡壘」[379]，其實並非自由主義者的禁臠，而是不同思想傾向和派別的知識份子的開放園地。它並非官方的傳聲筒，而是容納了大量民間的聲音，其中也包括對當局政策的大膽議論和批評。如堪稱「重磅炸彈」的〈臺灣社會力的分析〉、〈國是九問〉和〈國是諍言〉[380]等文，對於當局的違反民主的作為頗有微詞，甚至加以激烈的抨擊。《大學雜誌》早期對於教育問題、留學生問題，稍後對於農（漁）村問題、工礦勞工問題等，都有特別和持續的關注，乃至當時還很少人注意到的「公害」問題，也有專輯的討論，顯示《大學雜誌》關心社會和關心大眾的取向。這些其實也是 70 年代興起的報導文學和楊青矗、王拓等的小說經常描寫的題材。數年後鄉土文學論戰焦點之一的臺灣社會是否存在黑暗面，對臺灣當局應加以肯定、歌頌或加以批評、暴露等問題，在此已露端倪。

以「保釣」為發端的海內外學生運動及由此而興起的民族主義思潮，在《大學雜誌》中也有明顯反響和呼應。時任雜誌編輯的陳鼓應曾無視當局的不允而發表了王曉波與「外長」錢復的

---

379 參見南方朔《中國自由主義的最後堡壘》一書。

380 刊於《大學雜誌》第 46 期，1971 年 10 月。該文由張景涵等 15 人（其中高準、陳鼓應、陳少廷等為 1970 年代臺灣文壇相關人物）聯名發表。

〈釣魚臺問題對話錄〉。在談話中，王曉波對當局在事件發生時表現的態度以及對愛國學生扣紅帽子的做法表示不滿和抗辯。[381]數年後的鄉土文學論戰中一些黨屬文人對鄉土作家扣紅帽子的情形似乎在「保釣」時即已預演。由此可知，《大學雜誌》的主要特點是社會意識和民族意識的加強，而這是當時正日益形成的關心社會、熱愛民族、期待改革的社會思潮的投影；反過來說，《大學雜誌》也推動了這一思潮的更為蓬勃的發展。

　　在《大學雜誌》上佔有一席之地的文學理論和創作，除了呈現「自由派」固有的一些基本觀點和立場外，同樣表現了正在興起的新的社會思潮的投影。持有不同文學觀念和傾向的作家在同一雜誌上登場。如余光中、羅門、葉維廉、商禽、葉珊、大荒等屬於現代派或自由派詩人；尉天驄則是鄉土派理論批評家。海外留學生張系國、劉大任等一度作品頻見。當時分屬或即將分屬於「龍族」、「大地」、「主流」、「草根」乃至「陽光小集」等年輕詩社的詩人，包括蕭蕭、陳慧樺、林綠、翔翎、羅青哲（羅青）、翱翱（張錯）、林鋒雄、温健騮、王潤華、林煥彰、向陽、岩上等等，其共同傾向是強調社會性和民族性。此外還有香港的西西、戴成義（戴天）以及不屬於社團的洪素麗、吳晟等等。余光中、顏元叔等早期十分活躍，但後來卻消失了，或許是「道不同不相為謀」。相反，高準卻在第 25 期開始出現，在《大學雜誌》第 57 期上發表了充滿愛國主義激情的《神木》一詩，又從第 59 期開始，連載了〈論中國新詩的風格發展與前途方向〉一文。這些或許都體現了思潮發展的方向。

　　這時期頗為活躍的顏元叔，既大力推介「文本自足」的「新批評」方法，又提倡「社會寫實主義」文學。陳正醍精闢地指

381　王曉波：〈釣魚臺問題對話錄〉，臺灣《大學雜誌》第 46 期，1971 年 9 月，第 29 頁。

出：顏元叔所提倡的「社會意識文學」、「民族文學」完全沒有
年輕人之間常見的社會改革意識，但是即使是這樣的顏元叔，尚
且提出了「民族性」、「社會意識」的文學論述，「由此可知，
七十年代初期在文學領域中發生的意識和價值觀的變化，對向來
過度追隨西方和脫離現實的反省有多大了。」[382]

　　南方朔剖析了「大學集團」的弱點及其蛻變、分裂和瓦解。
《大學雜誌》本有「土」、「洋」二系之分別。「洋」系多為留
學外國的學者，具有輕視大眾的精英色彩、怯懦性以及較少觸及
實際問題等特點。當國民黨因疑懼該雜誌奧援學生運動而撤出對
它的支持後，集團中妥協度較高的「洋」系成員，為求明哲保身
隨之撤出。此後「土」的一系又面臨再度的分裂，失去了原有的
聲勢和立場；而「洋」系及「土」系的一支被拔擢於廟堂之上，
高升至政務官、大學系主任，或紅牌教授等。[383] 加上他們在專業
造詣上高於一般的官方人士，這也許可解釋為何鄉土文學論戰中
衝鋒在前抨擊鄉土文學的，竟是彭歌、余光中這樣的原自由派而
後被官方所「收編」者。然而，「大學集團」中仍有一支脈，比
較能站在群眾的立場來思考問題，具極強的剖析力，與學生運動
的關係密切。如王曉波具有強烈的民族主義和關心弱勢群體的情
懷。陳鼓應將其原來對西方和自由民主的態度和認識作了調整，
增強了社會意識和民族意識，「這使得他在黨和政府眼中已不再
可愛了。」[384] 在幾年後的鄉土文學論戰中，陳鼓應撰寫了《評余
光中的流亡心態》等文，宣告與倒向官方的原自由派的徹底決裂。

---

382 陳正醍：〈臺灣的鄉土文學論戰〉，《清理與批判》，臺北：人間出版
　　社 1998 年 12 月版，第 143 頁。

383 南方朔：《中國自由主義的最後堡壘》，臺北：四季出版事業公司 1980
　　年 9 月出版，第 23 頁。

384 南方朔：《中國自由主義的最後堡壘》，第 56 頁。

隨著《大學雜誌》的分裂和兩極分化，自由派也再次走向沒落。南方朔認為，在中國近現代史上，歷史曾數次給予自由派以「利濟天下」的機會，但卻一次又一次遭受失敗。這顯然與中國的國情以及自由派自身的弱點有直接的關係。不過，雖然他們「結局」如此，但在「過程」中卻未嘗不能做出一些可觀的貢獻。如50年代的《自由中國》文藝欄和《文學雜誌》，以其直指人性的創作，成為那荒蕪、窒悶年代的一道清流。1970年前後的《大學雜誌》，更由於與社會思潮的互為啟發和激盪，成為在某一時期推動文學向著增強社會性和民族性方向發展的具有一定影響力的刊物。

五、對於現代主義的普遍反省運動

鄉土文學思潮在70年代的崛起，得助於1972年前後它與現代主義思潮的一場短兵相接的「遭遇戰」，這就是由關傑明最先發難的「現代詩論戰」以及在《文季》上所展開的對現代派小說的批判。這一論爭被陳映真視為鄉土文學論戰的一個組成部分，其實質是臺灣文壇回顧和檢省10多年來的現代主義文學運動，積極成果則在於確立了70年代臺灣文學回歸民族傳統、關懷社會現實的主流和方向。

「回歸傳統」取向的萌動，應追溯到1962年7月以文曉村、陳敏華、王在軍、古軍等為核心成員的「葡萄園」詩社的成立。他們不滿於現代派詩的「晦澀」之病，開出的藥方是「明朗化」和「普及化」。這一提倡效果不彰使他們認識到現代派的要害在於「缺乏中國文化的營養」。1970年元月《葡萄園》第31期上的社論〈建設中國風格的新詩〉，標誌著該詩社的「健康、明朗、中國」的詩路線基本確立。

70年代伊始一批年輕詩社的誕生，堪稱新興思潮崛起的前奏。其中較主要的「龍族」、「主流」和「大地」在1971年3月

起的一年半內相繼成立。《龍族》創刊時即宣稱：「我們敲我們
自己的鑼打我們自己的鼓舞我們自己的龍」；而「龍族」乃他們
幾經抉擇而選中的「穩重、寬宏、長遠，而且是中國的」名字
385。《主流》與鹽分地帶文學傳統有較深的淵源，自詡「將慷慨
以天下為己任，把我們的頭顱擲向這新生的大時代巨流」386。
《大地》則聚集了大學文學科系的青年詩人，除了強調關切這片
養我育我的寶島土地外，並呼籲早日揚棄「世界性」的枷鎖，
「重新回頭審識三千年偉大的傳統」。387

　　1972 年 2 月底， 英國劍橋大學文學博士關傑明在《中國時
報》「人間」副刊上發表〈中國現代詩的困境〉一文，而在此前
後，分別由洛夫、楊牧等主編的《中國現代文學大系》詩卷和
《現代文學》雜誌的《現代詩回顧專號》相繼問世。它們以及早
些時候由「創世紀」詩人略見系統地選編的一些詩選、詩論選所
透露是 10 多年來十分活躍的一批現代詩人，敏銳感受到思潮蛻變
的脈膊，急於對自己的過去作一個回顧和定位，無形中為整個現
代主義詩運動作了一個階段性的總結。而關傑明正是就他所讀過
的這些詩選、詩論選展開了對現代詩的批評。同年 9 月， 關傑明
又發表了〈中國現代詩的幻境〉一文，引起文壇的較大震動。關
傑明的主要論旨，在於指摘使詩成為「文學殖民地主義產品」的
過度「西化」的弊病，指出這些中國作家「不過是生吞活剝地將
由歐美各地進口的新東西拼湊一番而已」。388

　　1973 年八九月間，返臺擔任客座教授的美國加州大學數學博

385　陳芳明：《龍族命名緣起》，《詩與現實》，臺北：洪範書店 1977 年
　　版，第 199 頁。

386　《主流的話》，臺灣《主流》第 4 期，轉引自向陽《七十年代詩風潮試
　　論》，臺灣《文訊》第 12 期，1984 年 6 月。

387　《發刊辭》，臺灣《大地》創刊號，1972 年 9 月 1 日，

388　關傑明：《中國現代詩的困境》，臺灣《中國時報》1972 年 2 月 28-29 日

士、60 年代寫過現代詩的唐文標，於《龍族評論專號》、《文季》創刊號和《中外文學》上發表了〈什麼時候什麼地方什麼人──論傳統詩與現代詩〉、〈詩的沒落──香港臺灣新詩的歷史批判〉、〈僵斃的現代詩〉等文，猛烈抨擊臺灣現代主義文學。首先，唐文標以 50 年代的《文學雜誌》作為檢討的對象，批判了現代主義的「藝術至上」觀念，稱其文學「是嗜好的，而非需要的；是賞玩的，而非合成一體的；是小擺設的，而非可運用的；是裝飾的，而非生活的」，是「文學中最壞的逃避主義」。接著，他進一步指陳現代主義文學「逃避現實」的各種方向和方式：「現代詩社」乃為新而新，尋求非（社會）作用的形式的遊戲；藍星詩社乃製作浪漫的、貴族的、山林的文學；創世紀詩社則是反理性的、破壞的達達主義作風。唐文標並進一步否定了 20 年來港、臺的整個新詩創作，稱它是蔓生在幾個城市的「早該判死刑」的畸形奇種。顯然，唐文標強調的是文學密接現實的理念。

　　唐文標的這幾篇文章在文壇引起爆炸性反響。如顏元叔在《中外文學》上撰文〈唐文標事件〉，認為唐文標文學觀具有社會功利主義的偏頗。稍後，余光中也發表〈詩人何罪〉，指出「詩人」只要把詩寫好，如要詩人去改造社會，是不公平的。也有人認為，不能因唐文標的偏頗而以為「社會文學」本身是錯誤的；縱然唐文標「百分之九十九是一派胡言亂語，但是只要還有一分真在，也就值得我們自省一番」（辛牧語）。將「現代詩論戰」推向高潮的是 1973 年 8 月龍族詩社籌備了一年多的「龍族評論專號」的出版。這本專號廣邀海內外人士對現代詩發表意見。論者大都有一個共同的要求，希望詩人能夠進一步表現這個時代、這個民族的精神。[389]

　　現代詩論戰正酣時，小說等領域也擂起戰鼓。創刊於 1973 年

---

389 陳芳明：《詩與現實》，第 54 頁。

8 月 15 日的僅出三期的《文季》接續《文學季刊》表達文學應反
映現實生活的鮮明觀點。主編尉天驄在頭兩期上發表了〈對現代
主義的考察——幔幕掩飾不了污垢〉、〈對個人主義文藝的考察
——站在什麼立場說什麼話〉等長篇論文，分別以歐陽子和王文
興的小說為具體對象展開對現代主義的檢討和批判。他堅持從文
學與社會關係的角度，以階級分析的方法考察文學，否認抽象人
性論，指出現代主義乃徹頭徹尾的「歐美中產階級處於崩潰狀態
中的產物」，其文學理念顯然與唐文標頗多相似之處。其實 60 年
代中期臺灣文壇就已出現對於現代主義的中肯的批判。陳映真
〈現代主義底再開發〉一文批評臺灣現代主義的兩大要害，其
一，它是移植的，亞流的，缺乏現代主義所由產生的客觀社會基
礎和「某種具有實感的東西」；其二，它呈現出思考上和知性上
的貧弱症，「不是徒然玩弄著欺罔的形式」，便是沉溺在以「自
我」為中心的悲傷。這樣的現代主義「便缺少了一種內在的生命
力」。[390]

　　臺灣文壇在批判現代主義的過程中，也逐漸釐清了今後發展
的方向，其主要精神不外密接傳統和關切現實兩端。這就是高信
疆所說的：「讀者、作者，都共同要求現代詩的『歸屬性』。就
時間言，期待著它與傳統的適當結合；就空間言，則寄望於它和
現實的真切呼應。」[391] 值得指出的，在當時，「回歸傳統」和
「關懷現實」兩大追求是緊密結合在一起的。他們認定：現實主
義本來就是中國文學的傳統，「詩與社會的緊密結合，這是中國
詩在傳統觀念中的價值所在」[392]。這一認知的典型表現，即「龍

---

390 陳映真：〈現代主義底再開發〉，臺灣《劇場》第 4 期，1965 年 12 月。

391 高上秦：〈探索與回顧——寫在〈龍族評論專號〉前面〉，趙知悌編
　　《現代文學的考察》，臺北：遠景出版社 1978 年版，第 166 頁

392 牧子（李瑞騰）：〈詩的社會性與民族性〉，原載《臺大青年》第 73
　　期，趙知悌編《現代文學的考察》，第 181 頁。

族」、「大地」等年輕詩人對於中國詩歌「敘事傳統」的發掘。
他們指出，以唐代絕律為代表的「抒情傳統」有其優點，但由於
詩論家的過分強調，遂使早就存在於詩經、楚辭中的另一傳統
——「敘事傳統」隱而不彰。但「凡是反映現實，批判現實特性
的作品，多非具敘事成分不可」，為了擴大中國詩的局面，使之
成為這一時代、地域的見證，就應努力開拓「敘事傳統」[393]。可
見，70 年代的年輕作家乃從其剖視現實的需要出發，對博大傳統
加以甄選和揚棄，從而將他們對傳統的嚮往和對現實的關切做了
巧妙的連接。這一認知，導致了稍後對於「敘事詩」的提倡。

　　在對現代主義的反省運動中，新一代的年輕學子起了重要的
作用。他們有著不同於前行代的生活經歷、文化背景和知識結
構，但畢竟是在文壇現代主義氛圍中成長起來的。他們既以前行
代為前車之鑒，也從他們的創作中接收某些藝術營養，從而進一
步獲得了理論和創作上的周延。1975 年 5 月創刊的《草根》詩
刊，除了強調深切關注民族前途命運、真切反映現實人生，以及
在大眾化和專業化之間的相互平衡之外，並提出：「對過去，我
們尊敬不迷戀，對未來，我們謹慎而有信心。我們擁抱傳統，但
不排斥西方……願把這份（專一狂熱的）精神獻給我們現在所擁
抱的土地：臺灣。」[394] 從此「立足臺灣，胸懷中國，放眼世界」
成為一種共識性的宣示。這場論爭以新興思潮的勝利告終，但現
代主義作為一種洗禮過文壇的因素，有機地存留於臺灣文學創作
的肌質中，起著豐富和調節的作用。

六、「媒體革命」與鄉土文學思潮的高漲

　　在鄉土文學思潮的崛起中，一些政論性、綜合性期刊和報紙

393　〈大地之歌‧序〉，臺北：東大圖書公司 1976 年版，第 6 頁。
394　〈草根宣言〉，臺灣《草根》創刊號，1965 年 5 月 4 日。

副刊起了舉足輕重的作用。這是不同於以前的特殊文學現象。其
中最重要的有《大學雜誌》、《夏潮》以及《中國時報》副刊
等。如前述《大學雜誌》集合了眾多為危機感所激盪的青年知識
份子，是繼《自由中國》、《文星》等之後又一個能鼓動思想文
化風潮的刊物。它將文學運動視為其社會改革運動的重要方面
軍，投以較大的關注，發掘日據時期臺灣新文學即其重要功績。
《夏潮》月刊由鄭泰安、蘇慶黎等創辦於 1976 年 2 月，三年後
被臺灣當局勒令停刊，80 年代後又出版《夏潮論壇》。該刊主張
祖國統一，反對民族分裂，鼓勵知識份子走出象牙塔，參與社會
服務工作。在文學方面，它致力於發掘楊逵等被塵埋的日據時期
臺灣作家，成為鄉土文學重要的創作和論爭舞臺。

　　部分報紙副刊在 70 年代文壇發揮了引領潮流的巨大作用，這
是與它們本身由純文學性質的「小副刊」向文化性、綜合性的
「大副刊」轉變（有人稱之為「媒體革命」）分不開的。在此之
前的臺灣報紙副刊基本沿用 50 年代林海音透過「聯副」所建立的
文藝性副刊模式，主要提供文學作品的發表園地。1973 年，曾主
編《龍族評論專號》的高信疆開始主持《中國時報》「人間」副
刊，決心改變以前副刊「既與新聞無關，又與人生無涉，更談不
上激動人心，傳承歷史，創造文化等等的題旨」的刻板樣式[395]，
充分發揮專題企劃、連續報導等傳媒的特殊功能，使某一問題傾
刻間成為社會的關注焦點，造成社會的集體思考，從而對文壇乃
至整個思想文化界產生巨大的影響。如它最早將鄉土民俗的報導
引入副刊，以連續篇幅介紹民間藝人洪通、朱銘以及林懷民的
「雲門舞集」，造成極大的轟動，促進了認同鄉土文化、肯定民
族尊嚴熱潮的高漲。

　　臺灣新文學早在日據時期就已建立現實主義的文學傳統，但

---

395 向陽：〈副刊學的理論基礎建構〉，《聯合文學》1992 年第 10 期。

後來由於各種原因，呈斷層、塵封狀態。從 60 年代末開始，對此的重新挖掘和系統整理形成一股熱潮，如《大學雜誌》、《夏潮》、《文季》、《臺灣文藝》等期刊以及「遠行」等出版社，或召開座談會，或策劃專輯，或出版叢書。賴和、楊逵、鍾理和、吳濁流等的多卷本作品集或全集先後問世，有的甚至列為高校教材進入大學殿堂。楊逵的作品被譯成中文，在包括《中外文學》、《幼獅文藝》、《中央日報》等的報刊上大量刊發，相關研究和評論也密集出現。1976 年 10 月，《夏潮》策劃《楊逵特輯》，推出評論集《壓不扁的玫瑰花——楊逵的人和作品》及楊逵的《羊頭集》等書。林載爵在〈臺灣文學的兩種精神〉一文中稱：從楊逵和鍾理和所分別代表的「抗議」和「隱忍」兩種精神裡，「找到了我們的母體、歷史的泉源」。396

　　對當下創作的現實導向，最明顯的例子莫過於報導文學、敘事詩等的提倡。其中《中國時報》「人間」副刊扮演了「登高一呼，應者雲集」的重要角色。早在 20 世紀 30 年代，楊逵就曾發表〈談「報導文學」〉、〈何謂報導文學〉、〈報導文學問答〉等文，歸納出報導文學的文體特點，並寫作〈臺灣地震災區勘查慰問記〉397，記錄當時「臺中新竹烈震」慘狀。1948 年他在《力行報》當編輯時又提倡寫「實在的故事」398，鼓勵作者將日常生活中所見所聞如實加以記錄；但隨著楊逵的入獄，這一提倡自然也告終止。50 年代吳新榮通過對臺南、嘉義地區的數十次田調寫

396　林載爵：〈臺灣文學的兩種精神〉，《中外文學》2 卷 7 期，1973 年 12 月。

397　楊逵上述四篇文章收入《楊逵全集》第九卷・詩文卷（上），文化資產保存研究中心籌備處 2001 年版，第 204-229、466-470、500-505、512-530 頁。題目原文都使用「報告文學」一詞。

398　參見陳映真〈臺灣報導文學的歷程〉，《聯合報》，2001 年 8 月 18 日，第 37 版。

成《震瀛採訪錄》一書；60 年代初，鄧克保（柏楊）在《自立晚報》連載《血戰異域十一年》，可說延續著報導文學的一線命脈。但報導文學密切反映現實乃至不憚於揭露社會弊端的天然性格，必然為威權統治時期的當局所不喜，也難以為現代主義文學當道時的作家們所青睞。所以臺灣報導文學的真正興起，要從 70 年代《中國時報》「人間」副刊的提倡開始算起。1975 年 11 月 18 日，被命名為《現實的邊緣》的報導文學專欄在「人間」上開始刊出，並帶動了《聯合報》、《臺灣時報》、《自立晚報》、《臺灣日報》、《民族晚報》、《臺灣新聞報》以及《綜合月刊》、《戶外生活》、《大同半月刊》、《皇冠》、《漢聲》、《時報週刊》等眾多報刊雜誌的跟進。臺灣的報導文學由於崛起於一個特定的時空，從一開始除了現實反映（如底層民眾困窘處境的反映）外，還縱筆於環境保護、人文關懷等領域，從而組成了三大題材系列，而它們正涵蓋鄉土文學思潮的「現實」和「傳統」兩大取向。「時報文學獎」於 1978 年起設立報導文學獎項，無異於正式承認「報導文學」進入文學殿堂；還在 1979 年增列敘事詩獎，實踐了「龍族」、「大地」詩人在 70 年代初發掘中國詩歌「敘事傳統」的志向。報導文學創作在 80 年代後繼續發展，成為臺灣文學的一個重要文類，益發凸顯「人間」副刊的宣導之功。

古蒙仁在 70 年代以來臺灣報導文學從少到多、蔚然成風的發展過程中扮演了一個重要的角色。古蒙仁是「人間」副刊上《現實的邊緣》專欄的首批作者，此後又出版了《黑色的部落》、《臺灣社會檔案》等諸多作品集。他強調「報導性」和「文學性」並重的原則，認定報導文學是用腳寫出來的，為此走出書齋，跑遍臺灣的山山水水、社會每一角落，親臨現場，與工人農民同吃同住同勞動，從而瞭解底層民眾的真實生活情形，發現社會存在的緊迫問題。這樣的報導文學，就能為時代、歷史作見證。「文學性」的核心則在於對「人性」的把握，因此對人性、

人情和人的命運加以重筆描繪，並在作品中灌注深沉濃郁的人道精神，這是古蒙仁報導文學的最顯著特徵和重要標記之一。此外，古蒙仁那種將採訪過程和當時個人感受寫入作品中，以此增加作品的故事性和真實感的做法，開創了臺灣報導文學的一個特殊傳統，為後來的藍博洲、劉克襄等人所承續和發揚。

第二節　70 年代鄉土文學的創作主題和實績

一、關懷小人物和社會變遷、價值碰撞的主題

　　鄉土文學思潮取代現代主義成為文壇主流，除了理論宣導和媒體變革外，創作實績也不可或缺。

　　描寫鄉村生活和鄉土小人物，是鄉土文學最原始、最基本的主題，這類創作因此有「純正」的鄉土文學之稱。農民們世代紮根土地，用農耕等傳統方式營生，熱愛田地、耕牛，儘管生活困苦、艱辛，但仍力圖保持做人的尊嚴。鄉土文學作家往往以悲天憫人的情懷，描寫鄉土人物頑強的生存意志，表達對他們的關懷和崇敬。

　　首先映入作家們眼簾的，是鄉村生活的艱難和辛勞。李喬堪稱描寫貧窮的能手，如《蕃仔林的故事》系列中的《山女》，寫出了令人難以想像的貧窮的極致。王禎和《嫁妝一牛車》中主人公的生理缺陷、自卑心理、多舛命運和發生的悲劇，其實都緣於貧窮；而黃春明的《鑼》更刻畫了與人物的經濟境遇相吻合的阿Q式落後精神狀態。作者常滿溢著同情和愛，黃春明《看海的日子》中人物對自我人格尊嚴的追求和維護，更為顯眼。陳映真《將軍族》中臺灣本地和來自大陸的兩位小人物「小瘦丫頭兒」和「三角臉」，雖然地位卑微，卻心地善良，在與悲苦命運的抗衡中，相互關愛，互相撫慰，不惜用生命維護其純真的愛情和人

格的尊嚴，並演繹了一段兩岸人民的親密誠摯的情誼。

　　許多作品描寫鄉土人物雖然處於逆境，或遇到挫折，遭受歧
視、迫害，甚至身體殘障，但仍堅信「一枝草一點露」，以頑強
的毅力與命運抗爭，追求自己的理想，從而顯現了人性的光輝和
人格的尊嚴。黃春明《青番公的故事》裡的青番面對困難百折不
撓。鍾肇政《魯冰花》中剛出土的幼苗（有美術才能的小學生）
像「路邊花」般遭人踐踏、摧殘，但護苗者（有責任感的老師）
的正義、果敢精神令人欽佩。殘疾人鄭豐喜的自傳體小說《汪洋
裡的一條船》通過主人公頑強的奮鬥史，揭示了「人可以被毀
滅，但不可以被打敗」的哲理。

　　類似主題延續到洪醒夫等比較年輕的鄉土文學作家那裡。洪
醒夫堪稱「純正鄉土文學」的新世代傳人。他描寫了因自然災
害、傷疾病痛乃至異族統治等天災人禍所造成的鄉村農民的貧
困；更描寫這些似乎卑微的鄉民中隱埋著的一股頑強、堅忍的生
存力量。像《黑面慶仔》中的黑面慶仔反省著生命的權利，最終
決定收養神經失常的女兒被村中無賴強暴而產下的嬰兒；《傻二
的婚事》中與人賽跑的瘦小體弱的傻二扭著傷腳堅持跑完最後的
路程，其中流露的坦然和篤定，正是中國農民百折不撓，如小草
於巨石下仍頑強生長的生命力的寫照。

　　臺灣從 60 年代開始「經濟起飛」，到了 70 年代社會轉型引
發的種種問題日益顯現，城市興起擴張，農村衰敗破產，鄉村勞
動力向城市轉移，農民流向城市後遭遇的種種悲劇及其懷鄉之
情，成為鄉土小說、詩歌、散文等關注的焦點。張漢良就曾以
「田園模式」來概括 70 年代的詩歌創作。典型的鄉土詩人吳晟在
《泥土》、《吾鄉印象》、《飄搖裡》、《向孩子說》等詩集和
《農婦》、《店仔頭》等散文集中，不僅刻畫著鄉村農民的樸拙
善良、隱忍堅韌，而且涉筆於工商文明入侵農村所引起的社會變
遷，表達了當時許多農民的一種真實感受：面對工商文明擴張的

一種深深的疑懼和憂慮。

　　這類作品並向城市現代價值與鄉村傳統價值的摩擦和碰撞的主題掘進，並在 80 年代前後蔚為一時風尚，甚至有評論家（如詹宏志）視之為一個時代的主題。黃春明《溺死一隻老貓》、季季《拾玉鐲》，吳錦發《祠堂》，黃瑞田的《爐主》等等，均具代表性。與異域的同類作品常描寫歷史理性和道德情感的兩難不同，臺灣作品更多地將其天平傾向了傳統價值的一面。如果說黃春明通過青番公反映的是一個守舊農民面對社會變遷所產生的感傷情緒；那麼《溺死一隻老貓》則正面展開資本主義經濟進入農村之後與傳統觀念的一場悲劇性衝突。最為典型的作品有廖蕾夫的《隔壁親家》、履彊的《楊桃樹》等。前者通過田多丁旺、勤奮守規的阿龍伯一再落敗於服膺現代商業觀念、不擇手段（包括利用女兒的美色）獲取不義之財的粗皮雄仔的故事，直接反映衝突中農村傳統價值的沒落和城市摩登價值的升揚。《楊桃樹》則通過一位在城市工作的農家子弟攜眷回鄉省親時父母和妻子的不同表現，將城鄉價值觀念的差異和主人公對田園的眷戀之情表達得淋漓盡致。

二、批判「新殖民主義」和揭露社會黑暗面

　　表面上擺脫了殖民帝國的領土佔領和直接的政治、軍事統治，但在經濟與政治上仍然無法徹底脫離對於原殖民宗主國的依賴，後者透過自己在技術、資本等方面的優勢，佔據世界體系的中心，掌握著前殖民地和第三世界的命運，使之依然處於半殖民地或準殖民地的狀態，這正是戰後取舊殖民主義而代之的「新殖民主義」行徑。這種以跨國資本為形式的經濟掠奪和挾物質力量長驅直入的西方文化，對落後國家和地區的影響更為巨大和深刻，在臺灣也有著廣泛的蔓延和嚴重的危害。王禎和、黃春明、陳映真等鄉土文學作家對此十分敏感並不惜以大量筆力加以揭示

和反映。

　　黃春明在 1970 年代就創作了《蘋果的滋味》、《莎喲娜拉・再見》、《小寡婦》、《我愛瑪莉》等小説。《蘋果的滋味》以赤貧如洗的江阿發被美國上校的車撞斷了雙腿後，因美國人將其送醫並以美國蘋果慰問等「慈善」舉動而感激涕零、向肇事者説「謝謝」的故事，揭示了部分臺灣破產農民流入城市後「洋奴」化的現象。《我愛瑪莉》更充分演繹了精神奴化的題旨：任職於洋機關、愛護洋老闆的一條大狼狗甚於自己的妻子的大衛・陳，無疑是經濟和文化上的殖民主義所養成的新型買辦洋奴的典型；而他的妻子玉雲在經濟上得益而精神上受虐的尷尬，或可視為新殖民地條件下臺灣人民真實處境的一種象徵。

　　王禎和的《美人圖》等作品多採用誇張、戲謔的筆觸來表達相似的題旨。《玫瑰玫瑰我愛你》描寫一群敗類為了金錢不惜喪失民族尊嚴和人格，「培訓」女同胞以提供美軍色情服務的卑劣行徑。《小林來臺北》則通過一位從農村來到臺北某航空公司當雜工的青年的眼睛，觀看臺灣崇洋媚外的社會現象，特別是人的思想觀念受到西方影響而產生的扭曲。

　　黃春明、王禎和等的作品有著對生活的細密觀察和藝術敏感，相比之下，陳映真顯得更有理論的氣息，這理論包括來自拉美的「依附理論」等。陳映真認識到，二戰後隨著舊殖民體制瓦解，新帝國主義對後殖民地的宰制，需依靠後殖民社會「內部合作」的機制以及「合作精英」的養成、參與與幫辦。這些「合作裝置」地位特殊，深深介入到「國家政權」的權力核心，進行廣泛干涉、指導、命令、監督，使之符合美國霸權下的秩序和資本的最大利益。這些「合作裝置」中招納了大量滿腦子美國價值和「現代化理論」，受過美國各種訓練的「合作精英」，由他們具體實踐和推動世界體系對於臺灣的各種意志。小説《萬商帝君》描寫了這種現象以及首先在國族認同上出了問題的所謂「合作精

英」們，《夜行貨車》則塑造了為維護民族尊嚴，以放棄在跨國公司的優厚待遇為代價，勇敢地對羞辱「中國」的洋人說「不」的人物形象。考慮到《華盛頓大樓》系列創作時，1978 年才正式登場的後殖民理論尚未介紹進臺灣，而陳映真卻在其藝術形象的創作中，切近於圍繞文化問題展開的後殖民議題，這除了應歸於作者對臺灣現實社會脈動的緊密把握外，也說明了作者值得讚賞的藝術敏感。

除了「新殖民主義」問題外，臺灣社會是否存在階級矛盾、階級鬥爭和社會陰暗面，是 1977 年爆發的「鄉土文學論戰」的另一焦點。王拓、楊青矗等不僅發現它們的存在，而且力圖用文學作品來加以揭示和反映。這是其創作被視為鄉土文學的一個新發展的原因。

《金水嬸》是王拓的成名之作，也是臺灣鄉土小說中一篇很有代表性的作品。勤勞、善良而又剛毅的金水嬸靠挑賣雜貨把六個兒子培養成材，但進城找兒子得到的是冷冰冰的搪塞和不認她這個母親的恥辱。作品展現了一幅拜金主義主宰一切的資本主義社會圖像。王拓不僅認為文學家必須關心人生疾苦，還主張文學創作要喚醒民眾為公理與正義而奮鬥，並使之成為整個社會運動的一部分。因此他致力於用文學形式為貧窮的人們鳴不平，塑造出作為勞苦民眾的「真摯的代言人」，並參與或帶領他們為「改善自己的環境」而奮鬥的富有正義感和反抗性的人物形象，被蔣勳稱為「堅定的、具有道德力量的正面人物」。[399] 如《望君早歸》中啟發、引導漁民展開鬥爭的邱永富，就是這樣的形象。

楊青矗從 1975 年至 1978 年先後出版了《工廠人》、《工廠女兒圈》、《廠煙下》等小說集和《工者有其廠》散文集。作者

---

399 蔣勳：〈寫實文學中新起的「道德力量」〉，王拓《望君早歸》序言，臺北：遠景出版社 1977 年版。

著筆於社會底層的低等工、臨時工和女工，描寫他們在工作、升等、待遇等方面陷入的困境，由此揭示臺灣勞工制度的不合理及其對廣大勞工的壓迫、剝削和損害，並表達了人人平等，「工者有其廠」的理想。如《低等人》中當了 30 年臨時工的董粗樹，臨被解雇之前，竟然千方百計尋找機會「殉職」，以便能得到一筆撫恤金來供養 92 歲的老父。《升》、《升遷道上》等則揭示只有善拍馬屁、送紅包才有升等或往上爬的機會，否則只有忍辱受欺的醜陋現象。這些「以工廠為背景，以工人為人物，以工人問題為題材」（陳映真語）的「工人小說」創作，也堪稱臺灣鄉土文學創作題材的一個新拓展。

三、臺灣歷史「大河小說」的創作

所謂臺灣歷史「大河小說」指用較長的篇幅（經常採用「三部曲」形式），描寫較長的時間跨度（有時達上百年乃至數百年）的臺灣歷史進程，特別是臺灣先民篳路藍縷，墾殖臺灣，乃至反抗外來殖民者的重大事件和事蹟。這是臺灣鄉土文學的一個很有特色的厚重部分。

鍾肇政於 1962 至 1969 年間出版了《濁流三部曲》，為臺灣歷史「大河小說」創作的開山之作。小說以臺灣光復前後的歷史時期為背景，通過主人公陸志龍的生活經歷，反映臺灣知識份子從苦悶彷徨而至覺醒的思想歷程。1968 年至 1976 年，鍾肇政又推出了由《沉淪》、《滄溟行》、《插天山之歌》等組成的《臺灣人三部曲》，將時間向前延伸到 1895 年日本侵佔臺灣，甚至更早的陸家先祖從廣東渡臺開基之時，通過臺灣北部山寨九座寮莊的陸家幾代人的抗日鬥爭，描繪臺灣人民 50 年不屈不撓、前仆後繼的反抗殖民統治的巨幅畫卷，彰揚了臺灣人民的愛國傳統和民族精神。

李喬創作於 1975 至 1981 年的《寒夜三部曲》是另一重要的

臺灣歷史「大河小說」。小說以作家的故鄉蕃仔林為中心場景，以彭、劉兩家三代人的生活為焦點，第一部《寒夜》著重描寫日據初期貧苦的創業者為求生存墾荒拓田，與剝削者殊死鬥爭並展開反抗日帝佔領的英勇鬥爭；第二部《荒村》描寫日據中葉臺灣民眾轉變鬥爭策略，組成「文化協會」、「農民組合」等團體展開文化、政治、經濟等方面的合法鬥爭；第三部《孤燈》將鏡頭移向日據末期的臺灣和菲律賓等南洋戰場，塑造了靠著堅強毅力和信念力圖死裡逃生的臺灣青年形象。小說由此讚頌了臺灣人民的頑強鬥爭精神和堅執的民族氣節。作者還試圖在小說中融入其歷史觀和生命觀，所描寫的求生的掙扎和視為生命本源的土地之愛、高山鱒式的回歸原鄉的企望以及在苦難時代顯得更為崇高、莊嚴的母愛相互輻湊、折射、絞結，使該作成為一部描繪生命的姿彩的具有深厚哲理內涵的小說。

客籍女作家謝霜天的《梅村心曲》由《秋暮》、《冬夜》、《春晨》等三部組成，描寫的時間跨度長達 50 年，涵蓋日據時期和光復後的漫長歲月，加上清新簡潔的詩一般的筆調，堪稱一部百科全書式全面反映客家生活的敘事史詩。在日本統治時期，林素梅的公公吳傳仁就是一位吳濁流筆下「先生媽」式的始終保持漢民族精神、勇敢對抗日本皇民化政策的忠直耿介之士。素梅雖為喪夫守寡的弱女子，但和其公公一樣，敢於抵抗殖民統治者的肆虐。她牢記公公和丈夫阿楨生前經常說的話：「我們是來自廣東的中國人，有著自己的語言和生活生式」，以此規約自己與日本人保持應有的距離。當日本殖民當局強迫臺灣人交出貴重金屬支持「聖戰」，素梅決意將金鐲子藏起，並在被逼迫向媽祖發誓時，不惜在神像前說謊，因為她認定：不獻金正是一種無言的反抗！由此可知，在日本統治下，確有部分臺灣人卑屈求榮，但更多的臺灣同胞，卻未曾向殖民者低過頭，他們始終保持著民族氣節，客家人的「強項」性格在日本殖民者面前得到更充分的體

現。在和平時期，林素梅表現出客家婦女特有的勤勞、樸實以及為了「土地」而鍥而不捨、永不言放棄的奮鬥精神。他們熱愛土地，一則這是祖先的基業，二則有苦難時代的記憶，三則他們從自己開闢的田園中，看到了美好的未來，而這正是他們辛勤開墾的根本動力。此外，小說還寫出了客家莊中那待人寬容友愛的淳厚風土人情。吳家不僅內部婆媳關係良好，對外也以寬厚仁愛為先。這種樸實寬厚之心有時更擴大到國家、民族的範圍和政治問題上。

從審美的角度講，客家文化執著的是一種民族歷史的深沉和凝重，因此它沒有吳越的靈秀，沒有中原的雄渾，也沒有荊楚的浪漫，但卻熔鑄了民族文化的歷史縱深感，凝煉了民族歷史遺產的博大氣派和精深氣質[400]。由此也可理解為何具有歷史縱深感的長篇小說乃至「大河小說」大多出自客屬作家之手了。從通過主人公胡太明的坎坷一生，揭示在日本殖民統治下，臺灣同胞既飽受日本人的歧視，有時也得不到祖國同胞的信任，從而產生孤苦彷徨的「孤兒意識」的吳濁流《亞細亞的孤兒》，到描寫光復前夕被日軍征為學徒兵，遭受殘酷對待，從彷徨、苦悶走向覺醒和反抗，並通過對鄭成功等英雄業績的追念，增強了祖國和民族認同感的鍾肇政自傳體小說《濁流三部曲》；再到以50多年的時間跨度，在近代臺灣歷史的廣闊背景中，描寫來自大陸的客家移民，先是為求生存與大自然搏鬥，辛勤開墾土地，後又與入侵的日本殖民者展開不同方式的殊死鬥爭的李喬的《寒夜三部曲》，雖然寫的都是平凡的人——就像常年在山地丘陵默默從事農耕的大多客家人那樣的平凡，卻又都可感受到其中包含的深厚的歷史縱深感和跳動著的時代脈搏。

卷帙龐大的東方白《浪淘沙》於 1990 年正式出版，但其醞

---

400 王東：《客家學導論》，上海人民出版社 1996 年版，第 248 頁。

釀、準備在 80 年代之前就已開始。該著分為《浪》、《淘》、《沙》三部。葉石濤稱這部呈現從乙未開始的臺灣民眾生活史的著作，有如《戰爭與和平》那樣，以一種現實主義的筆觸，寫出了整個土地和天空，成為民眾生活的百科全書式的作品。齊邦媛則強調它「以史詩的氣魄寫百年來臺灣三個家族的悲、歡、離、合……記錄了一個奇異的政治支配人生的時代，感喟於政治浪潮沖刷下命運的擺盪……處處彰顯的只是人本的關懷和對臺灣鄉土的眷戀。」[401] 小說中不僅對福佬人的生活、鬥爭情形有著生動的描寫，對於客家人在對日戰鬥中的驍勇善戰，也給予高度的評價。

　　值得指出的，鄉土文學是在對抗、反撥「三民主義文藝」、自由派、現代主義文學等思潮的過程中成長起來的，但並非和這些思潮完全絕緣，相反，吸收和融入了這些思潮一些因素。如對人性描寫的重視，與自由人文主義思潮不無關係。又如，臺灣鄉土文學未必清一色的「寫實」，像李喬就喜「越軌」，其《孟婆湯》引入佛教輪迴情事，《人球》帶有卡夫卡「變形記」情節，後者或許還啟發了後來吳錦發的《烏龜族》等描寫人因不堪社會重壓而變形為動物的作品。現代主義文學對鄉土文學的薰染之功，是顯而易見的。

四、留學生文學的演變

　　留學生是中國人中較早、較大規模地與西方世界、特別是西方文化接觸的人群之一，因此也是最早經受中西文化的碰撞，感受到自己固有的價值觀念、道德標準、生活習慣、思維方式等，與西方世界有著頗大差距，甚至產生了尖銳衝突，從而反過來更深刻體驗自身民族身分的一群中國人。從「五四」前後至今，中

---

401 齊邦媛：〈冰湖雪山和南國鄉夢〉，《霧漸漸散的時候——臺灣文學 50 年》，臺北：九歌出版社 1998 年版，第 286-287 頁。

國興起了三次比較集中的留學熱潮，一是「五四」前後前往歐美
和日本，二是六七十年代從臺灣出發前往美國，三是八十年代至
今來自中國大陸、足跡遍布五大洲的留學潮；相應地，也就有了
三波比較強勁的「留學生文學」的創作。它們的時代背景和文學
主題不盡相同，但所體現的民族認同，卻是基本不變的，成為最
能體現華文文學不變的民族身分的題材類型之一。

　　五四時期的留學生回國的多，六七十年代的出國者卻成了名
副其實的「留」學生。為了能「留」下來，他們首先要面對許多
現實的問題：找房子、找工作，邊做工邊讀書等等。像於梨華短
篇小說《小琳達》所描寫的留學生們（後來更多的是一般從業人
員）在國外的謀生艱難，成為「留學生文學」的重要母題之一，
延續至今。

　　生活的艱辛或許還能忍受，一種錐心刺骨、永遠無法排解的
精神痛苦，來源於中、西文化之間的衝突。於梨華的長篇小說
《傅家的兒女們》，將留學生們在異質文化的撞擊中產生的兩難
和痛苦，刻畫得頗為生動。顯然，留學生想「留」在美國，然而
這種「留」卻是充滿痛苦、缺乏根基的，他們所處的往往是一種
留也不是、不留也不是的矛盾狀態。小說中的傅如曼和大多數留
學生一樣，一到國外，自身就無可逃脫地成了東、西方文化精神
的交匯點。在她和勞倫斯的關係中，兩種不同文化價值的差異和
碰撞表現得頗為充分。她對勞倫斯這個熱情、坦誠的異國青年的
傾心，正是對西方文化精神的一種不自覺的嚮往和親近。但她又
在某種程度上固守著東方精神。為了不違父命，她堅持著不正式
結婚，為以後關係的破裂埋下了禍根。和大多東方女子一樣，她
的感情並不那麼容易轉移，因此分居後一度自暴自棄，從這個意
義上講，偏於保守、封閉，重倫理傳統、群體關係的東方精神坑
害了她。然而偏於激進、開放、重個性自我乃至自私自利的西方
精神——勞倫斯即其體現——何嘗不也給她帶來嚴重的創傷？小

說表現出留學生們（不論是如曼，還是如傑、如俊、如豪）既為西方精神所吸引，就不屑於再回到滯重、古老的東方精神的圈圈中，但他們與西方社會及其文化精神仍是格格不入，他們在那裡遭受太多的挫折、失敗、煩惱和痛苦，因此他們成為「無根的一代」，而這種「無根」，不僅是形而下、地理意義的，更是形而上、精神意義的。作者以飽含感情的筆觸刻畫了在這種兩難境地中的迷惘，正是小說最為迷人之處。

其實，早在於梨華早期代表作《又見棕櫚，又見棕櫚》中，作者就描寫了這種苦苦尋根而不可得的失根狀態。小說的主人公牟天磊雖在美國學成業就，卻總是感到難以融入僑居社會和擺脫浪跡天涯的孤獨，於是他寂寞，空虛，苦悶，懷鄉，思親，有如一種無法言傳的鈍痛。他希望能回臺灣教書和娶妻，卻發現臺灣也已不是他的「家」，因為未能超脫於崇尚美國時潮之外的家人們不能理解他，連女朋友也以他回美國作為考慮婚姻的先決條件。他成了既難容於異邦，又不被故土所認同「邊緣人」，從而更陷入「無根」的巨大痛苦中。遭遇更慘的如叢甦《想飛》中那個寫過小說、出版過幾本詩集的主人公沈聰，到美國後因學費昂貴和英文水準差，只上了兩個月的學，終日只能在飯館裡打工，不想欺騙又不能寫實，只好把給臺灣女朋友的信寫了又撕、撕了又寫，感歎自己是「那無家可歸的」，終於有一天，他來到六七十層的高樓頂端，想起那大風箏和海鷗，於是「他搖舞著雙臂，緊閉雙眼，往前飛躍」。作者後記寫道：「為五年以前在紐約市摩天樓跳樓自殺的一個中國人而寫」。[402] 又有白先勇《芝加哥之死》中的留學生吳漢魂，住在一間陰暗潮濕的地下室裡，為了博士學位苦讀 6 年，心力交瘁，卻仍須為了糊口而疲於奔命，終至信心盡失，淪於精神崩潰的邊緣，卻又在首次踏入酒吧時，上了

---

402 叢甦：《想飛》，臺北：聯經出版公司 1977 年版，第 19 頁。

一個老妓女的當，於是在絕望中自沉湖底，默默了斷一生。作者為他取名「漢魂」，也許暗示著這位海外遊子，即使命喪異域，也要魂歸祖國。

顯然，留學生們身處中西文化的夾縫中的特殊處境，越發增強了他們對於民族傳統的認同，這種認同甚至比留在中國本土的人們更為強烈。於梨華在〈考驗‧後記〉中就寫道：「海外的年輕人，同樣是苦悶著，即使拿到美國公民的，仍然是中國人，不僅外在是中國人的模樣，內裡亦是顆中國人的心。永遠不能擺脫寄人籬下之感。」到了 70 年代中後期，臺灣的留學生文學又有一個明顯的主題變奏，這就是從描寫「無根的一代」到描寫「覺醒的一代」的轉變。這與 1970 年發生的保釣運動有密切關係。張系國、叢甦分別寫於或出版於 1978 年的《昨日之怒》和《中國人》等，可為其標誌。這類作品所反映的留學生的坎坷人生，已經從升學、就業、婚戀等生活遭際上的壓力感以及離鄉背井、陷身中西文化衝突中的失落感，更加入了民族、國家等政治因素，顯露出他們處身於歷史、時代、政治夾縫之間的尷尬、困惑和焦灼，以及由此所引起的種種矛盾、衝突和悲劇，而在作品中極大地提升和加強了的，是一種對於民族的向心力和認同感。如張系國的《昨日之怒》再現保釣運動的場面及其在留美中國知識份子中引起的深刻震盪，並描寫了各類型知識份子的團結與分化、熱情與消沉。施平與陳澤雄這兩位貫穿全書的人物，儘管其經歷、性格不同，但他們的心靈深處都跳躍著一顆「中國心」。留學經歷使他們深感美國並非像一些人所認為的那麼完美，「不出來，不會知道崇洋的可怕……也不會知道中國的可愛」。葛日新作為小說中新型的留學生形象，經歷了從富於幻想到關注現實，從醉心哲學研究到關懷民族命運的性格演變與思想發展歷程。他積極地投身於「保釣運動」中去，成為一名出色的領導者，堪稱旅美留學生中「覺醒的一代」的代表。

　　這種以民族意識的覺醒和高漲為特徵的新型留學生形象，還可見於叢甦的中篇《自由人》、《中國人》、《野宴》，趙淑俠的長篇《塞納河之王》、《我們的歌》等小說中。於梨華《傅家的兒女們》中的李拓泰亦屬此列。小說中漂泊於異域的知識份子無法忘懷於中國，始終關心著中國的命運和前途，內心始終纏繞著無法消弭的「中國情意結」。《自由人》中的「女孩子」在美國永遠沒有一種真正「在家」的和扎扎實實的「生根」的感覺，她呼喚著：「……回去吧！這裡不是我們的土地，不是我們的藍空，不是我們的太陽……回到我們自己的人群裡去！同樣的膚色，同樣的鼻眼，同樣的語言，在那稔稔的喧囂裡，稔熟的風光，稔熟的藍天，草原，和土地的芬芳。」《野宴》中那一群自稱「夾縫人」、「邊緣人」的留學生，深感「我們永遠是旁觀者，局外人……永遠是橋牌桌上的第五個人」，憧憬著「有一天，我們，我們的下一代，我們的下一代的下一代，一定要在自己的土地上，在完完全全屬於我們的土地上，生根，工作，相愛」。作者還在〈《中國人》序〉中直接表白：「中國可以沒有我們而存在，但是我們不能沒有中國而存在」，「也許，說穿了，在我這十幾年，跑過半個地球的追尋裡，只是為了再看見你，再認同你……你，中國人！」[403]

　　此外，留學異域乃至較長期留居海外的著名臺灣作家還有聶華苓、馬森、劉大任、郭松棻、周腓力以及更年輕的保真、顧肇森等。只是他們所描寫的不再集中於留學生，而是著筆於更廣泛的海外華人生活，甚至探討現代人類普遍的精神困境和命運。當然，即使是現代主義式的抽象探討，仍脫離不了中西文化交匯和衝突的背景。聶華苓的《桑青和桃紅》刻畫20世紀中葉部分中國

---

[403] 叢甦：《中國人》，臺北：時報文化出版公司1978年初版，1981年三版，第112-113、186-187、5-7頁。

人的漂泊流浪史——歷經日本入侵和中國內戰的顛沛流離，50 年代在臺灣有如被困在小閣樓上的窒悶和拘囿，到海外更陷入能導致人的精神分裂的無休止的被追逐和逃亡。受存在主義影響的馬森，其《生活在瓶中》、《夜遊》、《孤絕》等小說通過留學生的人生遭遇，冷靜剖析西方資本主義的各種文化現象與社會現象，特別是現代西方社會普遍存在的孤絕感，白先勇稱他「對中西文化價值相生相剋的各種關係」做了「知性的探討與感性的描述」[404]。郭松棻「身為一個血濃於水的臺灣作家，半生以上遠居異國，與臺灣時空環境的疏離，造成郭松棻小說中的異鄉人情懷。然則這樣的異鄉人情懷與其說是地理上的異鄉人（離鄉背井），不如說是精神上的異鄉人；也就是在精神上走一條自我放逐的路，讓心靈的困窘在沉落中獲得平衡。」[405]與上述作家的寫精神困苦不同，八十年代後的周腓力轉向具體生活層面，在《洋飯二吃》、《一周大事》、《先婚後友》等小說中以誇張的漫畫式手法配合輕鬆詼諧的自嘲，刻寫旅美華人社會以「假結婚」幫人申請綠卡為謀生手段、因忙碌連夫妻生活也如例行公事一樣規定每週一次等畸形奇特的景象。保真和顧肇森，一則繼續描寫海外華人那無法消弭的中國情意結，一則展現旅美華人為求生存的種種掙扎和艱辛，可說是六七十年代「留學生文學」兩大主題的延續。

404　白先勇：〈秉燭夜遊——簡介馬森的長篇小說《夜遊》〉，《第六隻手指（白先勇文集 4）》，第 311 頁。

405　吳達芸：〈齎恨含羞的異鄉人——評郭松棻的小說世界〉，《郭松棻集》，臺北：前衛出版社，第 542 頁。

第三節 「鄉土文學論戰」的焦點和「盲點」

一、鄉土文學論戰的經過

　　70 年代成為臺灣文壇主潮的鄉土文學思潮，標舉「回歸傳統」和「關切現實」的旗幟，其文學主題從最早的關懷鄉村小人物以及表達城市資本主義衝擊下的「田園情結」，到後來擴大到「新殖民主義」批判以及臺灣社會廣泛存在的階級矛盾、階級鬥爭和社會黑暗面的揭示，其實已無法用「鄉土文學」來加以涵蓋。因此王拓寫了《是「現實主義」文學，不是「鄉土文學」》一文加以「正名」。鄉土文學主題的這一演變，其實是 1977 年「鄉土文學論戰」爆發的直接原因。

　　1977 年四五月間，《仙人掌》、《中國論壇》等雜誌刊出若干討論鄉土文學的文章。銀正雄〈墳地裡哪來的鐘聲？〉一文針對黃春明、王拓等的小說，指稱 1971 年後的鄉土文學有「逐漸變質的傾向」──變成表達仇恨、憎惡等意識的工具，從中再也找不到原來樸拙純真、溫熙甜美的「鄉土」精神，而是看到這些人的臉上赫然有「仇恨、憤怒的皺紋」。[406] 而王拓在〈廿世紀臺灣文學發展的動向〉等文中，除了把文學思潮的轉變「放在政治與經濟的條件下來考察」之外，並明確提出文學要「正確地反映社會內部矛盾，和民眾心中的悲喜」，以及「文學運動必需能發展為一種社會運動，或與社會運動相結合」的主張。[407]

---

406 銀正雄：〈墳地裡哪來的鐘聲〉，《仙人掌》雜誌第 2 期，1977 年 4 月。

407 李拙：〈廿世紀臺灣文學發展的動向〉，臺灣《中國論壇》4 卷 3 期，1977 年 5 月。

　　初步的短兵相接氣氛尚較平和，鄉土文學作家理直氣壯地申說著自己的理由，並得到文壇內外廣泛的支持。這是鄉土文學思潮持續發展走向高潮的必然結果。然而這時出現的所謂「工農兵文藝」問題，卻成為論戰大爆發的導火索。高準主編的《詩潮》一反慣例地以題材分組排列，有人即從中拈出《工人之詩》、《稻穗之歌》、《號角的呼喚》等 3 組的題目，暗示它有「提倡工農兵文藝」之嫌。尉天驄則在一次座談會上說：「工農兵文學不傷害別人，有什麼不好呢？」[408] 又在一封致《夏潮》編者的信中指出：一方面要鼓勵農人、工人、軍人努力創作，另一方面，知識份子也應走出象牙之塔，多關心工人、農人、軍人的生活。[409] 儘管他強調這並不等於大陸的「工農兵文學」，但仍未能避免成為當時和此後被攻訐的焦點。

　　從 1977 年 8 月間彭歌〈不談人性，何有文學〉、余光中〈狼來了〉等在《聯合報》上發表開始，論爭規模急劇擴大。至 11 月 24 日止，在《中央日報》等主要報刊上發表的抨擊鄉土文學的文章近 60 篇。另一方面，《夏潮》、《中華文藝》等也發表了大量的鄉土文學作家進行反擊的文章。由於與官方有深厚淵源的一批作家、文人的介入，使原有的「鄉土」與「現代」對峙的文壇格局發生變化並進行新的組合。在反對鄉土文學的一方中，「不少學院出身的學者純從西方文學的美學標準批評王拓的『現實主義文學觀』」，如王文興，但其實已非論爭焦點；而「握有執政黨文宣責任或依然強調反共懷鄉創作路線為主流的作家，則從 30 年代的『歷史經驗』，或『臺獨文學』、『工農兵文學』大聲撻伐鄉土文學。兩者同樣反對鄉土文學，然而所依據的認知標準卻是

408　見李行之：〈五四，與我們同在〉，臺灣《夏潮》第 15 期，1977 年 6 月。

409　尉天驄：〈文學為人生服務〉，《夏潮》第 17 期，1977 年 8 月。

相異的。」[410]

　　這一階段的論戰呈現了明顯的焦點的轉移，即從文學是否可以和應該「反映」社會黑暗面的問題，轉化為黑暗面是否「存在」的問題，或者說，轉移到了對當前臺灣社會性質和特點的釐辨和評價的問題上來。正如胡秋原一針見血的篤論：當前文學之爭「是滿足現狀與不滿現狀之別」。[411]

　　「鄉土文學論戰」延續至翌年已漸趨平息。當局發出「團結」的呼籲，認為不要把鄉土文學作家都打成左派，統統給戴上紅帽子。然而當局畢竟無法容忍鄉土文學對於社會矛盾和黑暗面的揭露，特別是文學與社會政治運動相結合的取向。在 70 年代末的「高雄事件」中，楊青矗、王拓等作家被捕入獄，宣告「鄉土文學論戰」的最終結束。

二、鄉土文學論戰的兩大焦點

　　鄉土文學論戰的焦點從文學轉移到了對當時臺灣社會性質和特點的釐辨和評價上，概括說，集中於兩個焦點。其一，臺灣是否屬於「殖民經濟」的問題。彭歌在〈不談人性，何有文學〉中針對王拓的觀點稱：正當國民經濟「蓬勃發展」之時，卻被形容為「殖民經濟」、「買辦經濟」，這不僅是對當局的「不公道」，也是對於漚心瀝血努力建設的同胞的極大侮辱。王拓隨即寫了〈擁抱健康的大地〉一文加以反駁。他引用許士軍、胡秋原等以及《中國時報》社論上的資料和論斷，說明臺灣的經濟過分依賴外國且被外國所控制，所以是一種「殖民經濟」。[412]此後這

---

410 李祖琛：〈鄉土文學論戰後的臺灣文學〉），《臺灣文藝》第 105 期，1987 年 5 月。

411 胡秋原：〈談「人性」與「鄉土」之類〉，臺灣《中華雜誌》第 170 期，1977 年 9 月。

412 王拓：〈擁抱健康的大地〉，《聯合報》1977 年 9 月 10-12 日。

一問題被反覆加以討論。

　　論爭的又一個焦點，在於臺灣社會經濟結構和內部生產關係問題。彭歌等否認王拓所謂臺灣已是「被少數寡頭資本家壟斷了的社會」的論點，也否認臺灣社會內部存在嚴重的階級矛盾和鬥爭。陳映真等對此的反駁，與批駁彭歌等秉持的「抽象人性論」結合在一起。如彭歌認為：以「收入」的高低而不以人的「善惡」為標準，很容易陷入「階級對立」、「一分為二」的錯誤，而與「民胞物與」、「廣慈博愛」的說法有著基本分歧；延伸到文學創作，便會呈現出曖昧、苛刻、暴戾、仇恨的面目。陳映真則指出：「因著人有不同的地位，不同的立場，對於現實就有不同的看法。一般說來居於得利地位的人，基本上想永久保持這利得，從而不希望這個世界發生變化……另外有些人，是非利得者群，對於現狀懷著批評的態度，主張現狀的改變。」因而「如果當代的年輕一代的作家沒有刻意去歌頌『繁榮』、『國民所得』和舞臺歌榭，不因為別的什麼，而是因為他們在冰冷的經濟指數、繁華但寂寞的城市建築和頹廢的夜生活中，看不見溫暖的人性。他們描寫在激變中的臺灣農村、漁港和無數的廠礦中，為生活而奮鬥的人們；描寫處在社會轉型期中鄉村同城市中人的困境；描寫外國的經濟和文學的支配性努力下中國人的悲楚歪扭反抗和勝利，不為別的什麼，而為的是他們在這一切之中，看見了人性至高的莊嚴，從而建造了以這莊嚴為基礎的自己民族的自信心。」[413]

　　論戰中滋長的誣陷謾罵、人身攻擊乃至扣紅帽子等行為，使矛盾更加尖銳和複雜化，鄉土文學作家被戴上的「帽子」有「醜化社會」、煽動階級矛盾和階級鬥爭乃至共產黨的「文化滲

---

413 陳映真：〈建立民族文學的風格〉，《中華雜誌》第 171 期，1977 年
　　10 月。

透」、「統戰陰謀」、「工農兵文藝」或「臺獨」等，甚至被稱
為「狼來了」。當然，他們也拋給對方「奴性」、「買辦」、
「麻瘋詩人」、「崇洋媚外」、「殖民地文學」等諸多「帽
子」。不過，在當時臺灣現實政治環境中，雙方互戴「帽子」的
後果卻是不一樣的。胡秋原認為：縱使都是戴帽子，前者（指對
崇洋媚外等的批評）是潮流，後者（指被稱為「工農兵文藝」
等）是要坐牢的。徐復觀也指出：大喊「狼來了」的先生給別人
所戴的可能是武俠片中的血滴子，「血滴子一拋到頭上，便會人
頭落地」。[414]

三、鄉土文學的「盲點」及對它的正確認識

　　論戰中尉天聰等否認他所提倡的就是「工農兵文藝」，這種
否認當然有著當時政治環境的原因；但現在回過頭來看，並不能
完全否認毛澤東在延安文藝座談會上講話中所提出、而後長期為
共產黨的革命作家們所遵循的「工農兵文藝」路線，對於左翼思
潮湧動的 70 年代臺灣社會和部分鄉土文學作家的影響。如高準、
蔣勳等的具有積極浪漫主義色彩的詩歌，在臺灣新詩創作中也許
是一個「異數」，卻在當代大陸詩壇可以找到不少相似風格的作
品。比如，為中華民族的偉大壯麗、光明燦爛而引吭高歌，使高
準詩作洋溢著理想主義的激情。詩人將他的愛國之情融注在對祖
國錦繡河山和悠久歷史文化的描寫和歌頌中。氣勢磅礴的《神
木》一詩即典型例子。對於蔣勳的積極浪漫主義的詩創作，陳映
真則特別指出其反撥前此的現代主義詩風的意義：「幾十年來，
臺灣『現代詩』都只在個人小方寸間陰暗、渾沌、如夢魘似的心
靈的最低層中輾轉反側、醒不過來。它的語言艱澀而貧困，空虛

---

414 徐復觀：〈評臺北有關「鄉土文學」之爭〉，《中華雜誌》第 171 期，
　　1977 年 10 月。

而渺小。實際上，即使是在小說、散文中，幾十年來，臺灣的文學也幾乎從不曾出現過如此奔騰、蒼茫、曠闊的喜悦和悲傷。在臺灣的文學裡，『風』至多只是『吹』一『吹』，不曾『狂橫』；『雨』向來只是『淅淅瀝瀝』地、『濛濛』地下，素來也不曾『劈靂』過的；『淚』則總是要靜靜地、委屈地『流』罷，那是從不至於『奔流』的。『聲音』則委婉靡麗的為多，卻總不能聽見其『豪笑、高歌』的。至於『滂沱的雨雪』、『咆哮的大風』也絕不常見。蔣勳的這樣的句子，使我想起雙澤的這樣的歌：『我們的歌是豐收的大合唱，是洶湧的大海洋』——這是『現代詩』那樣拮据的形式所不能容納的意氣，讀來令人一震。」[415] 這可說道盡了蔣勳詩的特點及其在臺灣詩壇的特殊意義。蔣勳、高準等的詩創作，代表著中國詩歌積極浪漫主義傳統在臺灣詩壇的一次展開。

鄉土文學論戰對此後文學發展的一個深遠影響，是埋下了鄉土文學作家內部分裂，展開所謂「中國意識」和「臺灣意識」之爭的根苗，而這與對「本土化」含義闡釋的分歧不無關係。所謂「本土化」，原本是被殖民者對抗、擺脫殖民者的政治、經濟、文化改造和控制的一種方式和途徑。在70年代的臺灣文壇，「本土化」代表著棄現代主義的「惡性西化」而回歸中國傳統本位。但到了80年代，卻從以「中國」對抗「西方」而被扭曲為以「臺灣」對抗「中國」，「本土化」成了針對著「中國」、與「中國」相背離的「臺灣化」。

鄉土文學作家的內部分裂，在論戰時就初露端倪，但也僅此而已。葉石濤當時撰寫的《臺灣鄉土文學史導論》認為：鄉土文學應該有一個前提條件，那便是以「臺灣為中心」寫出來的作

---

415 陳映真：〈試論蔣勳的詩〉，《孤兒的歷史，歷史的孤兒》，臺北：遠
    景出版公司 1984 年版，第 240 頁。

品，其作家應具有根深蒂固的「臺灣意識」；而「所謂『臺灣意識』——即居住在臺灣的中國人的共通經驗，不外是被殖民的，受壓迫的共通經驗以及篳路藍縷以啟山林的，跟大自然搏鬥的共通記錄，而絕不是站在統治者意識上所寫出來的，背叛廣大人民意願的任何作品」。[416] 對此陳映真指出其中所謂「臺灣立場」、「臺灣意識」等概念曖昧不清，稱之為鄉土文學的「盲點」，並試圖從亞非拉「第三世界文學」的視野，來為臺灣文學作正確的定位：「在 19 世紀資本主義所欺凌的各弱小民族的土地上，一切抵抗的文學，莫不帶有各別民族的特點，而且由於反映了這些農業的殖民地之社會現實條件，也莫不以農村中的經濟底、人底問題，作為關切和抵抗的焦點。『臺灣』『鄉土文學』的個性，便在全亞洲、全中南美洲和全非洲殖民地文學的個性中消失，而在全中國近代反帝、反封建的個性中，統一在中國近代文學之中，成為它光輝的、不可割切的一環。」[417] 兩個人的觀點不無共通之處，但其分歧也是深刻的。一個強調臺灣文學的「中國的特點」，力圖將臺灣的近代歷史和文學納入整個中國近代反帝、反封建鬥爭及其文學運動的巨大潮流中，甚至納入整個第三世界的反抗帝國主義的歷史和共性中加以考察；另一個則更強調臺灣的特殊經驗，強調以臺灣為中心的出發點。這種微妙而深刻的區別，正構成了此後「第三世界文學論」和「臺灣本土文學論」之爭的雛形。

　　然而，對於某些人為了壓制鄉土文學而提出鄉土文學過於狹隘，有「臺獨」傾向的論調，陳映真等作家斷然加以否認，指出

---

416 葉石濤：〈臺灣鄉土文學史導論〉，《夏潮》第 14 期，1977 年 5 月。
417 陳映真：〈「鄉土文學」的盲點〉，《臺灣文藝》革新第 2 期，1977 年 6 月。

這種「粗暴的、政治性的誣陷和攻訐」應該立刻停止[418]；同時也自我警戒：「我們不應因為這一小撮人的錯誤，被逼出分離主義的情緒」[419]，「不要逼人上梁山，也不要一逼就上梁山」[420]。陳映真等的這種態度，應該說是頗為正確的。從 40 年代後期起，臺灣當局就有以「臺獨」罪名打擊異議反對人士（包括一些左派人士）的做法，所以有胡秋原所謂「逼人上梁山」之說。而 70 年代鄉土文學論戰的焦點並不在「統」、「獨」問題上，當時鄉土文學陣營也尚未分裂，且真正在揭露「殖民經濟」和「社會黑暗面」問題上與當局及其附屬文人形成激烈對抗的，是以陳映真為代表的「左翼鄉土文學」一脈，至於後來較多傾向「臺獨」的「本土鄉土文學」作家，其實在論戰中涉入不深，並不在風頭浪尖上。因此將當時積極投入論戰的鄉土文學作家打成「臺獨」，難免有轉移焦點乃至「誣陷」之嫌。對此問題應歷史和辯證地加以認識。

---

418 陳映真：〈建立民族文學的風格〉，《中華雜誌》第 171 期，1977 年
    10 月。

419 陳映真：〈關懷的人生觀〉，臺灣《小說新潮》第 2 期，1977 年 10 月。

420 胡秋原〈談「人性」與「鄉土」之類〉，《中華雜誌》第 170 期，1977
    年 9 月。

第七章　80 年代以來鄉土文學的延續和演變

第一節　80 年代以來臺灣文壇的「統」、「獨」論爭

一、「第三世界文學論」與「臺灣本土文學論」的對峙

在鄉土文學論戰中陳映真和葉石濤等的分歧，經過「高雄事件」及臺灣政治生態的激烈變動後，在 80 年代初期臺灣思想界有關「中國結」和「臺灣結」論爭的背景下，發展成所謂「第三世界文學論」與「臺灣文學本土論」的對峙。後者具有如下基本觀點：其一，臺灣文學以臺灣意識為基礎，而「臺灣意識」則為臺灣歷史和現實發展下的產物，它並非是「以中國為中心」的[421]；用「被殖民感受」來形容數百年來臺灣人民的感受最恰當[422]。其二，「臺灣文學應以本土化為首要課題」。彭瑞金認為，急需建立以臺灣文學的本質特徵為前提的檢視網，而這特質即是「本土

---

[421] 宋冬陽：〈現階段臺灣文學本土化問題〉，《臺灣文藝》第 82 期，1984 年 1 月。

[422] 宋澤萊：〈臺灣文學論〉，臺灣《暖流》1 卷 4 期，1982 年 4 月。

化」。由此彭瑞金為「臺灣文學」下了如此的定義：「只要作品
裡真誠地反映在臺灣這個地域上人民生活的歷史和現實，是植根
於這塊土地的作品，我們便可以稱之為臺灣文學。」有些作家並
非出生於此，但只要其作品和這塊土地建立存亡與共的共識，便
可納入「臺灣文學」的陣營；反之，有人生於斯、長於斯，但並
不認同於這塊土地，那「即使臺灣文學具有最朗廓的胸懷也包容
不了他」。[423] 這樣，所謂「本土化」就成為他們評判、檢視「臺
灣文學」的首要標準；而這裡的「本土化」，卻又被他們扭曲了
其固有的含義。

　　「第三世界文學論」的要點則包括：一、第三世界國家具有
共同的歷史命運，面臨著相似的國內和國際的現實問題，其文學
也有共同的或相似的主題。比如，「在西方，許多作家耽溺在寫
人的內在的、心理學的諸問題……即富裕社會中人的孤獨感。但
是我們第三世界裡的作家……最關切的是這些迫人而來的問題：
國家的獨立、政治的改革和人民的解放。」[424] 二、中國（包括臺
灣）和第三世界文學具有相同的現實主義文學傳統。三、第三世
界作家應團結起來，互相學習。陳映真寫道：「我總以為，與其
強調臺灣文學對大陸文學的『自主性』，實在不若從臺灣文學、
中國文學和第三世界文學的同一性中，主張臺灣文學──連帶整
個第三世界文學──對西歐和東洋富裕國家的『自主性』，在理
論的發展上，要來得更正確些。」[425]

　　上述兩種理論首先在歷史觀上存在著深刻的分歧。葉石濤是

423　彭瑞金：〈臺灣文學應以本土化為首要課題〉，臺灣《文學界》第 2
　　　期，1982 年 4 月。

424　琳達・傑文撰、禾心譯：訪談稿〈論強權、人民和輕重〉，《大地》第
　　　10 期，1982 年 8 月。

425　陳映真：〈消費文化・第三世界・文學〉，臺灣《益世雜誌》第 19 期，
　　　1982 年 4 月。

把三百餘年來的臺灣社會當作一個獨立的、被迫害的殖民地社會來看，陳映真則把臺灣社會置於近百年來中國歷史的脈絡裡。宋冬陽稱：過去三百餘年臺灣社會與中國社會沒有分享同樣分量的政治、經濟、文化的經驗，最近30年來的經驗更是南轅北轍，因此看不出有什麼理由臺灣作家必須附屬於中國作家的範疇之內。陳映真的看法則完全不同：「臺灣文學到底是不是中國文學？要回答這個問題，就要到中國的近現代史中去尋求解答。」為此，他引用日本學者松永正義的「中肯的見解」：正是密切感應和參與著中國近現代史上民族出路的方向性和可能性的歷史性格，顯示了臺灣文學做為中國文學的鮮明屬性。[426] 陳映真強烈感受到「臺灣文學本土論」所包含的某種分離主義的傾向：「近十幾年中，在北美和日本有這理論：臺灣四百年史，是臺灣人在西班牙、荷蘭、英國、日本和中國殖民者統治下的歷史，因此臺灣應該從中國分離出來，走自己的路。」[427] 顯然，「臺灣本土文學論」乃這種「臺獨」史觀在文學領域的迴響。

二、「臺灣民族」論的泛起及其批駁

1987年「解嚴」後，臺灣當局相對地放鬆了對言論的管制，部分作家的偏狹化的「臺灣意識」乃至分離主義傾向，也由隱而顯地益發發展起來。主要表現在如下幾個方面：

其一，通過對某些文學概念和臺灣文學發展歷史的歪曲性解釋，凸顯「孤兒意識」、「臺灣本土意識」乃至鼓吹「臺獨意識」。1992年四五月間，葉石濤於《自立晚報》等報刊上發表

---

426 陳映真：〈中國文學與第三世界文學之比較〉，臺灣《文季》1卷5期，1984年1月。

427 陳映真：〈思想的荒蕪——讀「苦悶的臺灣文學」敬質於張良澤先生〈，《孤兒的歷史‧歷史的孤兒》，第61頁。

《新文學作家的雙重性民族結構》等文，正式提出了「獨立於中國之外的臺灣人的文學」的口號，並力圖用其所謂臺灣人早就具有「我是漢人也是臺灣人」的「雙重性民族結構」論調，解釋臺灣新文學的發展歷史，稱：「一般說來『臺灣是臺灣人的臺灣』這臺灣意識凌駕了我是漢人的微弱的歷史性記憶」，而「自己是漢人」的認知離「自己是中國人」的認同仍有一大距離。葉石濤這些論調的要害在於將「我是臺灣人」和「我是中國人」等原本緊密結合的具有同質性的認知加以人為的割裂，從而違背了歷史的真相。而王曉波早在〈臺灣文學裡的中國意識〉等文中，就以大量事實說明了臺灣新文學作家始終保持著的「祖國意識」。

其二，鼓吹「臺灣文化」的獨立性，並進而構建脫離於中華民族之外的「臺灣民族」論。這是影響最廣、危害也最大的「臺獨」論調，或者說是「臺獨」論述的重要基石。由於文化是一個民族形成、凝聚的紐帶，因此，建立所謂「獨立的臺灣民族的文化」被視為分離主義政治運動的首要一環。如林雙不企圖透過文學作品「重塑臺灣人的形象」。宋澤萊宣稱自長濱文化開始至今，包括山地文化、荷西文化、滿清文化、日本文化、大陸沿海漢文化、國民黨買辦封建文化、美歐文化等因素錯雜交匯，塑造了臺灣文化自己的面目，並以此為基礎，形成與「中華民族」完全劃開關係的「臺灣民族」。[428]

語言文字被視為文化的核心，80年代中後期起日益熱絡的對於「母語權運動」、「臺語文字化」、「臺語文學」等的提倡，固然有的乃出自生動表達鄉土精髓的考慮，或者作為本土文化長期遭受政治強力壓抑的一種反彈，但也有一些作家把它當作建立獨立的臺灣文化的重要一環，從而使原本充滿鄉土本色的方言文

---

428 宋澤萊：〈「臺灣民族」三講〉，《臺灣人的自我追尋》，臺北：前衛出版社1988年版，第125-126頁。

學塗染上政治的污濁。

　　面對臺灣文壇日漸膨脹的「去中國化」思潮和「臺獨」論述，以陳映真為代表的「人間派」等文壇統派力量，不斷展開堅決的批判和鬥爭。

　　1995 年 2 月，圍繞「本土化」問題，臺大青年教師陳昭瑛發起與「臺獨」派學者的一場論爭。此舉得到王曉波、陳映真等的支持。「本土化」本是一個抵抗殖民的概念，如王曉波追溯其本意：「本土主義……乃是殖民地上反抗殖民統治的文化運動」。陳昭瑛在其〈論臺灣的本土化運動〉長文中，將百年來臺灣「本土化」運動分為三個階段，指出第一階段（日據時期）「臺灣人意識」是與固有的「中國人意識」相互「重疊在一起」的，「祖國愛」和「鄉土愛」呈結合狀態，如《亞細亞的孤兒》。50 至 70 年代的第二階段，徐復觀等「新儒家」為反西化的「先鋒」；鄉土文學既反對反共文學淪為官方意識形態的工具，也反對現代主義文學成為西方文學的殖民地。針對 1983 年起第三階段的「反中國」的本土化運動，陳昭瑛指出：割臺之後，由於臺灣人以中國為父母之國，臺灣意識自然以中國意識為起源；現在臺灣意識循著原先自我意識形成的道路，發展出一股異己的力量，反過來對抗自己。就對抗臺灣意識中固有的中國意識而言，「臺獨」意識是中國意識的異化；就對抗以祖國之愛為特徵的臺灣意識而言，「臺獨」意識是自我異化。[429]

　　如果說陳昭瑛、陳映真等著重從歷史事實立論，那對方卻往往熱衷於套用西方理論，其論述顯得晦澀、牽強。如廖朝陽借用解構主義和西方學者的「空白主體論」，宣稱先要「騰空主體」，即把固有的民族身分認同一掃而空，代之以所謂的「臺灣

429　陳昭瑛：〈論臺灣的本土化運動：一個文化史的考察〉，《中外文學》
　　23 卷 9 期，1995 年 2 月。

民族主義」。陳昭瑛則認定臺灣人的「主體性」具有中華文化的
固有內涵。

　　當「本土」、「臺灣民族主義」等在臺灣成為「政治正確」
的標杆，其實已被全然扭曲和異化的情況下，這場論爭具有深遠
的意義。陳映真就指出：十幾年來，島內「臺獨」運動有了巨大
的發展。到了今日，它已經儼然成為一種支配性的意識形態，一
種不折不扣的意識形態霸權。在學術界、「中研院」和高等教育
領域，「臺獨」派學者、教授、研究生和言論人，獨佔各種講
壇、學術會議、教育宣傳和言論陣地。而滔滔士林，緘默退避
者、曲學以阿世者、諂笑投機者不乏其人。但另一方面，從 1994
年開始，年輕的學者已經開始對「臺獨」派的論述霸權提出了挑
戰，而陳昭瑛正是其中頗具代表性的一次質問和批判。[430]

三、「皇民文學合理論」及否認戰爭罪責行徑的批判

　　陳映真歷來對帝國主義保持著高度的警惕，深刻認識到當年
的侵略者如果不加反省、不思改過，就有可能導致戰爭悲劇的重
演。因此當日本在其戰敗 20 多年後拍攝了《日本最長的一日》電
影，對於日本軍閥在亞洲大陸和南洋群島造成的滔天大罪沒有一
個字、一個鏡頭提起，卻圍繞著天皇崇拜的幽靈，將日本軍部的
「大和魂」生動地復活了起來，陳映真即在 1968 年 2 月出刊的
《文學季刊》上發表了〈日本軍閥的陰魂未散〉一文，揭示了戰
後日本篡改歷史，掩蓋其戰爭責任，為軍國主義招魂的動向。再
過 20 年，又有一部戰爭題材的日片《聯合艦隊》出籠，1987 年
2 月 6 日陳映真在《中國時報》發表〈從一部日片談起〉，針對
這部不僅缺乏戰爭罪責的反省，反而大力頌揚日本軍民「矢死效

---

430 陳映真：〈臺獨批判的若干理論問題——對陳昭瑛「論臺灣的本土化運
　　動」之回應〉，臺灣《海峽評論》第 52 期，1995 年 4 月。

命，為國迎戰」的影片獲准在臺灣放映且場面盛大，電影政策單位、大眾傳播媒體、電影批評界和一般文化界，不但沒有加以必要的批評，反而給予直接和間接的幫助和鼓舞一事，展開對「日本帝國主義意識形態的嚴肅批判」。在此問題上，陳映真充分顯示其特有的思想敏銳性。

80 年代後的臺灣，隨著「臺獨」意識形態的泛起，一股親日仇華的思潮也湧動上升，而這與殖民者對殖民地子民的精神扭曲未得清理有關。1981 年 2 月，陳映真撰文針對張良澤在〈苦悶的臺灣文學〉一文中為了建構「臺灣人」不同於「中國人」的獨特性而以所謂「三腳仔」精神解說整個臺灣文學的謬論加以駁斥。[431] 這是陳映真（也是整個臺灣文壇）正式批判「文化臺獨」、「去中國化」思潮的「第一槍」。

1998 年 2 月，張良澤於《聯合報》上刊出他所輯譯的《臺灣「皇民文學」作品拾遺》。在配發的短文中，張良澤後悔自己曾痛批過「皇民文學」的行為，並將之歸因於國民黨的「反共愛國」教育，鼓吹「設身處地」、以「愛與同情」去重新解讀這些作品。葉石濤也發表〈皇民文學的另類思考〉一文，稱：臺灣歷史上一向由外來民族所統治，臺灣人的祖先曾經是荷蘭人、明鄭人、清朝人、日本人、中國人，因此，「在日治時代他（指周金波）是日本人，他這樣寫是善盡做為日本國民的責任，何罪之有？」[432] 此外，同年 3 月間專程來臺參加周金波資料捐贈儀式的日本學者中島利郎等，也對周金波稱讚有加。

針對這種將「皇民文學」合理化的言論和行徑，以陳映真為

---

431 陳映真：〈思想的荒蕪——讀「苦悶的臺灣文學」敬質於張良澤先生〉，原載《中國時報》人間副刊 1981 年 2 月 22 日；引自《中國結（陳映真作品集 11）》，第 103 頁。

432 葉石濤：〈皇民文學的另類思考〉，臺灣《民眾日報》1998 年 4 月 15 日。

首的文壇「統派」力量奮起批駁。北京《文學理論與批評》先後
發表了臺灣作家、學者陳映真、曾健民、呂正惠、劉孝春等的文
章。陳映真在其文章中深刻地指出：所謂「皇民化」運動的本質
和目標，乃是要「徹底剝奪臺灣人的漢民族主體性，以在臺灣中
國人的種族、文化、生活和社會為落後、低賤，而以日本大和民
族的種族、文化、社會為先進和高貴，提倡經由『皇民練成』
……從而徹底厭憎和棄絕中國民族、中國人的主體意識，把自己
奴隸化，對天皇輸絕對的效忠」。對那種想要高攀「皇民」而對
自己體內流動的畢竟只是臺灣人的血而感到絕望的情意結，陳映
真引用深具反省意識的日本學者尾崎秀樹的説法，稱之為「精神
的荒廢」，指出「只要没有經過嚴峻的清理，戰時中精神的荒廢，
總要和現在產生千絲萬縷的關係」。433 這就挑明了當年的「皇
民」、「皇民文學」和現在的美化、正當化日本殖民統治的「臺
獨」論調的某種內在聯繫，具有正本清源、撥亂反正的意義。

四、「戰後再殖民論」及其新文學史觀揭謬

　　緊接著的另一論爭焦點有關於臺灣新文學史的建構。陳芳明
的《臺灣新文學史》自 1999 年開始在《聯合文學》上斷續連載，
其第一章〈臺灣新文學史的建構與分期〉所呈現的「殖民三階段
論」史觀認為：百年來的臺灣穿越了殖民、再殖民和後殖民等三
個階段，其中 1945 年國民政府接收臺灣後為「再殖民時期」，直
到 1987 年臺灣「解嚴」，臺灣才脱離了殖民統治，進入「後殖民
時期」。依此劃分，國民黨當局就不是在戰後代表中國接收臺
灣，而是對臺灣實行殖民統治的「外來政權」了。陳芳明的另一
要害，是以抗拒或者認同「中華民族主義」的態度為分野，將當

433　陳映真：〈精神的荒廢──張良澤皇民文學論的批評〉，臺灣《聯合
　　報》1998 年 4 月 2-4 日，北京《文藝理論與批評》，1998 年第 4 期。

代臺灣文學劃分為「民間的文學」和「官方的文學」兩大類，並褒此貶彼。陳芳明宣稱，戰後彌漫於島上的中華民族主義，並非一種自主性、自發性的認同，而是官方「透過嚴密的教育體制與龐大的宣傳機器」強制性、脅迫性片面灌輸的結果；取而代之的應是自主自發的「臺灣民族主義」。[434]

　　這樣的文學史建構固然頗為「新鮮」，也頗符合於當前「臺獨」派「去中國化」的種種作為和需要，但卻完全違背了歷史的事實，自然也遭到了統派學者、作家的強烈批判。所謂「殖民」、「後殖民」等，都是社會科學領域具有特定含義的概念，如「殖民」指的是資本主義發達國家為掠奪資源、榨取財富，採用軍事征服等手段對落後地區加以佔據的行為。以此對照1945年後的臺灣，以「殖民」來指涉國民黨當局，顯然並不恰當。它其實是史明所謂臺灣四百年史是不斷遭受外來政權統治之歷史的「臺獨史觀」在文學史寫作中的貫徹。陳芳明此舉的目的，乃是因為「殖民」這個概念，包含有一個民族對另一個民族，一個國家對另一個國家進行侵略、佔領和掠奪的含義。通過這樣的置換，國民黨當局就成了「外國」或「異族」的殖民統治者，國民黨當局作為官僚統治階級和臺灣民眾的「階級矛盾」，也就被置換為「民族矛盾」或「國」與「國」的矛盾，當年臺灣民眾反抗國民黨官僚統治的鬥爭，也就成了擺脫殖民統治，爭取民族或國家「獨立」的鬥爭，其包含的「臺獨」政治意涵和煽動臺灣民眾針對「中國」的敵對情緒的目的和作用，是十分明顯的。

　　對於陳芳明的另一要害——所謂「中華民族主義」是國民黨由外灌輸的論調，曾健民以大量第一手資料，包括後來成為「臺獨」首要分子的廖文毅在光復之初的言論和行為，證明「中華民

---

434 陳芳明：〈臺灣新文學史的建構與分期〉，《聯合文學》第178期，1999年8月。

族主義」在臺灣民眾心目中的固有存在。即使是被陳芳明定位為「抗拒中華民族主義」的「民間文學」範疇的 70 年代鄉土文學，其實也有著格外深厚的中華文化屬性。因為無論是懷念故土的「鄉愁文學」或是標榜「紮根本土」的「鄉土文學」，都根源於中華文化的「重視鄉土情誼」這一基本特徵 435，但相較而言，那種源於農耕文明的中國人不可移易的安土重遷、熱愛鄉土的秉性，在數百年來由閩粵一帶移居臺島的臺灣同胞身上及其創作的「鄉土文學」中，表現得格外明顯。因此，陳芳明將「鄉土文學」與「中華民族主義」（即中華文化）割裂、對立起來，是違背學理，也違背歷史事實的。臺灣文學的「鄉土性」追求，在一般情況下總是和「民族性」追求緊緊結合在一起。六七十年代的鄉土文學思潮，其旗幟上即寫著「鄉土」、「現實」，同時也寫著「民族」、「傳統」，就是明顯的例子。因此「中華民族主義」必然固有於鄉土文學之中，而絕不是外在「灌輸」的。這也是像陳芳明這樣後來「轉向」的人，在當時卻也表現出強烈「中華民族主義」的深層原因——1971 年當龍族詩社成立時，正是陳芳明的提議，這群年輕詩人為詩社取了這一「幾經抉擇而選中的『穩重、寬宏、長遠，而且是中國的』名字。」436

1998 年日本學者藤井省三出版有關臺灣文學的著作《臺灣文學這一百年》，並於 2004 年在臺灣譯出。該書包含了近年來日本學界有關臺灣文學的一些錯誤觀點，如宣揚日據時代殖民當局將「近代國家的國語制度」帶入臺灣，使得「全島共通的『國語』」（按：指日語）超越了經由各方言、血緣和地緣所組成的各種小

---

435 有關中華文化的「注重鄉土情誼」特徵，見李中華《中國文化概論》，
　　北京：華文出版社 1994 年 4 月版，第 197-205 頁。

436 陳芳明：〈龍族命名緣起〉，《詩與現實》，臺北：洪範書店 1977 年
　　版，第 199 頁。

型共同意識，而形成臺灣等身大的共同體意識，可說是臺灣民族主義的萌芽」；又認為：「只要該文本是和臺灣等身大的共同體意識，或和所謂的臺灣民族主義的價值判斷有所關聯，就可以稱為臺灣文學。」[437] 針對此言論，陳映真在 2003 年底即發表〈警戒第二輪臺灣「皇民文學」運動的圖謀〉一文加以評析和批判，指出：日本以強權將異族語的日語強加於臺灣，這並非「臺灣現代國家的國語制度」的建立，而是「殖民者為同化被殖民者，以強權收奪和破壞被殖民民族的母語」。陳映真還指出了藤井的臺灣文學論產生的背景：近十幾年來，日本一些研究臺灣文學的學者們，不遺餘力地為把臺灣文學「從中國枷鎖中解放」出來，為宣傳一種「既不是日本文學也不是中國文學」、表現了「臺灣民族主義」的「臺灣文學」，把當時為日本侵略戰爭服務的「皇民文學」說成「愛臺灣」、嚮慕「日本的現代性」的文學，而不是彰久明甚的漢奸文學，「這是日本對其戰爭行為毫無反省，戰後對美國帝國主義亦步亦趨，支持東亞反共親美（日）扈從政權，至今堅持參與美國 TMD 等，力圖毀棄和平憲法，重新武裝日本，並長期以新中國為假想敵，助長臺灣分離運動……的歷史下，「作為石原慎太郎、小林善紀、李登輝和金美齡之『學術界』代言的『社會意識形態』產物」。[438] 也就是說，藤井省三之論與其歸咎於個人，不如指出其乃一種錯誤思潮的產物更為準確和深刻。

藤井省三於 2004 年六七月間在日本、香港和臺灣的刊物上刊文對陳映真加以反駁，引起對方的再回應。其間並有日本著名臺灣文學研究專家松永正義發表《對於臺灣而言的日本之意義——

---

437 藤井省三：《臺灣文學這一百年》，張季琳譯，臺北：麥田 2004 年版，第 21-22 頁。

438 陳映真：〈警戒第二輪臺灣「皇民文學」運動的圖謀〉，《告別革命文學？》（《人間思想與創作叢刊》2003 冬季號），第 143、146 頁。

對藤井省三氏的異議〉。陳映真在〈評藤井省三的假日本鬼子民
族共同體想像〉中指出,「皇民文學」第一等危害是誘導臺灣民
眾以為通過成為日本侵略戰爭的消耗品即可通向「內臺一視同
仁」,通過為「聖戰」效死而得以擺脫「二等公民」的標籤,實
現與殖民統治民族「對等」的幻覺。[439] 此後陳映真又撰寫了〈被
出賣的「皇軍」〉[440] 一文,通過採訪 11 位原臺灣人日本兵參戰
的前因後果,以及日本對其戰爭補償的百般敷衍的事實,展現了
臺灣民眾遭受日本殖民統治及隨之而來的冷戰所造成的複雜、矛
盾的心靈史及創傷。

　　據稱,藤井在日本學界一向被視為左翼自由派份子。[441] 如果
藤井是「左派」,上述言論只是他的無心之謬,也許更讓人感到
問題的嚴重性。這就是陳映真等經常憂心忡忡地指出的:「臺
獨」派論述儘管是那麼荒謬而不值一駁,但因一遍又一遍地被重
複,幾成定論,流毒廣被;而對這些謬論的批判和澄清,也就成
為追求祖國統一的進步思想界不可推卸的責任!

五、《人間》:解嚴前後的左翼旗幟

　　80 年代初,隨著「威權」體制的鬆動,各種文學、文化刊物
大量湧現;與此同時,原有的鄉土文學陣營發生「統」、「獨」
分裂。1982 年 1 月,《文學界》在高雄創刊,至 1989 年 2 月共
出版了 24 期。它與原有的《臺灣文藝》、《笠》一起,壯大了鄉
土文學本土派的聲勢。夏潮系中的《春風》詩刊於 1984 年創立,

---

439 陳映真:《評藤井省三的假日本鬼子民族共同體想像》,《迎回尾崎秀
　　樹》(《人間思想與創作叢刊》2005 年春季號),第 157-178 頁

440 陳映真:《被出賣的『皇軍』》,《八一五:記憶和歷史》(《人間思
　　想與創作叢刊》2005 年秋季號)。

441 王德威:《後記》,藤井省三《臺灣文學這一百年》,第 308 頁。

以「詩史」自許，一共出了 4 期，每期均以專輯方式呈現，分別
是「獄中詩特輯」、「美麗的稻穗——臺灣少數民族神話與傳
說」、「海外詩抄」、「崛起的詩群——中國大陸朦朧詩專
輯」，該刊首載「獄中詩」有衝破禁忌之功，但每一期出刊後均
遭查禁，4 期後即停刊。1986 年宋澤萊等創辦《臺灣新文化》，
雖然也經常遭到查扣，但畢竟成為臺灣中部一帶本土派作家、詩
人聚集的園地。因此，在《文季》雙月刊於 1985 年 6 月停刊後，
在 80 年代中期的臺灣文壇上，本土派形成較大聲勢。1985 年 11
月陳映真創辦《人間》，維繫了「左翼鄉土」一脈的發言陣地，
也成為當時左翼陣營一面引人矚目的鮮艷旗幟。

　　《人間》的另一重要意義，在於它是臺灣第一個以現場圖片
配合文字從事報導、發現、記錄、見證、評論、批判和反省的雜
誌。特別是所刊登的照片，都是雜誌同人跑遍臺灣，深入偏僻農
村廠礦實地實景、真人真事的拍照，它們沒有玫瑰般的色彩，也
沒有靚女俊男的情影，相反可能是面有菜色、滿臉皺紋的老人頭
像，或是斷垣殘壁、污泥濁水的災害、污染乃至戰爭損害的場
面，但卻有震懾人心的作用。編者艱難地前行於大眾傳媒時代讀
者需求和刊物淑世理想的夾縫中。一方面，他們敏銳地感知這是
一個圖像的時代，需要辦一個具有強烈視覺圖像的刊物以適應時
代的變遷；另一方面，這本身也是破除西方大國利用大眾傳媒向
第三世界民眾輸入其價值觀念之壟斷的舉動。當時這樣的情況已
經出現：透過成本很高的各種大眾傳播形式，例如電影、電視節
目、廣告影片、報紙和雜誌，大國的「文化價值」在廣泛的第三
世界中所向披靡。種族偏見、殖民主義、白人種族中心主義、從
美國西歐的觀點和偏見去報導和解釋時事新聞……都透過西方強
大的大眾傳播打入第三世界人民的心靈中。而臺灣的主流媒體也
屈從於保守的追求享樂的中產階級的趣味和需求，既缺乏對他人
特別是底層民眾的關愛之心，也沒有對政治弊端和社會醜惡加以

批判、反省的自覺和勇氣。《人間》刊出在大眾消費風氣下也許
並不討喜，卻具有震懾人心效果的活生生的現場照片，並獲得了
成功，既吸引了大量讀者，又保持較高的思想品味，成為當時一
個高舉理想主義、現實主義和人道主義的旗幟，又能夠感動人
心、影響巨大的人文思想性刊物。

　　《人間》的第一個宗旨是對人的關愛，要傳播對他人特別是
弱小者的愛心，立足於「從弱小者的立場看臺灣的人、生命、生
活、自然和世界」。陳映真作為一位作家，長期觀察和瞭解人的
心靈，深知「人對於另一個人的關心和興趣，是最容易疲倦
的」，並且發現臺灣在近 30 年內，社會急速變化和發展，使人們
對別人的生活和思想感情越來越不理解，越來越陌生，人與人之
間不能相互關懷和溝通，人越來越孤單、焦慮、冷漠，「《人
間》是想通過報導，促使人們再度凝視別人和他的生活，透過生
命與生命的遇合，喚醒我們的關心、愛和希望」。[442] 於是，
「人」在一切之上，成為《人間》興趣和關心的焦點。陳映真撰
寫的《人間》「創刊辭」即以「因為我們相信，我們希望，我們
愛」為題。而這「愛」的目標，又特別集中於普通的民眾。陳映
真說：「我們報導的，不是那些中產階級，那些每天在俱樂部進
出，或者揮霍千金的那些人。我們所報導的，恰恰好是這個時代
的民眾歷史，以及民眾眼睛所看到的臺灣。」[443] 在《人間》各期
中，從關懷工農階級、批判資本主義到關懷臺灣少數民族和侏
儒、老兵、智障者、民俗藝人、飆車族、白化症者、雛妓、同性
戀、愛滋病患等特殊的弱勢群體，批評當局的政策偏差，顯示了

442　姜郁華：〈擁抱生活，關愛人間〉（訪談錄），原載《自立晚報》1985
　　　年 11 月 3 日；引自《陳映真文集·文論卷》，北京：中國友誼出版公
　　　司 1998 年版，第 45-46 頁。
443　陳映真：〈大眾傳播和民眾傳播〉，《陳映真文集·雜文卷》，北京：
　　　中國友誼出版公司 1998 年版，第 437 頁。

「老左翼」傳統和「新左派」視角的結合。同時，《人間》深入報導發掘了弱勢群體在苦難中頑強的生命力與美好的品性，是批判與關懷的結合體。由於第三世界乃國際關係中的弱小者，《人間》將其關愛的目光也投向了第三世界，特別是那些國家中的弱小者。

　　然而《人間》的第二個重心，卻是批判和反省。陳映真表示：《人間》「希望對臺灣二十多年來的現代化、資本主義化或者是富裕化提出反省的思考和批評，想想我們究竟為這現代化付出了什麼樣的代價」。[444]80年代臺灣社會完成了都市化進程，其社會問題的焦點也由農村的貧窮轉向了都市的富裕所產生的種種弊端。《人間》把握了這一時代的脈搏，敏銳而及時地將目光對準了它。大眾傳播和大眾消費文化的氾濫，環境污染等現代社會公害的肆虐……一一進入了《人間》的視野。這些問題產生於追求工商業高額利潤時可持續發展觀念的缺乏，也與美、日等的新殖民行徑息息相關。《人間》藉由傳統的階級視角、「第三世界」觀念上升至現代性反思的高度。諸如被迫拆遷的洲後村、鎘污染嚴重的大潭村、肺結核災區秀林鄉、飽受輻射威脅的核電工人、鹿港反杜邦、搶救圓山貝塚、援救湯英伸、華西街抗議人口販賣、五一九遊行、後勁反五輕、八八八苗客罷駛等社會事件，都一一在《人間》裡獲得不同於主流媒體的翔實記錄和報導，並呈現一種社會運動觀點。[445]不過，《人間》的揭露、批判、反思與「愛」並不矛盾。陳映真曾在〈作為一個作家……〉中寫道：全世界乃至古今中外「從來就沒有歌功頌德的文學，作家通常都

444　陳映真：〈大眾傳播和民眾傳播〉，《陳映真文集・雜文卷》，第422頁。

445　蔡珠兒、朱恩伶、張娟芬採訪：〈人間燈未熄〉，《人間風景・陳映真》，臺北：文訊雜誌社2009年9月出版，第237頁。

在為民請命，為不正義抱不平，發出良知的怒吼。如果他對黑暗
關心，恰恰表現他對光明有一份比別人更強的信仰，如果他對弱
者有一份非常堅強的同情，恰恰是因為他對每一個人成為強者，
有一份很深的寄望。因此，一個作家，必須要有批判的知識和眼
光，善於替社會的底層，從最不被重視的大多數人的立場去看世
界、看生命、看生活」，儘管要具備批判的眼光和知識並非易
事。陳映真曾笑稱因創辦人自己也是個中產階級，所以《人間》
也是個「中產階級的雜誌」，但「如果《讀者文摘》代表比較保
守、自足、自滿的中產階級價值觀，則《人間》是代表反省的、
批判的、革新的中產階級觀點。」儘管如此，讀過《人間》毛本
的人，不以為《人間》是「灰暗」的；相反，他們讀出《人間》
的溫暖、關懷和對光明的信念。[446]

　　此外，高雄事件後分離主義勢力上升，各種「臺獨」論述甚
囂塵上。《人間》誕生於臺灣「解嚴」的歷史節骨眼上，面對複
雜嚴峻的形勢，它堅持祖國統一的原則和目標。針對扭曲二二八
事件等的歷史真相以為「臺獨」意識形態服務的傾向，陳映真、
藍博洲等開始致力於光復初期臺灣民眾鬥爭和 50 年代白色恐怖史
的挖掘和調查，澄清被湮沒的歷史真相，駁斥「臺獨」派的種種
謬論。同時，《人間》富有預見性地看到了日本殖民統治對被殖
民者的精神扭曲未加清理所造成的思想傷害和親日仇華思潮的苗
頭，對此加以關注和警戒。

　　除了奉獻 47 期的刊物外，《人間》對臺灣文壇還有一個重要
的貢獻，就是培養了鐘俊陞、廖嘉展、關曉榮、李文吉、官鴻
志、曾淑美等一批年輕的優秀攝影報導工作者。如藍博洲從一個
耽溺於表現個人存在的虛無感的青年小說作者轉變為以挖掘被湮
滅的左翼革命者生命史見長的左翼統派作家，《人間》正是起點

---

446 姜郁華：〈擁抱生活，關愛人間〉，《陳映真文集·文論卷》，第 46 頁。

和關鍵。

也許《人間》的成員並不多，在政經界的「勢力」更幾乎等於零，最終更因經濟問題而不得不停刊，但歷史不以成敗論英雄，而應從它對社會思潮的影響、在民眾心目中的分量來判斷。它有如暗夜中的燈塔，滾滾濁流中的中流砥柱：瓦數不大，卻足以指引方向；體積有限，卻能使真理、良知屹立不動。《人間》與現實緊密聯繫，每個議題都針對當時的社會問題，成為思想文化界的一面旗幟，其影響延續至今。20 年前《人間》的獨力奮鬥，在臺灣社會布下星星之火，雖然社會整體不能如願改善，但也並非全無成果，如殘障人士權益受到法規保護、受到社會普遍的同情和尊重等。《人間》理想主義、人道主義的溫暖光輝，當初雖然微弱，而今終成共識。它薰陶和培養了大批富於愛心的讀者，而對歷史真相的揭示，對社會問題的嚴肅反省與超越時代的前瞻，都是它留給臺灣社會無可替代的寶貴精神資產。

六、「二二八」小說和「50 年代白色恐怖史」作品

臺灣新文學從一開始就有較強烈的反帝反封建的政治主題。光復後仍承續這一傳統，但迫於當局的封殺、禁壓，往往繞開對政治制度、政治人物、政治理念的直接描寫和表達，而將它們的批判若隱若現地藏匿在一般的社會生活的描寫中。80 年代這種情況有了突破性的變化，這就是一種勇敢突破當局設置的種種禁忌，直接向現行統治體制發起挑戰，批判政治弊端，表達爭取民主和人權訴求的新型「政治文學」的出現。1980 年，施明正在《臺灣文藝》發表了堪稱「牢獄文學」濫觴的《渴死者》，其意義，在於做了一次勇敢的嘗試，引來編者「把其他若干敏感作品變成白紙黑字的勇氣」[447]。此後眾多的「牢獄小說」接踵而至。

---

447 鍾肇政：〈施明正與我〉，《施明正小說精選集》序，臺北：前衛出版社 1987 年版。

它們將筆觸直接指向統治機器的重要部位，將其諱莫如深的內幕曝光，大大提升了臺灣政治文學的直接抗爭層次。1983 年以後，政治文學有了更大的發展。《臺灣文藝》、《陽光小集》、《春風》詩刊等接連推出政治詩、獄中詩專輯，使「政治詩」的名稱得以確立；而李喬、高天生選編的《臺灣政治小說選》問世，無異於正式揭起「政治小說」的旗號。

作為「政治文學」的一種重要題材類型，「二二八文學」也在此時呈現爆增現象。「二二八」書寫在 50-70 年代的 30 年間成為一種禁忌，其間吳濁流所撰《無花果》和《臺灣連翹》二書均涉及二二八事件，然而前者遭警總查禁，後者則作者遺言須等他死後多年方可印行。到了 80 年代，臺灣威權體制鬆解，為「二二八小說」的大量出現創造了條件。林雙不於 1989 年編選《二二八臺灣小說選》出版，內收 10 篇小說中，除 3 篇為 1947 年前後作品外，其餘皆為 1983 年後發表的。書後附錄的直接反映「二二八」經驗的小說篇目，作者包括李喬、林雙不、郭松棻、李渝、林深靖、宋澤萊、楊照、林文義、陳雷、葉石濤、陳燁等，其發表時間在 1982 年 1 月至 1989 年 3 月之間。這些作品並非當年耳聞目睹的直接記錄，而是後人的演繹，因此包含了諸多 80 年代以來臺灣思想政治思潮激盪而衍生的複雜意涵。

「二二八文學」在「解嚴」前後作為當時「歷史翻案風」的一部分而呈一時之盛，到了 90 年代，又出現一波較大的湧動，這就是「本土派」的兩位「大佬」先後推出了篇幅龐大的「二二八小說」巨著——李喬的《埋冤・一九四七・埋冤》（上、下）和鐘肇政的《怒濤》。這兩部著作之所以特別值得重視，除了作者的「大佬」身分外，還因比起以往的「二二八小說」，它們對於那段歷史有了新的描寫和闡釋，思想觀念上也有更為激進的表達，而這與 90 年代臺灣政治文化思潮的脈動和演變是緊密相關的。它們顯示的是乙未割臺以來臺灣的「本土化」思潮在經歷了

「反日」、「反西化」和「反中國」三個階段而呈現臺灣意識「自我異化」為「臺獨」意識的背景下，部分「二二八」文學書寫也出現了極為相似的「自我異化」趨向。它們比原來渲染「悲情」和省籍矛盾的「二二八小說」，顯然走得更遠。

　　這裡以鍾肇政的《怒濤》為例。首先，小說主旨之一在於渲染所謂「中國人」和「臺灣人」的差異和對立。在作者筆下，這種差別幾乎是全方位的，從語言、服裝髮型、風俗習慣、待人接物的禮儀到人的性格和品德，等等，甚至是兩個完全不同的「人種」。如臺灣人平時只講日語和「臺語」，聽大陸人士的普通話，如同「鴨子聽雷」，甚至志麟與北京女子韓萍結為夫妻後，日常生活也只能靠筆談。其實同為漢語，方言和普通話之間的對應轉化並不困難，何至於成為夫妻後仍無法用漢語溝通。更重要的區別在於人的品德、性格上。作者極力讓人相信，大陸和臺灣人之間存在著傲慢與謙謹、狡猾與純真、懦弱和勇敢等諸多不同。小說通過人物之口，用污穢不堪的語言，直接為所謂「支那人」定位：「支那人狡猾透了，根本就是強盜」、「他們是最穢亂的民族，與禽獸相差無幾」、除了貪婪、腐敗、卑鄙、醜惡、虛偽等等之外，還是「殘酷的屠夫、泯滅人性的惡魔」。另一方面，鍾肇政極力頌揚「日本精神」，凸顯投入「二二八」的臺灣同胞的精神主軸乃是「日本精神」。書中不僅沿用日本人的侮辱性用語將「中國」稱為「支那」，而且處處用「支那」之壞來彰顯日本之好，或用日本之優來凸顯「支那」之劣。小說寫道：臺灣光復日本人走後，日本人那種凡事一絲不苟、守正不阿的精神蕩然無存，作者由此認定了廉潔、「不偷懶，一切照規定來」，「不揩油、不歪哥」等為日本精神的表現而加以讚揚。「日本精神」還包括一種處變不驚、堅忍剛毅的性格；而其最重要核心，卻是那種忠於「天皇」、甘為「皇國」（這裡可轉化為某種虛擬的臺灣「獨立國家」的「理想」）拋頭顱、灑熱血的武士道精

神。登峰造極的一幕，發生在陸志鈞率隊圍攻機場時。當目標久攻不下，志鈞等明知不可為而為之，絕不退縮，從容赴死。顯然，作者欣賞和讚揚這種「武士道的極致」，只是更增添一種臺灣特有「悲情」，乃至某種「臺獨」的企望。作者筆下的這些前「帝國軍人」在二二八事件中重新找回了那種為「國」征戰的「光榮」感覺，然而這種「榮譽感」，其實是日本軍國主義毒害的結果，是令人唏歔的心靈創傷，而作者卻把這個癰疽當作鮮花美物來讚賞。

當林雙不、宋澤萊等「本土派」作家熱衷於寫作「二二八小說」時，陳映真、藍博洲等「人間派」作家卻致力於「50年代白色恐怖史」的挖掘和書寫。80年代初陳映真已有《鄉村的教師》、《鈴鐺花》、《山路》等發表；80年代中後期開始，藍博洲以《幌馬車之歌》、《沉屍・流亡・二二八》等著作，成為該題材寫作的執牛耳者。「二二八」和「50年代白色恐怖」的書寫既有交叉又有區別。一是前者未對社會黑暗、政治腐敗、階級矛盾激化這一事件發生的主因加以揭示，卻熱衷於渲染外省人和本省人之間的「省籍矛盾」，後者則能準確地揭示由於官僚的劫掠式侵奪而造成工人失業、米糧外溢、物價飛漲、民不聊生的情況，從而真實地反映了階級矛盾激化乃是二二八事件發生的最主要原因。

另一個明顯區別在於：受史明「臺獨」史觀影響，本土派的「二二八小說」常將主要筆力放置於事件對此後數十年來臺灣社會的深遠影響，更多地塑造了羸弱、悲淒、可憐、屈辱的受難者形象，以象徵所謂臺灣數百年來不斷遭受外來強者傷害的悲運，渲染所謂歷史的「悲情」。如林雙不的《黃素小編年》寫一個到街上備辦嫁妝的農家少女無意中捲入起事的群眾隊伍中而被拘捕，並被告知將處於極刑，直至刑場上槍響前一刻才宣告無罪釋放，但這位少女受到驚嚇已然發瘋，此後數十年孤獨淒慘地流落

街頭。藍博洲等的作品反其道而行之，著力塑造懷抱理想，具有寬闊胸懷和高尚品格，勇於為民眾福祉奮鬥、獻身的左翼進步人士形象，從而為當時與祖國局勢緊密聯繫的反對國民黨官僚統治的人民革命鬥爭，描繪出一幅被湮沒甚久的歷史圖像。當年蒙難左翼人士數十年來被當局醜化為邪惡的、乃至青面獠牙的「罪犯」，陳映真、藍博洲等則還他們充滿正義情感和理想的熱血英雄的本來面目。如陳映真《山路》中的少女蔡千惠在從事革命工作的未婚夫被判終身監禁後，自願冒充另一位犧牲了的革命者的妻子，撫養和照顧烈士遺屬達30年之久，她那「刻意自苦，去為他人而活」的精神，令人感動。藍博洲的《尋找劇作家簡國賢》除了描寫簡國賢的戲劇創作等活動外，還描寫他在生活中處處關愛他人，實踐其平等、博愛的理念。流亡中，「即使只是幾塊餅乾，他也一定讓那些小孩平均分著吃」；甚至在獄中，簡國賢也「從來不曾考慮過自己私人的利害關係，他個人的生活用品一直都讓全體公用」；他太太送食品來時，連隔壁的難友也能分享得到。這些當年難友對他的回憶，由作者如實地加以記錄和展現。作品中雖沒有慷慨悲歌的壯烈場面，而是娓娓述說著革命志士對理想的執著和為此所作的腳踏實地的工作，那種一片肉、一口飯、一件衣也要與難友均分共用的胸襟，那種「安得廣廈千萬間，大庇天下寒士俱歡顏」的理想，必然深深叩動人們的心扉。這些表面看來只是資料輯錄的作品所具有的強大藝術感染力，很大程度上就來自這種人格的力量。至於那些沉溺於所謂「臺灣人」的「悲情」中難以自拔的「二二八小說」，其精神境界和藝術感染力實難以與陳映真、藍博洲等的作品相比。而這種差別從根本上講，源於作者對歷史的不同理解和看法。如楊照就曾對藍博洲多描寫左派英雄人物頗有非議，認為那些「革命烈士」其實只是一些倒楣的、迷迷糊糊的一般「民眾」。然而歷史並不能簡單地以成敗論英雄——左翼進步人士那有如燈塔般的理想照耀和

人格輝映，對於當時社會的實際影響，是不能單純以人數的多寡
或最後成功與否來加以衡量的。

上述兩類作品顯示了歷史書寫上的「統」「獨」分野，從而
在當前臺灣的思想文化鬥爭中具有現實意義。宣揚「族群矛盾」
和「日本精神」的二二八小說是「臺獨」和親日仇華社會思潮的
產物，彰揚臺灣左翼革命理想的「50 年代白色恐怖史」作品則是
對前者的一種反制和糾正。

第二節　80 年代以來臺灣文學的文化視角

一、鄉土和傳統根性的維繫

70 年代後期發生的「鄉土文學論戰」和「高雄事件」以及島
內外政治、經濟、文化生態的變化（如政治的趨向「解嚴」和社
會的「都市化」），使得 80 年代以後的臺灣社會發生了巨大的轉
折，有人用「多元化」來概括這種變化。相應地，文學也出現了
多元化的發展。這意味著文壇不再獨尊某一流派，而是允許不同
理念和風格的文學同時並存，由此實現了數十年來不同文學經驗
的共時匯聚。

相對於五六十年代現代主義的菁英、貴族色彩和純文學追
求，70 年代鄉土文學與社會、大眾有更緊密的關聯，80 年代文學
承接 70 年代的慣性，加上 80 年代出現的「多元化」趨向，自然
超越「文學」範疇而有更寬廣的「文化」視野，初安民甚至用
「文學文化化」來稱呼這種現象 448。另一重要文學期刊《中外文
學》創刊二十周年紀念專輯上，總編輯廖咸浩撰文表白其辦刊宗

---

448 初安民：〈文學文化化〉，《聯合文學》第 87 期「編輯室報告」，
　　1992 年 1 月，第 6 頁。

旨，其中也寫道：「我們也意識到文學與文化的不可分割。因此，探討文學的文化意義，實踐文學的文化使命，也將成為『中外』的關懷焦點。」[449]

如果對80年代臺灣文學作一劃分，或可分為大略的兩撥。其中一撥對於70年代鄉土文學思潮仍有較多的承續，著重於歷史和現實的探究和描寫，但比起70年代，具有了多元社會的較廣闊視野；另一撥則更多地將視線集中於資訊時代的現代都市，刻寫現代或後現代的都市社會運作情形和人的種種表現與心態。

作為70年代「回歸傳統」、「關切現實」思潮的延續，向陽、陳義芝的詩歌，洪醒夫的小說，都致力於鄉土和傳統根性的維繫。洪醒夫繼續書寫著底層貧苦農民承續於傳統的堅忍和自尊。向陽努力經營著實踐「傳統」和「鄉土」兩大目標的「招牌詩」──十行詩和方言詩。《十行集》中的十行詩得名於每首兩節、每節五行的固定格式，是一種既相對自由又有所規範的新型類格律詩體。它具有與古典詩詞相類似的感物、抒情方式，其意象常採擷於中國詩的公共象徵系統，如小橋、流水、飛鳥、落葉、機杼、餘暉等。這顯露了鮮明的民族特性，具有濃郁的古典詩美。方言詩《土地的歌》則集中代表著向陽加強鄉土和現實描繪的努力。詩人宣稱：十行詩是感應於文化中國的產物，方言詩是思索於現實臺灣的產物，這成為他馳騁於詩領域的兩條跑道。

陳義芝因童年鄉村經歷而與「鄉土」有密切關係，又因大學時從名師學古典詩曲章句而與「古典」有緊密淵源。加上步入詩壇時文學思潮走向的影響，陳義芝的詩藝遂以「鄉土」與「古典」為兩大支柱。《青衫》時期的陳義芝是名符其實的「抒情傳統的維護者」（張默語），曾表白使自己成為一個「心契中國人的人情、秩序、美」的「真正的詩人」的願望，詩作常呈現古香

---

449 廖咸浩：〈不流俗的堅持〉，《中外文學》21卷1期，1992年6月。

古色的典雅之美。在「中國人的人情」方面，與詩人內心最為契
合的是中國傳統知識份子的淑世襟懷。陳義芝的「鄉土」則包含
兩方面：一是他生於斯、長於斯的臺灣東部農村；另一是大陸的
父母之鄉，先人之土。特別是他有機會親履四川原鄉之後，他的
歷史文化鄉愁和對中華傳統的孺慕進一步得到歸趨和落實。這從
敘事長詩《出川前紀》和《川行即事》組詩中可以看出。

二、報導文學和環保生態文學的發展

　　臺灣的報導文學可說是時代的產兒。70年代初臺灣風雲變幻
的時代氛圍及由此引發的「上山下海」青年學生運動，直接促成
了報導文學的崛起；由文藝性「小副刊」轉化為文化性「大副
刊」的「人間」副刊等，則充當了必要的平臺。臺灣的報導文學
一開始就具有「現實反映」、「生態環保」和「人文關懷」等三
大題材系列。現實反映系列包括對一些最緊迫的社會問題，如突
發性的政治、經濟、社會事件，以及諸如政策不當、分配不公、
貧困失業、暴力犯罪等觸目可見的社會弊端的報導或批判。薛不
全的《礦工淚》、胡方的《失嬰記》、陳銘磻的《賣血人》等均
可為例。古蒙仁《黑色的部落》則開啟了臺灣文壇對少數民族當
前生存狀況的關注。人文關懷系列則是對於一些具有較深遠意義
的文化現象，如民俗風情、文物古蹟、山地文化等的發掘和報
導。這類作品並不著重於揭露社會弊端，反而立足於彰揚某些具
有專業特長或特殊精神品質的卓越人士的品格和行為，如孔康的
《捕蟲者》、黃泌珠《裸得像一座神》、李利國《海洋的看守》
等等。林清玄對於諸多文化人的採訪報導亦屬這一系列；劉還月
則是致力於民俗活動報導的代表性作家。

　　進入80年代後，除了「現實反映」和「人文關懷」系列繼續
發展外，隨著經濟起飛後臺灣生態環境的急劇惡化，「生態環
保」系列更為凸顯，報導文學在整個「生態環保文學」中也因此

扮演了特殊的重要角色。這方面的重要作家有心岱、韓韓、馬以工、劉克襄等。心岱的報導文學集《大地反撲》，提醒人們注意人類與自然的相互依存關係，向人們敲起大自然反撲的警鐘。韓韓、馬以工合著的《我們只有一個地球》堪稱臺灣環保主題報導文學的又一重要代表作。該書感性和知性並重，既講究「訴之以理」，也不忽視「動之以情」，兼具辭藻之美和科學之真，因而能對現實發揮更切實的巨大作用。

　　70年代萌生、80年代後蔚為大觀的臺灣生態環保文學，可約略分為兩大類。一為「土地傷口報導」，主要以報導文學的形式，直接凸顯人們加諸自然環境的種種不義和傷害，除了上述心岱等的作品外，影響較大的還有楊憲宏《走過傷心地》等。至於宋澤萊的《廢墟臺灣》、張大春的《天火備忘錄》等小說，乃是以科幻的形式，設想未來遭受核污染等的恐怖情景，可說是上述「土地傷口報導」的變奏。另一則為「野外拙趣散文」（陳健一語）。它又可約略分為有所不同的兩類。一者如孟東籬、陳冠學、粟耘等，其作品帶有傳統文學的山林田園情趣，充滿恬靜安謐、與自然和諧平衡的愉悅和禪意。另一類的代表作者有洪素麗、王家祥、陳煌，以及此類寫作的「始作俑者」劉克襄等。不同於傳統文學僅籠統地以自然生物的種類（如花、草、鳥等）作為抒情的依託，這類創作將文學才情和專業知識相結合，通過鍥而不捨的野外實地追蹤觀察，達成對自然生物的更具體、準確的認知和描寫。它們可讓讀者「多識於草木鳥蟲之名」以及它們的樣貌習性、當前處境，進而思考自然與文明的關係，提升尊重生命、與自然生物相依共存的自覺。

　　劉克襄以「鳥人」、「漂鳥詩人」等稱號聞名於臺灣文壇。這是因為他十數年如一日地歷遍臺灣的山山水水，從事鳥類的觀察、攝影和報導。這些活動有助於人們認識自己和培養嶄新的思路，並具有提倡「知性旅行」的表率作用，最終還具有推動生態

環境保護運動的意義。此外，劉克襄還著有寓言小説《風鳥皮諾查》，更是一部具有多向度思想內涵的作品。作者使專業知識和文學描寫有機結合，相得益彰。從這個意義上說，劉克襄以自然寫作開拓了文學創作的新的可能性。而號稱「新動物武俠小說」的「豆鼠三部曲」，實際上仍延續了《風鳥皮諾查》的路子，只是有著更引人入勝的故事情節。它們既可作為政治小說、勵志小說來讀，又是立足於詳細自然觀察基礎上的有趣的科普讀物。

三、文化視線的再開拓

在 80 年代以來多元化的文化場域中，許多作家不再把眼光局限於傳統意義的「社會生活」，而是試圖將文學的視線擴及更廣泛的文化層面，或宏觀地歸納臺灣社會文化形態的特徵，或探討生長於這塊土地上的人們的深層心理結構，或致力於同胞健康、理想人格的形塑，或傾心於民俗文化的記錄和呈現，或熱衷於將中國傳統文化中的「禪」融入現代生活之中，使之起某種調節作用……極大地豐富了臺灣文學的文化內涵。

1984 年 11 月 20 日，龍應台《中國人，你為什麼不生氣》一文在《中國時報》「人間」副刊登出，引起出乎意料的巨大反響。1985 年 3 月「野火集」專欄開始，同年 12 月《野火集》正式出版，幾年內突破一百版，遂有「龍應台旋風」之稱。《野火集》除了一般的社會批評外，更向文化批評的深層次掘進，將議論的重點放在如何建立一個具有健康人格的社會人群，因為這是消除社會病態的關鍵。龍應台希望造就一個關心現實世界，能獨立地作價值判斷、有充分的道德勇氣、敢於行動的下一代。這種建立以理性為核心的健康人格以及以「立人」帶動社會改革的不懈追求，正是龍應台雜文的靈魂。此後龍應台又出版了站在「地球村」公民的角度觀察問題的《人在歐洲》，以及「以長鏡頭閱讀臺灣」的《乾杯吧，托瑪斯曼》等集子。當然，「龍應台旋

風」的興起本身就是一個值得深入探討的社會文化現象，它說明這個社會確實是一個有病的社會，也遠非一個民主、開放的社會。「焦灼的時代需要批判的聲音」，龍應台的雜文適時地應運而生，表達出人們的心聲；而龍應台的批判飽含著對臺灣的熱愛，並一改以往社會批評吞吞吐吐、不痛不癢的常見病，取而代之的是「不戴面具、不裹糖衣」的直率和真切，這是她能贏得讀者的原因。

早期林清玄散文和報導文學並重的創作，既具有濃郁的鄉土色彩，又呈露特殊的文化關注，表現出深厚的傳統情懷和民族意識。80年代中期以後，林清玄主要經營「菩提」系列散文集，並使之成為臺灣有史以來最暢銷的圖書之一。這些作品主要是佛經的詮解，但作者並非從概念到概念地宣講教條，而是常運用淺顯生動的生活事例加以說明，典型地體現了林清玄作為一個入世的佛教徒的本色。他認為，理想的佛教徒應該包括過正常人的生活，即擁有朋友、家庭、社交等群體生活及對社會保持熱情關心的態度等。這樣，林清玄就將屬於中國傳統文化一部分的「禪」和現代人的生活作了連接和融合，使之成為現代人能夠接受，樂於採用的生活智慧、行為準則。如果說建立於農業社會基礎上的一套傳統價值觀念在七八十年代的工商社會中已明顯不合時宜，那林清玄所彰揚的側重於心靈的澄明、精神的提升、感情的超脫、境界的清靜等，對於湧現了大量的「富貴病」——心靈的孤寂和人際關係的疏離——的現代社會，卻可成為一劑清涼的藥方。

阿盛在1978年以幽默而又充滿鄉土風味的《廁所的故事》突現文壇，此後其散文作品可分為兩大類，一是記事抒情的散文，另一則是雜文。一般而言，前者憶寫過往經驗，後者刻寫現實百態。在主題上阿盛緊緊扣住的是「土地」和「人性」，這兩大主題正好分別由其散文和雜文承擔。阿盛要表現其「土地」情結，

很自然地就從自己的童年記憶開始寫起。他描寫著麻雀、田鼠、木麻黃等鄉村物事，也描寫著父老兄弟、族親師長、左鄰右舍等鄉村人事，透露其自小從那些內含著底層民眾的價值觀念和性格特徵的民俗文化當中所受到的薰陶和吸取的智慧。阿盛刻畫世態或針砭時弊的雜文作品，以「人性」為重點刻畫目標，並將這種人性考察放在民族文化傳統的背景上，因此觸及了國民性弱點等較深刻問題，如《兩面鼓先生小傳》。阿盛作品能膾炙人口，很大程度上歸功於詼諧、幽默的風格，但都謔而不虐，犀利中有溫厚。阿盛的創作不注重階級、政治等問題，而是更傾向於民族、文化的主題，並達成了大傳統和小傳統、廟堂文學風格和民間文學風格的融合。

簡媜「銜文字結巢」、視書寫為「夢遊者天堂」的信念，童年生活於農村對自然萬物榮、枯、生、滅法則的體認，以及大學畢業後往佛光山翻譯佛經、參禪理佛的經歷，使她從早期創作起就具備豐盈的生命體驗和向內發掘自我心靈的傾向。簡媜深刻感知人生無常、終歸幻滅的宿命，更樹立了服膺命運、無所怨悔，人生在世盡其本分的生命倫理。儘管簡媜將散文創作視如攀爬階梯，希望每個階段都看不同的風景，因此從早期偏重於個人經驗的內省，轉向後來以大量筆觸對城鄉凡民生活加以寫照，但她固有的生命意識、人生追求和處事哲學，仍如一條主軸貫穿於她的創作中。無論是她對男女愛情問題的處理，或是她對臺灣社會變遷、都市問題的觀照，都體現出這一明顯的特點。如她不像一般的女性愛情散文那樣熱衷於描寫癡迷的曠世之愛或纏綿的閨閣之怨，而是更執著於「靈魂牽手、異地同心」的精神戀愛，或忘年之交、隔世之愛的命定緣分。如果說簡媜追求內心的自我修練和道德的自我完善，超然豁達，顯示了其主要承續了中國古代文化中道、禪的一脈，那對愛情忠貞和現實責任的強調，又顯現了儒家文化影響的深刻刻痕。當然，簡媜的文學又躍動著濃郁的現代

情思。在形式上，充分發揮了中國文字特有的多光譜、多層次的豐富表現潛力，更多地採用得益於古代文學經典的典雅精緻的筆觸。因此被稱為「新古典的現代性靈派」。[450]

四、文學的社會、歷史、文化學闡釋

80 年代以後相對年輕一代著重採取社會、歷史、文化學角度闡釋文學並產生較大影響的文學評論家，有彭瑞金、楊照、詹宏志、呂正惠等。

彭瑞金的文學理念以寫實主義為基調，寫作重心在於具體作家、作品（主要是小說）的評論。文學創作與現實生活的關係，成為他評判作品的首要標準之一。這種評判標準使彭瑞金較能發掘對象的現實主義品質和特點。如他指出 80 年代以來一些現實主義創作的新特點即在於現實的「立即相關性」的增強。彭瑞金試圖通過作家的個案分析連綴出臺灣文學整體面貌，因此其作家評論也可見出其「史識」，時能發人之所未發，像首先發現布農族年輕小說家田雅各即一例。不過其史觀呈現出明顯、強烈的本土傾向。他曾提出「臺灣文學應以本土化為首要課題」，並以「本土化」作為臺灣文學「檢視網」；而這裡的「本土化」又是遭到扭曲、變質了的，這對其評論的導向產生了極為不良的影響。

詹宏志在 1981 年提出的「邊疆文學論」時表現出的悲觀情緒本來並不必要，但他視臺灣文學為中國文學一部分的出發點，仍引來部分本土派作家的抨擊，後者並藉此闡發他們有關臺灣文學自主性的論調。詹宏志的歷史、社會學批評的特點，在他先後選編的兩本爾雅版年度短篇小說選中有極為典型的表現。在 1981 年出版的《六十九年短篇小說選》的「編序」中，詹宏志開宗明義地宣稱：「不朽的作品常常先屬於一個時代，然後才屬於每一個

---

450 萬胥亭：〈品味與共識的歷史辯證〉，《聯合文學》1992 年 2 月號。

時代」，而他即努力尋找那些能夠體現「時代精神」的「屬於一
個時代」的作家和作品。然而幾年後選編《七十七年短篇小說
選》時，他卻有了絕然不同的編選標準。他明確地提出了一個所
謂閱讀的「享樂策略」，即選編者「放棄了對小說『內容意義』
（或所謂的主題意識）的優先肯定」，而是採取一個「放鬆的、
伊比鳩魯式的（Epicurean）閱讀態度」，以閱讀時「過癮」的程
度來決定作品的美惡，至於最後是否能完成一個「觀照時代」的
體系，則任其自然了。他還進一步指出：這種策略的採用，是針
對著數十年來臺灣評論活動中表現出的禁欲性格，即評價與詮釋
的活動「不斷地被放在『各色各樣的道德和政治範圍來決定」的
傾向的。詹宏志的這種轉變，看來似乎使他背離了原來的歷史、
社會學批評的立場，其實不然，因為這種轉變本身即和臺灣社會
文化變遷相合拍。從1980年到1988年，臺灣社會文化最強勁的，
即是多元化和大眾消費文化潮流。「享樂策略」的提出，顯然與
此潮流不無關係。

　　當「後現代」在臺灣文壇成為一種時髦，「現實主義」頗遭
質疑和冷遇之際，呂正惠卻勇敢地宣稱自己是「一個無可救藥的
寫實主義的擁護者」。和一般現實主義理論家一樣，呂正惠堅持
文學應反映現實社會生活，揭示複雜社會關係乃至階級矛盾，提
倡作家真誠、嚴肅的創作態度，反對玩弄技巧以彌補內容上的空
洞和虛偽。然而，呂正惠又呈現了自己的若干鮮明特點。首先是
現實主義的「具體化」，或者說，呂正惠使現實主義從作為一種
規範主題範疇的創作理念，延伸為指導具體寫作過程的創作原
則。他並不停留於文學是否應反映現實的觀念爭辯上，或拘守於
作品是否反映了現實的評價標準，而是進一步探究作家是「如
何」反映現實的。對此呂正惠著重從小說中的人物、情節、細節
等方面加以分析，並相應地反覆強調「行動」、「過程」、「感

受」等概念。如呂正惠強調人物塑造的重要，而其關鍵在於描寫
人物的「行動」。這是由於作為現實主義作品關注焦點的「社會
關係」是透過人與人的交往、牽涉、互動等體現的，只有通過
「人物的行動」，社會關係才具體化；而作為「行動」主體的人
物，就成為小說的重心。呂正惠又強調了「情節」和「過程」，
以及與此緊密相關的「結構」。這是因為只有在發展、轉折的
「過程」中，人物性格和社會關係的真相才能得以呈現。此外，
呂正惠還特別強調「細節」和「感受」，而這是避免概念化的有
效途徑。

　　將文學現象置於廣闊的時代、社會背景下加以考察，著重於
某一時代的整體歷史趨向、時代精神的把握和社會各階級的分
析，從而精闢、中肯地對各種文學現象和作品作出解釋和評價，
這是呂正惠現實主義文學批評的又一顯著特色。典型的例子是
〈現代主義在臺灣──從文藝社會學的角度來考察〉一文。他的
第三個特色則是自覺地在文學批評中運用辯證法，並將其現實主
義的理論觀點和其追求祖國統一的「統派」政治立場相結合，使
其文學理論批評顯現出特有的深度和進步性。如針對80年代以來
所謂「臺語文學」之風昌熾而撰寫的〈臺灣文學的語言問題──
方言和普通話的辯證關係〉一文，一方面仍從歷史入手，追溯中
國「書同文」的悠久傳統，指出採用普通話「白話文」當書寫文
字的必要性和必然性，以及近年臺灣議論頗多的所謂方言「文字
化」的不妥和不必。另一方面，又指出全中國「言殊方」的實際
存在，強調和肯定方言乃「真正最『活』的語言」，提倡適當地
加入方言以豐富「白話文」，並對國民黨壓制方言的政策加以尖
銳的批評。為此呂正惠引用毛澤東關於人民的語言是作家語言的
源泉的論斷，推崇趙樹理的通篇以「口語」腔調寫成的現實主義
作品，並對大陸作家常將各地方言「腔調」融入普通話，以各具

特質的普通話並列組合成五彩繽紛、衆聲齊鳴的普通話「整體」
的情況大加讚賞。[451]

呂正惠以知性的反省和批判風格為臺灣文學理論批評注入新
的活力；他結合其社會學、歷史學的學術根柢，引入盧卡契的理
論，將現實主義在批評實踐中具體化，使臺灣的現實主義理論批
評大大向前推進了一步。這也許正是呂正惠對文壇的最重要貢獻。

第三節　族群議題的文學介入

一、「原住民」的文化紮根

「原住民文學」的崛起是 80 年代臺灣文壇引人注目的重要文
學現象。布農族小說家拓拔斯‧搭瑪匹瑪（田雅各）、排灣族詩
人莫那能、泰雅族作家瓦歷斯‧諾幹（柳翱）、達悟族散文家波
爾尼林、布農族小說家娃利斯‧羅幹、達悟族作家夏曼‧藍波安
（施努來）、卑南族作家孫大川等等，相繼嶄露頭角。在此之
前，已有漢族作家如鍾理和、吳錦發、胡台麗等描寫高山族的作
品，但這畢竟只是一種外部的觀察，並無法深入瞭解少數民族的
內部關係、深層的文化肌理和內在自我的生命形態。由高山族作
家親自操觚的「原住民文學」方能達成如此使命，從而為臺灣鄉
土文學增添了一個特異而又道地的成分。

「原住民文學」是伴隨著原住民社會運動而興起的，莫那
能、施努來等的早期「原住民文學」集中於政治抗爭的層面。經
過自我省思，許多原住民作家不再拘囿於純粹的抗爭，而將主要
的筆觸用於挖掘歷史和現實生活中所累積的民族生活經驗和智

---

451 呂正惠：〈臺灣文學的語言問題〉，《戰後臺灣文學經驗》，臺北：新
　　地文學出版社 1995 年版，第 100-107 頁。

慧，肯定其特有的「自然世界觀」和傳統價值觀念，以此重建族人的自尊和自信，並處理了現代文明和傳統價值、「小我」（本民族）與「大我」（整個中華民族）的辯證關係，使其文化之根深縶於民族的沃土中。

1983年田雅各發表以他的布農族本名為題的小說處女作《拓拔斯・搭瑪匹瑪》而一舉成名，同時也揭開了80年代原住民文學創作的序幕。1887和1992年先後出版的《最後的獵人》和《情人和妓女》小説集，浸漬和散發著特有的「原」汁「原」味——一種非本族人所難以深切體會、表達和摹仿的特殊感受、氣質和審美情調。人與自然相契相依、和諧共存的「自然世界觀」，成為小説中最能體現其「原」味的因素之一，甚至轉化為一種特殊的審美感受，無所不在地溶解於他的創作過程中。如他經常採用與本民族生產、生活關係密切的自然事物構成新鮮奇妙的比喻，寫時間有「燒熟一粒蛋般大甘薯的工夫」，寫動作有「我像隻遲鈍的笨獵狗手忙腳亂地站起來，踮起兩腳尖，豎起兩耳板」；而獵人血統的天賦感覺能力——格外敏銳的視、聽、觸、嗅等五官感受——更使作家在描寫過程中不斷散發出一種狩獵民族特有的情蘊。

原住民文學的另一個重要發展，乃是作品中體現出的對於民族自我定位的轉變。如果説以前較多地刻畫高山族作為被損害、被欺侮的屈辱形象，後來則更多地挖掘和顯現本民族的並不比其他民族稍差的高尚品性和人格。致力於原住民心理的療治和再建的瓦歷斯・諾幹在《關於泰雅》一詩這樣寫道：「一對鷹隼的眼睛閃閃發光，／四肢如強健的雲豹，／熊的心臟，瀑布的哭聲／嫩草的髮，高山的軀體／完美的嬰兒，／自母親的靈魂底層，／成為一個人（Atayal）。」顯然，與多數民族有所差異的容貌不再使詩人自慚形穢，相反，他為族人那和大自然一樣生機勃勃的容顏和體格深感自豪和欣慰。

　　夏曼・藍波安可說是從「政治抗爭」轉向「文化紮根」的典型作家。從臺北回到家鄉後首先出版了《八代灣的神話》，訴說著承載著代代相傳的本民族的世界觀、價值觀的飛魚神話故事；又創作了《黑潮の親子舟》等小說，詳細描寫了從伐木造船到下海捕魚的過程及其間的種種儀式和禁忌，主要是對山、海、樹木、飛魚等被視為大自然神祇的事物的敬畏和祝福，揭示了未受現代文明污染民族的可敬之處——用勞動的成果來累積自己的社會地位。這類創作更多地注目於本民族歷史文化血脈的接續，搜集和整理源遠流長的凝聚著民族集體智慧的風俗習慣和神話傳說等口傳文學資源，藉此呈現本民族特有的生命、文化形態和性格，以族群文化的保存和建構尋求民族生存的「一種新的可能」。[452]

　　如果說瓦歷斯較多地表達在「現代／傳統」衝突前的省思和兩難，那孫大川則更多地表現對於本族文化與整個中華民族文化關係的感受和思索。他深刻地體會到自己所自出的卑南族面臨民族存亡危機的黃昏性格，而近代中國遭受外侮、也曾面臨民族存亡危機的歷史命運引起他的強烈共鳴，因此他想從中華文化吸取菁華來注入本民族的血脈，尋求生機。如與「酒文化」的因緣，可說是他接受中華傳統文化影響的典型個案。他認定，中華文化是由多民族的文化血脈融合而成的，即使某個民族走向黃昏，未必不是以一種化整為零的方式，將其血統及文化注入中華民族的整體血脈之中。[453]

---

452 孫大川：〈原住民文化歷史與心靈世界的摹寫〉，《中外文學》20 卷
　　7 期，1992 年 12 月。

453 孫大川：〈久久酒一次〉，臺北：張老師文化事業公司 1994 年版，第
　　87-88 頁。

二、從老兵悲歌到眷村史乘

　　隨著時間的推移，40年代末跟隨國民黨湧入臺灣的所謂「外省人」，已逐漸由強勢族群轉變為弱勢族群，而臺灣文學對於這批「外省人」的生存處境和命運的關心，也經歷了一個曲折的演變過程。活躍於50年代的外省赴臺「第一代」作家，並沒有把太多的筆觸投於他們當時在臺灣的生活上，而是更多地「回憶」著以前他們在大陸的種種。較早將審視焦點轉移到這些外省人到臺灣後的生活的，是已屬於大陸赴臺人員「第二代」的白先勇。然而他將主要筆觸放在上流社會的達官貴婦、遺老遺少身上，對於占赴臺外省人大多數的中、下層人員，並無多少涉及。真正承擔起對「外省人」在臺灣生存情境的較全面反映的，是戰後新世代的年輕作家們。他們當中不少人仍屬於外省第二代，但多出生於臺灣。

　　在中、下階層的「外省人」中，首先受到格外關注的是「老兵」們。鍾延豪、張大春、苦苓、履彊、王幼華、吳錦發、黃驗、洪醒夫、曾心儀、李赫、朱天心、蘇偉貞、雪眸等，均曾涉筆於此。作品反映出這些隨國民黨來臺的「老兵」們，其老境普遍不佳。在離開軍隊後，由於身無長技，甚至因年老而喪失了簡單勞動力，在唯利是圖的資本主義社會裡，必然被拋入社會的最底層。而當政者也視其為包袱，並未做妥善處理，因而釀造了一幕幕社會悲劇。老兵們在婚姻問題上的困窘處境是作家們最常描寫的題材之一。這些作品的一個共同特點，是往往側重於展現老兵們精神和行為的種種變態。

　　稍後出現的「眷村小說」更將這種關心推進到一個新的層次。早期的眷村小說往往是當時一些年輕「閨秀」作家的感性之作。如朱天心的中篇《未了》、蘇偉貞的長篇《有情千里》。它們都在某種程度上提示了「眷村文化」的存在並反映出其特質。

其一，眷村是一個非血緣、非宗族關係建立的聚落，經濟來源主要靠當局的薪俸，因此形成一種不同於本地原有村落的社會組織形態。其二，眷村在離亂的低沉、無奈氣氛中透露出希望。其三，眷村彌漫著十分濃厚的中原傳統文化的氣息，而這成為眷村子民共同的道德規範和行為方式。

眷村小說後來的發展，最主要體現於反思意識的加強。作家們不再滿足於對眷村生活的情意纏綿的自戀式感性描寫，而是以理性的眼光審視眷村過去發生的種種，思考著眷村子民走過的歷史途程、它與當前臺灣各派政治勢力的關係以及未來前景等。重要作品出自於蘇偉貞、朱天心、張啟疆等之手。

首先，作家們一改以往著重於正面描寫眷村的傾向，轉而注意觀察和揭示眷村的種種不盡人意的缺失。蘇偉貞的《離開同方》不再像早年的《有緣千里》那樣將人物的愛情悲劇歸咎於外部對眷村的傷害，而是著重描寫眷村內部的自斫和自殘；也不再將幾位賢良、熱情的太太、母親作為小說的主角，而是圍繞眷村幾位精神失常人物展開一幕幕悲泣的故事。小說中的恩怨故事最後在「大家都瘋了，場面完全失去控制」的互相廝殺場面中落下帷幕，印證人物幾次發出的「我們村子全瘋了」、「這裡的人沒有幾個是正常的」等論斷。作者對心理變態瘋狂人物的這種刻意描寫，並非搜奇獵怪、尋求刺激，而是要藉以表達對眷村乃至整個時代社會問題的深刻觀察。儘管作者將其企圖在藝術形象中埋藏得較深，但還是能從中看到導致大面積心理變態現象的原因。首先，這些人的精神病變與他們青年時代曾經離鄉別親、飽受戰亂之苦不無關係；而眷村氛圍本身的壓抑、窒悶則是心理病變繁多的現實原因。這種壓抑、窒悶的空氣來自整個時代氛圍，來自某種僵直的意識形態的籠罩，也來自眷村內某種封建傳統的迂腐氣質。壓抑、窒悶、僵直和疏離於本鄉本土的失根狀態必然使眷村喪失生機，趨於腐爛，精神病患者的增多是其結果和表現之

一，反過來，普遍的精神病態又進一步促使眷村的混亂和沒落。小說描寫的重心在「離開同方」，而開頭結尾卻是寫「回到同方」，這也許正寄託著作者對眷村的某種既恨且愛的複雜感情。

朱天心的《想我眷村的兄弟們》對眷村生活同樣採取了審視和省思的態度，對於眷村人未能紮根土地的現象有更深刻的反省。與此相關，作者對眷村與國民黨的微妙關係作了思考。無法否認眷村與國民黨的千絲萬縷的聯繫，然而居住於眷村的多為中、下層官兵及其眷屬，並非如當今社會上某些人所認為的是既得利益者，也難以接受因為父輩是外省人就將全家等同於國民黨的血統論。因此眷村人對於國民黨持有頗為矛盾的態度。顯然，朱天心對於日漸消失的眷村仍懷有無法消弭的濃厚感情，在反省中充滿對眷村的理解、同情和無奈。因此，作者反覆體味和描寫所謂「濃濃的眷村味兒」。這種很容易辨認出的「眷村味兒」——有點虛浮乃至迂腐，但又有幾分可敬——說穿了乃他們長期受共同的文化薰染而形成的相同道德規範和行為方式。正是這種思索、反省與同情、憐憫同在的質地，賦予朱天心近期「眷村小說」的藝術感染力。它說明作家對眷村的省思並非對它的背棄，而是著眼於未來，冀望於其子民對社會作出其應有的調適。作者要表達的是：封閉式、失根態的眷村已失去生命活力，只有與這塊土地上的所有族群相融合，才有出路和前途。這可說是近期眷村小說的普遍主題。

首演於 2008 年底卻在 2009 年盛演不衰的《寶島一村》是一齣呈現數十年眷村生活的舞臺劇。導演之一的王偉忠有著豐富的眷村親身經歷，也是該劇的主要故事來源。賴聲川和他將上百個故事素材集中於舞臺上的三戶住家。劇分三幕，搬演了眷村在1950、1970 和 1990 年前後等三個不同時代的情景。首先是戰亂造成的顛沛流離：戲一開始，是一排逃難到臺灣的隊伍，正在校驗姓名身分，發放眷村鑰匙。為了生存，有人冒名頂替，有的女

子與陌生男人結為夫妻。舞臺上連排三戶人家，中間一戶是額外
搭建的，因此屋中有根電線杆。此細節說明了住戶最初的「臨
時」心態，而旁邊的兩戶人家允許中間一戶搭建，也顯示了眷村
人相濡以沫、互幫互助的淳樸情感。過年時幾家人自然而然地聚
集在一起吃年夜飯；而大家一致認為這是第一次，也必將是最後
一次在臺灣過年，讓觀眾在發笑之餘，難免心有戚戚焉。返鄉的
期待延續了數十年而未果，這種傷心泣血的感受，在第三幕蔣介
石去世的消息傳來時爆發開來，第一代眷村人呼天搶地，抱頭痛
哭。他們對蔣的感情也許是真實的，但更主要的，卻是蔣氏當年
允諾的完全落空，是多年累積的有家歸不得、他們徹徹底底成了
「回不了家的一群人」的悲哀之情的總噴發。開放探親後劇中人
回大陸尋親，離別時是血氣方剛的青年，而再次相見時，父母墓
木已拱，夫妻兩人都已是行將凋零的老人。劇中場面感人肺腑、
催人淚下，讓人深深感受歷史的蒼涼感。

　　以中原文化為基調的眷村文化是該劇著重表現的另一方面。
表面上看，眷村的媽媽們互相串門、說東家長道西家短，眷村的
爸爸們聚在一起就談論家國大事，眷村的少年們經常打架鬥毆，
但其底層，卻是溫情流轉，如相互關照小孩，好飯菜一同分享
等。然而眷村中常有一些心理創傷、性情變態乃至神經錯亂的人
物，凸顯著眷村的扭曲和怪異。眷村往往被視為外省族群自我畫
限的居所，且隨著形勢變化，漸漸淪為「邊緣」，生活日趨困
窘。眷村子弟迫不及待地要離開這裡，父母不讓女兒嫁給同村的
青年，硬生生拆散青梅竹馬的戀人。不過眷村人與本省民眾通婚
極為普遍。劇中一位嫁到眷村的臺灣女孩，從剛開始的語言不
通，到後來學到了做天津包子的真傳。賴聲川稱：「外省的傳承
跑到一個本省媳婦的身上，對臺灣多年文化族群融合是很重要的
一筆。」可見眷村人與臺灣本省籍民眾的關係，亦為劇作思考、
表現的重心之一。

　　從老兵題材作品到眷村文學，作家們較完整地勾勒出1949年隨國民黨來到臺灣的中、下層人員的生存歷程和處境。從當前臺灣族群議題高漲的背景下看這些作品顯然具有特殊的意義。總體而言，這些作品展現了一個社會弱勢群體的生存形態，有助於消除人們對它的誤解，這也許更符合於人道，對社會的走向和諧也更有好處。眷村已經、正在或必將消失，但眷村子民並不會跟著從臺灣的土地上消遁。他們或多或少仍帶著他們的「族群」特徵——所謂「濃濃的眷村味兒」散落於臺灣社會每個角落。因此社會(無論是官方、政黨或民眾)不能也無法抹殺他們的存在，更不宜於對他們加以有意的歪曲或人為擴大他們與其他族群的矛盾。對於這些1949年隨國民黨赴臺人員及其後代，特別是因種種原因而陷入困窘境地的下層人士，社會應給予必要的關心和平等的發展機會，而他們也應自我反省，克服各種不必要的心結，調適並融入社會，以此造就一個正常、健康的族群關係。這正是從老兵題材作品到眷村文學所孜孜探索的問題，也是它們所透露出來的代表著一部分臺灣同胞的要求和願望。

三、家族書寫與中華文化底蘊

　　現在習慣上逕稱「臺灣人」的其實是三四百年來從閩南遷移臺灣的「福佬族群」。他們占臺灣人口的大多數，因此是天然的強勢族群，不存在上述原住民或外省族群面臨的處理與其他族群關係的種種難題。但他們也有另外的問題，這就是由於在臺灣已有幾代甚至十幾代的傳承，加上移民墾拓過程中的特殊需要，他們往往建立了較為龐大的家族體系，而大家族的內部和外部，同樣將面臨許多問題需要應對和處理。這就為情節曲折複雜而文化內涵較為豐富的「家族文學」的產生提供了必要的前提。

　　中華民族具有根深蒂固的家族觀念，「家族本位」是中國社會區別於「個人本位」的西方社會的一個重要特色，傳統家族文

化在中國社會中長期留存著。儘管臺灣不無本地特有的民俗風
情，卻仍不離中國家族文化的基本範疇。臺灣文學的家族書寫從
清代至今不絕如縷，日據時期唯一一部由女性撰寫的長篇小說
《流》[454]，作者辜顏碧霞筆下的家族內部儘管有繁文縟節、壓制
人性、欺壓寡婦、僵化迂腐、走向瓦解和崩潰的一面，但也仍有
親情溫馨的另一面，說明中國人的諸多傳統美德和習俗，仍在日
本統治下的臺灣社會中長久延續著。

　　1970 年代鄉土文學思潮興起後，也許因其與傳統文化緊密相
關，家族書寫呈高漲之勢，特別是一些女作家對「家族」題材情
有獨鍾。蕭麗紅《桂花巷》[455] 涵蓋 80 多歲高齡的寡婦高惕紅的
一生經歷。小說開頭尚在日本據臺之前，無論是女子纏腳，刺繡
女紅，節慶時的舞獅舞龍，婚嫁中的媒妁作用等，都與大陸無
異；小說寫至臺灣光復後數十年，這種中國傳統文化的底色一直
沒有改變。作者似乎有意將惕紅的孤獨晚景與其他人的幸福做對
比：給印原是惕紅最有情義的婢女，出嫁後仍經常回來關心照顧
惕紅；惕紅的夫家大嫂則宅心仁厚，她早就看出了惕紅的出格行
為，卻能以「掩人過惡」的祖訓，「一個人包容多少，天就給他
相等量的福份」的人生智慧來勸說其丈夫不要硬加追究。最後，
「（大嫂）已經是九十多歲的婦人了，卻仍然是奕然神采；人家
說：婦人以德潤身。萬萬無錯！」而給印：「伊一共有廿個孫
子，兒孫繞膝。」顯然，《桂花巷》不僅寫出了臺灣家族生活的
特點，同時也證明了這種生活歸根結底並未脫離中國傳統之外。
蕭麗紅另有《千江有水千江月》也獲得廣大讀者喜愛。

　　許振江的《寡婦歲月》堪稱當代臺灣「寡婦」書寫的另一部
重要作品。它同樣以一位丈夫早逝的「寡婦」的一生經歷貫串全

454　辜顏碧霞：《流》，臺北：草根出版公司 1999 年版。

455　蕭麗紅：《桂花巷》，臺北：聯經出版公司 1975 年版。

書，然而女主角英蘭並未像惕紅那樣留守大家宅院終生，相反卻選擇離開富裕的寡居生活再嫁，在二度喪夫後，仍再接再厲先後與多個情夫來往，可說是一位敢於順應內心的真實欲求，向壓抑寡婦正常人性的封建禮教和家族制度挑戰的勇士。雖然英蘭的「男人」頗多，卻仍掩蓋不了有責任感的男性缺失的現實。作者並不以英蘭的隨心所欲為非，而是惋惜與她親密來往的男子並非真心愛她，使她一再上當受騙。英蘭後來陷入貧困中，然而她並沒有哭哭啼啼乃至放棄生命，而是坦然地接受了這一切，繼續過日子。葉石濤稱：小說的主題其實是描寫「臺灣女性堅強的生命力」[456]。這種勇於適應環境而堅強存活的生命態度，深具草根性和民間性，也是臺灣庶民社會地方特色的重要體現之一。

陳燁《泥河》和陳玉慧《海神家族》是兩本在其書名或封面上就標明「家族」內容的小說。與上兩部作品相比，它們具有更鮮明的時代、政治背景和底色，也不局限於「寡婦」視角，而是展開更複雜的家族內外的生活畫面，刻畫了臺灣的「家族」在各種複雜因素的作用下，趨於瓦解和崩潰的過程。

三部曲《泥河》著筆於臺灣南部一林姓大家族。這家族總的說走向衰頹。這除了敗家子的浪淫揮霍外，還因受到了兩次巨大的衝擊。首先是二二八事件，最直接的受害者是二房——它幾乎在瞬間崩塌了。又一次重大衝擊，甚至可說使其陷入萬劫不復境地的，卻是現代工商社會中，年輕一代為了佔有家產而肆意踐踏傳統家族倫理的作為。小說展示了在威權政治和現代工商價值的雙重衝擊下，臺灣舊家族的瓦解和崩潰，這與五四小說描寫的舊家庭解體相比，呈露了鮮明的臺灣特色。然而這種地方特色並未泯滅其中國傳統家族文化的底色，中國傳統家庭倫理在這一臺南

---

456 葉石濤：〈許振江和《寡婦歲月》〉，許振江《寡婦歲月》，高雄：愛華出版社1987年版，第608頁。

家族中仍在延續著。

　　陳玉慧《海神家族》中的「海神」指的是媽祖，顯然這是一個臺灣家族的故事，甚且還帶有自傳性。作者再次證明「男人的缺席」幾乎成了臺灣家族生活的「常態」。小說開頭就寫道：「那個没有男人的家。我不但從未看過祖父、外公，我也很少看到我父親。」外婆三和綾子因原來的駐臺日本軍人的未婚夫在霧社事件中喪生，得以與臺灣人結緣。外公林正男因癡迷於飛行，報名當上日本兵，從此開始了在家中缺席的歷史；光復後回到了老家，卻神情恍惚，行為詭異，並在二二八事件中失蹤了。作為左翼革命者的林秩男最終遠渡重洋，逃亡海外。三和綾子的大女兒靜子——小說中「我」的母親——逃家與一個外省退伍軍人結婚並生了五個女兒，其丈夫仍是不斷地長期與家庭睽離。這就是作者接受訪談時所説的：「故事中七個女兒都没有父親，父親在那個家族中缺席了，她們必須自己活下去。」[457]

　　不過「海神家族」的主要特點，卻還在於它的多元混雜性。「我」有著日本人的外祖母，臺灣人的外祖父，蒙古人（屬大陸來臺的所謂「外省人」）的父親，中日混血的母親。這種現象和「男人缺席」一樣，是臺灣特殊的歷史際遇造成的。然而無論多麼的混雜和多元，正如作者説她的根是「母語文化」，臺灣家庭家族運行的基調仍是中國傳統家族文化。最典型的例子莫過於靜子。她雖然有個日本人的名字，但家庭觀念、處事方式卻純然是中國式的。作者曾説到：西方文學中常出現弒父的主題，但在中國文學裡並不多見，女兒弒父更是不可能，女兒最多只與情人私奔。[458] 其實李昂筆下所謂的「殺夫」也只能是精神失常狀態下的

457　明夏：《丈夫以前是妻子——評論家丈夫明夏專訪小説家妻子陳玉
　　　慧》，陳玉慧《海神家族》，臺北：印刻出版公司2004年版，第332頁。
458　陳玉慧：《海神家族》，第331頁。

極端之舉，絕非中國婦女的常態行為。因此靜子會與情人私奔而不會「弒父」，同樣的也不會「殺夫」，相反，她對丈夫做到了仁盡義盡，至死不渝。

此外，鍾文音也以《在河左岸》、《昨日重現——物件和影像的家族史》等作品，成為臺灣家族書寫的佼佼者之一。

四、旅外作家和僑生作家的創作

臺灣文壇較早就與域外有著較多的聯繫。而在臺灣文學接觸世界的過程中，有兩支隊伍起了特殊的作用。一是從臺灣去外國留學人員的文學創作，造就了頗為壯觀的「留學生文學」；另一則是從旅居國（主要是東南亞）來到臺灣念書的「僑生」的文學創作。它們特有的融匯著中外文化因素的作品，極大地豐富了臺灣文學的題材、主題和藝術風格。

60年代以於梨華為代表的留學生文學作品，主要通過留學生婚姻題材反映中西文化的衝突，並最終聚焦於倫理層面上。70年代的留學生文學常由一些「保釣」運動參與者所操觚。然而80年代以後，留學生文學的題材重心卻轉移到經濟層面乃至政治層面。由於作者和作品中的主人公均由學生逐漸轉變為從業人員，其主題由表現海外學子無根的失落轉向描寫在異域謀生的艱辛以及千姿百態的旅外華人譜。而漂泊於外國他鄉的知識份子無法忘懷於中國，始終關心著中國的命運和前途的「中國情意結」，也是此類作品表現的重點。

流浪和漂泊是保真小說創作最突出的主題。小說集《邢家大少》中的作品，均以美國和臺灣為背景，小說中那些「流浪的中國人」像飄鳥一樣，聚散無常。儘管性格、命運不同，卻有著類似的交織著迷惘、惆悵、焦慮、孤獨、痛苦、掙扎等的錯綜複雜的情感世界。這種心態，固然與流浪帶來的離別、新環境的不適等有關，但這些旅美華人的無法忘情於「中國」，是一個更重要

的原因。他們遠離中國，甚至表面上拒斥中國，卻無法忘懷於中國，時時為民族的前途感到迷惘、痛苦和憂傷。作者真實地描寫了這個情感世界，他的作品因此成為炎黃子孫的流浪組曲，亂離異域的赤子之歌。顧肇森以「旅美華人譜」為副題的《貓臉的歲月》以生活在紐約的中國人為描寫對象，涉及的人物更為廣泛。無論物質生活的困頓還是作為東方黃種人在美國遭受的歧視，無論是文化的隔閡、衝突還是資本主義社會對人性、心靈的扭曲和異化，均在其筆下展現。小說描寫各種職業、性格的人物，他們就像一個個標本，為作者所精心擇取、製作，組合成一幅全景式的旅美華人生活畫卷。

李永平、張貴興、黃錦樹、鍾怡雯、陳大為等，都是馬來西亞的華人，到臺灣求學，畢業後定居於臺灣，並成為臺灣文壇具有較大影響的作家。李永平的《吉陵春秋》由分為4卷的12篇獨立小說所組成，每篇各有其主要人物及場境，由於每篇作品的敍述者並不固定，因此從整本書來看，又具有不斷移動、變化的多重敍述觀點，使得某篇中被略過的部分，更換另一觀點在其他篇中得到補足，從而呈現整個事件的較完整面貌。這正如中國古代繪畫中的「散點透視」，既可隨意遊目，又能獲整體綜覽的效果；而從主角不斷變換而又篇篇相互鉤連的小說形式中，隱然可見中國古典章回小說和說書人傳統的影子。李永平刻意承續中國文學傳統的另一個更主要表現在於文字方面的努力。他花費巨大功力於詞語的推敲鍛煉上，像中國古代小說一樣並不重視心理刻畫卻注重顏色、聲音、動作等的傳神描繪，特別是眼和手的動詞的運用，最為豐富靈活。這種文字錘煉的苦功直至稍後創作洋洋數十萬言的《海東青》時仍是如此。這種對中國文字懷著嚴肅態度和虔敬心理而認真加以經營，從而寫出比在中國本土成長的許多中國人更為純正的中文，甚至致力於發掘中國文字固有的美質而加以發揚光大的傾向，反映了一種因遠離母國文化中心而對民

族傳統文化更為鍾愛的心理。

　　相比之下，張貴興的「南洋」色彩更為濃厚，他的包括《賽蓮之歌》、《頑皮之家》、《群像》、《猴杯》等的「雨林小說」系列，不啻是馬來西亞華人的一部頗為完整的移民史和族群史。張貴興將他對雨林的充滿感性的熱愛都貫注進其作品中，那作為隱喻、象徵、欲望的對象化的繁複新奇、令人驚悚的熱帶雨林意象（包括天象、地貌、蔓延成災或瀕臨絕種的動植物等），採用「亂針刺繡」手法而再現雨林生態的濃稠氣息，以及有如意識流動、夢境翻轉的跳躍不羈的多線結構，營造出令人歎為觀止的審美世界，並藉此表現華人移民在「邊緣」位置頑強奮鬥、生存而賁張、旺盛的生命力。

第八章　都市化與後現代語境下的
臺灣文學

第一節　都市文學的崛起和現代主義的再興

一、文學焦點的轉移和都市文學的審美特質

　　80 年代以來臺灣文學最重要的發展即「都市文學」的崛起。黃凡、林燿德曾斷言「都市文學已躍居 80 年代臺灣文學的主流」[459]。這一轉變與臺灣都市社會的發展緊密相關。隨著一批經建計畫的實施，臺灣的都市化程度急遽提高，而農村卻相對萎縮，特別是資訊傳播網路的無遠弗屆的籠罩，使整個臺灣在某種意義上已變成一個「都市島」。源於現實生活的文學思潮和創作必然受此都市化進程的影響。最明顯的表現之一，乃文學的現實關注焦點的轉移。在 70 年代前後的資本主義工商業取代傳統農業的社會轉型中，受到最大衝擊的是農村和農民，圍繞此而衍生的問題成為鄉土文學作家們關注的焦點。刻畫蟄根鄉土、默默耕耘於窮鄉

459　黃凡、林燿德：《新世代小說大系・都市卷》序言，臺北：希代書版有限公司 1989 年版。

僻壤的貧苦農民形象，展現外國殖民經濟入侵造成的城鄉各種問
題，描寫社會轉型中傳統價值和現代價值的碰撞等，成為鄉土文
學最重要的主題。然而到了80年代，隨著臺灣工商社會形態的確
立和膨脹，各種新的、滋生於工商社會的問題和矛盾紛紛浮現和
激化，成為廣大作家關注和思考的新焦點。臺灣鄉土小說家季季
與菲律賓作家希歐尼荷西曾有一段對話。當荷西問：「以前你們
的作家大多在描寫貧窮，現在你們的經濟已經很富裕了，作家寫
些什麼呢？」季季答道：「貧窮有貧窮的問題，但是富裕也有富
裕的問題啊！」荷西表示贊同，並進一步稱：「而且富裕的問題
可能比貧窮的問題更嚴重！」認識到此，季季在編選爾雅版1986
年度小說選時，即將「描寫的不是過去窮苦人家單純的想要賺點
錢改善生活的欲望，而是在已近富裕的基礎上有了更深邃更複雜
的欲望」的所謂「現代都市夢」的作品，列為編選的重點。[460] 這
正透露出文學思潮轉換、更替的明顯資訊。而在新興的「都市文
學」潮流中扮演主要角色的，即所謂的「戰後新世代」[461] 的作家
們。

　　由於文學不僅是社會物質形態的折射，更是社會精神狀態的
映現，因此都市文學必然感應著現代都市人的特殊精神內涵——
新型都市文化意識的活躍而產生。不少新世代作家著重從都市文
化意識的角度對「都市文學」進行理論的闡述。如林燿德認為：
「都市文學」並非拘限於與「鄉村」對立的地域界限內的文學題
材，也不再側重於描繪外在的都市景觀，而是「主要表現人類在
『廣義的都市』下的生活情態，表現現代人文明化、都市化以後

---

460 季季：〈最後一節車廂〉，《七十五年短篇小說選》，臺北：爾雅出版
　　社1987年版，第9頁。
461 80年代末，林燿德等將1950年以後出生（1945年為彈性界限）的臺灣
　　作家稱為「新世代」，阿盛等則稱之為「戰後新世代」。

的思考方式，行為模式；它的多元性、複雜性、多變性。」[462] 與此相應，許多新世代的「都市文學」作家、作品，一改鄉土文學與都市格格不入的純粹批判姿態，表現出對都市的「有憎恨也有歌頌，有排拒也有擁抱」的多元情感態度。而這種情感價值的兩面性，實源於都市生活本身的兩面性。

隨著都市崛起而出現的求強求勝、充滿競爭活力的新的人格，以及諸如流動而非固守的、開放而非封閉的意識觀念，成為作家們彰揚的對象。自由發展和競爭的資本主義經濟，使人從舊生產關係的束縛中解放出來，轉向對於商品經濟關係的依附，這就為個性發展創造了條件。這種觀念轉變對創作的深刻影響，首先即是作家們從農業社會對於群體的重視，轉向了都市社會的對個體的重視，作家著重處理「一個一個獨立個別的人」而非「一組大規模的社會現象」，不在乎這些人是否代表了某一階層、某一族群、某一社會意義，而是在乎那個角色的「愛恨、思維和本質」。這就是詹宏志稱之為作家的「個體政策」（micro-policy）的文學現象。[463]

都市的發展使作家們的審美趣味和美感經驗也發生了根本的變化。許多人不再以田園式的優雅、和諧為美，而是以速度、偉力、變化、刺激為美，甚至追求「惡之花」式的以醜為美。他們不再戰戰兢兢地注視著科技文明帶來的種種變化和威脅，而是張開雙手迎接新的挑戰，許多科技文明產物如機械、電腦乃至原子彈的蘑菇雲、直接成為他們所嚮往和歌詠的美感對象或新的藝術形象體系的組成部分。現代都市人充滿衝突、矛盾和扭曲的生活

---

462 轉引自瘂弦〈在城市裡成長——林燿德散文作品印象〉，林燿德《一座城市的身世》，臺北：時報文化出版公司 1987 年版，第 14 頁。

463 詹宏志：〈閱讀的反叛〉，《七十七年短篇小說選》編序，臺北：爾雅出版社 1989 年版。

經歷和心靈，使得年輕女作家群即使撰寫都市浪漫史，也大大不
同於六七十年代的瓊瑤式小説。

　　除了速度、變化、衝突、矛盾所引起的新的美感經驗外，現
代都市那匯集萬物、容納殊異，不同性質的活動空間、價值標準
和生活方式並列、交錯、重疊的特徵，也改變了新世代作家的時
空觀念和審美感知。雖然有些前行代作家對此感到眩惑與不適，
但新世代作家卻習以為常，甚至著迷於都市生活的豐富性及其體
現的強大生命活力，為此有意無意地修改了他們作品的藝術形
式，其中突出的例子，即「拼貼」手法的廣泛採用。如不少小説
不再拘守注重事件因果關係和情節歷時發展的傳統敍述模式，而
是熱衷於讓諸多並列的形象系列在同一平面上共時性展開，從而
使現代都市那豐富、紛雜、多變的特徵直接在小説形式上就有所
體現。正如李昂所稱：這類作品在「拼貼的聯結點上，更自由、
更紛亂、更不具心理的邏輯性，或著重事物的狀況。這群小説
家，開始有一種屬於 80 年代臺灣的特色，那或許是由矛盾、衝
突、對比、慌亂、紛雜形成的一種新美學與新意義。」[464]

二、都市的全景俯視和現代人心理病變的揭示

　　黃凡是臺灣「都市文學」的擎旗手之一。其前期作品較多屬
於對一般工業文明階段臺灣都市生活的反映；稍晚的作品則越來
越多對於後工業文明階段（或向此過渡階段）的都市生活的反
映。對於前者，黃凡首先把關注的焦點放在對臺灣都市社會的整
體考察上，《都市生活》小説集著重揭示整個都市如何構成一個
由經濟、政治、道德、宗教、藝術等多重關係相互糾纏盤結、各
部門相互滲透制約的有機的大系統。求強求勝、勇於競爭是黃凡
著意刻畫的某些都市人的行為模式之一。一方面，這些人充滿活

464　李昂：〈新人類的聲音〉，《聯合文學》6 卷 1 期，1989 年 11 月。

力，勇於進取，精明幹練，掌握現代經營手段；另一方面，他們崇尚實力、強權，恪守恃強凌弱、爾虞我詐的資本主義法則。作為上述都市強人鮮明對照的是都市生活的失敗者或叛逆者，他們優柔寡斷、懦弱退縮，其心靈是孤寂、焦慮的，人際關係是疏離、隔絕的。黃凡的另一些作品如《如何測量水溝的寬度》則帶有後現代的色澤。21世紀初年，從文壇上消失了十多年的黃凡復出，其作品大多以後現代式的戲謔嘲諷筆觸對準現實社會的弊端。如《大學之賊》寫大學哲學系教授因生源不足而改授「實用哲學課程」，其後更發展到附設「大學神壇」和「生命紀念中心」（即靈骨塔），在政客、資本家的介入和合謀下，獲得巨額經濟收入。小說中宗教信仰完全變質，成為某些人攫取利益的工具；本應為社會良心的知識份子的普遍墮落，以及他們登高一呼，應者雲集的聲勢，反映了富裕社會的集體沈淪。

臺灣社會的資本主義都市化發展，使人的內心世界發生深刻的變化。從寬闊的田園到擁擠的都市，人的生活空間狹窄了，欲望膨脹了，生活節奏加快了……這一切，都使人陷入焦慮、孤獨、迷茫之中，導致了大量的心理變態現象的湧現，而反映這種心理病變的文學作品也大量地應運而生。王幼華試圖揭示引發心理變態的生理因素、心理因素和社會文化因素三者之間交相作用的複雜情況。特別是社會文化因素起了關鍵性作用。社會轉型、文化變遷和生活的快節奏變動所帶來的心理不調適，多元的文化衝撞和未形統一的社會價值標準所造成的迷茫或激烈的心靈衝突，現行的某些社會規範對人的本能欲望的壓抑，是導致心理變態現象大量湧現的最主要原因。這一點，在王幼華小說中兩個最為引人注目的形象系列——瘋子系列和犯罪者系列——上有相當清晰的表現。

在臺灣文壇，東年因「海洋小說」的創作而佔有特殊的位置。但作家的視野和動機並不僅局限於「海洋」。他把海上航船

那種無可逃避的拘囿、封閉的空間，整個地當作現代人生存處境的一種縮影和象徵。除了揭示現代社會普遍存在的「焦慮不安」的情緒外，東年還試圖檢視近一個世紀以來「我們整個民族的精神分裂的病症」，而這主要通過知識份子形象來加以負載。《失蹤的太平洋三號》等小說中的知識份子一方面感時憂國，先知先覺，另一方面他們自身也產生了嚴重的精神分裂，而這主要是理想和現實的矛盾造成的。作者通過此表現了他對民族歷史文化和社會現實的雙重反思。《模範市民》中那知識份子「被教以天下為己任，上卻無法充分自由地參與政治和社會，下也無法分享經濟發展的豐盛成果」[465] 而產生的焦慮，到 1993 年《初旅》出版時有了明顯的消解和改變。接著的《我是這樣說的》對佛教經典作了人性化的詮釋，顯示臺灣佛教的「人間化」特色；《地藏菩薩本願寺》作為《模範市民》的續篇，一改後者那種知識份子憂國憂民，以天下為己任而不可得的矛盾煎熬，轉而表達非聖非欲，非神非獸，平凡常俗圓融的人生觀。而這仍有社會思潮轉變影響的軌跡可尋。

三、女性文學：現代社會的女性處境和心態

80 年代以來，臺灣女性文學呈現出若干不同發展脈絡。一是以黃子音、張曼娟等為代表，集合了被稱為「小說族」乃至「紅唇族」的一大批年輕女作家，抒寫著都市浪漫史，承續了通俗言情小說的若干因素，並感應著新的都市環境而做了某些藝術調整（如更多地描寫畸戀、婚變等）的一群。二是以李昂、平路、朱天心、許台英、陳燁、蔡秀女等為重要作家，在其部分作品中一改傳統女性文學的柔性書寫，大膽觸及敏感政治問題和現實社會弊端，或廣泛融入知識性、人文性題材，從而發展出陽剛風格的

---

465 東年：《模範市民》，臺北：聯經出版公司 1988 年版，第 221 頁。

一群。三是廖輝英、蕭颯、袁瓊瓊等，介於上述二者之間，仍以愛情婚姻題材為主，並融入較多社會內容和現實關注，書寫著女性在社會中遭遇的種種問題。四是蘇偉貞、朱天文、黃有德、郝譽翔等資深或新銳的女作家，更多著筆於個人的隱秘內心世界，書寫女性欲情的多色光譜，甚至通過自戀式的身體書寫表達女性細膩、獨特的情感世界。五是洪淩、陳雪等，標榜更為囂張的「酷兒」寫作，書寫同性戀欲情以及「吸血鬼」的來世今生，達成對於男性異性戀中心體制的顛覆。

　　廖輝英是最執著於情愛、婚姻、家庭題材的一位女作家。她的作品顯示了現代女性所要面對的「男人」、「家庭」和「自我」等關口。其小說具有較強的女性自省意味，《女強人》等廣為人知。蕭颯的創作實際上有兩個主要的題材範域，一是婚姻、家庭和女性問題，一是日益嚴重的青少年問題。後者是一獨特而重要的題材領域，作品如《少年阿辛》、《死了一個國中女生之後》等。袁瓊瓊被視為承續張愛玲傳統的代表性作家之一。兩人的相似之處在於都喜歡描寫畸形人生、變態人性。1980 年發表的短篇小說《自己的天空》，奠定了作者在臺灣新女性主義文學中的開創性角色的地位。袁瓊瓊後來愈發關注女性作為「人」的自我的實現，通過女性欲情生活的描寫展示女性的真實自我及其心理成長，如《蘋果會微笑》。

　　李昂的部分早期小說就著重從女性對「性」、「性別」的特殊感受的角度切入，而這種女性感覺的真實描寫，可說是整個李昂文學中最為優異的部分。後來李昂致力於將女性問題和社會政治、經濟等問題緊密結合加以觀照，形成其創作的基本格局。常有驚世駭俗之效的李昂文學的特異之處就在於，她比別人更為坦率、真誠、毫無掩飾地寫出女性作為一個社會的又是自然的人，其本能欲求和社會需求的雙重糾葛，以及在男權社會的長期壓抑下，女性的心理和感受，覺醒和奮鬥。其《殺夫》在文壇具有轟

動效應，《暗夜》、《迷園》等也引人矚目。近期的《看得見的鬼》、《鴛鴦春膳》等取材自更寬廣的文化領域，但作家試圖以驚世駭俗的描寫來切入女性議題，以求直擊問題的核心並引起轟動效應的企圖並沒有改變，甚且越來越強烈。

四、現代主義的隔代遺傳和新變

在五六十年代的臺灣文壇，現代主義曾一度佔據主流地位，但在當時卻頗遭早熟之譏。70年代它遭到鄉土文學的猛烈衝擊和批判，儘管仍有若干肌質存留，但基本上偃旗息鼓，欲振乏力。這種情況到了80年代卻又有了新的改觀，現代主義文學出現了復蘇甚至重新崛起的跡象。許多人對現代主義作了較為客觀、公正的重新評價，原來對此頗為忌諱的一些現代派作家也敢於出來為自己以及現代主義作辯解，指出當時現代主義發生的某種歷史必然性及其對文學發展的某種正面意義，如所謂矯枉必過正等。瘂弦就稱：「一個老現代主義者的我，對早年服膺的東西仍然一往情深，衣帶漸寬終不悔！」[466] 現代主義的復興更主要的是倚重於新世代作家的投入。年輕一代充分理解和肯定了當年的現代主義運動，有的更直接從前輩那裡吸取營養。由於二者之間隔著鄉土寫實的一代，因此這種情況被形象地稱為「隔代遺傳」。如許悔之所受洛夫的影響，就這樣被形容著。如果說五六十年代的臺灣社會並無產生現代主義的必然經濟基礎，那80年代以來由於臺灣已形成工商都市社會而排除了「早熟」之嫌。即如鄉土派的彭瑞金也曾作過這樣的分析：「在1977年的鄉土文學論戰裡，備受池魚之殃的『現代主義』一度使得我們的作家避開麻瘋感染一樣遠遠離開了它，然而透過王幼華、黃凡、雪眸、張瑞麟、戴訓揚

---

466 瘂弦：〈在城市裡成長——林燿德散文的新傾向〉，《聚繖花序Ⅱ》，臺北：洪範書店2004年版，第34頁。

……這些嶄新的小說家的名字，又在這片焦土上復蘇了……可以肯定臺灣文學必然要兼及這樣的文學流派或這樣的文學素質，才能豐富壯大。所以我以為臺灣現代主義文學的二度萌發，已經具備了適合培育它的溫床。」[467] 除了上面提到的作家之外，至少還可舉出張大春、平路、林燿德、陳克華、林彧、夏宇、馮青、駱以軍……等一系列名字，他們的作品（或部分作品）同樣代表了「新現代主義」的創作實績。

　　除了精神異化主題外，60 年代現代派文學的抽象化、內向性和實驗性等特徵，在 80 年代以來的現代主義文學裡同樣有突出的再現和發展。如新世代作家普遍表現出較強烈的理性色彩，經常放眼於地球乃至全宇宙，探討人類生存的根本問題，就是抽象化特徵的再現。當然，他們的創作也顯出若干新變，其中之一，即是在當前全球化的大趨勢下，他們對地球和人類命運的思索，已不再是無法入地生根的前行代躲避具體現實的防空掩體，而是一種活生生的現實需要。因此他們縱筆於環境污染、核大戰等世界性問題，並大量地描寫和預測人類文明發展的歷史、現狀以及末日將臨、毀滅在即的前景。除了科幻小說外，以林燿德、陳克華等為代表的一批前衛的新世代詩人，對此有較為集中的書寫。如《建築·空中花園》一詩中，陳克華將高度工業文明的意象和最原始的意象並置一起，形成鮮明的對比和反諷，預示著一幅文明轟毀、人類滅亡、整個世界退回原始蠻荒的可怕前景，而這顯然是現代工業文明盲目發展所致。在科幻長詩《星球紀事》、《末日記》中，陳克華虛構了太空中某一星球的悲劇，「從外太空回顧，人間真是不堪回首。人也許慶幸那是那個星球的悲劇，但詩人要告訴我們的卻是：那個星球就是我們腳下的地球。」[468]

467　彭瑞金：〈原罪的探索〉，臺灣《自立晚報》，1983 年 1 月 3 日。
468　簡政珍：〈陳克華論〉，《臺灣新世代詩人大系》（下），臺北：書林出版公司 1990 年版，第 661 頁。

　　文壇多面手林燿德集現代詩、小說、散文、戲劇、評論等文類創作於一身，卻有較為集中的觀照焦點和一以貫之的風格脈絡，橫跨於「現代」和「後現代」成為其創作的一個主要特徵。或者說，林燿德是臺灣社會從工業文明向後工業文明過渡階段的具有前瞻性時代高度的文學精靈。其「現代主義」特徵，首先表現在他將現代機械文明及其載體──「都市」作為自己的審視焦點之一，記錄著工商都市社會從外觀到內裡、從人的行為到人的心靈的種種特徵和變化，傳達出一種焦慮不安、騷動不寧的基調。一組總題《人類的詩》，分別以 19 世紀末至 20 世紀若干著名現代主義詩人、藝術家為題材，表達了肯定自我價值的現代主義主題──詩中甚至出現放大字體的「我」。林燿德對於後工業文明資訊時代特徵的敏銳感應體現於：一、對後工業文明「作假」功能的透視；二、跨入「後現代」門檻後對於「現代」的鄉愁；三、當代和歷史的拼貼；四、科幻作品描寫「未來」以凸顯資訊文明特徵。林燿德的作品典型表現了臺灣年輕一代對於新時代的來臨欲拒還迎的複雜心態。

　　1951 年出生的小說家舞鶴，在 1978 年曾發表短篇小說《微細的一線香》，此後卻有 13 年的沉潛，直到 90 年代初才改換目前筆名復出文壇，1995 年出版最早的小說集《拾骨》和《詩小說》，到 2007 年已出版十部著作，堪稱「大器晚成」。他可說是彭瑞金所謂二度萌發的現代主義的典型。經過 70 年代鄉土文學思潮後，復出的現代主義或許不大可能再回復到現代主義的「純粹」狀態。舞鶴小說的最大特點，就在將現代和寫實，小我和大我，原鄉和異鄉……等諸多相異的因素融為一爐。其創作內容可分兩大類，一是從個人經驗出發，體現生命情境，二是對歷史與政治的關懷，二者交融在小說敘事之中，「大環境的歷史情境與個人最私密的性愛」，在文本裡被等量齊觀，「他寫大量的性，卻非單純的情欲寫作，在異質書寫的空間裡，大量的內心獨白，

虛構與現實交織，猥褻、反諷、隱喻都能解碼，文本充滿現代主義風情，卻又不失寫實因數」；臺灣文學的寫實、本土的敘述傳統，到了舞鶴手裡達到前所未有的變形，現代主義、理性主義、寫實主義、超現實、新小說、後現代……等都在文本裡出現。[469]舞鶴以其獨創性的「異質書寫」為80年代後臺灣新一輪現代主義創作做了有益的探索，提供了新的典範。

五、「三三」與年輕世代的新人文傾向

「解嚴」之後，臺灣政壇和社會曾一度陷入多元、無序、非理性狀態。面對嘈嘈雜雜的政治喧嚷，許多作家力圖通過文學創作的人文性加以對抗。1994年朱天文以《荒人手記》獲時報百萬小說獎時自述道：「一介布衣，日日目睹以李氏為中心的政商經濟結構於焉完成，幾年之內臺灣貧富差距急遽惡化，當權為一人修憲令舉國法政學者瞠目結舌，而最大反對黨基於各種情結、迷思，遂自廢武功的毫無辦法盡監督之責上演著千百荒唐鬧劇。身為小民，除了閉門寫長篇還能做什麼呢？」[470]可說典型地表現了一批作家的心態。一些原本感時憂國、富有使命感的作家，近來卻轉向更富有人性和文化內涵的書寫，更多地表現寬容、理性、和諧、平靜、友愛、合群等人生觀和處世態度。

如果說人文主義文學有兩個主要的針對對象，一是社會的泛政治現象，特別是將文學政治工具化的傾向，另一是工業文明過度發展導致的重物質而輕精神的「物化」傾向，那80年代以來的人文主義文學側重於後者，從而更契合於人文主義的當代使命。

---

469 林麗如：《歷史與記憶——舞鶴小說研究》，臺北：大安出版社2008年版，第13、195-196頁。

470 朱天文、蘇偉貞：〈身體像一件優秀的漆器——情欲寫作〉，臺灣《中國時報》1994年11月10日，第39版。

80 年代趨於極盛的臺灣環保文學，固然有與政治結合的一脈（宋
澤萊《廢墟臺灣》是典型一例），但更為強勁的則是自然觀察和
人文知識性寫作的一脈。如劉克襄的自然生態散文，乃通過賞鳥
等活動的記錄，不僅提供科學知識，而且喚起人們尊重自然生命
的自覺。80 年代中期以來，臺灣文壇出現了一股歷久不衰、不斷
擴大的談禪説佛之風。林清玄、林新居、黃靖雅、王静蓉、李瑛
棣等，都有專書出版。這些禪理散文作品既有宗教的理想，又有
人生的情趣，書中不乏佛經的詮解，佛理的闡釋，但它們並非從
概念到概念地宣講教條，而是取材於周遭的生活，重點在於體悟
和表達題材所藴蓄的人生啟示和生命哲理，強調個人的自我修
煉，具有鮮明的人間色彩。當社會普遍由貧窮轉向富裕，從而產
生新的「富貴病」──心靈的孤寂、人際的疏離以及物欲的沉迷
時，禪理散文提供了醫治心靈饑渴和病變的一劑清涼藥方。

　　現代的人文主義者面對傳統的崩頹和社會的失序，將「文
化」視為社會重新整合的寄望所在，文壇出現「文學文化化」的
趨向。臺灣文壇人文知識性寫作的異軍突起，就是在這種背景下
產生的。反對蒙昧主義，崇尚理性和智慧，主張探索自然，追求
知識，全面、和諧地發展個人的才智，這本就是人文主義的題中
固有之義；而在此時，更有針對後現代思潮所帶動的文化否定主
義風氣的反撥意義。莊裕安散文創作的獨特角度是旅遊和聆樂
──描寫旅遊中飽覽的世界各地的人文景觀及其內在涵蘊，抒寫
聆聽世界音樂大師作品時的感受、思緒並加以學術性的分析或知
識性的介紹。這種特殊的創作視角，是根據作者的特長和興趣
（特別是後者）而擇定的。或者説，作者追求的是「真性情」的
表現。他宣稱，無論旅遊、聆樂或閱讀、寫作，他都是「從自娛
下手」。[471] 這也許會被一些認定文學應首先描寫社會苦難的現實

---

471 莊裕安：〈曬竿上的喜悦〉，《聯合報》1994 年 9 月 22 日，第 37 版。

主義作家所詬病，但卻符合於人文主義的發揚個性，追求世俗的歡樂和幸福的基本精神。

　　莊裕安這種注重知識性寫作以及不求重大政治、社會性主題的表現，只求在隨意輕鬆中見出「真性情」的創作特徵，並非個別現象，而是代表著一批臺灣年輕作家的共同傾向。如被瘂弦稱為「行囊輕盈，不求達到目的地，只看沿途風景的藝術朝山者」[472]的鴻鴻，也是典型例子。瘂弦曾將鴻鴻的詩作放到整個中國新詩發展的歷史過程中加以分析，指出不同於 20 至 80 年代的各年代詩壇前輩，這批年輕的詩人直接把「詩」當作其快樂、自由生活的一部分。這種「無關心」的姿態，使他們的詩作中瀰漫著一種純潔而新鮮的自由、快樂的氣息。

　　從 70 年代後期開始，臺灣文壇上活躍著一個鬆散集合於「三三」旗下的作家群，其中不少屬於王德威所謂的「張派傳人」。「三三」起步於 1977 年，該年 4 月《三三集刊》第一集出版，據張瑞芬總結張誦聖、楊照等的看法，「三三」乃眷村文學加上大中國意識（擁護國民黨）、主流文化的集合，某種程度上對抗著鄉土文學和臺灣中心論，並且成為 80 年代懷舊風之先兆。[473]「三三」既對抗著鄉土文學，卻非現代主義，又受張愛玲、胡蘭成較大影響，而張愛玲因其深刻的人性描寫而得到夏志清激賞，因此將「三三」的創作傾向以「自由人文主義」來定位或許較為恰當。其核心作者有朱天文、馬叔禮、林仙枝、朱天心、謝材俊、林瑞、丁亞民等人，擴展開則包括苦苓、楊澤、蔣曉雲……乃至神州詩社的溫瑞安、方娥真、黃昏星等等。張瑞芬指出：「從來

472　瘂弦：〈詩是一種生活方式〉，鴻鴻《黑暗中的音樂》序，臺北：現代詩季刊社 1993 年版，第XI頁。

473　張瑞芬：《胡蘭成、朱天文與「三三」——臺灣當代文學論集》，臺北：秀威資訊公司 2007 年版，第 10 頁。

没有任何一個文學集社，時間雖短，卻影響如此深遠。朱天文、
朱天心、林燿德、李明駿（楊照）、張大春、袁瓊瓊、謝材俊、
盧非易、呂學海（呂岸）、吳念真、蘇偉貞、蕭麗紅、鍾曉陽、
陳玉慧、履彊、丁亞民、郭強生、林俊穎，這些閃亮的星群，幾
乎照亮了 80 至 90 年代大半文學夜空。從現代到後現代，從鄉土
寫實到超越寫實，跨越散文、小說、戲劇、電影諸多文類，迸現
出臺灣當代文學史上空前的火樹銀花，璀璨無比的世紀末華
麗。」[474]

　　上述女作家中張派風格較為鮮明，成就也最大的有朱天文、
蘇偉貞、袁瓊瓊、蕭麗紅等，而其共同特點在於對人性描寫的關
注。蕭麗紅《千江有水千江月》被視為結合鄉土和傳統的作品，
呈現了 70 年代思潮的投影；而《桂花巷》中惕紅難免與張愛玲
《金鎖記》中的七巧有幾分相似。蘇偉貞《沉默之島》被施淑稱
為「以愛情故事的形式所作的關於人的欲望的實驗報告」。[475]小
說固然也涉及一些社會文化論題，如婚姻、生育觀上的中、西文
化差異和衝突，但更主要的，在於寫出一個女人在情愛生活中獨
特的身心感受。除了表現「情」——心靈對身體的控制和支配，
它同時以大量筆觸揭示了「欲」——一些非意識所能左右的身體
本能活動和體驗，一種從身體深處彼此需要的真正的愛。認識自
己最深層的內在企望，正視它，擁有它，享受它，如此欲情生活
也就成為女性瞭解自我、發現自我的過程。朱天文《荒人手記》
採用類如喃喃自語的手記形式和豐贍飽滿的華美文體，使得同性
戀者（或指涉更普遍的「荒人」——被社會遺棄者），那如同在

---

474 張瑞芬：《胡蘭成、朱天文與「三三」——臺灣當代文學論集》，第
　　12 頁。

475 林文佩記錄、整理：《第一屆「時報文學百萬小說獎」決審會議記
　　錄》，蘇偉貞《沉默之島》，臺北：時報文化出版公司 1994 年版，第
　　283 頁。

月夜深海裡獨自歌唱的鯨魚般孤寂心靈和處境得到藝術的表現。

第二節　後工業文明與後現代文學

一、後工業文明及其文學表現

　　80年代中後期起，臺灣文壇上出現了一面醒目的旗幟：後現代。一般認為，後現代文化思潮是伴隨著後工業社會而出現的。資訊事業的高度發展和大眾的商業、消費取向，是後工業文明的兩個最顯著特徵。就總體的生產力發展水準而言，臺灣或尚未進入後期資本主義階段，但由於電子製造業的特別發達以及社會財富的急劇膨脹而引發的服務、消費行業的勃興，使臺灣社會提早出現上述兩種特徵，因而在某些方面或層面超前地進入後工業文明狀態，為後現代文學的問世提供了必要的社會條件。

　　「後現代」的文學表現，首先指作品中對於後工業文明狀況的描繪、反映和省思。都市頂端那屬於工業文明的龐大系統容或還未發生根本動搖，但屬於後工業文明的種種社會現象卻從金字塔底層大量湧現，浸透在人們日常行為和觀念中。例如，隨著各種傳播媒體、電腦等的普及及其重組複製功能的發揮，那為工業社會所強調的整齊性、集體性、統一性，逐漸為資訊社會的變化性、差異性和多樣性所取代，致使社會趨向多元無序狀態。羅青的詩作《錄影詩學》、黃凡的《東區連環泡》、王幼華的《健康公寓》、張大春的《公寓導遊》等小說，都用攝像機般的掃描鏡頭呈現一幅幅零散、紛亂、雜遝的現代都市怪世相。

　　社會大眾的消費導向，致使商業邏輯輕易地入侵了文化領域，摧毀了理想主義的最後堡壘，使「文化」也淪為消費品。隨著社會向後工業文明狀態的過渡，都市人的性格也發生了某些微妙的變化，即從原來孤獨、焦慮、疏離然而不乏求強求勝的競爭

性的一群，轉變成懦弱、猥瑣，玩世不恭、得過且過，追求現世享受而缺乏生活理想和目標的一群。張國立預想 21 世紀 30 年代事情的類科幻小說《尋找一個號碼》中，電話簿被竊而陷入與世隔絕孤獨狀態中的主角最後來到同類人相聚的酒吧，那裡的人以「何必認真呢」為信條，認定「我們不回顧過去，不奢望未來，我們只把握現在」，這和另一篇描寫知識份子性格卑瑣化──在電梯裡起了按緊急按鈕的念頭卻沒有勇氣下手──的《非常呼·非常止》一起，透露了作者對於後現代狀況的敏銳感應。黃凡《鳥人》中腋下長出翼毛的青年因跳樓而發現自己能飛行的特異功能，遂拋棄無謂的「自尊」，自得其樂地利用這一功能為自己謀幸福。同樣是變形的人物，卡夫卡《變形記》或吳錦發《消失的男性》、《烏龜族》中那種社會重壓下的孤獨和苦悶，在這裡化解為極易滿足的豁達和樂觀。

電視、傳真機、網路等傳播媒體的崛起，霎時間縮短了世界的距離，促使作家萌發了星球意識，其眼光不再拘囿於本島本土，而是擴展到整個「地球村」乃至更遠的「太陽鄉」、「銀河國」，在作品中更多地表現出對世界事務的關心和全人類命運的思索。此外，許多新的藝術品種和文學現象的產生，也與後工業文明結下了不解之緣，如詩的多媒體化以及電腦詩、錄影詩、廣告詩等的問世，無不反映出後工業社會的科技、資訊發達狀態及生活其中的人們的審美習慣的變化。

二、資訊時代的媒體功能質疑

後現代文學的美學特徵主要從兩個方面體現出來。對內而言，它具有強烈的反省藝術自身的傾向；對外而言，它促使文學向著大眾化、通俗化的方向演化。它強烈的自反自評、自我指涉的中心課題，在於破除一種「語言拜物教」──對語言符號能窮盡事物真相的盲信。既往的文學觀，不論是寫實主義的或現代主

義的，都相信總可以找到某種精確的語言以傳達事物的真相。
「後現代」則對此觀念產生了根本的質疑。一方面，它認為語言
並非如一般認為的能對事實真相加以複印式的精確記錄，常因言
不及意、記憶錯誤、甚至有意歪曲等原因，使敘述和真相之間產
生了差異；另一方面，它又認為某些語言（如習慣性語言或權威
性語言）對人的思維具有某種支配性，可影響人的觀念、行為，
甚至可建構虛假的「現實」，使人陷入錯誤的泥沼之中。二者殊
途而同歸，此所謂語言的「困難」和「陷阱」。這一質疑並可擴
展至其他傳播媒介。

　　對於這種語言哲學的闡釋和演繹，主要集中於後設小說和後
設詩的創作上。所謂「後設小說」（meta-fiction），即小說家直
接在其作品中對有關小說創作的一些問題加以討論。後設小說常
採用基本情節和後設部分相互交疊的套層結構，基本情節負載有
關現實生活的內容，而作者則通過後設部分在作品中直接露面，
與讀者交談，將構思、寫作過程向讀者「交底」，藉以表達作者
的語言哲學和創作觀念，其要點，往往在揭示文學（特別是小
說）創作虛構的必然性。

　　後現代文學這種對語言和歷史書寫真實性的質疑，有其產生
的現實背景，即與資訊社會的複製、傳播功能不無關係。資本主
義社會本來就存在許多虛假之事，而隨著資訊社會的到來及其複
製傳播功能的發揮、「形象」（大多來自影視）的氾濫和仿造假
冒商品、人工造境的大量湧現，更使人時刻懷疑自己面對的是一
個虛假的世界。資訊傳播的暢通固然給人們帶來便利，但也可能
造成一個隨波逐流、被偽造和複製的強勢資訊所誤導的龐大人
群。因此，對傳播媒介（包括語言文字）的質疑成為必然。人們
既心存戒備，力求對這個世界投以更為獨立的觀察和思考，對一
些原來堅信不疑的事物加以重新的審視，就必然使一些傳統說法
乃至「官方說法」的權威受到動搖。這樣，作品不僅具有自我指

涉——探討創作本身問題——的意義，同時也是對臺灣資訊社會
的複製、偽造特徵的一種揭示，具有一定的社會、政治批判的深
度和力度。這就是後現代文學的語言哲學探索的現實意義之所
在。

　　張大春小說創作中奇招迭出，堪稱臺灣文壇之最，其作品囊
括了寫實、科幻、後設、魔幻寫實、黑色幽默、歷史傳奇、現代
偵探、政治影射，以及所謂「新聞立即小說」等令人眼花繚亂的
小說品種。但在這表面的炫奇多變下，卻有一條貫穿始終的主
線，這就是對語言反映真相功能的質疑。對此作者不僅在後設小
說中做了集中的呈露，在其他小說中也反覆涉及，或利用各種機
會順便加以印證。《將軍碑》通過將軍在過去和將來的神遊，對
歷史書寫與事實的相悖加以直接的揭示。《寫作百無聊賴的方
法》直接呈露作家創作一篇小說的過程以揭示創作虛構的必然
性。《晨間新聞》等利用新聞報導的口吻敘述完全虛構的故事，
證實虛假的內容多麼容易地利用人們對於某種習慣口吻的盲信而
把自己偽裝成「真」。作者筆下，權勢可以界定「真相」，當政
者無一不是撒謊者。《大說謊家》中，作者指稱：「這部歷史將
在 21 世紀末成為人類研究前一個世紀末『臺灣騙局風格』的重要
引證」。設想案情真相在報上連載，其足以亂真的虛構甚至引來
案情偵查部門垂詢的《沒人寫信給上校》，小說末尾卻寫道：尹
清楓的屍體浮上水面，而真理卻沉到了最深最深的海底。1996 年
出版的《撒謊的信徒》，寫爬上權力顛峰的李政男（影射李登
輝），早年參與政治活動遭受情治部門追查監禁時，矢口否認自
己的這段歷史甚至檢舉了同伴，逃過一劫，成為一個道地的撒謊
者和背叛者。小說還揭示，即如「日記」這種本來最私密、紀實
的東西，當成為政治的「道具」時，也可能充滿了謊言。張大春
由此回到了他的小說一貫的現實批判角度：對於傳播媒體寫真功
能的質疑和對官方說法不真的揭示。進入 21 世紀後，《聆聽父

親》、《春燈公子》、《認得幾個字》顯示張大春仍保持著藝術探索和創新的興趣，只是更向歷史和傳統文化縱筆。

另有代表性的後現代詩人夏宇，其詩作也具有強烈的「解構」傾向。她直接涉入「後設詩」領域，對語言文字的「寫實」功能加以審視。如《蜉蝣》以臺上化裝演戲，臺下生活亦如演戲，以及新興的影視攝像手段，其形式雖改變，但「即興」地取材，「自由的剪接」的複製偽造本質並未改變的狀況，質疑了藝術符號能窮盡真相的舊有認知。

三、多媒體詩和後現代小劇場

後工業文明的一個重要特徵，是傳媒、資訊高度發達並在大眾生活中佔有舉足輕重的位置。在70年代曾被余光中譽為「新現代詩的起點」的羅青，在80年代以對「後現代」的敏銳反應和宣導，再次開風氣之先。他從觀察臺灣社會文化入手，在〈後現代狀況出現了〉等文中，最早指出臺灣社會在六七十年代即已萌發，此後不斷擴大的諸多後工業文明現象，並試圖在文學與社會的關聯上建立後現代文學的理論基礎。最引人注目的則是《錄影詩學》一詩。詩人嘗試動用錄相機的機器語言及思考模式，在詩中採用特寫、淡入、淡出、伸縮、跳動、剪接等手段「拍攝」現代都市乃至未來世界的一幅幅圖像，同時意猶未盡地以古詩詞為「配音」，使之與真實的錄相放映更為接近。當然，詩人的主要目的還在於逼真、傳神地展現後工業文明的紛亂雜遝的現實景觀。後現代社會的零散化、平面化、多元化等特徵，用這種能拍攝角角落落的特寫鏡頭的「錄相」方式來呈現，正有形式配合內容之效。

詩的多媒體化是80年代臺灣「後現代」文學思潮中的一個突出現象，其意義在於「解構」了現代主義的「純粹」性格和「貴族」姿態。詩與繪畫的結合，產生了視覺詩，詩與音響、光線等

的結合，則導致了有聲詩集、聲光藝術發表會等的大量湧現。同時，詩歌離開注重內心表現和為藝術而藝術的現代主義立場，轉而更密接社會，甚至直接為商業服務，新聞詩、報導詩、廣告詩等新門類應運而生。這些都意味著詩歌終於改變其「高傲」的貴族姿態，轉到大眾文化和消費文化的方向，改善其局限於小眾傳播甚至淪為讀者的絕緣體的境況，以較為可親的面目出現在大眾面前。在這方面，杜十三、白靈等，都有突出的貢獻。

由李曼瑰、姚一葦、黃美序、馬森、張曉風等為重要作家的當代臺灣戲劇，在 1980 年前後面臨一個重大發展，這就是小劇場運動的興起。1980 年 7 月，金士傑執掌的「蘭陵劇坊」在第一屆「實驗劇展」中上演《荷珠新配》和《包袱》，為臺灣「小劇場」之始。此後歷經五屆「實驗劇展」，至 1985 年賴聲川「表演工作坊」的《那一夜我們說相聲》再次引起轟動，其間的幾年為臺灣小劇場運動的第一階段，或稱「實驗劇場」階段。80 年代中期起，以「環墟」、「河左岸」等為代表，興起了第二代的小劇場運動，亦稱「前衛劇場」階段，它實際上包括「環境劇場」、「後現代劇場」和「政治劇場」等三個新興潮流。鍾明德在「後現代劇場」的興起中扮演了旗手和鼓手的重要角色。賴聲川為小劇場運動舉足輕重的代表人物。其劇作《暗戀桃花源》包含了「暗戀」、「桃花源」兩個故事。在上述兩齣戲之外，它有個更大的故事框架，即兩個劇團為爭一個舞臺排演而產生的糾紛，因此它不僅是兩齣戲的交錯展示，更將戲的排演過程也搬上舞臺。劇中人物大多擁有兩種以上的身分：既是戲中戲（即《暗戀》和《桃花源》兩出戲）中的角色，同時又具有正在排演這出戲的演員身分。當一齣戲排演時，不時被另一齣戲所打斷和穿插，甚至將一個舞臺一分為二，兩齣不同時代的戲同時排演，有時臺詞竟奇妙地相互吻合，造成了古今對照和融合的奇異的藝術效果。這種戲中戲的設計，和後設小說、後設詩等有類似的旨趣，即揭示

了藝術和現實的非複製的關係。賴聲川及其表演工作坊排演的 20
多部原創舞臺劇包括《回頭是彼岸》、《紅色的天空》、《我和
我和他和他》、《十三角關係》、《在那遙遠的星球，一粒
沙》、《亂民全講》、《如夢之夢》、《寶島一村》，以及獨特
的「相聲劇」系列《那一夜，我們說相聲》、《千禧夜，我們說
相聲》、《這一夜，Women 說相聲》等等，其作品在北京等地也
廣受歡迎，被稱為「中國語文世界中最精采的劇場」。[476]

　　臺灣的「小劇場」至今仍很活躍。如 2009 年 9 月陳映真創作
50 周年紀念之際，鍾喬主持的「差事劇團」排演《另一件差
事》，設想陳映真 60 年代小說《第一件差事》中那似乎無故自殺
的外省人胡心保，為了找作者詢問為何當年被寫成「自殺」，從
紙面上「出走」，來到數十年後當今時空下排演此一小說的河濱
戶外劇場，遇上了攜帶著自己情人骨灰逃跑的外傭燕子。手法也
許是「後現代」的，但內容卻直面當前臺灣的外傭、移工等現實
問題。

四、新人類：文學的更新世代

　　進入 90 年代後，「世紀末」、「頹廢主義」等突然成為臺北
文化界的熱門話題之一。與這股頹廢之風差不多同時登臨文壇
的，是一群被稱為「新人類」的年輕作者。他們比 1950 年前後出
生的「戰後新世代」更為年輕，堪稱文學的更新世代。他們是出
生、成長或移居現代大都市，接受過或正在接受良好教育的一代
年輕人。所謂「新人類文學」，即指這部分臺灣青年所創作的文
學作品。此後很快又有「新新人類」的出現。

　　曾有人對「新人類」的特質作如下表述：新人類是新時代的

---

476 賴聲川：《兩夜情》（表演工作坊 20 周年紀念版），臺北：群聲出版
　　公司 2005 年版，第 239 頁。

「遊牧民族」，他們是「富庶族群」、「樂觀族群」、「消費族群」、「感性族群」，特點為：一、樂觀，凡事充滿期盼和活力；二、強調消費享受，特別是感性消費；三、追求「快速主義」和效率，瞬息變化萬千；四、服膺功利主義及個人主義，以錢作人生目標；五、模仿力、創造力、組合力強大；六，善用圖像思考，表層聰明，其實相當淺薄。[477] 馬森也借用美國「意飛族」概念來觀察「新人類」，指出其價值觀念跟上一代頗為不同：「他們重視工作，但不會因此而犧牲一己的休閒娛樂和生活品味；他們在工作中追求自我滿足，但不一定計較頭銜、地位和薪資。在講究追求出人頭地的上一代的眼中，可能覺得這一代是不求進取；但在他們自己，卻以為少背負一些競爭的焦慮，而多享受一些自得其樂的生活。」[478] 反映在文學作品中，對講究穿名牌衣服、抽名牌煙等生活情趣的描寫，遠遠超過了上一代感時憂國心緒的抒發。這些特點，在臺灣新人類文學中，幾乎一一展現。

　　追求感性消費和刺激是都市「新人類」性格的最明顯特徵。這些新人類終日遊蕩於雷射光影之下，在迪斯可舞廳、電子遊戲室、柏青哥前消磨時日，飆車、鬥毆是他們的拿手好戲。如果說郭箏在《好個翹課天》、《彈子房》中初步刻畫了一群熱衷於翹課、打架、把馬子的都市小混混，那林燿德的《大東區》則將都市新人類的放任感官，追求速度、變化、刺激的性格刻畫得淋漓盡致。由於生活的富庶提供了縱情享樂的可能，「新人類」成為「樂觀族群」，然而前輩所具備的使命感、悲劇感已消失殆盡。他們試圖將文學當作自己「生活」的一部分去享受，熱衷於通過

---

477 馬家輝：《都市新人類》，臺北：遠流出版公司 1989 年版，第 39-74 頁。

478 馬森：〈新人類的感情世界──評林裕翼的《我愛張愛玲》〉，《聯合文學》1992 年 2 月號。

文學構築一己的小天地。

在形式上，「新人類」文學也有與其內容相對應的一些藝術特點。如常擇用富有色彩、動感和力度的詞語，在行文中形成一股強有力的氣勢，而它所著力刻畫的「新人類」形象，本身即是一個充滿活力，講求快速效率，追求瞬息變化和刺激的人群。這種語言風格和人物性格特徵的直接吻合，顯然對於人物的塑造、氣氛的渲染、環境的描寫都大有裨益。其次，一些後現代的藝術手法和特徵，如「拼貼」手法，在「新人類」作家手中得到更廣泛的運用和發揮。再次，「新人類」文學常具有俚俗化傾向，一些作品在人物對話中大量採用都市痞子圈內的語言。這種語言俚俗化傾向，表現出模糊純文學和俗文學界限的趨向。總之，新人類文學十分注重探索和創新，層出不窮、無所拘束的實驗創作使之呈現五光十色、多姿多彩的面貌。這和「新人類」本身具有較強大的組合力和創造力，喜歡變化和刺激的特質不無關係。新人類文學顯然掙脫了寫實主義的單一模式，脫離了對某種意識形態和「使命感」的執著，以它特殊的題材、主題和特異的形式，成為90年代以來臺灣文壇上的一道風景。當然，作為較年輕作者的創作，種種幼稚、生硬、不成熟，也不可避免地存在著。

在這一年輕的作者群中，陳裕盛致力於開闢暴力美學的另類空間，充斥著的對性、暴力、血腥、死亡等的描寫，以強化的手段對現實社會病態進行一種以毒攻毒、以魔殉道、震聾發聵式的揭露。駱以軍、王文華等書寫著都市新「雅痞」的生活情趣及苦楚，林裕翼、邱妙津等刻寫著年輕知識份子的品味和悲歡。其中駱以軍奇譎濃烈，林裕翼輕淡自然，王文華多寫旅外華人的異域生活，邱妙津則大膽涉入同性戀的情感世界。

五、臺灣文學的邊緣戰鬥

隨著多元化的社會文化的發展，特別是「解嚴」帶來的各種

禁忌、束縛的鬆解，臺灣文壇強化了對於「邊緣」文化現象的關
注和「邊緣反抗」的自覺。以往人們常為自己處於邊緣地位而自
卑、頹喪，現在卻認為非主流的、邊緣的、地下的、民間的事
物，才是充滿生機和活力、具有光明前途的，才能衝破各種桎
梏，產生革命性、創造性的成果。有些作家自覺站立於對抗主流
的邊緣位置，以發揮知識份子的批判作用為己任。在臺灣文壇邊
緣議題的開發中用力頗著、並取得明顯成績的，有王浩威等。

　　臺灣文壇切入「邊緣」議題有著多種角度和方式。從地域文
化的角度而言，有與臺北大都市文化中心相對的地方文學、文化
的倍受重視，甚至形成經久不衰的鄉土文史熱潮。從族群關係的
角度著眼，有相對於福佬族群的、處於臺灣族群圖譜「邊緣」的
「弱勢族群」的文學，如原住民文學、眷村文學、客家文學等。
特別是前者，代表著一個在長期不平等族群關係下，似乎早已暗
啞無聲的邊緣族群的系統發言，表達了他們的抗爭或更深沉的文
化紮根的企望。從性別的角度入手，則有試圖瓦解現行的男權社
會和異性戀中心體制的女性主義文學、「同志」（同性戀）文學
等。

　　「同性戀」很早就已成為臺灣小說題材。從 70 年代現代派作
家白先勇的《孽子》到 90 年代「新人類」作家楊麗玲的《愛
染》，其間顧肇森、葉姿麟、梁寒衣、藍玉湖、黃啟泰、西沙、
江中星……等眾多作者的此類創作不絕如縷。1994 年朱天文《荒
人手記》和邱妙津《鱷魚手記》雙雙獲得《中國時報》的文學大
獎。紀大偉、洪凌、陳雪、曾晴陽等的所謂「新感官小說」，則
更凸顯其邊緣反抗的激進姿態。紀大偉、洪凌等將英文「queer」
譯為「酷兒」並以此自詡。一般的「同性戀」題材作品重在描寫
情和欲的諸般面貌，面對傳統規範和主流文化，其人物基本上採
取防衛自辯的姿勢。而「酷兒」之作則意在質疑、鬆動、顛頇乃
至徹底顛覆在他們看來屬於一種霸權的傳統道德法律和社會體

制。他們在解釋為何不從俗地將「queer」譯為「同志」時稱：
「queer」本意就是尊重、喜愛歧異，不宜譯為黨同伐異的「同
志」；「酷」帶有顢頇色彩，是抵禦主流意識形態的態度[479]；至
於「出匭」一詞的採用，則因不滿足於「出櫃」（同性戀者公開
其性向）的消極性而鼓勵更主動的「出軌」，遂以新造詞「出
匭」涵蓋二者。這就將他們自覺、強烈的反抗、顛覆性格表露無
遺。著有《肢解異獸》、《異端吸血鬼列傳》、《宇宙奧狄賽》
等小說的洪凌，其作品由於充斥著「吸血鬼」意象，其「酷」比
紀大偉有過之而無不及。從客觀上講，這類「酷兒」寫作無形中
顯現了20世紀末臺灣社會的時代氣息——一種狂野色彩、敗德氛
圍和悲鬱況味。從主觀上講，作者的根本目標即是以自己所站立
的「邊緣」對抗、鬆動、瓦解「中心」。因此他們以各種「邊
緣」的東西（如同性戀在傳統的異性戀中心體制中屬於「邊緣情
欲」）為書寫對象，以此作為對現行道德法律、社會規範和主流
秩序的顛覆和反叛。

　　眷村小說表達了外省來臺人員的後代對於早已淪為弱勢族群
的「外省人」的生存處境和命運的關注。在此之前已有蘇偉貞、
朱天文、袁瓊瓊、朱天心、愛亞、蕭颯、張大春等作家的經營。
與這些作家相比，張啟疆更多地深入眷村人那惶惑、迷茫、失落
的內心世界，更多地刻寫了逐漸淪為邊緣族群的眷村父老兄弟那
與時代、政治糾葛在一起的命運悲與喜，且對於眷村子弟未能從
較狹隘的眷村情結中解脫出來，樹立紮根本土的意念，與當地社
會相融合的缺失有著深刻的反省。然而眷村子弟的不良處境，其
實有著雙方面的原因。部分當地人秉持狹隘的本土觀念，將眷村
視為外來者而加以排斥，這也是眷村人悲愴命運的成因之一。小

---

479 紀大偉：〈《荒人手記》的酷兒閱讀〉，《中外文學》23卷3期，1995
　　年8月。

說《失蹤的五二○》對於眷村子弟的淪落及其原因，有著生動的描寫和揭示。

　　除了上述從情欲、族群角度的邊緣反抗外，陳黎等認知花蓮文化孕育於奇山秀水、包容不同族群的獨特氣質，致力於推動邊緣地區文學發展。其詩作《島嶼邊緣》從地域角度涉入「邊緣」對抗「中心」的主題。以西方中心主義的眼光來看，在地圖上猶如一粒殘缺黃鈕扣的臺灣島無疑處於世界的「邊緣」，而「我」所在的花蓮大海邊，更是邊緣的「邊緣」。然而這不僅沒有使「我」消沉、頹靡，相反，「我」自覺正站立於極有利的位置，能以「我的存在」為線，做出將島嶼與大海縫合的壯舉，甚至向「中心」發出挑戰——將針刺入「藍色制服後面地球的心臟」，由此，固有的「邊緣／中心」格局被翻轉或全然瓦解，其中的關鍵，即在於「自我」存在價值的認定。

　　「邊緣」的崛起使近年來的臺灣文學獲得了極大的豐富，並以其蠶食、瓦解中心的較強革命性，對今後臺灣文學的發展提供了更多的可能。

第三節　後殖民主義和「文化研究」思潮

一、融匯中西文化思潮的文學理論批評

　　當代臺灣的文學理論批評歷來都從西方吸取了較多的營養，無論是臺大外文系先後主辦的《文學雜誌》、《現代文學》和《中外文學》等刊物，或是現代詩人們創辦的同仁詩刊，都少不了對西方文學理論批評的引介。不過，常有滯後現象，所介紹的理論未必是最新的。60年代前後引入臺灣、並對臺灣文壇產生較大影響的「新批評」，就是典型的例子。這種情況在80年代後有了很大的改變。新世代的理論家和批評家們，往往能很快地感應

並引入西方較新或最新的文學、文化思潮和理論，並將之運用於臺灣文學的批評活動中，甚至試圖建立起自己的理論體系。這在小說、詩歌和散文的理論批評中都可看到。

　　王德威是臺灣最富有銳氣的文學理論批評家之一，其研究和評論的重心在小說。就理論風格而言，王德威常根據對象的實際情況採取不同的觀照角度和詮釋策略，不求面面俱到而是挑出作品最有意義之處加以闡發。這種風格和夏志清那種「旁徵博引，滔滔不絕，左右逢源，論斷篤定，無入而不自得的大師風範」[480]有幾分相似，同時也有自己的突出特點。他擅長從主題類型學的角度，聯繫中國和外國古代、近代或現當代小說的傳統，在文學發展的歷史脈絡中，對對象作一歷時性的系統考察，從而得出較為深刻、新穎的觀點。如在〈玫瑰，玫瑰，我怎麼愛你？〉一文闡發王禎和等人小說中的嘉年華式鬧劇衝動，並遠溯中國古代、晚清和現代文學中鬧劇模式的發展脈絡，從而發掘這些並不被視為文學正統的作品的意義。〈女作家的現代「鬼」話〉是又一明顯的例子。王德威將其評論集之一取名為《眾聲喧嘩》，可見他對於這個源於俄羅斯理論家巴赫汀而由他自己創造性轉譯的批評用語的傾心。而這一傾心乃因「眾聲喧嘩」本身所洋溢的多元、開放和反逆傳統觀念的氣息。王德威正是在文字符號與各種社會文化機構往來互動多重關係的考察分析中，在對各種西方批評方法的廣泛借鑒中，建立起自己的小說批評風格。

　　簡政珍試圖在詩學領域建立一個系統的理論體系。這一體系既包括詩的本體論，也包括詩的創作論和讀者閱讀（鑒賞）理論。而這幾部分並非相互游離，而是有著一以貫之的文學理念加以連接，並以「辯證」作為其方法論上貫穿始終的特色。從本體

480　陳幸蕙：〈編者按語〉，陳幸蕙編《七十四年文學批評選》，臺北：爾雅出版社 1986 年版，第 311 頁。

論的詩與現實的辯證，到批評論的理論與創作的辯證，再到創作
論的「沉默」、「空隙」與豐富內涵的辯證、騰空自我和書寫真
我的辯證⋯⋯「辯證」充斥於簡政珍整個理論體系。此外，這一
體系以現象學為基石，擷取了包括存在主義、讀者接受理論、語
言學、符號學、解構學、新批評⋯⋯等諸多現代文藝流派的因
素，加以創造性的梳理、融合、發揮而構成，具有極飽滿的理論
思辨的質地。在創作論方面，簡政珍最為重視的是語言問題，最
核心的概念則是「意象」和「沉默」。他認為：寫詩是詩人與語
言的對話和語言自己的對話，詩的語言即建立在文字的前後激
盪。由於語言是「存有的屋宇」（海德格語），有人就有意識，
而意識總向外投射，有投射就有溝通，但最高層次的溝通卻是沉
默，而完全的沉默又無法溝通，兩極對立的結果是：書寫文字重
視沉默的本質，語言求其繁複稠密，充滿空隙。詩中舉凡標點、
跨行、留白、隱喻、置喻以及其他有形無形的手法的運用，都能
產生「空隙」，亦即「沉默」。如果說詩的文字書寫部分傳達知
識，那未書寫的部分（空隙）則刺激想像，「沉默」正是發揮想
像、賦予語言以飽滿含義的關鍵。此外，「意象」在簡政珍詩論
中也具有舉足輕重的地位，因詩對現實加以重整的主要手段即
「意象」，而意象本身即是主客體相互作用的產物。「假如意象
使詩從抽象概念中解脫，詩更高層次的意義是透過意象再進入抽
象的哲學領域。」這種感悟和哲思包括對審視自我，感知時空，
考辨生死，追求生命感和歷史感等。

在散文理論批評方面卓有建樹的是鄭明娳。這方面的著作有
《現代散文縱橫論》、《現代散文類型論》、《現代散文構成
論》、《現代散文現象論》等等，組成較為完整的散文理論架
構。鄭明娳認為散文的基礎理論有三，即類型論、構成論、思潮
論，此三論的關係，就像互有交叉的三個圓，既有獨立的部分，
也有互相疊合之處。在「類型論」中，鄭明娳梳理現代散文的三

大源流為中國古典散文、傳統白話小說和西洋散文，並以寫作中主、客體因素的輕重劃分散文為兩大類：主要類型和特殊結構的類型。思潮（現象）論試圖探討「個別作家思想論的匯總」；它面對的是「匯整時代的散文觀念、釐清它跟當時創作與理論間的互動關係，整理當時理論家的學說，並從歷史的角度，去判斷思潮籠罩之下，論爭的得失、理論的局限或者突破等等」。「構成論」重在散文創作中與內容緊密相關的形式因素的分析。它是一個以修辭論為基礎，逐漸向外依次擴展至意象論、描寫論、敘述論、結構論的「層疊複合系統」。「構成論」不僅是三論中的「重頭戲」，鄭明娳散文理論建構的個性特徵也在此得到較充分的體現。鄭明娳以有代表性的中國（含臺灣）現代散文精品為實例，從不同角度闡述現代散文不同於其他文體的特徵，從而完成散文作為一種不容忽視的、具有獨立美學價值的文體的定位，並進一步建構包容全面的現代散文理論體系。

二、臺灣小說中的後殖民敘事

　　從思潮的意義上講，80年代以來對臺灣文學創作特別是理論批評影響最大的除了後現代主義外，還有後殖民主義、「現代性」研究、「文化研究」等。

　　1960年代以來產生於拉美、著重探討新殖民主義問題的「依附理論」與1970年代末由薩依德等阿拉伯裔學者揭櫫的後殖民理論的區別在於：前者與列寧的帝國主義理論有一定的淵源關係，注重於權力和政治、經濟的直接關係，主要關注原殖民宗主國如何通過政治的或經濟的種種手段，對原殖民地、第三世界國家實施掌控；而後殖民主義卻注重於權力與知識、權力與文化的關係，關注殖民者對於被殖民者在文化、思想、觀念方面的影響和控制。臺灣鄉土文學論戰時，薩依德的《東方學》尚未出版，70年代黃春明、王禎和、陳映真批判新殖民主義的主題，與依賴理

論的關係更為密切一些。曾作為鄉土文學論戰兩大焦點之一的臺灣是否屬於「殖民經濟」的問題，延續到 80 年代，陳映真除了通過〈「鬼影子知識份子」和「轉向症候群」〉等理論文章加以論辯外，並在 1978 年開始發表的「華盛頓系列」中給予形象表現。

　　後殖民理論的較大規模地引入臺灣，已到了 20 世紀 90 年代。中國大陸的後殖民批評，主要精力放在理論的介紹，進而用此理論來分析一些社會文化現象；而在臺灣，卻少見系統的介紹，更常見的是具體的運用——既見於具體創作中，更見於文學評論中。臺灣與大陸的另外一個重要區別，是前者將「殖民」作寬泛理解，常將階級、性別（女性）、性向（同性戀）、少數民族（原住民）等邊緣或弱勢人群議題，引入有關「後殖民」的討論和批評實踐中。這在大陸較為少見。首先，在臺灣的具體創作中，可見「後殖民」理論影響的明顯痕跡。或者說，有的作家受到後殖民理論的啟發，將之運用於文學形象的塑造中，使作品更具思想的深度。這在施叔青的創作中，表現得特別明顯。《維多利亞俱樂部》開頭就有個意味深長的細節——俱樂部的華人採購主任徐槐有一天戒備之心鬆弛，穿了與威爾遜一樣的服裝上班，警覺後慌得藉故返身便逃。這一細節揭示：西方殖民者總是自以為是高等、文明的民族，總是帶著「有色眼鏡」來看東方人種的被殖民者，被殖民者只有顯得委瑣、骯髒、愚蠢、尚未開化等模樣，才符合殖民者心目中固有的「印象」；而某些善於鑽營取巧的被殖民者，為了從殖民主子那裡分得一杯羹，也懂得自我矮化，以迎合和取悅殖民者高傲的心志。殖民者的「東方主義」心態和被殖民者扭曲的精神世界，都在這一細節中得到微妙的呈現。

　　被南方朔稱為「近代第一部後殖民小說」的施叔青的《遍山洋紫荊》，以男女的愛欲關係影射著殖民與被殖民者之間的權力糾葛。男女生理關係中，男強女弱；男女社會關係中，男為主，

女為奴，男性掌控生殺大權，女性受制於人。這種既定格局，也正是殖民者和被殖民者關係的寫照。因此，作為被殖民者，即使有著男子身，也猶如被閹割、去勢，女性化了。小說中的女主角黃得雲的前後兩任情人，「亞當史密斯不能去愛，屈亞炳則是被殖民主義徹底征服，以至於不能去性的另一種邊緣人」[481]。不過，屈亞炳也曾有過雄風大振的時候，那就是憤怒的鄉民奮起反抗英軍接管新界，攻佔英方盤踞山頭，燒毀臨時警察局的棚屋時。不過，這種情況猶如曇花一現。此夜過後，屈亞炳一敗不舉，且無可挽救。這樣的描寫說明，屈亞炳其實並無法改變他的被殖民者的真實身分，當其同胞的反抗顯示被殖民者整體的不可閹割性時，屈亞炳自然也「雄風大振」，而當這種反抗息落，被殖民者呈現整體的被屈服狀態時，屈亞炳自然也就呈被閹割狀。作者顯然將屈亞炳的「性」表現，當成了殖民地權力結構的象徵；其深刻處，在於顯示了殖民地條件下人物性格的複雜性——一種被扭曲而呈現的複雜性。

以薩依德、霍米芭芭、斯皮瓦克等為代表的解構式後殖民理論，特別強調殖民者與被殖民者之間的互涉關係：殖民者的統治會改變被殖民者的文化，同時被殖民者對殖民者的模仿也對後者的控制進行著不知不覺的顛覆。從這種互涉的關係中，產生了對於本質主義和文化分隔主義的質疑，並認可文化混雜狀況為文化之常態[482]。2008 年 1 月出版的施叔青《風前塵埃》作為「臺灣三部曲」的第二部，不同於第一部《行過洛津》以清代鹿港為時空，描寫移民初期的社會和性別問題，轉而將焦點移到臺灣東

481 南方朔：〈近代第一部後殖民小說〉，《聯合報》1995 年 11 月 9 日，第 42 版。

482 廖咸浩：〈臺灣小說與後殖民論述〉，陳義芝編《臺灣現代小說史綜論》，臺北：聯經出版公司 1998 年版，第 484 頁。

部，時間也從清代過渡到日據時期，描寫對象更擴大到多個不同
的族群——太魯閣族及阿美族、日本移民、客家人等。小說以
1906 年至 1915 年任臺灣總督的佐久間左馬太推行「理蕃五年計
劃」和建立移民村的歷史為背景，揭示班雅明所謂「所有文明的
記錄，莫不同時也是野蠻的記錄」的至理。小說通過日本女子無
絃琴子為了探索自己的身世之謎，將她的母親橫山月姬、外祖父
橫山新藏等的臺灣生活歷史重走了一遍。橫山月姬與太魯閣族青
年哈鹿克·巴彥相戀，致後者遭橫山新藏逮捕處死。橫山月姬為
逃避父親指定的婚姻，懷著與哈鹿克·巴彥之愛情結晶短暫托庇
於一直暗戀著她的客家人攝影師范姜義明，不久不辭而別，並於
戰後返回日本。小說深刻地揭示了殖民歷史所造成的頗為普遍的
人格分裂現象。如范姜義明的以「二我」名其攝像館，而「二
我」正「印證了法農所謂的由於承認本身為劣等，因而自我分裂
為二，向強勢者屈服的意識轉化，加害必須要有被害的配合，文
明的野蠻戲才可以持續下去。」[483] 晚年橫山月姬的自我分裂最為
觸目驚心：作為「灣生」日本人，其身分本已低下，加上與哈鹿
克·巴彥的關係更難見諸天日，於是為了保護自己或保護女兒，
她的自我遂分裂為二——一個是佯裝成普通戰後日本人，另一個
則是把自己的經歷托付其上的虛構的「真子」這個角色。小說另
一具有後殖民批判視角的情節設計是無絃琴子收集戰時的日本和
服，發現上面有那麼多與戰爭相關的裝飾圖案。飛機、坦克乃至
戰爭、屠殺場面被畫到了人們所穿著的衣服上，成為日本「政治
美學化」的範例，也證明了文化與權力的某種共謀關係。「日、
德、意等國皆把政治的表現型態往美學的記號上堆砌……精美的
和服因此而和戰爭符號相連結，和服圖案會編織上戰爭圖案。當

---

483 南方朔：〈推薦序——透過歷史天使悲傷之眼〉，施叔青《風前塵
埃》，臺北：時報文化出版公司 2008 年版，第 8-9 頁。

戰爭被穿在身上，被繫在腰間，戰爭也就有了更深的集體譫狂性。」[484] 小說由此達到了對日本軍國主義的深刻批判。

　　上述事例顯示了施叔青所受後殖民理論的影響。沒有對後殖民理論的瞭解，不可能如此「巧合」地寫出包含諸多後殖民理論內涵的作品來。不過，施叔青是將她對後殖民理論的一些認知，巧妙地融入藝術形象之中。另一位臺灣年輕女作家成英姝，卻試圖對後殖民理論的一些概念加以圖解，這主要有「失憶」、「消音」等概念。後殖民理論認為，「無史」或「歷史消跡」是所有被殖民社會的共同經驗。在殖民者發現一塊「新大陸」的歷史時刻裡，「新大陸」同時也發現自己化為一張白紙，它原有的歷史、文化從此消跡，取而代之的將是殖民者所記載的歷史。這種歷史的失落也就是「失憶」。被殖民者的另一典型遭遇就是被迫「消音」。這種情景，那生理上有著能發音的喉嚨，卻受著主人的控制，只能咿呀學舌，完全失去了自己的語言的鸚鵡，正是一個形象的寫照。臺灣文學歷來就有以「鸚鵡」等比喻這種境遇的作品，如李魁賢的詩作《鸚鵡》。在成英姝小說中，「鸚鵡」也被不斷地採用為含有某種喻意的「道具」。除了《死掉一隻鸚鵡以後》等作中接連出現「鸚鵡」外，在《推銷員之死》一作中，作者頗見匠心地讓主角推銷「錄音帶」──一種只重複別人的話語而無自己語言的機械的「鸚鵡」。成英姝借用西方流行理論、概念加以演繹，由於與所反映的臺灣社會現實在精神上有相似之處，因此能發揮相當出色的象徵、隱喻作用，並帶給作品一種詭異、新奇的藝術效果。

三、臺灣後殖民批評的得與失

　　除了創作上的體現外，後殖民主義更直接被引入理論界。這

---

484 同上，第 10 頁。

時擔綱主演的，是一些受過完整學院教育的年輕學者。他們將後
殖民理論的某些概念和命題，直接運用於具體作品的評論中，取
得了可觀的效果，為許多作品提供了另一種詮釋路徑。如廖朝陽
有《從後殖民理論與民族敘事的觀點看《紅樓夢》〉[485]，繼承著
港臺學界運用西方理論分析中國古典作品的傳統。廖咸浩的〈臺
灣小說與後殖民論述——「祕密剋」與「明你祖」之間〉一文，
運用芭芭的「學舌」等理論，分析日據時期作家呂赫若的小說，
如曾被視為「皇民文學」作品的《玉蘭花》，論文試圖「在看似
全無抵抗可能的現象中，找出被殖民者抵抗的痕跡」。小說寫叔
叔留學日本回臺攜回一日本友人，成為家中食客，該日本人與主
人家相處融洽，並為小孩子照了許多相，「誠然一段美好的異國
情誼」。然而，小說中卻有相當數量的蛛絲馬跡顯示，這篇故事
仍然意在言外——敘述者謂家人受傳統觀念影響並不喜歡照相，
但受過日本新式教育已成為「學樣人」的叔父，顯然是以強迫的
方式為他們拍了不少照片。此處不但「強迫」是個關鍵字，「照
相」也有不可輕忽的象徵意義，即殖民者對被殖民者予以「拍照
存證」，經由這類「知識建檔」的方式，殖民者把被殖民者「物
件化」、「本質化」，從而建立自己對自己以及被殖民者一廂情
願的理解。殖民者可能貌似善類，但他手持相機，四處獵取被殖
民者的知識時，他的作為其實已經把後者牢固地鎖死在殖民者全
球歷史當中，成為必須被收服、教化的「他者」。[486] 由此可知後
殖民理論在深刻分析作品，特別是一些具有「意在言外」複雜涵

485 廖朝陽：〈從後殖民理論與民族敘事的觀點看《紅樓夢》〉，《中外文
學》22 卷 2 期，1993 年 7 月。

486 廖咸浩的〈臺灣小說與後殖民論述——「祕密剋」與「明你祖」之
間〉，陳義芝編《臺灣現代小說史綜論》，臺北：聯經出版公司 1998
年版。

義的作品時的優勢。

　　被視為臺灣文學後殖民批評開山之作的邱貴芬〈「發現臺灣」：建構臺灣後殖民論述〉[487]分析了王禎和的《玫瑰玫瑰我愛你》；〈性別/權力/殖民論述——鄉土文學中的去勢男人〉[488]則又加上黃春明的《莎喲娜拉‧再見》和陳映真的《夜行貨車》。邱貴芬對於具體作品的分析是得力的。如對王禎和的作品，她運用Montrose的理論指出：殖民論述常以性別區分為架構，殖民者被化為男性，被殖民者被區分為女性；往往土地被女性化，征服一塊土地和征服女人在殖民論述裡經常具有類似的象徵意義，因此小說裡以妓女為商品換取美金外資的經濟活動可視為臺灣淪為美國次殖民地的象徵。吧女訓練班主任董斯文考慮周詳，為了應付美國大兵的可能需求，除了年輕妓女外，還想預備幾位年輕男性和年紀稍長的女人。為此龜公老鴇競相提供親人，甚至連自己的兒子姘婦都列上名單。小說暗示，臺灣既是美國的次殖民地，臺灣人面對美國大兵時，不管男人女人，妓女非妓女，都扮演被嫖的女性角色。這樣的分析顯然具有一定的說服力和啟發性。

　　不過，邱貴芬仍帶有「本土派」共有的一個偏頗，即採用了史明所謂臺灣遭受了數百年外來政權統治的「史觀」。如接著上面這段論述，邱貴芬又寫道：「在此範圍裡，美國扮演殖民角色，但是在其他層面上，扮演臺灣殖民者的不僅是美國人。小說藉此隱指臺灣在歷史上輪遭蹂躪的被殖民模式。」邱貴芬試圖在陳映真《夜行貨車》中找到針對「內部殖民」的抵殖民描寫。應該說，陳映真的小說確實涉及了臺灣男子的「去勢」或者說女性

487　邱貴芬〈「發現臺灣」：建構臺灣後殖民論述〉，臺灣《中外文學》21
　　卷 2 期，1992 年 7 月。
488　邱貴芬：〈性別／權力／殖民論述：鄉土文學中的去勢男人〉，鄭明娳
　　主編《當代臺灣女性文學論》，臺北：時報文化出版公司 1993 年版。

化的問題。但這是相對於西方的強勢而言的，在他的作品中，從來不曾看到「臺灣」與「中國」的對立，不曾看到臺灣男子在外省男子面前「去勢」，而是包括本省和外省籍的「中國人」在與西方人的對比中，顯出「去勢」的特徵。《夜行貨車》中的女主角劉小玲出身於外省籍家庭，他的父親曾是40年代華北的政治人物，但到臺灣後徹底消沉下去，百事不問，成為破舊、多餘的人；相反，他的年輕了30多歲的第四任妻子（顯然是臺灣省籍女子）通過過去「劉局長」的關係做起生意，顯露出交際和商業上的奇才，稱丈夫為「髒老頭」任意支使，為了應酬和牌局，不回家過夜的次數越來越多，甚至出現她另有男人的傳言，丈夫病倒，她把他送進最好的醫院，卻連病房都未曾踏進一步。顯然，劉小玲父母的傳統男女角色完全對調。劉小玲自己作為一個外省籍後代的女子，成為兩位本省籍男子的情婦，並基本上扮演著弱女子的角色。如儘管受到脾氣暴躁的詹奕宏的打罵，卻仍一往情深；當詹奕宏在外國老闆面前表現出中國人的骨氣時，她放棄赴美機會，毅然與他一同回到南方的鄉下。在這裡，仍是外省／女性、本省／男性的格局。其實，陳映真一貫是以非畛域的觀點來寫小說的。因此，邱貴芬所謂抵殖民的動作「一石雙鳥，同時向美國及中國殖民勢力發出」的說法，並不能成立。

受這種錯誤「史觀」的影響而在後殖民批評中出現偏頗的例子還有不少。如陳芳明的概念偷換和誤用即頗為嚴重。他在其新文學史建構中，將日據時期稱為殖民時期，光復後國民黨統治時期為再殖民時期，而解嚴後李登輝主政時期稱為後殖民時期。這樣的歷史建構完全混淆了階級矛盾和民族矛盾，其實只是套用了「後殖民」這一時髦用語，和真正的後殖民理論並無多少實質的關係。

與祖國大陸相比，臺灣的後殖民批評較好地落實在具體作品的批評中，並引入「內部殖民」概念，注意與性別、性向、階

級、少數族群等議題相結合。然而，臺灣後殖民批評的死穴在於
對後殖民理論及其概念的扭曲和偏轉使用，斷章取義、生搬硬
套、偷換概念等弊病屢屢出現。這種被扭曲了的理論對臺灣民眾
思想文化觀念的負面作用，不可低估。總的說，後殖民理論進入
中國語境後的情況是頗為複雜的。它無疑發生了一些折射和變
形。有些是適應中國歷史文化和現實國情的修改，有些卻是出於
某種特殊目的的有意曲解和誤讀。前者是無可非議甚且是值得鼓
勵的，因為任何理論的教條式照搬，往往要戕賊和窒息了理論的
生機。後者則應引起人們的高度警惕，加以杜絕。

四、臺灣文學「現代性」的研究

　　進入21世紀後，臺灣文學「現代性」的研究成為學界熱門。
陳昭瑛的《臺灣儒學的當代課題：本土性與現代性》、廖炳惠
《另類現代情》、陳芳明《殖民地摩登：現代性與臺灣史觀》、
劉紀蕙《心的變異：現代性的精神形式》、陳建忠《日據時期臺
灣作家論：現代性、本土性、殖民性》、黃美娥《重層現代性鏡
像──日據時代臺灣傳統文人的文化視域與文學想像》等相繼出
版。在此之前，大陸學界對同一問題的關注已經展開，而臺灣旅
美學者李歐梵、王德威等對此問題也多所涉入。李歐梵的《現代
性的追求》、《中國現代文學與現代性十講》、《上海摩登》和
王德威的《想像中國的方法》、《被壓抑的現代性》等著作在大
陸學界有廣泛影響，但其論述大多針對大陸文學（中國近代或現
代文學）而非臺灣文學，或者說，他們加入了大陸的研究文學
「現代性」的行列中。儘管如此，他們卻把中國大陸的這種「現
代性」研究的風氣，感染、傳達給了臺灣。

　　目前臺灣學界研究臺灣文學「現代性」取得成績最重要的有
兩個方面。一是與大陸學界將文學「現代性」的源起時間從「五
四」向前推展到晚清相呼應，他們也試圖將臺灣文學「現代性」

產生的上限向前延伸，描述與中國大陸清末民初這一段時間相對
應的新、舊文學轉換過程中的文學思潮現象，實際上使臺灣文學
研究加入了重寫和建構完整的 20 世紀中國文學史的努力之中。這
方面，黃美娥依據《臺灣日日新報》等大量原始資料撰寫的《重
層現代性鏡像：日治時代臺灣傳統文人的文化視域與文學想
像》，堪稱最有份量、最具啟發性的著作之一。

　　其二是考察日據時期臺灣文學所表現出的「現代性」、「本
土性」和「殖民性」三者之間的複雜糾葛。這是臺灣文學由於其
特殊歷史際遇而產生的主要特點之一，因此也是最吸引人、最值
得研究的問題之一。早在 1996 年 5 月，呂正惠在淡江大學舉辦的
「第七屆中國社會與文化」學術研討會上發表了〈皇民化與現代
化的糾葛──王昶雄〈奔流〉的另一種讀法〉一文，指出王昶雄
所謂「皇民化」的表像下，其實還暗含了「現代化」的問題；也
許正因為對「皇民化」和「現代化」的糾纏不清一時產生混淆，
才讓王昶雄一類的知識份子表現出一種奇特的焦慮與不安，不知
道要以何種「明智」的態度去面對「皇民化」問題；《奔流》所
企圖呈現的「皇民化」的難題似乎可以化約為：如何在尋求「進
步文明」的日本式生活的同時，又「擁抱」「落後」的臺灣鄉
土。[489] 這其實開啟了一個新的研究視角。1997 年施淑也發表了
〈首與體：日據時代臺灣小說中頹廢意識的起源〉一文，分析了
隨著日本殖民者而來的新的空間、時間、法律觀念等對臺灣人傳
統生活的衝擊和改變，以及臺灣知識份子普遍的糾結於「故鄉日
本」和「故鄉臺灣」之間的「雙鄉人」角色和自己想留在文明先
進的東京，他的「家」卻要他返回傳統落後的臺灣的「首」與

489　呂正惠：〈皇民化與現代化的糾葛──王昶雄《奔流》的另一種讀
　　法〉，《殖民地的傷痕──臺灣文學問題》，臺北：人間出版社 2002
　　年 6 月。

「體」分裂狀態[490]，同樣直指「殖民」、「現代」和「本土」的複雜關係。此後陳建忠、陳芳明的著作圍繞這一問題繼續展開。如陳建忠致力於把握上述三個概念複雜關係的辯證思考，並說明這得益於呂正惠教授的指教。他指出：現代性思想既是外來，所形成的反封建思想自是對本土封閉的思想型態造成衝擊，對臺灣社會由傳統向現代之轉化助益甚多。然而，本土性或曰本土的文化特質未必全屬應當被「反」的封建渣滓，如果未能分辨何者爲好或壞，何者是被殖民主體主動選擇改變而非被迫強制接受的，就難以避免對本土造成傷害。猶有甚者，現代性既是日本殖民者所引進，在文化位階上經由殖民主義話語所規定了的，臺灣人實際上被視爲落伍者，這樣就使現代性無法不具有和殖民主義的共謀關係。過度認同殖民現代性的優越，就無形中默認了臺灣文化從屬的地位，從而也貶抑本土性成爲劣等，其悲劇之極自然就是「同化」（或云皇民化）。這也就顯示現代性認同的問題也會影響到被殖民者反殖民的力量消長。因此不難發現，殖民地知識份子常在現代性和本土性問題上陷入迷惘。[491]

　　陳芳明的《殖民地摩登：現代性與臺灣史觀》一書仍顯出作者善於聯繫時代背景、在歷史脈絡中來論述文學問題的特點。他寫道：「現代性議題的討論，成爲我關心重點的原因，乃是由於這樣複雜的文化暗示早已潛藏在臺灣文學之中。」又稱：「那種只是強調政治正確、強調意識形態的研究方式，曾經耗去我太多的時光。作爲後殖民的文學研究者，我已警覺到必須從更爲深刻

490 施淑：〈首與體：日據時代臺灣小說中頹廢意識的起源〉，陳映真等著《呂赫若作品研究——臺灣第一才子》，臺北：聯合文學出版社 1997年 11 月版；該文收入施淑《兩岸文學論集》（新地文學出版社 1997年 6 月出版）時，題爲《日據時代臺灣小說中頹廢意識的起源》。
491 陳建忠：《日據時期臺灣作家論：現代性、本土性、殖民性》，臺北：五南圖書公司 2004 年版。

而複雜的歷史層面去探觸臺灣文學。尤其當『後摩登』的標籤過早貼在臺灣社會時，我相信對於現代性的再考察是必要的。」在〈三○年代臺灣作家對現代性的追求與抗拒〉一文中，陳芳明剖析了日本殖民當局1935年舉辦「臺灣博覽會」的目的乃是宣揚其「世界殖民史上未曾有過的成功」，不僅要向島上人民傲示帝國的榮耀，而且也是向國際展現其龐大雄厚的國力。而通過這種強勢的宣傳，自然而然就把日本人屬於先進文明、臺灣社會是「落後」的觀念烙印在被殖民的臺灣人心中。尤其是面對臺灣博覽會這樣的歷史大敘述時，臺灣人心靈之受到震懾的程度，簡直難以想像。殖民霸權論述經過強化、提升、複製、傳播之後，一般臺灣人在文化認同上不免會產生動搖。何者屬於現代性，何者屬於日本性，並不是所有殖民地知識份子能夠分辨清楚的。正是在這樣的議題上，文化認同混淆的現象就在知識份子之間蔓延開來。陳芳明這裡實際上指出了部分臺灣知識份子在民族認同上發生動搖的原因。

　　劉紀蕙力圖將精神分析論述引入對於20世紀中國文藝的現代性問題的探討上來。她考察和反省著中國（臺灣）在20世紀前半期的現代化過程中所引發的「心之變異」路徑的模式，並由此注意到所謂「法西斯式時代動力」。她試圖揭示日據臺灣的「皇民論述」如何向臺灣人灌輸「為當代天皇攘夷，洗淨夷狄之心」的「日本精神」，以「心的改造」為核心步驟，以被視為「精神血液」的「國語」（日語）的「醇化」為必要的手段，誘以「信仰日本神話，祭祀天照大神，獻身皈依於天皇」的精神系圖來超越血緣系譜的限制，使部分臺灣人轉化為「皇民」。而近時小林善紀的《臺灣論》中反覆出現的有關「日本精神」、「滅私奉公」、超越「血緣」、精神躍升等論調，其實反映出三四十年代日本國家主義論述的復蘇。劉紀蕙頗為深刻地描述了在日本殖民統治下，部分臺灣人從「本島我」向「皇民我」轉化，甚至似乎

心甘情願地「滅私奉公」和「為君前驅」，其最主要原因，在於日本殖民者對臺灣人民施行的「心的改造」。作者並對這種行為和言論的類同於法西斯論述的性格加以揭示[492]。

五、臺灣文學引入「文化研究」

臺灣文學研究不再局限於傳統的以揭示作品美學特徵為主的研究，而關注更多的側面和議題，舉凡族群、性別、階級、意識形態等種種視角都已浮現。文學研究固有的藩籬被打破，其他學科的研究學者紛紛進入；而文學研究者也有「越界」跨入其他學科的傳統領地的。這或許是近二三十年興盛起來的「文化研究」思潮的投影或體現。

21世紀以來，臺灣出現了一批社會學、歷史學等其他學科學者「越界」進入文學領域而撰寫的著作，如社會學博士方孝謙的《殖民地臺灣的認同摸索——從善書到小說的敘事分析，1895-1945》，臺灣大學政治系博士陳翠蓮的《臺灣人的抵抗與認同：一九二○——一九五○》，研究日本文學出身的荊子馨的《成為日本人——殖民地臺灣與認同政治》，歷史學博士周婉窈的《海行兮的年代：日本殖民統治末期臺灣史論集》，大學念社會學的「總合文化研究」博士陳培豐的《「同化」の同床異夢：日治時期臺灣的語言政策、近代化與認同》，歷史學博士盧建榮的《分裂的國族認同：1975-1997》、《臺灣後殖民國族認同：1950-2000》等書，都廣泛選擇和採用了遊記、善書、小說、民間傳說、日記、雜誌、語文教材、報紙社論與專欄等各種敘事性史料作為其論述的主要材料。作者中的歷史學者已不再全靠那些經過嚴格考證的似乎具有無可辯駁真實性的「史料」，社會學者也不再局限於慣用的當代社會的種種「資料」（如人口資料、犯罪率

---

492 劉紀蕙：《心的變異：現代性的精神形式》，臺北：麥田2004年版。

資料等等），反而採用了以前被認為僅是虛構的、不足為證的文學資料。上述著作的另一個共同特點是聚焦於「國族認同」問題，而「國族認同」本身就是一個牽涉多學科、多領域的問題。

這種跨學科的「文化研究」的興起，與數十年來國際學術界社會科學研究中的「語言的轉向」乃至近二三十年來的「敘事的轉向」緊密相關。原來社會學、政治學等社會科學學科，與偏重於敘事（即所謂「說故事」）的人文學科——主要是歷史學和文學——在研究方法和研究範式上是格格不入的，然而近二三十年來，一些社會科學學者卻轉而十分重視「敘事」，甚至將「敘事」做為其方法論的基礎。即使在同為以「敘事」見長的人文學科——歷史學和文學之間，由於「語言的轉向」以及新歷史主義的影響，也出現了一些微妙的變化。人們發現，經過人為的語言的仲介，原來信以為真的史料也未必完全反映事實，反而是一些文學作品（特別是一些「寫實」的作品），也許更能代表著當時的歷史的真相（特別是思想、精神方面的真相），因此轉而倚重於文學的資料。

臺灣社會學學者蕭阿勤著寫的《回歸現實——臺灣一九七〇年代的戰後世代與文化政治變遷》一書，可說是「越界」成功的典型例子。這本煌煌巨著的中心議題是 1970 年代登上舞臺的「戰後世代」的「國族認同」問題，採用了「敘事認同理論」來加以論述。這種理論認為，「認同」緊密關連著歷史或文學的敘事，這種敘事可以塑造或轉換一個人乃至一群人的「國族認同」。為此，蕭阿勤主要以大量、翔實的文壇第一手資料，來研究「戰後世代」在 70 年代的「國族認同」狀況及其在 80 年代後的轉變，得出了非常有價值的結論：80 年代中期以後鼓吹「臺灣民族主義」的作家們，他們 70 年代及之前的文學理念與活動，呈現著一種嘗試結合「中國的」與「現代的」創作理想，與當時臺灣一般的文化潮流無異；他們參與反對運動而使其文學明顯政治化，主

要是由於美麗島事件的刺激，並非像他們自己所標榜的，他們本來就有「臺灣民族主義」和「本土化」的理念，只是由於國民黨的高壓統治而被迫長期「潛隱」。換句話說，「實際的過去，與（臺灣）民族主義的歷史敘事或政治認同故事所描繪者不同」。[493] 蕭阿勤能獲得如此富有價值的成果，顯然得益於他並不局限於社會學的本行領地，而是大膽「越界」來到了歷史和文學的領域。

　　另一例子見於《臺灣社會研究季刊》（簡稱「臺社」）。該刊創辦於1988年，現已成為一個很有影響的自詡為「民主左派」的「批判性知識份子團體」。如果不計其編輯委員之一的呂正惠發表的文學論文，「臺社」與臺灣文壇「左翼統派」的正式「鏈結」始於1994年陳光興發表〈帝國之眼：「次」帝國與國族——國家的文化想像〉[494]一文批判李登輝的「南進論」時。翌年初發生了「本土化」問題的論爭。陳映真〈臺獨批判的若干理論問題〉一文開篇就指出：從1994年開始，年輕的學者已經開始對「臺獨」派的論述霸權提出了挑戰；面對充滿法西斯獨斷和基本教義熱狂的臺獨派諸論述，年輕的、前進的學界開始了比較科學的、批判的質問。[495] 陳映真這裡指的就是陳光興的這篇文章及「臺社」舉辦的討論會。

　　2005年陳光興在他策劃、編輯的《批判連帶——2005年亞洲文化論壇》[496]一書中選載了陳映真〈對我而言的「第三世界」〉

---

493 蕭阿勤：《回歸現實——臺灣一九七〇年代的戰後世代與文化政治變遷》，臺北：「中央研究院」社會學研究所，2008年版。

494 陳光興：〈帝國之眼：「次」帝國與國族——國家的文化想像〉，《臺灣社會研究季刊》第17期，1994年7月。

495 陳映真：〈臺獨批判的若干理論問題——對陳昭瑛「論臺灣的本土化運動」之回應〉，臺灣《海峽評論》第52期，1995年4月。

496 陳光興編：《批判連帶——2005年亞洲文化論壇》，臺北：臺灣社會研究季刊社2005年版。

一文，可見「臺社」在謀求華人批判性知識份子的連接時，採用了陳映真「第三世界文學」論的思想資源。向論壇提交論文並收入該書的其他作者中屬於文學作家或學者的還有侯孝賢、孫歌、朱天心、賀照田、鍾喬、松永正義等，說明文學在「臺社」的知識結構中已佔有一定的比重。

「臺社」與文學的最明顯、最重要的鏈結之一是 2008 年 9 月「臺社」20 周年研討會上的「超克分斷體制」專題。所謂「超克分斷」的概念，就來自韓國作家白樂晴。白樂晴是韓國文壇泰斗，韓國「民族文學論」的創始人與奠基者。陳映真很早就曾提到白樂晴，並自我反省：與韓國相比，「臺灣的『統一派』就不免太用功不足，太懶惰了……」[497] 研討會上「超克分斷體制」專題的首篇文章，就是陳光興的〈白樂晴的「超克『分斷體制』」論：參照兩韓思想兩岸〉。文章透露，臺社成員一起閱讀了白樂晴的著作，結果所有同仁都深受觸動，決定 20 周年會議以「超克分斷體制」來定調。這是「臺社」首次正式介入兩岸問題。白樂晴有關「第三世界文學」的概念和理論以及所謂「民族文學」是面對帝國主義威脅時所產生危機意識的產物的說法，無疑對陳映真產生了一定的影響，如陳映真也提出「民族文學」的命題，並認定：19 世紀亞洲的民族主義，是回應同時期西方帝國主義侵凌的產物。[498]

可以看到，「臺社」從原來的只講「左右」不講「統獨」到介入兩岸問題，其實是受到白樂晴、陳映真影響的結果。在韓國，「超克分斷體制」這麼一個政治的議題，卻是由白樂晴這樣一位文學家來提出；而在臺灣，批判「臺獨」走在最前頭也是作

---

497 陳映真：〈蕭穆的敬意〉，臺灣《中華雜誌》第 208 期，1980 年 11 月。
498 陳映真：〈在民族文學的旗幟下團結起來〉，臺灣《仙人掌》雜誌 2 卷 6 號，1978 年 8 月。

家陳映真，頗為相似。

「臺社」與文學的鏈結，一方面表現在他們從白樂晴、陳映真那裡獲得了許多寶貴的思想資源，另一方面，也表現在他們並不單純依靠社會學理論或調查資料來寫文章，而是不吝於採用文學作品來作為其立論的根據。如鄭鴻生在臺社20周年會議上發表的《臺灣人如何再作中國人——超克分斷體制下的身分難題》一文中，不僅以「閩南話」這一語言問題來談身分問題，也再次重複了他在一年多前的論文〈臺灣的文藝復興年代〉中的一些觀點，並說明他們對賴和、楊逵、翁俊明、謝雪紅等日據時期作家或文化人所遺留傳統的傳承。由此可見，文學在「臺灣人如何作中國人」這麼一個身分建構過程中，具有舉足輕重的作用。

2009年11月在新竹召開的「陳映真思想與文學學術會議」使「臺社」與文學的鏈結達到一個高潮。大陸的陳思和、錢理群、王曉明、王安憶、薛毅等參與了會議。會議的《緣起與組織》寫道：「學界以往對陳映真的研究僅僅只把他歸入臺灣文學或是『港臺文學』的範疇，這種研究方式有其局限，無法彰顯他的創作與思想是亞洲、第三世界在全球現代進程中的獨特體驗與思考」。也就是說，「臺社」重視陳映真並不局限於其文學，更要從他那裡吸取「思想」。無論是韓國或臺灣，扛起超克分斷體制，爭取國家統一大旗，並在理論上和思想上進行了卓越工作的，竟然都是著名的作家，這似乎是一種巧合，但也許更是一種必然：社會科學家經常是美國式、學院式地依靠資料做學問，獲得「知識」，作家卻是靠對人的深入瞭解來獲得他對世界的理解和尋求改造世界的方法。他們的思想成果同樣有其深度和實踐意義。

趙剛撰寫的《分斷體制下的悲劇與「喜劇」》一文可說是當前左派學者從認知和超克「分斷體制」的視角和高度對陳映真《第一件差事》的重新細緻解讀。文章指出：本省人陳映真，以

其曠大的胸懷，要求大家一起對世變國難家變下的外省流離者要
有同情、要有理解，比起後來臺灣的政治人物提出族群「大和
解」，早了 30 年。[499] 陳映真的一篇多年前的小說，由一位社會
學學者分析起來，卻達到了空前的深度，也讓人再次感受到社會
科學學者「入侵」文學研究領域的所謂「文化研究」的魅力。一
種跨學科、多視角的「文化研究」的引入，有助於擴展臺灣文學
的研究視野，這或許就是「臺社」給予文學研究者的啟示。

第四節　60 年來兩岸文壇關係的演變

一、前 30 年：傳統延續和地下閱讀

　　兩岸文學使用共同的語言，具有共同的文化根基，兩岸文壇
之間的關係影響雙方文學發展甚巨，值得加以關注和梳理。

　　1949 年至 2009 年的兩岸文學關係，以 1979 年為界，分為前
後兩個 30 年。前 30 年，兩岸文壇基本上並無往來（除少數繞道
歐美而來大陸者），1979 年兩岸卻幾乎同時開始介紹對方的文學
作品。在此之前，大陸對臺灣文學幾乎一無所知，而臺灣對大陸
文學，不僅當代的，連 30 年代文學也都禁止了。儘管如此，兩岸
其實仍有隔不斷的文學因緣。無論是本省的或外省赴臺的作家，
也無論是已經成名的老作家或戰後才出生的年輕作家，儘管差別
不小，但都有一個共同點，即與「五四」以來的祖國新文學有著
割不斷的關係。一方面，不少赴臺的資深作家或文學青年，在大
陸已受到以魯迅為代表五四新文學的薰陶，自然將其傳統帶到臺
灣。另一方面，一些本地青年通過地下管道閱讀中國新文學作家

---

499 趙剛：〈分斷體制下的悲劇與「喜劇」〉，臺灣《臺灣社會研究季刊》
　　第 75 期，2009 年 9 月。

作品，並受其深刻的影響。有時這種影響如陳映真所說是「命運性」的，即決定了其一生的方向。

　　1945 年臺灣光復後，為了協助臺灣的文化重建，包括許壽裳、李霽野、李何林、雷石榆、袁珂、覃子豪等一批中國現代新文學的知名作家，以及王思翔、樓憲、周夢江、陳大禹、孫達人、楊夢周、歐坦生、姚勇來、沈源璋等眾多閩粵浙一帶的文學青年來到臺灣，並掀起一波介紹魯迅、學習魯迅的風潮。後來因形勢惡化，有一部分回到了大陸，另有一些作家就留在臺灣，如臺靜農、黎烈文、傅斯年等等。1949 年前後，更有一大批新文學著名作家隨國民黨來到臺灣，其中包括梁實秋、張道藩、林語堂、蘇雪林、王夢鷗、謝冰瑩、胡秋原、紀弦、陳紀瀅、孫陵……等等。他們有的任教於大學，培育了大量的文學英才；有的繼續從事寫作、翻譯等，在臺灣傳衍祖國文學文化，對於繁榮和提升文學創作和研究，作出了巨大的貢獻。

　　50 年代從大陸來到臺灣的青年中，成長起一批年輕的作家、詩人，如白先勇、於梨華等。儘管他們到臺灣後已無法再閱讀二三十年代的左翼文學作品，但他們在大陸時其實已受到五四新文學的薰陶，有的甚至已「初試啼聲」，所以他們還是將五四新文學的一些傳統帶到了臺灣。如青年余光中 1949 年春轉學廈大的半年中，就在廈門報刊至少發表了 7 首詩、7 篇文論和 2 篇譯文，其中包括顯示他傾心於左翼詩人臧克家的〈臧克家的詩──烙印〉一文。張默於 1949 年春赴臺時，其行李中攜有冰心、徐志摩、俞平伯、艾青、馮至、田間等人的詩集。臺灣文壇最著名的兩位資深女散文家，張秀亞在大陸時期已有作品集出版，琦君就讀杭州之江大學時則受業於詞學大師夏承燾門下，飽讀中西文藝作品，這對她的創作有莫大意義。有臺灣戲劇界泰斗之稱的姚一葦，從中學時代就格外熱愛魯迅，40 年代初在廈大讀書時發表的作品，就能看到魯迅影響的痕跡；在臺灣，雖然不能公開宣揚魯

迅，但直至晚年都没有改變對魯迅的崇仰之情。像這樣在年輕時代就吸收了五四新文學的營養，而後攜之來到臺灣，最終在臺灣開出燦爛文學花朵的例子，可說不勝枚舉。

就臺灣省籍作家而言，由於整個日據時期兩岸並未中斷往來，主要的臺灣作家都到過祖國，像連雅堂、洪棄生、賴和、張我軍、陳虛谷、周定山、謝春木、王白淵、張深切、鍾理和、吳濁流、洪炎秋、林海音、王詩琅等等，特別是張我軍從北京取來火種，發動了臺灣新文學運動。到了光復初期，楊逵、林曙光、楊雲萍等臺灣作家通過上海范泉主編之《文藝春秋》等刊物，與祖國文壇建立了直接、密切的聯繫；又有一批作家和文化工作者從大陸來到臺灣協助文化重建工作。在 20 世紀前半葉，臺灣新文學緊密連接了五四新文學的傳統。不管後來環境如何變化，這種早已形成的傳統並不那麼容易就被斫斷。

50 年代後的臺灣，儘管大陸作品被禁止了，但實際上還有地下管道存在著。本省的青年們從圖書館、家中書櫥的角落裡，或從臺北牯嶺街舊書攤上找到 30 年代左翼文學書籍。如陳映真曾自述自己偷偷閱讀魯迅的《阿Q正傳》後，建立起永世不移的中國認同，知道「應該全心去愛這樣的中國——苦難的母親」[500]。由此可知，魯迅等 30 年代左翼文學作品在臺灣新一代作家的成長過程中並未缺席，而是通過地下閱讀，仍繼續發生作用。這種「地下閱讀」的作用，在 70 年代鄉土文學的興起中，表現得格外明顯。

由此可知，1979 年以前儘管處於兩岸政治軍事對峙，經濟往來斷絕的大環境下，文學活動表面上也互不相通，其實仍有割不斷的淵源關係——大陸赴臺作家將五四以來的新文學傳統帶到臺

---

500 陳映真：〈鞭子和提燈〉，許南村《知識人的偏執》代序，臺北：遠行出版社，第 25-26 頁。

灣，臺灣本省「老」作家延續著日據時期就已建立的與祖國文學的關聯，年輕作家通過地下管道閱讀 30 年代左翼文學作品，而大陸各省赴臺作家更將各地域文化因素帶入臺灣文學中，使臺灣文學的中華文化內涵獲得極大的豐富。這些構成了前 30 年兩岸文壇關係的基本態勢。儘管這種關係僅是潛隱的、文化的，但其意義並不亞於表面轟轟烈烈的實際交往。這種態勢延續了 30 年，到 1979 年以後，又有了巨大的改變。

二、後 30 年：從「解凍」到閱讀對方的熱潮

1979 年元旦人大常委會發表《告臺灣同胞書》，兩岸關係出現轉折，開始緩和；也就在這一年，兩岸文壇在幾乎完全隔絕了 30 年後，突然發現了對方的存在。從 3 月開始，《上海文學》等刊物先後刊登了聶華苓、白先勇等的小說作品；同年的四五月間，《中國時報》「人間」副刊也讓大陸「傷痕文學」進入了臺灣讀者的視野。這成為兩岸文化交流的第一隻「報春燕」。

在最初一段時間裡，大陸方面的步伐更大一些——臺灣文學作為一門課程登上了高校講堂，建立了一批研究機構，一些期刊、學報開闢了專欄，出版社還推出了大量的臺灣作家作品集、鑒賞文集等。當時目光主要集中在兩類作家。一是白先勇、於梨華、聶華苓等臺灣旅美作家作品，他們其實是兩岸打破堅冰、相互發現對方的橋樑，如聶華苓通過「國際寫作計畫」、「中國週末」等讓兩岸作家在愛荷華大學會合以及她在 1979 年前後的中國大陸之旅，就具有莫大的作用。其時大陸學者的研究具有「抓到誰的資料就研究誰」的盲目性，從這些已建立聯繫的作家入手自然比較方便。只是其「現代派」的頭銜，難免使大陸學者仍心存疑慮，總會提醒讀者注意分辨他們的「缺點」。另一類則是陳映真、王拓、楊青矗、王禎和、黃春明、鍾肇政、洪醒夫等「鄉土派」作家。這些作家的現實主義創作傾向使大陸研究者和編輯們

很對胃口，能放心地對他們加以研究和介紹。

這一時期臺灣文壇介紹大陸文學，主要集中於揭發「文革」傷害的「傷痕文學」上，如《新文藝》月刊從 1980 年 4 月的第 289 期開始刊出「大陸小說選」專欄，每月一篇，配上插圖及特殊用語的注解，到 1982 年 1 月的第 310 期，已刊出 20 多篇「傷痕文學」作品。編選者除了對特殊詞語加注外，並對每篇作品作了簡要介紹和評析。每篇小說前均刊出同樣的一則「編者按」，將「傷痕文學」定位為「反共文學」。其實「傷痕文學」旨在「撥亂反正」而非「反共」，這在大陸是眾所皆知，不言而喻的。由此可以看到，在「新時期」的最初幾年裡，大陸文壇顯得較為開放、主動，而臺灣文壇則較為保守、被動。究其原因，在於兩岸的語境不甚相同。當時大陸介紹臺灣文學作品，固然不排除有促進祖國統一的深遠政治動機，但更主要是，在改革開放的大背景下，反撥「文革」的「八億人看八部樣板戲」的文化禁錮主義，放開手腳接受古今中外優秀文學作品的時代潮流作為其動力的。相比之下，臺灣尚處於衝破「戒嚴」體制的前夕，《新文藝》的保守、反共，有著當時臺灣社會環境的投影。同時也說明，經過較長時間隔絕後，兩岸的整合並無法一蹴而就，還將有一個相互瞭解的艱難的過程。

從 80 年代中期起，兩岸文學交流進入一個新階段。臺灣文壇刊載大陸作品的微妙轉變其實可追溯到 1983 年 8 月《文季》雙月刊轉載汪曾祺《黃油烙餅》。文前同樣有個「編者按」，寫道：「海外讀者寄來這篇大陸的傷痕文學作品，特刊載於此，我們認為：縱使臺灣海峽兩岸的中國人被分割在兩個世界，但他們彼此的關心卻是誰也阻擋不了的。不僅如此，我們還認為世界上各個地區的中國人，都應該互相關懷，以求民族的出路。」在簡要介紹了汪曾祺的生平後，又寫道：「汪氏早期作品大多是屬於現代主義的……（《復仇》）可說是中國最早、也寫得最好的意識流

小說，然而，想不到現實的苦難卻使他的作品變成這麼簡潔有力、不溫不火的現實主義風格。」[501] 其實，《黃油烙餅》應屬陳信元所介紹的「反思文學」更為恰當。[502]《文季》為統派刊物，其〈編者按〉強調兩岸乃至全世界的中國人應互相關懷，共同尋求民族的前程，並讚揚了汪曾祺此篇作品的現實主義風格，其語調和轉載的著眼點與《新文藝》已有很大不同。此後的《文季》又先後刊載了張賢亮、李准、劉青、牛正寰、王安憶、竹林等大陸作家的小說，並將其結集為《靈與肉》由新地出版社於 1984 年 9 月出版。此外，《創世紀》、《春風》等詩刊接連刊出大陸朦朧詩專輯，也推動了兩岸文學的交流。

　　最具標誌性的舉動是 1986 年 5 月起，臺灣大型文學期刊《聯合文學》刊登大陸「尋根文學」代表性作家阿城作品及評論，同年 8 月阿城的《棋王、樹王、孩子王》一書由新地出版社出版，造成極大轟動，甚至掀起一股「阿城旋風」，它「並一舉突破了臺灣出版界不能公開刊印大陸書籍的規定，帶動一波大陸小說流行風潮」[503]。剛開始時《聯合文學》編者小心翼翼，刊登《棋王》時未加按語，陳炳藻〈從小說的技巧探討《棋王》〉一文點明此小說「用諷喻笑謔的技巧，暴露大陸文革時期的腐敗」，顯露了當時主要刊載「傷痕文學」風氣的延續。經過「試探」後，該刊第 21 期繼續刊出阿城的《樹王》時，編者才在「編後記」中追記了前兩期轉載《棋王》之事，對《樹王》的介紹也不再拘限於以「傷痕文學」定調。第 23 期又刊出阿城的《孩子王》、《會餐》、《樹樁》，並以「編輯室」名義加了按語，讚揚阿城小說

501　〈編者按〉，臺灣《文季》雙月刊 1 卷 3 期，1983 年 8 月，第 89 頁。

502　陳信元：〈大陸文學渡海縫合兩岸斷層〉，北京《中國新聞出版報》
　　　2008 年 9 月 19 日，B06 版。

503　同上。

在海內外引起的極大迴響。編者從避而不談地默默放出「風向球」到加上按語給予讚揚的不斷「升級」的過程，無形中標誌著文壇從不無政治顧忌到突破禁忌，獲得更大自由度的轉變。

根據臺灣的大陸當代文學研究專家陳信元的統計，80年代的後半期在臺灣出現的大陸文學大型叢書有：新地出版社的《當代中國大陸作家叢刊》共38冊，包括「經典文學卷」、「女作家作品卷」、「少數民族文學卷」、「極短篇小説卷」、「散文詩卷」、「詩卷」、「文學理論、評論卷」等，其作者囊括了阿城、張賢亮、張潔、甘鐵生、莫言、馮驥才、汪曾祺、高曉聲、張辛欣、王安憶、鐵凝、程乃珊、劉索拉、鄭萬隆、張承志、紮西達娃、景宜、舍·尤素夫、劉再復、北島、顧城、舒婷等一時之選；林白出版社的《中國大陸作家文學大系》（柏楊主編，陳信元為每本書作序）共10冊，為馮驥才、王安憶、劉心武、賈平凹、張承志、陳建功、鄭萬隆、韓少功、莫言、史鐵生等的小説作品選集；洪範書店的《八十年代中國大陸小説選》（香港作家西西、鄭樹森編選）共6冊；《大陸全國文學獎大系》（侯吉諒主編）共6冊（內容包括1983至1986年的得獎作品，得獎感言，大陸文藝界的評論，臺灣作家、學者的導讀等）。此外，1989年最後四個月裡，臺灣三個出版社分別推出三套《魯迅全集》，誠為兩岸文學交流盛事。[504] 可以看出，臺灣對大陸文學作品的選擇，偏重深刻的思想內容和藝術上的創新與探索，基本上能對準一流的作品，其興趣點從早期帶有政治意味的「傷痕文學」、「反思文學」轉到更多描寫地方民俗、更具民族文化內涵的「尋根文學」等，説明臺灣廣大讀者的文化品味和傳統情結。

與此相應的時段裡，大陸掀起了瓊瑤熱、三毛熱、席慕容熱、古龍熱、高陽熱、柏楊熱、劉墉熱、李敖熱……之所以偏重

---

504 同上。

於言情、武俠、歷史、勵志等通俗類作品，一則新中國建立以來一向缺少此類作品，瓊瑤、三毛及其作品的出現，讓大陸讀者甚感新奇，對看多了嚴肅、重大題材作品的他們來說，是一調整和反撥；二則許多出版社將盈利目的擺在首位，針對市場需求加以炒作，遂使此類作品越賣越「熱」。

三、文學研究的取長補短和出版交流的新趨向

如果説大陸的出版界未能對準臺灣文學的一流作品是一種遺憾，那這一階段大陸的臺灣文學研究仍有可圈可點之處。從 1986 年至 1995 年的大約十年時間裡，大陸學界處於編撰「臺灣文學史」的熱潮中。儘管臺灣學界對大陸版的臺灣文學史著作見仁見智，但此事本身對臺灣自身的臺灣文學研究卻有莫大的刺激和推動。在臺灣，臺灣文學研究也從無到有，現在已成「顯學」。

90 年代後期至今，可説是兩岸文學交流的第三階段。臺灣引進、出版大陸文學作品，繼續沿著「重視文化品位」的方向發展。無論是阿城、莫言、王安憶、蘇童或是余秋雨，都因其帶有某種特殊的「文化」色澤和底蘊而得以在臺灣暢銷，從而顯示了廣大臺灣民衆對於博大精深、豐富多姿的中華文化的一種由衷、自然的傾心和喜愛。

近十多年來大陸的臺灣文學研究最令人矚目的發展，是以臺灣文學為學位論文選題的博士生、碩士生越來越多，其數量上已有超越資深學者之勢。同時的臺灣本島的臺灣文學研究已成「顯學」，每年都有成十上百學位論文出現，大陸已難與之相比。然而，大陸的臺灣文學研究仍有其不可替代的價值，因此得到臺灣學界的高度重視，並形成近年來兩岸文學交流的新的重要方式──人員之間的直接往來。特別是大量的大陸學者、作家和學生，在高校或各種基金會的資助下，直接來到臺灣進行實地考察和交流。當然，兩岸的研究各有其優缺點，關鍵在於如何揚長避

短。例如，大陸學界比較重理論、講宏觀，求系統，習慣做大題目，其缺陷是容易流於空泛，理論和實際創作、批評相脫節。臺灣學界比較重資料、重細節，為學細膩嚴謹，近十多年來，臺灣文學研究的重心由「評論」轉向了「學術研究」，由報刊轉向了學院。一批博士、碩士以及高校教師，為臺灣文學奉獻出可觀的學術成果。如黃美娥對日據初期臺灣文學現代性產生的研究，翁聖峰對新舊文學論爭的爬梳，廖振富對櫟社的研究，柳書琴對日據時期臺灣旅日青年文學文化活動的考究，施懿琳、許俊雅、江寶釵等對臺灣古典文學的研究……都有厚重扎實之作。不過，相對而言，臺灣學者往往不像大陸學者那樣強調宏觀的視野、理論的觀照、系統的建構。如能取長補短，相互借鑒，對提升整體的研究水準不無裨益。

近年來，大陸的簡體字書籍已可在臺灣出售，臺灣的繁體字書籍通過書展等方式，也大量「登陸」。這都為兩岸文學的交流打通了障礙。大陸出版的臺灣文學作品，已不再集中於武俠、言情、勵志類作品，而是轉向一些文化、藝術容量較大的著作，如張大春的《聆聽父親》出版後，得到大陸讀書界的注意。中央電視臺《子午書簡》欄目與《中國圖書商報》選評的 2009 年度最值得閱讀的 30 本好書中，龍應台的《目送》、朱天文《荒人手記》、張大春《認得幾個字》等榜上有名。這體現了兩岸文學交流的值得注意的新趨向。

2008 年臺灣再次政黨輪替，兩岸之間也迎來了文化大交流的契機。大陸作家、媒體人特別是高校教師、研究生前往臺灣參訪乃至短期學術研究、擔任客座教授等的機會大為增多。隨著兩岸文學關係的更為密切化，一種更深層次的互動——文學思維的交融和文學經驗的互補，應是可以期待的。

綜觀 1949 年以後的兩岸文壇可以看出，中國新文學的某些思潮脈絡在當代大陸文壇其勢不彰，或斷續不整，在臺灣卻延續下

來甚至有較大發展，因此缺少臺灣文學的中國現當代文學史的書寫將是脈絡斷裂、殘缺不完整的。「三民主義文藝」、「自由派」和「人的文學」、現代主義文學、批判現實主義和鄉土文學等在當代臺灣得到延續和發展，只有將它們納入研究視野和文學史書寫中，才能勾勒中國新文學諸多思潮脈絡產生、發展和演變的完整圖像，才能使 20 世紀中國文學的歷史過程和經驗得以全面地呈現。

後記

　　筆者為研究生開設臺灣文學思潮課程已有十來年，其間並曾兩度到臺灣高校為其研究生授課，深感一本簡繁適中的教材之必需。本書即以長期積累的教案為基礎，揉入本人近年來的一些最新研究心得，希望它既可作為一本相對簡明的臺灣文學思潮發展史著作來讀，也可當作研究生和本科生高年級相關課程的教材來使用。

　　2007年春筆者於彰化師大國文學系客座，在接受一電視公益頻道專訪時，曾誇下「海口」：假如能夠將資料收集得較為齊全，各種個案的研究也相對較為深入了，那在一二十年後，或能嘗試獨立撰寫一部《臺灣文學史》，為我這一生從事臺灣文學研究做一個總結，並提供一位大陸學者個人的對臺灣文學的整體、系統的看法。這一說法當時曾引起一些臺灣同行的關注，筆者也一直將此當作自己努力的方向。本書如果能作為實現這一目標的一次「熱身」，一個初步嘗試或一項階段性成果，吾願已足！

　　本書的寫作參考了兩岸學者已有的相關研究成果，特別是黃美娥、許俊雅、廖振富、曾健民、江寶釵、呂興昌、翁聖峰、羊子喬、張瑞芬、林麗如、蔡源煌、施懿琳、施淑、呂正惠、南方朔、陳信元、黃錦樹、陳健一、張瑞和……等眾多臺灣學者，從他們的著作中，獲得了一些我在大陸很難搜集到、卻又是一部應求相對全面的文學史類著作所不可缺少的珍貴資料或重要線索，

乃至一些角度、觀點的借鏡和引用，在此向他們表示衷心的感謝！

　　同時也感謝我的工作單位廈門大學臺灣研究中心、臺灣研究院的領導和同事，以及九州出版社的領導和編審們，沒有他們的支持和幫助，本書的出版是不可能的。最後需說明的，作為「簡史」，受篇幅、體例所限，求全而不求詳，經常只能點到為止，尚祈讀者明察見諒！不過如果將此視為提供一些線索、話題而替讀者預留了進一步研究、拓展的空間，則又不啻一件好事了。

國家圖書館出版品預行編目資料

台灣文學創作思潮簡史 / 朱雙一著. -- 初版. -- 臺北
市：人間, 2011. 04
　　面；　　公分
　　ISBN 978-986-6777-33-2（平裝）

1. 台灣文學史　2. 文藝思潮

863.19　　　　　　　　　　　　100005017

台灣文學創作思潮簡史

著◎朱雙一

出版者　人間出版社

發行人　呂正惠

社長　林怡君

地址　台北市長泰街59巷7號

電話　02-2337-0566

郵撥帳號　11746473 人間出版社

排版印刷　龍虎電腦排版股份有限公司

電話　02-8221-8866

登記證　局版台業字第三六八五號

初版　2011 年 5 月

定價　新台幣 380 元